SUSANNA KEARSLEY

Comme la mer en hiver

ROMAN

Traduit de l'anglais
par Marie-Axelle de La Rochefoucauld

Guy Saint-Jean
ÉDITEUR

DANS LA MÊME COLLECTION

Des livres qui rendent heureuse !

Matilde Asensi
Le pays sous le ciel

Erica Bauermeister
Le goût des souvenirs

Chris Bohjalian
La femme des dunes

Alan Brennert
Moloka'i

Jackie Collins
L'héritière des Diamond

Patricia Gaffney
Les quatre Grâces
Une valse à trois temps

Kathleen Grissom
La colline aux esclaves

Shannon Hale
Coup de foudre à Austenland

Debbie Macomber
La villa Rose, tome 1 : *De retour à Cedar Cove*
La villa Rose, tome 2 : *Un printemps à Cedar Cove*
Les anges s'en mêlent

Rosie Thomas
Le châle de cachemire
Les brumes du Caire

Adriana Trigiani
L'Italienne
Bienvenue à Big Stone Gap

www.charlestonquebec.com

Comme la mer en hiver

Guy Saint-Jean Éditeur
3440, boul. Industriel
Laval (Québec) Canada H7L 4R9
450 663-1777
info@saint-jeanediteur.com
www.saint-jeanediteur.com

....

**Catalogage avant publication de Bibliothèque et Archives nationales du Québec
et Bibliothèque et Archives Canada**
Kearsley, Susanna
[Winter sea. Français]
Comme la mer en hiver
(Collection Charleston)
Traduction de : The winter sea.
ISBN 978-2-89455-924-6
I. De La Rochefoucauld, Marie-Axelle. II. Leclerc, Émilie, 1978- . III. Titre. IV. Titre : Winter sea.
Français. V. Collection : Collection Charleston.
PS8571.E37W5614 2015   C813'.54   C2015-940548-3
PS9571.E37W5614 2015

....

*Nous reconnaissons l'aide financière du gouvernement du Canada par l'entremise du Fonds du livre du Canada (FLC)
ainsi que celle de la SODEC pour nos activités d'édition.*

Canada   Patrimoine   Canadian   SODEC
           canadien   Heritage   Québec

Gouvernement du Québec – Programme de crédit d'impôt pour l'édition de livres – Gestion SODEC

Titre original : *The Winter Sea*
Publié initialement en langue anglaise par Allison & Busby, 2008.
© Susanna Kearsley, 2008.
© Charleston, une marque des Éditions Leduc.s, 2015, pour l'édition française.
© Guy Saint-Jean Éditeur inc., 2015, pour l'édition en langue française publiée en Amérique du Nord.

Traduction : Marie-Axelle de La Rochefoucauld
Adaptation québécoise : Émilie Leclerc
Conception graphique de la couverture et mise en page : Olivier Lasser
Photo de la page couverture : Shutterstock/NoName Photography/Adam Brzuszek

Dépôt légal — Bibliothèque et Archives nationales du Québec, Bibliothèque et Archives Canada, 2015
ISBN : 978-2-89455-924-6
ISBN ePub : 978-2-89455-925-3
ISBN PDF : 978-2-89455-926-0

Imprimé au Canada
1re impression, avril 2015

 Guy Saint-Jean Éditeur est membre de
l'Association nationale des éditeurs de livres (ANEL).

À mon père :
Un jour tu m'as demandé de t'écrire une histoire
que tu pourrais aimer autant que Mariana, alors…
Pour tout ce que tu m'as donné,
et tout ce que tu m'as aidée à devenir,
ce livre est pour toi, tendrement.

Chapitre 1

Ce n'était pas un hasard. Rien de tout cela n'était arrivé par simple hasard.

Je l'appris plus tard ; même si j'eus du mal à accepter cette évidence quand elle me frappa, car j'avais toujours cru fermement à l'autodétermination. Jusque-là, ma vie avait semblé corroborer cette idée – j'avais choisi certaines voies qui m'avaient menée à certaines fins, toutes positives, et je considérais les quelques contretemps rencontrés le long de la route non comme de la malchance, mais comme de simples fruits de mon jugement imparfait. Si j'avais dû choisir un credo, j'aurais opté pour ces deux vers du poète William Henley, vibrants de courage : *Je suis maître de mon destin, je suis le capitaine de mon âme.*

Ainsi, lorsque tout commença en ce matin d'hiver, quand j'allai chercher la voiture que j'avais louée et que je quittai Aberdeen pour me diriger vers le nord, l'idée que quelqu'un d'autre puisse être à la barre ne m'effleura pas une seconde.

Je croyais sincèrement que m'éloigner de la route principale pour emprunter celle qui longeait la rive découlait de ma propre décision. Sans doute pas la meilleure décision qui soit, d'ailleurs, étant donné que les routes étaient bordées de la neige la plus épaisse qui s'était abattue sur l'Écosse depuis quarante ans, et que l'on m'avait avertie des risques de dérapages et de retards. La prudence et le fait que j'aie un rendez-vous auraient dû m'inciter à rester sur la route principale, plus sûre, mais le petit panneau indiquant « Route côtière » me fit dévier.

Mon père me disait toujours que j'avais la mer dans le sang. J'étais née et j'avais grandi sur la côte de la Nouvelle-Écosse, et je n'avais jamais pu résister à l'attrait des vagues. Alors, quand la route principale tourna vers l'intérieur des terres, je préférai bifurquer à droite et emprunter la voie côtière.

Je ne pourrais pas dire à quelle distance je me trouvais lorsque j'aperçus sur les falaises le château en ruine, une ligne d'obscurité dentée se détachant sur un ciel nuageux, mais dès l'instant où je le vis, je fus captivée et accélérai. Je ne prêtai aucune attention aux grappes de maisons se dressant sur mon passage et sentis une pointe de déception lorsque la route repartit dans la direction opposée. Mais ensuite, derrière un bois touffu, la route tourna de nouveau et il surgit devant moi : un château sombre abandonné, s'élevant au milieu des champs enneigés qui s'étendaient entre la route et le bord de la falaise, comme pour en interdire l'accès.

Je remarquai un stationnement un peu plus haut, un petit espace plat jonché de bûches pour délimiter les emplacements et, sans réfléchir, j'allai m'y garer.

Il était vide. Pas étonnant, sachant qu'il n'était pas encore midi et que c'était une journée froide et venteuse. De plus, il n'y avait aucune raison de s'arrêter là à moins de vouloir observer les ruines. Et un coup d'œil vers le seul chemin susceptible d'y mener – un sentier de ferme gelé, couvert d'amas de neige plus hauts que mes genoux – me suffit pour deviner qu'il n'y aurait pas foule à y faire escale ce jour-là.

Je savais que moi-même je ne devais pas m'arrêter. Je n'en avais pas le temps. Je devais être à Peterhead pour treize heures. Mais quelque chose en moi ressentait le besoin soudain de savoir exactement où je me trouvais ; je sortis donc mon plan.

J'avais passé les cinq mois précédents en France ; c'était là que j'avais acheté ma carte et elle avait ses limites, plus préoccupée par les routes et les autoroutes que par les villages et les ruines. Je scrutais si intensément le gribouillis représentant le littoral, essayant de déchiffrer les noms en petits caractères, que je ne remarquai pas l'homme avant qu'il me dépasse, d'un pas lent, les mains dans les poches, un épagneul aux pattes boueuses sur les talons.

Cela me semblait être un endroit étrange pour se promener à pied. La neige, de part et d'autre de la route, laissait peu d'espace pour marcher à côté, mais je fus ravie de son apparition. Chaque fois que j'avais le choix entre un être humain, en chair et en os, et un plan, j'optais pour le premier. Alors, carte en main, je me dépêchai d'ouvrir la portière de ma voiture, mais le vent salé qui balayait les champs était plus fort que ce que j'imaginais. Il me vola ma voix. Je dus réessayer. « Excusez-moi… »

Je crois que l'épagneul m'entendit en premier. Il se retourna, suivi de son maître. Tous les deux revinrent sur leurs pas. L'homme était plus jeune que je ne pensais, à peine plus âgé que moi – la trentaine, peut-être, avec des cheveux noirs ébouriffés par le vent et une barbe de quelques semaines qui lui donnait un petit air de pirate. Il marchait en bombant le torse, semblant sûr de lui.

« Je peux vous aider ?

— Est-ce que vous pourriez me montrer où nous sommes ? » Je lui tendis mon plan.

Il s'approcha de moi, me contournant pour bloquer le vent, et baissa la tête vers le littoral imprimé. « Ici, annonça-t-il en pointant un cap sans nom. Cruden Bay. Où est-ce que vous êtes censée aller ? » Il tourna très légèrement la tête en me posant cette question, et je vis que ses yeux n'avaient rien de ceux d'un pirate. Ils étaient gris clair et gentils, et sa voix aussi était amicale, avec cette cadence douce caractéristique des Écossais du Nord.

« Je vais vers le nord, à Peterhead.

— Eh bien, ce n'est pas loin. » Il désigna l'endroit du doigt. « Il vous suffit de rester sur cette route, elle vous emmènera tout droit à Peterhead. » À côté de lui, le chien bâilla, émettant une sorte de plainte, et il soupira en baissant les yeux vers lui. « Une petite minute. Tu ne vois pas que je suis en train de discuter ? »

Je souris. « Comment s'appelle-t-il ?

— Angus. »

Je me penchai pour gratter les oreilles pendantes du chien, éclaboussées de boue. « Bonjour Angus. Tu as pu te dégourdir un peu les pattes ?

— Ah ça, il gambaderait toute la journée si je le laissais faire. Il n'est pas du genre à rester en place. »

Et son maître non plus, pensai-je. Cet homme avait une aura d'énergie, d'agitation, et je l'avais déjà assez retardé. « Je vais vous laisser y aller alors, déclarai-je en me redressant. Merci de votre aide.

— Vraiment pas de quoi », m'assura-t-il avant de tourner les talons, l'épagneul ouvrant joyeusement la voie.

Le chemin durci par le gel s'étendait devant eux, vers la mer et, au bout, je voyais les ruines du château, obscures, carrées et dépourvues de toit sous les nuages filant au gré du vent. Tandis que je les regardais, je fus envahie d'une forte envie de rester – de laisser la voiture où je l'avais garée et de suivre l'homme et son chien dans leur promenade, d'entendre le rugissement de la mer autour de ces murs fragmentés.

Mais j'avais des promesses à tenir.

Alors, à contrecœur, je remontai dans ma voiture de location, tournai la clé et repartis vers le nord.

« Tu as la tête ailleurs. » La voix de Jane, gentiment accusatrice, vint rompre le fil de mes pensées.

Nous étions assises dans la chambre à l'étage de sa maison de Peterhead, la chambre au papier peint orné de petites guirlandes de boutons de rose, à l'écart du vacarme de la réception au rez-de-chaussée. Je rassemblai mes esprits et lui souris. « Absolument pas, je…

— Carolyn McClelland, fit-elle, utilisant mon nom complet comme elle le faisait quand elle me prenait en flagrant délit de mensonge, je suis ton agent depuis près de sept ans, tu ne peux rien me cacher. Il s'agit du livre ? » Elle me regardait avec des yeux perçants. « Je n'aurais pas dû te traîner ici de la sorte, je me trompe ? Pas alors que tu es en train d'écrire.

— Ne dis pas de bêtises. Il y a des choses plus importantes qu'écrire. » Et pour lui montrer que je le pensais vraiment, je me penchai vers elle pour voir de plus près le bébé endormi sur ses genoux, enveloppé dans une petite couverture. « Il est magnifique.

— N'est-ce pas ? » Toute fière, elle suivit mon regard. « La mère d'Alan dit que c'est son portrait. »

Je ne voyais pas cette ressemblance avec son père. « Je trouve qu'il tient plus de toi que de lui. Rien que ses cheveux, regarde-moi ça.

— Ah, les cheveux, mon Dieu oui, pauvre bonhomme, dit-elle en caressant la douce petite tête aux mèches blond-roux. J'espérais qu'il serait épargné. Il aura sans doute des taches de rousseur, tu sais.

— Mais c'est si mignon, un petit garçon avec des taches de rousseur !

— Oui, eh bien n'hésite pas à venir le lui dire quand il me maudira à l'adolescence.

— Au moins, il ne t'en voudra jamais pour son nom. Jack est un beau prénom, bien viril.

— Le choix du désespoir. J'espérais lui donner un nom plus écossais, mais Alan était si buté… Chaque fois que je proposais quelque chose, il me répondait : "Sûrement pas, nous avions un chien qui s'appelait comme ça." Pour être honnête, Carrie, j'ai cru un moment que nous finirions par le baptiser Bébé Ramsay. »

Mais Jane et Alan trouvaient toujours un terrain d'entente malgré leurs différences, et le petit Jack Ramsay était entré aujourd'hui dans l'Église. Quant à moi, j'étais arrivée juste à temps pour agir en tant que marraine. Le fait que j'aie dû dépasser toutes les vitesses limites depuis ma halte à Cruden Bay pour réussir cet exploit avait si peu impressionné le bébé que, lorsqu'il avait posé les yeux sur moi pour la première fois, il avait bâillé et s'était profondément endormi. Il ne s'était même pas réveillé quand le pasteur lui avait aspergé la tête.

« Est-il toujours aussi calme ? demandai-je en le contemplant.

— Pourquoi ? Tu ne pensais pas que je pourrais avoir un bébé calme ? » Jane me taquinait, parce qu'elle se connaissait bien. Elle n'était pas ce que j'aurais appelé une personne calme. Dotée d'une volonté de fer, elle était si dynamique, si pleine de vie qu'à ses côtés, j'avais l'impression d'être terne. Et fatiguée. J'étais incapable de suivre le rythme.

J'avais été frappée par un virus le mois précédent, ce qui n'aidait pas. J'avais passé Noël au lit et avais raté toutes les festivitées du jour de l'An. À présent, une semaine après mon rétablissement, je ne me sentais pas encore au meilleur de ma forme. Cependant, même quand j'étais en pleine santé, le niveau d'énergie de Jane était à des kilomètres au-dessus du mien.

C'était d'ailleurs la raison pour laquelle nous travaillions si bien ensemble, pourquoi je l'avais choisie. Je n'étais pas douée avec les éditeurs – je me décourageais trop facilement. Je ne supportais pas le conflit, alors j'avais appris à laisser Jane gérer pour moi cet aspect de mon métier. Elle se battait à ma place, et c'est ainsi qu'à trente et un ans, je me retrouvais avec quatre succès de librairie à mon actif, libre de vivre n'importe où et comme bon me semblait.

« Comment est la maison en France ? me demanda-t-elle, revenant de façon inévitable à mon travail. Tu es toujours à Saint-Germain-en-Laye ?

— Parfaite, merci. Et, oui, j'y suis toujours. Ça m'aide à fixer certains détails. Le château de cette ville est au centre de l'intrigue, c'est principalement là que l'action se déroule. » Louis XIV avait en effet offert Saint-Germain comme lieu de refuge aux rois d'Écosse, les Stuart. C'est là qu'ils avaient passé les premières années de leur exil où, tour à tour, le vieux roi Jacques et son fils, Jacques François, consultaient leur cour de fidèles, des partisans qui avaient conspiré avec les nobles d'Écosse pour organiser trois soulèvements jacobites malheureux. Mon histoire était censée tourner autour de Nathaniel Hooke, un Irlandais de Saint-Germain, qui me semblait être le héros parfait pour un roman.

Il était né en 1664, un an avant la Grande Peste, et seulement quatre ans après la restauration de la monarchie d'Angleterre avec le couronnement de Charles II. Lorsque le roi Charles était mort et que son frère Jacques, catholique, était monté sur le trône, Hooke avait pris les armes aux côtés des rebelles, mais il avait ensuite abandonné sa foi protestante au profit du catholicisme, changeant de camp et devenant alors l'un des plus farouches défenseurs de Jacques. Mais cela n'avait servi à rien. L'Angleterre était un pays à large majorité protestante, et aucun roi catholique ne pouvait espérer garder sa couronne. La légitimité de Jacques avait ainsi été remise en question par sa propre fille, Marie, et Guillaume d'Orange, son mari. Et cela s'était traduit par une déclaration de guerre.

Nathaniel Hooke avait été au cœur de l'action. Il avait combattu pour Jacques en Écosse, et avait été capturé pour espionnage puis emprisonné dans la redoutable tour de Londres. À sa libération, il avait rapidement repris l'épée pour défendre Jacques et, la guerre finie, quand Guillaume et Marie furent fermement établis sur leur trône et Jacques contraint à l'exil, Hooke l'avait accompagné en France.

Mais il n'avait jamais accepté la défaite. Il avait alors utilisé ses nombreux talents pour convaincre son entourage qu'une invasion bien organisée des Écossais soutenue par le roi de France pourrait tout arranger en rendant leur trône aux Stuart exilés.

Ils avaient presque réussi.

L'histoire se souvenait bien de l'épisode tragique du prince Bonnie Charles à Culloden, des années après Hooke. Mais ce n'était pas au cours de cet hiver glacial à Culloden que les jacobites – littéralement les « adeptes de Jacques », et des Stuart en général – avaient approché la victoire du plus près. Non, c'était au printemps 1708, lorsqu'une flotte d'envahisseurs composée de soldats français et écossais, une idée de Hooke, avait jeté l'ancre dans un estuaire de la côte écossaise, le Firth of Forth. À bord, la vedette était le jeune Jacques Stuart, vingt ans – pas le Jacques qui avait fui l'Angleterre mais son fils, que beaucoup, non seulement en Écosse mais aussi en Angleterre, acceptaient comme leur vrai roi. Sur la rive, des armées de Highlanders et de nobles écossais, restés fidèles, l'attendaient avec impatience pour lutter contre les armées affaiblies plus au sud.

De longs mois d'organisation clandestine et de préparations méticuleuses avaient porté leurs fruits et le moment de gloire semblait tout proche, le moment tant attendu où un Stuart réclamerait le trône d'Angleterre.

Comment cette grande aventure avait échoué, et pourquoi elle était une des histoires les plus fascinantes de la période, une histoire de complot et de traîtrise que tous les camps avaient essayé d'étouffer de leur mieux, saisissant des documents, détruisant des correspondances, répandant rumeurs et désinformation qui avaient toujours été tenues pour véridiques. L'essentiel des faits parvenus jusqu'à nous avaient été rapportés par Nathaniel Hooke.

Cet homme me plaisait. J'avais lu ses lettres, j'avais parcouru les grandes salles du château de Saint-Germain-en-Laye où il s'était lui-même promené. Je connaissais les détails de son mariage, de ses enfants, de sa vie relativement longue et de sa mort. J'étais donc frustrée de constater qu'après cinq longs mois de travail, je luttais toujours pour écrire mon roman et que le personnage de Hooke refusait de prendre vie.

Jane sentait que j'éprouvais des difficultés – elle me connaissait trop bien et depuis trop longtemps pour ne pas déceler mon état d'esprit. Toutefois, elle savait aussi que je n'aimais pas parler de mes problèmes, alors elle prenait soin de ne pas me poser de questions trop directes. «Au fait, la fin de semaine dernière, j'ai lu les chapitres que tu m'avais envoyés…

— Quand peux-tu bien trouver le temps de lire?

— On trouve toujours le temps de lire. J'ai donc lu ces chapitres, et je me demandais si tu ne pourrais pas envisager de raconter les événements du point de vue de quelqu'un d'autre… un narrateur, tu sais, comme Fitzgerald le fait avec Nick dans *Gatsby le Magnifique*. Je pensais qu'une personne extérieure pourrait peut-être se déplacer plus librement et relier toutes les scènes pour toi. Juste une idée.» Elle en resta là et changea de sujet, sachant que ma première réaction aux conseils de quiconque était souvent une ardente résistance.

Presque vingt minutes plus tard, je riais à ses descriptions ironiques des joies de la maternité, quand son mari, Alan, passa la tête dans l'embrasure de la porte.

«Rassurez-moi, vous n'avez pas oublié qu'il y a une réception en bas?» nous lança-t-il avec un air bourru que j'aurais pris bien plus au sérieux si je n'avais pas su que c'était de la comédie. Dans le fond, c'était un gentil. «Je ne peux pas distraire tous ces gens tout seul!

— Chéri, répliqua Jane, il s'agit des membres de *ta* famille.

— Raison de plus pour ne pas me laisser seul avec eux. » Mais il me fit un clin d'œil. « Elle ne te parle pas travail, j'espère ! Je lui ai dit de te laisser tranquille. Elle se préoccupe trop des histoires de contrat. »

Jane lui rappela que c'était son métier. « Et pour ton information, je ne m'inquiète jamais le moins du monde que Carrie n'honore pas un contrat. En l'occurrence, il lui reste encore sept mois avant la date de remise du premier jet. »

Elle disait cela pour me rassurer, mais Alan dut remarquer mes épaules s'affaisser à ces mots, parce qu'il me tendit la main en disant : « Viens alors. Descends prendre un verre pour me raconter ton périple. Je n'en reviens pas que tu sois arrivée à l'heure en venant de si loin. »

Il y avait déjà assez de plaisanteries récurrentes sur ma tendance à être facilement distraite quand je voyageais, aussi n'évoquai-je pas mon détour près de la côte. Mais une idée me vint alors. « Alan, est-ce que tu pilotes demain ?

— Oui. Pourquoi ? »

La petite flotte d'hélicoptères d'Alan œuvrait pour les plates-formes pétrolières parsemées dans la mer du Nord, au large des côtes de Peterhead. C'était un pilote intrépide, comme je l'avais appris la seule et unique fois que j'avais accepté de monter avec lui. Lorsqu'il m'avait ramenée à terre, j'arrivais à peine à tenir debout. Je me retrouvai pourtant à lui dire : « Je me demandais si tu pourrais me faire voir la côte d'en haut. Nathaniel Hooke est venu deux fois de France, pour comploter avec les aristocrates écossais, et chaque fois il a séjourné au château du comte d'Erroll, Slains, qui d'après ma carte devrait être non loin d'ici, au nord. Je souhaiterais voir le château, ou ce qu'il en reste, de la mer, comme il a dû apparaître à Hooke à son arrivée.

— Slains ? Oui, je peux t'y emmener. Mais ce n'est pas au nord, c'est au sud. À Cruden Bay. »

Je le regardai, interloquée.

«Où ça?

— Cruden Bay. Tu l'as sans doute raté en venant ici. Ce n'est pas sur la route.»

Jane, toujours attentive, remarqua quelque chose sur mon visage, dans mon expression. «Qu'est-ce qu'il y a?» me demanda-t-elle.

Les heureux hasards ne cessaient jamais de me surprendre – comment l'imprévu entrait dans ma vie. À voix haute je déclarai seulement: «Rien du tout. Pourrions-nous y aller demain, Alan?

— Oui. Et je te propose de t'y emmener tôt, comme ça, à notre retour, je garderai Jack un moment et Jane te conduira au château pour que tu te promènes autour. Ça vous fera du bien à toutes les deux de prendre un peu l'air marin.»

C'est donc ce que nous fîmes.

Ce que j'aperçus des airs paraissait bien plus imposant que ce que j'avais vu à terre – un vaste bâtiment en ruine, dépourvu de toit, qui semblait siéger tout au bord de la falaise, la mer bouillonnant d'écume blanche en contrebas. Je ressentis un léger frisson le long de ma colonne vertébrale et reconnus assez cette sensation familière pour être impatiente de redescendre, pour que Jane me conduise sur les lieux.

Cette fois-ci, deux voitures étaient garées sur le stationnement, et la neige du sentier laissait voir de profondes empreintes. Je partis en avant, levant la tête, offrant mon visage aux bourrasques de vent salé qui me laissaient un petit goût sur les lèvres. Je frissonnai sous les plis chauds de ma veste.

Je ne me souviendrais pas, après mon départ, des autres visiteurs, bien que Jane et moi n'étions pas seules. Je ne me souviendrais pas non plus de tellement de détails des ruines elles-mêmes – juste des images… des murs pointus et du granit rouge tacheté de gris qui brillait à la lumière…

l'unique tour carrée se dressant, haute et massive, au bord de la falaise… le silence des pièces à l'intérieur, là où le vent cessait de rugir et commençait à pleurer et gémir, et où les poutres nues des anciens plafonds projetaient des ombres sur la neige entassée. Dans une grande pièce, une immense fenêtre, béante, donnait sur la mer et, quand je m'approchai et posai les mains sur le rebord chauffé par le soleil, je remarquai, en bas, les empreintes d'un petit chien, peut-être un épagneul et, à côté, des traces de pas plus profondes indiquant l'endroit où un homme s'était arrêté pour observer, comme moi à présent, l'horizon infini.

Je sentais presque sa présence derrière mon épaule, mais dans mon esprit il avait changé. Ce n'était plus l'étranger moderne à qui j'avais parlé la veille, mais quelqu'un d'une époque plus ancienne, un homme portant des bottes, une cape et une épée. Son image devint si réelle que je me retournai… et tombai sur Jane qui me fixait.

Elle sourit en voyant l'expression de mon visage. Une expression qu'elle connaissait bien pour avoir été présente de si nombreuses fois au moment où mes personnages commençaient à se mouvoir, à parler et à prendre vie. Elle me proposa d'un air décontracté : « Tu sais que tu peux toujours venir habiter chez nous pour travailler. Nous avons la place. »

Je secouai la tête. « Vous avez un bébé. Vous n'avez pas besoin d'avoir en plus une invitée. »

Elle me regarda à nouveau, et ce qu'elle vit la fit prendre une décision. « Viens alors. Allons te chercher un logement à louer à Cruden Bay. »

Chapitre 2

*L*a rue principale de Cruden Bay descendait la colline en douceur avant de tourner à droite, puis à gauche, s'éloignant à perte de vue vers le port. Elle était étroite, c'était d'un côté un alignement de maisons rustiques collées les unes aux autres, entrecoupées de quelques boutiques, et de l'autre un ruisseau qui surgissait entre ses rives gelées et passait devant un magasin unique, un marchand de journaux, avant de courir vers l'étendue de plage, vide, derrière les hautes dunes couvertes de neige.

Le bureau de poste se distinguait par l'insigne rouge sur les murs de pierre gris, ainsi que par les diverses annonces en vitrine faisant la promotion d'objets à vendre ou d'événements à venir, notamment un au titre alléchant : « Un matin au beurre » prévu dans la salle du village. À l'intérieur de la boutique se trouvaient des cartes postales, des livres, quelques souvenirs pour les touristes et une dame très aimable. Oui, elle connaissait un logement au village qui pourrait me convenir. Une petite maison, simple, rien de fantaisiste à l'intérieur. « Elle appartenait à la vieille Mlle Keith avant sa mort, dit-elle. Elle est à son frère maintenant, mais comme il a déjà une maison près du port, il ne l'habite pas. Il la loue aux touristes l'été. En hiver, il n'y a personne à part ses fils de temps à autre, mais ils ne sont pas souvent à la maison. Le plus jeune aime voyager et son frère est à l'université d'Aberdeen, donc Jimmy Keith serait sans doute content de vous louer cet endroit pour les mois à venir. Je peux lui passer un coup de fil, si vous voulez. »

Un paquet de cartes postales fraîchement acheté fourré dans la poche de mon manteau, je me retrouvai donc à longer le ruisseau avec Jane, puis à descendre la route jusqu'au moment où elle tournait et changeait de nom pour Harbour Street, la rue du port. Les maisons y ressemblaient à celles de la rue principale plus haut – basses et accolées les unes aux autres – et, en face, une série de petits jardins, certains avec des cabanes, nous séparaient de la vaste plage rose.

De là, je me rendis compte que cette plage était une courbe gigantesque d'au moins trois kilomètres de long, avec des dunes qui se dressaient comme des collines au fond, projetant des ombres sur la rive. Une étroite passerelle en bois blanc enjambait le ruisseau pour mener au pied de ces dunes. Jane lança avec satisfaction : « Voici le chemin », et me guida sur le petit pont jusqu'à l'endroit où un sentier large et enneigé déviait de la rue pour grimper une colline de bonne taille. Ward Hill, c'est ainsi que l'avait appelée la dame du bureau de poste.

C'était un cap, haut et rond, surplombant la mer. En arrivant au sommet, je me retournai et vis que j'avais grimpé plus haut que le niveau des dunes ; de là, j'avais une vue non seulement de la plage, mais aussi des maisons lointaines et des collines au-delà. Et me tournant à nouveau, j'aperçus, au nord, les ruines rouge sang du château de Slains qui se détachaient sur les falaises du cap suivant.

Je frissonnai légèrement. « Oh, c'est impeccable.

— Je ne sais pas, fit Jane perplexe. Ça m'a l'air assez lugubre. » Elle regardait la maison, toute seule sur la colline. Elle avait été construite sans grand soin, avec des murs peints à la chaux sous un toit de vieilles ardoises grises qui dégoulinaient d'humidité à cause de la neige. Les fenêtres étaient petites, la peinture de leur cadre s'écaillait et les volets usés étaient fermés telles des paupières fermées, comme si la maison minuscule était fatiguée de voir l'avancée et le retrait éternels de la mer.

Je tendis le bras pour frapper à la porte. « C'est juste un peu isolé.

— Comme toi tu le seras si tu habites ici. Ce n'était peut-être pas une si bonne idée que ça.

— Elle vient de toi.

— Oui, mais j'avais en tête une petite maison plus confortable, au cœur du village, près des magasins…

— Ça me va très bien. » Je frappai à nouveau. « Je suppose qu'il n'est pas encore arrivé.

— Essaie de sonner. »

Je n'avais pas vu la sonnette, enfouie sous l'enchevêtrement d'une plante grimpante dont les feuilles minuscules frissonnaient chaque fois que le vent soufflait de la mer. Je tendis la main pour appuyer, mais une voix d'homme derrière moi m'avertit: « Ça vous avancera pas beaucoup, elle marche pas. Le sel abîme les fils aussitôt que je la répare. Et puis, je suis pas dans la maison pour l'entendre ! » ajouta l'homme en nous rejoignant. Son sourire donna instantanément un air aimable à son visage que je trouvais jusque-là bourru, voire laid. Il devait avoir au moins soixante-cinq ans. Il avait les cheveux grisonnants, la large carrure et le teint rougeâtre d'une personne ayant travaillé dur toute sa vie, à l'extérieur. La dame du bureau de poste avait paru certaine qu'il me plairait, bien qu'elle m'ait prévenue que j'aurais peut-être des difficultés à comprendre son accent.

« Il parle doric, m'avait-elle informée, la langue de cette région. Vous aurez sans doute un peu de mal à le suivre. »

Cependant, il n'en était rien. Il parlait vite et, si j'avais dû traduire chaque mot, j'aurais peut-être trouvé cela laborieux, mais il n'était pas difficile de saisir le sens général de son propos.

Je lui tendis la main en disant : « Monsieur Keith ? Merci d'être venu. Carolyn McClelland.

— Enchanté. » Sa poigne était ferme. « Mais je suis pas Monsieur Keith. C'était mon père, Monsieur Keith, et ça fait vingt ans qu'il est mort et enterré. Appelez-moi Jimmy.

— Va pour Jimmy, alors. »

Jane se présenta, n'appréciant jamais de se tenir trop longtemps hors de l'action. Elle ne me repoussa pas exactement sur le côté mais, après tout, c'était un agent et, bien qu'elle ne s'en rende sans doute pas compte, elle aimait prendre le contrôle dès qu'il s'agissait de négocier.

Je ne dirais pas qu'elle était autoritaire, mais elle menait en général la conversation. Alors je réprimai un sourire et la laissai faire son travail, contente de les suivre tandis que Jimmy Keith enfonçait la clé dans la serrure de la petite porte de la maison avant de la faire basculer dans un bruit sourd de loquet.

Ma première impression fut celle d'une obscurité globale, mais lorsque les volets furent ouverts et les rideaux délavés repoussés, je découvris un endroit confortable, bien que petit – un salon avec des tapis persans usés, deux fauteuils rembourrés et un canapé, ainsi qu'une longue table rustique en bois poussée contre le mur opposé, entourée de chaises de cuisine, elles aussi en bois. La cuisine, placée à l'extrémité de la maison, me fit penser à la cambuse d'un navire. Peu de placards, un plan de travail réduit au minimum, mais tout avait son utilité et un emplacement précis, de l'évier avec son égouttoir en acier intégré jusqu'au petit réchaud électrique qui, je supposais, avait dû venir remplacer le vieux poêle à charbon qui se tenait, massif, dans l'alcôve de la cheminée. Jimmy m'assura qu'il fonctionnait toujours. « Il est un peu capricieux, mais il chauffe bien la pièce et vous ferez des économies d'électricité. »

Jane, debout près de la porte d'entrée, le nez en l'air, lança une remarque sarcastique comme quoi cela était drôlement pratique. « Vous savez, dit-elle, je n'en ai pas vu de tel depuis le premier appartement que je louais. »

Accompagnée de Jane, j'allai observer la petite boîte en métal noir fixée sur la cheminée, avec ses compteurs vitrés et ses jauges variées. Je connaissais l'existence de tels engins, mais n'en avais jamais vu, et encore moins utilisé.

Jimmy Keith leva lui aussi les yeux. « Ouaip, convint-il, on n'en voit plus trop de nos jours. »

Le poêle n'acceptait que les pièces de 50 pence, expliqua-t-il. « Mais vous en faites pas », me rassura-t-il. Il me vendrait un rouleau de pièces adéquates et, une fois que je les aurais toutes utilisées, il viendrait ouvrir le compteur pour les récupérer et me les vendre à nouveau.

Jane lança un dernier regard sceptique en direction de la boîte avant de poursuivre son inspection. Il ne restait plus grand-chose à voir, juste une chambre, pas grande, au fond de la maison, et une salle de bains étonnamment spacieuse à côté, avec une baignoire à pieds et ce que les Britanniques appelaient un « placard-séchoir », des étagères installées autour d'un chauffe-eau jaune, parfaites pour ranger les serviettes et faire sécher les vêtements.

Jane vint se placer près de moi. « Verdict ? »

— Ça me plaît.

— Ça manque un peu de confort.

— Je n'ai pas besoin de grand-chose quand je travaille. »

Elle réfléchit un instant, puis se tourna vers Jimmy Keith. « Quelle sorte de loyer demanderiez-vous ? »

C'était le signal qu'il valait mieux que je les laisse. Jane m'avait souvent répété que j'étais nulle en affaires, et elle avait raison. Le coût des choses ne m'avait jamais intéressée. On m'annonçait un prix et, si j'en avais les moyens, je le payais, sans perdre de temps à me demander si je pourrais obtenir la même chose à un moindre coût. J'avais d'autres sujets de préoccupation.

Je repartis errer dans le salon et restai un moment à regarder par la fenêtre le cap plongeant dans la mer et les ruines du château de Slains.

En les observant, je sentis à nouveau mes personnages s'agiter – la suggestion faible, encore inaudible, de leurs voix, et leurs mouvements autour de moi, tout comme on ressent la présence d'autrui dans l'obscurité. Je n'avais pas besoin de fermer les yeux. Mon regard était déjà perdu au-delà de la vitre, ne voyant plus vraiment le paysage, dans cette étrange transe d'écrivain qui s'emparait de moi lorsque mes personnages commençaient à parler, et je me concentrai pour les entendre.

Je m'attendais à ce que ce soit Nathaniel Hooke qui ait le plus à dire, je pensais que sa voix serait la plus forte et la première que je percevrais, mais les mots qui me parvinrent aux oreilles ne venaient pas de lui. C'étaient ceux d'une femme, et les mots eux-mêmes étaient inattendus.

«Cet endroit détiendra mon cœur pour toujours, disait-elle. Je ne peux pas le quitter.»

Je ne peux pas le quitter.

C'est tout ce qu'elle dit, la voix avait disparu, mais ces quelques mots se gravèrent en moi et se répétèrent comme une litanie, avec tant d'insistance que quand l'affaire fut conclue entre Jane et Jimmy Keith et qu'il me demanda quand je souhaitais m'installer, je répondis: «Serait-ce possible immédiatement? Ce soir?»

Ils me regardèrent, tous les deux, comme si j'avais perdu la tête.

«Ce soir? répéta Jane. Mais tes affaires sont encore chez nous! Et puis il me semble que tu repars en France demain, non?

— De toute façon, déclara Jimmy Keith, il faut encore faire le ménage. »

Ils avaient raison, et un ou deux jours de plus ou de moins ne changeraient pas grand-chose. Nous fixâmes donc mon emménagement au surlendemain, mercredi. J'eus tout de même le sentiment, quand Jimmy Keith ferma la maison à clé derrière nous, de commettre une trahison.

Ce sentiment ne me quitta pas de tout le trajet de retour vers Peterhead, ni de toute ma dernière soirée en compagnie de Jane, d'Alan et du petit Jack. Et le lendemain matin, sur ma route vers Aberdeen, je suivis délibérément la voie côtière, en passant par Cruden Bay, pour montrer aux ruines du château que je ne les avais pas abandonnées.

Je ne mis pas longtemps à régler mes affaires en France. J'avais loué la maison pour la saison, mais l'argent n'avait pas d'importance, et les choses que j'avais avec moi là-bas ne remplissaient pas deux valises. La propriétaire, qui ne perdait rien puisque j'avais payé l'intégralité de la somme dès mon arrivée, sembla tout de même contrariée jusqu'à ce que je lui dise que je reviendrais sans doute avant la fin de l'hiver pour quelques recherches complémentaires au château. Toutefois, je savais déjà que ce ne serait pas le cas. C'était inutile. Mes personnages avaient choisi de ne pas prendre vie à Saint-Germain-en-Laye parce que ce n'était pas là que leur histoire devait se dérouler. C'était à Slains. Alors c'était là que j'irais moi aussi.

Je n'avais encore jamais eu de certitude aussi ferme.

Mardi soir, lors de ma dernière nuit en France, je rêvai de Slains. Dans mon rêve, je me réveillais pour entendre le rugissement de la mer en contrebas de mes fenêtres et le vent qui frappait les murs jusqu'à ce que l'air de la chambre, devenu glacial, vienne me mordre la peau. Le feu faiblissait dans l'âtre, de petites langues d'une flamme mourante qui projetaient sans enthousiasme des ombres sur le plancher et procuraient tout juste assez de lumière pour s'orienter.

«Laissez, murmura une voix d'homme dans mon cou. Nous aurons assez chaud.» Alors son bras m'entoura, robuste et rassurant, et m'attira fermement vers l'abri de sa poitrine. Apaisée, je tournai mon visage contre l'oreiller et me rendormis…

C'était si réel. Tellement réel, en fait, que je fus presque étonnée de me retrouver seule dans mon lit en me réveillant le mercredi matin. Je restai un moment à cligner des yeux dans la douce lumière grise puis, sans prendre la peine d'allumer la lampe, j'attrapai la feuille et le stylo que je gardais toujours près de mon lit pour des instants comme celui-là, et je rédigeai la scène. J'écrivis vite, de manière désordonnée, grattant le dialogue avant que les voix du rêve ne s'estompent. Des expériences douloureuses m'avaient appris que les fragments d'intrigue qui m'arrivaient de cette façon, de mon subconscient, disparaissaient souvent avant d'avoir été enregistrés dans mon esprit éveillé. Je savais que je ne pouvais pas me fier sur ma mémoire.

Quand je reposai enfin mon stylo, je restai un instant assise, immobile, à lire ce que j'avais écrit. Là, de nouveau, c'était une femme que je voyais. Jusque-là, tous mes personnages principaux étaient des hommes, mais voilà que cette femme se manifestait, comme si elle exigeait de participer elle aussi. Parfois des personnages entraient ainsi dans mes romans, sans prévenir, souvent même sans que je l'aie souhaité. Toutefois, pensai-je, peut-être que je devrais permettre à celui-ci de rester. Peut-être que Jane avait eu raison de me suggérer un autre narrateur que Nathaniel Hooke, peut-être que l'histoire serait mieux racontée par un personnage fictif sortant de mon imagination, quelqu'un qui pourrait relier les scènes par sa présence.

De plus, je trouvais plus facile d'écrire du point de vue d'une femme. Je savais ce que faisaient les femmes quand elles étaient seules, je connaissais leur façon de penser. Peut-être que, par ce rêve, mon subconscient m'indiquait que mon roman avait vraiment besoin d'une perspective féminine.

Le personnage, pensai-je, prendrait forme peu à peu; il me suffisait de lui trouver un nom. Ce qui, comme toujours, était plus facile à dire qu'à faire.

Le nom des personnages les définissait et, comme les vêtements, leur allait ou non. Le temps d'arriver à l'aéroport de Paris, j'en avais déjà testé et écarté un certain nombre.

Dans l'avion vers Aberdeen, je tentai une approche plus méthodique, en sortant mon cahier et en divisant une page en deux colonnes bien distinctes, puis en dressant la liste de tous les noms écossais que je connaissais – car j'avais décidé qu'elle devait être écossaise – et en essayant différentes combinaisons de prénoms et de noms à la recherche de l'association idéale.

J'avais bien avancé dans ma liste quand je remarquai que j'étais devenue une source d'intérêt pour mon voisin. Il dormait lorsque je m'étais installée, ou du moins il se reposait la tête en arrière et les yeux fermés, et comme je n'étais de toute façon pas vraiment d'humeur à entamer une conversation dans l'avion, c'est avec joie que je l'avais laissé tranquille. Mais il était à présent réveillé et penché en avant, sa tête brune légèrement inclinée, pour voir ce que j'écrivais. Il le faisait assez discrètement, mais lorsque je me tournai vers lui, il croisa mon regard gaiement, n'ayant pas du tout l'air gêné d'avoir été surpris et, avec un signe de tête vers la page, il me lança: «Vous vous choisissez un pseudo?»

Ce qui m'ôta tout doute quant à sa nationalité. J'avais tout d'abord pensé qu'il était français, avec ses cheveux presque noirs et son élégance, mais son accent distinct était sans équivoque. Il semblait avoir à peu près mon âge et son sourire était sympathique, pas charmeur, alors je lui souris en retour. «Rien de si palpitant. Je réfléchis au nom d'un personnage.

— Ah oui? Vous êtes écrivaine alors? Je suis censé vous connaître?

— Est-ce que vous lisez des romans historiques?

— Pas depuis que j'ai quitté l'école, non.

— Alors il est peu probable que vous me connaissiez.» Je lui tendis la main en me présentant: «Carolyn McClelland.

— Voilà un bon nom bien écossais, MacLellan.

— Plutôt, oui, à part qu'on l'orthographie mal. Mes parents sont des Écossais de l'Ulster, d'Irlande du Nord. Mais mes ancêtres venaient en effet d'Écosse, à l'origine. De Kirkcudbright.» Je le prononçai «Kir-COU-Briii», comme on me l'avait appris. Mon père était passionné de généalogie et passait son temps libre enfoui dans l'histoire de notre famille. Dès ma tendre enfance, j'avais découvert tous les détails de mon ascendance et comment le premier McClelland avait quitté le sud-ouest de l'Écosse pour l'Ulster. Cela s'était produit, maintenant que j'y pensais, à peu près au même moment que l'histoire que j'écrivais, au tout début du dix-huitième siècle. Un certain David John McClelland qui avait déménagé en Irlande avec… comment s'appelait sa femme, déjà? Sophia quelque chose.

Dans un froncement de sourcils, je couchai ce prénom sur le papier, au-dessous des autres. Mon voisin, qui regardait toujours mon travail, commenta: «J'aime bien Sophia comme nom. J'avais une grand-tante Sophia. Une femme remarquable.»

Je me rendis compte que ce prénom me plaisait à moi aussi. Il sonnait bien. Si seulement je me rappelais le nom de famille… mais bon, mon père saurait m'éclairer. Et il serait aux anges si j'utilisais le nom d'une de nos ancêtres dans un roman. Mais si elle avait vécu du mauvais côté de l'Écosse et n'avait jamais mis les pieds à Édimbourg, sans parler de Slains ? Je n'avais qu'à me dire qu'elle avait vécu à la bonne époque, après tout, j'inventerais sa vie, je n'écrirais pas sa biographie, alors je pouvais la placer où cela m'arrangeait.

« Sophia, prononçai-je. Oui, je crois que cette fois c'est le bon. »

Satisfaite, je pliai ma feuille et m'appuyai contre mon dossier pour regarder, par le hublot, le littoral qui commençait à se dessiner en contrebas.

Mon voisin se recula lui aussi sur son siège et me demanda : « Alors comme ça, vous écrivez quelque chose qui se passe en Écosse ? Où ça ?

— Sur la côte près d'Aberdeen. L'endroit s'appelle Cruden Bay.

— Ah oui ? Et pourquoi là-bas ? »

Je n'ai pas l'habitude de parler de mon travail à de parfaits inconnus et je ne sais pas très bien pourquoi je le fis ce jour-là, si ce n'est que je n'avais pas assez dormi la veille et qu'il avait un air extrêmement chaleureux quand il souriait.

Je n'aurais pas su dire s'il trouvait intéressant ce que je lui racontais à propos de Slains, de l'échec de l'invasion jacobite et de Nathaniel Hooke, ou s'il était juste poli et n'aimait pas interrompre ses interlocuteurs. Toujours est-il qu'il me laissa parler jusqu'à l'atterrissage et que nous continuâmes de bavarder en sortant de l'avion puis pendant que j'attendais mes bagages, qu'il m'aida d'ailleurs à récupérer.

« C'est un bon endroit pour un écrivain, Cruden Bay, dit-il. Saviez-vous que Bram Stoker avait écrit l'essentiel de *Dracula* lors d'un séjour dans ce village ?

— Je l'ignorais.

— Eh oui, c'est votre château, Slains, et pas celui de Whitby, qui l'a inspiré. Les habitants vous raconteront toute l'histoire, j'en suis sûr. Vous avez dit que vous alliez rester un moment?

— Oui, j'ai loué une maison.

— En hiver? C'est courageux de votre part. » Nous étions arrivés au comptoir de location de voitures, et il posa mes valises, fronçant les sourcils à la vue de la longueur de la queue devant nous. «Vous êtes certaine de ne pas vouloir que je vous accompagne?»

C'était tentant, mais mes parents m'avaient tellement répété qu'il ne fallait jamais monter dans la voiture d'un inconnu, même sympathique, que je déclinai son offre.

Il n'insista pas, et fouilla dans son portefeuille à la recherche d'un morceau de papier, qu'il me tendit. «Tenez, écrivez-moi votre nom, je me renseignerai sur vos livres la prochaine fois que j'entre dans une librairie.» Et tandis que je m'exécutai, il ajouta, un sourire aux lèvres: «Si vous écrivez aussi votre numéro, je vous emmènerai dîner.»

Ce qui était tentant, encore une fois, bien que je sois forcée de lui répondre: «Je ne connais pas mon numéro, je suis désolée. Je ne sais même pas s'il y a un téléphone.» Mais ensuite, parce qu'il était tout de même extrêmement beau, j'ajoutai: «Mais mon logeur s'appelle Jimmy Keith. Il saura vous dire comment me contacter.

— Jimmy Keith?»

Son visage s'éclaira d'un grand sourire et il reprit mes deux valises en disant: «Vous feriez mieux de me permettre de vous accompagner en fin de compte. Mon père me tuerait s'il apprenait que je vous avais laissé louer une voiture.

— Votre père?

— Oui. Je ne me suis pas présenté tout à l'heure? Stuart Keith.» Il sourit à nouveau, ravi. «Et comme de toute évidence vous avez loué la maison où j'aime loger quand je lui rends visite, je vais devoir coucher sur un lit pliant à cause de vous – un lit très inconfortable en plus –, alors le moins que vous puissiez faire, c'est me tenir compagnie le long du trajet », conclut-il.

Ne sachant pas vraiment quoi répondre à cela, je n'avais pas d'autre choix que de le suivre.

Chapitre 3

Il avait une Lotus argentée, rapide et élégante, qu'il conduisait sans grande prudence. J'avais du mal à me concentrer sur les choses qu'il me montrait tellement il roulait vite.

«Bien sûr tout a changé depuis l'arrivée des grandes tours de forage marines, dans les années soixante-dix, dit-il. Non pas que je me rappelle comment c'était avant, je ne suis pas si vieux que ça, mais la zone a connu beaucoup de nouvelles constructions, avec l'arrivée des gens venant travailler à Aberdeen et Peterhead. Et nous avons le terrain de golf, et la plage. C'est un beau terrain de golf, il attire pas mal de touristes. Est-ce que vous jouez?

— Au golf? Non, pas vraiment. Et vous?

— Ça dépend de ce que vous appelez jouer. Je peux envoyer la balle valser ici et là, sans problème. Mais pour ce qui est de la mettre dans le trou…» Il haussa les épaules. «C'est un sport trop lent à mon goût.»

À la façon dont il conduisait, je supposais en effet qu'il n'aimait pas la lenteur. Nous parcourûmes les quarante kilomètres en à peu près la moitié du temps qu'il m'avait fallu le dimanche précédent. L'épaisse neige avait fondu entre-temps, laissant apparaître des taches vertes, et quand nous tournâmes dans la rue principale en direction du port, je vis les herbes dorées s'agiter frénétiquement le long des dunes au-dessus de la grande courbe rose de la plage. Le village me semblait déjà accueillant, à moitié familier. Au moment où nous garâmes la voiture dans Harbour Street, je sentis mon esprit s'apaiser, un peu comme quand je rentrais au Canada et que je savais que j'étais chez moi.

C'était toujours une sensation agréable après avoir vécu un an en transit, courant de séance de dédicaces en conférence d'écrivains, déplacée d'un hôtel à l'autre, pour ensuite atterrir en France pour quelques mois de travail infructueux. Quelque chose me disait que passer cet hiver en Écosse me ferait du bien, ainsi qu'au livre.

« Allez, lança Stuart Keith. Vous voulez sans doute récupérer votre clé, et Papa va sûrement insister pour vous accompagner en haut de la colline et s'assurer que vous avez tout ce qu'il vous faut. En fait, à mon avis, dit-il en consultant sa montre, il va certainement vous inviter à dîner. »

Jimmy Keith habitait dans une maison en pierres grises coincée entre ses deux voisins, au bout de la rue. Son salon était à l'avant de la maison. Je le savais parce que la fenêtre était entrouverte et que j'entendais un présentateur de télévision résumer ce qui me semblait être une partie de soccer.

Stuart ne sonna pas ni ne frappa à la porte, il utilisa simplement sa propre clé pour entrer, et je le suivis. L'entrée exiguë avec son miroir, son tapis et son papier peint qui jaunissait gaiement m'enveloppa de chaleur et je sentis une odeur caractéristique d'œufs sur le plat et de saucisses. Du salon, Jimmy s'écria : « Youhou ! C'est lequel de vous deux ?

— C'est moi, Papa.

— Stuie! Je ne t'attendais pas avant vendredi. Entre mon gars, pose tes affaires et viens voir la partie avec moi. Je l'ai enregistrée – je vais la rembobiner.

— Dans une minute. J'ai juste besoin de la clé de la petite maison.

— La petite maison, oui.» La voix de Jimmy se teinta d'une note d'excuse. «Écoute, il y a eu un petit changement de programme…

—J'ai cru comprendre.» Et s'avançant de deux pas pour se retrouver dans l'embrasure de la porte, Stuart me fit signe de le rejoindre. «J'ai amené ta locataire avec moi.»

Jimmy Keith se leva de son fauteuil avec ce réflexe galant que certains hommes de sa génération n'avaient pas perdu et que la plupart des hommes de la mienne n'avaient jamais appris. «Mademoiselle McClelland, fit-il, l'air enthousiaste. Comment est-ce que vous avez bien pu rencontrer mon pauvre garçon?

— Nous étions dans le même avion. Nous… commença Stuart.

— Tu ferais mieux de laisser parler la demoiselle», l'interrompit Jimmy en lui lançant le regard d'avertissement bienveillant qu'adresse un père à son enfant pour lui rappeler les bonnes manières. Puis il pensa à quelque chose d'autre et se tourna vers moi. «Vous avez laissé mon Stuie vous ramener de l'aéroport? Entrez donc, dit-il tandis que j'acquiesçais. Assoyez-vous, mademoiselle. Vous avez dû avoir une peur bleue.»

Stuart s'écarta pour me laisser passer. «Tu sais, Papa, tu es censé vanter mes qualités, pas m'enfoncer. Et *toi*, tu devrais peut-être essayer de parler anglais.

— Comment ça?» demanda Jimmy, ce qui signifiait «pourquoi?» comme je l'avais appris lors de mes précédents voyages en Écosse. «Elle arrive très bien à me comprendre.»

Et il avait raison, je n'avais pas de mal à le comprendre malgré son fort accent doric qui le faisait notamment appuyer sur les «v», les transformant en «f». Mais Stuart ne paraissait pas très convaincu. Jimmy me proposa un fauteuil près de la fenêtre et d'un vieux radiateur placé dans la cheminée d'où je voyais bien l'écran de télévision. «Stuie, va donc faire un tour au St. Olaf et rapporte-nous trois portions de poisson-frites.

— Ils ne font pas de vente à emporter au St. Olaf.

— Oui, oui, ils le feront pour moi. Vous restez dîner, me dit-il, plus comme un ordre que comme une invitation. Après avoir pris la voiture avec mon Stuie, vous avez besoin de vous remettre. Nous pourrons transporter vos affaires à la maison plus tard.»

Stuart se contenta de sourire comme s'il savait depuis longtemps qu'il était inutile de protester. «Est-ce que vous aimez le poisson-frites, au moins? s'assura-t-il seulement avant de partir. Très bien, alors je ne serai pas long.»

Ses bruits de pas résonnèrent sur la route quand il passa devant la fenêtre et son père lança, sarcastique : «N'y comptez pas trop. Mon Stuie ne s'arrête jamais au St. Olaf sans goûter une pinte. C'est un bon gars, cela dit, ajouta-t-il en croisant mon regard, mais ne lui répétez pas que je vous l'ai dit. Il a déjà la tête qui enfle.»

Je souris à ces mots. «Vous avez deux fils, d'après ce qu'on m'a dit.

— Oui. Il y a Stuie, le plus jeune, et son frère Graham qui vit à Aberdeen.

— Il est étudiant à l'université, c'est bien ça?» J'essayais de me rappeler ce que m'avait raconté la dame du bureau de poste.

«Ah non, mademoiselle. Il n'est pas étudiant mais maître de conférence. En histoire.» Ses yeux se plissèrent d'amusement. «Mes deux fils, c'est le jour et la nuit.»

J'avais beaucoup de mal à imaginer Stuart Keith en train d'assister à des cours et, pour ce qui est de me le représenter en professeur, c'était tout simplement impossible.

« Graham tient de sa mère, paix à sa douce âme. Elle adorait l'histoire, c'était une lectrice passionnée. »

Cela aurait été le moment parfait pour lui révéler mon métier et les raisons qui m'amenaient à Cruden Bay, mais à cet instant, confortablement installée dans mon fauteuil, les pieds bien au chaud, je ne ressentais pas la nécessité de parler de mon travail. Il l'apprendrait bien assez tôt, pensai-je, par son fils. Et de toute façon, je doutais qu'un homme comme Jimmy Keith puisse s'intéresser au genre de romans que j'écrivais.

Nous restâmes agréablement assis tous les deux en silence devant la partie de soccer – l'Écosse contre la France. Puis au bout de quelques minutes, Jimmy me demanda : « Vous arrivez de France, non ? » Et lorsque je lui répondis par l'affirmative, il enchaîna : « J'y suis jamais allé. Mais Stuie y va souvent ces temps-ci pour affaires.

— Et que fait-il ?

— Ça me donne des cheveux blancs rien que d'y penser, répondit Jimmy l'air grave. Il change sans arrêt. En ce moment, c'est les ordinateurs, mais je pourrais pas trop vous dire ce qu'il fait avec. »

Quoi qu'il fasse, décidai-je, il devait le faire bien pour avoir les moyens de conduire une Lotus. Et ses vêtements étaient très bien coupés, malgré leur style décontracté. Toutefois, lorsqu'il revint quelques minutes plus tard avec nos beignets enveloppés dans du papier journal, le vent salé – sans doute aidé par une pinte de bière – l'avait assez froissé pour lui faire perdre sa rigidité citadine, et il semblait tout à fait à l'aise et détendu quand il s'assit près de nous pour visionner la partie.

Je ne suivis pas vraiment, pour être honnête. Mon manque de sommeil de la veille me rattrapait et, bien au chaud et bercée par les voix mélodieuses de Stuart et de Jimmy Keith, j'avais du mal à maintenir les yeux ouverts.

Je luttais de mon mieux, mais je m'étais presque assoupie quand Jimmy déclara : « Stuie, on ferait mieux d'emmener la demoiselle à la petite maison tant qu'on y voit encore quelque chose. »

Je me forçai à ouvrir grand les yeux. Dehors, il faisait déjà sombre, la lumière du jour laissant place à la lueur plus froide et grise qui, l'hiver, marquait l'arrivée du soir.

Stuart se leva. « Je vais l'accompagner, Papa. Ne te dérange pas.

— Sûrement pas. » Le vieil homme se leva à son tour. « Pas question de laisser une demoiselle seule avec toi, la nuit. »

Stuart baissa la tête. « Je ne suis pas si terrible que ça », m'assura-t-il en me tendant la main pour m'aider à me lever.

Mais j'étais contente de les avoir tous les deux comme escorte tandis que, dans l'obscurité grandissante, nous gravissions la colline le long du chemin plein d'ornières, recouvert par endroits de plusieurs centimètres de neige fondante. Pas uniquement parce qu'ils portaient galamment tous mes bagages ainsi que ma lourde sacoche d'ordinateur, mais aussi parce que je ressentais un malaise inattendu, là sur le chemin – j'avais l'impression d'une présence derrière moi et je n'osais pas me retourner, de peur.

Si j'avais été seule, je serais rentrée à la maison en courant, malgré mes valises, mais comme j'étais accompagnée j'essayai de me débarrasser de ce sentiment en regardant vers la mer où je ne distinguais que les lignes blanches des vagues. Les nuages étaient nombreux et voilaient la lune, effaçant la limite sombre entre la mer et le ciel. Cependant, je cherchais cette ligne, sans savoir exactement ce que j'espérais apercevoir.

« Attention à vous ! » lança Jimmy. Il tendit une main paternelle pour me ramener sur le chemin. « Ce serait dommage de tomber dès votre première nuit ici. »

Nous étions arrivés à la maison. Elle était sombre elle aussi, mais nous nous retrouvâmes vite dans la gaieté lumineuse de la salle de séjour, avec ses tapis persans, ses fauteuils et sa longue table en bois poussée contre le mur, ainsi que le poêle à charbon confortablement installé dans l'alcôve de la petite cuisine.

Jimmy referma la porte derrière nous, vérifia l'état de fonctionnement du loquet, puis me tendit la clé. « Voilà pour vous, mademoiselle. Vous avez du charbon à l'arrière de la maison. Vous avez déjà utilisé un poêle à charbon ? Ne vous inquiétez pas, je vais vous montrer. »

Je l'observai faire avec attention, puis m'y essayai à mon tour, arrangeant les morceaux de charbon comme il me l'avait enseigné avant de refermer la porte du poêle d'une main sûre, dans un bruit métallique convaincant.

« Comme ça, parfait, vous vous débrouillez très bien. Cette pièce va très vite se réchauffer. »

Moins optimiste, Stuart m'indiqua : « Il y a aussi des radiateurs électriques. Un là et un dans la salle de bains. Mais n'oubliez pas de remplir le compteur.

— Oui, vous aurez besoin de recharges. » Jimmy enfonça une main dans une poche et en sortit un gros rouleau de pièces dans du papier brun. « Voilà pour commencer. »

Je lui donnai un billet en échange des pièces, et il me remercia.

Stuart me regarda lever la tête pour examiner la boîte noire au-dessus de la porte, constellée de touches et de manettes et, tout sourire, il s'approcha pour m'en expliquer le fonctionnement. « Vous devez garder un œil dessus et vous assurer de remettre une pièce quand l'aiguille de la jauge descend plus bas que ce point, sinon vous vous retrouverez dans le noir. Je vais le remplir pour vous, vous n'aurez plus à vous en préoccuper pendant un petit moment. »

Il était assez grand pour simplement tendre le bras et insérer les pièces dans la fente. Lorsque mon tour viendrait, j'aurais besoin d'un tabouret.

Jimmy m'annonça : « Je vous ai mis quelques provisions. Du pain, des œufs, du lait et des choses comme ça, pour que vous ayez pas à vous embêter à sortir faire les courses demain matin.

— C'est très gentil », lui répondis-je, touchée qu'il se soit donné tant de mal. Il avait aussi fait le ménage, remarquai-je. Non pas que la maison ait été sale auparavant, mais à présent, elle brillait et sentait le savon et la cire. Une fois de plus, je ressentis une douce chaleur, une sorte de châle autour de mes épaules, comme si j'avais trouvé un endroit où je pourrais me sentir à l'aise, chez moi. « Merci beaucoup pour tout, vraiment.

— C'est rien du tout, répondit Jimmy en haussant les épaules, mais il avait l'air content. Si vous avez besoin de quoi que ce soit d'autre, il vous suffit de demander. Je suis pas loin. » Il regarda autour de lui et, semblant satisfait, décréta : « On va vous laisser, mademoiselle. Vous devez être fatiguée. »

Je les remerciai tous les deux une dernière fois avant de leur souhaiter une bonne nuit et de les raccompagner vers la sortie. J'étais sur le point de refermer la porte quand Stuart tourna la tête pour me lancer :

« Il se trouve qu'il y a bien un téléphone, juste là. Et je connais déjà le numéro. »

Et avec un dernier sourire séduisant, il s'éloigna, me laissant verrouiller la porte.

J'entendis leurs pas et leurs voix diminuer sur le chemin, puis le silence s'installa, agrémenté seulement du cliquetis des fenêtres sous les coups de vent nocturne et, dans l'intervalle, du bruit des vagues s'écrasant au bas de la colline.

Cela ne me dérangeait pas d'être seule. J'y étais habituée. Toutefois, quand j'eus défait mes valises et que je me fus préparé une tasse de café instantané dans la

— Fais-en un personnage sympathique. Nous ne voulons pas de méchants dans la famille.

— C'est l'héroïne.

— Tout va bien alors. Je te passe ta mère. »

Comme je m'y attendais, ma mère était moins préoccupée par l'histoire de la famille et le livre sur lequel je travaillais que par les raisons de mon départ soudain de France, et pourquoi donc j'avais choisi une maison sur la côte écossaise l'*hiver*, et s'il y avait des falaises. « Réflexion faite, dit-elle, ne me dis rien.

— Il n'y a pas de falaises près de ma maison, lui promis-je, mais elle était bien trop maligne pour se laisser duper.

— Ne t'approche surtout pas du bord. »

Cette recommandation me fit sourire. On pouvait difficilement se trouver plus près du bord de la falaise que sur les ruines du château de Slains, et ma mère aurait risqué une crise cardiaque si elle m'avait vue m'y promener quelques jours plus tôt. Mieux valait qu'elle ignore ce que j'étais parfois amenée à faire pour mes recherches.

Quand j'eus raccroché, le feu s'était affaibli dans le poêle, et je le couvris d'une pelletée de charbon que je pris dans la grande hotte en métal que m'avait laissée Jimmy, ne sachant pas vraiment combien en mettre pour maintenir la flamme toute la nuit. Je donnai des petits coups maladroits et observai les nouveaux morceaux de charbon s'illuminer de belles flammes bleues semblant danser au-dessus de leur corps sombre. Et tandis que je contemplais le feu, je sentis la transe de l'écrivain m'envahir. Il me semblait voir le feu mourant dans cette chambre du château et entendre la voix d'homme dire, dans mon cou : « Nous aurons assez chaud. »

C'était suffisant. Je refermai résolument la porte du poêle et, mon café à la main, j'allai m'installer à mon ordinateur. Si mes personnages étaient d'humeur à me parler, le moins que je puisse faire était d'écouter ce qu'ils avaient à dire.

I

Elle luttait contre la fatigue. Le sommeil l'approchait par vagues, au rythme des mouvements de son cheval, et berçait son corps épuisé jusqu'à ce qu'elle se sentît abandonner toute résistance. L'obscurité l'enveloppa alors et elle y sombra, glissant à l'arrière de sa selle. La perte d'équilibre la fit sursauter et reprendre conscience. Elle s'agrippa aux rênes. Le cheval, qui devait être aussi épuisé qu'elle, répondit par un geste irrité de la tête et lui adressa un regard noir avant de retourner ses naseaux vers le nord.

Les yeux du prêtre qui cheminait auprès d'elle étaient plus compréhensifs. «Êtes-vous trop fatiguée? Nous ne sommes plus très loin et j'aimerais que nous achevions notre voyage ce soir, mais si vous sentez que vous n'en pouvez plus...

— Je peux encore monter mon cheval, monsieur Hall.» M. Hall était le nom de code qu'utilisait le prêtre, par prudence en ces temps troublés. Sophia se redressa pour lui prouver qu'il lui restait quelques forces. Elle n'avait aucune envie de s'arrêter si près du but. Cela faisait deux semaines qu'elle voyageait et elle souffrait de tous ses os. Elle s'était bien sûr arrêtée à Édimbourg – une nuit dans un vrai lit et de l'eau chaude pour prendre un bain – mais ce souvenir lui semblait lointain, quatre longues journées plus tôt.

Elle ferma les yeux pour l'invoquer: le lit avec son baldaquin rouge et or, les draps fraîchement repassés contre sa joue, la domestique aimable qui lui avait apporté la bassine et la cruche d'eau, la gentillesse inattendue de son hôte, le duc d'Hamilton. Elle avait bien sûr entendu parler de lui. Presque tous à cette époque avaient une opinion arrêtée sur le grand James Douglas, duc d'Hamilton, qui avait failli diriger le Parlement d'Édimbourg et était depuis longtemps considéré comme l'un des patriotes d'Écosse les plus féroces.

Beaucoup de rumeurs couraient à propos de ses sympathies envers le roi Stuart exilé en France, quand celles-ci n'étaient pas ouvertement exprimées. Il avait été arrêté dans sa jeunesse, avait-on dit à Sophia, pour avoir préparé une conspiration jacobite, et avait été fait prisonnier à la tour de Londres. Une faute qui ne pouvait que lui attirer les faveurs de ses compatriotes écossais, lesquels ne portaient dans leur cœur ni l'Angleterre ni ses lois – et encore moins depuis l'Acte d'Union de l'hiver précédent qui, en un coup rapide et dépourvu d'effusion de sang, avait arraché aux Écossais les lambeaux d'indépendance qui leur restaient encore depuis Wallace et Bruce. Il n'y aurait désormais plus de gouvernement en Écosse ; plus de parlement à Édimbourg. Ses membres se disperseraient dans leurs domaines respectifs, certains plus riches qu'autrefois grâce aux terres qu'ils avaient obtenues en contrepartie de leur approbation de l'Union, d'autres amers et rebelles, parlant sans détour de prendre les armes.

Des alliances fortuites se formaient. Sophia avait entendu dire que sa propre famille des comtés de l'Ouest, loyalement presbytérienne et élevée dans la haine des jacobites, cherchait à présent à les rejoindre pour rendre le trône d'Écosse au roi catholique Jacques Stuart. Mieux valait être gouvernés par un Écossais catholique, raisonnaient-ils, que par la reine Anne d'Angleterre ou, pire encore, par le prince allemand que la souveraine avait nommé comme successeur.

Lorsqu'elle avait fait la connaissance du duc d'Hamilton, Sophia s'était demandé où étaient ses allégeances. Aucune restauration des Stuart n'était possible sans qu'il fût au courant – il avait bien trop de relations et était lui-même bien trop puissant. Certaines voix, elle le savait, le qualifiaient de jacobite, alors même qu'il avait épousé une

Anglaise, qu'il avait des terres dans le Lancashire et qu'il semblait aussi à l'aise à la cour de la reine Anne qu'en Écosse. Il était difficile de déterminer le camp qu'il choisirait en cas de guerre.

Il n'avait pas parlé de politique lors du séjour de Sophia, ce qui ne l'avait pas surprise. Elle s'était soudain retrouvée chez lui, contre son gré, lorsque le parent qui l'accompagnait pour son voyage, en qualité de guide et de chaperon, était tombé malade à leur arrivée à Édimbourg. Ce dernier connaissait vaguement le duc, ayant jadis été au service de la duchesse douairière, sa mère, et avait ainsi obtenu pour sa jeune protégée une chambre dans les superbes appartements du duc à Holyroodhouse.

Elle y avait été accueillie avec bienveillance et avait goûté à des mets dont elle avait oublié l'existence au cours de son pénible voyage – de la viande, du poisson, des légumes fumants et du vin servi dans des verres à pied en cristal qui reflétaient la lueur des bougies comme des joyaux. La chambre qu'on lui avait offerte était celle de l'épouse du duc, qui rendait visite à des connaissances au nord de l'Angleterre à ce moment-là. C'était une pièce somptueuse avec son baldaquin rouge et or, son paravent indien, ses tableaux et ses tapisseries – et, sur le mur, le plus grand miroir qu'elle eût jamais vu.

Elle s'y était regardée dans un soupir : elle avait espéré que le reflet lui montrerait autre chose que cette femme frêle épuisée par la route qui soupirait en retour, les boucles claires ébouriffées et assombries par la poussière, les yeux pâles rougis et encerclés des ombres du manque de sommeil. Elle s'était alors lavée dans la bassine, mais cela n'avait pas été très utile. Son reflet, bien que plus propre, lui avait paru tout aussi pitoyable.

Elle avait cherché le réconfort dans le sommeil.

Au matin, après le déjeuner, le duc d'Hamilton en personne lui avait rendu visite. Elle l'avait trouvé tout à fait charmant, comme le promettait sa réputation. Dans sa jeunesse, disait-on, il était considéré comme le plus bel homme de la Cour. Dans la force de l'âge, les contours de son visage s'étaient peut-être un peu relâchés, et il devait avoir un torse moins ferme, mais il n'avait rien perdu de sa galanterie. Il s'était incliné, les boucles de sa perruque noire se répandant au-delà de ses épaules, et il lui avait baisé la main comme à une égale.

« Il semble que vous soyez bloquée chez moi, avait-il déclaré. Je crains que la maladie de votre parent ne soit assez sérieuse, avec des poussées de fièvre. J'ai veillé à ce qu'il soit installé avec autant de confort que possible, et j'ai trouvé une infirmière pour s'occuper de lui, mais il ne sera pas en état de monter à cheval avant un certain temps.

— Oh, je vois. » Elle avait baissé la tête, déçue.

« Vous trouvez ces appartements si inconfortables que vous souhaitez déjà repartir ? » Il la taquinait, bien sûr, mais le ton de sa voix témoignait d'une réelle curiosité.

« Oh non, ce n'est pas cela, Monseigneur. C'est juste que… » Mais elle ne savait pas très bien comment en expliquer la raison, si ce n'est qu'elle aurait souhaité être à la fin de son périple, non au milieu. Elle ne connaissait pas la personne chez qui elle se rendait, cette dame qui n'était pas sa propre parente, mais celle de son oncle par alliance. Une femme riche et puissante qui, par l'action de la Providence, s'était émue de la mort récente de cet oncle et avait écrit pour annoncer qu'elle recueillerait Sophia chez elle, qu'elle lui offrirait une nouvelle maison.

Une maison. Ce mot l'avait alors attirée, comme il l'attirait à présent.

« C'est juste que, dit-elle hésitante, on m'attend au Nord. »

Le duc l'examina un instant, puis déclara : « Assoyez-vous, je vous prie. »

Elle s'assit, inconfortablement, sur l'étroit canapé près de la fenêtre tandis qu'il prenait place sur le fauteuil en velours en face, la regardant toujours avec curiosité.

« Vous allez chez la comtesse d'Erroll, m'a-t-on dit. Au château de Slains.

— Oui Monsieur.

— Et quel est votre lien avec cette dame remarquable ?

— C'était une parente de mon oncle, John Drummond. »

Il hocha la tête. « Mais vous n'êtes pas une Drummond.

— Non Monsieur. Mon nom est Paterson. C'est ma tante qui avait épousé un Drummond. Cela faisait huit ans que j'habitais chez eux, depuis la mort de mes parents.

— Comment sont-ils morts ?

— Ils ont tous les deux péri, Monseigneur, lors de leur traversée vers Darién.

— Darién ! » Il lança ce mot comme un coup de marteau. Elle savait qu'il avait été l'un des partisans les plus ardents du rêve écossais de fonder une colonie au Nouveau Monde, située sur la pointe de terre entre l'Amérique du Nord et celle du Sud. Tant de personnes y avaient cru et avaient déversé leur fortune dans cette entreprise risquée, confiantes dans le fait que cela donnerait aux Écossais le contrôle des deux mers – une voie sans égale vers l'Inde, où les cargaisons seraient transportées sur terre à travers l'isthme d'une mer à l'autre, apportant au pays richesses et puissance extraordinaires.

Son père avait cru à ce rêve ; il avait vendu tout ce qu'il possédait pour acheter deux places à bord du premier navire entreprenant cette audacieuse traversée. Mais ce rêve doré s'était transformé en cauchemar. Aussi bien les Anglais que les Espagnols s'étaient opposés à l'installation des Écossais à Darién, et aujourd'hui, il n'y restait rien d'autre que les autochtones et les abris abandonnés de ceux qui avaient souhaité s'y construire un empire.

Le duc d'Hamilton avait condamné sans fléchir ceux qui avaient joué un rôle dans la perte de Darién. Il la regarda avec un regain de gentillesse en disant : « Dieu soit loué, vous ne les avez pas accompagnés dans leur périple, sans quoi vous auriez vous aussi perdu la vie. » Il réfléchit un moment. «Auriez-vous alors un lien de parenté avec William Paterson?»

Le marchand et aventurier qui, le premier, avait rêvé de Darién et avait lancé ce mouvement fatidique.

«Je crois que c'est un cousin éloigné, mais je ne l'ai jamais rencontré.

— C'est peut-être aussi bien pour vous.» Il sourit et s'appuya contre son dossier pour réfléchir à nouveau. «Alors comme cela vous souhaitez rejoindre Slains?»

Elle se contenta de le regarder, n'osant pas encore espérer...

«Vous aurez besoin de quelqu'un pour vous guider et vous protéger des périls de la route, poursuivit-il, toujours pensif. J'ai quelqu'un en tête, un homme qui pourrait remplir cette fonction, si vous acceptez de vous fier à mon jugement.

— Qui donc, Monseigneur?

— Un prêtre se faisant appeler M. Hall. Il connaît le chemin de Slains, il s'y est déjà rendu en mon nom. Et vous n'auriez rien à craindre en sa compagnie.»

Rien à craindre. Rien à craindre.

Elle se repositionna sur sa selle, et M. Hall tendit une main pour l'aider. «Nous y sommes, déclara-t-il pour l'encourager. J'aperçois les lumières de Slains.»

Elle remua pour finir de se réveiller et scruta l'horizon, ses yeux fatigués perçant le brouillard du soir qui enveloppait les terres arides autour d'eux. À son tour, elle distingua les lumières – de petits points jaunes brûlant au niveau des tourelles et des murs épais. Plus bas, bien qu'elle ne la vît pas, elle entendait la mer du Nord gronder contre les rochers et, plus près, un chien qui s'était lancé dans un aboiement agressif.

Elle poursuivit son chemin jusqu'au château, mais l'animal ne semblait pas vouloir se calmer. Alors qu'elle s'apprêtait à écarter son cheval, hésitant à aller plus loin, une porte s'ouvrit en grand et une lumière chaleureuse se répandit sur la pelouse rude. Une femme s'approcha d'eux, en robe de deuil. Elle n'était pas jeune, mais elle était belle et marchait vers eux sans chapeau, sans châle ni cape, peu soucieuse de l'humidité.

« Vous arrivez au bon moment, leur annonça-t-elle. Nous sommes sur le point de nous mettre à table. Emmenez les chevaux à l'écurie pour la nuit, vous y trouverez mon palefrenier pour vous aider, indiqua-t-elle à M. Hall. La jeune femme peut venir avec moi. Nul doute qu'elle souhaitera se rafraîchir et se changer. » Elle tendit la main pour aider Sophia à descendre de sa monture, tout en se présentant. « Anne, comtesse d'Erroll et, jusqu'au mariage de mon fils, maîtresse de Slains. Je crains d'avoir oublié votre nom. »

N'ayant que très peu parlé au cours du voyage, la jeune fille dut se racler la gorge avant de répondre. « Sophia Paterson.

— Eh bien, déclara la comtesse, dans un sourire qui contrastait avec le paysage désolé derrière elle, je vous souhaite la bienvenue chez vous, Sophia. »

———————

Chapitre 4

On frappait à la porte de la maison.

Je mis un moment à m'en rendre compte. Encore à moitié endormie sur la table en bois, je relevai la tête avec une certaine raideur. Mon ordinateur portable s'était lassé de m'attendre et était passé en mode veille ; des pluies d'étoiles se précipitaient vers moi et autour de moi, comme si je traversais l'espace à vive allure.

Je clignai des yeux puis, reprenant mes esprits, j'enfonçai une touche de mon clavier et regardai les mots défiler à l'écran. Je ne croyais pas vraiment qu'ils seraient là. Je n'étais même pas sûre de les avoir tapés.

Je n'avais jamais eu la plume rapide et cinq cents mots en un jour représentaient, pour moi, une bonne performance. Mille mots me ravissaient. Et cette nuit-là, en une fois, j'en avais écrit deux fois plus, avec une telle aisance que j'étais certaine d'avoir rêvé.

Ils étaient toutefois bien réels. J'en avais la preuve nette à l'écran, et je n'aurais sans doute pas ressenti une telle stupeur si j'avais découvert, en ouvrant les yeux, un dinosaure dans mon jardin. Sans y croire encore tout à fait, je sauvegardai à nouveau le document et lançai son impression.

On frappa une seconde fois à ma porte. Je me redressai sur ma chaise, me levai, et traversai la pièce pour aller ouvrir.

«Je voulais pas vous réveiller.» Jimmy Keith était confus, même s'il n'avait aucune raison de l'être puisqu'il ne devait pas être loin de midi.

Je lui mentis. «Je ne dormais pas, ne vous inquiétez pas.» Je me mordis les joues pour retenir le bâillement prêt à me trahir. «Entrez, je vous en prie.

— Je me disais que vous auriez peut-être besoin d'aide, avec le poêle par exemple.» Il amenait le froid avec lui, celui-ci s'agrippant à son manteau avec la vivacité du vent salé. Je ne distinguais pas grand-chose derrière lui car la brume suspendue au-dessus des vagues était comme une sorte d'énorme nuage, trop lourd pour planer dans l'air. Laissant ses bottes boueuses près du paillasson, il se dirigea vers la cuisine et ouvrit la porte du poêle pour examiner mon feu de charbon. «Aïe, il s'est éteint. Vous auriez dû m'appeler.»

Après avoir retiré les cendres, il replaça le charbon. Ses mains rugueuses étaient si rapides et précises dans leurs mouvements que j'en revins à me demander quel était, ou quel avait été son métier. Alors je lui posai la question.

Il releva la tête. «J'étais latteur.»

Fabricant de lattes pour les toits. Cela expliquait pourquoi il semblait avoir vécu toute sa vie au grand air, pensai-je.

Il me demanda alors ce que, moi, je faisais, désignant de la tête mon ordinateur et l'imprimante encore bourdonnante sur la longue table en bois contre le mur opposé. «Qu'est-ce que vous faites avec ça?» Je commençais à m'habituer à son accent doric.

«J'écris, lui répondis-je. Des livres.

— Ah oui? Quel genre de livres?

— Des romans. Historiques.»

Il claqua la porte du poêle et se releva, visiblement impressionné. « Ah oui ?

— Oui. Celui sur lequel je travaille en ce moment se passe ici. C'est pour ça que j'avais besoin de cette maison. Mon histoire se déroule au château de Slains.

— Ah oui ? » répéta Jimmy, comme s'il s'était découvert un nouvel intérêt. J'avais l'impression qu'il m'aurait posé plus de questions si quelqu'un n'avait pas, à ce moment-là, frappé à la porte.

« Vous êtes très sollicitée aujourd'hui », fit Jimmy tandis que j'allai ouvrir pour trouver, comme je m'y attendais à moitié, Stuart sur le palier.

« Bonjour. Je me suis dit que j'allais venir voir comment vous vous acclimatiez, déclara-t-il.

— Tout va bien, merci. Entrez, votre père est là aussi.

— Mon père ?

— Eh oui, lança Jimmy de la cuisine, en plissant les yeux. Je t'ai jamais vu debout si tôt fiston. Est-ce que ça va ? »

Stuart répondit à cette allusion par un sourire. « Il est onze heures passées.

— Oui, je sais bien. »

Il rouvrit le poêle pour finir de ranimer le feu et se leva quand je le remerciai. Mais il ne semblait pas pressé d'aller où que ce soit, et Stuart non plus, alors je leur demandai : « Est-ce que l'un de vous voudrait du café ? J'étais sur le point d'en faire. »

Apparemment, l'idée d'une tasse de café plaisait aux deux Keith. Ils ne s'assirent pas pour attendre. Jimmy partit errer dans la pièce principale, en sifflotant entre ses dents, tandis que Stuart me suivit dans la cuisine et s'appuya contre le mur, les bras croisés. « Alors, vos impressions sur votre première nuit ici ? J'aurais dû vous avertir que la fenêtre de la chambre fait un vacarme d'enfer quand le vent souffle de la mer. J'espère que ça ne vous a pas empêchée de dormir !

— En fait je ne suis pas arrivée jusqu'à la chambre hier soir. Je travaillais », répondis-je en faisant un signe de tête en direction de la longue table en bois.

Jimmy, qui avait été jeter un coup d'œil à mon ordinateur, ajouta : « Elle est écrivaine.

— Oui, je sais, dit Stuart.

— Elle est en train d'écrire sur notre château. »

Stuart me regarda comme s'il avait pitié de moi. « C'est une grave erreur de dire à mon père une chose pareille. »

J'allumai la bouilloire. « Pourquoi ?

— Il va aller dîner au St. Olaf, voilà pourquoi. Dès cet après-midi, tout Cruden Bay saura exactement pourquoi vous êtes là et ce que vous faites. Vous n'aurez plus un instant de répit.

— Ah, ce garçon ne sait pas ce qu'il dit. J'ai pas de temps pour les cancans.

— Il veut dire pour les potins, traduisit Stuart. Et ne le croyez pas. Il adore raconter des histoires. »

Son père ajouta : « C'est vrai, et j'ai de la chance que tu me donnes toujours de la matière. »

Je préparai le café et nous nous assîmes ensemble pour le boire, après quoi Jimmy consulta sa montre et déclara : « Bon, il est temps que j'y aille. » Il donna une petite tape à son fils. « Et ne la retarde pas trop toi non plus. » Il me remercia pour le café et sortit.

Le brouillard se levait mais, le temps que je referme la porte derrière lui, l'air humide de la mer s'était engouffré dans la maison et m'avait donné envie de faire un tour.

« Dites, fis-je à Stuart, et si vous me faisiez visiter Cruden Bay ? »

Il lança un coup d'œil par la fenêtre. « "Dans ce brouillard ? »

— Pourquoi pas ?

— Pourquoi pas, dit-elle. » Mais il céda, se levant de son fauteuil. « De toute façon, j'imagine que le temps est aussi beau que vous pourriez l'espérer à cette période de l'année, alors d'accord, allons-y. »

Cela me fit du bien de marcher sous le vent, mes cheveux voletant autour de moi, aspergés par l'eau de mer envoyée par les vagues qui s'écrasaient sur la plage rose déserte. Le chemin qui menait au bas de la colline était toujours glissant d'eau et de boue, mais quelles que soient les appréhensions que j'aie pu ressentir la veille dans le noir, elles étaient à présent oubliées de jour, et le port au-dessous de nous paraissait plutôt sympathique et accueillant.

Ce n'était pas un grand port, seulement un petit carré d'eau calme derrière un mur protecteur face à la mer, et aucun bateau n'y était amarré – les rares embarcations que je voyais avaient été complètement tirées hors de la mer pour reposer sur la terre, et j'en conclus que personne ne partait pêcher de cet endroit l'hiver.

Stuart m'emmena de l'autre côté, et nous passâmes devant la maison de son père et les autres maisons agglutinées tout autour, aux murs en plâtre rugueux et aux toits en ardoise ruisselants. Nous traversâmes la longue passerelle peinte en blanc qui menait à la plage et aux hautes dunes. J'aurais aimé dévier dans cette direction-là, mais Stuart avait un autre endroit en tête.

Nous quittâmes Harbour Street pour rejoindre la rue principale, et je retrouvai la rangée de maisons et les quelques magasins d'un côté, le ruisseau courant vivement de l'autre, surplombé par des arbres nus. En haut de la colline, la rue principale se terminait en plongeant sur le côté d'une large route – celle que j'avais empruntée pour arriver la fin de semaine précédente. Mais j'étais si concentrée sur les ruines du château au loin, ce jour-là, que je n'avais alors pas remarqué grand-chose d'autre. Comme le superbe bâtiment qui se tenait, majestueux, juste au-dessus de la route. Des murs en granit rouge, des lucarnes blanches et plusieurs pointes lui donnaient une certaine élégance victorienne. Nous nous en approchâmes de côté, mais sa vaste façade dominait une pelouse qui s'étalait jusqu'au ruisseau qui semblait plus calme là-haut, s'écoulant doucement sous un pont de la route principale, comme si lui aussi sentait que le bâtiment méritait un certain respect.

« Et ça, annonça Stuart avec de grands airs, c'est le "Killie", le Kilmarnock Arms Hotel. C'est là que votre ami Bram Stoker a séjourné la première fois qu'il est venu à Cruden Bay, avant de déménager à Finnyfall, à l'extrémité sud de la plage.

— Avant de déménager où ?

— À Finnyfall. Ça s'écrit *Whinnyfold*, mais tout le monde le prononce à la dorique. Ce n'est pas grand, juste une poignée de maisons. »

Je ne savais pourquoi, mais j'avais du mal à imaginer Bram Stoker à l'aise dans une petite maison. Le Kilmarnock Arms lui aurait mieux convenu. J'imaginais bien le créateur du vampire le plus célèbre au monde assis à son bureau près d'une fenêtre, à l'étage, en train de contempler la côte orageuse.

« On peut entrer, proposa Stuart, si ça vous dit. Ils ont un restaurant où ils servent un assez bon dîner. »

Il n'eut pas besoin d'insister. J'avais toujours aimé explorer les lieux où d'autres écrivains m'avaient précédée. Le petit hôtel que je préférais à Londres avait été autrefois le repère de Graham Greene et, dans sa salle à manger, je m'assoyais toujours sur la chaise qu'il avait occupée, espérant qu'un peu de son génie déteindrait sur moi. Dîner au Kilmarnock Arms, décidai-je, me donnerait une chance semblable de communier avec le fantôme de Bram Stoker.

Le restaurant mêlait banquettes tapissées de cuir rouge, avec des lampes sphériques en verre et cuivre à leurs extrémités, et chaises et tables en bois sombre installées sur un tapis bleu marine. Toutes les boiseries avaient été peintes en blanc et tous les murs, à l'exception de celui en pierre tout au bout de la pièce, avaient été recouverts d'un papier peint jaune aux motifs discrets qui, associé aux fenêtres et à la lumière du jour, donnait à ce lieu une ambiance joyeuse, pas sombre du tout. Aucun vampire de ce côté-là.

Je commandai une soupe, de la salade et un verre de vin blanc sec. Boire du vin au dîner était une habitude que j'avais prise en France et dont je devrais sans doute me défaire maintenant que j'étais en Écosse. Il me faudrait en effet être tout à fait lucide pour m'aventurer sur les chemins près de la côte. Même sans l'avertissement de ma mère, je savais d'expérience qu'il valait mieux ne pas chanceler au moment de s'approcher des falaises. Mais pour cette fois-ci, comme je n'avais pas l'intention de beaucoup m'éloigner des trottoirs, je me considérai à l'abri.

Stuart, fidèle à la réputation que lui avait faite son père la veille, commanda une pinte et s'assit avec moi sur la banquette, s'adossant contre le cuir rouge. Il était très beau, pensai-je, avec ses yeux rieurs et ses cheveux presque noirs qui lui balayaient nonchalamment le front. Il avait le regard bleu, remarquai-je, comme son père, mais il ne ressemblait pas à Jimmy. Toutefois, dans cette lumière, quelque chose me frappa dans ses traits, comme si j'avais déjà vu son visage, ou un visage similaire, quelque part.

« Pourquoi ces sourcils froncés ? me demanda-t-il.

— Comment ? Oh, aucune raison particulière. Je réfléchissais, c'est tout. Les aléas du métier.

— Je vois. C'est la première fois que je dîne avec un écrivain. Est-ce que je dois faire attention à mon comportement, au cas où je deviendrais un personnage de votre nouveau livre ? »

Je lui assurai qu'il était hors de danger. « Vous ne serez pas un personnage. »

Il fit mine d'être vexé. « Oh ? Et pourquoi ça ?

— C'est juste que je ne construis pas mes personnages à partir de gens que je connais. Ou en tout cas pas à partir d'une personne dans son ensemble. Des fragments, parfois – les manies d'une personne, la façon de bouger d'une autre, certaines de leurs déclarations. Mais tout ça se retrouve mélangé dans le personnage que j'imagine, expliquai-je. Vous ne vous reconnaîtriez pas, si je vous utilisais.

— Et vous me recruteriez pour construire le héros ou le méchant ? »

Cela me surprit. Non pas la question en elle-même, mais le ton de Stuart. Pour la première fois depuis que je l'avais rencontré, il flirtait. Cela ne me gênait pas vraiment mais me prenait au dépourvu, et je mis un moment à m'ajuster à ce changement. « Je ne sais pas, je viens à peine de vous rencontrer.

— Premières impressions.

— Le méchant, dis-je avec légèreté. Mais il faudrait vous faire pousser la barbe ou quelque chose du genre.

— D'accord, promit-il. Pourrais-je avoir une cape ?

— Bien sûr.

— Un méchant ne peut l'être qu'avec une cape. » Il sourit de toutes ses dents et j'eus à nouveau le sentiment étrange, inédit et troublant, que je l'avais déjà vu quelque part.

« Étiez-vous en France pour affaires ou en vacances ? lui demandai-je.

— Pour affaires. Je travaille sans relâche. » Il poussa un soupir résigné en s'appuyant contre le dossier et en levant sa pinte, et je ne pus m'empêcher de le défier.

« Sans relâche, dites-vous ?

— Bon, peut-être pas à cet instant précis, admit-il. Mais dans quelques jours j'aurai repris de plus belle, à Londres.

— Votre père m'a dit que vous travailliez avec des ordinateurs ?

— D'une certaine façon. Je m'occupe du soutien avant-ventes d'un logiciel de gestion intégrée. » Il nomma l'entreprise pour laquelle il travaillait, mais cela ne me disait rien. « Le produit est bon, alors je suis très demandé. »

Avec un sourire pareil, il avait sans doute une fille dans chaque port. Mais après tout, il me faisait rire, et je n'avais pas eu de sortie de ce type depuis au moins un an. J'avais été trop absorbée dans mon travail – pas de temps pour les rencontres, pas de temps à consacrer à un homme même si j'en avais rencontré un. L'écriture prenait ainsi parfois le dessus, pouvant dévorer tout le reste. Lorsque je me plongeais dans une histoire, j'oubliais le besoin de manger, de dormir, de tout. Le monde que j'avais créé semblait alors plus réel que le monde derrière ma fenêtre, et je ne souhaitais rien d'autre que m'échapper devant mon ordinateur, de me perdre à cet autre endroit, à cette autre époque.

Il était sans doute préférable que le travail de Stuart Keith le fasse sans cesse voyager. Il se lasserait vite de ma compagnie s'il restait trop longtemps.

Le Kilmarnock Arms marqua le début et la fin de ma première visite de Cruden Bay. Stuart semblait content de rester assis là, bien au chaud et confortablement installé. Il ne manifestait pas grande envie de m'emmener ailleurs. Il était redevenu amical au moment de me raccompagner chez moi. Pas de drague, rien qu'un sourire sur le pas de la porte et la promesse qu'il passerait prendre de mes nouvelles le lendemain.

J'allai contrôler le feu de la cuisine et le trouvai en piteux état, alors je le ravivai comme me l'avait montré Jimmy, me sentant à présent presque experte en la matière. En me relevant, un bâillement soudain vint me rappeler que j'avais à peine dormi la veille, que je venais de boire un verre de vin et que j'avais besoin de me reposer.

Ma petite chambre au fond de la maison ne contenait qu'une armoire et un lit en fer, avec un matelas usé sur des ressorts à l'ancienne qui couinèrent quand je m'assis.

Une fenêtre était orientée vers le nord et donnait sur l'affleurement rocheux déchiqueté où se dressaient, tout en haut, les ruines de Slains, se détachant, rouges, dans le ciel nuageux. Cependant, à cet instant précis, j'étais bien trop fatiguée pour m'attarder sur cette vue.

Le lit émit un fort grincement lorsque je m'y allongeai, mais la taie d'oreiller était douce et fraîche contre mon visage épuisé et, quand je me glissai dans la chaleur toute propre des draps et des couvertures, je sentis mon état de conscience glisser à son tour.

J'aurais dû dormir.

Mais ce que je vis en fermant les yeux n'était ni l'obscurité ni un rêve.

J'aperçus un fleuve et des collines vertes piquetées d'arbres sous un ciel bleu d'été. Bien que je ne reconnaisse pas ce paysage, l'image persistait. Elle continua de se développer dans mon esprit comme une projection privée jusqu'à ce que je perde toute sensation de fatigue.

Je me levai et allai écrire.

II

Elle rêva des bois, des douces collines de l'Ouest, du fleuve Dee qui dansait sous le soleil derrière les champs verdoyants et des ondulations gracieuses que formaient les hautes herbes en se courbant sur son passage. Elle sentait l'air pur du matin, la brise fraîche et délicate et la joie qu'elle transportait tandis que, non loin, sa mère fredonnait une chanson dont Sophia ne se souvenait que dans ses rêves...

Tout avait disparu, images et paroles, lorsqu'elle ouvrit les yeux. Le soleil lui aussi s'était envolé. Ici, la lumière était grise, plus dure, et n'atteignait pas les coins de la chambre, alors elle restait dans l'obscurité, bien qu'elle sût que les ombres ne cachaient pas grand-chose. La pièce était très simple, ornée d'une seule tapisserie qui essayait d'adoucir la pierre grise et nue et d'un unique tableau – un portrait d'une femme inconnue aux yeux tristes – au-dessus de la cheminée. Au-dessous de chacune de ces deux œuvres se trouvait un âtre, trop petit pour rivaliser avec le vent hurlant qui frappait la fenêtre éclaboussée de pluie.

Elle s'enveloppa d'une couverture pour se protéger du froid et se leva, curieuse de découvrir la vue de sa fenêtre. Elle avait espéré des collines ou des arbres... bien qu'elle ne se rappelât pas avoir aperçu d'arbres à l'approche du château la veille. De fait, cette partie de l'Écosse semblait plutôt dépourvue de végétation à l'exception du jonc marin et des herbes plus hirsutes qui poussaient près de la mer. C'était peut-être le sel qui empêchait le développement de plantes plus délicates.

Une autre violente bourrasque de pluie assaillit la fenêtre au moment où elle l'atteignait. L'espace d'un instant, elle ne vit rien du tout, puis le vent chassa l'eau en des ruisselets se déversant sur les côtés, lui découvrant alors le paysage.

La vue était inattendue et lui coupa le souffle. Elle voyait la mer et rien d'autre. Elle aurait très bien pu se trouver à bord d'un navire, à plusieurs jours de voyage d'une côte : rien que le ciel gris et les vagues fouettées par la tempête, s'étendant jusqu'à l'horizon obscur. La comtesse d'Erroll l'avait prévenue, au cours du souper de la veille, que, par endroits, les murs du château de Slains avaient été construits près des falaises, mais il semblait à Sophia que ces murs jaillissaient directement de la roche et qu'il ne pouvait rien y avoir au-dessous de sa fenêtre à part un simple mur de pierre au bord du précipice et, tout en bas, l'écume bouillonnante de la mer léchant les rochers.

Le vent précipita un autre torrent de pluie contre sa fenêtre. Elle fit alors demi-tour, se rapprocha du faible feu et sortit sa plus belle robe, faisant de son mieux pour se rendre présentable. Elle avait appartenu à sa mère et était loin d'être aussi à la mode que celle que portait la comtesse la veille, mais la couleur bleu clair lui allait bien et, avec ses cheveux soigneusement peignés et attachés, elle se sentait plus à même d'affronter ce qui l'attendait.

Elle ne savait pas encore quelle serait sa place dans cette maison. Le sujet n'avait pas été abordé au souper ; la comtesse s'était contentée de nourrir ses invités et de veiller à ce qu'ils ne manquent de rien avec une gracieuse hospitalité. Ce qui avait donné à Sophia l'espoir que cet endroit correspondrait bien à la promesse d'une maison heureuse et bienveillante.

Néanmoins, si la vie lui avait enseigné une chose, c'était qu'il ne fallait pas toujours compter sur les promesses. Elle n'était pas à l'abri d'une amère déception.

Prenant une profonde inspiration pour apaiser ses craintes, elle se redressa, lissa le haut de sa robe et descendit l'escalier. Il était encore tôt et il lui semblait être la seule personne réveillée. Elle passa de pièce vide en pièce vide et, comme la demeure était vaste et pourvue de nombreuses portes, elle se retrouva bientôt déboussolée et aurait pu continuer d'errer au hasard si elle n'avait pas entendu des bruits de vie. Des voix, un cliquetis qui lui parut celui d'une bouilloire, ainsi qu'une bribe de chanson joyeuse attirèrent ses pas jusqu'à une porte d'où émanaient une chaleur et des odeurs rassurantes. Il s'agissait de la cuisine, elle n'en doutait pas. La porte s'ouvrit d'elle-même dès qu'elle la toucha.

C'était une grande pièce bien astiquée, avec un foyer immense à une extrémité, un sol dallé et une longue table, toute simple, à laquelle était assis un jeune homme, grossièrement habillé, une pipe à la bouche, chaise en arrière, pieds bottés croisés au niveau des chevilles. Il ne remarqua pas tout de suite Sophia, car il n'avait d'yeux que pour la jeune fille qui fredonnait tout en disposant des assiettes propres sur un plateau.

Près de la cheminée, une femme dans la force de l'âge, plutôt corpulente, se tenait dos à eux et remuait un breuvage dans une marmite. Humant la bonne odeur de l'orge, Sophia sentit son estomac se tordre de faim, alors elle lança : « Bonjour ! »

Le fredonnement cessa. La chaise du jeune homme tomba dans un bruit sourd et les trois têtes se tournèrent, légèrement surprises.

La jeune fille parla la première. Elle s'éclaircit la voix. « Bonjour mademoiselle. Désiriez-vous quelque chose ?

— Est-ce du bouillon ?

— Oui. Mais vous aurez bien plus que cela, aujourd'hui, pour le déjeuner. Je servirai dans la salle à manger dans une demi-heure.

— Je... pourrais-je juste avoir un bol de bouillon s'il vous plaît, ici ? Serait-ce possible ? »

La surprise s'intensifia sur les visages. Mal à l'aise, Sophia cherchait les mots pour leur dire qu'elle n'avait pas l'habitude d'une grande demeure comme celle-là, qu'elle avait toujours mené une vie simple – pas vraiment pauvre, mais pas tellement au-dessus de leur place à eux dans l'ordre de la société – et qu'elle se sentait bien plus chez elle là, dans cette cuisine propre et gaie, que dans la salle à manger.

La femme plus âgée, qui avait jusqu'à présent gardé le silence près du foyer, dévisagea Sophia et déclara : « Assoyez-vous alors, mademoiselle, si cela vous fait plaisir. Rory, bouge ta grande carcasse inutile et laisse cette dame s'asseoir.

— Oh non, dit Sophia, je ne voulais pas... »

Le jeune homme, Rory, se leva sans protester et sans changement d'expression susceptible de trahir ce qu'il pensait de cette intrusion. « Il est temps pour moi de me mettre au travail » furent ses seules paroles et il disparut par le couloir de service. Sophia entendit le balancement des gonds suivi du claquement d'une porte qui envoya une vague d'air froid tourbillonner dans la chaleur de la cuisine.

« Je ne voulais pousser personne à s'en aller, déplora Sophia.

— Ce n'est pas votre faute, répondit la femme mûre. C'est moi qui l'ai chassé. Ce garçon passerait la moitié de l'avant-midi assis là si je le laissais faire. Kirsty, apporte un bol et une cuillère pour que je puisse servir à notre invitée son bouillon du matin. »

Kirsty semblait à peu près du même âge que Sophia, voire plus jeune, avec de grands yeux et des cheveux noirs bouclés. Elle s'exécuta, comme Rory, avec la vive obéissance qui relevait non de la peur, mais du respect. « Oui, madame Grant. »

Sophia s'assit et but le bouillon chaud, sans dire un mot, de crainte de déranger ces dames plus qu'elle ne l'avait déjà fait. Elle sentait leurs regards sur elle, tandis qu'elles s'adonnaient à leurs tâches, et elle fut soulagée quand, ayant terminé, elle put repousser son bol et les remercier.

Mme Grant lui assura que cela ne les avait absolument pas dérangés. « Cela dit, ajouta-t-elle d'un ton prudent, je ne pense pas que la comtesse apprécie que vous en fassiez une habitude. »

Sophia leva les yeux, espérant que les domestiques connussent déjà la place qu'elle occuperait au sein de la maison. « Suis-je donc censée prendre mes repas avec la comtesse et sa famille ?

— Oui, bien sûr, où donc autrement, sachant que vous êtes une parente de Madame ? demanda Mme Grant.

— Il existe de nombreux niveaux de parenté... », répondit Sophia, hésitante.

La cuisinière l'observa un moment, comme si elle cherchait à déceler le sens caché de ces mots, puis elle hissa une autre marmite sur son crochet et déclara : « Pas pour la comtesse d'Erroll, en tout cas.

— Elle me semble d'une grande bonté.

— C'est la meilleure des femmes. Cela fait trente ans que je travaille dans cette cuisine : je suis arrivée à l'âge de Kirsty. Je connais Madame mieux que personne, et je peux vous dire que vous n'en trouverez pas de semblable sur cette Terre. » Sophia surprit un léger sourire. « Vous pensiez qu'elle vous mettrait à la tâche ?

— Je ne savais pas à quoi m'attendre », répondit simplement Sophia, ne souhaitant pas dévoiler toutes ses craintes et ses espérances à une inconnue. Après tout, le passé appartenait au passé, et ces deux femmes se souciaient peu des épreuves qu'elle avait rencontrées depuis la perte de ses parents. Elle leur sourit à son tour. « Mais je vois que je suis bien tombée. »

Mme Grant la fixa à nouveau avant de conclure : « Oui, c'est sûr. Kirsty ? »

Celle-ci se retourna.

« Ils doivent être en train de se demander où est notre invitée, dans la salle à manger. Tu ferais mieux de l'y accompagner.

— D'accord, répondit Kirsty. Je m'en occupe. »

Sophia se leva, reconnaissante. « Merci. »

Les plis du visage de Mme Grant, qui paraissaient sévères jusque-là, semblaient à présent avoir été sculptés par son sourire. « Ah, ce n'est rien Mademoiselle. Mais mieux vaut prendre vos repas à table désormais, sans quoi on va penser que je vous nourris secrètement. »

Au déjeuner, Sophia n'eut cependant aucun mal à manger tout ce que servait Kirsty. Ses quatre jours de chevauchée depuis Édimbourg l'avaient affamée, et la bonne cuisine de Mme Grant rivalisait avec tous les mets qu'elle avait goûtés à la table du duc d'Hamilton lui-même.

Si la comtesse d'Erroll s'interrogea sur la raison de l'arrivée tardive de Sophia à la salle à manger, elle ne fit aucune remarque à ce sujet et se contenta de lui demander d'un ton amical si sa chambre lui plaisait.

« Oui, merci. J'y ai très bien dormi.

— C'est une chambre très simple, indiqua la comtesse, et le feu doit encore œuvrer pour la réchauffer, mais la vue y est sans égale. Les jours où il fera beau, n'oubliez pas d'admirer le lever de soleil. Vous serez impressionnée par sa beauté. »

M. Hall, tendant la main pour attraper un morceau de pain, lança à Sophia un clin d'œil complice. « Pas plus d'un jour par mois, ma chère. Le Seigneur a favorisé Slains à bien des égards, surtout en dotant ce château d'une si charmante maîtresse, mais Il préfère, pour des raisons qui Lui sont propres, maintenir ces faveurs enveloppées dans le brouillard et les bourrasques de vent. Si vous étiez amenée à voir le lever du soleil ne serait-ce que deux fois avant l'arrivée de l'été, vous pourriez vous estimer heureuse. »

La comtesse se mit à rire. « Bravo, monsieur Hall, vous allez rendre cette petite mélancolique. Il est vrai que vous n'avez jamais vu Slains par beau temps, mais le soleil brille même ici, de temps à autre. »

Elle paraissait plus jeune lorsqu'elle riait. Elle devait approcher de la soixantaine, estimait Sophia, mais elle avait encore un joli teint et des traits fermes, et ses yeux étaient clairs et vifs, pétillants d'intelligence. Elle remarqua le regard que Sophia portait aux deux portraits accrochés de part et d'autre de la fenêtre.

« Deux hommes d'une grande beauté, lui dit la comtesse, n'est-ce pas ? Voici mon mari, feu le comte. L'artiste lui a donné un air austère, mais c'était un homme d'une grande gentillesse. Et l'autre, c'est mon fils, Charles, l'actuel comte d'Erroll et, par droit de naissance, grand connétable d'Écosse. Ou de ce qu'il en reste, ajouta-t-elle amère, maintenant que le Parlement a ratifié l'Union.

— Oui, c'est inquiétant, nota M. Hall.

— Un tort qui, je l'espère, sera vite réparé », reprit la comtesse.

M. Hall jeta un coup d'œil vers Sophia comme le faisait son oncle lorsqu'une discussion abordait des points qu'il ne jugeait pas bon qu'elle entendît. Il demanda alors : « Comment va votre fils ? Je regrette de ne pas l'avoir vu davantage ces derniers temps, à Édimbourg.

— Assez bien, je vous remercie, monsieur Hall.

— Monseigneur le duc d'Hamilton m'a confié l'autre jour qu'il craignait que le comte d'Erroll eût quelque chose à lui reprocher, car celui-ci ne semble plus rechercher sa compagnie. »

La comtesse se recula pour permettre à Kirsty de débarrasser son assiette vide et esquissa un sourire prudent qui laissait voir un soupçon d'avertissement. « Je ne connais pas les opinions de mon fils, ni ses affaires.

— Non, bien sûr. Je ne pensais pas que ce serait le cas. Je disais simplement que le duc…

— Est sans doute un homme capable de demander directement à mon fils ce qu'il souhaite entendre, n'ayant pas besoin de mon intermédiaire. »

C'était un léger reproche que M. Hall accepta. « Madame, je vous présente mes excuses. Je ne voulais pas vous offenser.

— Et il n'en est rien, monsieur Hall. » Avec habileté, elle ramena la conversation en terrain plus sûr. « Vous n'avez pas d'urgence à reprendre la route, n'est-ce pas ?

— Non Madame.

— Je suis heureuse de l'entendre. Nous nous accommoderions bien de la compagnie d'un homme à Slains. Nous avons reçu très peu de visiteurs cet hiver, et nos voisins ne se sont pas éloignés de leurs propriétés. Je dois vous avouer que je m'ennuie assez ces temps derniers.

— Peut-être ces prochaines semaines apporteront-elles un changement », déclara M. Hall.

La comtesse sourit. « J'y compte bien. » Se tournant vers Sophia, elle ajouta : « Et je ne crains plus l'ennui à présent, avec une compagne si jeune et gaie. C'est vous ma chère qui, j'en ai peur, trouverez cette maison si ennuyante que vous souhaiterez vous en éloigner.

— Je peux vous assurer du contraire », répondit Sophia. Elle prononça ces mots d'un ton plus grave qu'elle n'en avait l'intention et ajouta avec plus de légèreté : « Je n'ai pas l'habitude des villes. Je préfère de beaucoup une vie tranquille.

— Cela, je suis en mesure de vous l'offrir. Du moins pour un temps. Jusqu'à ce que les familles environnantes apprennent qu'une jolie parente, pas encore mariée, habite à présent avec moi, après quoi je crains que nous nous retrouvions assiégées par les curieux. » Ses yeux brillaient, ravis de cette perspective.

Sophia écouta cette hypothèse sans faire de commentaires. Elle ne s'attendait pas à ce que des jeunes gens de la région vinssent réclamer ses faveurs, car elle savait qu'elle n'était pas spécialement belle – une fille banale d'une descendance ordinaire, sans revenu ni dot susceptible de la rendre désirable aux yeux d'un homme bien né.

« C'est aussi bien que je reste alors, remarqua M. Hall, pour vous aider à les repousser. » Il écarta sa chaise de la table. « Toutefois, pour l'heure, si vous me le permettez, je dois aller écrire une lettre à Monseigneur afin de lui faire part de mes projets. Vous avez les moyens j'imagine, Madame, de veiller à ce qu'un tel message parvienne à Édimbourg ? »

La comtesse répondit par l'affirmative, et il leur souhaita un bon avant-midi avant de s'incliner pour prendre congé. Kirsty s'empressa alors de débarrasser également son assiette, et la comtesse lui dit : « Kirsty, je dois vous remercier d'avoir accompagné Mlle Paterson ce matin. C'est une chance qu'elle vous ait trouvée. »

Kirsty leva les yeux, surprise, et sembla réfléchir un instant au meilleur moyen de modifier la vérité. « Madame, dit-elle, vous n'avez pas à me remercier. Mon seul mérite est de l'avoir croisée dans le couloir. Elle vous aurait rejoints ici sans mon aide. »

La comtesse sourit. « Peut-être, mais j'avoue avoir oublié l'un de mes devoirs d'hôtesse : il est en effet si facile de se perdre à Slains. Si vous avez fini, Sophia, je vais vous faire visiter le château. Vous ne craindrez ainsi plus de vous perdre. »

La visite fut longue et très complète.

Pour terminer, la comtesse lui montra une petite pièce au rez-de-chaussée, à l'extrémité du château. « Est-ce que vous cousez ? lui demanda-t-elle.

— Oui Madame. Souhaitez-vous que je raccommode quelque chose ? »

Cette réponse sembla surprendre la comtesse car elle marqua une pause, regarda Sophia un moment, puis lui dit : « Non, je souhaitais vous informer que cette pièce se prête bien à la couture, parce qu'elle bénéficie de la lumière du sud. Je suis moi-même une médiocre coutu-rière. Mon esprit a du mal à se concentrer sur un travail aussi minutieux, il a tendance à dériver honteusement vers d'autres pensées. » Elle sourit mais garda les yeux fixés sur le visage de Sophia.

Il faisait plus chaud dans cette pièce que dans les autres, du fait de sa petite taille, et elle était aussi plus confor-table et plus lumineuse grâce aux rayons du soleil qui pénétraient par les fenêtres et empêchaient les ombres de s'installer.

La comtesse demanda : « Combien de temps, Sophia, avez-vous vécu chez John Drummond ?

— Huit ans, Madame.

— Huit ans. » Il y eut un silence. « Je ne le connaissais pas bien, même si nous étions parents. Nous avons un peu joué ensemble dans notre enfance, il y a bien longtemps, à Perth. J'en garde le souvenir d'un enfant très déplaisant dont la plus grande joie était de casser ce qui l'entourait. » Elle leva une main et, d'un geste maternel, repoussa une boucle brillante du visage de Sophia. « Moi je préférais réparer. »

Ce fut tout ce qu'elle dit, et tout ce qu'elle dirait, au sujet de John Drummond.

Au fil des jours, Sophia se rendit compte qu'il était très rare que la comtesse se hasardât à dire du mal de quiconque, bien que ce fût une femme d'opinions. Et elle traitait tous les habitants de son foyer avec la même grâce et la même courtoisie. Toutefois, Sophia avait l'impression croissante, fondée sur rien de plus qu'un ton de voix prudent, une étrange lueur dans les yeux de la comtesse quand elle parlait à M. Hall, que sa protectrice ne partageait pas l'admiration de celui-ci pour le duc d'Hamilton.

Cependant elle appréciait M. Hall et, trois semaines plus tard, le prêtre était encore l'invité de Slains et personne ne parlait de son départ.

Chaque jour il suivait la même routine : son bouillon du matin, puis une heure où il s'isolait pour, pensait Sophia, prier ou s'occuper de ses affaires, après quoi il partait marcher le long des falaises surplombant la mer, quel que fût le temps. Sophia lui enviait ces promenades. Elle-même était, en vertu de son sexe, censée rester plus près des murs du château et ne pas s'aventurer bien au-delà du jardin de la cuisine, où elle sentait le regard toujours vigilant de Mme Grant. Mais ce jour-là, le ciel était dégagé et le soleil y rayonnait comme un flambeau. Chacun manifestait une certaine agitation, comme celle que ressentaient toutes les créatures lors de ces premiers jours au cours desquels l'hiver mourant cédait au printemps. Alors, quand M. Hall annonça qu'il partait pour sa promenade quotidienne, Sophia demanda la permission de l'accompagner, mais il protesta en disant que le chemin serait trop difficile.

« C'est trop loin et le terrain est trop accidenté. Vos souliers en reviendraient abîmés.

— Je porterai une vieille paire alors. Et je ne crains pas les difficultés si vous êtes là pour me guider. »

La comtesse la regarda avec un mélange de compréhension et d'amusement, puis partagea ce regard avec M. Hall. « Elle respire la santé. Je n'ai pas d'objection, si vous veillez à ce qu'elle fasse attention, sur les falaises, à ne pas trop s'approcher du bord. »

Il ne l'emmena pas près des falaises, mais dans les terres, le long de champs en jachère et de fermes occupées par des locataires. Des vaches aux yeux tendres sortaient les observer et des enfants aux joues roses se réjouissaient à leur vue. Pour Sophia, c'était plus familier que le paysage sauvage de la mer du Nord, bien qu'une partie d'elle-même semblât, ce matin-là, souhaiter sentir cet aspect sauvage. Elle ne vit donc pas d'inconvénient lorsque M. Hall suggéra qu'ils reprissent la route pour Slains.

Aussi loin qu'elle pût voir, le ciel au-dessus de la mer était presque entièrement dénué de nuages et, bien que le vent soufflât toujours fort, il avait tourné et venait à présent du sud-ouest, ne lui semblant plus aussi froid. L'eau, bien qu'encore striée de blanc, avait elle aussi perdu sa violence et s'approchait de la rive avec de meilleures manières, n'explosant plus sur les rochers mais se contentant de les envelopper d'écume avant de reculer, à une allure presque apaisante.

Ce n'était pas la mer elle-même, toutefois, qui attirait l'attention de Sophia, mais le navire qui s'approchait, semblant prêt à jeter l'ancre, les voiles repliées sous la croix blanche de Saint-André blasonnée sur une grande étendue de bleu écossais.

Elle ne s'attendait pas à voir un bateau si près des côtes et aussi au nord ; cette vision la prit entièrement au dépourvu. « Qu'est-ce que ce navire ? » demanda-t-elle.

La vue du bateau avait apparemment encore plus affecté M. Hall, parce qu'il mit un certain temps à lui répondre et, quand il se décida, sa voix trahit une certaine déception, voire un certain mécontentement. « Il s'agit du *Guillaume Royal*. Le navire du capitaine Gordon. » Il l'observa une minute de plus avant d'ajouter : « Je me demande s'il s'approche simplement pour saluer la comtesse, ou s'il a l'intention d'accoster. »

La réponse les attendait au petit salon.

L'homme qui se leva pour être présenté avait beaucoup d'allure. Sophia estima qu'il devait avoir une quarantaine d'années. Elle le trouvait beau dans son uniforme de capitaine, avec son long manteau bleu bordé de tresses d'or, ses boutons scintillants, son foulard blanc élégamment noué autour de sa gorge et sa perruque bouclée à la mode. Malgré cela, il n'avait rien de prétentieux et ses yeux bleus étaient francs. « Votre serviteur, assura-t-il à Sophia quand elle fut présentée à lui.

— Le capitaine Gordon, lui expliqua la comtesse, est un ami de longue date, un ami cher, qui nous honore par sa présence. » Elle se tourna vers lui. « Vous nous avez manqué, Thomas, cet hiver. Votre navire a-t-il été désarmé, ou effectuiez-vous une autre traversée vers les Indes ?

— Le *Guillaume Royal* a passé ces derniers mois près de Leith, Madame. C'est notre premier voyage vers le nord.

— Et où êtes-vous basé à présent ?

— J'ai pour ordre de patrouiller entre les Orcades et Tynemouth, même si cela changera sans doute avec l'entrée en vigueur de l'Union. »

M. Hall expliqua à Sophia : « Le capitaine Gordon est le chef de nos frégates écossaises sur la côte Est, qui seront bientôt absorbées par la marine de la Grande-Bretagne.

— Et qui, alors, protégera notre littoral des pirates?» demanda la comtesse. Mais elle souriait en prononçant ces mots et Sophia eut à nouveau l'impression d'être exclue d'un moment de complicité entre eux. «Je vous en prie, reprit la comtesse, mettez-vous à l'aise et installons-nous confortablement.» À ces mots, elle s'assit et fit signe à Sophia de prendre place sur le petit fauteuil près d'elle. Les messieurs optèrent quant à eux pour des chaises rembourrées d'un coussin en cuir rouge plus près de la fenêtre.

Sophia sentait le regard du capitaine sur elle et, un peu mal à l'aise, elle chercha à rompre le silence. «Y a-t-il beaucoup de pirates, Monsieur, susceptibles d'attaquer notre côte?

— Oh que oui, répondit le capitaine. Les Français et les Espagnols ont toujours un œil sur nos navires écossais.»

M. Hall émit la remarque aimable suivante: «J'imagine que cet intérêt de leur part vous profite bien plus qu'à eux-mêmes. Ne gardez-vous pas en effet le butin de tout bateau que vous interceptez?

— C'est vrai, répondit le capitaine Gordon, amusé. Et peu de navires réussissent à distancer le *Guillaume Royal*. Pas même les Français.

— Avez-vous récemment croisé une embarcation française? demanda M. Hall.

— Personnellement non. Mais j'ai cru comprendre que la reine Anne s'intéressait particulièrement aux navires en provenance de France depuis le début du printemps. Et mes supérieurs m'incitent à un regain de prudence à l'égard de ceux-ci.

— Vraiment?

— Oui.» La réponse du capitaine resta un moment suspendue dans l'air, comme si elle appelait une certaine réflexion. Puis il haussa une épaule et ajouta: «Mais il n'est pas facile d'être partout à la fois. J'ose avouer que toute personne déterminée à passer entre mes filets pourrait y parvenir.»

La comtesse lança un regard vers Sophia puis, d'une voix légère, changea de sujet au profit des nouvelles qu'apportait le capitaine Gordon d'Édimbourg et des rumeurs à propos de l'Union.

Lorsque le capitaine prit congé une heure plus tard, il assura affectueusement à la comtesse : « Je demeure, ma chère, votre ami et serviteur le plus dévoué. N'en doutez jamais.

— Je le sais, Thomas. Prenez soin de vous.

— Personne ne peut me nuire. » Un sourire aux lèvres, il se pencha pour lui baiser la main, puis tourna son sourire vers Sophia, bien qu'il continuât de s'adresser à la comtesse. « Vous pourriez être amenée à davantage me voir cette année que les précédentes. J'ai un faible pour la compagnie agréable, et Dieu sait que mon équipage peine à satisfaire ce besoin. » Puis il baisa la main de Sophia, dit adieu à M. Hall et repartit en direction de la barque qui le ramènerait à son navire.

« Un homme d'une rare élégance, ne trouvez-vous pas ? demanda la comtesse à Sophia tandis qu'elles s'étaient levées pour le regarder s'éloigner par la fenêtre.

— Il est très beau, en effet.

— Et d'une grande loyauté, une qualité d'autant plus précieuse ces temps-ci. »

Derrière elles, M. Hall s'éclaircit la voix. « Madame, si vous voulez bien m'excuser, je dois aller m'occuper de ma correspondance.

— Je vous en prie. »

Quand il eut pris congé, la comtesse s'écarta de la fenêtre et s'assit, faisant signe à Sophia de regagner son fauteuil. « Vous savez, il est parti écrire une lettre au duc d'Hamilton, car il est obligé de rendre compte de tout à son maître. » Elle marqua une pause puis enchaîna : « Qu'avez-vous pensé de lui ?

— De qui, Madame ?

— Du duc d'Hamilton. »

Sophia ne savait pas comment répondre. « Il s'est montré très gentil pour moi.

— Ce n'est pas ce que je vous demande, ma chère. J'aimerais connaître votre opinion sur sa personnalité. » Puis, lisant le désarroi dans les yeux de Sophia, elle ajouta : « Ou ne croyez-vous pas que l'opinion d'une femme ait de la valeur ? Car je vous l'assure, je préfère recueillir l'avis d'une femme sur une personne que celui de n'importe quel homme, il est plus authentique, moins susceptible d'être influencé par le charme extérieur.

— Alors je crains de vous décevoir, car j'ai trouvé le duc tout à fait charmant, bien que nous n'ayons que peu conversé.

— De quoi avez-vous parlé ?

— Il m'a demandé quel était mon lien de parenté avec vous.

— Ah oui ? demanda la comtesse sur ce ton prudent que Sophia commençait à associer à toute conversation impliquant le duc d'Hamilton. Quoi d'autre ?

— Nous avons parlé de Darién. Il a dit que c'était une bénédiction que je ne sois pas partie avec mes parents.

— Et c'est la vérité.

— Et rien de plus. L'entretien n'a duré qu'un quart d'heure, dirais-je.

— Et vous l'avez trouvé charmant.

— Oui Madame.

— Eh bien, je vous le pardonne. » Elle n'expliqua pas le sens de cette dernière phrase et ne révéla pas non plus son avis sur le duc, bien que Sophia devinât que, selon la comtesse, elle-même avait été trompée par les apparences.

Deux semaines passèrent et les jours commençaient à rallonger, renforçant encore l'agitation des habitants du château.

« J'ai bien envie d'aller me promener à cheval aujourd'hui, déclara la comtesse un matin après le déjeuner. M'accompagneriez-vous Sophia ?

— Bien sûr, répondit la jeune fille, étonnée.

— Inutile de déranger M. Hall je pense. Il est encore affairé. » La comtesse sourit et ajouta : « Je crois avoir une tenue d'équitation qui vous irait à merveille. »

La chambre de la comtesse était plus spacieuse que celle de Sophia et donnait sur la mer elle aussi, bien que la vue y fût moins impressionnante du fait de la présence importune d'un mur du château. Le lit, richement sculpté, était surmonté d'un baldaquin en soie bleue, et les fauteuils de la pièce étaient tous recouverts de la même étoffe, savamment reflétée dans le miroir bordé d'or qui accrochait la lumière entrant par les fenêtres étroites. Le bleu était de toute évidence une couleur appréciée de la comtesse, car l'habit de velours qu'elle étala sur sa malle dans l'antichambre était bleu lui aussi, un beau bleu profond comme un lac en automne.

« Autrefois mes cheveux étaient de la même couleur que les vôtres, déclara la comtesse, et j'ai toujours pensé que cette tenue m'allait bien. Mon mari l'avait rapportée de France. Il l'avait choisie, disait-il, parce qu'elle était assortie à mes yeux.

— Je ne peux pas porter un vêtement qui vous est si précieux.

— Ne dites pas de bêtises, mon enfant. Je préfère que vous le portiez plutôt que de le savoir rangé dans un coin, inutilisé. Par ailleurs, même si je n'étais pas en deuil, aucun tour de magie ne me permettrait de rentrer dans cette tenue à présent. Allez, prenez-la et courez l'enfiler. »

Le palefrenier qui leur amena leurs chevaux n'était autre que Rory. Elle l'avait revu plusieurs fois depuis l'épisode de la cuisine, mais il passait toujours à côté d'elle le regard baissé et ne répondait à ses salutations que par un léger hochement de tête. « Il n'est pas très bavard, avait expliqué Kirsty lorsque Sophia lui avait demandé si elle l'avait offensé de quelque façon. Il m'a dit un jour qu'il y avait tant de gens qui habitaient dans cette maison quand il était enfant qu'il appréciait désormais un peu de tranquillité. »

Sophia lui dit tout de même bonjour et Rory hocha la tête, en silence, tandis qu'il l'aidait à monter en selle. Il lui avait donné le même cheval qu'elle avait monté lors de son voyage jusqu'à Slains, une jument calme, avec une patte blanche, qui contractait ses oreilles en arrière pour saisir le moindre bruit.

La jument semblait plus agitée et impatiente que la fois précédente, comme si elle aussi sentait le changement de saison et ne souhaitait que partir galoper au loin. Sophia dut tenir les rênes d'une main ferme, une fois qu'elles furent sur la route, pour la maintenir au pas. Lorsque la jument pencha légèrement de côté dans un pas qui faillit les faire percuter la comtesse et sa monture, Sophia s'excusa en disant : « Mon cheval a envie d'accélérer. »

La comtesse sourit. « Le mien aussi. Et si nous les laissions s'amuser un peu ? » proposa-t-elle en regardant Sophia.

C'était une sensation si merveilleuse de galoper ainsi sur la route, le vent dans le dos, le soleil lui caressant le visage et l'aventure devant elle, que Sophia eut presque envie que cela ne s'arrêtât jamais, mais la comtesse finit par tirer sur les rênes de sa monture pour faire demi-tour et, avec regret, Sophia en fit de même.

Son cheval, cependant, refusa de ralentir et, avant que Sophia eût pu deviner ses intentions, il s'était emballé. Il ne répondait plus aux rênes, bien que sa cavalière les tirât de toutes ses forces, et elle ne put rien faire d'autre que s'agripper de son mieux, terrifiée, tandis que la jument quittait la route et se précipitait vers la mer. Vers les falaises.

Quand Sophia eut le sentiment qu'elle n'avait d'autre choix que de lâcher les rênes et de dégager ses pieds des étriers afin de sauter à terre, la jument changea soudain de trajectoire, ne galopant plus vers la mer mais le long de celle-ci. Les grands murs de Slains, se dressant sur le littoral, se rapprochaient à vive allure.

Sophia savait qu'elle devait l'arrêter, sans quoi la jument pourrait emprunter le mauvais chemin pour contourner ces murs et se jeter dans le précipice. Tirant de toutes ses forces sur les rênes, elle appela la jument et les oreilles brunes se retournèrent: la bête s'arrêta net sans prévenir, projetant Sophia en avant.

Elle eut vaguement conscience de voir le ciel à l'envers avant d'atterrir violemment à terre, le souffle coupé. Une mouette flottait au-dessus d'elle, curieuse. Sophia la regardait, les oreilles sifflantes, quand une voix d'homme lui demanda: «Êtes-vous blessée?»

Elle n'en était pas sûre. Elle essaya de remuer les bras et les jambes et vit qu'ils fonctionnaient, alors elle répondit que non.

Des mains puissantes se glissèrent derrière son dos et l'aidèrent à s'asseoir. Elle se tourna pour mieux voir leur propriétaire et découvrit alors, stupéfaite, le capitaine Gordon. «J'ai la vilaine habitude de surgir n'importe où, et en l'occurrence c'est plutôt une bonne chose pour vous», déclara-t-il.

Des bruits de sabots au galop les interrompirent et, à bout de souffle, la comtesse les rejoignit. «Sophia... commença-t-elle. Thomas! Par quel phénomène êtes-vous ici?

— C'est la Providence qui m'a envoyé, semble-t-il, répondit le capitaine, toujours à genoux près de Sophia, pour préserver votre jeune protégée de graves blessures, bien que j'avoue ne rien avoir fait d'autre que l'aider à se redresser.» Le sourire aux lèvres, il demanda: «Vous vous prêtez à la course maintenant, Madame? Je vous ferais remarquer qu'à cette époque de votre vie, ce n'est guère sage.»

Son air inquiet s'envola. Elle le traita d'impertinent en souriant et demanda à Sophia si, vraiment, elle n'était pas blessée. Celle-ci répondit qu'elle allait bien et se leva pour le prouver. Elle avait toutefois encore les jambes tremblantes et était bien contente que le capitaine Gordon la tienne fermement par le coude.

Il regarda la jument qui, calme à présent, se tenait à quelques mètres. «Elle ne m'a pas l'air d'être une monture si dangereuse que cela. Accepteriez-vous de remonter en selle, si je reste juste à côté?»

Il ne donna pas plus d'explications, mais Sophia savait qu'il ne la poussait pas à remonter sans raison. Elle n'avait connu qu'une seule chute de ce type auparavant, dans son enfance, et elle se rappelait encore son père lui disant, en l'aidant à remonter sur le poney qui l'avait fait tomber: «Il faut toujours immédiatement remonter sur son cheval, autrement on perd confiance.»

Alors elle s'approcha courageusement de la jument et laissa le capitaine Gordon l'aider à s'installer. «C'est bien, lui dit-il en prenant la bride. Si vous le permettez, nous allons adopter une allure plus réduite pour rentrer au château.»

La comtesse se mit en route à leurs côtés, sur son cheval aux bonnes manières. «Sérieusement, Thomas, comment se fait-il que vous soyez à Slains? Nous n'avons pas été prévenus de votre visite.

— C'est parce que je n'ai rien envoyé. Je ne savais pas si mon amerrissage serait possible. Nous revenons des Orcades et devons poursuivre notre patrouille, mais comme les vents nous ont été très favorables, nous avons pu jeter l'ancre ici pour quelques heures sans que cela nous retarde.

— Les pirates ne vous auront pas trop perturbé?

— Non, Madame. Notre traversée jusqu'ici s'est révélée fort ennuyeuse – pour la plus grande frustration, ajouterais-je, de mon jeune collègue, le capitaine Hamilton, qui navigue dans mon sillage. Il brûle d'envie de combattre un Français et éprouve de la peine à ne pas partir au large dans l'espoir d'en trouver un.»

La comtesse esquissa un sourire en réponse à cette plaisanterie, mais elle avait l'air préoccupée. «J'avoue avoir oublié votre capitaine Hamilton.

— Je sais. Mais pas moi. » Il lui lança un regard rassurant. « Ne vous inquiétez pas. Je m'occupe de tout. »

C'était un trait de sa personnalité, pensa Sophia. Il semblait en effet avoir un grand sens des responsabilités. Une minute après leur retour à Slains, il avait déjà confié la jument à Rory pour qu'il la rentrât à l'écurie et vérifiât qu'elle ne fût pas blessée, et avait ordonné à Kirsty de s'occuper de Sophia, dans le même but, tandis qu'il attendrait au salon avec la comtesse.

« Je n'ai rien du tout, promit Sophia à Kirsty qui s'affairait autour d'elle équipée d'une bassine et de serviettes, inutile de vous retarder pour moi.

— Ce sont les ordres du capitaine Gordon, répondit Kirsty, s'exemptant ainsi gaiement de toute responsabilité. Oh, regardez-moi toute cette boue !

— Je crains d'avoir abîmé le bel habit de la comtesse.

— C'est sûr que vous ne lui avez pas fait de bien. À vous non plus d'ailleurs. Votre dos par exemple… Vous allez avoir de gros bleus. Cela ne vous fait pas mal ?

— Juste un peu. » Néanmoins, Sophia grimaçait sous les soins de Kirsty.

« Vous aurez des courbatures demain matin. Je vais demander à Mme Grant de vous préparer un cataplasme pour faire désenfler tout cela. Même si je ne serais pas étonnée que le capitaine Gordon en ait déjà donné l'instruction. » Kirsty marqua une pause, comme pour réfléchir, ce qui laissa penser à Sophia que, tout comme elle, la jeune fille ne savait pas où poser les limites de leur nouvelle relation. Enfin, Kirsty se décida : « Cela doit vous faire plaisir qu'un homme aussi formidable que le capitaine Gordon s'intéresse à vous.

— S'intéresse à… ? Oh non, je suis certaine qu'il cherche simplement à être gentil. » Kirsty la regarda d'un air sceptique et elle ajouta : « Il a la quarantaine et doit sûrement être marié.

— Une épouse réussit rarement à empêcher un homme comme cela de regarder où bon lui semble. »

Sophia se sentit rougir. «Peut-être, mais vous vous trompez.

— Pensez ce que vous voulez», répondit Kirsty en regroupant les vêtements boueux. Mais elle souriait, et son sourire s'élargit encore davantage lorsque Sophia choisit pour descendre au salon sa robe la plus simple et la moins seyante.

Ce n'était pas que Sophia ne trouvât pas le capitaine bel homme, mais elle ne souhaitait pas qu'il la considérât de cette façon, et elle fut soulagée qu'il ne lui prêtât qu'une attention très limitée quand elle rejoignit les autres au salon.

Il était déjà debout et demandait à M. Hall : «Êtes-vous certain de vouloir partir?

— Je ne peux rester. Monseigneur le duc d'Hamilton m'a fait savoir qu'on avait cruellement besoin de moi à Édimbourg.

— Alors je serai heureux de vous conduire jusqu'à Leith. Mais nous partons dans l'heure. Aurez-vous le temps de vous préparer?

— Oui, Capitaine. » Se tournant vers la comtesse, M. Hall reprit : «Madame, je vous remercie infiniment de m'avoir permis de m'attarder chez vous. Si le ton de Monsieur le duc n'avait pas été si pressant, vous n'auriez sans doute jamais pu vous débarrasser de moi.

— Ce fut un plaisir, monsieur Hall, sachez que vous serez toujours le bienvenu à Slains. Je vous souhaite bon voyage. »

Il hocha la tête pour la remercier de sa bénédiction. «Auriez-vous par hasard un message à transmettre au duc?

— Non, si ce n'est que je lui souhaite une bonne santé et que je le recommande au grand connétable, mon fils, si jamais il souhaite, lui, me faire parvenir un message. »

Le prêtre acquiesça à nouveau avant de se tourner vers Sophia : « Je vous souhaite beaucoup de bonnes choses, ma chère. Je me souviendrai de vous dans mes prières. » Et il prit congé.

Le capitaine Gordon resta quelques minutes de plus. Il s'assit et parla de choses et d'autres, mais il était évident qu'il souhaitait lui aussi s'en aller. Il finit par se lever pour leur dire au revoir. « Après Leith, je dois me rendre à Tynemouth, informa-t-il la comtesse. Je ne reviendrai au nord que dans quatorze jours au moins, et cette fois-ci je m'assurerai de vous prévenir de ma venue en bonne et due forme. Mademoiselle Paterson. » Il lui baisa la main de ses lèvres souriantes, puis se redressa et, avec un certain désarroi, Sophia se rendit compte que Kirsty avait raison. Les yeux du capitaine exprimaient davantage que de la sympathie. « Je vous fais confiance pour ne pas, en mon absence, risquer d'autres mésaventures. Bien que je vous garantisse que vous trouverez cela assez difficile d'ici peu. »

Elle murmura une réponse polie, ne voulant pas le retenir. Ce ne fut que plus tard, quand les voiles du *Guillaume Royal* eurent disparu à l'horizon, qu'elle regretta de ne pas lui avoir demandé d'expliciter ses derniers mots. Parce qu'à présent, ils sonnaient à ses oreilles comme une sorte d'avertissement.

Chapitre 5

*J*ane reposa la dernière page et s'assit en tailleur sur le fauteuil, dans le salon de ma maison. « Et tu as écrit tout ça en deux jours seulement ? Je n'ai pas souvenir de toi écrivant si vite.

— C'est parce que ce n'était encore jamais arrivé. C'est une sensation géniale, vraiment. C'est comme si je ne faisais que retranscrire ce que j'entends. Les mots arrivent dans ma tête, la voix est si facile. Je suis contente que tu m'aies suggéré une femme.

— Eh oui, répondit-elle d'un ton pince-sans-rire. Je connais mon métier. » Elle feuilleta à nouveau ces pages comme si, comme moi d'ailleurs, elle avait peine à croire ce qu'elle voyait. « À ce rythme, tu auras terminé le livre en un mois.

— Oh, j'en doute. Je vais sûrement ralentir en arrivant au milieu, comme d'habitude. Et de plus, ce nouvel angle m'entraîne dans des événements sur lesquels je n'ai pas fait de recherches. J'ai passé l'essentiel de mon temps à me renseigner sur le côté français, le point de vue de Nathaniel Hooke et ses affaires à Paris. Bien sûr, j'ai une idée de ce qu'il se passait au même moment à Édimbourg, parmi les jacobites, mais, à part ce qu'en a écrit Hooke, je ne connais pas grand-chose à propos de Slains et de ce qui s'y est produit. Je vais devoir approfondir tout ça.

— Ton capitaine Gordon me plaît, déclara Jane. C'est un bon personnage pour compliquer l'intrigue. A-t-il existé?

— Oui. J'ai eu de la chance de me le rappeler. C'est drôle de voir ce qui nous marque ou non dans nos lectures. Le capitaine Gordon est mentionné une fois ou deux dans les documents de Nathaniel Hooke. Mais pas en détail, et Hooke ne précise jamais son prénom, mais je suppose qu'il a attiré mon attention parce que je m'en suis souvenue. »

Elle me regardait, curieuse. « Pourquoi l'as-tu appelé Thomas, alors? Je croyais que tu avais une opinion tranchée quant au nom des personnages historiques, comme quoi il ne fallait pas les inventer. »

En effet. D'ordinaire, j'aurais laissé un blanc à la place du prénom jusqu'à ce que j'aie la possibilité de le trouver dans mes recherches. « Il avait envie de s'appeler Thomas, alors je l'ai laissé faire. Je pourrai toujours le modifier plus tard, quand je découvrirai son vrai prénom. »

Il y avait aussi le nom de son bateau, le *Guillaume Royal*, que j'avais inventé, mais je savais que ce serait facile à corriger le moment venu. La marine britannique conservait des archives très complètes, tout serait écrit quelque part.

Jane déclara: « Tu devras aussi changer le nom de son "jeune collègue" d'ailleurs. Le capitaine Hamilton. Tu as déjà un duc d'Hamilton, tu ne peux pas avoir un deuxième personnage qui porte le même nom. Ça embrouillerait tes lecteurs.

— Oh. Je n'avais même pas remarqué. » J'avais quelques noms favoris, c'était une de mes mauvaises habitudes. Dans l'un de mes premiers romans, j'avais failli avoir deux Jack impliqués dans l'histoire, ce qui aurait perturbé tout le monde. Jane l'avait pointé du doigt, cette fois-là aussi, au tout dernier moment. « Merci », lui dis-je en cherchant mon cahier pour me rappeler les changements à apporter.

Ce cahier était la seule façon pour moi d'être un peu organisée. Auparavant, je transportais des poches entières de notes et de morceaux de papier griffonnés. À présent, je couchais toutes mes pensées pour mes personnages et mes intrigues sur des feuilles perforées que je rangeais ensuite dans un cahier à trois anneaux, où je conservais également les photocopies des livres que j'avais utilisés lors de mes recherches, ainsi que les cartes et les chronologies auxquelles je me référais au fur et à mesure que mon histoire prenait forme. Je m'étais inspirée des cahiers d'histoire familiale de mon père, bien rangés et compartimentés. Il avait travaillé toute sa vie comme ingénieur chargé de constructions et sa deuxième passion, après son amour du nivellement de toutes les surfaces, était son besoin de lutter contre le chaos à grand renfort de logique pure.

J'essayais donc de suivre son exemple et d'être plus ordonnée. J'ouvris mon cahier à la section « À vérifier » et inscrivis les noms du capitaine Gordon, de son bateau, et du capitaine Hamilton.

« Tu crois que ça va, alors ? demandai-je.

— J'adore. C'est fantastique. Mais tu n'as pas besoin que je te le dise, fit Jane en me souriant comme une mère qui veut rassurer son enfant. Vous, les écrivains et vos doutes… Sérieusement. Tu as dit toi-même que tu avais le sentiment de créer quelque chose de génial.

— J'ai dit que la sensation que j'avais *en écrivant* était géniale. Ça ne veut pas forcément dire que l'histoire a de l'intérêt.

— Arrête, tu sais que c'est super.

— Ok, je pense moi aussi que c'est fantastique. Mais c'est toujours agréable de l'entendre de la bouche de quelqu'un d'autre. »

Cela faisait partie du métier, une incertitude qui ne me quittait jamais, pendant tout ce temps que je passais seule avec cette page blanche que je devais transformer en livre. Parfois je me sentais comme la jeune fille du conte de fées *Oustroupistache*, enfermée et obligée de filer de la paille pour la transformer en or. « Je ne suis jamais sûre d'y arriver.

— Mais tu y arrives toujours, fit remarquer Jane. Et avec brio.

— C'est gentil.

— Tu as besoin de faire une pause. Si je t'emmenais dîner ?

— Oh non, pas besoin de sortir. Je peux te faire un sandwich. »

Elle regarda autour d'elle. « Avec quoi ? »

Je ne m'étais pas rendu compte, avant cette question ironique de Jane, que j'avais presque épuisé toutes les provisions de Jimmy Keith. « Oh, apparemment j'ai besoin de faire quelques courses.

— Nous pourrons nous arrêter, en rentrant du restaurant », dit Jane.

Toutefois, après le dîner, je réussis à la convaincre de grimper avec moi jusqu'à Slains. Cette fois nous partîmes du village, par le chemin qui s'écartait de la rue principale. Il nous amena dans un bois d'arbres enchevêtrés derrière la colline, où un petit ruisseau tranquille courait vers la mer. Le sentier traversait le cours d'eau sur un pont plat, avant d'escalader la colline suivante qui passait d'un terrain couvert d'arbustes à une vraie falaise au fur et à mesure de notre ascension. Après un autre tournant abrupt, nous nous retrouvâmes au sommet, la mer loin au-dessous de nous et Slains en vue. Le chemin pour y accéder n'était pas difficile, un chemin côtier classique, mais il était glissant par endroits et, à deux reprises, Jane faillit perdre l'équilibre près du bord.

« Tu n'as pas intérêt à venir ici toute seule ! lança-t-elle avec emphase.

— Je croirais entendre ma mère.

— Et elle a bien raison. Enfin, regarde-moi ça ! Quel genre d'inconscient construit son château juste au bord d'une falaise ?

— Le genre d'inconscient qui aime avoir une bonne défense.

— Mais ça n'a rien d'une bonne défense. Dans le cas où tes ennemis arrivent par les terres, tu te retrouves pris au piège, tu n'as nulle part où aller. » Elle jeta un autre coup d'œil à la mer écumante qui frappait les rochers en contrebas, et je vis qu'elle n'était pas à l'aise. Je ne m'attendais pas à ce qu'elle ait le vertige. Après tout, elle avait déjà accompagné Alan en hélicoptère et ils étaient connus pour faire des choses un peu folles pendant leurs vacances, comme de l'escalade dans des grottes ou du parapente sur l'Amazone.

Pour ma part, je me sentais parfaitement dans mon élément. J'aimais les bruits de la mer et la sensation du vent frais sur mon visage. Mes pieds se plaçaient confiants sur le sentier, comme s'ils étaient certains du chemin à suivre.

Il n'y avait pas d'autres traces de pas devant les nôtres, et aucune empreinte de chien dans les endroits mous et boueux. Ce qui n'était pas très surprenant ; il me semblait logique que l'homme que j'avais croisé ce premier jour sur le stationnement ne passe pas toutes ses journées entières en haut de cette falaise. Il n'habitait peut-être même pas près de là. Je ne l'avais pas vu au village – et pourtant, simplement parce que j'aimais son sourire, je l'avais cherché.

Je le cherchais à présent aussi, mais en ne le voyant pas au sommet, je veillai à ne pas montrer ma déception. Peu de choses échappaient à Jane, et elle manifestait toujours rapidement son intérêt quand moi, j'en éprouvais pour un homme. Je ne voulais pas qu'elle me pose de questions. De toute façon, je n'avais rien à dire, je ne l'avais vu qu'une seule fois. Je ne savais même pas comment il s'appelait.

Elle me demanda pourtant : «Pourquoi est-ce que tu soupires ?

— J'ai soupiré ?

— Avec émotion.

— Eh bien, regarde ça, dis-je en écartant les bras face à la vue. C'est si beau.»

Sans autres visiteurs que Jane et moi, les ruines dégageaient une grande impression de solitude. Le vent se lamentait autour des hauts murs de granit rouge et nous suivit le long du sol piqueté d'herbe dans ce qui avait autrefois été des couloirs. Je voulais voir si, à partir de ce qu'il restait, je pouvais dégager le plan du château et Jane, ayant retrouvé l'équilibre maintenant que nous nous étions un peu éloignées du bord, était disposée à se prêter au jeu.

«La cuisine devait se trouver ici. Regarde-moi la taille de cette cheminée ! dit-elle.

— Je ne sais pas.» Je marchai un peu plus loin. «Je pense que la cuisine devait être quelque part par là, près des écuries.

— Et qu'est-ce qui te fait croire que c'étaient des écuries ?»

Je savais que je laissais la maison que j'avais imaginée la veille, lorsque j'avais écrit les scènes de Sophia à Slains, s'imposer dans mon esprit. Rien de ce côté de la demeure ne permettait de suggérer de quelles pièces il s'était agi autrefois – il ne restait que des espaces rectangulaires aux murs en partie écroulés, dépourvus de toit, rien de plus. Mais je passai tout de même quelques joyeuses minutes à vagabonder ici et là, jouant à superposer mes pièces imaginaires aux ruines de la réelle demeure.

La chambre de Sophia, pensai-je, aurait pu se trouver dans cette tour carrée qui se dressait fièrement au coin de la façade du château, contre les falaises. Je ne voyais pas de moyen d'y accéder, mais mon esprit parvenait à convoquer de nombreux détails et à deviner quelle pouvait en être la vue. Et de l'autre côté, au bout de ce long couloir avec toutes ces portes, il pouvait y avoir la salle à manger du château, et là, pensai-je en franchissant une étroite porte arquée pour pénétrer dans la pièce qui m'avait subjuguée lors de ma première visite, ce devait être le petit salon. Ou plutôt sous le salon, puisque je me tenais apparemment au niveau le plus bas de la maison, les pièces principales dépourvues de plancher se trouvant toutes au-dessus de moi. Mais la vue restait la même de la grande fenêtre que j'apercevais plus haut dans le mur. Quelqu'un aurait pu se tenir là et contempler vers l'est les reflets du soleil sur les vagues jusqu'à l'horizon.

Moi-même je regardais dans cette direction lorsque Jane me rejoignit.

« Qu'est-ce qui est si intéressant ? » me demanda-t-elle.

Je me retournai, perplexe.

« Oh. Rien. Je ne fais que regarder. » Mais je pivotai à nouveau et fixai encore un moment la ligne où la mer rencontrait le ciel, comme si je devais m'assurer, maintenant qu'elle en avait parlé, qu'il n'y avait rien là-bas.

Jane partit peu après quatorze heures et j'allai à Cruden Bay faire quelques courses pour le souper. Je n'avais jamais aimé les supermarchés, cela me prenait trop de temps pour trouver quoi que ce soit, alors je fus ravie de tomber sur une petite épicerie dans la rue principale. Je n'avais pas besoin de grand-chose – juste quelques pommes, une côtelette de porc et une autre miche de pain. Le commerçant était sympathique, et comme mon visage ne lui était pas familier, il me demanda d'où je venais. Nous étions en pleine discussion à propos du Canada et du hockey quand la porte s'ouvrit et que le vent poussa Jimmy Keith vers nous.

« Ah ! » Il semblait ravi. « Justement je vous cherchais.

— C'est vrai ?

— Oui. J'étais au St. Olaf hier, et j'ai trouvé des gens pour vous aider avec votre livre. Je vous ai dressé une petite liste. »

Sa « petite liste » semblait contenir au moins six noms. Il les lut un par un en me disant de qui il s'agissait, même si j'avais du mal à tout suivre. Je ne savais pas très bien si c'était l'enseignant ou le plombier qui avait proposé de me faire visiter le quartier en voiture. Toutefois, je notai l'un des noms.

« Le Dr Weir, dit Jimmy pour finir, se passionne pour l'histoire du coin. C'est un type formidable. Il se bat pour sauver Slains. Il sera chez lui ce soir, si vous voulez aller le voir et lui parler.

— Ça me plairait beaucoup. Merci.

— Il habite un pavillon près de Castle Wood, le bois du château. Je vais vous indiquer le chemin, c'est pas forcément évident. »

Je sortis après le souper. L'obscurité s'était installée et, sur le sentier entre ma maison et la route, je fus à nouveau saisie par un étrange malaise, bien que je ne voie rien ni personne de menaçant. Je tentai de m'en débarrasser et accélérai le pas, mais il me suivit, comme une force invisible, jusqu'à la route. Une fois là, il se retira dans le noir, dans l'attente... sachant qu'il aurait une autre occasion de me poursuivre, plus tard ce soir-là, quand je rentrerais chez moi.

Chapitre 6

Castle Wood ne se trouvait pas beaucoup plus haut que le Kilmarnock Arms. Je l'avais traversé quelques jours plus tôt en me rendant chez Jane et, de jour, je l'avais trouvé paisible, mais dans le noir c'était une autre histoire et j'étais contente de pouvoir le contourner par la route. Des dizaines de corbeaux tournaient bruyamment autour de la cime des arbres, m'angoissant par leurs cris perçants. Et les grands arbres eux-mêmes, avec leurs branches noueuses, semblaient étranges et difformes, comme ceux des forêts où se cachaient loups et sorcières sur les illustrations de mon vieil exemplaire des *Contes* de Grimm.

La vue de la maison du Dr Weir fut la bienvenue – un petit pavillon bien tenu, avec un carillon pendu près de la porte et une famille de petits nains colorés surgissant du jardin soigné.

À l'évidence, il m'attendait. J'eus à peine le temps de frapper que la porte s'ouvrit. Le Dr Weir ressemblait lui-même à un nain de jardin : de petite taille, le visage lunaire, des lunettes rondes et démodées sur le nez. Il était difficile d'estimer son âge. Il avait les cheveux blancs, mais sa peau était lisse et rose et, derrière les lunettes, ses yeux étaient vifs et pétillants. C'était un chirurgien, m'avait informée Jimmy, récemment retraité.

« Entrez, dit-il, entrez. » Il prit mon manteau et le secoua pour l'égoutter, avant de le pendre avec soin sur le crochet ancien. Je remarquai, dans chaque coin de l'entrée, des signes de son bon goût et de son amour pour les objets d'époque. Tout était bien rangé et les estampes aux couleurs passées accrochées aux murs, le long tapis persan, ainsi que la lumière tamisée des vieilles appliques en verre procuraient à cet endroit une atmosphère confortable.

Cette ambiance se révéla encore plus forte dans l'étroit bureau, peu éclairé, où il m'invita à entrer. L'un des murs était recouvert du sol au plafond par une bibliothèque aux vitrines de verre. Les étagères étaient pleines à craquer d'ouvrages anciens et récents, en édition originale ou de poche. Les volumes étaient serrés les uns contre les autres et, par manque de place, certains étaient couchés par-dessus, coincés dans chaque recoin. Ce genre de bibliothèques avait sur moi le même effet qu'un magasin de jouets sur un enfant de six ans.

Mais comme je ne souhaitais pas ressembler à un enfant de six ans, je retins mon enthousiasme et le laissai me présenter à son épouse, assise dans l'un des deux fauteuils recouverts de toile de coton qui encadraient une petite table ronde au fond de la pièce exiguë. Derrière celle-ci, les rideaux, rayés et plissés, avaient été tirés devant l'unique fenêtre, bloquant l'obscurité et préservant la lueur chaleureuse des lampes de bureau. Un fauteuil en cuir accompagné d'une table basse complétait l'ameublement de la pièce et, sur le mur opposé à la bibliothèque, une poignée de paysages marins accrochaient la lumière dans le verre de leur cadre.

La femme du Dr Weir, Elsie, était petite comme lui, avait les mêmes cheveux blancs, mais n'était pas ronde du tout. Elle tenait plus de la fée que du gnome, pensai-je. Ses yeux bleus semblaient danser. « Nous nous apprêtions à prendre notre whisky du soir, m'informa-t-elle. Voulez-vous vous joindre à nous? Où peut-être préféreriez-vous du thé?»

Je lui répondis qu'un whisky m'irait très bien.

Comme le fauteuil en cuir était de toute évidence celui du docteur, je pris l'autre fauteuil, de telle sorte que j'avais la bibliothèque d'un côté, les rideaux de l'autre, et la petite table ronde entre Elsie Weir et moi.

Le Dr Weir sortit un instant et revint avec trois verres grands et épais, chacun rempli au tiers de whisky d'une belle couleur ambre. Il me tendit le mien. «Alors, Jimmy m'a dit que vous étiez écrivaine. Fiction historique, c'est bien ça?

— Tout à fait.

— J'ai honte de dire que je n'ai pas reconnu votre nom.»

Elsie sourit. «C'est un homme typique. Il ne lira jamais un livre écrit par une femme. Il s'attend toujours à ce que ça se termine par un baiser.

— C'est en général le cas des miens, en effet», admis-je. Je goûtai mon whisky et laissai la vive chaleur me brûler l'œsophage. J'adorais le goût pur d'un scotch servi sec, mais je devais le boire à toutes petites gorgées, sinon il m'achevait rapidement. «Le roman sur lequel je travaille porte sur la tentative des Français et des jacobites pour ramener le roi Jacques VIII en Écosse, en 1708.

— Ah vraiment?» Il avait levé les sourcils. «Voilà un sujet peu connu. Qu'est-ce qui vous a fait choisir ça?»

Moi-même je n'en étais pas certaine. Les idées principales de mes romans ne me frappaient jamais comme la foudre. Elles se formaient par étapes, comme une boule de neige grossissant au fur et à mesure de son avancée, jusqu'à ce que le résultat soit rond et parfait. Mais, arrivée à cette ultime étape, je ne voyais plus la forme de la boule de neige d'origine, cette première pensée qui avait déclenché tout le processus.

J'essayai de réfléchir à ce qui avait marqué le début de celui-ci.

Je travaillais sur mon roman précédent, dont l'action se déroulait en Espagne, et, en recherchant quelques détails mineurs sur les hôpitaux du dix-huitième siècle, j'étais tombée sur les mémoires d'un médecin ayant vécu en France à l'époque qui m'intéressait. Cet homme avait pratiqué des opérations chirurgicales sur Louis XIV et en avait été si fier qu'il avait rédigé plusieurs pages à ce sujet. Ce qui m'avait amenée à me pencher sur le Roi-Soleil.

J'avais alors commencé à lire des ouvrages sur lui, sa Cour et tous les événements de son règne. Pour le plaisir, rien de plus. Et puis, un soir, j'avais allumé la télévision pour regarder les informations et, me trompant de chaîne, j'étais tombée sur un vieux film – *Capitaine Blood* –, et comme j'avais toujours eu un faible pour Errol Flynn, je m'étais délectée des combats d'épée, de l'histoire d'amour et des canonnades. À la fin, son personnage sautait sur le pont de son navire et disait à ses camarades de piraterie qu'ils pouvaient tous rentrer en Angleterre, maintenant que le méchant roi Jacques avait fui en France et que le bon roi Guillaume gouvernait le pays.

Et voilà ce qui m'avait fait penser, en rêvassant, à la malchance – il n'y a pas d'autre terme – des Stuart, surtout du roi Jacques. À ce qu'il avait dû ressentir en perdant son trône, sa couronne, et en étant forcé de s'exiler. Un peu plus tard, alors que je lisais une biographie de Louis XIV, j'étais tombée sur une mention du château, Saint-Germain, que le roi de France avait prêté aux rois Stuart en exil, afin qu'ils puissent malgré tout conserver un semblant de Cour. Intriguée, j'avais commencé à me renseigner sur cette Cour – toutes les allées et venues des aristocrates écossais et le complot qui s'y déroulait. Je trouvais tout cela fascinant.

Peu après, j'avais déniché des documents de Nathaniel Hooke et avais appris son rêve de rébellion, et…

C'était, je le savais, tordu comme explication, et la plupart des gens qui me demandaient d'où je tirais mes idées attendaient une réponse plus courte, alors je dis simplement au Dʳ Weir que j'avais choisi la rébellion de 1708 parce que : « J'aimais bien Nathaniel Hooke.

— Ah, Hooke. » Le docteur hocha la tête. « Voilà un personnage intéressant. Irlandais toutefois, pas écossais. Le saviez-vous ? Oui, il est venu à Slains à deux reprises me semble-t-il. La première fois en 1705, pour évaluer le soutien des nobles au rapatriement du jeune roi, puis à nouveau en 1707 pour tout mettre en marche.

— En fait je ne parle que de la seconde visite. Et de la tentative d'invasion elle-même, l'hiver suivant. » Je m'enfonçai dans mon fauteuil, bus une autre gorgée prudente et expliquai que, comme j'avais commencé à écrire mon livre du côté français des événements, il me fallait combler quelques lacunes à propos de Slains. « Jimmy m'a dit que vous connaissiez beaucoup de choses au sujet du château.

— C'est vrai.

— C'est son thème préféré, me glissa Elsie avec un sourire attendri et indulgent. J'espère que vous n'avez rien d'autre de prévu ce soir. »

Ignorant cette remarque, le Dʳ Weir me demanda : « Et que voudriez-vous savoir exactement ?

— Tout ce que vous pouvez m'en dire m'intéresse. » Mes années de recherches pour mes romans m'avaient appris à ne pas poser de restrictions à mes interlocuteurs. Je savais que j'apprendrais plus de choses de sa part si je le laissais parler sans l'interrompre.

Il commença par l'histoire du clan Hay, les comtes d'Erroll, qui avaient construit Slains. « C'est une vieille famille de l'aristocratie. Une légende raconte à propos des Hay qu'autrefois, un de leurs ancêtres labourait un champ avec ses deux fils, non loin d'un champ de bataille où les Danois étaient en train d'anéantir les forces écossaises. Et, selon la légende, quand l'une des lignes écossaises commença à se défaire et à battre en retraite, eh bien ce fermier – un homme robuste, aux bras puissants – arracha le joug de ses bœufs en guise d'arme, appela ses fils et, ensemble, ils remotivèrent les soldats écossais et reformèrent leurs lignes et, au bout du compte, les Danois furent vaincus. Le roi emmena ensuite le fermier et ses fils à Perth et lâcha un faucon de Kinnoull Hill en déclarant que toutes les terres que survolerait le faucon leur reviendraient. L'oiseau vola jusqu'à un rocher, aujourd'hui encore appelé le Rocher du faucon, près de l'église de St. Madoes, et le fermier se retrouva donc maître de certaines des meilleures terres du Tay, et immensément riche.

« Ce n'est qu'un conte, attention, et il n'existe aucune preuve écrite, mais les chefs du clan Hay portent encore comme blason le faucon du roi, le joug des bœufs et trois boucliers tachés de sang, symbolisant le fermier et ses deux fils, si courageux. Et la devise de leur famille est "Gardez le joug". Ce qui montre qu'eux y croient, en tout cas. »

Il marqua une pause, voulant me laisser le temps de tout noter sur mon calepin.

« Avez-vous pu tout prendre ? me demanda-t-il. Parfait. Je vais essayer de ne pas parler trop vite. Bon, les Hay. Ils sont originaires de Normandie, selon les livres d'histoire. Ils furent élevés au rang de comtes au milieu du quinzième siècle et, cent ans plus tôt, ils avaient été faits grands connétables d'Écosse par Robert Bruce lui-même. C'est une fonction très influente ça, grand connétable, héréditaire en plus, transmise de génération en génération, accompagnée d'une dévotion féroce à la cause catholique.

« Ils soutenaient Jacques VI, le fils de Marie, reine des Écossais, jusqu'à ce que celui-ci décide de se convertir au protestantisme. C'en était trop pour le neuvième comte d'Erroll, qui mena une attaque de cavalerie contre les forces du roi. Ses efforts furent récompensés par une blessure de flèche, si mes souvenirs sont bons. Et rendit le roi Jacques si furieux que celui-ci partit lui-même en expédition militaire vers le nord pour saccager les châteaux du comte d'Erroll, celui de Delgatie et l'ancien de Slains, juste au sud d'ici. Il les détruisit tous les deux à coups de canon. Le comte d'Erroll passa alors quelques années en exil, puis revint en Écosse et, au lieu d'essayer de reconstruire le vieux château de Slains, il décida d'en bâtir un autre, autour d'une maison-tour des Hay, et l'appela le Nouveau Slains.

« Le château qui vous intéresse c'est le *Nouveau* Slains. L'autre avait disparu depuis longtemps lors de la venue du colonel Hooke. En 1708… alors, que je réfléchisse… le comte d'Erroll qui y habitait devait être le treizième, Charles Hay, le dernier homme de la lignée. Et sa mère, la comtesse d'Erroll, Anne Hay, fut un moteur de la conspiration. Mais bon, c'était normal. C'était une Drummond et son frère était le duc de Perth, un homme puissant à la cour des Stuart, en France. Elle était très impliquée dans cette initiative visant à ramener le roi. Une femme remarquable. Les comtesses d'Erroll se sont révélées, tout au long de l'histoire, plus intéressantes que leurs maris. »

Il s'arrêta pour boire son whisky, et la lumière chaleureuse de cette petite pièce vint se refléter sur les milliers de facettes de son verre, ainsi que sur ses lunettes rondes et démodées derrière lesquelles ses yeux étaient devenus pensifs. « Attention, son fils, le treizième comte, ne manquait pas d'ardeur. Il haïssait l'Union et la combattit jusqu'à son dernier souffle, par tous les moyens dont il disposait. Et puis, bien sûr, c'était un Hay et il soutenait les rois Stuart, et ce n'était pas une décision qu'un homme prenait à la légère. C'était une époque dangereuse. » Il médita un instant sur cette dernière affirmation avant de poursuivre : « Il ne pensa pas à se marier et à donner naissance à un héritier avant sa mort, alors le titre revint à sa sœur. Une autre comtesse d'Erroll intéressante, mais c'est une autre histoire. Quoi qu'il en soit, elle non plus ne mit pas d'héritier au monde, alors le titre passa à ses nièces et neveux, et sortit de la vieille famille. Slains, toutefois, resta propriété des comtes d'Erroll jusqu'à 1916, lorsque le vingtième comte dut le vendre pour payer ses droits de succession. Le nouveau propriétaire abandonna vite la demeure et fit retirer le toit dans les années vingt – soi-disant pour des raisons de sécurité, même si c'était probablement pour ne pas avoir à payer d'impôts sur le château. Et ensuite, eh bien, sans toit, la demeure est tout simplement tombée en ruine. »

Elsie commenta : « Quel dommage, une grande et belle demeure comme celle-là, abritant une telle histoire. Samuel Johnson y a logé une fois, tu sais, avec M. Boswell, son biographe. Douglas, autrefois tu avais plusieurs exemplaires de ce qu'ils avaient chacun écrit sur Slains. C'était assez intéressant.

— Ah oui, répondit-il, ça m'était sorti de la tête. » Il se leva de son fauteuil et quitta un moment la pièce, pour revenir avec un dossier débordant de documents. « Vous pouvez garder ça, si vous le souhaitez. J'en ai d'autres exemplaires. Le récit de Boswell est de loin le plus captivant. Celui de Johnson est plus aride, mais reste intéressant à lire. Le dossier contient un ou deux autres papiers qui pourraient vous être utiles, puisqu'ils traitent de l'histoire de Slains. Et quelque part, dit-il en regardant autour de lui d'un air perdu, j'avais les vieux plans du château, qui montraient la disposition des pièces. Mais impossible de me rappeler ce que j'en ai fait.

— Tu les as peut-être prêtés, suggéra Elsie.

— Oh, c'est fort probable. » Il se rassit et me sourit. « La malédiction de l'âge. Je ne me souviens plus de rien. Je vais quand même essayer de vous les retrouver, ces plans. Je suis sûr que vous aimeriez y jeter un œil.

— Oui, beaucoup. »

Elsie sourit à son tour. « Ça doit être amusant d'écrire à propos du passé. Qu'est-ce qui vous a donné le goût de l'histoire ? »

La réponse à cette question était elle aussi très longue, mais je fis de mon mieux pour la condenser et nous parlâmes alors de l'amour de mon père pour la généalogie, des voyages que nous avions entrepris sur les pas de nos ancêtres, et de toutes les heures que j'avais passées, enfant, à chercher avec lui dans les cimetières les pierres tombales de nos aïeux. Toutes ces personnes étaient réelles pour moi. Leurs visages sur les photos jaunies, encadrées et accrochées dans la maison, m'étaient aussi familiers que le mien, et lorsque je m'arrêtais pour les regarder, leurs yeux me regardaient en retour et m'entraînaient avec eux dans le passé.

Le docteur acquiesça, compréhensif. « Je vois très bien. Mon père n'aimait pas particulièrement l'histoire, mais il avait hérité d'un portrait, un assez beau tableau, d'un Weir qui avait été capitaine de marine. Il était accroché dans son bureau, quand j'étais petit garçon. J'imaginais bien des choses à partir de ce portrait. Je suis sûr que c'est de là que je tiens mon amour pour la mer. »

Cela me fit penser à une autre de mes interrogations. « Est-ce que vous sauriez, par hasard, où je pourrais trouver des informations sur l'histoire navale écossaise du début du dix-huitième siècle ? »

Il sourit et, reposant son verre, se tourna vers sa bibliothèque. « Voyons voir, j'ai peut-être un ouvrage ou deux sur le sujet.

— Il en a toute une étagère, précisa Elsie. Vous souhaitiez vous renseigner sur les bateaux ?

— Surtout sur leurs occupants. Je dois faire quelques recherches à propos de l'un des capitaines dont parle Nathaniel Hooke.

— Ah, vous parlez sans doute du capitaine Gordon, je me trompe ? » Le Dr Weir me jeta un coup d'œil pour s'assurer qu'il s'agissait bien de lui, puis se leva pour parcourir les étagères. «Il y a pas mal d'informations sur Gordon dans *The Old Scots Navy*, un livre sur la marine écossaise de 1689 à 1710. J'en avais un exemplaire par ici… ah, le voilà. Vous pouvez l'emporter pour le lire, si vous voulez. Autrement, j'ai d'autres livres que vous pouvez…»

Quelqu'un l'interrompit en frappant à la porte.

«Je vous prie de m'excuser», déclara le docteur en se dirigeant vers l'entrée. J'entendis la porte s'ouvrir, puis les voix sourdes du docteur et d'un autre homme, un éclat de rire, et les bruits de pas du visiteur passant le seuil.

Le Dr Weir revint, tout sourire. «Votre chauffeur est là.

— Mon chauffeur?»

Stuart Keith apparut derrière lui, superbe dans son blouson de cuir, avec ses cheveux presque noirs. «Je rentrais à la maison et je me suis dit que vous auriez peut-être besoin qu'on vous raccompagne jusqu'au port. Le vent se lève, de plus en plus féroce.»

Je ne m'en étais pas rendu compte plus tôt, tandis que nous discutions, mais j'entendais à présent le vent frapper rageusement contre la fenêtre derrière moi. Je pensai alors au retour sous cette tempête, seule, près de Castle Wood, et à ce chemin sombre et solitaire qui menait de la rue du port à ma maison sur la colline et, tout à coup, l'idée d'être raccompagnée par Stuart me sembla très tentante.

Alors je remerciai les Weir pour cette soirée, vraiment utile, et finis mon whisky en une gorgée, bien trop grande, puis, livre et documents en main, je leur souhaitai une bonne nuit.

Dehors, le vent fit chanceler la voiture basse de Stuart tandis que je m'y glissais. «Comment saviez-vous que j'étais là? demandai-je.

— Quelqu'un l'a évoqué ce soir, au pub.» En voyant mon expression de surprise, il ajouta: «Enfin, je vous avais prévenue, non? Une heure au St. Olaf et mon père peut diffuser n'importe quelle nouvelle dans la moitié du village. Est-ce qu'il vous a déjà préparé un programme?

— Pas tout à fait. Il m'a juste donné une liste de personnes susceptibles de m'aider.

— Ah oui? Qui ça?

— Honnêtement je ne me souviens pas des noms. Mais je crois qu'un plombier ou un enseignant est censé me faire visiter les environs en voiture en fin de semaine.»

Il sourit. «Ça doit être le plombier. Vous n'êtes pas obligée d'y aller – je peux vous faire visiter moi-même.» À ces mots, il donna un vif coup de volant et les pneus arrière oscillèrent tandis que nous tournions pour prendre la rue principale.

Je saisis mon accoudoir. «Je pense que mes chances de survie sont plus grandes avec le plombier.»

Il éclata de rire et je poursuivis: «De plus, vous repartez en fin de semaine, non? À Londres il me semble.

— Oui, mais pas pour longtemps.» Je sentais son regard sur moi, bien que je ne puisse pas le distinguer clairement dans l'obscurité de la voiture de sport. «Je serai vite de retour.»

Je savais que je lui plaisais. Et moi aussi, il me plaisait, mais pas de la même façon. Malgré son physique avantageux, je ne ressentais aucune étincelle et, même si je n'en avais eue pour personne depuis un moment, je me rendais bien compte de son absence. Alors je me sentis un peu coupable lorsque je le laissai garer la voiture et marcher près de moi le long du sentier boueux, jusqu'à la maison. Je ne voulais pas l'encourager, ni lui faire croire quoi que ce soit, mais je ne voulais pas non plus me retrouver toute seule. Pas là. Pas dans le noir, quand chaque poil de ma nuque se hérissait, sentant l'approche d'une force malfaisante.

«Attention où vous mettez les pieds, me lança Stuart en m'agrippant le bras. C'est la deuxième fois que vous faites ça, vous vous écartez brutalement du chemin.» Il s'arrêta et me regarda. «Que se passe-t-il?»

Je ne pouvais pas lui répondre. Au moment où il m'avait rattrapée, j'étais aux prises avec une panique soudaine et irrationnelle. Mon cœur battait si fort dans ma poitrine que je l'entendais, et je ne savais absolument pas pourquoi. J'inspirai et me forçai à sourire. «C'est juste que vous m'avez… surprise, fut la seule explication que je réussis à lui donner.

— Je vois ça. Désolé.

— Ce n'est pas de votre faute. À vrai dire, je déteste ce chemin la nuit. Le jour ça va, mais la nuit, il me donne toujours la chair de poule.

— Vraiment? Pourquoi?

— Je ne sais pas. Une malédiction de ma profession, j'imagine. J'ai une imagination débridée.

— Dans ce cas, vous pouvez m'appeler quand vous voulez, je viendrai vous raccompagner.

— Vous ne serez pas là, lui fis-je remarquer.

— C'est vrai. Je pars tôt demain matin. Mais comme je vous l'ai dit, je serai bientôt de retour.»

Nous avions atteint la maison. Stuart me regarda enfoncer la clé dans la serrure et me demanda: «Vous voulez que j'entre vérifier que vous n'avez pas de monstres dans vos armoires?»

Son sourire semblait dire qu'il pensait plutôt chercher des monstres sous mon lit, et je n'allais pas tomber dans ce piège. Je déclinai son offre avec légèreté pour ne pas le blesser. À son regard, je savais qu'il envisageait un baiser de bonne nuit, mais avant qu'il ait eu le temps de se décider, je pris les devants et le serrai – une étreinte purement amicale qui ne faisait aucune promesse et ne risquait pas d'être mal interprétée. «Merci encore de m'avoir raccompagnée. Bon voyage demain.»

Il sembla surpris par cette étreinte, mais l'accepta sans sourciller. «Merci, dit-il avant de reculer sur le sentier. Et nous nous reverrons très bientôt», me promit-il. Bien que soulagée d'avoir évité toute complication potentielle, j'étais désolée de le voir s'éloigner. La maison dégageait une grande solitude quand j'y entrai. Et il y faisait froid. Le feu dans le poêle avait tellement diminué qu'il me fallut une heure d'effort intense pour le raviver, après quoi j'étais si fatiguée et frigorifiée que je ne souhaitais qu'une chose, aller me coucher.

J'emportai le livre que m'avait prêté le Dr Weir, sur la marine écossaise, parce que, fatiguée ou non, je sentais le besoin de travailler un peu, et lire était une bonne option sachant que j'étais incapable d'écrire dans mon état. C'était un livre ancien à la couverture cartonnée bleue et, sous le titre, il était précisé: «Auteur inconnu, texte édité par James Grant.» Le frontispice était noir et blanc, un portrait d'un officier de marine coiffé d'une perruque blanche dans une posture autoritaire, le doigt pointé vers un navire à l'arrière-plan. Quelque chose dans ses yeux, dans son visage, m'était familier, alors je regardai de plus près les petits caractères italiques de la légende du tableau, à la recherche du nom du personnage. Et je le trouvai.

Thomas Gordon.

L'amiral Thomas Gordon, sans aucun doute, mais tout amiral commençait par être capitaine.

Je me redressai dans mon lit. Le froid s'insinuait entre les couvertures, rampait autour de moi, mais je le sentais à peine. Passant à l'index, j'entrepris une lecture attentive de toutes les mentions de Thomas Gordon.

«Thomas Gordon eut une carrière remarquable... Ses traversées comptèrent des lieux aussi éloignés que Shetland, Stockholm, la Norvège et la Hollande. Le 17 juillet 1703, on lui offrit un poste dans la marine nationale comme capitaine de la *Marie Royale*.»

Bon, pensai-je, je n'étais pas très loin. La *Marie Royale*. Guillaume et Marie avaient régné en couple – j'avais juste choisi la mauvaise moitié au moment de nommer mon navire fictif.

Je poursuivis ma lecture. C'est là que je tombai sur la transcription d'une lettre de Nathaniel Hooke à propos de sa première visite en Écosse, deux ans avant le début de mon histoire :

*« Alors que je logeais chez cette chère comtesse d'Erroll, notre frégate [l'*Audacieuse*] était à portée de tir de mousquet du château. Le lendemain de mon arrivée, M. Gordon, capitaine d'une frégate écossaise chargée de garder la côte, apparut au sud. La comtesse d'Erroll me dit de ne pas m'inquiéter et envoya un gentilhomme en vedette prier le capitaine d'emprunter un autre itinéraire, ce qu'il accepta. La comtesse l'a rallié à sa cause et, chaque fois qu'il passe par là, dans un sens ou dans l'autre, il prend soin de l'en informer... »*

Je savais que j'avais déjà lu ce passage auparavant, parce que je me souvenais du rôle que Gordon avait joué pour éviter le navire français.

S'ensuivaient d'autres documents variés : des ordres d'appareillage adressés au capitaine Gordon ainsi qu'à d'autres ; un mandat recommandant au capitaine Gordon de se rendre à Scarborough ; une nomination du capitaine Thomas Gordon à la tête du navire le *Guillaume Royal* en 1705...

Je relis cette dernière ligne, pour être certaine de ne pas me tromper. Mais c'était bien là, écrit noir sur blanc. Et juste au-dessous, sur la même page, une nomination similaire instituant Jacques Hamilton d'Orbieston capitaine de frégate du navire la *Marie Royale*.

Dans ma tête, je rejouai la scène que je venais d'écrire, la comtesse déclarant : « J'avoue avoir oublié votre capitaine Hamilton. »

Et le capitaine Gordon – le capitaine Thomas Gordon – lui répondant, sûr de lui : « Je sais. Mais pas moi. »

Et moi non plus, apparemment. Mais comment avais-je donc pu me souvenir d'un détail aussi infime et secondaire que le nom du capitaine Hamilton ? J'avais dû le lire quelque part, mais je n'avais aucune idée de l'endroit en question. Je gardais des traces écrites de chaque document que j'utilisais pour mes recherches et je savais pertinemment que je n'avais rien lu sur la marine écossaise à part les documents de Nathaniel Hooke, ce qui était maigre. Quand bien même, on ne pouvait pas se souvenir d'un élément si on ne l'avait pas en mémoire au départ.

N'est-ce pas ?

Dans mon dos, la fenêtre cliqueta violemment sous l'effet d'une bourrasque de vent qui m'envoya sous mes couvertures, à la recherche d'un peu de chaleur. Je refermai le livre et le posai en sécurité sur ma table de nuit, mais il ne quitta pas mes pensées et, quand le sommeil eut enfin raison de moi, j'aurais déboursé une belle somme pour un deuxième verre du bon whisky du Dr Weir.

Chapitre 7

J'étais la fille de mon père à bien des égards. Lorsque je ne comprenais pas quelque chose, j'essayais de m'y attaquer avec l'arme de la logique. Quand cela échoua – une fois que j'eus relu toutes mes notes et tous les documents de Nathaniel Hooke sans trouver une seule mention du prénom du capitaine Gordon, ni du nom de son navire, ni d'un certain capitaine Hamilton –, je passai à ma deuxième tactique : mettre quelque chose en ordre.

Je traçai alors un plan du château que j'avais imaginé, sur la base de mes observations des ruines et des pages que j'avais écrites. Jusqu'à ce que le Dr Weir me fournisse le plan réel, cela m'aiderait au moins à maintenir la cohérence des déplacements quotidiens de mes personnages : je ne les ferais ainsi pas entrer au salon en tournant à gauche un jour, et à droite le lendemain.

Mon père appellerait cette activité « colorier des cartes ». C'était ce qu'il disait lorsqu'il me voyait perdre – selon lui – du temps et de l'énergie à me donner du mal pour effectuer une tâche tout à fait superflue, comme lorsque je coloriais des cartes de géographie à l'école secondaire, entourant les côtes de crayon bleu et faisant ressortir les vallées et les collines par des jeux d'ombre. Mais il le disait toujours avec tendresse, comme s'il savait et comprenait aussi que, parfois, ce dont avait surtout besoin le cerveau était de simplement colorier des cartes.

De fait, dessiner mon plan me procura une certaine satisfaction : toutes ces lignes bien droites sur la page et le nom des pièces écrit clairement en lettres majuscules. Je n'avais pas de crayons de couleur, autrement je l'aurais sans doute colorié. Quand j'eus terminé, je me sentis mieux.

Je le plaçai à côté de mon ordinateur et allai me préparer un sandwich. J'étais debout à ma fenêtre, mon dîner à la main et les yeux rivés sur la mer, comme souvent, sans penser à rien en particulier, quand j'aperçus le chien.

Un petit chien qui courait sur la plage, agitant joyeusement les oreilles tandis qu'il éclaboussait tout autour de lui en se ruant dans les vagues bordées d'écume, comme s'il sentait à peine la froideur de l'eau. Il poursuivait quelque chose de rond et clair qui roulait sur le sable – une balle de tennis, sans doute. Je regardai le chien l'attraper d'un air triomphant et repartir là d'où il était arrivé. Un épagneul, blanc aux taches brunes.

Avant même d'avoir vu l'homme vers lequel courait le chien, l'homme qui se tenait les mains enfoncées dans les poches, les épaules solides face au vent, j'avais posé mon sandwich et cherchais ma brosse à dents. Et mon manteau.

Je ne savais pas très bien pourquoi. Si je l'avais voulu, j'aurais pu l'expliquer de plusieurs façons. Il avait été gentil pour moi le premier jour et, après avoir passé tout l'avant-midi cloîtrée entre les murs de la maison, j'avais envie de sortir et de parler à quelqu'un, et puis j'aimais bien son chien. Voilà ce que je me disais en descendant la colline et en empruntant la route, en traversant le petit pont et en contournant les dunes. Mais lorsque j'eus atteint la plage, qu'il tourna la tête et sourit en me voyant, je sus qu'aucune de ces raisons n'était la principale.

Il ressemblait plus à un pirate ce matin-là, un pirate joyeux, avec ses cheveux sombres, coupés grossièrement à la hauteur de nuque, agités par le vent, et ses dents blanches contrastant avec sa barbe bien taillée. «Mes indications ne vous ont-elles donc pas aidée ? demanda-t-il.

— Pardon ?

— La dernière fois que je vous ai vue, vous vous rendiez à Peterhead. Vous n'avez pas trouvé le chemin ?

— Oh. Oui, oui, merci. Mais je suis revenue.

— Je vois ça.

— J'ai loué une maison pour l'hiver. »

Ses yeux gris se déplacèrent avec intérêt vers l'endroit que je montrais du doigt. «Comment ? La vieille maison sur la colline ?

— Oui.

— On dit qu'elle est occupée par un écrivain.

— Tout à fait. C'est moi. »

Il me dévisagea des pieds à la tête avec un sourire. «Vous ne ressemblez pas vraiment à une écrivaine. »

Je levai les sourcils. «Dois-je le prendre comme un compliment ?

— Oui, c'était censé l'être. »

Le chien était de retour, les pattes boueuses, la queue frétillante et le museau me reniflant les genoux. Je grattai ses oreilles souples en lui disant: «Bonjour Angus. » L'épagneul lâcha la balle de tennis près de ma chaussure, en attente. Je la ramassai et la lui lançai aussi loin que possible.

L'homme près de moi semblait impressionné. «Vous avez une sacrée puissance dans le bras.

— Merci. Mon père jouait au baseball», fis-je, comme si cela pouvait expliquer quoi que ce soit. «Je m'appelle Carrie, au fait. »

Il serra la main que je lui tendais et, lors de ce bref contact, quelque chose de chaud et d'électrique me secoua le bras. «Graham, répondit-il.

— Enchantée. »

Il avait vraiment le plus beau sourire qui soit, pensai-je. Un sourire spontané et authentique, dévoilant des dents parfaites brillant au milieu de sa barbe soignée, taillée courte le long de son menton.

« Dites-moi alors, Carrie, qu'est-ce que vous écrivez de beau ? »

Je savais que toutes les personnes que je rencontrerais à Cruden Bay me poseraient cette question et que je devrais leur proposer une réponse courte et claire, quelque chose qui satisfasse leur intérêt poli sans les ennuyer au plus haut point. Je me lançai alors : « C'est un roman qui se passe à Slains, au début du dix-huitième siècle. »

Je pensais qu'il hocherait la tête, dirait éventuellement que cela semblait intéressant et que la discussion s'arrêterait là. Au lieu de cela, il demanda : « Ah oui ? Quelle année ? »

Je l'en informai et il acquiesça.

« L'invasion franco-écossaise, c'est ça ? Ou je devrais plutôt dire la tentative d'invasion. Ce n'était pas exactement un franc succès. » Il se pencha brièvement pour récupérer la balle entre les dents d'Angus et la relança. « C'est un choix intéressant pour un roman. Je ne pense pas qu'on ait déjà écrit à ce sujet, de cette façon. On en parle à peine dans les livres d'histoire. »

J'essayai de masquer ma surprise. D'après son apparence, sa façon de se mouvoir, je l'aurais plus imaginé sur un terrain de soccer que dans les rayons d'une bibliothèque.

Je n'avais pas remarqué que le chien mettait beaucoup de temps à revenir, mais Graham oui. Il scrutait la plage, les yeux plissés face au vent, et se mit à siffler entre ses dents pour rappeler l'épagneul. « J'ai peur qu'il se soit blessé », déclara-t-il et, en effet, Angus arriva vers nous en boitant, la balle dans sa gueule mais une patte de devant apparemment douloureuse.

« Il a dû marcher sur quelque chose, supposa Graham en s'accroupissant pour regarder. Un morceau de verre, j'ai l'impression. Ce n'est pas une méchante coupure, mais je dois la nettoyer.

— Vous pouvez utiliser l'évier de ma cuisine », proposai-je.

Il porta Angus sans difficulté contre sa poitrine, de la façon dont un homme porterait un enfant blessé et, tandis que j'ouvrais la voie sur le pont blanc puis sur la pente raide de la colline, je pensais essentiellement au bien-être du chien. Toutefois, lorsqu'ils furent tous les deux entrés, la maison me sembla plus petite et je me sentis un peu gênée.

« Désolée pour ce désordre, fis-je en essayant de dégager un espace où poser le chien sur le comptoir étroit.

— Ne vous en faites pas. J'ai vu cette maison en bien pire état. Y a-t-il une serviette dans le placard ? Une de ces vieilles serviettes jaunes fera très bien l'affaire, n'en prenez pas une belle. »

Je m'arrêtai net pour le regarder. Alors j'eus un doute et je me souvins de Jimmy Keith me décrivant ses deux fils. Il m'avait dit : « Il y a Stuie, le plus jeune, et son frère Graham qui vit à Aberdeen. »

« Vous ne vous appelleriez pas Keith par hasard ? demandai-je.

— Et oui. »

Voilà donc pourquoi il semblait chez lui dans cette maison et pourquoi il connaissait l'histoire locale. Il l'enseignait même à l'université.

Il me regarda en coin, maintenant toujours la patte du chien sous le robinet ouvert. « Qu'est-ce qu'il y a ? »

Je baissai la tête et souris. « Rien. Je vais vous chercher cette serviette. » Je trouvai les jaunes dont il avait parlé, rangées au fond du placard, et en choisis une usée, mais propre. Il me remercia sans lever la tête et continua de soigner la plaie. Il avait de belles mains, des mains grandes et fortes, mais qui manipulaient la patte de l'épagneul avec beaucoup de douceur pour ne pas lui faire mal. Il me demanda : « Papa vous a raconté des histoires sur moi ? C'est ça ?

— Non. C'est juste drôle que je tombe comme ça sur plusieurs membres de votre famille. D'abord votre frère, et maintenant vous. Il n'y a pas d'autres Keith qui se baladent à Cruden Bay ?

— Sans compter les cousins, nous ne sommes que deux, mon frère et moi. » Toujours concentré sur sa tâche, il me demanda : « Comment avez-vous rencontré mon frère ?

— Nous étions dans le même avion. Il m'a accompagnée ici à la sortie de l'aéroport. »

Cela lui fit tourner la tête. « L'aéroport ?

— Oui, à Aberdeen.

— Je vois bien où il est, mais quand je vous ai vue la semaine dernière, vous étiez en chemin vers Peterhead et en voiture, toute seule. Comment êtes-vous arrivée de là à l'aéroport ? »

J'expliquai la situation. Cette histoire semblait décidément étrange ; la façon dont j'avais contemplé le château de Slains et su que c'était là que je devais être, la façon dont j'étais retournée à Paris pour récupérer mes affaires avant de revenir en Écosse, en l'espace de deux jours. Toutefois si Graham fut surpris, il n'en laissa rien paraître. Quand j'eus terminé mon récit, il déchira une longue bande dans la serviette et en enveloppa soigneusement la patte d'Angus.

« Alors, si j'ai bien compris, vous en avez fini avec la France, résuma-t-il.

— Je pense, oui. Le livre avance bien mieux depuis que je suis ici.

— C'est une bonne chose. Voilà, dit-il au chien, comment ça va maintenant ? Tu te sens mieux ? »

Angus tendit le cou pour lécher la joue de Graham qui se mit à rire et ébouriffa ses oreilles pendantes. « Bon, il est temps de nous en aller et de laisser la dame travailler. »

Je n'avais pas envie qu'ils s'en aillent. Je voulais dire à Graham que j'écrivais surtout le soir, que j'avais l'après-midi libre, que je pouvais préparer du thé et que nous pourrions peut-être bavarder… Mais je ne savais pas comment le dire sans paraître trop directe, et il ne m'avait donné aucune véritable raison de penser qu'il dirait oui, ni qu'il me trouvait ne serait-ce qu'un dixième aussi séduisante que moi, je le trouvais. Alors je restai silencieuse tandis qu'il me remerciait à nouveau pour mon aide, puis il souleva Angus et je leur ouvris la porte. Ce fut à ce moment-là qu'il s'arrêta et me regarda, pensif.

« Avez-vous été à la Bullers of Buchan ?

— La quoi ?

— Une sorte de grotte submergée, pas loin vers le nord.

— Non, je ne la connais pas.

— Parce que je pensais que, si ça vous dit de faire une petite promenade, je pourrais vous y emmener demain.

— Ce serait sympathique », répondis-je, surprise.

Je m'en voulais pour ce choix de mots fade, mais il ne semblait pas l'avoir remarqué.

« Très bien alors. Dix heures ça irait ? Vous n'avez pas de problème à longer le chemin côtier ?

— Aucun, l'assurai-je.

— À demain alors. »

Je fus à nouveau frappée par son sourire éclatant et, en le regardant, je compris pourquoi j'avais eu cette impression d'avoir déjà vu le visage de Stuart. Les deux frères ne se ressemblaient pas tant que cela, mais il y avait tout de même un petit air de famille, bien que les traits de Graham, selon moi, révèlent une force de caractère, une puissance, qui ne trouvaient pas d'écho dans le visage de son frère, objectivement plus beau.

Voilà peut-être pourquoi, après son départ, la première chose que je fis fut d'étoffer mon cahier. Dans la section « Personnages », je rédigeai trois pages à la main décrivant dans les détails un homme aux yeux couleur de la mer en hiver. Je ne savais pas encore exactement comment je l'utiliserais, mais je le soupçonnais de faire son apparition quelque part, quand je commencerais à écrire ce soir-là, entrant dans l'histoire de ce pas naturel démontrant qu'il y avait sa place.

Il était presque l'heure du souper lorsqu'on frappa à ma porte.

Je savais qu'il était peu probable que ce soit Graham, mais mon visage dut tout de même afficher une légère déception quand je vis qu'il s'agissait du Dr Weir car il me dit, d'un air confus : « J'espère que je ne vous ai pas interrompue dans votre travail.

— Oh non, bien sûr que non. Entrez je vous en prie, répondis-je, me remettant de ma désillusion.

— Je ne resterai pas longtemps. » Il s'essuya les pieds et franchit le seuil. « J'ai promis à Elsie que je serais rentré avant la nuit. J'ai mis la main sur ces plans dont je vous parlais, les plans de Slains tel qu'il était à l'époque, avant que les comtes victoriens ne le cèdent. Et j'ai aussi trouvé quelques photos qui, à mon avis, pourraient vous intéresser. » Tâtant dans la poche de son manteau, il en sortit une petite enveloppe qui contenait les clichés. Les plans qu'il avait apportés étaient roulés dans un tube en carton brun qu'il avait placé dans un sac en plastique pour qu'il ne soit pas mouillé. Une sage précaution, pensai-je en voyant que le vent puissant de la côte avait éclaboussé d'eau de mer ses lunettes. Il les retira pour les essuyer tandis que je plaçais plans et photos sur ma table de travail. « Je n'ai pas de scotch, lui dis-je, mais je peux vous offrir une tasse de thé ou de café.

— Non ma chère, ça ira merci. » Il regarda autour de lui avec intérêt et approbation. « Jimmy a rendu cet endroit très douillet.

— Il est formidable.

— Oui, comme tous les Keith. Même Stuart, malgré ses défauts. Je vois qu'il vous a ramenée en un seul morceau.

— Eh oui.

— C'est un bon garçon, Stuart, mais...» Le docteur semblait chercher les mots appropriés. «C'est encore un enfant, à bien des égards.» Ce qui, si je ne me trompais pas, se voulait être un avertissement paternel.

Je souris pour lui montrer que je ne risquais rien, puis, l'air de rien, lui demandai: «À quoi ressemble l'autre frère? Le professeur?

— Graham? Eh bien, Graham est un animal très différent de Stuart. Très différent.» Il tourna la tête, pensif. «C'est quelqu'un à qui vous devriez parler, maintenant que j'y pense. Il a une excellente mémoire et dispose de ressources qui lui permettraient de faire des recherches pour vous. En plus, il a lui-même quelque chose d'un jacobite, ce jeune Graham. Il est sûrement au courant des événements de 1708. Il habite à Aberdeen à présent, mais il revient presque toutes les fins de semaine. Vous l'avez peut-être déjà vu sur la plage – il a un chien avec lui, un petit épagneul.» Il tapota sa montre. «Est-ce bien l'heure? Il faut que j'y aille. Gardez ces photos aussi longtemps que vous en aurez besoin. Tout comme les plans. J'espère qu'ils vous aideront un peu.»

Je savais que ce serait le cas et le lui dis en le remerciant chaleureusement.

Je savais aussi qu'ils rendraient inutile et vain mon travail de l'avant-midi. De nouveau seule, j'allai à mon bureau et poussai ma version du plan du château sur le côté, afin de faire de la place au plan réel. Il glissa délicatement hors de son tube et je le déroulai sur la table, maintenant les bords à plat à l'aide d'une règle et du grand côté de mon cahier. J'avais donc sous les yeux la véritable disposition des pièces du château de Slains, à l'échelle, chacune clairement identifiée.

Je l'examinai, puis fronçai les sourcils et, d'une main incrédule, saisis le plan que j'avais dessiné plus tôt. Je le plaçai à côté pour les comparer.

Une telle chose était impossible. Et pourtant j'en avais la preuve incontestable sous les yeux : ils étaient semblables.

Et il ne s'agissait pas d'une simple ressemblance. Ils étaient identiques. La cuisine et le petit salon, la chambre où dormait Sophia, la petite pièce isolée où la lumière se prêtait à la couture, tout était là, à l'endroit précis où je l'avais situé dans mon roman, où je l'avais vu dans ma tête. Mais comment était-ce possible ? Comment pouvait-on dessiner si parfaitement quelque chose que l'on n'avait jamais vu auparavant ?

Je ressentis comme un mouvement dans les profondeurs de mon subconscient et, de nouveau, la voix féminine dans ma tête déclara d'une voix douce : « Cet endroit détiendra mon cœur pour toujours... »

Sauf que cette fois ce n'était pas la voix de Sophia.

C'était la mienne.

Jane essayait de me calmer au téléphone. « D'accord, c'est bizarre, je te l'accorde.

— Bizarre n'est pas le mot. C'est troublant.

— Carrie, chérie, tu as une mémoire photographique. Tu es capable de me citer des conversations entières que nous avons eues il y a trois ans. Comme je te l'ai dit, tu as déjà vu les plans du château quelque part, c'est tout. Tu l'as juste oublié.

— Si j'ai une mémoire aussi incroyable, pourquoi oublierais-je ? »

Elle soupira. « Ne discute pas avec ton agent. Accepte simplement le fait que j'aie raison. »

Je ne pus que sourire à ces mots. Je n'avais jamais ne serait-ce qu'essayé de débattre avec Jane. Lorsqu'elle était certaine d'avoir raison, j'avais plus de chances de déplacer des montagnes que de la faire changer d'avis. « Tu ne crois pas que je suis en train de devenir devin ?

— Quand tu commenceras à gagner à la loterie, me promit-elle, je croirai que tu deviens voyante. Je pense que tu es simplement si absorbée par ce nouveau livre que tu le laisses t'épuiser. Tu as besoin d'une soirée de repos. Affale-toi sur le canapé, à ne rien faire. »

Je lui fis remarquer qu'il n'y avait effectivement *rien* à faire, si je ne travaillais pas. Il n'y avait même pas de télévision dans la maison.

« Alors trouve un pub et prends quelques verres.

— Non, ce n'est pas une bonne idée non plus. Je vais me promener demain matin, sur la côte. Une gueule de bois serait inappropriée. »

Sa voix prit un ton accusateur. « Tu m'as promis que tu ne te baladerais pas sur ce chemin toute seule.

— Je ne serai pas seule. » Je regrettai immédiatement ma réponse. Jane avait un instinct de fouine, et je n'avais à présent plus aucun espoir de garder Graham secret.

« Ah oui ? » Son ton était d'une nonchalance très étudiée. « Qui vient avec toi ?

— Juste quelqu'un que connaît mon logeur. » Essayant de brouiller la piste, je l'informai que Jimmy Keith était revenu de son repaire préféré muni d'une liste de personnes que je devais absolument rencontrer. « Il m'a préparé tout un programme.

— C'est très aimable à lui. » Mais elle revint sans tarder à la charge : « À quoi ressemble son ami ? Jeune ? Vieux ? Beau ?

— Il est professeur d'histoire à l'université d'Aberdeen.

— Ce n'est pas ce que j'ai demandé.

— Eh bien, à quoi ressemblent les professeurs d'histoire en général, d'après ton expérience ? »

Elle s'en tint là pour cette fois, mais je la connaissais depuis assez longtemps pour savoir que j'aurais droit à d'autres interrogatoires.

« Quoi qu'il en soit, n'écris pas ce soir. Ton pauvre cerveau a de toute évidence besoin de repos.

— Tu as peut-être raison.

— Bien sûr que j'ai raison. Appelle-moi demain, après ta promenade, pour que je sache que tu n'es pas tombée du haut des falaises, d'accord ?

— Oui. »

Je suivis tout de même son conseil de ne pas travailler. Je ne lus même pas pour avancer dans mes recherches, bien que les pages que m'avait données le Dʳ Weir la veille – les articles ayant trait au château de Slains ainsi que le récit du séjour de Samuel Johnson et celui de Boswell – me fassent de l'œil depuis leur dossier, posé près de mon fauteuil. Je les ignorai délibérément. Je me préparai une tisane, allumai le radiateur électrique et restai là à ne faire absolument rien jusqu'à ce que le sommeil me gagne.

III

Elle n'aimait pas le jardinier. Il n'était pas comme Kirsty, ou Rory, ou Mᵐᵉ Grant la cuisinière ; ou encore comme l'homme au pas lent qui s'occupait du malt et passait son temps dans la salle de brassage, obscure et parfumée – Sophia ne l'avait d'ailleurs vu qu'une seule fois – ou comme les bonnes de l'étable qui ne faisaient pas grand-chose d'autre que ricaner sur le passage de Sophia lorsqu'elle s'aventurait dehors. Non, le jardinier était différent.

Il n'était pas très vieux, mais il en donnait parfois l'impression, quand il se penchait au-dessus de ses lourds outils, avec son visage aux traits tranchants et ses yeux noirs amers qui paraissaient toujours fixés sur elle. À présent que le printemps s'était installé, il semblait passer toutes ses journées autour de Slains, bien qu'il n'y habitât pas.

« Ah oui, dit Kirsty, compréhensive, Billy Wick. Je ne le supporte pas. Il me met mal à l'aise quand il me fixe comme ça. Monsieur le comte père éprouvait de l'affection pour son père, qui était jardinier ici avant lui. C'est pour ça que madame la comtesse le garde. » Elle avait allumé un feu dans plusieurs pièces et se dirigeait à présent vers la cuisine, Sophia à ses côtés. Il n'y avait personne dans les parages susceptible de sourciller à la vue des deux jeunes filles ensemble. Un message était arrivé ce matin-là de la part du jeune comte d'Erroll, que l'on attendait depuis quelques jours et, dès qu'elle l'avait reçu, la comtesse s'était retirée dans sa chambre pour y répondre. Alors, quand elles parvinrent à la porte de la cuisine, Sophia y entra sans hésiter derrière Kirsty, et même Mme Grant ne fit pas de réflexion, ayant depuis longtemps abandonné toute tentative visant à persuader Sophia du caractère inapproprié des relations amicales avec les domestiques. Il apparaissait clairement à tous que Kirsty et Sophia, toutes les deux du même âge et au naturel sympathique, seraient difficiles à séparer. En Écosse, il était courant que les enfants des propriétaires et ceux des paysans se retrouvent sur les mêmes bancs d'école et jouent ensemble, une habitude qui entraînait une certaine amitié dans les grandes demeures entre ceux qui servaient et ceux qui étaient servis. Et tant que Kirsty témoignait à Sophia tout le respect et la déférence qui seyaient à leurs conditions respectives lorsqu'elles se trouvaient dans les principales pièces du château, Mme Grant ne semblait plus se préoccuper de ce qu'elles faisaient dans la partie des domestiques.

Elle non plus n'avait rien de bon à dire au sujet du jardinier. « Il pense qu'à lui, ce Billy Wick. Il avait hâte de voir son père mourir pour récupérer ses biens. Mais il n'y avait pas grand-chose. C'est pour ça qu'il reste ici. Mais Billy se croit supérieur à nous. Tenez-vous éloignée de lui, avertit-elle Sophia d'un ton maternel. C'est pas le genre d'homme à fréquenter. »

Rory, arrivant par la porte de service, surprit les dernières bribes et haussa légèrement les sourcils d'un air interrogateur.

Mme Grant le rassura : « C'est pas de toi qu'on parle. C'est de Billy Wick. »

Il hocha simplement la tête en grommelant : « Ah ouais. » Il n'était jamais facile de deviner ce que pensait Rory. Il saisit une galette d'avoine dans une assiette à proximité et, anticipant la réprimande de Mme Grant, déclara que ce serait sans doute tout ce qu'il mangerait de l'après-midi. « Je pars dans l'heure avec madame la comtesse. Nous allons à Dunnottar. »

Il s'agissait d'un autre château en haut d'une falaise, au sud d'Aberdeen – la demeure, indiqua Kirsty à Sophia, du neveu par alliance de la comtesse, le comte de Marischal. Les visites entre Slains et Dunnottar n'étaient pas rares, mais elles étaient toujours prévues de longue date et non une heure à l'avance. Kirsty fronça les sourcils. « Cela annonce-t-il des ennuis ?

— J'en sais rien, fit Rory en haussant les épaules. Je sais juste que la comtesse m'a demandé de préparer les chevaux et de faire le voyage avec elle, alors c'est ce que je fais.

— Et toi, Kirsty, lança Mme Grant, tu ne dois pas te préoccuper de ce que fait la comtesse et pourquoi. Ce qui se passe dans cette maison ne nous regarde pas. »

Kirsty reçut le blâme en silence, mais fit une grimace quand la cuisinière eut le dos tourné.

Celle-ci reprit, toujours de dos : « Et si tu continues comme ça, je risque d'oublier que j'avais pensé te laisser la journée libre. »

Kirsty s'arrêta, stupéfaite. « Une journée libre ?

— Eh oui. Il faudrait que tu sois de retour pour le souper, mais avec madame la comtesse à Dunnottar, il n'y aura pas grand-chose à faire et je pourrais me passer de toi quelques heures. »

La perspective de pouvoir passer une journée comme bon lui semblait laissa Kirsty sans voix un moment. C'était pour elle une situation inédite. Mais elle savait ce qu'elle ferait d'un tel cadeau. « Je vais rendre visite à ma sœur.

— C'est très loin, remarqua Rory.

— Ce n'est qu'une heure de marche le long de la côte, et je ne l'ai pas vue depuis la naissance de son dernier enfant. Voulez-vous venir avec moi? demanda-t-elle à Sophia, prise d'une inspiration soudaine. Elle nous invitera à dîner, j'en suis sûre. Même l'excellent bouillon de Mme Grant ne fait pas le poids face à celui de ma sœur. Et elle serait si contente de faire votre connaissance! »

Mme Grant n'était pas certaine qu'il fût approprié que deux jeunes filles partissent si loin à pied, seules en plus.

« Oh, le château restera visible tout le long du chemin, affirma Kirsty. Et madame la comtesse est très respectée dans la région, alors personne n'envisagera de nous faire du mal en sachant que nous venons de Slains.

— Cela ne plairait pas à la comtesse », avertit Mme Grant en regardant Sophia.

À quoi Kirsty répondit, espiègle: « Lui direz-vous? »

Mme Grant réfléchit en silence. « Non, dit-elle en reprenant la préparation de son plat, je ne dirai rien. Mais vous feriez mieux de ne pas oublier que, même ici, le diable joue avec l'esprit des hommes quand ça l'amuse. »

Rory, qui était jusqu'ici resté silencieux, se contenta de lancer: « Prenez le chien. Pensées diaboliques ou pas, personne n'osera porter la main sur vous en présence d'Hugo. » Puis il glissa une dernière galette d'avoine dans sa veste et quitta la cuisine.

Sophia convint que c'était un conseil avisé et, le lendemain matin, après le déjeuner, quand elle se mit en route avec Kirsty, celle-ci tenait en laisse Hugo, l'énorme chien de garde. Il dormait à l'écurie et, le jour, il vagabondait avec Rory sur les terres du château. C'était une brave bête, malgré ses aboiements sonores face aux étrangers et à tout bruit qu'il estimait menaçant. Néanmoins, lorsqu'elles passèrent près du mur du jardin où Billy Wick sarclait la terre pleine de cailloux, le chien retroussa les babines et rejeta les oreilles en arrière dans un grognement sourd. Le jardinier n'y prêta pas attention. Se redressant, il s'appuya sur sa binette et les regarda. « Vous venez pour me voir, mes petites ? » Ses yeux sévères spéculaient d'une façon que Sophia trouva embarrassante.

Kirsty ressentait la même chose, et elle mentit courageusement : « Nous partons faire une course pour madame la comtesse. » Sans autres explications, elle incita Sophia à accélérer le pas et elles sortirent bien vite de la grande ombre projetée par le château. Elles se retrouvèrent face au terrain herbeux qui formait une courbe jusqu'au bord des falaises noires, la mer immense s'étendant jusqu'à l'horizon baigné de soleil.

Kirsty s'arrêta pour mieux apprécier la vue. « Et voilà, la journée est à nous ! »

Bien que Sophia ne se fût pas du tout sentie confinée au château de Slains, et que la comtesse ne l'eût jamais traitée qu'avec la plus grande bienveillance, elle se rendit compte qu'elle aussi était contente, à cet instant, que la maîtresse des lieux fût en déplacement et que Kirsty et elle pussent profiter d'une telle liberté.

Elle s'émerveillait devant la beauté du paysage.

Elles passèrent au-dessus d'un grand rocher au bord de la mer, coloré d'une multitude d'oiseaux marins d'espèces variées qui battaient des ailes. Ce rocher, indiqua Kirsty, était appelé dans la région le « Dun Buy », le rocher jaune, et constituait pour beaucoup de visiteurs une curiosité plaisante. Le chien aussi était intrigué et il était clair à la façon dont il scrutait les oiseaux qu'il se serait volontiers attardé pour mieux les voir, mais Kirsty resserra sa prise sur sa laisse et le convainquit d'avancer.

Un peu plus loin, elles arrivèrent près d'un énorme conduit circulaire, comme le puits d'un géant, au bord de la falaise. Là, la mer avait érodé les murs d'une grotte jusqu'à ce que le toit s'effondrât, ne laissant qu'une bande de pierre pour relier les deux côtés de la crevasse à l'entrée, à travers laquelle les vagues s'engouffraient avec une telle force que l'eau semblait bouillir au-dessous d'elle lorsque Sophia s'aventura au bord pour regarder.

Kirsty s'avança elle aussi, bien qu'elle restât un pas en arrière. «C'est la Bullers of Buchan. On l'appelle "la Marmite". Souvent, les bateaux pourchassés par des pirates sur ce littoral rejoignent la Marmite et s'y glissent pour se cacher.»

Ce ne serait pas son premier choix si elle devait trouver un abri, pensa Sophia en observant les vagues frapper sauvagement les rochers. Mais en effet aucun pirate ne s'y risquerait.

«Venez, fit Kirsty en tirant sur la cape de Sophia. On ne me pardonnera jamais si je vous perds dans la Marmite.»

Sophia s'en éloigna donc à contrecœur. Un quart d'heure plus tard, elles étaient arrivées à la maison de la sœur de Kirsty et étaient assises près du feu d'où elles admiraient le plus jeune neveu de Kirsty, âgé de dix mois. Son regard malicieux et ses joues aux nombreuses fossettes rivalisaient avec ceux de son frère et de ses deux sœurs, dont aucun n'avait encore six ans. Mais leur mère semblait relever dans la bonne humeur le défi de tant d'enfants en bas âge. Comme Kirsty, elle avait la peau claire et était tout aussi bavarde, et encore plus souriante – et, comme Sophia en avait reçu la promesse, son bouillon était plus goûteux que tous ceux qu'elle avait mangés.

Les enfants étaient ravis de la présence d'Hugo et faisaient des cabrioles autour de lui, sans peur face aux mâchoires qui auraient facilement pu broyer un homme. L'animal s'était allongé majestueusement sur le tapis de foyer et acceptait leurs jeux et leur affection avec une patience inébranlable.

Le temps passa ainsi joyeusement et, quand Sophia quitta la maison avec Kirsty en milieu d'après-midi, elle était ravie de ces quelques heures.

«Votre sœur semble mener une vie agréable, dit-elle à son amie.

— Oui, elle a bien choisi son mari. C'est un homme bon dont le monde se limite à sa maison et à sa famille. Il ne recherche pas l'aventure.»

Un sourcil levé, Sophia lui demanda : «Et Rory?

— Qu'est-ce qui vous fait penser que je pensais à Rory?

— Kirsty, j'ai des yeux.»

La petite bonne rougit. «Oui, mais ça ne mènera nulle part. Je souhaite des enfants, un foyer et une maison, mais les rêves de Rory vont bien au-delà. Quand il voit la route, sa seule interrogation, c'est où elle va l'emmener. Il n'y a pas d'avenir avec un homme comme ça.

— Mon père était comme ça, dit Sophia, mais, lui, ce n'était pas la route qui l'attirait, c'était la mer. Il était émerveillé par la mer, par ses vagues qui semblaient infinies, et il désirait suivre leur cours et mettre le pied sur une côte étrangère.

— Est-ce qu'il l'a fait?

— Non. Il est mort à bord du navire qui devait l'amener à Darién. On a jeté son corps par-dessus bord.»

La mention de la catastrophe de Darién refroidit Kirsty, tout comme elle donnait un air grave à tous les Écossais. Elle devait être un peu plus jeune que Sophia à l'époque, mais les tristes détails de ce désastre étaient inscrits dans la mémoire de l'Écosse, cette nation qui avait épinglé ses espoirs de richesse et d'indépendance sur ces quelques navires. Des aventuriers qui s'étaient lancés en mer pour fonder une colonie censée contrôler la route commerciale entre les Amériques et jusqu'en Inde.

«Cela a dû être terrible pour votre mère, murmura Kirsty.

— Elle ne l'a jamais su. » De longs mois avaient passé avant que la nouvelle n'atteignît l'Écosse, les rumeurs disant que la colonie avait échoué et avait été abandonnée. Entre-temps, une autre vague fervente de migrants s'était mise en route. La mère de Sophia était parmi eux. « Elle a eu la chance de ne pas survivre à la traversée. » Les survivants avaient en effet ressenti une amère déception en découvrant que la colonie avait été désertée et laissée sans défense, et que la terre qui avait porté tant de promesses n'offrait rien de plus que des épidémies mortelles.

À présent, James et Mary Paterson n'étaient que deux noms sur la liste des innombrables individus emportés par le rêve devenu cauchemar de Darién.

« Comment avez-vous pu supporter une telle perte ? interrogea Kirsty.

— J'étais jeune. » Sophia ne lui dit pas qu'elle avait enduré bien pire au cours des tristes années qui avaient suivi. Kirsty paraissait déjà trop attristée, et cette journée ne devait pas se prêter à la tristesse. « Et un jour, j'ai entendu un pasteur prêcher que les tragédies n'existaient pas car le Seigneur en faisait toujours fleurir quelque chose de bon. Et me voilà, ce qui prouve que c'est vrai. Si mes deux parents avaient vécu, je ne serais jamais venue à Slains et nous ne nous serions jamais rencontrées.

— Et voilà qui aurait été une tragédie », répondit immédiatement Kirsty.

Elle prit Sophia par la main et elles continuèrent ainsi leur chemin, en discutant de sujets plus légers. Cette fois, elles ne s'arrêtèrent pas à la Marmite en arrivant à sa hauteur, mais lorsqu'elles atteignirent le Dun Buy, et qu'Hugo tenta à nouveau de s'arrêter afin d'attraper un oiseau pour son souper, Kirsty ralentit et désigna un point le long de la côte. « Il y a un bateau près de Slains. »

Sophia regarda à son tour et le vit également – les voiles roulées et la coque se balançant au-dessus de l'ancre, à une certaine distance de la côte. « Est-ce le *Guillaume Royal* ? »

Kirsty mit une main en visière pour mieux voir et secoua lentement la tête. « Non. Ce bateau n'a rien d'écossais. Venez, ne nous attardons pas. Nous devons vite rentrer. »

Sophia ne comprenait pas pleinement l'urgence, mais elle la sentait pointer en elle tandis qu'elle courait au sommet des falaises, s'essoufflant pour suivre Kirsty, tirée encore plus vite en avant par le chien.

Elle voyait les cordes abaisser la barque abritant plusieurs hommes, et sa course, sans qu'elle sût pourquoi, s'accéléra pour atteindre le château en premier, avant que l'embarcation n'eût débarqué ses occupants sur le littoral.

Arrivé près du mur du jardin, le chien libéra sa laisse de la main de la jeune fille et se précipita vers les écuries dans un aboiement de bienvenue. Rory se tenait à la porte du bâtiment, en train d'essuyer son cheval avec du foin pour sécher ses flancs tachés de sueur. Il déclara : « Nous avons aperçu les voiles depuis Dunnottar. Madame la comtesse est déjà dans la maison.

— Et le navire ? demanda Kirsty à bout de souffle. Est-ce… ?

— Oui. Maintenant rentrez au château, avant qu'on remarque votre absence. » Il n'en dit pas plus et se remit au travail. Kirsty saisit à nouveau la main de Sophia et lui souffla « Venez ! » Celle-ci se rua avec elle vers la porte de service, ne sachant pas ce qui l'attendait à l'intérieur, ni pourquoi ce navire était si important, ni si ces hommes qui ramaient vers la rive au-dessous du château, qui avaient peut-être déjà accosté à l'heure qu'il était, étaient de bon ou de mauvais augure.

———

Chapitre 8

Je me réveillai engourdie par le froid, toujours dans mon fauteuil, dans la lumière grise et agressive du matin. Dans la confusion d'une conscience fraîchement récupérée, je regardai autour de moi et remarquai que la lampe que j'avais laissé allumée la nuit précédente était éteinte, tout comme le petit radiateur électrique branché au mur à mes pieds. Un coup d'œil rapide à la boîte noire au-dessus de la porte me confirma que le compteur avait cessé de tourner. Les aiguilles étaient immobiles dans le rouge. J'avais utilisé toutes mes pièces et l'électricité avait été coupée.

Pire, je m'étais endormie avant d'avoir ravivé le feu de la cuisine pour la nuit, et lui aussi s'était éteint. Quand j'allai toucher le poêle, il n'était même plus chaud du tout. Je jurai à haute voix, comme ma mère n'était pas dans la pièce pour m'entendre et, à genoux, je me mis à ratisser les cendres et les vieux charbons, espérant qu'il en resterait assez dans la hotte pour démarrer un nouveau feu.

Je m'activais encore près du poêle lorsque Graham vint me chercher pour notre promenade. Je ne devais pas être à mon avantage quand je lui ouvris, avec mon visage noirci et mes vêtements tous fripés, mais il fut assez gentil pour ne pas faire de remarque à ce sujet – seuls les plis au coin de ses yeux témoignèrent de son léger amusement quand je lui expliquai la situation.

« Et impossible de redémarrer le feu du poêle, finis-je, frustrée. Et comme il est relié au chauffe-eau, cela signifie que je n'ai pas d'eau chaude pour me laver et… »

Graham m'interrompit. « Vous êtes très bien comme ça, déclara-t-il d'une voix calme. Et si vous alliez enfiler quelque chose de chaud sur cette chemise pendant que je m'occupe du reste ? »

Je le regardai reconnaissante et acquiesçai.

Je ne me contentai pas tout à fait d'enfiler un chandail. Je me lavai le visage, bravant l'eau glaciale, et utilisai un peigne humide pour m'arranger les cheveux. Quand j'eus terminé, mon reflet dans le miroir était un peu plus présentable, même si ce n'était pas vraiment le visage que j'avais espéré montrer à Graham quand il viendrait.

Dans la cuisine, je le trouvai en train de faire bouillir de l'eau sur la petite cuisinière électrique. L'air s'était déjà un peu réchauffé grâce au feu qu'il avait fait dans le poêle, et la lampe près de mon fauteuil brillait à nouveau. J'allai l'éteindre et, me baissant, tirai la prise du radiateur électrique.

« Merci, fis-je.

— Il n'y a pas de quoi. J'imagine que vous n'avez pas pris de déjeuner ? Il faut que vous mangiez quelque chose avant notre départ. C'est une bonne marche. Qu'est-ce que vous buvez, thé ou café ? »

Il cherchait dans les placards avec la confiance de quelqu'un qui savait où se trouvaient les choses et je me demandai si, comme Stuart, il avait déjà logé dans cette maison. L'idée que Stuart ait passé quelques jours là de temps en temps ne m'avait pas dérangée, mais savoir que Graham avait peut-être déjà couché dans cette petite chambre, dans mon lit, me procurait un sentiment différent. Je chassai cette pensée de mon esprit et lui demandai plutôt: «Comment avez-vous fait pour redémarrer le compteur?» Après tout, il n'était pas fréquent de nos jours de se déplacer avec des pièces de 50 pence plein les poches.

«Ah, dit-il en souriant, c'est une astuce que m'a apprise Stuart et j'ai juré de ne jamais la révéler à personne. Ce serait gênant si les locataires de Papa venaient à l'utiliser.» L'eau était prête et il saisit la bouilloire, me demandant à nouveau: «Vous prenez du thé ou du café?

— Oh. Du café s'il vous plaît.»

Il sortit une poêle et me prépara également des œufs, des rôties, et servit le tout avec un morceau de fromage. «Pour vous ajouter un peu de poids, dit-il, pour éviter que le vent ne vous entraîne hors du chemin.»

Je pris l'assiette et regardai par la fenêtre. «Il n'y a pas de vent.

— Mangez donc votre déjeuner.» Après s'être fait lui aussi une tasse de café, il versa le reste de l'eau chaude dans la poêle et la nettoya. Je le regardai faire en essayant de me rappeler la dernière fois qu'un homme avait cuisiné pour moi *et* fait la vaisselle ensuite. Un blanc total.

«Où est Angus? Comment va sa patte?

— Elle ne lui fait pas trop mal, mais ce serait le cas s'il essayait de monter avec nous jusqu'à la Bullers. Je l'ai confié à mon père pour la journée. Nous ne lui manquerons pas, Papa le gave toujours de saucisses.»

Sa mention de la Bullers me fit m'arrêter net au milieu de ma rôtie. *Oh mince*, pensai-je. Je n'avais pas noté mon rêve. J'avais fait ce long rêve merveilleux, avec toute cette action parfaite, et j'allais tout perdre parce que je n'avais pas pensé à l'écrire. Si je me concentrais, je parviendrais peut-être à en reconstituer des morceaux, mais les dialogues disparaissaient très vite si je ne les couchais pas sur le papier dès qu'ils se formaient.

Je poussai un soupir et chassai mes regrets. C'était trop tard, de toute façon.

La pièce s'était à présent bien réchauffée, mais je ne savais pas si cela était uniquement dû au poêle, ou si la présence de Graham Keith, à quelques dizaines de centimètres de moi, y était pour quelque chose. Il s'était approché de ma table de travail pour examiner les plans du château de Slains. « Où les avez-vous trouvés ?

— C'est le Dr Weir qui me les a prêtés.

— Douglas Weir ? Comment l'avez-vous rencontré ?

— Grâce à votre père.

— Ah oui. » Son bref sourire témoignait de son indulgence de fils. « Papa a des relations, en effet. Sous peu, il vous aura fait rencontrer la moitié du village. Qu'avez-vous pensé du Dr Weir ?

— Il m'a plu. Sa femme aussi. Ils m'ont donné du whisky. » Ce qui, me rendis-je compte, donnait l'impression que les deux éléments étaient liés, alors je poursuivis maladroitement : « Le docteur m'a raconté beaucoup de choses sur l'histoire du château et sur les comtes d'Erroll.

— Oui, j'imagine que le château n'a pas de secrets pour lui.

— Il a dit la même chose de vous.

— Ah oui ? » Il leva les sourcils, intéressé. « Qu'a-t-il dit d'autre sur moi ?

— Juste qu'il pense que vous êtes vous-même un jacobite. »

Il ne sourit pas tout à fait à ces mots, mais les coins de ses yeux se plissèrent. « Oui, c'est un peu vrai. Si j'étais né à une autre époque, j'aurais pu l'être. » Il caressa un coin du plan de Slains du bout des doigts avant de demander : « Qui d'autre mon père veut-il vous présenter ? »

Je lui dressai la liste, telle que je m'en souvenais, en terminant par le tour en voiture du plombier. « Votre frère m'a dit qu'il s'en chargerait lui-même.

— Vous l'avez vu conduire ?

—Je lui ai répondu que j'opterais plutôt pour le plombier.»

Cette fois, Graham sourit. «Je vous emmènerai faire un tour une fin de semaine, si vous voulez.

— Et je suppose que vous êtes un conducteur plus sûr?

— Oui, fit-il. Évidemment. Je conduis sans arrêt des vieilles dames à l'église le dimanche. Vous n'avez rien à craindre.»

Je l'aurais accompagné n'importe où, en fait. Si ma mère avait su que je me promenais le long de la côte avec un homme que je connaissais à peine, elle aurait risqué une crise d'apoplexie. Mais d'instinct, je savais que Graham disait la vérité – je n'avais rien à craindre avec lui. Il ne me mettrait pas en danger.

C'était un sentiment nouveau et étrange, mais agréable. J'aimais la façon dont Graham marchait à mes côtés, proche sans être envahissant, et sa façon de me laisser passer devant pour que je puisse fixer le rythme.

Nous descendîmes la colline par son flanc arrière et nous retrouvâmes dans le même ruisseau aux arbres enchevêtrés et au cours d'eau vif que j'avais traversé avec Jane, deux jours plus tôt. Il faisait plus sec ce jour-là. Mes bottes étaient bien moins glissantes quand nous franchîmes le petit pont et gravîmes la pente jusqu'à arriver au sommet des falaises.

Devant nous se dressaient les longues ruines de Slains avec la grande tour carrée à l'extrémité, surplombant la mer, et je regardai les fenêtres pour essayer de déterminer lesquelles avaient été celles de Sophia. J'aurais aimé passer quelques minutes à l'intérieur du château, mais il y avait un autre couple qui marchait autour des murs ce matin-là, des touristes bruyants qui ne cessaient de rire, et l'atmosphère n'était pas la même. Graham devait ressentir la même chose car il ne ralentit pas et me suivit tandis que je tournais le dos à Slains pour repartir le long de la côte.

Je fus perturbée par ce nouveau tronçon de chemin. Pas par le sentier lui-même – il n'était vraiment pas si difficile pour quelqu'un habitué aux terrains accidentés –, mais par le fait que tout, autour de moi, le paysage entier, m'était familier. J'avais déjà ressenti ces impressions de déjà-vu, comme presque tout le monde. Il m'était arrivé d'expérimenter le sentiment fugitif d'avoir déjà fait quelque chose, ou d'avoir déjà eu la même conversation. Mais cela n'avait duré qu'un instant. Je n'avais jamais connu cette sensation prolongée, qui s'apparentait à une certitude, que j'étais déjà venue à cet endroit. Que juste là, si je regardais à ma droite, je verrais le…

« Le Dun Buy, déclara Graham qui s'était placé derrière moi sur le chemin, là où je m'étais arrêtée. Ça signifie le…

— Rocher jaune, finis-je pour lui, d'une petite voix.

— Exactement. Ce qui le rend jaune, ce sont tous les excréments des oiseaux qui font leur nid là. Au printemps, le Dun Buy en est presque entièrement couvert et le bruit est assourdissant. »

Le rocher était presque à l'abandon à cette époque de l'année, à part quelques mouettes qui s'y tenaient l'air maussade, nous ignorant royalement. Toutefois j'entendais, dans ma tête, les oiseaux dont il parlait. Je les voyais. Je me les rappelais…

Je fronçai les sourcils puis me détournai pour poursuivre ma route, toujours avec ce sentiment de connaître l'endroit où nous allions. J'aurais pu parcourir les rues de la ville où j'avais grandi que le sentiment n'aurait pas été différent.

Je savais, sans que Graham me l'annonce, que nous approchions de la Bullers of Buchan. Il n'y avait rien de spécial à voir de prime abord, seulement quelques maisons agglutinées construites au bord d'un autre dangereux précipice et, devant elles, un sentier raide et tortueux. Mais avant même que nous ayons entamé notre ascension, je savais ce qui nous attendait au sommet. Je savais à quoi cela ressemblait avant même de l'avoir vu – un énorme conduit circulaire, comme le puits d'un géant, au bord de la falaise, où la mer avait érodé les murs d'une grotte jusqu'à ce que le toit s'effondre, ne laissant qu'une bande de pierre pour relier les deux côtés de la crevasse à l'entrée. Là, les vagues s'engouffraient avec une telle force que l'eau semblait bouillir au-dessous de moi quand je m'approchai du bord pour regarder.

Graham se tenait près de moi, les mains dans les poches. Dans cette position, lui aussi semblait faire partie d'un souvenir, et je me demandai si c'était ce que l'on ressentait quand on commençait à perdre la raison.

Il parlait. Je l'entendais, vaguement, me raconter l'histoire de la Bullers : son nom provenait sans doute du mot français « bouilloire », ou peut-être plus simplement de l'anglais « *boiler* » et, autrefois, les navires s'y cachaient des pirates ou bien, s'ils étaient eux-mêmes des contre-bandiers, des patrouilles écossaises.

En apparence, je restais calme, mais à l'intérieur, mes pensées tourbillonnaient aussi violemment que les vagues que je contemplais. Je croyais que Graham n'avait rien remarqué mais, alors qu'il me racontait comment son frère et lui en avaient un jour fait le tour à vélo et comment il avait failli tomber de l'étroite passerelle de terre affaissée non loin de là où nous étions, il s'interrompit et me regarda avec des yeux perçants.

« Est-ce que ça va ?

— J'ai un peu le vertige », mentis-je.

Il ne bougea pas d'un pouce et ne sortit pas non plus les mains de ses poches, mais il me lança son sourire de pirate en disant : « Eh bien, ne vous inquiétez pas. Je ne vous laisserai pas tomber. »

Je savais qu'il était trop tard. J'étais déjà tombée. Mais je ne pouvais pas le lui dire, tout comme je ne pouvais pas lui révéler ce que j'avais ressenti au cours de notre promenade et que je ressentais encore. La folie. Il serait parti en courant.

Le sentiment de déjà-vu me suivit tout au long du trajet du retour et s'amplifia quand je vis les murs dentés de Slains. Je fus soulagée une fois que nous les eûmes dépassés pour nous diriger vers le ruisseau. Sur la passerelle qui le traversait, j'eus l'impression que Graham hésitait et espérai qu'il suggérerait de prendre le chemin à droite et de nous arrêter dans un pub pour dîner. En fin de compte, il ne fit que me raccompagner en haut de la colline, jusqu'à la porte de la petite maison.

Au départ il ne dit rien, alors je comblai le silence d'un pathétique : «J'ai passé un très bel avant-midi.

— J'en suis heureux. Moi aussi. »

Je m'éclaircis la voix : «Est-ce que vous voudriez entrer prendre un café ou autre?»

Stuart aurait sûrement saisi l'occasion, mais Graham répondit simplement : «Aujourd'hui je ne peux pas. Je dois retourner à Aberdeen. J'ai une pile de copies à corriger qui m'attend.

— Oh.

— Mais je vous emmènerai faire ce tour en voiture la fin de semaine prochaine, si ça vous dit. »

Ma réponse sortit un peu trop vite. «Avec plaisir!

— Disons samedi alors. Nous viendrons vous chercher à dix heures alors, comme aujourd'hui, si ce n'est pas trop tôt.

— Nous?

— Angus et moi. Il adore se promener en voiture. »

Je souris, lui confirmai que dix heures m'irait très bien et, après l'avoir de nouveau remercié, je rentrai dans la maison.

Toutefois mon attitude nonchalante disparut à la minute où je passai la porte, et j'affichai un large sourire comme une écolière de retour d'un rendez-vous galant. Dans ma cuisine, loin de la fenêtre pour qu'il ne me surprenne pas en train de le regarder, je le vis ramasser un caillou sur le chemin et le lancer dans la mer avec dextérité, puis donner un coup de botte dans une touffe d'herbe et, semblant lui-même content, redescendre la colline vers la route.

Je n'avais pas beaucoup d'espoir en m'assoyant devant mon écran.

Tout aurait disparu, je le savais. Mon rêve de la veille s'était envolé depuis longtemps. Cela ne servait à rien d'essayer de l'écrire.

Cependant, lorsque j'allumai mon ordinateur et que mes doigts touchèrent le clavier, je me surpris. Je ne l'avais pas perdu. Tout était là, l'intégralité du rêve et, tandis que j'inscrivais chaque détail, je me rappelais l'avoir rêvé. Je n'avais en mémoire aucune occurrence de ce type, de toute ma vie d'écrivaine. J'avais l'impression… eh bien, comme je l'avais dit à Jane, j'avais l'impression d'être comme un médium lorsqu'il transmettait la voix des défunts.

L'histoire coulait de mon subconscient en flot rapide et fluide. Je voyais le regard lubrique de Billy Wick, le jardinier, le sourire de la sœur de Kirsty dans sa maison, les enfants qui jouaient autour du gentil chien, et je sentais la tristesse de Sophia tandis qu'elle parlait de ses parents, son frisson à la vue du navire amarré près du château, et la folle confusion de sa course avec Kirsty jusqu'à la maison, j'entendis l'avertissement de Rory.

Et ce soir-là, mon écriture alla au-delà du rêve. Bien au-delà.

IV

Elle n'eut pas le temps de changer de robe avant que la comtesse ne l'appelât. Elle venait de regagner sa chambre et avait vu de ses propres yeux, dans le miroir, le rare désordre de ses cheveux et le rouge vif que sa course au sommet des falaises lui avait fait monter aux joues.

Et voilà Kirsty qui, elle-même essoufflée, frappait à sa porte pour lui annoncer que la comtesse souhaitait qu'elle la rejoignît au salon.

« Je ne peux pas descendre ainsi, déclara Sophia.

— Oh, vous êtes très bien. Il faut juste vous arranger un peu les cheveux. » Et de ses mains rassurantes, la bonne aida Sophia à lisser ses boucles ébouriffées par le vent et à les attacher comme elle en avait l'habitude. « Allez-y maintenant, vous ne pouvez pas la faire attendre.

— Mais ma robe est toute boueuse.

— Elle ne le remarquera jamais, promit Kirsty. Allez. »

Sophia descendit. Au salon, elle trouva la comtesse dans un état de calme apparent mais, debout près de la fenêtre, elle semblait attendre quelque chose. Elle tendit les mains vers Sophia avec un sourire. « Venez près de moi, mon enfant. Aujourd'hui nous allons recevoir des visiteurs qui resteront peut-être ici un mois ou plus. Je souhaite que vous soyez à mes côtés quand je leur souhaiterai la bienvenue. »

Sophia en fut stupéfaite et touchée. « C'est un grand honneur.

— Vous faites partie de notre famille, lui dit la comtesse avec simplicité. Il est normal que vous vous teniez là où se tiendraient mes propres filles, si elles n'étaient pas encore mariées et habitaient avec moi. » Elle marqua une pause, comme si ce qu'elle souhaitait dire ensuite nécessitait une certaine réflexion. « Sophia, au cours des mois à venir, vous allez voir et entendre beaucoup de choses entre ces murs. Je vous prie de comprendre et de ne pas vous préoccuper. »

Des pas lourds résonnèrent dans l'entrée, puis des voix, et Kirsty, au pas de la porte ouverte, annonça les invités : « Madame la comtesse : le colonel Hooke et M. Moray. »

Le court instant qui suivit serait à jamais gravé dans la mémoire de Sophia.

Deux hommes pénétrèrent dans le salon, mais elle n'en vit qu'un. Celui qui entra en premier, chapeau à la main, et alla saluer la comtesse, aurait pu être une ombre que Sophia ne l'aurait pas moins remarqué. Elle n'avait d'yeux que pour l'homme qui était entré derrière lui et qui attendait à présent deux pas en arrière, par convenance.

Il était beau, pas particulièrement grand mais avec les épaules larges et les jambes musclées de quelqu'un qui ne menait pas une vie oisive et privilégiée mais gagnait son salaire par son travail. Il portait une perruque, comme l'exigeait la mode pour tout gentilhomme, mais la sienne était courte en haut et sur les côtés, tirée en arrière et nouée par un ruban, alors que celle des autres leur tombait en général sur les épaules. Il portait un gilet en cuir, sans col ni manches, fendu sur les côtés pour monter à cheval, avec une longue rangée de boutons ronds sur le devant et, à l'arrière, une cape noire entièrement déployée qui cachait à moitié l'épée qui pendait de la large bandoulière passée autour de son épaule droite. Ses manches étaient simples, tout comme le foulard noué autour de sa gorge, et ses hauts-de-chausses finissaient aux genoux dans des bottes de cavalerie, non dans des bas et des chaussures à boucle.

Pour Sophia, il avait une allure fière et intransigeante, toutefois, ses yeux gris, sur ce beau visage impassible, étaient aimables. Ils oscillèrent vers elle, en silence, et elle ne put détacher son regard du sien.

Elle arrivait en fait à peine à respirer. Elle fut donc soulagée d'entendre la comtesse annoncer son nom pour la présenter au premier visiteur, qui se tenait à présent assez près d'elle. « Colonel Hooke, permettez-moi de vous présenter Sophia Paterson, la nièce de feu mon cousin, venue vivre avec moi à Slains et apporter un peu de clarté à mes jours. »

Le colonel Hooke était plus grand que son compagnon à l'apparence de soldat, et ses vêtements étaient plus raffinés, avec des manches bouffantes bordées de dentelle coûteuse. Il portait la perruque à frimas qu'elle avait plus l'habitude de voir, et ses manières étaient celles d'un gentilhomme. « Pour vous servir », lui dit-il en se penchant vers sa main. Il avait un accent irlandais, remarqua-t-elle, à la musicalité plaisante. Il se tourna vers la comtesse : « Et à mon tour, permettez-moi de vous présenter mon compagnon de route, M. Moray, le frère du propriétaire d'Abercairney.

— Nous nous connaissons déjà. » La comtesse sourit et rappela à M. Moray : « C'était il y a à peu près quatre ans, je crois, à Édimbourg. Vous voyagiez avec votre oncle et aviez eu la gentillesse de m'apporter quelques lettres pour mon mari, si mes souvenirs sont exacts. »

Il hocha la tête et traversa la pièce pour saluer la comtesse avec respect. Sophia attendait, les yeux baissés, jusqu'à ce que sa voix profonde d'Écossais retentît : « Mademoiselle Paterson, votre serviteur. » Il lui saisit fermement la main et, lors de ce bref contact, quelque chose de chaud et d'électrique lui parcourut le bras. Elle marmonna quelques mots incohérents en guise de réponse.

Le colonel Hooke demanda à la comtesse : « Dois-je en déduire que votre fils n'est pas, à l'heure actuelle, à Slains avec vous ?

— Non, en effet. Mais il devrait revenir bientôt, et je dispose de plusieurs de ses lettres qu'il souhaite que je vous remette. » Sa voix se fit grave. « Savez-vous que l'Union a été ratifiée par le Parlement ? »

Hooke ne parut pas surpris par cette nouvelle. «Je le craignais.

— Cela s'est produit au plus grand mécontentement de notre peuple, et les pairs et autres aristocrates, de même que les membres du Parlement, ont tous à présent regagné leur résidence à la campagne. Seuls mon fils et monseigneur le duc d'Hamilton demeurent encore à Édimbourg. Ce dernier, m'a-t-on informée, est gravement malade et n'est donc pas en condition de voyager.

— Je suis triste de l'entendre, répondit Hooke les sourcils froncés. J'ai justement écrit au duc d'Hamilton avant que notre navire ne lève l'ancre. Je lui demandais d'envoyer quelqu'un, de bien instruit, qui pourrait m'attendre ici.»

La comtesse acquiesça. «Il a envoyé un certain M. Hall, un prêtre, qui a gentiment servi de guide à Mlle Paterson depuis Édimbourg. M. Hall a accepté de séjourner avec nous, et vous a attendu un mois, mais il ne pouvait pas attendre plus longtemps.»

Hooke semblait déçu. «Nous avons été retardés à Dunkerque ces dernières semaines. Les vents nous étaient contraires.»

Dunkerque, pensa Sophia. Alors ils arrivaient de France. Et à en juger par la pâleur du colonel Hooke, leur traversée n'avait pas dû être des plus paisibles.

La comtesse, à qui peu de choses échappaient, avait dû arriver à la même conclusion, car elle déclara au colonel que leur retard n'était pas grave. «En revanche, vous devez tous les deux être épuisés par votre traversée. Colonel, lisez vos lettres, je vous en prie, et reposez-vous. Nous aurons le temps de discuter une fois que vous vous serez un peu remis.

— C'est très gentil à vous. Il est certain que les voyages en mer me font rarement du bien. Je préfère de loin chevaucher le cheval le plus fougueux que naviguer sur la plus calme des mers.»

Sophia lança courageusement un regard vers M. Moray qui attendait dans un silence patient, et remarqua que la mer ne semblait pas avoir affecté sa santé à lui. Elle se souvint de son père disant : « Les hommes qui observent et ne disent pas grand-chose sont souvent bien plus sages que ceux qu'ils servent. » Elle avait le sentiment que, dans le cas de M. Moray, c'était peut-être vrai.

Conscient d'être observé, le soldat tourna doucement ses yeux gris vers elle et, une fois de plus, elle se rendit compte qu'elle n'avait aucune envie de rompre ce contact.

« Venez, Sophia, lui dit la comtesse, laissons nos visiteurs tranquilles. » Et, dans un sourire, la maîtresse des lieux prit gracieusement congé des deux gentilshommes. Sophia en fit de même, n'osant pas cette fois se retourner.

Elle trouva refuge dans la petite salle de couture où, pendant une heure ennuyeuse, elle lutta avec son ouvrage en tentant de ne penser à rien d'autre, en vain. Ses doigts étaient douloureux à force de piqûres d'aiguille lorsqu'elle finit par abandonner pour partir à la recherche de Kirsty, dans l'espoir que sa compagnie pourrait réussir là où la solitude avait échoué.

À cette heure du jour, et avec des invités au château, Kirsty aurait dû être en train de dresser la table de la salle à manger pour le souper, mais elle n'y était pas. Sophia se trouvait toujours dans cette pièce, un peu déconcertée, lorsque, dans le couloir, le bruissement d'une robe de femme et des bruits de pas plus virils et mesurés interrompirent le cours de ses pensées.

La voix de la comtesse d'Erroll était grave. « Alors, Colonel, je vous suggérerais de ne pas être trop pressé. Vous trouverez ses affaires grandement altérées, en l'espace de ces derniers mois. Le monde entier l'a abandonné et tous les prétentieux ont ouvertement rompu avec lui. On le soupçonne d'entretenir une correspondance avec la cour de Londres, par conséquent vous feriez mieux d'être sur vos gardes avant de lui faire confiance. »

Ils étaient près de la porte ouverte de la salle à manger. Sophia lissa sa robe, joignit les mains et prépara une explication pour sa présence, car il semblait certain qu'ils entreraient. Toutefois, ils n'en firent rien. Les bruits de pas et le bruissement de robe poursuivirent leur chemin et, quand Hooke reprit la parole, ils s'étaient trop éloignés pour qu'elle distinguât ses mots.

Elle fut soulagée. Elle n'avait pas cherché à écouter une conversation privée et elle aurait souffert que la comtesse sût qu'elle l'avait fait, même par accident. Elle ferma brièvement les yeux et patienta une minute de plus avant de sortir elle-même dans le couloir et de poursuivre sa quête.

Elle n'aurait su dire de quelle direction était arrivé M. Moray, ni comment des bottes telles que les siennes avaient pu ne pas faire de bruit sur les lattes du plancher. Elle savait simplement qu'au moment où elle avait franchi le pas de la porte, il était là et que, s'il n'avait eu le réflexe rapide de la rattraper par les épaules, leur collision aurait sûrement nui à bien plus qu'à son calme.

Lui non plus ne s'attendait de toute évidence pas à la trouver là, car sa première réaction fut de jurer, puis de retirer son juron et de lui demander de bien vouloir l'en excuser. « Vous ai-je fait mal ?

— Pas du tout. » Elle s'écarta rapidement – juste un peu trop rapidement – de son emprise. « C'est de ma faute. Je ne regardais pas où j'allais. »

D'aussi près, il paraissait plus grand qu'au salon. Si elle maintenait les yeux fixés à l'horizontale, elle avait une vue directe sur sa gorge, au-dessus du foulard noué. Il avait retiré son gilet et avait endossé à la place une veste d'un tissu vert bouteille agrémentée de boutons en argent. Elle ne regarda pas plus haut.

Il semblait intrigué par sa voix. « Votre accent ne vient pas d'Édimbourg. »

Elle ne comprenait pas en quoi cela avait de l'importance, jusqu'à ce qu'elle se rappelât que la comtesse, un
peu plus tôt, avait informé ses invités que M. Hall avait
accompagné Sophia lors de son voyage depuis Édimbourg.
Étonnée que M. Moray eût pris note d'un tel détail, elle
répondit : « Non. J'y ai simplement fait escale.

— D'où venez-vous alors ?

— Des comtés de l'Ouest. Le nom de la ville ne vous
dirait rien.

— Mes connaissances pourraient vous surprendre. »

Alors elle le lui révéla et il hocha la tête. « Oui, c'est près
de Kirkcudbright, n'est-ce pas ? » Elle sentait son regard
posé sur elle. « Êtes-vous presbytérienne alors ? »

Elle ne pouvait pas se permettre de lui dire qu'elle
n'était rien du tout ; qu'en vivant chez son oncle, elle avait
depuis longtemps perdu la foi. Alors elle déclara : « Mes
parents l'étaient, et j'ai ainsi été baptisée, mais mon oncle
et ma tante m'ont élevée selon les rites épiscopaliens.

— Ceci explique cela. »

La curiosité la poussa finalement à lever les yeux et elle
vit qu'il souriait. « Qu'est-ce que cela explique ?

— Vous n'avez pas le visage désapprobateur des presbytériens. Et une jeune fille qui se rend à l'église dans la
crainte de Dieu ne s'aventurerait pas non plus si librement dans les collines au-dessus de la mer, où peuvent
l'apercevoir Dieu et les hommes. À moins que ce ne soit
pas vous que j'ai vue cet après-midi, quand notre barque
gagnait la rive ? »

Elle le fixa sans rien dire.

« Ne vous inquiétez pas, jeune fille, vous n'avez pas de
raison de prendre cet air-là. On ne vous battrait pas pour
cela, même si je vous dénonçais. Mais, à l'avenir, si vous
voulez garder vos plaisirs secrets, veillez à nettoyer les
taches de boue de votre robe avant de venir accueillir vos
visiteurs. »

Et sur ce conseil, il prit congé de Sophia d'un air solennel, la laissant dans le couloir, et elle…

———

Le téléphone sonna avec force, pour la deuxième fois. Comme des ciseaux lacérant un morceau de tissu, il détruisit le flot des mots.

« Je tombe mal? devina mon père à l'autre bout du fil.

— Bien sûr que non, lui mentis-je. Je finissais juste une scène. » J'étais à présent sortie de ma transe d'écrivain et plus consciente de qui j'étais, d'où j'étais et de qui était au téléphone. Alors je commençai à m'inquiéter, car mon père ne m'appelait presque jamais. « Est-ce que tout va bien ?

— Oui, oui. C'est juste que tu m'as ramené sur la piste des McClelland. Je n'ai pas fait beaucoup de recherches sur eux dernièrement, mais je me suis dit que j'allais passer une minute sur Internet pour voir s'il y avait des nouveautés sur l'IGI.

L'IGI, l'Index généalogique international, était l'un des outils les plus utiles pour les passionnés d'histoire familiale. Il avait été créé et était entretenu par l'Église des saints des derniers jours, dont les membres parcouraient les églises du monde à la recherche de chaque registre de mariages et de chaque registre de naissances. Ils mettaient les pages de ces livres sur microfilm, les transcrivaient, puis les indexaient. À présent, grâce à Internet, ces index étaient facilement accessibles, pour le grand plaisir de mon père.

L'index était sans cesse mis à jour. La dernière fois que mon père avait fait une recherche sur les McClelland, il n'avait trouvé aucune entrée correspondant à *nos* McClelland, ceux de la vieille bible familiale. Mais cette fois-ci…

« Je l'ai trouvé, m'annonça-t-il, triomphal. Le mariage de David John McClelland avec Sophia Paterson, le 13 juin 1710, à Kirkcudbright. C'est notre homme. Je vais commander le microfilm pour voir ça plus en détail, même si je ne découvrirai sans doute pas grand-chose de plus. Si les archives écossaises ressemblent à celles de l'Irlande du Nord, elles ne mentionneront les parents d'aucun des deux époux, mais on ne sait jamais. On peut toujours espérer.

— C'est formidable Papa. » Cependant, après ce que je venais d'écrire, je n'aimais pas devoir accepter que la vraie Sophia Paterson avait épousé un homme sans doute issu d'une famille presbytérienne fort ennuyeuse.

« Ce n'est pas tout ! me lança mon père. Tu te souviens que tu voulais faire naître ta Sophia, celle de ton nouveau roman, en 1689 ?

— Tout à fait.

— Eh bien, dans l'IGI, j'ai également trouvé le baptême d'une Sophia Paterson à Kirkcudbright en décembre 1689. Quelle coïncidence, n'est-ce pas ? Pour le moment, rien ne nous assure qu'il s'agisse de *notre* Sophia. Nous n'avons aucune autre référence avec laquelle faire des recoupements. Si nous connaissions le prénom de son père…

— James Paterson, murmurai-je automatiquement.

— Il se trouve que c'est bien James », reprit mon père, mais il était trop amusé pour penser que je parlais sérieusement. C'était une plaisanterie entre nous : chaque fois que nous découvrions un ancêtre masculin, il s'appelait soit John, soit James ou, très rarement, David – des prénoms fréquents qui les rendaient difficiles à suivre dans les archives. Il pouvait y avoir d'innombrables James McClelland référencés dans une même ville, et nous devions alors vérifier les informations de chacun avant d'identifier celui qui nous intéressait. « Ce qu'il nous faudrait, disait toujours mon père, c'est un Octave, ou peut-être un Horace. »

« J'ai parcouru en vitesse ce site de testaments écossais, mais bien sûr la liste des James Paterson est si longue qu'il est impossible de trouver le bon. J'ignore quand il est mort. Et même si je le savais et que je parvenais à télécharger le bon testament, encore faudrait-il qu'il ait légué quelque chose à David John McClelland, ou mentionné une fille Sophia McClelland, pour que nous puissions faire le rapprochement entre eux.

— Tu te souviens, par hasard, si l'un de ces testaments a été référencé autour de 1699 ? » demandai-je, redoutant presque la réponse.

Il se tut un instant. « Pourquoi 1699 ? »

Je pensais à mon personnage de Sophia décrivant à Kirsty le genre d'homme qu'était son père, et comment il avait péri à bord du navire pour Darién. Les premières expéditions écossaises pour Darién, si mes souvenirs étaient exacts, avaient débuté en 1699.

Je poursuivis à voix haute : « Ça n'a pas d'importance. Oublie ma question. » Puis j'orientai notre discussion vers d'autres sujets.

Il ne resta pas longtemps au téléphone après cela et, quand nous eûmes raccroché, j'allai me faire une tasse de café pensant que peut-être, avec l'aide de la caféine, je pourrais reprendre mon récit là où j'avais été interrompue.

Mais cela ne fonctionna pas.

J'étais assise là à regarder le curseur clignoter sur mon écran, lorsque mon père rappela un peu plus tard.

« Qu'est-ce que tu sais que j'ignore ? me demanda-t-il sans préambule.

— Excuse-moi ?

— Bon, je suis retourné sur le site des testaments écossais et j'y ai trouvé celui d'un James Paterson, datant de 1699, dans lequel il laisse un tiers de ses biens à sa femme, Mary, et un autre tiers à diviser entre ses deux filles, Anna et Sophia. Ça ne veut pas dire, bien sûr, qu'il nous est apparenté, ni que cette Sophia est celle qui a ensuite épousé

David John McClelland, mais tout de même… comment as-tu deviné cette année en particulier?»

Je me raclai la gorge. «À qui a-t-il légué le troisième tiers?

— Comment?

— Le troisième tiers de ses biens. À qui l'a-t-il cédé?

— À un de ses amis. Je ne me souviens pas… ah, si. John Drummond.»

C'était à mon tour d'être sans voix.

«Carrie? Tu es toujours là?

— Oui, oui.» Mais ce n'était pas tout à fait vrai car une partie de moi, je le savais, replongeait en arrière, vers une jeune fille du nom de Sophia, qui habitait chez son oncle strict et peu affectueux – son oncle John Drummond – tout en rêvant de vastes prairies et de l'air frais du matin, et de sa mère qui ne vivait plus que dans sa mémoire.

Chapitre 9

Castle Wood était silencieux à cette heure matinale. Aucun corbeau ne tournoyait au sommet des arbres, même si j'en voyais quelques-uns perchés sur les branches nues et noueuses, qui me regardaient passer sans faire de bruit.

Les nains de jardin, plus accueillants, semblèrent rire dans leur barbe quand j'arrivai dans l'allée menant au pavillon blanc et coquet. Et le Dr Weir parut content de ma visite.

«Comment avance le livre? me demanda-t-il en me conduisant dans l'entrée confortable et traditionnelle.

— Bien, merci.»

Il accrocha mon manteau sur le crochet. «Venez au bureau. Elsie vient de partir avec une amie pour aller faire un tour dans les magasins de Peterhead. Elle sera désolée de vous avoir ratée.»

Il s'était de toute évidence préparé à profiter de sa journée en solitaire – près de son fauteuil en cuir reposait une pile de livres et, sur la petite table adjacente, un grand verre de whisky l'attendait. Le Dr Weir expliqua ainsi sa présence de si bonne heure: «Mon tonique du matin. J'ai toujours pensé que, pour débuter la journée, les anciennes coutumes étaient plus séduisantes que les céréales molles du déjeuner actuel. »

Je souris. « Je croyais que le tonique traditionnel était une bière forte accompagnée de pain grillé.

— J'ai déjà mangé mon pain. Et, en Écosse, la coutume était un peu différente. On pouvait prendre sa bière et son pain grillé, mais on n'était un homme, un vrai, qu'après avoir complété son déjeuner d'une goutte d'un bon spiritueux écossais.

— Ah. »

Il sourit en retour. « Mais je peux vous faire du thé.

— J'avoue qu'un tonique traditionnel ne me déplairait pas, si c'est possible.

— Bien sûr ! » Il haussa les sourcils une fraction de seconde mais ne parut pas du tout choqué en me voyant m'installer dans le fauteuil près de la fenêtre, comme la fois précédente, mon verre de whisky à proximité.

« Alors, qu'est-ce qui vous amène ce matin ?

— En fait, j'avais une question à vous poser.

— À propos de Slains ?

— Non. Une question médicale. »

Cela le prit par surprise. « Ah oui ?

— Je me demandais… » Ce n'était pas aussi facile que je l'avais espéré. Je bus une gorgée. « Ça concerne la mémoire.

— Quoi donc, précisément ? »

Je ne pouvais pas lui répondre avant d'avoir expliqué le contexte, alors je commençai par le livre lui-même, à quel point sa rédaction différait radicalement de toutes mes expériences précédentes, et comment j'avais parfois l'impression qu'il s'agissait plus de suivre le rythme de l'histoire que de l'écrire au sens strict du terme. Je lui racontai aussi pourquoi j'avais choisi Sophia Paterson, mon ancêtre, comme point de vue pour la narration. « Elle ne venait pas d'ici. Elle venait d'un village près de Kirkcudbright, à l'ouest. Je l'ai intégrée au récit uniquement parce qu'il me fallait quelqu'un, une femme, qui puisse faire le lien entre tous les personnages historiques. »

Le Dr Weir, comme tout médecin qui se respecte, s'était enfoncé dans son fauteuil pour me laisser parler, sans m'interrompre. Mais il hochait la tête pour me signifier qu'il suivait la logique.

Je poursuivis : « Le problème, c'est qu'une partie de ce que j'écris semble plus relever de faits réels que de la fiction. » Et je lui donnai, à titre d'exemples, mes suppositions qui s'étaient révélées des vérités quant au prénom du capitaine Gordon, au nom de son navire et au nom du capitaine Hamilton ; et comment la disposition que j'avais imaginée pour les pièces du château correspondait exactement au plan qu'il m'avait prêté. Je lui parlai aussi de ma promenade le long du littoral de la veille – sans préciser que je n'étais pas seule, je lui parlai simplement de mon impression d'avoir déjà parcouru le même trajet.

« Je ne m'en inquiète pas trop, parce que je sais qu'il existe sans doute une explication simple à tout ça. J'ai fait énormément de recherches pour ce livre. J'ai dû lire ces détails quelque part, voir des photos, et maintenant je ne fais que me rappeler des choses que j'ai vues, mais… » Comment présenter cela, me demandai-je, sans avoir l'air d'une folle ? « Mais certaines des choses que j'ai écrites sont des détails qu'il est impossible que j'aie lus ailleurs. Des choses que je ne pouvais *pas* connaître. » Je lui expliquai pour la date de naissance de Sophia, la mort de son père, son testament qui précisait le nom de l'oncle de la jeune fille. « Mon père n'a trouvé ces dates, ces documents, que parce que je lui ai dit où chercher. Mais je ne sais pas comment j'ai fait pour le savoir. C'est comme si… » Je m'arrêtai à nouveau pour chercher les mots appropriés, puis me lançai : « Mon père dit toujours que, si j'aime autant la mer, c'est parce que nos ancêtres construisaient des navires à Belfast, en Irlande du Nord.

Il ne le pense pas au sens littéral, mais étant donné ce qui m'arrive en ce moment, je me demandais si vous saviez s'il existait une chose telle que la mémoire génétique ? » Derrière ses lunettes, son regard se fit pensif.

« Vous voulez dire, pourriez-vous avoir hérité des souvenirs de Sophia ?

— Oui. Est-ce possible ?

— C'est intéressant. » Il demeura quelques instants silencieux, à réfléchir, avant de reprendre : « La mémoire est une chose que la science ne comprend pas pleinement, à l'heure actuelle. Nous ne savons même pas exactement comment se créent les souvenirs, ni quand notre mémoire se met en route – à la naissance, dans l'utérus – ni si, comme vous le suggérez, les hommes transportent la mémoire dans leurs gènes. Les psychologues jungiens diraient qu'une telle chose existe, au sens large ; que certains d'entre nous partagent des connaissances fondées non sur l'expérience, mais sur les découvertes de nos ancêtres communs. Une sorte d'instinct profond de ce que Jung aimait appeler "l'inconscient collectif".

— J'ai déjà entendu cette expression.

— Ça reste une théorie controversée, bien qu'elle puisse, à un certain niveau, aider à comprendre les actes de primates, de chimpanzés, qui, même après avoir été élevés isolés de leur famille, démontraient tout de même des connaissances que les chercheurs n'arrivaient pas à expliquer – la façon de se nourrir en utilisant une pierre pour casser des fruits à coque, des choses comme ça. Mais bon, une grande partie des théories de Jung ne peuvent pas être démontrées. Son idée que la méfiance commune des hommes vis-à-vis des hauteurs, par exemple, aurait pu nous être transmise par un pauvre homme préhistorique malchanceux ayant sauté du haut d'une falaise et en ayant payé les conséquences. Pure hypothèse. De plus, l'idée d'inconscient collectif ne s'applique pas aux personnes qui se souviennent d'événements spécifiques.

— Ceux dont je parle le sont, justement.

— C'est ce que j'ai cru comprendre. » Il me lança un autre regard, attentif, comme si j'étais un de ses patients. « Si ce n'était qu'un sentiment de déjà-vu, je vous enverrais tout de suite consulter un spécialiste. Le déjà-vu peut être un effet secondaire de certains types d'épilepsie ou, plus rarement, d'une lésion du cerveau. Mais ceci, d'après ce que vous m'en avez dit, va plus loin. Quand cela a-t-il commencé ? »

Je réfléchis un instant. « Quand j'ai vu le château pour la première fois, je crois.

— Voilà qui est intéressant.

— Pourquoi ?

— Eh bien, vous avez dit que votre ancêtre venait de la côte ouest de l'Écosse.

— En effet.

— Alors il est peu probable qu'elle ait mis les pieds à Slains.

— Eh bien, nous savons qu'elle est née près de Kirkcudbright. Nous savons qu'elle s'est mariée là-bas. À cette époque, les gens ne se déplaçaient pas d'un bout à l'autre du pays.

— Oui, c'est bien vrai. Ce n'est peut-être donc pas la mémoire après tout. Comment pourriez-vous avoir ses souvenirs de Slains si elle n'y a jamais été ? »

Je n'avais pas de réponse à cette question et n'en avais toujours aucune idée lorsque je repartis, un peu étourdie, moins par notre conversation que sous l'effet du whisky avant midi.

Je tombai sur Jimmy Keith qui venait de sortir de chez lui, sans doute en route pour son dîner quotidien au St. Olaf.

« Ah ! me salua-t-il joyeusement. Comment ça va aujourd'hui ? »

Je ne savais pas exactement comment j'allais, mais je lui répondis tout de même «Bien, merci», et nous parlâmes un peu du temps qu'il faisait, gris et sinistre.

«Il va falloir que je vide votre compteur électrique. Je l'ai pas fait cette semaine.»

J'avais complètement oublié. «Oui, je n'ai presque plus de pièces.

— Je vais vous accompagner et le faire maintenant. Un jour comme ça, il vaut mieux pas se retrouver dans le noir.»

Pendant notre ascension de la colline, je le regardais de temps en temps en essayant de définir lequel de ses fils lui ressemblait le plus. Stuart, pensai-je, possédait son nez droit et son charme naturel, tandis que Graham avait hérité de son physique solide et robuste et de sa démarche. Il était étrange de voir le fonctionnement de la génétique – comment un homme pouvait transmettre des traits si différents à ses enfants.

Il était évident, en tout cas, qu'aucun des deux n'avait expliqué à Jimmy comment faire marcher le compteur sans la clé. Une fois à l'intérieur, il vida les pièces et me les rendit et, en retour, je lui donnai un billet du même montant et le remerciai.

Il regarda autour de lui. «Tout se passe bien ici?

— Oui, merci.» Derrière lui, par la fenêtre du petit salon, je voyais l'étendue des ruines de Slains vers le nord. Je détournai les yeux, évitant délibérément cette image. Non pas que je veuille échapper au livre, pas vraiment, mais je me sentais submergée par les événements des derniers jours et j'avais désespérément besoin de distraction. Sur un coup de tête, je lançai: «Je vais peut-être partir quelques jours.

— Ah oui? Où ça?»

Bonne question. «Peut-être à Édimbourg. Je dois y faire quelques recherches pour mon livre.

— Est-ce que vous serez de retour pour la fin de semaine?»

Je pensai au tour en voiture qu'on m'avait promis samedi et répondis d'un ton assuré : « Oui.

— Parce que Graham, mon autre gars, a dit qu'il viendrait en fin de semaine, et je me disais que vous voudriez peut-être le rencontrer. Il est professeur d'histoire, comme je vous l'ai dit, et je suis sûr qu'il connaît des tas de choses sur Slains qui pourraient vous être utiles. »

Ma première réaction fut la surprise que Graham n'ait pas dit à son père qu'il avait fait ma connaissance, mais je fis de mon mieux pour ne pas la montrer. Il devait avoir ses raisons.

Ne remarquant pas mon étonnement, Jimmy poursuivit : « Je pensais que vous pourriez venir dîner avec nous dimanche. Rien d'extraordinaire, hein. Je peux vous faire un rôti de bœuf à peu près mangeable, mais je vous promets pas plus. »

Il était impossible de dire non à son sourire. « Je viendrai avec plaisir », répondis-je.

La vérité c'est que, de toute façon, je n'aurais pas été capable de refuser une occasion de passer un peu plus de temps en compagnie de Graham.

« Formidable, fit Jimmy, ravi. Partez quand vous voulez pour Édimbourg, ma fille, et vous inquiétez de rien. Je vais veiller sur votre maison et m'assurer que votre cheminée fume. »

Il s'était exprimé en doric et, se rappelant que je n'étais pas de la région, me demanda si je voulais qu'il répète en anglais courant. Je lui dis que j'avais compris et il me regarda, admiratif. « Eh bien ! Vous comprenez drôlement bien le doric pour quelqu'un qui ne l'avait encore jamais entendu. »

En effet, je ne m'étais pas posé la question. Maintenant que j'y pensais, quelques-uns de mes propres personnages – les domestiques de Slains – parlaient doric dans mon esprit et, bien que je modifie leur discours quand j'écrivais pour éviter que les lecteurs ne me maudissent, je comprenais sans problème tout ce qu'ils disaient. Tout comme je saisissais chaque mot de Jimmy Keith. C'était en fait presque comme si je l'avais *déjà* entendu. Comme si j'avais si souvent entendu des gens parler ce dialecte que je me le rappelais...

Mon regard fut de nouveau attiré vers la fenêtre, et Slains.

Jimmy annonça gaiement qu'il devait partir. « Bonne chance pour vos recherches, ma fille. »

Je le remerciai, mais une partie de moi n'était pas si sûre de vouloir de la chance à ce moment précis. C'était une chose, pensai-je, de poser des questions et d'en chercher les réponses. C'en était une autre de les trouver pour de vrai.

En fin de compte, je décidai que le duc d'Hamilton serait le sujet le plus sûr pour mes recherches. Et il se trouve que j'avais *vraiment* besoin d'en apprendre davantage sur cet homme, puisque j'avais l'impression qu'il allait jouer un rôle clé dans mon roman, sur scène ou en coulisse. Et je savais que je n'aurais aucun problème à trouver des informations sur lui à Édimbourg.

Je m'y étais déjà rendue à plusieurs reprises pour ce livre. Chaque fois, j'étais venue de France et j'avais séjourné quelques jours dans l'appartement que Jane y gardait encore pour elle, lorsqu'elle venait une fois par mois au bureau de son agence littéraire. Son agence était une grande structure basée à Londres, mais elle y travaillait depuis si longtemps et avec une telle efficacité que, quand elle avait épousé Alan, la direction avait créé un nouveau bureau pour son usage personnel, à Édimbourg. Depuis, quelques autres agents avaient aussi déménagé pour travailler en Écosse, alors elle ne ressentait plus la pression de quitter Peterhead aussi souvent qu'auparavant.

L'appartement était petit et bien ordonné : deux pièces au centre de la ville. Si j'avais voulu, j'aurais facilement pu me rendre à pied au palais de Holyroodhouse, qui se dressait depuis des siècles dans son parc imposant, derrière son grand portail de fer. J'aurais pu me promener autour des murs, voire essayer d'obtenir la permission de visiter les anciens appartements du duc d'Hamilton lui-même, afin de recueillir plus de détails pour le début de mon histoire.

Mais je n'en fis rien.

Je n'aurais jamais admis que c'était parce que je ne voulais pas savoir à quoi ressemblaient ces pièces, parce que je ne voulais pas prendre le risque de m'apercevoir qu'elles aussi étaient peut-être telles que je les avais imaginées. Je me convainquis plutôt que je n'avais pas le temps de faire du tourisme cette semaine-là – j'avais trop de documents à consulter.

Je me retrouvai donc le mercredi matin dans la salle de lecture des archives, un environnement confortable et familier, à joyeusement passer en revue la correspondance privée du duc d'Hamilton. Les lettres qu'il avait écrites et reçues me donnèrent une image plus claire de cet homme – son rôle à double tranchant de patriote et de traître, bien que je doute qu'il se soit jamais considéré comme tel. Il s'était simplement servi, pensai-je, avant tous les autres. Ses décisions politiques et personnelles que tant de ses amis, dans leurs lettres, disaient ne pas comprendre, pouvaient toutes s'expliquer par une ambition démesurée.

Toujours à court d'argent, il avait épousé une héritière qui possédait de grandes propriétés en Angleterre, et n'avait mené aucune action susceptible d'irriter les Anglais, ce qui aurait mis en péril la principale source de ses revenus. Au Parlement, il prononçait des discours contre l'Union, mais lorsque d'autres souhaitaient s'opposer par la force plutôt que par les mots, il les retenait par le biais de promesses vides jusqu'à ce que leur opportunité soit passée, s'assurant ainsi que l'Union aille de l'avant. Il n'avait pas été stupide et, dans ses lettres, il n'avait laissé aucun détail prouvant qu'il avait été corrompu par l'Angleterre pour soutenir le vote en faveur de l'Union, mais je devinais qu'il n'aurait pas risqué sa réputation s'il n'avait rien eu à y gagner. Je savais exactement de qui parlait la comtesse à Hooke dans cette dernière scène que j'avais écrite quand elle disait : « On le soupçonne d'entretenir une correspondance avec la cour de Londres… »

Quelqu'un toussa.

Je levai la tête et vis une jeune employée à l'air un peu nerveux. « Vous êtes… excusez-moi, mais vous êtes bien Carolyn McClelland, n'est-ce pas ?

— Oui, c'est moi. » Je souris poliment.

« J'ai lu vos livres, m'annonça-t-elle. Tous. Ils sont merveilleux.

— Merci beaucoup. Ça me fait très plaisir.

— J'adore l'histoire. Bon, c'est logique puisque je travaille ici. Mais vous arrivez vraiment à lui faire prendre vie ! »

Je la remerciai une fois de plus, avec sincérité. Quand une personne prenait le temps de s'arrêter pour me dire qu'elle aimait mes livres, j'accordais de l'importance à cette rencontre. Comme j'étais la plupart du temps seule avec mon ordinateur, il était agréable de se voir rappelé qu'il y avait, au bout de ce long processus, des lecteurs qui appréciaient mes histoires. Et, après tout, c'était grâce à des lecteurs comme cette jeune femme que mes romans avaient connu le succès.

Alors je posai mon crayon et lui demandai : « Comment vous appelez-vous ?

— Kirsty.

— C'est justement le nom d'un des personnages de mon nouveau livre. »

Elle sourit de toutes ses dents. « Est-ce pour votre nouveau roman, les recherches que vous faites ? » Elle jeta un coup d'œil sur ma table. « Les documents d'Hamilton ?

— Oui, le quatrième duc est lui aussi un de mes personnages, alors je vérifie les faits que j'aimerais évoquer. » Autour de nous, les gens semblaient ranger leurs affaires. Je consultai ma montre. C'était déjà l'heure de la fermeture. La journée avait filé sans que je m'en aperçoive.

«J'ai l'impression d'avoir à peine commencé, dis-je à Kirsty en souriant. Je suppose que je vais devoir revenir demain matin. »

Ce qui sembla la ravir encore davantage. «Est-ce que vous pensez que… Si j'apportais un de mes livres… »

Je savais ce qu'elle voulait me demander. «Bien sûr. Apportez tous les livres que vous voulez, je serai contente de vous les signer.

— Oh, ce serait formidable ! »

Je partis moi-même heureuse, si ce n'est émue, d'avoir ainsi illuminé sa journée.

Lorsque je revins au bureau des archives tôt le lendemain matin, je fus encore plus touchée. Non seulement elle avait apporté mes romans pour que je les lui signe – tous en édition reliée, de toute évidence lus et relus à maintes reprises – mais elle s'était aussi donné la peine de me préparer quelques documents qu'elle estimait susceptibles de m'être utiles pour mes recherches. «Essentiellement des papiers, des papiers de famille, qui ont un lien avec votre duc d'Hamilton. Les lettres ne proviennent de personne de connu, et la plupart des gens ignorent sans doute leur existence, mais je me rappelle que quelqu'un d'autre est venu l'année dernière pour se renseigner sur le duc et a dit qu'elles étaient très utiles. »

Émue par une telle prévenance, je signai tous ses livres, la remerciant pour son aide et lui souhaitant le meilleur.

Les documents qu'elle m'avait apportés étaient en effet plus intéressants que les lettres écrites par le duc lui-même – il était toujours passionnant d'obtenir des renseignements sur quelqu'un à travers le regard des autres. En fin d'avant-midi, j'avais appris tant de choses qu'il me paraissait impossible d'être encore surprise par ce qu'il me restait à lire.

Jusqu'à ce que j'arrive à la lettre suivante.

C'était une des nombreuses missives envoyées par un médecin d'Édimbourg à son jeune frère, et elle était datée du 19 avril 1707. Après une demi-page sur un patient mourant, il écrivait : « En rentrant, je suis en effet tombé sur M. Hall. Tu te souviendras sans doute de notre souper avec monseigneur le duc d'Hamilton, et que celui-ci estime et apprécie beaucoup. M. Hall m'est apparu assez pâle, mais quand je l'ai interrogé il m'a assuré qu'il allait bien, qu'il était juste fatigué après avoir voyagé pour des affaires de monseigneur. Il arrive de cinq jours de voyage depuis Slains, le château du comte d'Erroll dans le Nord, où il a escorté le mois dernier une jeune parente du comte qui venait des comtés de l'Ouest. Cette demoiselle, du nom de Paterson et non de Hay, avait beaucoup impressionné le duc d'Hamilton par son bon caractère. En apprenant que ses deux parents avaient péri lors de l'aventure de Darién, ce qu'il considère comme étant la plus grande tragédie de notre nation, monseigneur s'était alors efforcé de faire tout son possible pour aider la jeune fille à gagner sa destination finale sans encombre et, à cette fin, avait chargé M. Hall de l'accompagner.

« Par un tel acte de gentillesse, monseigneur révèle encore une fois sa grande bienveillance envers ceux qui, dans le besoin, font appel à lui… »

La lettre poursuivait son éloge du duc d'Hamilton sur une page entière, mais je la parcourus en diagonale jusqu'à la fin avant de revenir en arrière.

Je dus relire ce passage plusieurs fois avant de réussir à croire que les mots, les faits inscrits devant mes yeux, étaient bien là – que tout ce que j'avais écrit dans mon propre roman s'était véritablement produit dans les moindres détails et ne relevait pas de la fiction.

Toutefois la ligne séparant la fiction de la réalité était devenue si floue que je n'avais aucune idée de l'endroit où l'une et l'autre commençaient. Et je ne savais pas très bien comment gérer cela.

Ma première pensée fut de partager la nouvelle avec le Dr Weir, de lui dire que j'avais trouvé ce qui semblait prouver que Sophia Paterson avait bien été à Slains. Non seulement cela, mais surtout qu'elle y avait séjourné au moment et dans les circonstances que je décrivais dans mon histoire. Mais le médecin, quand je l'appelai, n'était pas chez lui. Et ne serait sans doute pas de retour, me précisa Elsie, avant dimanche après-midi. Il était parti voir son frère, près de Glasgow.

Dimanche me paraissait bien loin. J'aurais aimé avoir les conseils et les encouragements du docteur lorsque je rentrai à Cruden Bay tard vendredi soir, trop fatiguée pour prêter attention au sentiment d'angoisse qui, comme toujours, se saisit de moi au milieu du chemin au-dessus du port.

La nuit était calme. La lune hivernale était claire et, en m'approchant de la maison, je vis que Jimmy avait laissé les lumières allumées pour moi. Et à l'intérieur, je retrouvai tout tel que je l'avais laissé. Pourtant, les voix de mes personnages, commençant à présent à chuchoter dans ma tête, me disaient tout autre chose. J'entendis la comtesse m'informer distinctement: «Beaucoup de choses ont changé depuis votre dernier séjour à Slains.»

Je ne doutais pas de la véracité de ses mots.

Alors j'allai m'asseoir à la longue table qui m'attendait et allumai mon ordinateur.

V

Les visiteurs s'étaient succédé toute la semaine.

Ils arrivaient à cheval, séparément, des terres sombres du Nord et du Nord-Ouest. Sophia voyait à leur apparence et leur allure qu'il s'agissait d'hommes importants et, bien qu'on les lui présentât à leur arrivée, comme s'ils ne venaient que pour lui souhaiter la bienvenue dans la région, elle savait très bien que cela ne servait que de prétexte, car chaque visiteur était ensuite amené au colonel Hooke avec lequel il s'entretenait un certain temps, en privé.

Le premier à s'être présenté avait été annoncé comme Lord John Drummond, ce qui avait fait cesser les battements de cœur de Sophia un terrible instant, jusqu'à ce qu'elle se rendît compte que son oncle n'aurait pas pu sortir de sa tombe pour venir la poursuivre cruellement à Slains. Et puis, la comtesse avait elle aussi compris et s'était empressée de déclarer : « Sophia, voici John, mon neveu. » L'homme qui entra était jeune et agréable. Sophia apprit qu'il était le fils cadet de ce même duc de Perth – le frère de la comtesse – connu pour être très proche du roi exilé, et le jeune Lord Drummond ne cacha pas le fait qu'il fût lui aussi jacobite.

Sophia avait soupçonné, ces derniers jours, et après l'avertissement de la comtesse, que la venue du colonel et de M. Moray pourrait impliquer une sorte de conspiration de ces aristocrates visant à ramener le roi Jacques en Écosse et à lui rendre son trône.

Personne n'abordait ce genre de sujet en sa présence, mais elle avait remarqué que, bien que la comtesse et les deux hommes ne bussent pas à la santé du roi à table, ils passaient avec désinvolture leur coupe au-dessus de la carafe d'eau. Pour l'avoir vu faire chez son oncle, Sophia savait que cela signifiait qu'ils buvaient en son honneur «par-dessus l'eau», se référant au roi exilé de l'autre côté de la Manche.

Toutefois, elle tenait sa langue, car elle ne souhaitait pas contrarier la comtesse en lui révélant qu'elle comprenait tout ce qui se passait à Slains. Celle-ci était si occupée par ses invités et par les messagers qui allaient et venaient à toute heure du jour que Sophia sentait que sa place était de se maintenir à l'écart de toute cette agitation et de contenter la comtesse en faisant mine d'ignorer la situation.

Elle savait que le colonel Hooke pensait que c'était le cas, mais elle n'en était pas convaincue pour M. Moray. Ses yeux gris la regardaient avec une concentration tranquille qui ne semblait pas dévier de son objectif, bien que Sophia fût incapable d'identifier ce dernier. Elle supposait seulement qu'il voyait beaucoup de choses et qu'il se laissait difficilement tromper. Mais en l'occurrence, s'il était aussi intelligent qu'elle le pensait, il verrait qu'elle comprenait le complot mais qu'elle était dans leur camp et qu'ils n'avaient aucune raison de craindre qu'elle les trahît. Quoi que pensât M. Moray, il ne fit cependant rien pour soulever la question de la loyauté de Sophia.

Ainsi les premiers jours amenèrent des visiteurs issus des plus grandes familles du Nord – le propriétaire de Boyne et, plus tard, Lord Saltoun, le chef d'une branche de la maison de Fraser. Puis arriva le grand connétable lui-même, le comte d'Erroll.

Sophia le trouva plus impressionnant que sur son portrait; jeune, mais prudent tant par ses actes que par ses paroles, et doté de la même indépendance d'esprit que sa mère. Cet homme dégageait une certaine énergie, comme un feu susceptible de flamboyer à tout moment. Il créait un vif contraste avec le pauvre colonel Hooke, dont l'état ne s'était guère amélioré depuis son arrivée au château. Un jour, le comte d'Erroll le remarqua et exprima sa préoccupation. Le colonel lui répondit alors: «Je crains de ressentir encore les effets de mon voyage. Je suis indisposé depuis notre départ de Versailles. »

C'était la première fois qu'une référence aussi claire était faite à la cour du roi de France et le colonel Hooke, comme s'il s'était rendu compte de son imprudence, jeta un rapide coup d'œil en direction de Sophia, de même que tous les autres. À l'exception du comte d'Erroll, qui poursuivit comme si de rien n'était : « Et j'ose espérer que vous avez laissé leurs majestés le roi de France et notre roi Jacques en bonne santé et de bonne humeur ! »

Il y eut un instant de silence, puis la comtesse l'avertit : « Charles…

— Qu'y a-t-il, mère ? » Repoussant sa cape, il se tourna vers Sophia, comme l'avaient fait les autres, mais son expression à lui ne contenait aucune trace d'inquiétude. « C'est un membre de notre famille, n'est-ce pas ?

— Bien sûr, mais… répondit sa mère.

— Eh bien dans ce cas je garantirais qu'elle est assez intelligente pour comprendre ce qu'il se passe ici. Elle ne m'a pas l'air d'une imbécile. L'êtes-vous ? » demanda-t-il à Sophia.

Elle ne savait pas comment répondre avec tant d'yeux posés sur elle, mais elle leva un peu le menton et secoua courageusement la tête.

« Et vous êtes-vous fait votre propre idée de la raison qui amène ces gentilshommes à Slains ? »

Bien qu'elle fût face au comte d'Erroll, ce n'était pas son regard qu'elle sentait sur elle à ce moment-là, mais celui de M. Moray qui, elle le savait, ne tolérerait aucun mensonge, alors elle déclara : « D'après ce que j'ai compris, ils sont venus de France pour traiter avec les jacobites, Monseigneur. »

Le jeune comte sourit, comme si son honnêteté lui plaisait. « Vous voyez ? » lança-t-il aux autres. Puis, se tournant de nouveau vers Sophia, il poursuivit : « Et nous dénonceriez-vous à des agents de la reine Anne ? »

Il ne faisait que la taquiner pour plaisanter. Il connaissait la réponse, mais elle lui répondit tout de même d'une voix ferme : « Non.

— C'est ce que je pensais. » D'après le ton de sa voix, le sujet était fermés. « Je me sens donc en confiance pour m'exprimer librement en présence de cette jeune femme. Et cela devrait être votre cas à tous. »

Si le colonel Hooke semblait sceptique, Sophia fut quelque peu calmée par le léger sourire d'approbation sur le visage de M. Moray. Sans chercher à savoir pourquoi l'approbation de ce dernier était si importante pour elle, elle tourna son attention vers le colonel Hooke qui avait enfin cédé et répondait au comte quant à la santé de ceux qu'il avait été le dernier à voir à la cour du roi Stuart exilé en France, à Saint-Germain.

« Je suis rassuré d'entendre que le jeune roi Jacques se porte bien, déclara le comte. Notre pays a cruellement besoin de lui. »

Hooke hocha la tête. « Et il en est conscient. Il est à présent plus convaincu que jamais que le temps est venu pour l'Écosse de se lever.

— Si mes souvenirs sont bons, il en était déjà convaincu il y a deux ans, lorsque nous nous sommes lancés dans cette aventure. » D'un air patient, le comte poursuivit : « C'est toutefois peut-être aussi bien qu'il ait hésité, car il va découvrir que les hommes prêts à le soutenir sont aujourd'hui bien plus nombreux et convaincus qu'ils gagneront plus l'épée à la main que ce qui leur est offert par cette union avec les Anglais.

— Est-il vrai que les presbytériens de l'Ouest pourraient envisager de rallier notre cause ?

— J'ai entendu des rumeurs à ce sujet. Les presbytériens ont été irrités par l'Union et, en effet, étant parmi les forces les mieux armées et les moins divisées de notre pays, ils avaient bien l'intention de manifester leur colère en marchant sur Édimbourg pour dissoudre le Parlement. »

M. Moray, en retrait jusque-là, ne put se contenir en entendant ces mots. « Mais s'ils l'avaient fait, cela aurait sans doute empêché la mise en place de l'Union, non ?

— Oui, très certainement. Surtout, expliqua le comte, quand on sait que pas moins de quatre nobles des comtés de l'Angus et du Perth avaient proposé d'en faire autant.

— Bon Dieu ! jura M. Moray. Pourquoi ne l'ont-ils pas fait alors ? »

Le jeune comte échangea un bref regard avec sa mère avant de répondre : « Ils en ont été dissuadés, par un homme qu'ils estimaient.

— Qui donc ?

— Monseigneur le duc d'Hamilton. »

Le colonel Hooke lança d'un ton vif : « Je ne vous crois pas.

— C'est pourtant la vérité, lui assura le comte. Et sachez aussi que votre ami le duc qui, ces deux derniers mois, a témoigné d'une telle impatience quant à votre arrivée, a changé de ton depuis que vous avez marché sur le sol écossais. Il déclare à tous ceux qui veulent bien l'entendre que vous arrivez trop tard, que le roi ne pense plus à notre nation et que nous ne pouvons plus espérer son retour.

— Vous mentez. »

La main du comte toucha légèrement la garde de son épée en réponse à cette insulte, mais la comtesse s'interposa entre les deux hommes, déclarant d'une voix calme : « Je vous l'ai dit, Colonel, beaucoup de choses ont changé depuis votre dernier séjour à Slains.

— J'en ai bien l'impression. » Il se détourna, le visage encore plus soucieux et crispé.

Le comte reprit : « Je sais, Colonel, que vous connaissez bien le duc, et ce depuis longtemps, mais son discours a offusqué beaucoup de nos semblables, et ses complots secrets avec le commissaire de la reine Anne en Écosse ne fait qu'accroître la méfiance de nos amis aristocrates. C'est le duc d'Athol, dont vous connaissez la grande honnêteté, qui a le premier découvert ces conspirations. Il en a fait le reproche au duc d'Hamilton qui a commencé par tout nier. Mais, après que le duc d'Athol lui eut prouvé les faits clairement, il a été forcé d'avouer, bien qu'il implore Athol de croire qu'il ne cherchait qu'à tromper les Anglais. Cette excuse, comme vous pouvez l'imaginer, n'a donné satisfaction à personne. En conséquence, la plupart de ses anciens amis ont rompu tout lien avec lui, et peu d'entre nous tolèrent encore ses visites.

« L'estime que lui porte le peuple provient à présent essentiellement de votre cour de Saint-Germain. Le roi Jacques a informé clairement qu'aucun Écossais ne devait se déclarer jusqu'à ce que le duc d'Hamilton ne le fasse, et que nous devions suivre ses indications puisqu'il entre dans les bonnes grâces de notre roi.

— Je crois, dit Hooke, que ces ordres étaient répétés dans une lettre envoyée à vous et à d'autres vous informant de ma traversée.

— Tout à fait. Et je me tiens prêt à obéir à mon roi, comme toujours. Néanmoins, il faudrait qu'il sache que ce qu'il nous a écrit en confidence a déjà été transmis à nos ennemis, par un traître, car j'ai vu une autre lettre, rédigée par le secrétaire du commissaire de la reine Anne en Écosse, qui parle aussi de votre voyage et du but de celui-ci. Et qui nomme l'homme qui vous accompagne. »

Hooke était interloqué. « Mais…

— Je ne cherche pas à juger la conduite du duc d'Hamilton et ne souhaite pas non plus que vous le négligiez lors de vos négociations. Je vous dis seulement que cet homme est indéchiffrable et que vous feriez bien d'être sur vos gardes et de lui dissimuler toutes négociations avec d'autres nobles. »

Sophia ne voyait pas directement le visage du colonel, cependant elle sentit dans le court instant qu'il mit à répondre qu'il avait pesé les éléments dans sa tête, tout comme son oncle John pesait autrefois toute nouvelle information afin de la tourner à son avantage.

Hooke déclara : « Monseigneur le grand connétable, vos conseils sont des plus précieux. Je vous en remercie et prendrai les mesures que vous suggérez. »

Sophia ne disposait d'aucune preuve qu'il mentait et n'était pas censée s'exprimer lors d'un tel rassemblement mais, eût-elle été un homme, elle aurait peut-être averti le comte d'Erroll que monseigneur le duc d'Hamilton n'était pas la seule personne dont il fallait se méfier.

« Vous semblez soucieuse », dit la comtesse.

Lorsque Sophia leva la tête, son aiguille glissa sous le point qu'elle était en train de broder et lui piqua douloureusement le bout du doigt. Serrant les dents, elle parvint à garder le silence jusqu'à ce que cette sensation persistante se fût atténuée, après quoi elle répondit : « Je ne suis pas soucieuse, je vous assure. C'est juste que ce motif me dépasse et que je n'arrive pas à faire des points réguliers. »

La comtesse la regarda et, après quelques secondes, reprit d'un ton affectueux : « Mon fils avait raison de vous faire confiance. Il vous est impossible de mentir, ma chère, sans que cela se voie clairement sur votre visage. » Reprenant son propre ouvrage, elle déclara d'une voix résolue : « Nous vous en demandons trop, de garder nos secrets. C'est l'avis du colonel Hooke, et je crois qu'il a raison. »

Sophia profita prudemment de cette ouverture. « J'ai cru comprendre que le colonel était un bon ami de votre famille.

— Un bon ami de mon frère James, le duc de Perth. Ils ont beaucoup travaillé à un objectif commun ces dernières années. Cela fait deux ans que mon frère nous a pour la première fois envoyé le colonel Hooke de France pour solliciter le soutien des aristocrates écossais. Les temps étaient alors différents. L'Union n'était qu'un vague sujet de conversation et personne n'aurait cru qu'elle se réaliserait, que les gardiens de notre pays vendraient l'indépendance de l'Écosse pour se remplir les poches. Il n'y avait pas cette sensation d'urgence que nous connaissons à présent. Car, à la mort de la reine Anne – et, à en croire son état de santé, cela ne saurait tarder – la lignée des Stuart pouvant prétendre au trône s'éteindra elle aussi. Les Anglais ont l'intention de donner la couronne à un prince de Hanovre étranger, à moins que nous ne ramenions de France le roi Jacques sain et sauf pour qu'il puisse prendre la place qui lui revient de droit. Nous avions plus ou moins toléré le règne de Marie, puis celui d'Anne, car elles étaient les sœurs du vrai roi, nées de sang Stuart, mais le trône appartient à Jacques et non à Anne. Il doit lui revenir à la mort de celle-ci, l'Écosse entière s'opposera à une succession en faveur des Hanovre. » Elle finit une rangée de points avec détermination et mordit le fil pour le couper. « Je ne doute pas que le colonel Hooke obtiendra cette fois-ci plus de répondant de la part de nos aristocrates et parviendra à les persuader de s'arranger avec le roi de France, qui est disposé à nous prêter main-forte si nous prenons les armes. »

Sophia ne remit pas en question le projet du colonel Hooke. Seule son intuition la poussait à soupçonner que ses intentions ne fussent pas conformes à ce que pensaient les autres, et son intuition ne suffisait pas pour accuser un homme qu'elle ne connaissait pas.

« De toute façon, il a dit qu'il repartirait bientôt.

— Oui. Il se mettra demain en route pour la demeure de Lord Stormont à Scone, pour voir le duc d'Athol. Mon fils a lui aussi été sollicité pour cette mission, mais il lui semble imprudent d'entreprendre ce voyage, sachant qu'il vient à peine de rentrer chez lui après une période de six mois. S'il repartait si vite en direction d'Édimbourg, en plus pour voir une assemblée de jacobites renommés, il donnerait au gouvernement des raisons de penser qu'un complot est peut-être en cours. Le risque est déjà assez grand avec l'entreprise du colonel Hooke, alors même que le Parlement ne siège plus et que les grands de la nation sont dispersés dans les différents comtés. Il a pour projet, je crois, de diviser le pays en deux circuits. Il s'occuperait de l'un et confierait l'autre à M. Moray, mais mon fils appréhende tout autant cette méthode.

— Pourquoi ? » demanda Sophia.

La comtesse enfilait son aiguille dans de la soie épaisse et rouge sang. « M. Moray est recherché. » Elle le dit comme si cela n'avait rien de honteux ; comme si, bien au contraire, il s'agissait d'un motif de fierté. « Sa tête est mise à prix depuis trois ans. Les Anglais offrent la somme de cinq cents livres sterling à toute personne qui s'emparera de lui. »

L'aiguille de Sophia glissa à nouveau et transperça son doigt alors qu'elle laissait ses mains tomber sur ses genoux. « Cinq cents livres ! » Elle n'avait jamais entendu parler d'un tel montant. Un dixième de celui-ci représenterait une fortune pour la plupart des hommes.

Les noms de ceux qui avaient défié la Couronne étaient régulièrement publiés, savait-elle, avec une rançon de cinq livres pour leur capture, et cette modeste somme amenait souvent un honnête homme à trahir un ami. Quels amis M. Moray pouvait-il espérer avoir, se demanda-t-elle, avec cinq cents livres sur sa tête ?

« Il est bien connu, poursuivit la comtesse, au sud du Tay, dans son propre pays, mais le colonel a le sentiment que M. Moray pourrait progresser en sécurité dans les provinces du Nord et négocier un arrangement avec les Highlanders. »

Sophia fronça les sourcils. « Mais pourquoi… ? » Elle s'interrompit au milieu de sa phrase.

« Oui ?

— Je vous prie de m'excuser. Cela ne me regarde en rien. Mais je me demandais… il y a certainement d'autres hommes qui auraient pu accompagner le colonel Hooke.

Pourquoi donc le roi Jacques a-t-il envoyé M. Moray ici en Écosse, le mettant ainsi en danger?

— Certains hommes choisissent eux-mêmes la voie du danger.»

Sophia savait que c'était la vérité. Son propre père avait été l'un de ces hommes. «Mais s'il était capturé...» commença-t-elle avant de s'interrompre à nouveau, car elle ne voulait pas penser à ce qui pourrait lui arriver s'il était reconnu et fait prisonnier.

Avec détachement, la comtesse déclara: «S'il venait à être capturé, nos projets seraient alors peut-être découverts.» Elle avait terminé la fleur à laquelle elle œuvrait et mordit son fil rouge sang avec précision. «C'est pour cela, conclut-elle, que mon fils redoute cette opération.»

Sophia était encore soucieuse lorsqu'elle se réveilla le lendemain matin. Elle avait rêvé que des chevaux trépignaient près du château, leur haleine chaude produisant de la buée chaque fois qu'ils s'agitaient, et que des hommes s'interpellaient avec impatience. Il faisait encore sombre quand elle ouvrit les yeux. Par sa fenêtre, elle voyait une ligne rose pâle traverser l'eau grise et savait qu'il s'écoulerait encore au moins une heure avant que la famille et ses invités se réveillassent. Cependant son agitation était grande et, en l'espace de quelques minutes, elle s'était levée et habillée pour quitter sa chambre à la recherche d'une compagnie.

La cuisine était déserte. Mme Grant avait mis une marmite sur le feu, mais elle-même était introuvable, tout comme les autres domestiques, et Kirsty. Pensant que celle-ci était peut-être allée rendre visite à Rory aux écuries, Sophia traversa la cour, mais elle n'y trouva qu'Hugo, inactif sur son lit de laine et de paille. Il ne lui restait plus de chevaux à garder, à l'exception de la jument qu'avait montée Sophia entre Édimbourg et Slains et dont elle était tombée lors de sa promenade avec la comtesse. L'animal somnolait debout, comme déprimé de voir les compartiments autour de lui entièrement vides. Lorsque Sophia toucha ses naseaux veloutés, les yeux de la jument remuèrent à peine pour répondre à la caresse.

« Ils sont bien partis alors », fit Sophia. Elle n'avait donc pas rêvé. Du moins pas entièrement. Dans un état de demi-sommeil, elle avait vraiment entendu des chevaux trépigner et des voix d'hommes, tandis que le colonel Hooke et M. Moray s'étaient lancés avant l'aube dans leurs missions respectives – Hooke vers le sud et M. Moray en direction du nord.

Elle ressentit soudain comme une perte. Sans raison, se dit-elle, à moins que ce ne fût parce qu'elle n'avait pas pu lui dire au revoir. Ni lui souhaiter bon voyage en lui demandant de faire bien attention à lui dans cette terre d'hommes sauvages à qui cinq cents livres sembleraient une richesse de roi.

Elle appuya la tête contre le doux museau de la jument, la caressant toujours, et murmura : « Que Dieu le protège. »

Une voix masculine retentit derrière elle. « Dites-moi, jeune fille, quel homme mérite vos prières ? »

Elle se retourna. À l'entrée de l'écurie, M. Moray était adossé contre le lourd poteau, les bras croisés. Hugo n'avait ni remué ni aboyé, comme il avait l'habitude de le faire en présence d'étrangers à l'écurie, et la douce tête de la jument restait tranquille entre les mains de Sophia.

« Je vous croyais parti », laissa-t-elle échapper de surprise. Se rendant compte que cela semblait ridicule et pourrait révéler plus que ce qu'elle souhaitait montrer, elle reprit son sang-froid et demanda de manière innocente : « Le colonel Hooke a-t-il pris les deux chevaux alors ?

— Il a choisi le noir. Le jeune palefrenier a pris l'autre pour une commission pour le comte. Et moi, comme vous le voyez, je suis resté. » Il semblait se moquer par cette dernière remarque, mais Sophia avait le sentiment qu'il était mécontent de ce retournement de situation. Ses traits étaient plus sinistres et implacables qu'elle ne les avait jamais vus, mais ils se radoucirent tandis qu'il la regardait et, bien qu'il n'eût pas bougé de la porte, il lui parut tout à coup plus proche lorsqu'il inclina la tête et lui demanda : «Est-ce une curieuse coutume de l'Ouest de parler à Dieu et aux chevaux alors que le soleil est à peine levé?»

Elle détourna le visage et se concentra sur la jument. «Je n'arrivais pas à dormir. J'ai entendu les chevaux.

— C'est vrai, il y a eu une certaine confusion à leur départ. J'avoue que j'ai peut-être moi-même élevé la voix à une ou deux reprises. C'est sans doute moi qui vous ai réveillée.» Il garda le silence un moment, puis lança : «Cette jument a l'air attachée à vous.»

Sophia sourit. «Nous avons vécu des choses ensemble. Un jour elle m'a projetée hors de ma selle, bien que j'admette en être la principale fautive.

— Vous m'en voyez surpris. Elle me paraît trop gentille pour traiter un cavalier de la sorte, et je ne vous imagine pas capable de la monter trop brutalement.

— Non, je suis tombée uniquement parce que je n'ai pas su la tenir alors qu'elle galopait. Derrière son visage inoffensif se cache un petit côté sauvage.

— Je vois. C'est d'ailleurs le cas pour bien des femmes.» Moray se déplaça alors. Elle entendit le bruissement de ses bottes sur la paille humide et, quand elle osa lancer un coup d'œil de côté, il se trouvait tout près d'elle. Il tendit la main pour caresser l'encolure arquée de la jument. «C'est aussi bien pour elle que je ne parte pas ce matin, car bien qu'elle se croie sauvage, la route pénible à travers les Highlands ne lui plairait pas et elle aimerait encore moins transporter une charge aussi lourde que moi.»

C'était donc la raison pour laquelle il était resté, pensa Sophia. Il n'avait pas de monture. «Alors vous devez attendre que Rory revienne avec le deuxième cheval pour pouvoir partir à votre tour?

— Non jeune fille. Je ne pars plus. » Il laissa retomber sa main et se tourna pour s'appuyer des deux coudes sur le bord du compartiment, de sorte qu'un pan de sa cape noire touchait la manche de Sophia. « Les autres trouvent qu'il est préférable que je reste à Slains. »

Elle était soulagée d'entendre qu'au moins la raison avait prévalu. Le comte avait dû persuader Moray que rester diminuerait ses risques d'être capturé. Bien que cette décision parût le mécontenter, elle savait d'après ce qu'elle avait observé chez Moray les jours précédents qu'il respecterait ce qui servirait sans doute le mieux l'ambition du roi exilé.

Ignorant si elle était censée savoir que sa tête était mise à prix, elle dit simplement : « Vous serez sans doute plus en sécurité ici.

— Oui. Ce qui me rappelle que vous ne m'avez pas dit qui vous souhaitiez protéger dans votre prière », reprit-il avec un certain amusement dans la voix.

Il ne faisait que la taquiner, pensa-t-elle. Il n'en avait que faire de savoir pour qui elle priait dans le silence de l'écurie. Toutefois, elle ne parvenait pas à maîtriser sa voix pour rejoindre la légèreté de celle de son interlocuteur, pas plus qu'elle ne pouvait détacher son regard des yeux de Moray, gris et calmes. Et elle vit alors qu'il ne plaisantait pas. Il était réellement curieux.

Elle ne pouvait lui mentir. Mais elle ne pouvait pas non plus parler – son cœur était monté jusqu'à sa gorge et y battait si fort qu'il lui était impossible de s'exprimer.

Ce qui était aussi bien car elle n'aurait pas pu lui avouer « C'était vous. » Pas dans cette écurie, avec la chaleur de sa cape sur son bras, et ses larges épaules la touchant presque, et son visage à seulement quelques centimètres du sien. Le temps paraissait suspendu, et elle avait l'impression que cet instant aurait pu s'étendre pour toujours ; mais la jument, se sentant oubliée, avança son doux museau curieux entre eux, et Sophia retrouva sa voix.

«La comtesse doit me chercher», dit-elle.

Et reculant rapidement d'un pas pour sortir du compartiment – si brutalement qu'Hugo, somnolant sur son lit de paille, se mit aussitôt aux aguets –, elle se retourna pour fuir les écuries, et l'homme dont elle sentait encore le regard dans son dos, comme un feu qui réchauffe.

Chapitre 10

*J*e savais qu'il me regardait.

La pluie battait plus fort à présent. Elle tambourinait sur le pare-brise avec la puissance de cinquante percussionnistes, et les essuie-glaces n'arrivaient plus à la repousser assez vite pour nous permettre d'avoir une bonne vision de la route. Graham avait garé la voiture et éteint le moteur. Il s'était tourné sur son siège et regardait mon visage tandis que je scrutais par la fenêtre.

«Je suis désolé, dit-il. La visite n'est pas très intéressante par ce temps. Sous la pluie, toute la campagne semble uniforme.

— Ce n'est pas grave. Vous ne pouvez pas contrôler la météo.

— Nous pourrions attendre que le temps s'améliore.» Mais d'après son ton sceptique, je savais qu'il était quasiment certain, comme moi d'ailleurs, que la pluie s'était installée pour durer, et il n'était pas le genre d'homme à patienter très longtemps.

Je l'avais attendu ce matin-là avec plus d'impatience que je n'aurais osé l'admettre. J'avais gardé les yeux rivés sur l'horloge jusqu'à ce qu'il arrive une demi-heure plus tôt et m'accompagne à sa voiture blanche et cabossée qui nous attendait près du mur du port, avec Angus qui frétillait joyeusement de la queue à l'arrière. Mais nous n'avions parcouru qu'une courte distance que déjà les nuages qui couvraient le soleil matinal avaient gagné du terrain. Il était évident à présent que nous allions devoir renoncer à notre promenade. J'essayai de cacher ma déception.

Graham dut tout de même s'en apercevoir car il redémarra la voiture et, enclenchant la vitesse maximale des essuie-glaces, revint sur la route étroite. « Vous savez quoi ? J'ai des amis qui ont une ferme pas loin d'ici. On n'a qu'à leur rendre visite, qu'est-ce que vous en dites ? Y rester un petit moment, jusqu'à ce que la pluie se calme. »

Angus, qui s'était allongé sur sa couverture à l'arrière, leva la tête pour noter le changement de programme et, quand nous arrivâmes sur le chemin menant à la ferme, il était debout sur la banquette, remuant de nouveau la queue, apparemment ravi de l'endroit où nous nous trouvions.

La voie était boueuse et accidentée de profondes ornières, s'achevant dans une cour carrée bordée de hangars devant nous, de granges à droite et, à gauche, d'une ferme basse blanchie à la chaux avec une porte bleu vif.

« Ne bougez pas, fit Graham en relevant la capuche de sa veste. Je vais voir s'ils sont là. »

Il s'avança jusqu'à la porte, se faisant arroser l'épaule par l'eau d'une gouttière, et frappa. Personne ne vint lui ouvrir, alors, dans un haussement d'épaules accompagné d'un sourire d'encouragement, il traversa en courant la cour et entra dans la grange la plus proche dont la porte était ouverte.

Il n'avait pas exagéré quand il m'avait dit qu'Angus détestait rester en arrière. Le chien s'était contenté de s'asseoir en gémissant tandis que son maître frappait à la porte bleue mais, lorsque Graham disparut à l'intérieur de la grange, l'épagneul se leva et se mit à gratter à la vitre arrière avec une plainte pitoyable et déchirante. Je ne pus la supporter qu'une minute – après quoi je me tournai et fouillai la voiture à la recherche de sa laisse. «D'accord, dis-je, d'accord, nous y allons aussi. Attends juste une seconde.»

Je n'avais pas de capuchon. Mais je portais des bottes, ce dont je me félicitai car dès mes premiers pas, je m'enfonçai dans la boue jusqu'aux chevilles. Avec Angus tirant fermement sur sa laisse, nous traversâmes la cour à une vitesse presque olympique et avions franchi la porte de la grange avant que la pluie n'ait le temps de me tremper.

Il faisait plus chaud à l'intérieur du bâtiment qui, rendu poussiéreux par le foin et l'agitation des animaux, sentait fortement la paille et le fumier. Après ce que j'avais écrit la nuit précédente, il me semblait presque approprié de me retrouver face à une rangée de compartiments bien alignés – trois contenant un cheval et un vide – et que l'une des trois têtes équines qui s'étaient tournées vers moi ressemble étrangement à la jument de Sophia, arborant les mêmes grands yeux humides, la même crinière noire charbon ainsi que les mêmes traits remplis de douceur.

Je ne voyais Graham nulle part. Il avait dû, pensai-je, faire tout le tour des granges puis se rendre dans les hangars qui, je le remarquais à présent, communiquaient entre eux. Angus fit mine de partir sur ses pas, mais je le retins un instant, désireuse de passer une minute de plus en compagnie des chevaux.

Je les adorais. Comme toute petite fille, m'avait-on dit, et j'imagine que je n'avais jamais vraiment dépassé cette phase. Mes lecteurs les plus perspicaces commentaient parfois ma capacité à intégrer des chevaux dans toutes mes intrigues, bien que moi, contrairement aux autres écrivains, je puisse leur répondre qu'il était très difficile d'écrire des romans historiques sans au moins un cheval ou deux. En vérité, j'avais en effet un petit faible pour eux.

Il n'y avait aucun cheval noir ici, comme celui que j'avais attribué à Nathaniel Hooke, ni aucun cheval brun. Seulement un grand cheval roux qui me mesurait du regard, distant, et un drôle de cheval gris dans le dernier compartiment et, entre les deux, la jument – ou plutôt le cheval que je prenais pour une jument car il ressemblait à celle que j'avais imaginée. Elle tendit son museau quand je lui offris ma main et, avec un rare bonheur, je flattai sa robe veloutée entre ses naseaux et sentis la chaleur de son haleine dans ma paume.

« Voici Tammie », dit Graham. Comme je l'avais déduit, il était parti inspecter les hangars et revenait à présent de son pas tranquille. « Attention, c'est un grand séducteur. »

Je me retournai, surprise. « Un ?

— Oui. » Il s'approcha et récupéra la laisse du chien afin que j'aie les deux mains libres pour flatter le cheval.

Je frottai l'encolure de Tammie. « Il est bien trop joli pour être un garçon, déclarai-je.

— Oui mais vous allez le vexer en disant ça. » Il me regarda avec intérêt. « Est-ce que vous montez ?

— Pas vraiment. »

Tout sourire, il me demanda : « Qu'est-ce que ça veut dire ?

— Ça veut dire que je suis capable de tenir assise sur un cheval s'il me laisse faire. J'arrive même à rester en selle s'il va au pas, mais au-delà du trot je suis nulle. Je tombe à tous les coups.

— C'est en effet problématique, convint-il.

— J'en conclus qu'il n'y a personne ?

— Non. » Il jeta un rapide coup d'œil vers la double porte ouverte qui donnait à présent sur des cordes de pluie compactes et ininterrompues, puis se tourna à nouveau vers moi et, voyant à quel point j'étais absorbée avec Tammie, déclara : « Mais nous pouvons attendre. Rien ne presse. » Alors il poussa du pied un tabouret rustique et s'assit, Angus s'installant sur la paille près de lui.

C'était presque comme dans mon livre, pensai-je. L'écurie, la jument – enfin, Tammie, qui ressemblait à la jument –, et Graham, avec ses yeux gris clair qui me rappelaient beaucoup, sans coïncidence aucune, ceux de M. Moray. Nous avions même le chien, endormi et blotti dans la paille. La vie faisait écho à l'art, pensai-je en esquissant un sourire.

« Et vous alors ? demandai-je. Est-ce que vous montez ?

— Bien sûr, j'ai même gagné des rubans dans ma jeunesse. Je suis très étonné que mon père ne les ait pas sortis pour vous les montrer. »

Derrière son côté pince-sans-rire, sa voix contenait une telle tendresse pour son père que j'osai dire : « Peut-être me les montrera-t-il demain. Vous savez qu'il m'a invitée pour le dîner ?

— Il l'a évoqué, oui.

— Vous serez là aussi ?

— Tout à fait.

— Parfait. Parce que votre père se donne beaucoup de mal pour m'aider avec mes recherches et il semblait tenir à ce que je vous rencontre pour que nous parlions histoire. » Faisant semblant de m'intéresser grandement à Tammie, je lui demandai, sans me retourner : « Pourquoi ne lui avez-vous pas dit que nous nous étions déjà rencontrés ? »

Au cours de la longue minute de silence qui suivit, j'aurais aimé voir son visage et savoir ce qu'il pensait. Mais quand il ouvrit finalement la bouche, il était difficile de déchiffrer sa voix. Il ne fit que me renvoyer la question. « Et vous, pourquoi ne l'avez-vous pas fait ? »

Je savais pourquoi j'avais gardé le silence à ce sujet, et ce n'était pas uniquement parce que je n'avais pas voulu entrer en conflit avec sa propre version, ou en l'occurrence son absence de version. C'était parce que… eh bien, comme pour les chevaux, j'avais un faible pour Graham. Lorsqu'il était près de moi, je me sentais à moitié électrique, à moitié troublée, excitée comme une adolescente prise dans une nouvelle amourette. J'avais souhaité que cela dure un peu, j'avais voulu le garder pour moi sans aucune intrusion extérieure. Mais je ne pouvais pas le lui avouer, alors je répondis juste : « Je ne sais pas. Je n'y ai pas vraiment pensé. » Puis, comme lui, je renvoyai la balle. « Je supposais que vous aviez vos raisons de ne pas le lui dire. »

Quoi qu'elles aient été, il ne m'en dit rien. Il changea de sujet : « Alors, comment avance le livre ? »

Un terrain bien plus sûr, pensai-je. « Ça avance très bien. Il m'a tenue éveillée jusqu'à trois heures cette nuit.

— Vous écrivez toujours le soir ?

— Pas toujours, non. Quand j'arrive à la dernière partie d'un roman, j'écris à toute heure. Mais c'est tard le soir que je travaille le mieux, je ne sais pas pourquoi. Peut-être parce que je ne suis alors qu'à moitié consciente. » J'avais prononcé cette dernière phrase comme une plaisanterie, mais il hocha la tête, pensif.

« C'est possible, dit-il. Peut-être que, la nuit, votre subconscient prend le dessus. J'ai un ami peintre, et il dit la même chose, que c'est plus facile pour lui de travailler la nuit, quand son esprit commence à dériver et qu'il est presque endormi. Il dit qu'il a alors une vision plus claire des choses. Attention, moi-même je ne vois pas la différence entre les tableaux qu'il a peints de nuit ou de jour – pour moi ce sont tous des masses de couleurs indéfinies. »

Avec la semaine écoulée et ce que j'avais appris sur Sophia Paterson, je m'étais forgé une nouvelle opinion au sujet de la pensée subconsciente et de la façon dont elle dirigeait mon écriture, mais je gardai tout cela pour moi. « Pour moi, c'est une habitude plus qu'autre chose. Quand j'ai commencé à écrire – à écrire sérieusement, j'entends –, j'étais encore à l'université. Le seul moment dont je disposais, c'était tard le soir.

— Et vous faisiez des études de quoi ? De lettres ?

— Non. J'avais une passion pour la lecture, mais je détestais quand les livres étaient disséqués et analysés. Winnie l'Ourson étudié comme une allégorie politique, ce genre de chose. Ça ne m'a jamais vraiment convaincue. Il y a un passage dans *Miss Barrett* – vous savez, la comédie de Rudolf Besier – où Elizabeth Barrett essaie de déceler la signification d'un poème de Robert Browning, et elle le lui montre, mais lui répond que, quand il a écrit ce poème, seuls Dieu et Robert Browning savaient ce qu'il signifiait, et qu'à présent seul Dieu le sait. C'est ma sensation quant aux études de lettres. Qui peut savoir ce que pensait l'auteur, et en quoi cela a-t-il de l'importance ? Je préfère lire juste pour le plaisir. Non, j'ai fait des études de sciences politiques.

— De politique ?

— J'avais l'ambition de changer le monde, admis-je. Et de toute façon, je pensais que ça me serait utile, dans une situation ou dans une autre. Tout est politique. »

Il ne contredit pas ce point. Il me demanda simplement : « Et pourquoi pas l'histoire ?

— Eh bien, là encore, je préfère lire des ouvrages d'histoire pour le plaisir. Les professeurs se débrouillent toujours pour enlever toute vie au sujet. » Puis, me rappelant son métier, je tentai d'adoucir mon propos : « Pas *tous* les professeurs, bien sûr, mais…

— Inutile de nuancer à présent, ce qui est dit est dit. » Appuyé en arrière, il m'observait avec un amusement certain. « Je vais essayer de ne pas me vexer.

— Je ne voulais pas…

— Vous n'allez que vous enfoncer davantage, m'avertit-il.

— Quoi qu'il en soit, je n'ai jamais fini mes études universitaires.

— Pourquoi donc ?

— Parce que j'ai terminé mon premier roman entre-temps, il s'est bien vendu, et à partir de là les choses se sont précipitées. Ça m'ennuie parfois de ne pas avoir mon diplôme, mais d'un autre côté, je ne peux pas vraiment me plaindre. Mes livres me permettent de bien vivre.

— Disons que vous avez du talent.

— Les critiques sont variables. » C'est alors que je marquai une pause, me rendant compte de ce qu'il venait de dire. « Pourquoi pensez-vous que j'ai du talent ? »

Il s'était trahi. « J'ai peut-être lu un de vos romans cette semaine…

— Ah oui ? Lequel ? »

Il me donna le titre. « Ça m'a plu. Vous m'avez impressionné avec vos descriptions de scènes de bataille.

— Merci, c'est gentil.

— Et de toute évidence vous avez fait un gros travail de recherche. Même si j'ai pensé en le lisant que c'était trop bête que le héros doive mourir.

— Je sais bien. J'ai fait de mon mieux pour que la fin soit heureuse, mais c'est ainsi que ça s'est réellement produit, et je n'aime pas travestir l'histoire. » Par chance, bon nombre de mes lecteurs avaient approuvé cette fidélité historique et, d'après les lettres qu'ils m'avaient envoyées, s'étaient complu dans cette fin tragique, pleurant allègrement.

« Ma mère aurait adoré vos livres. »

La main toujours posée sur l'encolure du cheval, je me tournai vers Graham. « Cela fait-il longtemps qu'elle vous a quittés ?

— Elle est morte quand j'avais vingt et un ans.

— J'en suis désolée.

— C'est gentil à vous. J'en suis moi aussi très triste. Mon père est perdu depuis. Je crois qu'il se sent coupable.

— De quoi ?

— Elle avait un problème cardiaque. Il pense qu'il aurait dû la forcer à ralentir. » Il sourit. « Il n'aurait pas eu plus de succès qu'avec un tourbillon. Ma mère était toujours d'une activité débordante. »

C'est d'elle qu'il devait tenir son agitation. Il retourna la conversation vers moi. « Vos deux parents sont-ils encore en vie ?

— Oui. Et j'ai aussi deux sœurs.

— Sont-elles toujours au Canada ?

— L'une est aux États-Unis et l'autre en Chine, où elle enseigne l'anglais. Mon père dit que c'est notre sang écossais qui nous pousse à voyager.

— Il a peut-être raison. Et où est-ce que vous habitez, alors ?

— En fait je ne me suis fixée nulle part. Je vais là où m'emmènent mes romans et j'y vis pendant tout le temps que j'écris.

— Comme une bohémienne.

— Un peu, oui.

— Vous devez avoir vécu tout un tas d'aventures intéressantes, avoir rencontré des gens passionnants.

— Ça m'est arrivé, oui. » Je ne pus soutenir son regard qu'un court instant, après quoi je me détournai pour caresser la crinière de Tammie. L'animal me donna un petit coup de tête doucereux. « Vous aviez raison, dis-je à Graham. C'est un vrai séducteur.

— Eh oui. Il a une belle tête et sait l'utiliser. » Il regardait à nouveau en direction de la porte ouverte et de la pluie qui continuait de marteler la terre de la cour. « J'ai bien peur que notre visite d'aujourd'hui ne soit compromise. »

En vérité, cela ne m'aurait pas dérangée de passer le reste de la journée dans ces écuries, en compagnie de Graham et d'Angus. Mais je savais qu'il n'était pas du genre à rester immobile si longtemps alors, quand il se redressa, je donnai à Tammie une dernière petite tape avant de relever mon col et de me précipiter sous la pluie, à contrecœur, pour rejoindre la voiture.

Cette fois-ci, je parvins mieux à masquer mes sentiments. J'eus l'impression de me retrouver en un rien de temps au milieu des maisons et des boutiques de Cruden Bay, puis au bas du sentier menant à ma maison. Graham se gara alors et sortit de la voiture pour ouvrir ma portière. Il fit glisser son manteau d'un mouvement d'épaules et le plaça au-dessus de nos têtes pour nous abriter tous les deux. «Je vous accompagne», fit-il.

Toutefois, il laissa Angus dans la voiture, ce qui signifiait qu'il n'avait pas l'intention d'entrer chez moi. J'essayai de contenir ma déception. Il y aurait d'autres occasions. Mais tout de même, je ressentis un petit pincement au cœur et dus me forcer à lui sourire quand nous atteignîmes la porte et que je me tournai vers lui pour le remercier.

Graham renfila son manteau. «Nous tenterons la visite un autre jour, dit-il.

— D'accord.

— À demain alors. Pour le dîner.

— Oui.»

Il resta près de moi un instant de plus, comme s'il voulait ajouter quelque chose, mais il se contenta finalement de mettre son capuchon et de repartir sur le sentier.

J'avais les mains froides et mouillées et n'arrivais pas à tourner la clé dans la serrure. Elle finit par me glisser entre les doigts et je l'entendis cliqueter sur la pierre. Je dus m'accroupir à sa recherche et, le temps que je la récupère, j'étais complètement trempée.

Je me redressai et me retrouvai nez à nez avec Graham. Pensant qu'il était revenu m'aider, je lui dis: «Tout va bien, je l'ai trouvée.» Et je levai la clé pour la lui montrer.

Mais lorsque j'entrepris à nouveau d'ouvrir la porte, il me prit le visage entre ses mains pour m'arrêter. Je sentais la chaleur de ses doigts puissants dans mon cou, tandis que son pouce me caressait tout doucement la joue.

«Écoute, je n'en ai pas parlé à mon père parce que je te voulais pour moi tout seul. Du moins pour l'instant.»

Je fus d'abord convaincue de ne pas l'avoir bien entendu. Et même si cela avait été le cas, je n'aurais pas su quoi répondre. Si j'avais dû écrire cette scène, pensai-je, je n'aurais eu aucun mal à le faire. Il était facile d'écrire un dialogue pour des personnages dans un livre mais, dans la vie réelle, les mots ne me venaient jamais tels que je l'aurais souhaité.

Il interpréta mon silence de travers. «Je suis sûr que ça te semble fou, mais...

— Moi aussi je te veux pour moi toute seule.» Ce qui, étant donné mon bafouillage, n'était pas exactement la réponse sophistiquée vers laquelle je tendais, mais quelques secondes plus tard, j'avais cessé de m'en préoccuper.

Le baiser fut bref mais ne me laissa aucun doute quant aux intentions de Graham. Au cours de cet instant tourbillonnant, je ne sentis que lui – sa chaleur, sa douceur, sa force et, quand il releva la tête, je perdis un peu l'équilibre.

Il me regarda comme si lui aussi avait senti la puissance de ce contact. Puis ses dents étincelèrent dans l'obscurité de sa barbe. Ses yeux gris se plissèrent. «Va mettre *ça* dans ton livre», me défia-t-il.

Puis il tourna les talons et, enfonçant les deux mains dans ses poches, il redescendit en sifflotant le sentier humide, et je restai debout à le regarder, abasourdie, sous la pluie.

VI

«Vous avez perdu la tête, lança Kirsty. Il est bel homme. Si ma naissance me le permettait, moi-même je lui sourirais.»

Sophia esquissa un sourire. «Je doute que cela plaise à Rory. De plus, vous m'avez dit que vous vouliez un homme prêt à se ranger et à vous donner des enfants. Je ne pense pas que M. Moray mène une vie tranquille.

— Je prendrais tout de même ses enfants. Ou du moins leur fabrication. » Elle s'ébouriffa les cheveux et sourit de toutes ses dents. « Mais je vais vous choquer à parler de façon si dévergondée. Et c'est vrai que votre M. Moray est loin d'être un fermier. »

Elles étaient dehors dans le petit jardin de la cuisine, où Kirsty cueillait des feuilles de menthe pour assaisonner le plat que préparait Mme Grant. C'était un bel avant-midi, le soleil chauffait la terre et une douce brise leur caressait la joue. Cela changeait du vent féroce qui, les trois jours précédents, avait cogné contre les fenêtres et modelé la mer en d'immenses vagues qui avaient semblé à Sophia plus hautes qu'un homme. Un temps détestable pour un mois de mai, avait-elle pensé. Elle préférait de loin les jours comme celui-là qui lui permettaient de sortir de la maison et de s'éloigner ainsi de la confusion des sentiments qui s'emparait d'elle face à M. Moray.

« Saviez-vous qu'il était lui-même colonel ? lui demanda Kirsty. Lieutenant-colonel, au service du roi de France. C'est Rory qui me l'a dit.

— Non, je l'ignorais. » Cependant elle connaissait son prénom, parce que c'est ainsi que le comte d'Erroll s'adressait à lui : John. Elle trouvait qu'il lui allait bien. Un nom simple, mais puissant : John Moray.

À présent elle y ajouta « colonel » et essaya cette nouvelle version dans sa tête, pendant que Kirsty la regardait de nouveau avec incrédulité. « Pourquoi avez-vous refusé de vous promener à cheval avec lui ?

— Je n'ai pas *refusé*. Je lui ai simplement dit que j'étais occupée ce matin.

— C'est vrai que c'est très important de me regarder ramasser de la menthe, observa Kirsty d'un air amusé.

— J'ai mon ouvrage à avancer.

— Et Dieu sait que la mer cessera d'ondoyer si vous vous en éloignez une heure. » Elle se tut et attendit l'excuse suivante puis, comme celle-ci ne venait pas, elle reprit : « Bon, dites-moi vraiment pourquoi vous avez refusé.

— Je ne sais pas, avoua Sophia. Parfois il m'effraie.

— Vous a-t-il manqué d'égards ?

— Non, jamais. Il se comporte toujours en gentilhomme avec moi.

— Pourquoi avez-vous peur de lui alors ? »

Sophia ne pouvait pas répondre à cette question, elle ne pouvait pas expliquer que ce n'était pas l'homme en lui-même qu'elle craignait, mais l'effet qu'il avait sur elle ; que lorsqu'il était dans la pièce, elle avait l'impression que tout bougeait plus vite en elle, d'une certaine façon, et qu'elle tremblait comme si elle avait de la fièvre. Elle répéta simplement : « Je ne sais pas.

— Vous ne vaincrez pas vos peurs tant que vous ne les aurez pas affrontées, lui déclara Kirsty. Voilà ce que dit toujours ma mère. » Elle se releva un bouquet de menthe à la main. « La prochaine fois que M. Moray vous le propose, dit-elle avec un large sourire, songez à lui dire oui. »

Une semaine plus tôt, Sophia l'aurait suivie à l'intérieur et aurait passé une heure au chaud à la cuisine, à discuter agréablement avec les domestiques, toutefois le protocole au sein de la maison avait changé maintenant que le comte d'Erroll était de retour. Bien que lui-même n'eût jamais fait de remarque, il était clair que, quand il était chez lui, les domestiques menaient le navire de façon plus stricte.

Alors, quand Kirsty rentra, Sophia resta errer dans le jardin. Là, au moins, elle trouvait la paix et de l'air frais. Les oiseaux voletaient dans une grande agitation, bâtissant des nids dans les fentes ombragées du mur, et les fleurs dansaient parmi les herbes le long des allées. Les odeurs de plantes et de terre chauffée par le soleil étaient fort agréables à ses narines, et elle ferma les yeux un instant, se remémorant les journées printanières de son enfance et les champs verdoyants s'étendant vers l'eau du fleuve Dee…

Une main lui agrippa violemment le bras.

Elle sursauta et ouvrit les yeux pour découvrir le visage bourru du jardinier tout près du sien. Elle sentit monter en elle la peur soudaine et instinctive propre à tous les animaux en présence d'un prédateur. Néanmoins, comme elle ne voulait pas montrer sa peur à Billy Wick, elle l'étouffa, mais il avait eu le temps de la percevoir et elle savait que cela le ravissait.

«Fais attention», dit-il. Il n'avait pas la voix rauque qui aurait convenu à son visage. Elle était plus douce, mais tout de même désagréable aux oreilles de Sophia, comme le sifflement d'un serpent. «Tu ferais mieux de garder les deux yeux ouverts quand tu vagabondes dans mon jardin. »

Elle parvint à conserver une voix calme. «Je tâcherai de m'en souvenir, monsieur Wick.

— Ouais, t'as intérêt. Je voudrais pas qu'il t'arrive quelque chose, une belle fille comme toi. » Il la déshabillait lentement de ses yeux noirs tout en la maintenant par le bras.

Elle essaya de se dégager, mais il ne desserra pas son emprise et elle savait que si elle luttait il n'en serait que plus heureux. Alors, immobile, elle lui ordonna: «Lâchez-moi.

— Tu sembles manquer d'équilibre, dit-il en souriant. Je voudrais pas que tu tombes. C'est en tout cas ce que je dirai à m'dame la comtesse si tu oses parler contre moi. Je suis ici à Slains depuis beaucoup plus longtemps que toi, ma p'tite. M'dame la comtesse me fait une confiance aveugle. » Tandis qu'il parlait, il approchait son autre main de sa hanche et Sophia se rendit compte que, là où ils se trouvaient, personne ne pouvait les voir. Elle sentait la panique et le dégoût monter dans sa gorge comme de la bile et étouffer ses mots tandis qu'elle répétait: «Lâchez-moi.

— Je crois pas, non. » Sa grosse main l'avait à présent saisie par la hanche et progressait vers le haut. « Je ferais mieux de m'assurer que t'es pas blessée. »

Les bruits de pas dans l'allée arrivèrent au bon moment. En un instant, Billy Wick l'avait lâchée et s'était écarté, de sorte qu'il n'y avait rien de fâcheux dans la scène que découvrit M. Moray lorsqu'il arriva à leur hauteur. Toutefois il ralentit son allure et, après un bref coup d'œil en direction de Sophia, il s'arrêta tout net de marcher et jeta un regard noir et froid au jardinier.

« Bonjour, monsieur Wick », dit-il. Puis, sans lui laisser le temps de répondre, il ajouta : « Je suis sûr que cette dame n'avait pas l'intention de vous éloigner de votre travail. »

Le jardinier prit un air renfrogné mais toucha son chapeau dans un geste de respect et, ramassant ses outils là où il les avait posés près de l'allée, il s'éclipsa aussi discrètement qu'une vipère dans l'herbe.

Les épaules de Sophia s'affaissèrent un peu de soulagement. Sentant de nouveau le regard de Moray sur elle, elle attendit ses questions mais celles-ci ne vinrent pas. Il lui demanda seulement : « Est-ce que tout va bien ? »

Elle aurait pu lui raconter ce qu'il s'était passé, mais elle n'osait pas. Sous son air calme elle sentait qu'il était capable de violence, si celle-ci était justifiée, et elle ne souhaitait pas lui donner de raison de défendre son honneur de peur que cela n'attirât l'attention sur lui. Elle ne voulait pas qu'il fût découvert.

Alors elle lui répondit simplement « Oui » et lissa sa robe avec des mains à peine tremblantes.

Il hocha la tête. « Dans ce cas je ne vous retiendrai pas plus longtemps car je vois que vous êtes, en effet, très occupée ce matin. »

Le temps qu'elle rassemblât son courage, il s'était déjà éloigné de quelques pas. « Monsieur Moray ? »

Une fois de plus, il s'arrêta et se retourna. « Oui ?

— Il se trouve que ma situation a changé. » À présent, elle ne pouvait plus se défiler. « Si vous souhaitez toujours monter à cheval, je pourrai vous accompagner. Si vous voulez », finit-elle, gênée par son regard soutenu.

Il réfléchit un moment, puis déclara: « Oui, Mademoiselle Paterson, cela me ferait très plaisir. »

Elle ne prit pas la peine de se dévêtir de sa robe au profit de sa tenue d'équitation. La poussière et les poils de cheval ne pourraient pas abîmer le tissu de ses jupes plus que les années elles-mêmes. Cette robe n'était pas la plus vieille qu'elle possédait, mais elle l'avait portée plusieurs saisons et l'avait raccommodée avec soin car sa couleur, une nuance pâle de lavande, mettait en valeur ses cheveux lumineux.

À l'écurie, Rory fit sortir la jument et passa les mains le long de la large sangle de la selle d'amazone pour vérifier qu'elle était bien attachée. Néanmoins, ce fut M. Moray qui aida Sophia à prendre place sur sa monture.

Elle ressentit à nouveau cette décharge électrique le long de son bras, la même que lorsqu'il l'avait touchée la première fois et, alors qu'elle retirait sa main, il fit remarquer: « Vous devriez porter des gants.

— Je n'en ai pas vraiment besoin. Je n'ai pas les mains douces.

— Elles le sont en tout cas dans les miennes. » À ces mots, il lui tendit les gants qui pendaient à sa propre ceinture avant de se hisser sur le dos de son cheval. Il se tenait avec une telle aisance qu'il semblait faire corps avec ce grand animal. Il s'adressa à Rory: « Si Madame la Comtesse le demande, nous n'irons pas loin et resterons près de la côte. Cette jeune fille est en sécurité avec moi.

— Très bien, Monsieur le Colonel. » Rory s'écarta et les regarda partir. Bien qu'il ne fît aucun commentaire, Sophia devina que Kirsty apprendrait vite cette escapade.

Si elle n'avait aucun doute sur le fait que Kirsty approuverait, Sophia ne savait cependant pas ce que pourraient en penser la comtesse ou son fils. Il est vrai que la comtesse était au courant; elle se trouvait dans la pièce lorsque M. Moray lui avait proposé d'aller se promener après le déjeuner, mais Sophia avait décliné cette offre si hâtivement que la comtesse n'avait eu ni le temps, ni le besoin d'exprimer son opinion sur le sujet. Néanmoins, raisonnait Sophia, elle pourrait difficilement émettre une objection. M. Moray était un homme honorable issu d'une bonne famille – une femme sous sa protection ne risquait absolument rien.

Elle se répéta cette dernière partie dans sa tête pour renforcer sa confiance. Ils avaient maintenant dépassé l'enceinte du château et se dirigeaient vers le sud. Il maintenait sa monture au pas bien qu'elle sentît que, s'il avait été seul, il aurait adopté une allure plus soutenue. Il devait être extrêmement difficile, pensait-elle, pour quelqu'un comme lui, un soldat, élevé et formé pour l'action, d'être confiné à Slains. Elle l'avait souvent vu se réfugier à la bibliothèque, comme si la lecture au moins pouvait apporter à son esprit un goût de liberté. Mais dans l'ensemble il lui avait fait penser à un animal en cage ne pouvant que parcourir espaces et couloirs sans but valable.

Même à présent, il semblait n'avoir aucune destination en tête, comme s'il lui suffisait en ce bref instant de respirer l'air marin et d'être libre. Il ne paraissait pas avoir envie de rompre le silence et, de fait, il n'ouvrit pas la bouche jusqu'à ce qu'ils eussent traversé la clairière et son cours d'eau et dépassé le petit groupement d'habitations juste derrière, puis tourné en direction des dunes de sable. Alors il lui demanda: «Comment trouvez-vous ces gants?»

Elle les trouvait chauds, trop grands et rudes sur ses doigts, mais les porter lui procurait un certain plaisir coupable, comme si les propres mains de Moray enveloppaient les siennes, et elle ne souhaitait pas s'en défaire. «Ils me sont utiles, dit-elle, bien que j'avoue avoir l'impression qu'il me faudrait avoir un faucon perché sur le poignet pour leur rendre justice.»

Elle ne l'avait jamais vu sourire ainsi – un éclat rapide et soudain de dents et d'amusement réel. Cet élan spontané coupa le souffle de la jeune fille.

« Il est vrai qu'ils ne sont pas très à la mode, répondit-il. Ma sœur Anna me les a envoyés pour Noël. Elle adore tous les contes de chevalerie. »

Sophia sourit. « Ma sœur aussi s'appelait Anna.

— S'appelait ?

— Elle est morte, l'année dernière.

— Je suis désolé. N'aviez-vous pas d'autre famille ?

— Non.

— Il vous suffit de demander et je vous laisserai volontiers emprunter un peu de la mienne, dit-il d'un ton sarcastique. J'ai deux sœurs et trois frères.

— Cela doit vous contrarier de ne pas pouvoir les voir pendant que vous êtes en Écosse.

— En effet. Mon frère aîné, William, le propriétaire d'Abercairney, a un petit garçon d'un peu moins de dix-huit mois qui ne me distinguerait pas d'un étranger. J'avais espéré y remédier ce mois-ci, mais de toute évidence je n'en aurai pas la possibilité. »

Elle essaya d'atténuer ses regrets en lui rappelant : « De toute façon un enfant si jeune ne se souviendrait pas de vous, même s'il vous rencontrait.

— Mais moi oui. » Quelque chose dans le ton de sa voix l'interpella. Il n'était pas rare pour un Écossais d'habiter à l'étranger et les cadets des familles de l'aristocratie, sachant bien qu'ils n'hériteraient eux-mêmes jamais de terres, choisissaient souvent de servir dans l'armée sur le continent et de construire leur vie loin de leurs côtes natales. C'était notamment, lui avait-on dit, ce qu'avait fait le colonel Hooke, quittant l'Irlande pour s'établir en France où sa femme et ses enfants l'attendaient. Elle n'était pas certaine que John Moray n'eût pas lui aussi une famille au-delà de la Manche.

« Et vous-même, avez-vous des fils ? » demanda-t-elle, s'efforçant d'employer un ton léger.

Il la regarda de côté. « Non, je n'ai pas de fils. Ni de filles. Ou du moins aucune femme ne m'a encore fait de réclamation à ce sujet. Et je pense que ma mère préférerait d'abord que je me marie, avant d'amener de nouveaux bébés dans la famille.

— Oh », fit Sophia, ne sachant pas quoi dire d'autre.

Elle sentait qu'il l'observait et, bien qu'il demeurât silencieux, il avait l'air amusé par son trouble. Elle s'empressa de réorienter leur conversation :

« Et habitez-vous à la Cour ?

— À Saint-Germain ? Mon Dieu, non. Ce n'est pas un endroit pour quelqu'un comme moi. Je loge là où le roi de France juge bon d'envoyer mon régiment, et je m'en contente bien, même si j'admets que quand je suis rappelé à Saint-Germain, j'apprécie la distraction de la cour du jeune roi Jacques. »

Elle avait beaucoup entendu parler du jeune roi Jacques – le « Joli Merle », comme on l'appelait, du fait de sa beauté ténébreuse – et de sa sœur cadette, la princesse Louise Marie, ainsi que de la grandeur de leur cour exilée en France et des fêtes somptueuses qui y étaient données. Cependant, elle n'avait jamais eu l'occasion de rencontrer quelqu'un y étant allé, et elle avait très envie d'en apprendre les détails. « Est-il vrai que le roi et la princesse dansent toute la nuit et chassent tout l'avant-midi ?

— Et se promènent tout l'après-midi ? » Ses yeux se moquaient gentiment. « Oui, j'ai moi aussi entendu ces rumeurs ; ils sont en effet jeunes tous les deux et, parfois, s'amusent un peu. Qui peut leur en vouloir après ce qu'ils ont traversé ? Mais la vérité est plus terne : la princesse est une femme d'une charmante sensibilité qui se comporte toujours avec modestie, et le jeune roi Jacques passe le plus clair de son temps à s'occuper de ses affaires, étrangères et nationales, avec la diligence qui convient à un roi. Cela dit, ajouta-t-il pour ne pas la décevoir, je me souviens d'un bal à Versailles l'année dernière, la veille de l'Épiphanie, où le roi Jacques et la princesse dansèrent au-delà de minuit. À quatre heures du matin, ils dansaient encore, la princesse toute de velours jaune vêtue, parée de pierres précieuses et sa belle chevelure ornée de diamants. Quelque deux mille bougies brûlaient autour de la salle pour éclairer les danseurs. Et à la fin du bal, lorsque le roi et la princesse sortirent dans la cour de marbre illuminée de flambeaux, les gardes suisses du roi de France leur firent une haie d'honneur jusqu'à leur calèche, et les deux jeunes gens repartirent pour Saint-Germain entourés d'une escorte de cavaliers, richement vêtus, arborant la plume blanche des Stuart sur leur coiffe. »

Sophia soupira et ferma brièvement les yeux, imaginant la scène. C'était si éloigné de tout ce qu'elle avait connu, et si romantique. Tout serait si formidable, pensait-elle, si le roi revenait au pays. Le premier roi Jacques s'était exilé l'année de la naissance de Sophia et, de toute sa vie, il n'y avait pas eu de roi des Écossais sur le trône ancestral d'Édimbourg. Mais elle avait écouté, enchantée, ses aînés rappeler les jours où le destin de l'Écosse lui appartenait encore. « Le roi reviendra-t-il vraiment ? demanda-t-elle.

— Oui jeune fille. Il viendra, il posera le pied sur le sol écossais. Et je suis bien résolu à ce que cet effort ne lui coûte pas la vie. »

Elle aurait aimé lui poser d'autres questions à propos de la cour de Saint-Germain, mais Moray avait détourné le regard vers la mer et, soudain, il tira sur les rênes de son cheval pour l'arrêter.

Faisant halte elle aussi, Sophia demanda : « Qu'y a-t-il ? »

———

Mais ce que John Moray avait vu, décidai-je, devrait attendre plus tard. Quoi que ce soit. À contrecœur, je sauvegardai mon travail et éteignis mon ordinateur.

J'étais presque en retard pour le dîner.

Chapitre 11

Angus se mit à aboyer dès mon premier coup à la porte et continua jusqu'à ce que Jimmy vienne m'ouvrir, un sourire accueillant aux lèvres. «Héhé, ma fille. Entrez et vous inquiétez pas pour le chien, c'est qu'Angus. Il mord pas. Donnez-moi votre manteau et votre parapluie, je vais les mettre à sécher.»

C'était agréable de troquer la pluie et le brouillard contre la chaleur de la maison où flottaient de bonnes odeurs de cuisine. Le vieil homme semblait avoir tenu sa promesse pour le rôti de bœuf, et son parfum savoureux me chatouillait les narines, me rappelant que j'avais été si absorbée par mon roman que j'en avais oublié de prendre un déjeuner et mourais de faim.

Me reconnaissant, Angus avait cessé d'aboyer et tournait autour de mes jambes en remuant la queue, en quête d'attention. Je me baissai pour lui gratter les oreilles en disant: «Salut Angus.» Je me figeai un instant, puis me rappelai que Jimmy avait mentionné le nom du chien. Je ne m'étais donc pas trahie, mais je devrais faire plus attention si je voulais prétendre n'avoir encore jamais rencontré Graham.

« Vous voulez un peu de xérès ? offrit Jimmy. Ma femme prenait toujours un petit verre de xérès avant le dîner du dimanche.

— Oui, volontiers. »

En le suivant vers le salon, je ressentis une pointe de nervosité et dus inspirer plus profondément. Ce n'était peut-être pas la première fois que je poserais les yeux sur Graham, mais ce serait la première fois depuis qu'il m'avait embrassée, et cela m'angoissait un peu.

Il avait les manières de son père. Quand j'entrai dans le salon, il se leva, et lorsque son regard croisa le mien, tous mes doutes s'envolèrent. C'était comme si nous étions seuls dans la pièce.

Sauf que ce n'était pas le cas.

Je n'avais pas vu l'autre personne debout à ma gauche jusqu'à ce qu'une main m'attrape par l'épaule et que je sente le souffle légèrement alcoolisé de Stuart contre ma joue tandis qu'il se baissait pour m'embrasser en souriant. « Tu vois ? Je t'avais dit que je serais vite de retour. » La main toujours sur mon épaule, il déclara : « Graham, je te présente Carrie. Carrie, voici mon frère, Graham. »

Désorientée, je tendis la main à Graham par pur réflexe, puis, poliment mais délibérément, je fis un pas en avant pour me dégager de Stuart et choisis le fauteuil le plus proche de celui de Graham. Je lançai alors un sourire au-delà des deux frères, à leur père qui arrivait pour m'offrir le verre qu'il m'avait promis.

« Merci beaucoup, lui dis-je. Ce que vous préparez sent drôlement bon.

— Vous risquez d'être moins élogieuse quand vous aurez goûté.

— C'est pour ça qu'il commence par nous faire boire », lança Stuart, brandissant son verre de bière à moitié vide comme preuve. N'ayant pas remarqué ma manœuvre avec les fauteuils, il prit celui en face de moi, étendant ses jambes et poussant Angus sur le côté. Le chien se déplaça d'un air grognon.

« Alors, me demanda Stuart gaiement, comment s'est passée ta semaine, sans moi ?

— Oh, j'ai réussi à me débrouiller.

— Elle a été à Édimbourg », informa Jimmy.

Je sentis la caresse du regard de Graham près de moi, avant que Stuart n'enchaîne : « À Édimbourg ? Pour quoi faire ?

— Juste des recherches.

— Oui, reprit Jimmy, elle a été absente toute la semaine et elle est rentrée que tard vendredi. J'étais un peu inquiet. J'ai jamais aimé qu'une jeune femme voyage seule la nuit. Pourquoi est-ce que vous avez pas attendu samedi matin ? me demanda-t-il.

— J'étais prête à rentrer », était la seule explication que je pouvais lui donner sans révéler mon rendez-vous avec Graham le lendemain.

S'il soupçonnait la vérité, il n'en laissa rien paraître. « Avez-vous trouvé ce qui vous intéressait ? » me demanda Graham et, alors que je tournais la tête vers lui, il ajouta d'une voix posée : « Pour vos recherches ?

— J'ai trouvé pas mal de choses, oui. » Et comme cela me donnait un bon sujet sur lequel me concentrer pour garder mon calme, je lui révélai un peu de ce que j'avais appris grâce aux documents du duc d'Hamilton.

Enfoncé dans son fauteuil, Stuart m'interrogea : « Et c'était qui, ce duc d'Hamilton ?

— James Douglas, répondit Graham, le quatrième duc du nom.

— Ah, *lui*. Bien sûr. » Il leva les yeux au ciel, et Graham lui adressa un grand sourire en répliquant : « Fais pas l'imbécile.

— On ne dort pas tous avec des livres d'histoire sur l'oreiller.

— Le duc d'Hamilton, expliqua Graham lentement, comme s'il s'adressait à un enfant, était un des personnages les plus importants de l'Écosse, vers le tournant du dix-huitième siècle. Il faisait de grands discours patriotiques et était assez bien placé dans l'ordre de succession au trône d'Écosse. Il se trouve d'ailleurs que certains protestants, lui y compris, estimaient qu'il était un meilleur prétendant au trône que tous les Stuart exilés.

— Ouais, bon, n'importe qui aurait été meilleur que les Stuart », déclara son frère, mais quand il souleva son verre, la courbure de ses lèvres montra qu'il provoquait volontairement Graham.

Ignorant cette remarque, Graham me demanda : « Joue-t-il un grand rôle dans votre roman ?

— Le duc ? Il est très présent en toile de fond. L'histoire, jusqu'à présent, se limite essentiellement à Slains, mais il rencontre brièvement mon héroïne à Édimbourg dans une scène au début du livre. Et mes personnages, bien sûr, ont tous leur opinion sur la relation du duc avec l'Union.

— Comme certains historiens. »

Stuart finit son verre et lança : « J'ai encore décroché. Quelle Union ? »

Graham marqua une pause puis m'expliqua, d'un ton ironique : « Vous excuserez mon frère. Sa connaissance de l'histoire de notre pays se limite à *Braveheart*. »

Stuart fit de son mieux pour prendre un air vexé, mais il n'y arriva pas. « Bon, eh bien éclaire ma lanterne alors », fit-il de son ton décontracté habituel.

Les yeux de Graham étaient indulgents. « Robert Bruce était dans *Braveheart*, alors tu sais peut-être qui c'était ?

— Ouais. Le roi d'Écosse.

— Et sa fille a épousé le *steward*, d'où la lignée des *Stuart* qui a vu deux autres Robert et un certain nombre de Jacques avant d'arriver à Marie, la reine des Écossais. Est-ce que ce nom te dit quelque chose ?

— Une brave fille qui a fait de mauvais mariages, répondit Stuart toujours avachi, se complaisant dans son rôle.

— Et le fils de Marie, un autre Jacques, est devenu l'héritier de la reine Élisabeth Ire d'Angleterre, morte sans enfant. On se retrouve donc avec un Stuart qui est à la fois roi d'Écosse *et* d'Angleterre, bien qu'il se comporte à présent plus en Anglais qu'en Écossais et qu'il ne mette presque plus les pieds ici. Son fils non plus d'ailleurs, le roi Charles Ier, qui abuse un peu de ses pouvoirs, et c'est là qu'arrivent Cromwell et ses hommes pour dire qu'ils en ont assez des rois, et ils renversent le roi Charles Ier et lui coupent la tête.

— Jusque-là je te suis.

— Puis les Anglais, après des années de guerre civile et après avoir eu Cromwell et son parlement à la tête du pays un certain temps, décident qu'ils seraient peut-être plus favorisés avec un roi, après tout, alors ils invitent le fils du vieux roi, Charles Stuart – Charles II – à revenir sur le trône. Et quand celui-ci meurt en 1685, son frère Jacques devient roi, ce qui ne semble pas problématique, sauf que Jacques est catholique. *Très* catholique. Les Anglais craignent non seulement qu'il essaie d'évincer leur religion protestante durement acquise, mais aussi qu'il cherche à s'allier à un autre roi catholique, le roi de France, à savoir leur pire ennemi. »

Il marqua une pause pour boire une gorgée dans son verre qui, comme celui de son père, contenait du whisky sec. Puis il poursuivit son récit.

« En Angleterre, l'aristocratie commence à envisager de se débarrasser de Jacques et de mettre sur le trône quelqu'un qui soit à la fois protestant et hostile aux Français. Et ils ont face à eux la parfaite candidate, car la fille aînée de Jacques, Marie, a épousé un protestant qui mène la guerre contre la France depuis des années, et qui convoite le trône d'Angleterre depuis encore plus longtemps – Guillaume, prince d'Orange. Le fait qu'il soit hollandais importe peu, parce qu'il est l'époux de Marie, alors si elle devient reine, il n'aura besoin que d'une loi du Parlement pour devenir roi et régner auprès d'elle.

« Mais juste au moment où les aristocrates complotent, la deuxième femme du roi Jacques donne naissance à un fils. Ce qui pose problème aux Anglais – les héritiers mâles ayant l'ascendant sur leurs sœurs – qui font alors circuler une rumeur selon laquelle le prince nouveau-né ne serait pas prince du tout, mais juste un enfant ordinaire que Jacques aurait fait entrer dans la chambre de sa reine dans un lit de bébé, pour se donner un héritier. Ce n'est pas l'histoire la plus convaincante qui soit, mais pour ceux qui veulent une raison de se soulever contre Jacques, ça suffit.

« Ce qui suit n'est pas vraiment une guerre – c'est plutôt un jeu d'échecs, avec les nobles et les chevaliers qui changent de camp. En l'espace de six mois, Jacques, sa reine et leur fils ont fui en France. Pour Jacques, ce n'est pas la première fois – quand il était enfant, son père, Charles Ier, était pris dans une guerre civile, et Jacques avait été emmené en France par sa mère pour se mettre à l'abri. Et même si son père avait été décapité et que les Stuart avaient dû vivre un moment en exil, les Anglais avaient fini par leur demander de revenir sur le trône. Alors Jacques est persuadé qu'il se passera la même chose s'il fait profil bas et qu'il attend simplement que la situation se calme. Donc il emmène la reine et le prince habiter à Saint-Germain où, enfant, il avait lui-même passé son exil, et au printemps 1689, sa fille Marie et son époux Guillaume s'installent sur le trône d'Angleterre et d'Écosse, à la suite d'un vote en faveur de Guillaume.

« Donc à présent, poursuivit Graham, notre pays est divisé en factions – ceux qui, essentiellement des presbytériens, supportent d'avoir Marie pour reine car elle est écossaise et protestante, et ceux qui considèrent qu'elle n'a aucun droit de régner, sachant que son père est encore en vie et qu'elle a un frère qui arrive avant elle dans l'ordre de succession. Ce deuxième groupe, ceux qui souhaitent remettre le roi Jacques sur le trône, sont appelés les jacobites, d'après Jacobus, le nom latin de Jacques. »

Stuart leva la main. « Est-ce que j'ai le droit de prendre un autre verre ? »

Graham sourit et but une autre gorgée de whisky tandis que son frère quittait la pièce, pour revenir quelques secondes plus tard avec un verre plein et une question pour leur père.

« C'est normal que le four soit encore allumé ?

— Mince, non. » Jimmy se leva et s'éclipsa précipitamment.

Tandis que Stuart se rassoyait, il me dit : « Il ne reconnaît jamais ses rôtis quand il les sort du four, ils sont trop brûlés. »

Graham acquiesça et haussa les épaules. « On les mange quand même.

— Je préviens, c'est tout, fit Stuart. Bon, où en étions-nous ? Qu'en est-il de l'Union alors ? » Puis il me dit tout bas : « Toujours à divaguer, ces universitaires.

— Donc, avec le roi Guillaume sur le trône, reprit patiemment Graham, c'est le désordre général en Écosse et les épisodes de malchance s'enchaînent. Vers la fin du siècle, les récoltes sont si misérables que les gens meurent de faim, tandis que les lois et les droits de douane anglais étouffent la navigation et le commerce écossais. Et quand un groupe d'Écossais parvient à amasser assez d'argent pour créer une colonie à Darién, au Panama, les Anglais rejettent durement cette initiative en coupant l'assistance et les vivres qui auraient pu aider les colons à survivre. Avec l'échec de Darién, les investisseurs perdent tout. Non seulement l'Écosse est en faillite, mais elle est aussi endettée, et la seule chose qu'il nous reste à vendre, c'est notre indépendance.

« Guillaume est veuf à présent, mais il combat toujours contre la France. Il ne veut pas mourir en laissant au roi de France des cartes à jouer, et tant que l'Écosse est un pays à part entière, la menace d'un retour potentiel du roi Jacques Stuart ou de son fils, le jeune Jacques, avec le soutien des Français, plane, et ça pourrait causer des problèmes aux Anglais. Il est alors logique, dans l'esprit de Guillaume, que puisque les trônes d'Angleterre et d'Écosse sont unis depuis plusieurs centaines d'années, il faudrait aussi fusionner les deux parlements afin de créer un seul État de Grande-Bretagne.

— Ah, fit Stuart qui commençait à comprendre.

— Et à sa mort, Guillaume transmet cette idée d'Union à la reine Anne, la sœur de sa femme et la deuxième fille du vieux roi Jacques. Anne est un peu plus sympathique que sa sœur. Elle, au moins, admet en privé que le jeune Jacques est son demi-frère, et on espère beaucoup que, comme elle n'a pas d'enfant, elle le nommera comme héritier. Mais ses conseillers ont d'autres projets et s'assurent rapidement qu'elle choisisse un autre parent pour héritier, un type issu de la maison allemande de Hanovre.

« Le Parlement écossais répond qu'il n'acceptera pas une succession en faveur d'un Hanovre, à moins que l'Écosse ait la liberté de sortir des actions de politique étrangère qui vont contre nos intérêts, notamment la guerre que mène toujours la reine Anne contre les Français et les Espagnols.

— Et j'imagine, s'aventura Stuart, que les Anglais n'ont pas été très compréhensifs.

— Ils nous ont frappés, dit Graham, avec l'*Alien Act*, une loi sur les étrangers qui stipulait que si nous, les Écossais, ne venions pas négocier pour une Union, tout Écossais vivant en Angleterre serait traité comme un étranger, que toutes les propriétés anglaises détenues par des Écossais seraient confisquées et que nos exportations seraient interdites.

— On n'avait pas trop le choix alors », conclut Stuart.

Son frère le regarda. « On a toujours le choix. Mais les nobles d'Écosse, comme toujours, étaient riches des deux côtés de la frontière, et peu d'entre eux étaient prêts à risquer leur fortune, alors ils ont fini par s'asseoir à la table des négociations. Et notre ami le duc d'Hamilton a proposé que ce soit la reine Anne elle-même qui choisisse les commissaires qui discuteraient de l'Union. Il l'a soumise à un vote surprise au Parlement, à un moment où une partie de l'opposition ne siégeait pas, et elle est donc passée à quelques voix près, ce qui signifiait que pratiquement tous les commissaires étaient pro-Union. Et ça, ce n'est qu'un exemple de tous les petits coups sournois qu'il a faits.

— Donc l'Union s'est faite. »

Graham fit un grand sourire. « Tu n'es pas allé à l'école ?

— Eh bien, on a notre propre Parlement maintenant.

— Oui, mais c'est tout récent. Bon sang, Stuie, tu te rappelles quand même toute la campagne dans le pays pour être libres de prendre nos propres décisions ? Le Parti national écossais ? Tout le monde qui défilait dans la rue ? » Stuart le regardait d'un air déconcerté et Graham secoua la tête. « Tu es un cas désespéré. »

Stuart haussa les épaules et avança pour sa défense : « J'étais probablement à l'étranger quand tout ça s'est passé.

— Plutôt au pub à mon avis.

— C'est possible. Est-ce que c'est vraiment important ?

— Seulement si tes enfants te demandent où tu étais le jour où notre Parlement a rouvert après presque trois cents ans d'inexistence. »

Personnellement, je ne pensais pas que ce serait un problème. Stuart Keith n'était pas le genre d'homme à se marier et à avoir des enfants. Avec lui, la vie n'était que jeu et amusement, et rester avec une seule femme ou s'occuper de bébés en pleurs ne me semblait pas vraiment lui correspondre.

Cela avait été intéressant de les observer tandis que Graham donnait son cours d'histoire – ces deux hommes aux personnalités si différentes, et pourtant frères jusqu'au bout des ongles. Sous les taquineries coulait une rivière plus profonde d'affection et de respect, et il était clair qu'ils s'appréciaient réellement l'un l'autre.

Jimmy, quand il revint pour nous dire que le dîner était prêt, compléta le triangle et, à la façon dont les trois hommes interagissaient, je voyais que cela avait toujours été un heureux foyer. Je voyais, aussi, que la maison n'avait pas connu de touche féminine depuis un certain temps. C'était une maison d'hommes à présent, ce dont témoignaient les assiettes en terre cuite dépareillées sur la table absurde autour de laquelle nous nous apprêtions à manger.

Sur le buffet, une photo dans un cadre en argent nous souriait. Jimmy remarqua que je la regardais. « Ma femme, dit-il. Isobel. »

Je l'aurais deviné sans qu'il me le précise. Je connaissais déjà bien d'autres yeux qui, comme les siens, étaient gris comme la mer du Nord en hiver. « Elle était très jolie, dis-je.

— Oui. C'est bien dommage qu'elle soit pas là avec nous. Elle aurait eu un tas de questions à vous poser, sur vos livres. Elle a toujours voulu en écrire un.

— Elle aurait sans doute pu vous aider pour vos recherches en tout cas, déclara Graham. La famille de ma mère est très ancienne, ici.

— C'est vrai, approuva Jimmy. Elle vous aurait raconté des anecdotes. Et elle vous aurait offert un meilleur repas.

— Celui-ci me va très bien », l'assurai-je. Le rôti de bœuf, comme l'avait prédit Stuart, était un peu sec et noirci, mais avec de la sauce ce n'était pas mauvais. Quant aux carottes et aux pommes de terre, bien que trop cuites elles aussi, elles étaient étonnamment savoureuses.

« Ne l'encourage pas », me conseilla Stuart. Il s'était assis à côté de moi et, de temps en temps, effleurait mon bras du sien. Je savais que cela n'avait rien d'une coïncidence, mais à part prendre ma chaise et m'éloigner, je ne pouvais pas faire grand-chose. J'espérais simplement que Graham, en face de moi, comprenait.

Ce n'était pas l'après-midi que j'avais espéré. Je pensais qu'il n'y aurait que Jimmy, moi et Graham ; que nous aurions la possibilité de bavarder et qu'ensuite, il me reconduirait peut-être chez moi, et que… eh bien, qui sait ce qui aurait pu alors se produire.

Mais c'était sans compter sur Stuart. S'il avait écouté patiemment le cours d'histoire de Graham, il semblait à présent déterminé à ne plus quitter le centre de l'attention. Chaque fois que la conversation s'éloignait de lui, il la ramenait adroitement à sa personne et Graham, calme et silencieux, ne disait rien.

À la fin du dîner, tous les deux m'avaient frustrée – Stuart qui s'appliquait à marquer son territoire autour de moi, comme un chien, pour avertir son frère aîné que j'étais son exclusivité, et Graham qui le laissait faire sans sourciller.

Par égard pour Jimmy, je restai jusqu'à ce que nous ayons fini notre café et qu'il ait commencé à débarrasser pour faire la vaisselle. Je lui proposai de l'aider, mais il secoua la tête avec fermeté. « Non, non, vous embêtez pas ma fille. Gardez vos forces pour écrire. »

Ce qui me donna un prétexte pour annoncer que je ferais mieux d'y aller, après l'avoir remercié pour le dîner. « J'ai laissé mon livre ce matin au milieu d'un chapitre, et il faut que j'avance.

— D'accord. Attendez une minute que j'aille porter ça à la cuisine. » Jimmy, la pile d'assiettes dans les mains, regarda Stuart, encore assis. « Stuie, lève-toi un peu, tu veux, et va chercher le manteau de notre invitée. »

Stuart s'exécuta et Jimmy le suivit, ce qui me laissa seule avec Graham.

Je sentais qu'il me regardait tandis que je fixais résolument la nappe, cherchant quoi dire. Mais il parla le premier. « Tu as conscience que Stuart a jeté son dévolu sur toi ?

— Oui. » Je levai alors la tête et croisai son regard. « Mais ce n'est pas réciproque.

— Je sais bien. » Sa voix était calme, cherchant à me faire comprendre la situation. « Mais c'est mon frère. »

C'était censé vouloir dire quoi, *ça* ? Que comme son frère cherchait clairement à me conquérir, il pensait qu'il valait mieux ne pas s'immiscer ? Que, peu importe ce que je pensais *moi*, ou le fait que quelque chose semble se développer entre nous, Graham jugeait préférable d'abandonner, juste parce que cela risquerait de contrarier son frère ?

« Et voilà », fit Stuart en entrant dans le salon l'air désinvolte, mon manteau dans la main. L'avantage des hommes égocentriques, pensai-je, c'était qu'ils ne prêtaient pas grande attention à ce qui les entourait. N'importe qui d'autre arrivant dans cette pièce à cet instant-là aurait tout de suite eu conscience que quelque chose se passait entre Graham et moi.

Mais Stuart ne faisait que tenir mon manteau. De retour, Jimmy me demanda : « Vous voulez qu'un des deux vous raccompagne ?

— Non, ça va aller. » Je le remerciai encore une fois pour le dîner, enfilai le manteau que Stuart me tendait et, toujours dos à lui, convoquai un semblant de sourire à offrir à Graham. « Je rentrerai sans encombre toute seule. »

Bon, ce n'était pas un problème, me répétais-je. J'étais venue à Cruden Bay pour travailler, pour écrire mon livre. Je n'avais pas le temps de m'impliquer avec quelqu'un, de toute façon.

Mon bain refroidissait, mais je m'enfonçai plus profondément dans l'eau jusqu'à ce qu'elle me lèche le menton.

Mes personnages parlaient, comme toujours quand j'étais dans la baignoire, mais j'essayais de les faire taire – surtout John Moray dont les yeux gris et vigilants semblaient m'encercler. Je regrettais de lui avoir donné les traits de Graham. Je pouvais difficilement changer cela à présent, il avait pris forme et résisterait à mes tentatives, mais je n'avais vraiment pas besoin de me voir rappeler au quotidien un homme qui m'avait ainsi rejetée.

La voix de Moray dit quelque chose, tout bas. Je soupirai et me contorsionnai pour attraper le bloc et le stylo que je gardais près de la baignoire. « D'accord, dis-je. Une seconde. »

Je notai ses mots et la voix de Sophia s'éleva pour lui répondre. Une minute plus tard, j'étais sortie de la baignoire et je boutonnais mes vêtements pour pouvoir rejoindre mon ordinateur, souriant légèrement à l'idée que les pires moments de ma vie inspiraient parfois les meilleurs rebondissements de mes intrigues.

Quand j'avais bavardé avec Graham dans les écuries, la veille seulement, entourée par les chevaux et le chien blotti dans le foin, je m'étais dit que la vie faisait écho à l'art.

À présent, pensai-je, le temps était venu pour l'art de faire écho à la vie.

VII

M. Moray avait détourné le regard vers la mer et, soudain, il tira sur les rênes de son cheval pour l'arrêter.

Faisant halte elle aussi, Sophia demanda : « Qu'y a-t-il ? »

Au moment où elle prononçait ces mots, elle le vit elle aussi – un navire, qui apparaissait tout juste dans leur champ de vision, derrière le cap déchiqueté au sud. Elle ne distinguait pas encore ses couleurs, mais quelque chose dans sa façon de rôder autour de la côte fit naître en elle une certaine anxiété.

Sans nullement changer d'expression, Moray fit faire demi-tour à son cheval. « Il est temps de rentrer. »

Elle ne protesta pas et le suivit au même pas lent et mesuré qui leur permettait à peine de devancer la progression de ces voiles silencieuses et déterminées. Sophia savait qu'il ne les maintenait à cette allure que pour qu'elle se sentît plus à l'aise, et que la galanterie l'empêcherait d'accélérer alors, de sa propre initiative, elle entraîna sa jument au galop pour qu'ils arrivassent plus vite au château.

Moray, distancé un moment par surprise, la rejoignit rapidement et, lorsqu'ils atteignirent la cour de Slains, il tendit la main pour saisir la bride de la jument et la maintenir en place tandis qu'elle s'arrêtait.

Il ne souriait pas vraiment, mais ses yeux brillaient d'amusement. « Il me semble qu'il convient, quand on fait la course, d'informer son adversaire du départ. » Il sauta agilement à terre et vint poser ses deux mains autour de la taille de Sophia pour l'aider à descendre.

Elle tenta de lui expliquer : « Je ne voulais pas faire la course. C'est juste que…

— Oui, j'avais compris vos intentions. » Elle était à présent à terre, mais il ne retira pas ses mains. Il la tenait très différemment de Billy Wick – ses mains ne la serraient pas et elle savait qu'il lui suffisait de bouger pour se dégager… mais elle n'avait pas envie de bouger. « Si jamais vous trouvez mon allure trop lente, lui dit-il d'une voix douce, il vous suffit de me le dire. »

Elle savait qu'il ne parlait pas de leur promenade à cheval. Elle sentit le rose lui monter aux joues tandis que, dans sa poitrine, son cœur cognait contre son corset de… quoi donc ? Pas de peur, mais d'une émotion étrangement proche, tandis qu'elle pensait à ce qu'il pourrait se produire si elle lui donnait une réponse.

« Colonel Moray ! » Ils entendirent des pas s'approcher en courant et Rory fit irruption, ne prêtant cette fois-ci aucune attention à leur proximité. D'autres choses plus importantes le préoccupaient à présent. « Madame la comtesse vous demande, sans tarder », lança-t-il.

Sophia sentit les mains de Moray quitter sa taille tandis qu'il inclinait la tête pour prendre congé. « Veuillez m'excuser.

— Certainement. » Elle fut soulagée de voir que sa voix n'avait pas disparu et qu'elle semblait presque normale, et plus soulagée encore de découvrir, quand elle fit un pas en avant, que ses jambes encore tremblantes pouvaient bouger et la maintenir debout.

Elle portait toujours les gants de Moray. Elle les ôta à contrecœur, mais le temps qu'elle se tournât pour les lui rendre, il avait déjà traversé la cour à moitié, la cape noire se balançant au rythme de son pas de soldat. Sophia détacha son regard de sa silhouette et, pliant dans sa main les gants en cuir usé, s'apprêtait à demander à Rory s'il savait quel navire approchait de Slains. Mais lui aussi était parti et avait presque atteint la porte de l'écurie, tenant les deux chevaux d'une main sûre.

Seule dans la cour, elle ressentit un moment de panique. Elle leva ses jupes et se mit à courir, aussi précipitamment qu'un enfant, vers la grande porte où Moray venait de s'engouffrer. À l'intérieur, l'obscurité soudaine l'aveugla et elle percuta un homme. Ce n'était pas Moray.

« Ma cousine, déclara le comte d'Erroll de sa voix plaisante. Où donc allez-vous dans une telle hâte ?

— Je vous prie de m'excuser, répondit Sophia, cachant les gants derrière son dos. Il y a un bateau…

— Le *Guillaume Royal*, oui. Il se trouve justement que je venais à votre rencontre, car ma mère m'informe que le capitaine de ce navire s'intéresse à votre bien-être et souhaite sûrement vous voir présente avec la famille quand il accostera. » Son sourire était taquin et bienveillant, comme celui d'un frère. « Souhaitez-vous changer de robe ? »

Elle lissa le tissu de sa main libre, consciente de la saleté due à sa promenade, mais ses doigts, quand ils atteignirent sa taille, se remémorèrent la chaleur de la main de Moray à cet endroit et, soudain, elle n'eut plus envie de se changer tout de suite, de peur de perdre le souvenir de ce contact. « Non, je vous remercie, dit-elle en resserrant de plus belle sa main cachée autour des gants de cuir.

— Venez alors. » Le comte lui donna le bras. « Nous allons attendre votre capitaine Gordon au petit salon. »

La comtesse les rejoignit quelques minutes plus tard. « M. Moray, annonça-t-elle, accepte de rester dans sa chambre jusqu'à ce que nous nous assurions que le capitaine Gordon est seul.

— Sage décision, convint son fils. Bien que je ne sois pas certain que le capitaine Gordon lui-même doive lui être présenté. L'êtes-vous ?

— C'est un ami.

— Cinq cents livres ce n'est pas rien, lui rappela le comte. Des hommes ont dénoncé des amis pour moins que cela.

— Thomas Gordon n'a rien d'un traître.

— Alors, comme toujours, je dois m'incliner devant votre bon jugement. » Les mains dans le dos, il traversa la pièce pour s'approcher de la fenêtre et regarder le navire à présent amarré près de la côte. «Je vois que le *Guillaume Royal* n'arbore plus la croix blanche de Saint-André sur fond bleu comme drapeau.»

Sa mère s'approcha pour l'observer elle aussi. «Quel est ce drapeau?

— Le drapeau de la nouvelle Union, avec les croix de Saint-André et de Saint-Georges combinées, répondit son fils, d'une voix rendue sèche par l'amertume. Ce qui signifie que notre marine écossaise n'existe plus.

— Ah.» Sa mère soupira. «Il n'y avait que trois bateaux.

— D'accord, mais au moins ils nous étaient propres, dit-il, et maintenant nous les avons perdus eux aussi. Je me demande si notre ami le duc d'Hamilton apprécie le prix payé pour conserver ses terres dans le Lancashire.»

Tandis qu'ils parlaient, Sophia avait décidé ce qu'elle devait faire des gants de Moray, toujours serrés dans sa main. Elle ne pensait pas que le comte ou la comtesse se formaliseraient du fait qu'elle se fût promenée avec cet homme, mais ils risquaient de se demander pourquoi elle se retrouvait à présent en possession de ses accessoires personnels. Ne voyant aucun endroit où elle pourrait facilement dissimuler les gants, elle s'assit et les enfouit sous elle sur le fauteuil.

Elle était toujours assise lorsque le capitaine Gordon fut annoncé.

Il pénétra dans la pièce de la démarche fière et assurée dont se souvenait Sophia, magnifique dans son long manteau bleu aux galons dorés et aux boutons élégants qui ressortaient sur le tissu éclatant. Il salua d'abord la comtesse, puis le comte, avant de prendre la main de Sophia et de la porter à ses lèvres tout en s'inclinant bas devant elle et souriant d'un air charmant. «Mademoiselle Paterson, j'espère que vous vous êtes bien remise de votre dernière tentative de course à cheval?

— Oui Monsieur, merci.

— J'en suis content. »

Tandis qu'il se redressait et lui lâchait la main, le comte lui demanda sans détour : « Venez-vous seul ? »

— Oui. Le capitaine Hamilton est encore plusieurs heures derrière moi.

— Dans ce cas, déclara la comtesse, j'espère que vous aurez le temps de souper avec nous.

— J'en serais honoré. » Puis, calmement, il ajouta : « On m'a informé que vous receviez peut-être un autre visiteur.

— En effet.

— Je suis venu dès que j'ai pu. » Avant d'en dire davantage, il jeta un coup d'œil en direction de Sophia. Suivant son regard, le comte s'avança près de Sophia et posa une main sur le dos de son fauteuil en déclarant : « Vous pouvez vous exprimer librement en présence de Mlle Paterson, comme vous le feriez si nous étions seuls. Elle a toute notre confiance. » Puis il reprit : « Le colonel Hooke est venu il y a quelques jours et est à présent reparti en mission aux quatre coins du pays afin de traiter avec nos aristocrates. Mais il nous a laissés en compagnie d'un autre homme qui, si vous le désirez, pourra vous informer de l'état d'esprit de notre jeune roi. »

Le capitaine Gordon fronça les sourcils. « Qui est cette personne ? »

De l'embrasure de la porte s'éleva la voix calme de Moray : « Je pense qu'il parle de moi. » Puis, s'adressant à la comtesse : « Vous m'excuserez, mais j'ai clairement vu de la fenêtre de ma chambre que le capitaine avait accosté seul. »

Le capitaine plissa légèrement les yeux comme s'il le reconnaissait vaguement. « Votre serviteur, M… ? »

— Moray. »

Se souvenant à présent en lui serrant la main, le capitaine Gordon déclara : « Il me semble que nous nous sommes rencontrés il y a trois ans, avant la mort de votre père. À l'époque, si mes souvenirs sont bons, vous étiez au service du roi de France.

— Oui. C'est toujours le cas.

— Et est-ce lui qui vous a ordonné de vous rendre en Écosse, avec votre tête mise à prix ?

— Ce n'est pas le rôle d'un soldat de demander qui donne les ordres, dit Moray. Mon devoir exige seulement de les suivre. Je ne pouvais pas plus refuser de venir ici que vous de hisser le drapeau de l'Union sur votre mât. »

La comtesse intervint alors : « Thomas, M. Moray comprend très bien tous les dangers qu'implique sa présence ici. C'est la raison pour laquelle il a jugé préférable de rester avec nous à Slains. »

Sa voix, comme toujours, calma les esprits. « Je n'avais pas du tout l'intention de vous accuser d'imprudence, reprit Gordon à l'intention de Moray. Et vous avez tout à fait raison. Si j'avais le choix, je ne naviguerais pas sous les couleurs de l'Union. Si je puis vous faire une confidence, ce ne sera peut-être plus le cas pour longtemps.

— Et pourquoi donc ? demanda le comte.

— Je risque de devoir bientôt démissionner. » Le capitaine Gordon haussa les épaules de regret. « En conséquence de l'Union, on me demandera, comme à tous les officiers, de prêter un serment de renoncement qui exige de renier le roi Jacques.

— Oh, Thomas, s'attrista la comtesse.

— Je porte fièrement cet uniforme depuis de nombreuses années, mais je n'ai pas l'intention aujourd'hui de trahir ma conscience. Je ne prêterai pas serment.

— Et que ferez-vous ? » demanda la comtesse.

Le capitaine Gordon regarda à nouveau Moray et, l'espace d'un instant, Sophia craignit qu'il ne pensât, comme l'appréhendait le comte, à ces cinq cents livres et à la vie confortable qu'elles pourraient lui offrir. Toutefois les pensées du capitaine étaient tout autres. « Si j'étais convaincu que le roi français accepterait mon service, je serais heureux de conduire ma frégate droit en France dès qu'il en manifesterait le besoin. »

Contournant le fauteuil de Sophia, le comte lui rappela : « Vous pourriez très bien vous retrouver au service du roi d'Écosse, si Dieu est de notre côté.

— Espérons-le. » La capitaine orienta ses réflexions sur d'autres points. « Qu'est devenu le navire français qui vous a amené le colonel Hooke et M. Moray ?

— Nous désirions que le capitaine de ce bateau se rende en Norvège et nous revienne trois semaines plus tard. Nous espérons que vous parviendrez à l'éviter. »

Un léger froncement de sourcils s'installa sur le beau visage du capitaine. « Je peux simplement vous promettre que je n'apparaîtrai plus sur ce littoral pendant quinze jours, et je vous implore de trouver un moyen pour que votre capitaine français ne demeure pas longtemps dans ces mers car, si nous nous croisons trop souvent, cela éveillera certainement des soupçons chez le jeune capitaine Hamilton qui navigue derrière moi à bord de la *Marie Royale* et ne partage pas ma loyauté. Tout comme mon équipage, d'ailleurs. J'ai à bord de mon navire un officier, trois sergents, trois caporaux et deux sous-officiers, ainsi que quarante et un bons factionnaires, qui doivent rester avec moi toute la durée de mon périple. Maintenir tant d'hommes dans l'ignorance ne sera pas chose facile. » Après avoir réfléchi un moment, il poursuivit : « La dernière fois que Hooke est venu à Slains, j'ai donné au capitaine de sa frégate certains signaux à afficher, afin que je le reconnaisse si nous nous croisons en mer. Vous en souvenez-vous ? »

Le comte n'en avait pas l'air très sûr, mais la comtesse acquiesça. « Oui, nous les avons toujours.

— Dans ce cas-là, si vous voulez bien transmettre ces signaux au capitaine de votre navire français à son retour, j'essaierai de l'éviter, si je l'aperçois. » Cela étant dit, il se tourna et adressa un chaleureux sourire à Sophia. « Mais notre discussion, comme toujours, est trop ennuyeuse pour amuser une si charmante compagnie. Et j'aimerais mieux entendre les aventures de Mlle Paterson ici, à Slains. »

Elle vit que la comtesse souriait elle aussi, semblant heureuse de l'attention que recevait Sophia de la part du capitaine.

« Monsieur, dit cette dernière, je n'ai pas eu d'aventures.

— Dans ce cas, nous devons y remédier. »

Debout, M. Moray n'affichait aucune expression particulière, mais Sophia sentait le poids de ses yeux gris sur elle et fut soulagée lorsqu'une jeune bonne apparut à la porte pour annoncer que le dîner était servi.

Son soulagement fut cependant de courte durée. Le capitaine lui offrit son bras. « Puis-je vous escorter ? »

Elle n'aurait pas pu refuser sans vexer la quasi-totalité des convives, alors elle hocha la tête et s'apprêta à se lever, mais elle avait oublié les gants de Moray. Quand elle quitta son fauteuil, l'un des deux tomba et le capitaine Gordon se pencha pour le ramasser. « Et qu'est-ce que ceci ? »

Sophia ne savait pas quoi répondre. Piégée, elle regardait intensément le plancher en essayant de composer une explication crédible, mais avant qu'elle ne trouvât les mots, elle vit deux bottes passer devant elle tandis que Moray, l'air décontracté, traversait la pièce pour récupérer le deuxième gant sur le fauteuil qu'avait occupé Sophia.

« Je me demandais où ils étaient passés, s'exclama-t-il.

— Ils sont à vous ? demanda le capitaine Gordon.

— Oui. Vous ne pensiez tout de même pas qu'ils appartenaient à Mlle Paterson, elle qui a des mains si menues ? » Son ton ôtait tout soupçon qu'elle eût pu être associée aux gants, mais ça n'empêcha pas le capitaine de l'observer avec un intérêt renouvelé, comme un chevalier évaluant la force d'un nouvel adversaire.

Gordon esquissa un sourire. « Non. » Et prenant les mains de Sophia dans les siennes, il déclara : « Des mains comme celles-ci auraient besoin d'une protection plus douce. » Il tendit à Moray le gant qu'il avait ramassé. « À l'avenir, tâchez de faire plus attention à l'endroit où vous les posez, sans quoi vous les perdrez.

— Aucun risque », répondit Moray. « Je ne perds pas à la légère ce qui m'appartient. »

À ces mots, il recula pour laisser Sophia passer au bras du capitaine Gordon et, un soupçon de sourire aux lèvres, leur emboîta le pas.

———

Chapitre 12

*E*t voilà, pensai-je avec satisfaction en lançant l'impression des pages que je venais d'écrire. À présent la vie sentimentale de Sophia était aussi complexe que la mienne. Comme j'avais dû faire face au retour de Stuart, elle devrait gérer le capitaine Gordon, bien qu'il faille reconnaître que John Moray avait réagi au défi assez différemment de Graham. C'était l'avantage de la fiction, je pouvais m'arranger pour que mes personnages fassent ce que les hommes ne faisaient jamais dans la vraie vie.

L'imprimante avait fini de bourdonner et j'éteignis mon ordinateur, arquant le dos contre le dossier de ma chaise pour m'étirer les épaules, bras levés. Je n'avais aucune idée de l'heure qu'il était. Derrière mes fenêtres, il faisait jour depuis un moment déjà, mais le ciel était uniformément gris et il était impossible de juger de la hauteur du soleil derrière les nuages. Je savais seulement que c'était le matin et que je ne m'étais pas couchée, et tout ce dont j'avais envie, c'était une rôtie, un verre de jus de fruits et plusieurs heures de sommeil. Alors, quand l'ombre d'une personne passa devant ma fenêtre, ma première réaction fut de ne pas répondre aux coups sur la porte pour faire croire que je n'étais pas là. Toutefois la curiosité finit par l'emporter.

«Je t'ai apporté de quoi dîner», lança Stuart sur le pas de ma porte, un sourire conquérant aux lèvres et, dans les mains, quelque chose enveloppé dans du papier journal qui sentait si bon que mon estomac s'agita. En échange d'un poisson-frites tout chaud, je me sentais plutôt disposée à lui pardonner les ennuis qu'il m'avait causés – bien que lui n'en ait aucune conscience.

J'ouvris grand la porte. «Tu arrives vraiment au bon moment, mais pour moi, c'est le déjeuner.»

Stuart leva un de ses sourcils noirs. «Il est presque midi et demi.

— Si tard que ça ?

— Est-ce qu'il t'arrive de te coucher ?»

Je lui pris le paquet des mains et me rendis à la cuisine tandis qu'il enlevait son manteau pour le pendre près de la porte. Tout en disposant les frites et le poisson dans des assiettes, je lui expliquai : «J'étais sur ma lancée hier soir. Je ne voulais pas m'arrêter.»

Ses yeux dansèrent comme si je venais de faire une blague coquine. «Ça m'arrive parfois. Pas quand j'écris, admit-il avec un sourire de Casanova, mais ça m'arrive.»

Pour lui faire plaisir, je laissai planer le double sens et lui tendis son assiette. Il prit place dans un fauteuil et fit un signe de tête en direction du fouillis de documents qui couvrait la table. «Où est-ce que tu en es ? Ça avance bien ?

— J'en suis peut-être au tiers, je ne sais pas très bien. Je ne connais jamais la longueur d'un livre avant de l'avoir terminé.

— Tu n'as pas de plan, ni rien ?

— Non. J'ai essayé, mais ça ne marche pas avec moi.» Mes personnages refusaient de se plier à une trame quelconque. Ils jubilaient lorsqu'ils étaient libres de décider de leur destinée sur la page.

Stuart fit un grand sourire. «Je ne suis pas très doué non plus pour tout ce qui est planification. C'est Graham, l'homme organisé de la famille.» Il me jeta un coup d'œil. «Qu'est-ce que t'as pensé de lui?

— Graham?» J'ouvris la porte du poêle et poussai les charbons un peu trop fort avant de répondre : «Je l'ai trouvé sympathique.

— Ouais, il l'est.» La banalité de ma réponse avait apparemment satisfait Stuart. «La seule fois que je l'ai vu perdre ses bonnes manières, pour être honnête, c'est quand il jouait au rugby. Et même là, je suis sûr qu'il s'est excusé auprès de tous ceux qu'il avait percutés.»

J'avais donc eu raison de penser que Graham était sportif. «Il jouait au rugby?

— Oh que oui, il a failli devenir professionnel.»

Je claquai la porte du poêle et rejoignis Stuart, mon assiette à la main. «Vraiment?

— Oui, il avait été recruté, il avait presque signé tous les papiers, mais Maman est morte à ce moment-là, et Papa... disons que Papa n'allait pas très bien. Et une carrière de joueur de rugby aurait forcé Graham à vivre loin d'ici, alors il a finalement décliné l'offre et est resté à l'université jusqu'à ce qu'ils l'engagent comme maître de conférence. Je ne dirais pas que ça aurait été son choix dans d'autres circonstances, mais bon, tu ne l'entendras jamais se plaindre. Il est trop responsable pour ça. Son travail lui permet de s'occuper de Papa, c'est tout. Il vient toutes les fins de semaine pour prendre de ses nouvelles.» Un regard de côté, puis un sourire. «Pour ce qui est de s'occuper de moi, il a jeté l'éponge.»

J'aurais pu lui dire que non, qu'il s'occupait toujours de lui, mais je restai concentrée sur mon assiette. «Il n'a jamais été marié, je présume?

— Qui, Graham? Il n'en a jamais été question.» Son amusement initial se transforma peu à peu en une sorte de méfiance. «Pourquoi est-ce que tu demandes ça?

— Simple curiosité. Et toi ? As-tu déjà été marié ? »

Relancé sur son sujet favori, il secoua la tête. « Non, pas encore. » Et incapable de laisser passer une occasion de flirter, il déclara, croisant mon regard : « J'attends de trouver la bonne personne. »

Je préférai changer de sujet. « Comment c'était à Londres ?

— Horrible. C'est une période très chargée pour nous. Je repars demain soir pour Amsterdam, et ensuite j'irai directement en Italie. »

Avec son emploi du temps, du moins, il semblait correspondre au capitaine Gordon de mon roman, apparaissant juste assez longtemps pour avoir un impact sur l'intrigue avant de disparaître à nouveau.

Il entreprit de me raconter ce qu'il avait fait à Londres, mais je n'écoutais qu'à moitié, essayant de retenir mes bâillements. Stuart, ne remarquant rien, continuait de parler et, bien que j'essaie de suivre par politesse, mon attention baissait, rapidement, tandis que ma longue nuit blanche me rattrapait. Enfoncée dans mon fauteuil, je hochai la tête en réponse à quelque chose que disait Stuart.

Et ce fut la dernière chose dont j'eus conscience.

Quand je me réveillai, j'étais toujours dans mon fauteuil mais celui d'en face était vide. La lumière du jour laissait place à celle du crépuscule. Je constatai que Stuart avait plus d'un gentilhomme qu'il ne l'aurait avoué – il avait sorti une couverture du placard pour m'en envelopper. Et lorsque je me rendis à la cuisine et que j'ouvris le réfrigérateur, j'y trouvai ma moitié de dîner encore dans l'assiette, recouvert de pellicule transparente, prêt à être réchauffé pour mon souper. Aussi énervée que j'aie pu être contre Stuart la veille, j'étais incapable de lui en vouloir encore après de si délicates attentions.

Un peu plus tard, le Dr Weir téléphona et commença par : « J'ai croisé Stuie Keith sortant du Killie, et il m'a dit qu'il vous avait laissée profondément endormie, alors j'ai pensé qu'il était préférable de vous appeler d'abord. »

Je faisais confiance à Stuart pour avoir légèrement travesti la réalité. Mais j'étais contente d'entendre enfin la voix du médecin.

« Je suis parti quelques jours pour rendre visite à mon frère, mais j'ai un peu lu au sujet de la mémoire génétique et je suis tombé sur quelques éléments susceptibles de vous intéresser. Je pourrais venir dès maintenant, si ça ne vous dérange pas ? »

Cela ne me dérangeait pas du tout, bien au contraire. J'avais hâte de converser avec lui, désireuse d'entendre son opinion sur ce que j'avais découvert à Édimbourg. En fait, il n'y avait personne d'autre à qui je *pouvais* en parler – personne d'autre qui m'écouterait patiemment, sans me juger, et qui pourrait m'apporter une perspective médicale.

Le temps qu'il arrive muni d'un épais dossier, le thé était prêt. Avant qu'il ait pu me révéler ce qu'il avait trouvé, je lui parlai de la lettre de M. Hall décrivant comment il avait accompagné Sophia à Slains.

Le Dr Weir était enchanté. « C'est merveilleux. Je n'aurais jamais cru que vous pourriez trouver une telle chose. Et il est écrit qu'elle vient de l'ouest du pays et que ses deux parents sont morts en allant à Darién ?

— Oui.

— C'est vraiment incroyable. » En secouant la tête, il ajouta : « Eh bien voilà. C'est la preuve que vous n'êtes pas en train de devenir folle. Vous disposez simplement des souvenirs de votre ancêtre. »

Je savais, au plus profond de moi, qu'il avait raison. Je partageai même son excitation face à ma découverte, mais tout cela était tempéré par un sentiment d'hésitation. Je n'étais pas certaine de vouloir un tel cadeau, ni de savoir comment gérer tout ce qu'il impliquait.

« Comment une telle chose peut-elle se produire ?

— Eh bien, c'est forcément génétique. Connaissez-vous bien l'ADN ?

— Juste ce que je vois dans les séries policières.

— Ah. » Il s'enfonça dans son fauteuil. « Commençons par le gène, qui représente l'unité de base du patrimoine. Un gène n'est rien d'autre qu'une chaîne d'ADN, et notre corps en possède des milliers. Nous héritons la moitié de nos gènes de notre mère, et la moitié de notre père. Le mélange est unique. Il détermine toute une série de caractéristiques : la couleur des yeux, des cheveux, si on sera gaucher ou droitier. D'innombrables choses, même nos chances de développer certaines maladies, nous sont transmises dans nos gènes par nos parents, qui tiennent leurs propres gènes de leurs parents, etc. On peut se retrouver avec le même nez que son arrière-arrière-arrière-arrière-grand-mère. Et si l'on peut hériter d'un nez, qui sait ce qui peut se transmettre d'autre ?

— Mais il est certain que les nez ne répondent pas au même principe que les souvenirs. »

Il haussa les épaules. « Il existe, paraît-il, un gène qui nous prédispose à être aventureux ou non. Ma fille aînée, par exemple, a toujours aimé le danger, et ce depuis sa naissance. Elle escaladait toujours tout – nous devions l'attacher pour la maintenir dans sa poussette. Elle grimpait hors de son lit à barreaux, elle grimpait aux étagères, partout. Maintenant qu'elle est plus grande, elle escalade les montagnes et saute en parachute. D'où est-ce qu'elle tient ça ? Je n'en ai aucune idée. Ça ne vient pas de son entourage le plus proche, m'assura-t-il en souriant, ma femme et moi sommes loin d'être des alpinistes. »

Je souris moi aussi, imaginant le tout petit docteur et sa femme suspendus par des cordes à une falaise.

« Ce que je veux dire par là, c'est que certains aspects de notre nature, de notre tempérament, proviennent clairement de nos gènes. Et la mémoire n'est pas plus immatérielle que le tempérament.

— Je suppose que vous avez raison. »

Il tendit la main pour ouvrir son dossier et commença à trier les photocopies. «J'ai trouvé quelques articles très intéressants sur le sujet. Par exemple, en voici un d'un professeur américain qui croit que les capacités de certains érudits – les érudits autistes, coupés mentalement et socialement des autres – proviennent d'une sorte de mémoire génétique. Il emploie d'ailleurs ce terme.

«Et voici un autre article qui a éveillé ma curiosité. J'ai essayé de me limiter strictement à la science, même si ceci est un peu plus nouvel âge. L'article suggère que les phénomènes liés à une vie passée – quand des individus retournent en arrière sous hypnose et se rappellent ce qu'ils croient être des vies antérieures – ne seraient rien de plus que la remémoration de la vie de leurs propres ancêtres. Peut-être devrais-je songer à mener ma propre petite recherche, hmmm?

— Avec moi comme objet d'étude, vous voulez dire?» Cette pensée m'amusa un instant. «Je ne suis pas sûre d'être très utile à la science.

— Et pourquoi ça?

— Eh bien, il n'y aurait aucun moyen de prouver quel pourcentage de l'histoire provient de la mémoire génétique, et quel pourcentage de ma propre imagination», répondis-je en pensant notamment au fait que j'avais délibérément ramené le capitaine Gordon dans l'intrigue pour remuer les eaux. Ce qui n'était rien de plus que le fruit de ma frustration avec Stuart et Graham. «Les détails historiques de la famille, d'accord, ceux-là on peut les vérifier, mais en ce qui concerne les choses comme les dialogues...

— J'imagine qu'ils sont le produit d'un mélange entre votre mémoire et votre art d'écrivain. Et après tout, qu'est-ce que ça change? Nous trafiquons nos souvenirs sans arrêt. Nous les embellissons – ce poisson que nous avions pêché devient plus gros, nos torts diminuent. Mais l'événement originel... eh bien il demeure. Nous ne pouvons transformer des souvenirs tristes en souvenirs joyeux, malgré tous nos efforts. Donc je serais prêt à parier que ce que vous écrivez sur Sophia, dans le fond, est véridique. »

J'y repensai plus tard, quand il fut parti et que je me retrouvai assise à ma table de travail, fixant l'écran de mon ordinateur tandis que le curseur clignotait impatiemment.

Ce soir-là la transe habituelle ne venait pas. Mon esprit conscient avait l'ascendant et je le sentais pousser mes personnages tandis que ceux-ci maintenaient fermement leurs positions. Ils refusaient d'emprunter le chemin que j'avais tracé pour eux. J'avais l'intention d'écrire la scène du souper, réunissant à table le capitaine Gordon, Sophia et John Moray, afin que les deux hommes puissent poursuivre leur joute verbale.

Toutefois, aucun des deux n'était d'humeur à s'exprimer, et je finis par aller chercher le livre que m'avait prêté le Dr Weir, *The Old Scots Navy*, espérant y trouver quelque manigance navale intéressante que pourrait raconter le capitaine Gordon afin de lancer la conversation.

Je n'avais pas eu le courage de consulter cet ouvrage depuis ce premier soir où je l'avais ouvert et appris que tous les détails que j'avais écrits au sujet du capitaine Gordon étaient réels. À l'époque, cette découverte avait été trop lourde à traiter pour mon cerveau perturbé, et après cela j'avais laissé le livre près de mon lit, sans plus y toucher.

Mais le désespoir m'incitait à présent à passer l'index en revue, à la recherche d'une référence au capitaine Gordon susceptible de m'aider. Je tombai sur une annexe qui semblait de la bonne date. Elle commençait ainsi :

« Durant l'absence de Hooke à Édimbourg, le capitaine Gordon, commandant des deux frégates écossaises de surveillance le long de la côte, avait accosté pour se rendre chez le comte d'Erroll… »

Je ressentis le frisson maintenant familier se faufiler entre mes omoplates.

Tout était là. Le capitaine promettant au comte qu'il se tiendrait éloigné de la côte pendant quinze jours, l'échange de signaux à utiliser au cas où il croiserait le navire français, et le fait que le capitaine Hamilton risquerait de se douter de quelque chose si ce dernier demeurait trop longtemps en eaux écossaises. Même l'allusion du capitaine Gordon sur sa démission de la marine, puisqu'il refusait de prêter serment contre le roi Jacques.

Je lus le document avec la même impression de surréalisme que j'avais ressentie à la découverte de la lettre de M. Hall dans la salle de lecture d'Édimbourg. Parce que j'étais certaine de n'avoir *jamais* vu ce document de ma vie.

« Bon sang ! »

J'avais vraiment cru que cette scène était le fruit de mon imagination, que j'avais fait revenir le capitaine uniquement pour compliquer l'intrigue. J'étais si fière de la façon dont j'avais ficelé le tout. Et maintenant je me rendais compte que je n'avais rien fait de stupéfiant.

Le Dr Weir avait probablement raison, bien plus que je ne l'aurais souhaité. En fin de compte, je n'avais peut-être pas du tout mon mot à dire dans la création de cette histoire.

Peut-être que tout ce que je *pouvais* faire était écrire la vérité.

J'effaçai les quelques lignes empesées que j'avais tapées, renvoyant ainsi le curseur au début du chapitre. Je fermai les yeux et me concentrai sur le silence de la pièce.

« D'accord, dis-je. Quelle scène suis-je *censée* écrire ? »

VIII

La comtesse se tourna, souriante, alors que Sophia passait la porte de ses appartements. « Ma chère, auriez-vous vu Monsieur de Ligondez ? »

Il s'agissait du capitaine du bateau français, l'*Héroïne*, qui, ce matin-là, sans avoir été annoncé, était revenu de Norvège, glissant si furtivement sur l'eau que personne à Slains ne l'avait remarqué jusqu'à ce que les rameurs de la barque transportant le capitaine l'eussent amené à mi-distance entre le navire et la côte. Le comte, encore au lit, avait été forcé d'implorer l'indulgence de M. de Ligondez le temps de s'habiller, de boire son bouillon du matin et de se préparer.

La comtesse venait elle aussi de finir de s'habiller. Sophia, en revanche, était levée depuis un certain temps et savait exactement où se trouvait le capitaine du bateau français. « Je crois, dit-elle, qu'il se promène dans le jardin, en compagnie de M. Moray.

— Dans ce cas-là, auriez-vous l'obligeance d'aller l'y chercher et de l'informer que mon fils et moi sommes maintenant prêts à l'accueillir ? »

Sophia hésita. Depuis que Billy Wick avait mis les mains sur elle, trois jours plus tôt, elle n'était pas retournée dans le jardin et n'avait pas envie d'y aller. Mais elle ne pouvait pas dire non à la comtesse. Levant courageusement le menton, elle répondit : « Oui, bien sûr », et s'exécuta.

C'était un autre beau matin de printemps. Les oiseaux lui souhaitèrent la bienvenue par des gazouillis plus enjoués que les cris des mouettes qui tournoyaient au-dessus des falaises derrière le mur du jardin, formant de petites taches blanches dans le ciel. Son épaule effleura une vigne qui dégagea un parfum inconnu et délicieux, et en avançant sa robe caressa des campanules poussant au ras du sol. Cette fois-ci, néanmoins, elle ne s'abandonna pas à la rêverie, gardant les yeux grands ouverts et les oreilles aux aguets. Non loin de là, elle entendait les voix calmes de Moray et de M. de Ligondez. Ne comprenant pas leurs mots, elle supposa qu'ils parlaient dans la langue des Français. Elle tourna ses pas vers eux et avait l'impression d'être si près du but qu'elle avait presque baissé la garde quand des pas lourds se firent entendre sur le chemin derrière elle.

Elle refusait de se montrer une nouvelle fois effrayée. Sans se retourner, elle garda la tête haute et accéléra son allure, se dirigeant vers les voix avec une telle détermination qu'elle déboucha sur les deux hommes comme un faisan surgissant des broussailles, levé par des chiens.

Le capitaine du navire français s'interrompit au milieu d'une phrase, très surpris. Moray se tourna pour regarder d'abord Sophia, puis le jardinier derrière elle qui s'éloignait d'eux sans se presser pour se diriger vers la salle de brassage du malt.

Rapidement, pour distraire son regard suspicieux, Sophia annonça : « La comtesse m'a envoyée vous chercher. Elle m'a priée d'informer M. de Ligondez que le comte d'Erroll et elle-même étaient prêts à le recevoir. »

Moray traduisit son message pour le Français qui s'inclina et prit congé.

Moray ne fit aucun mouvement pour le suivre. Plissant les yeux pour regarder le ciel, il observa : « Il fait un temps magnifique. Avez-vous déjà pris votre déjeuner ?

— Oui monsieur.

— Alors venez vous promener avec moi. »

Il ne s'agissait pas d'une invitation, pensa-t-elle, mais d'un défi. Il ne lui offrit pas le bras de façon formelle mais changea de position, plaçant sa main sur la poignée de son épée, de sorte que son coude se soulevât légèrement de son corps.

Elle réfléchit. Elle avait eu l'occasion d'observer que certaines routes que l'on empruntait au départ par choix dans la vie menaient à des fins très différentes de ce qu'elles auraient pu être si l'on avait pris le risque de prendre un autre tournant. Elle se trouvait face à un tel carrefour, pensa-t-elle. Si elle refusait et rentrait au château, le confort de son monde se prolongerait. Si elle acceptait, elle avait une idée assez claire de l'endroit où cette route la mènerait, et pourtant elle sentait en elle les remous du sang agité de son père et aspirait, comme lui autrefois, à se lancer dans des eaux encore inconnues.

Elle tendit la main et la posa au creux du coude de Moray, et celui-ci lui adressa un bref regard chaleureux.

« Où voulez-vous vous promener ? lui demanda-t-elle.

— Loin d'ici. »

En effet, le jardin parfaitement tenu semblait trop petit pour lui. Dans ses allées, Moray rappelait à Sophia l'ours qu'elle avait un jour vu en cage, tournant sans interruption en rond entre les barreaux incassables. Mais il se révéla plus facile de s'évader des murs du jardin que de la prison de fer et, en un rien de temps, ils avaient dépassé ses frontières pour se retrouver dans l'étendue plus vaste de la falaise verdoyante qui descendait vers le village, puis vers la plage de sable rose.

Il était encore tôt et Sophia ne vit aucun visage curieux apparaître aux fenêtres des maisons sur leur passage. Tout le monde était probablement encore couché, se dit-elle, presque soulagée. Ses coups d'œil prudents ne passèrent pas inaperçus.

Dans un sourire, Moray lui demanda : « Craignez-vous qu'être vue avec moi entache votre réputation ?

— Non, lui répondit-elle, surprise. Ce n'est pas ça. C'est que... » Mais elle ne pouvait pas se décider à lui révéler sa vraie crainte, que derrière l'une de ces fenêtres aux rideaux tirés, quelqu'un pût le reconnaître et envisager de le dénoncer. Elle avait entendu les histoires d'autres jacobites ayant été capturés, et avec quelle cruauté les agents de la Couronne les avaient torturés, fracassant notamment les chevilles d'un homme qui refusait de parler. Et elle était certaine que Moray ne parlerait pas non plus.

« Je ne crains pas votre compagnie, lui dit-elle les yeux baissés.

— Je suis content de l'entendre, jeune fille. » Il rapprocha son bras de son côté, maintenant la main de Sophia tout près de lui tandis qu'il orientait leurs pas entre les maisons endormies puis vers la plage.

La mer s'étalait à perte de vue. Sophia n'apercevait plus les mâts nus du bateau français, mis à l'abri à l'extrémité des rochers du château. Elle ne voyait que le ciel bleu et l'eau, avec ses vagues infinies roulant sur le rivage en rangées ourlées de blanc qui tombaient en écume contre le sable, avant de se retirer vers le vaste horizon.

Tandis qu'elle goûtait ce spectacle, elle ressentit de nouveau battre le sang de son père dans ses veines et demanda impulsivement : « Comment est-ce de naviguer sur un bateau ? »

Il haussa les épaules. « Cela dépend de votre constitution. Le colonel Hooke dirait certainement que c'est une façon de voyager des plus pénibles, et je ne le contredirais pas. Être si étroitement enfermé avec tant d'hommes et si peu d'air n'améliore pas mon caractère. Mais être sur le pont, c'est tout à fait différent. Lorsque le navire vogue à grande vitesse, les voiles s'emplissent de vent... » Il chercha ses mots. « On a alors l'impression de voler. »

Elle ne pensait pas connaître un jour cette sensation et le lui confia.

« On ne peut jamais savoir où ce monde nous emmènera. Si l'on m'avait dit quand j'étais plus jeune que je quitterais nos champs de bataille pour combattre pour un roi étranger, j'aurais bien ri. » Il lui lança un regard rempli de gentillesse. « Vous marcherez peut-être un jour sur le pont d'un bateau, après tout. » Puis, fixant la mer, il ajouta d'un ton désinvolte : «Je suis certain que le capitaine Gordon pourrait arranger ça, si vous lui demandiez. »

Sophia lui lança un bref regard, cherchant dans son expression pourquoi il ressentait une telle froideur envers le capitaine. Il y avait plus entre les deux hommes que cette rivalité pour elle, elle le savait. « Vous ne l'aimez pas, dit-elle.

— Au contraire, je l'admire grandement.

— Mais vous ne l'aimez pas. »

Il fit plusieurs pas en silence avant de répondre. « Il y a trois ans, je suis venu ici sur ordre du roi Jacques, accompagné de Simon Fraser. Ce nom vous dit quelque chose ? »

Elle le connaissait bien, comme tout le monde en Écosse. Même dans une nation comme la leur, où la terrible violence du passé coulait comme un cours d'eau enfoui sous les affaires quotidiennes des hommes, les actions d'un voyou comme Simon Fraser se démarquaient par leur perversion. Afin d'obtenir le titre de Lord Lovat, il avait cherché à enlever et à épouser sa propre cousine, l'héritière du dernier lord, mais son complot avait mal tourné et, à la place, il avait pris sa mère veuve. Ne se démontant pas, il avait décidé que la mère était aussi utile que la fille pour arriver à ses fins et, demandant à ses joueurs de cornemuse de jouer à tout rompre, l'avait brutalement violée sous les yeux d'un groupe de témoins, après quoi il avait revendiqué la femme en larmes comme son épouse.

Fraser n'avait pas gardé son titre très longtemps et avait été banni pour ses méfaits. Il avait fui en exil avant d'être finalement amnistié, mais la tache noire d'une telle bassesse ne pouvait pas s'effacer si facilement.

Le visage pâle et horrifié de Sophia montrait clairement qu'elle savait de qui voulait parler Moray.

« Oui, dit-il, j'avais sans cesse l'impression de cheminer avec le diable, mais le diable sait comment charmer quand cela convient à ses intérêts et, pour l'essentiel de

Saint-Germain cette année-là, il semblait que Simon Fraser était l'homme clé pour soulever l'Écosse derrière notre roi. Il avait un plan, disait-il, et il convainquit la propre mère du roi des qualités de celui-ci, alors elle l'envoya ici pour tâter le terrain. Je fus choisi pour l'accompagner car – je l'appris plus tard – on pensait que de par mon honneur et la réputation de ma famille, je ferais un meilleur messager auprès de ceux que nous souhaitions rencontrer qu'un homme tel que Fraser. C'était vrai.» Ces souvenirs assombrissaient son visage. «Nous fûmes reçus par beaucoup d'hommes honorables. Et Simon Fraser les trahit tous les uns après les autres. Et puis moi.» Il esquissa un très léger sourire. «Tout au long de notre expédition, il racontait tout ce qu'il savait à des agents de la reine Anne.»

Voilà comment, pensa Sophia, Moray avait été dénoncé à la reine et avait vu sa tête mise à prix.

«Je n'en savais rien. C'est le capitaine Gordon qui m'en informa, poursuivit-il. À la table de mon père, il me traita d'idiot et de pires choses encore pour m'être laissé utiliser par un homme qui, par sa trahison, détruirait sûrement des hommes de valeur. C'est ce qui se produisit. Je vis des honnêtes hommes de ma connaissance être faits prisonniers, mis au pilori et condamnés à la pendaison. Et bien que j'aie réussi à m'échapper, mon père endossa ma honte et en porta le poids sur ses épaules jusqu'à sa tombe.»

Sophia en eut le cœur serré pour lui. «Je suis désolée.

— Non, reprit-il, Gordon n'avait pas menti – j'avais été un idiot. Mais la vie nous permet de tirer des leçons. Personne n'a facilement réussi à me tromper depuis.»

Ne sachant pas si Moray partageait sa méfiance vis-à-vis du colonel Hooke, elle se contenta de répondre: «C'est une bonne chose, alors, que le colonel Hooke n'ait rien à voir avec Simon Fraser.

— En effet. Mais l'objectif du colonel Hooke est de rendre un roi à l'Écosse, et je parierais que peu lui importe que ce soit le roi Jacques ou monseigneur le duc d'Hamilton qui monte sur le trône une fois que toutes les cartes auront été jouées. Hooke est actuellement en voyage, me semble-t-il, pour juger de la loyauté de votre peuple des comtés de l'Ouest, puisque notre projet de rébellion dépend des presbytériens. Ils sont bien organisés et, n'ayant cette fois pas irrité la Couronne, ils n'ont pas été désarmés. S'ils se déclarent en faveur de Jacques Stuart, tout ira bien. Mais si c'est en faveur d'Hamilton, je ne sais que trop bien le camp que choisira Hooke. »

Cette perspective la troubla. « Mais cela engendrera une guerre civile !

— Oui jeune fille. Et c'est peut-être justement ça que recherche le roi de France depuis le début », dit-il avec cynisme.

Sophia fronça les sourcils. Ils étaient à présent arrivés le long de la plage où les amoncellements de sable formés par le vent marquaient le début des dunes. Elle ne remarqua pas tout de suite qu'ils avaient cessé de marcher. Ce ne fut que lorsque sa main lui fut rendue et que Moray commença à enlever ses bottes qu'elle se rendit compte de la situation.

Voyant ses grands yeux, il la rassura : « Je n'ai pas l'intention de vous sauter dessus. Je pensais seulement prendre la température de l'eau. Vous joindrez-vous à moi ? »

Elle ne comprit d'abord pas et bégaya : « Vous voulez dire, pour se baigner ? »

Ce qui déclencha un de ces rares sourires spontanés qui illuminaient son visage. « Mon Dieu, jeune fille, si vous avez des chaleurs à me voir sans mes bottes, je ne voudrais pas prendre le risque de retirer quoi que ce soit d'autre. » Puis, alors qu'elle rougissait davantage, il ajouta : « Je pensais me mouiller les pieds dans les vagues, rien de plus. » Il lui tendit la main. « Venez, ne craignez rien. Vous avez dit que vous n'aviez pas peur de moi. »

C'était un autre de ces défis qu'il semblait déterminé à lui présenter, comme pour chercher à découvrir jusqu'où il pouvait la tester.

Elle leva le menton. « Je vais devoir enlever mes pantoufles.

— Je pense que c'est en effet préférable. »

Il détourna la tête pour regarder les collines pendant qu'elle enlevait aussi ses bas et les coinçait dans ses pantoufles, qu'elle laissa sur le sable près des bottes de Moray. Marcher pieds nus n'avait rien de déshonorant, décida-t-elle. Elle avait connu plusieurs dames de qualité qui se déchaussaient chez elles, à la vue de tous, bien que dans leur cas, admit-elle, ce fût par économie et non pour prouver à un homme qu'il ne pouvait pas l'emporter sur elles.

Finalement, cela s'avéra être le plus grand plaisir qu'elle se rappelât depuis son enfance. L'eau était si froide qu'elle lui coupa le souffle quand elle y pénétra, mais au bout de quelques minutes elle lui sembla plus chaude sur sa peau, et elle apprécia la sensation du sable sous ses pieds et fut rafraîchie. Sa robe et ses jupons la dérangeaient. Elle les souleva des deux mains pour que l'ourlet ne trempât pas dans l'eau, se préoccupant peu que cela laissât voir ses chevilles nues de façon un peu légère. Moray ne sembla pas le remarquer. Il marchait lentement dans l'eau, les yeux rivés vers le bas.

« Que cherchez-vous ? demanda-t-elle.

— Quand j'étais petit garçon, ma mère m'a dit que je devais garder les yeux grands ouverts en quête d'une petite pierre pourvue d'un trou, pour porter autour de mon cou, car cela me protégerait. Ce n'est qu'un conte qu'elle a probablement inventé pour occuper son enfant dissipé et éviter qu'il ne s'égare. Mais j'avoue que je ne puis mettre fin à cette habitude. »

Elle l'observa, pieds nus dans la mer, la tête baissée dans une attitude de concentration, et il n'était pas difficile d'imaginer le petit garçon déterminé qu'il avait dû être autrefois – marchant peut-être sur une plage similaire à celle-là, le soleil lui chauffant les épaules et son pantalon remonté au-dessus des genoux, n'ayant comme seule préoccupation de trouver un caillou troué.

Il lui lança un bref regard. « Vous me trouvez ridicule ?

— Non, dit-elle en baissant elle aussi les yeux. Non, je trouve simplement que… » Elle s'interrompit car quelque chose dans l'eau avait attiré son attention. Elle se pencha sans attendre pour le ramasser avant que le sable n'eût le temps de le recouvrir. Elle avait lâché un pan de sa robe pour se libérer une main et lâcha à présent l'autre côté pour retourner sa trouvaille contre sa paume. L'objet brillait comme d'une roche éruptive noire, un caillou ovale de la moitié de la taille de son pouce, immobile dans sa main tandis que des grains de sable mouillé dégoulinaient de tous les côtés entre ses doigts.

Moray se retourna. « Qu'y a-t-il ? »

Sophia, un sourire triomphant aux lèvres, tendit sa paume ouverte. « Regardez. »

Il regarda et, hurlant de joie, s'approcha pour mieux voir. Il ne lui prit pas la pierre, mais plaça sa grande main sous celle de Sophia et, avec une grande délicatesse, retourna le caillou, comme elle l'avait fait quelques instants plus tôt, afin de voir le trou creusé dans la pierre par une astuce de la nature, juste au-dessus du centre.

« Maintenant vous avez votre pierre, lui dit-elle.

— Non, jeune fille. Elle vous appartient. » Il referma les doigts de Sophia autour du caillou et sourit. « Je vous conseille d'en prendre soin. Si ce que disait ma mère est vrai, elle vous protégera contre tout mal. »

Ses mains étaient chaudes et répandaient leur chaleur le long de son bras de sorte qu'elle ne sentait presque plus le froid humide des vagues qui léchaient sa lourde robe. Toutefois, elle frissonnait et il le remarqua.

«Mon Dieu, vous êtes trempée. Sortons pour que le soleil puisse vous sécher, sans quoi madame la comtesse réclamera ma tête pour vous avoir fait tomber malade.»

À l'abri des dunes, elle s'assit et étala ses jupes sur le sable, tandis que Moray renfilait ses bottes avant de venir s'installer près d'elle. «Tenez, dit-il en posant les pantoufles et les bas de Sophia sur ses genoux. Vous feriez mieux de les remettre. Le vent est frisquet.» Il détourna de nouveau les yeux pour respecter sa pudeur, mais observa: «Si vous raccommodez encore ces pantoufles, elles ne seront plus que points et coutures.

— Elles étaient à ma sœur», répondit-elle simplement, mais à son silence elle supposa qu'il comprenait pourquoi elle souhaitait les garder malgré tout.

«Comment est-elle morte?» lui demanda-t-il d'un ton plus grave.

Sophia mit si longtemps à lui répondre qu'il dut se demander si elle l'avait entendu, mais en vérité elle ne savait pas comment raconter cette triste histoire. Elle finit par se lancer: «Anna avait treize ans, deux de plus que moi, quand notre mère a pris le bateau pour Darién. Nous vivions alors avec notre tante, la sœur de ma mère, une femme au bon cœur. Et avec notre oncle, qui était...» Elle s'interrompit et détourna les yeux vers la mer. «Il n'avait rien à voir avec ma tante. C'était un Drummond, et c'est grâce à sa parenté avec la comtesse que j'habite aujourd'hui à Slains, mais c'est tout le bien qu'il m'ait jamais montré, et il ne me le montra qu'après sa mort.» Elle remonta sa manche au-dessus de son coude, afin qu'il pût voir la cicatrice qu'elle avait sur le bras. «Voici ce qu'il m'a montré, au lieu de gentillesse.»

Elle vit quelque chose de noir apparaître dans les yeux de Moray. «Il vous a brûlée?

— Je mettais trop de temps à lui apporter sa bière. C'est la punition que je recevais.

— N'y avait-il personne pour vous aider ?

— Il utilisait ma tante de la même façon. Il s'était prudemment retenu de le faire tant que ma mère était avec nous, car mon père lui avait laissé de l'argent en échange de son toit pour nous, et il ne souhaitait pas perdre un tel revenu. Mais quand il apprit que mes deux parents avaient péri… » Elle haussa une épaule, pour cacher la douleur qui ne s'était pas calmée. « Ses fureurs augmentèrent avec la maladie de ma tante puis son décès, mais ma sœur en supportait l'essentiel pour me protéger. Elle était très belle, ma sœur. Et elle aurait pu faire une épouse aimante pour n'importe quel homme, si… » Elle se mordit la lèvre et rassembla son courage pour poursuivre : « Si mon oncle ne s'était pas servi d'elle aussi de cette façon. »

Elle ne regardait pas Moray qui ne dit pas un mot, toutefois elle sentait sa question dans l'air silencieux entre eux.

« Il ne m'a jamais touchée comme il le faisait avec elle. Elle le lui avait fait promettre, en échange de son obéissance, et malgré toute sa méchanceté il tint parole. » La suite était plus difficile. « Mais Anna portait un enfant quand elle est morte. L'enfant de mon oncle. Il ne voulait à aucun prix que les voisins le sachent, alors il fit appel aux connaissances d'une femme qui prétendait pouvoir arrêter la croissance du bébé. » La lumière du soleil caressait la crête de l'horizon, mais les yeux de Sophia, bien que fixés vers cette lueur, ne voyaient que l'obscurité de cette horrible nuit – cette femme sale au sourire démoniaque avec ses potions à l'odeur infecte. La terreur d'Anna pendant que leur oncle la maintenait immobile. Ses hurlements. La puanteur de la mort. Sophia termina d'une voix posée : « Si je croyais encore en Dieu, je dirais qu'Il ramena ma sœur à Lui par pitié. »

Moray la regardait sans détourner les yeux, toujours silencieux. Elle prit le petit caillou dans sa main et le serra de toutes ses forces. « C'est une histoire sinistre, dit-elle, je n'aurais sans doute pas dû vous la raconter.

— J'espère que vous n'êtes pas restée dans cette maison ?

— Je n'avais pas le choix. Mais Oncle John est lui-même tombé malade peu après, perdant son ascendant sur moi.

— Vous avez ma parole, lui promit-il d'une voix calme mais ferme, qu'aucun homme ne vous fera plus jamais de mal tant que je vivrai. » Son regard était noir et dur de ce qui lui semblait être de la colère, mais celle-ci ne lui était pas adressée. « Et vous pouvez dire ça au jardinier de Slains, car s'il...

— Je vous en prie, l'interrompit-elle, alarmée. Je vous en prie, promettez-moi que vous ne combattrez pas Billy Wick. »

Ses yeux se noircirent encore davantage. « Le protégeriez-vous ?

— Non, mais je refuse que vous vous fassiez un ennemi d'un tel homme à cause de moi, car alors il chercherait à se venger, et vous avez beaucoup à perdre. »

Le caillou dans sa main lui faisait mal à présent. Elle desserra les doigts et lança courageusement un coup d'œil vers Moray. Ses yeux gris gardaient encore une nuance trop foncée, mais plus de colère, pensa-t-elle. Quand il parla, sa voix était douce. « Êtes-vous inquiète pour ma sécurité ? »

Elle n'avait pas de voix pour lui répondre. Elle hocha la tête, mais très légèrement.

« Jeune fille. » Ce fut alors qu'il fut frappé par un souvenir et il lui demanda lentement, comme s'il n'y croyait pas vraiment : « Était-ce pour moi que vous priiez, ce matin-là à l'écurie ? »

Elle chercha à se détourner de lui, mais il prit son visage dans sa main pour le tourner vers lui. Il lui demanda à nouveau, à voix basse, comme si sa vie en dépendait : « Était-ce pour moi ? »

Il était trop près, songea Sophia. Ses yeux la fixaient avec trop d'intensité et la maintenaient prisonnière, l'empêchant de regarder ailleurs, de bouger ou même de respirer correctement. Et elle ne savait pas quoi lui répondre pour sa défense, à part le « Je ne prie pas, je ne crois pas en Dieu » qu'elle prononça d'une voix tremblante et sans conviction.

Il sourit, dans cet éclat rapide et aveuglant qui la laissait sans voix. « Ça y est, vous me l'avez dit. » Il approcha sa deuxième main de son visage, l'attira vers lui et l'embrassa.

Cela n'avait rien d'un baiser de soldat endurci. Moray posa ses lèvres sur celles de Sophia avec une infinie douceur, presque de la vénération, attentif au fait qu'elle n'avait encore jamais été touchée de la sorte, et pour elle ce fut comme si une vague l'avait engloutie et envoyée dans les profondeurs de la mer. Pendant ce tourbillon d'un instant, elle ne sentit que lui – sa chaleur, son étreinte, sa force –, et lorsqu'il releva la tête, elle se balança vers lui, ayant perdu tout équilibre.

Il la regarda comme s'il avait lui aussi ressenti la puissance de ce contact.

Sophia eut un soudain besoin de parler, bien qu'elle ne sût pas quoi lui dire. « M. Moray… »

Mais ses yeux sombres l'arrêtèrent. « J'ai un prénom, jeune fille, répliqua-t-il, et j'aimerais vous entendre le dire.

— John… »

Il l'interrompit d'un baiser qui secoua ses sens encore plus profondément que le premier, et elle se retrouva un certain temps sans volonté de parler.

Chapitre 13

Mon père, au téléphone, n'en avait aucune idée. « Je crois qu'il l'avait lu quelque part. Il n'y avait pas un livre de Greg Clark à propos d'une petite pierre trouée ?

— *Le Talisman.* » C'était le titre de cette histoire, écrite par l'un de mes auteurs canadiens préférés. « Oui, mais Grand-papa ne la tirait pas de là. Tu te souviens, il disait toujours qu'il aimait ce livre parce que son père lui avait raconté la même chose – que si on trouvait une petite pierre avec un trou, elle nous protégerait, nous préserverait du mal.

— Eh bien voilà. Mon père ne me parlait jamais à moi comme il vous parlait à vous, les filles, mais s'il disait que *son* père lui avait raconté cette histoire, tu tiens ta réponse, non ?

— Mais ça remonte à quand dans la famille, cette histoire de pierre trouée ? Qui a lancé la légende ?

— Je ne saurais te dire, chérie. Est-ce si important que ça ? »

Je baissai les yeux et caressai de mon pouce le petit caillou usé dans ma main. Je ne l'avais trouvé que l'année précédente en Espagne, bien que j'en aie cherché un depuis le jour où mon grand-père m'en avait parlé, quand j'étais enfant. Lui-même n'avait jamais mis la main sur une telle amulette. Je l'avais souvent vu déambulant au bord de l'eau, la tête baissée, et je savais ce qu'il cherchait. Il m'avait dit que, si j'en trouvais un, je devrais le porter autour de mon cou. Je ne le faisais pas, du moins pas encore. Je craignais que le cordon que j'avais passé par le trou se casse, alors je gardais la pierre en sécurité dans la petite boîte que j'utilisais pour transporter mes bijoux quand je voyageais, confiante qu'elle y serait tout aussi efficace.

Je refermai brièvement mes doigts autour du caillou avant de le replacer parmi les colliers. «Pas vraiment, non, répondis-je à mon père. Simple curiosité.» Curiosité de savoir si cette superstition provenait d'une jeune femme aux cheveux clairs qui l'avait un jour entendue alors qu'elle se promenait sur la plage avec un soldat, trois siècles plus tôt...

«Au fait, changea de sujet mon père, désireux de partager sa découverte. J'ai retrouvé des informations d'une autre génération de Kirkcudbright. Tu te souviens de Ross McClelland?

— Oui, bien sûr.» Nous avions un ancêtre en commun et mon père, ayant fait la connaissance de Ross lors d'un voyage en Écosse dans les années soixante, lui écrivait régulièrement depuis. Je ne l'avais jamais rencontré en personne, mais je me souvenais de ses cartes de vœux. «Comment va-t-il?

— Bien. J'ai l'impression que sa femme ne va pas fort, mais tu connais Ross, il n'est pas du genre à se plaindre. Enfin bref, je l'ai appelé la semaine dernière pour lui dire que je m'étais remis à travailler sur cette branche de l'arbre généalogique, et je l'ai informé de nos découvertes sur les Paterson – non pas qu'ils aient un lien de parenté avec lui, mais il a quand même trouvé tout ça intéressant. Et quand je lui ai dit que j'avais commandé l'acte de baptême de Sophia Paterson à la bibliothèque des saints des derniers jours, il m'a dit qu'il avait du temps libre et que, comme il était sur place, il pouvait très bien mener lui-même sa petite enquête. »

Je décalai le téléphone sur mon épaule, souriant en entendant le léger accent de jalousie qui s'était glissé dans la voix de mon père. Je savais à quel point lui aussi aurait aimé mener sa petite enquête dans les cimetières et les salles de lecture. Ajoutez un sandwich pour le dîner et une tasse de café, et il serait au paradis. « C'était gentil de sa part, fut tout ce que cela m'inspira.

— Et comment ! Écoute ce qu'il a trouvé : Sophia Paterson, baptisée le 13 juin 1689, fille de James Paterson et de Mary Moore, et l'acte précise aussi le nom de ses deux grands-pères – Andrew Paterson et William Moore. Je n'avais encore jamais vu ça dans un registre. » Je sentais qu'il rayonnait. « Ross n'a pas encore trouvé le mariage de James et Mary, mais il cherche toujours et, au moins, avec tous ces noms ce sera plus simple à vérifier.

— C'est formidable. Mais j'y pense, est-ce que tu pourrais lui demander de rester aussi à l'affût de la mort d'Anna Paterson ?

— De qui ?

— La sœur de Sophia. Elle était mentionnée dans le testament de leur père, tu te rappelles ?

— Ah oui, Anna. Mais nous ne savons pas quand elle est morte. »

Je me mordis la lèvre. « Cherche à l'été 1706. »

Il y eut un long silence. « Carrie. Pourquoi refuses-tu de me dire d'où tu tiens tout ça ?

— Je te l'ai dit, Papa, répondis-je, regrettant de ne pas savoir mentir de façon plus convaincante, c'est juste une intuition.

— Oui, bon, jusqu'à présent toutes tes intuitions étaient véridiques. Tu ne serais pas en train de devenir voyante ? »

Je m'efforçai de prendre un ton léger. « Papa enfin.

— D'accord. Je vais voir si Ross peut trouver quelque chose là-dessus. Tu ne sais pas où, exactement, elle serait enterrée ? »

Ces derniers mots étaient un peu sarcastiques, mais je répondis quand même. « Non. Cela dit, je ne pense pas que ce soit dans la ville elle-même. Peut-être juste à l'extérieur de Kirkcudbright. Quelque part dans la campagne.

— Bon. Et… Carrie ? Si tu tombes encore dans le mille, il faudra que nous ayons une petite conversation au sujet de tes intuitions. »

La semaine fila plus vite que je n'aurais pensé. L'histoire était à présent bien lancée – j'écrivais jusqu'à ce que le besoin de sommeil l'emporte et dormais jusqu'à midi, puis me réveillais et retournais travailler, m'embarrassant rarement de vrais repas, préférant plutôt des bols de céréales ou des boîtes de conserve que j'engloutissais en plongeant directement une cuillère dedans. Cuillères et tasses à café commençaient à s'entasser dans l'évier et, à la fin de la semaine, je ne prenais même plus la peine de chercher un haut propre mais renfilais celui que j'avais porté la veille.

Je m'en fichais. J'avais quitté le monde réel. J'étais perdue dans mon livre.

Je me promenais comme dans un rêve éveillé à Slains, au milieu de mes personnages, et acquérais une admiration croissante pour la comtesse et son fils intrépide, au fur et à mesure qu'ils s'impliquaient dans les préparations secrètes pour la venue du roi Jacques. Cet angle de l'intrigue, comme toujours, me fascinait. Mais cette semaine-là, mon histoire tournait de plus en plus autour de l'amour naissant entre Sophia et John Moray.

Je n'aurais pu dire quelle était la part de ma mémoire génétique et celle, inventée, de la romance que j'aurais pu moi-même vivre, mais leur relation se développait avec une évidence qui menait ma rédaction comme un bon vent pousse un navire dans la direction voulue.

Ils n'étaient pas encore amants. Du moins, ils n'avaient pas partagé de lit. Au château, en présence des autres, ils ne faisaient rien qui soit susceptible de révéler leurs sentiments. Mais au dehors, au-delà des murs de Slains, ils se promenaient, discutaient et volaient tous les moments qu'ils pouvaient s'approprier. Je n'aimais pas répéter des scènes et ne les avais donc pas suivis à nouveau sur la plage, même si je sentais qu'ils y étaient retournés. Dans ma tête, je les voyais très nettement, toujours au même endroit, tant et si bien que je me réveillai un matin tout agitée, à neuf heures, bien plus tôt qu'à mon habitude, et que j'enfilai ma veste pour aller voir si je pourrais trouver ce lieu.

Cela faisait plusieurs jours que je n'étais pas sortie. Mes yeux mirent du temps à s'accoutumer à la lumière et j'avais froid malgré mon gros chandail. Toutefois, mon esprit, fermement fixé sur le passé, ignorait ces sensations. Il y avait toujours des dunes surplombant la plage, mais pas aux mêmes endroits que trois cents ans plus tôt. Poussé par le vent, le sable avait adopté des formes différentes, et les marées avaient elles aussi remodelé le paysage, me laissant peu de repères. Mais dans les terres, je reconnus des collines.

J'observais la plus proche d'entre elles lorsqu'une tache brune et blanche passa à toute vitesse près de moi, ramassa une chose jaune qui roulait dans le sable puis changea brusquement de parcours pour bondir sur moi, les pattes boueuses et remuant la queue.

Je m'étais raidie à sa vue. Il m'avait prise au dépourvu. Je savais que Graham serait de retour pour rendre visite à son père, mais j'avais espéré pouvoir l'éviter. Étant donné l'issue de notre dernière rencontre, j'étais sûre que lui aussi chercherait à le faire.

L'épagneul me poussait le genou d'un museau insistant.

« Bonjour Angus. » Je me baissai pour lui gratter les oreilles, puis saisis la balle de tennis qu'il me présentait et la lançai aussi loin que possible. Tandis que le chien s'élançait gaiement à sa poursuite, la voix que je redoutais se fit entendre derrière moi.

« Tu es levée, parfait. Nous venions te chercher. »

Son ton paraissait tout à fait normal, comme s'il avait oublié ce qu'il m'avait dit chez son père. Je tournai la tête et le regardai comme s'il avait perdu la raison. Il s'apprêtait à dire autre chose, mais quand il vit l'expression de mon visage il s'arrêta, comme quelqu'un qui s'aventure en terrain mouvant. « Est-ce que ça va ? »

Je secouai la tête et me mordis la langue pour m'empêcher de dire quelque chose que je regretterais ensuite. Je respirai profondément et lui dis : « Écoute, laisse tomber, d'accord ? Si tu ne veux plus me voir, très bien. Je comprends. »

Il y eut un silence, après quoi il vint se placer en face de moi.

« Qui a dit que je ne voulais plus te voir ? demanda-t-il d'une voix calme.

— Toi-même.

— *Moi* ? » Plissant le front, il remua légèrement comme s'il avait besoin de plus d'espace pour se concentrer, comme si on venait de lui donner à déchiffrer un message codé. « Et quand est-ce que j'ai dit une chose pareille ? »

Je commençais moi-même à perdre mes certitudes. « Chez ton père, après le dîner, tu te rappelles ?

— Pas vraiment, non.

— Tu m'as dit que Stuart était ton frère. Eh bien…

— Stuart se comportait dimanche comme il sait bien le faire, c'est-à-dire comme un mal-élevé. Mais il le faisait pour t'impressionner, et je n'avais pas le cœur à le démolir pour ça. Voilà ce que je pensais t'avoir dit. » D'un pas, il combla l'espace entre nous et leva une main gantée pour me prendre le menton et m'empêcher de détourner les yeux. « Qu'est-ce que tu avais compris ? »

Ce n'était pas que je ne voulais pas le lui dire, mais sa proximité avait le pouvoir d'un aimant sur les ondes de mon cerveau et je n'arrivais pas à formuler ne serait-ce qu'une phrase cohérente.

Graham essaya de deviner. «Tu pensais que je te plaquais à cause de Stuie?» Il semblait incrédule, jusqu'à ce que j'acquiesce par un très léger hochement de tête.

Alors il fit un grand sourire. «Mon Dieu, je suis loin d'être aussi noble!»

Il approcha ses lèvres des miennes et m'embrassa passionnément pour me le prouver. Un long moment s'écoula avant qu'il relâche son étreinte.

«Alors, demanda-t-il, le malentendu est dissipé?

— As-tu vraiment besoin de le demander?

— Maintenant je me dis que je ferais mieux de ne plus rien supposer.

— Le malentendu est dissipé, répondis-je. Mais Stuart ne sera pas...

— Laisse-moi gérer Stuie.»

Je décidai qu'il était préférable de mentionner: «Il donne à tout le monde l'impression qu'il me borde le soir.

— J'ai entendu ça en effet. Je connais mon frère, Carrie. Il ne posera pas de problème. Donne-lui juste un peu de temps.» Il m'attira plus près de lui et changea de sujet. «Bon, si tu n'étais pas là à m'attendre, qu'est-ce qui t'a amenée sur cette plage?

— Je voulais m'imprégner du décor, répondis-je. Pour une scène que je suis en train d'écrire.»

En contemplant les dunes, les herbes drues ballottées par le vent et le sommet des falaises un peu plus loin, j'avais l'impression étrange qu'il manquait quelque chose, une partie du paysage que j'avais vu dans mon esprit au moment d'écrire les scènes entre John et Sophia. Je plissai les yeux face au vent, essayant de m'en souvenir. «Il y avait un rocher là-haut autrefois, non? Un grand rocher gris?»

Il tourna la tête et se pencha vers moi, curieux. « Comment tu le sais ? »

Je ne voulais pas lui parler de cette étrange histoire de mémoire génétique. « Le Dr Weir m'a prêté certaines de ses vieilles photos…

— Elles doivent être drôlement vieilles en effet, fit-il d'un ton sarcastique. Cette pierre n'est plus là depuis le dix-huitième siècle.

— Ça devait être un dessin, alors. Je me souviens juste d'une vue de ce littoral avec un gros rocher, juste là.

— Oui, la pierre grise d'Ardendraught. Elle était dans ce champ autrefois là-haut, dans l'exploitation des Aulton, expliqua-t-il en désignant un endroit au-dessus de la courbe la plus éloignée de la plage. Un immense rocher de granit, si gros que les marins l'utilisaient comme point de repère.

— Qu'est-il devenu ? » demandai-je en regardant le flanc vide de la colline.

Graham me sourit et siffla pour rappeler Angus qui s'était éloigné. « Viens, je vais te montrer. »

La vieille église siégeait dans sa propre petite cuvette entourée d'arbres, près de terres arables nues et isolée, à l'exception d'une maison très simple et d'une plus belle demeure en granit rouge qui s'élevait de l'autre côté de la route étroite et sinueuse. Celle-ci était si proche du grand mur du cimetière que Graham dut se garer un peu plus bas, près d'un petit pont. Il baissa légèrement les vitres pour Angus, qui semblait fatigué de sa course le long de la plage et paraissait plutôt content de s'allonger tranquillement, tandis que nous le laissions là pour remonter la route coudée.

C'était un endroit paisible. Aucun bruit de circulation ne se faisait entendre, rien que le chant des oiseaux. Graham ouvrit le portail peint en vert et recula pour me laisser entrer en premier dans le cimetière désert.

L'église était élégante, agrémentée d'une tour ronde de chaque côté, pointant vers le ciel, ce qui la faisait beaucoup ressembler aux vieilles photos que j'avais vues de la façade victorienne de Slains. Tout autour du bâtiment, les pierres tombales s'étendaient en rangées ordonnées, bien que certaines soient vieilles et érodées, pleines de lichen blanc, et d'autres penchées. Quelques-unes étaient complètement tombées avec le temps et avaient été retirées et appuyées contre le mur du cimetière.

Le cadre était familier, pourtant quelque chose n'allait pas.

Derrière moi, Graham expliqua: «Toute cette église a été construite à partir du grand rocher d'Ardendraught, ce qui te donne une idée de sa taille à l'origine.»

Cela expliquait aussi pourquoi je ne l'avais pas reconnue, pensai-je. Le rocher se trouvait toujours sur la colline surplombant la côte lorsque Sophia et Moray s'y promenaient autrefois. Il n'avait pas encore été dépecé par les marteaux des tailleurs de pierres.

«En quelle année l'église a-t-elle été construite? demandai-je.

— En 1776. Il y en avait déjà une dans le coin avant, mais personne ne sait où exactement.»

J'aurais pu le lui dire. J'aurais pu retracer les contours de ses murs au-dessous de celle-là. Toutefois je gardai mes pensées pour moi tandis que Graham me faisait faire la visite des lieux. Je ne saisis pas tout car je rêvassais par intermittence, mais quelques éléments retinrent mon attention. Notamment une plaque de marbre qui avait été envoyée par voie maritime pour marquer la tombe d'un prince danois, mort au onzième siècle lors de la bataille qui avait donné son nom à Cruden Bay.

«Cruden signifie "le massacre des Danois", m'informa Graham. Le ruisseau de Cruden coule près du champ de bataille.»

Je regardai dans la même direction que lui, vers le cours d'eau tranquille qui passait sous le pont où nous avions garé la voiture – un petit pont sans prétention qui frappa davantage ma mémoire vu sous cet angle.

Curieuse, je demandai : « Est-ce un pont ancien ?

— Oui. Le Pont de l'évêque. Il devait déjà exister à l'époque de ton livre. Est-ce que tu veux aller le voir de plus près ? »

J'acquiesçai, alors nous quittâmes le cimetière paisible et repartîmes sur la route sinueuse qui formait un tournant serré à l'entrée du pont lui-même. Il ne mesurait pas beaucoup plus que trois mètres de large et était bordé de murets en pierre qui arrivaient à hauteur d'épaule de Graham. Au-dessous, brun de boue, le ruisseau de Cruden tourbillonnait paresseusement le long de la rive couverte de roseaux, sous l'œil des arbres nus.

Graham s'arrêta au milieu du pont et se pencha par-dessus bord, comme un écolier. « Son nom de Pont de l'évêque lui vient de Mgr Drummond qui l'avait fait bâtir, bien qu'il n'ait été achevé qu'en 1697, deux ans après la mort de l'évêque en question. Celui-ci a d'ailleurs passé la fin de sa vie à Slains », m'informa-t-il.

Toutefois ces événements étaient antérieurs à la période qui m'intéressait. Mgr Drummond était mort plus de dix ans avant l'arrivée de Sophia. De plus, son nom ne me disait rien du tout. Néanmoins, un autre nom surgit dans mon esprit, accompagné de l'image floue d'un homme au visage bienveillant et aux yeux fatigués.

« Y avait-il aussi un évêque du nom de Dunbar ? » demandai-je. En prononçant ce nom, je savais que j'avais raison. Je le savais avant que Graham ne réponde : « William Dunbar, oui. C'est lui qui célébrait à Cruden en 1708. » Il me lança un regard qui semblait saluer la précision de mes recherches. « D'après tous les récits de l'époque, il était très apprécié. Lorsque l'Église le força à quitter la paroisse, cela causa une certaine agitation.

— Pourquoi voulait-on le faire partir ?

— Il était épiscopalien, comme Drummond avant lui et comme tes Erroll à Slains. Si on se penche à ce niveau-ci, d'ailleurs, on peut encore voir ce qu'il reste du blason du comte d'Erroll, gravé sur le côté du pont. Tu vois ce carré ? »

Je me penchai autant que j'osais, tandis que Graham me maintenait l'épaule, et j'aperçus le carré dont il parlait, bien que la gravure soit si usée à l'intérieur que je ne pouvais pas en distinguer les détails. J'étais sur le point d'émettre à cette réflexion lorsque le mouvement de l'eau au-dessous de moi réveilla le souvenir soudain d'un autre ruisseau, d'un autre pont, et de quelque chose qui s'y était produit...

Au diable l'évêque, déclara Moray d'une voix calme, et j'essayai de saisir le reste de son propos, mais Graham m'attira alors en arrière. Quand je me fus redressée, il me demanda : « Tu t'intéresses à ça aussi dans ton livre ? Les divisions religieuses ? »

Je mis un moment à rassembler mes esprits, mais ma voix semblait normale lorsque je répondis : « J'en parle, oui. Il le faut bien.

— Quand ils arrivent à mes cours, la plupart de mes étudiants ne se rendent pas compte de l'ampleur de cette problématique. De tous les combats qui eurent lieu parce que quelqu'un ne lisait pas le bon livre de prières. Si nous avions vécu à l'époque, et que tu avais été presbytérienne et moi épiscopalien, nous n'aurions pas pu traverser ensemble ce pont. »

Je n'en étais pas si sûre. Malgré la peur de l'enfer et de la damnation, j'aurais parié que la Carolyn du dix-huitième siècle aurait eu le même faible que moi pour les yeux gris de Graham.

La pierre dure du pont avait transmis sa froideur à mes doigts, alors je les serrai contre ma poitrine pour les réchauffer. « Il se trouve que c'est mon cas.

— Quoi donc ?

— Je suis presbytérienne. »

Il sourit. « Ici on l'appelle l'Église d'Écosse. Et c'est mon cas aussi.

— Alors nous pouvons rester sur le même pont.

— Oui. Tu as froid ?

— Pas vraiment, juste mes mains.

— Tu aurais dû le dire plus tôt. Tiens, mets ça. » Il retira ses gants pour me les donner.

Je les regardai, me remémorant le geste similaire de Moray dans mon livre, la première fois qu'il était allé se promener avec Sophia. Et, en les enfilant, j'eus la même sensation qu'elle : ils étaient chauds, bien trop grands et rudes sur mes doigts, mais les porter me procurait un certain plaisir coupable, comme si les mains de Graham enveloppaient les miennes.

« C'est mieux ? » interrogea-t-il.

J'acquiesçai en silence, frappée une fois de plus par tous les petits recoupements entre le monde que j'avais créé et le monde réel.

« Tu m'as l'air à moitié gelée. Ça te dirait d'aller prendre une tasse de café ? »

Mes pensées étaient encore avec Sophia, et Moray – au moment où elle avait su qu'elle se trouvait à une sorte de carrefour et que sa réponse pourrait changer le cours des événements. J'aurais pu simplement dire oui, et nous aurions trouvé un endroit où nous arrêter sur notre chemin de retour vers Cruden Bay. Néanmoins, comme Sophia, je décidai que le moment était venu de choisir l'inconnu.

Alors je lui répondis : « J'ai du café à la maison. Je pourrais t'en faire.

— D'accord. » Il s'écarta du bord du pont, me tendit la main et sourit quand je la pris. Et nous nous éloignâmes de la petite église qui était autrefois le grand rocher gris d'Ardendraught au-dessus de la côte venteuse, à l'ombre duquel d'autres amants, pas si différents de nous, se promenaient ensemble trois siècles plus tôt.

IX

Il l'attendait sur la plage.

Il s'était étendu de tout son long sur le sable, les bottes croisées et les bras repliés sous la tête, et quand elle eut contourné la dune herbeuse, elle faillit lui rentrer dedans.

« Mon Dieu ! s'exclama-t-elle, avant de rire et de le laisser l'attirer près de lui.

— Vous êtes en retard, fit-il remarquer paresseusement.

— La comtesse voulait que je lui donne mon avis sur un nouveau pamphlet qu'elle a dernièrement fini de lire, au sujet de l'Union. »

Moray fit une grimace. « C'est une femme assez exceptionnelle, madame la comtesse. »

Sophia était d'accord. Elle n'avait jamais connu de dame aussi intelligente et intrépide que la comtesse d'Erroll. « Je n'aime pas lui mentir. »

Il roula la tête sur ses bras pour la regarder. « Nous n'avons pas tellement le choix.

— Je sais bien. » Elle baissa les yeux, tamisant le sable chaud entre ses doigts.

« Elle ne pense qu'à votre bonheur, reprit-il, et pour elle un soldat hors la loi obligé de retourner bientôt en France, et sur le champ de bataille, est loin d'être un parti aussi convenable que… eh bien que, disons, le chef de notre marine écossaise.

— Marine britannique maintenant, lui rappela-t-elle distraitement, n'aimant pas l'imaginer à la guerre. Et bien qu'elle préfère le capitaine Gordon, ce n'est pas mon cas. »

Il sourit en reposant la tête en arrière, les yeux fermés. «Et je suis content de vous l'entendre dire. Il me serait douloureux de découvrir que je me suis donné tant de mal pour une fille pour rien.»

Elle lui caressa le torse d'une main taquine. «Je vous donne tant de mal que cela alors?

— Plus que vous ne pouvez l'imaginer.» Il la taquinait, mais lorsque ses yeux se rouvrirent et croisèrent ceux de Sophia, elle vit la tendresse qui s'en dégageait et sut ce qu'il allait faire dès qu'il tendit la main pour la glisser dans ses cheveux et l'attirer vers lui. Son baiser avait encore le pouvoir de lui couper le souffle, bien qu'elle y fût habituée et sût à présent le rendre.

Quand ce doux instant prit fin, Moray passa son bras sous le dos de Sophia pour la maintenir contre lui, et elle posa la joue contre l'élégant motif tissé de sa chemise afin d'écouter son cœur battre à son oreille. Dans le ciel, une mouette planait, donnant l'impression que ses ailes déployées ne bougeaient pas du tout. Son ombre solitaire fendait le sable près d'eux.

Le temps qu'ils passaient ensemble n'était fait que d'instants volés, Sophia le savait. Cela ne pouvait pas durer. Elle aurait préféré ne pas y penser, mais comme il avait soulevé la question, elle lui demanda: «Allez-vous repartir bientôt, à votre avis?»

Il haussa légèrement l'épaule. «Si l'on en croit sa dernière lettre, Hooke doit déjà être en route pour Slains, et le capitaine de Ligondez de notre frégate française a reçu l'instruction de se tenir éloigné de la côte pendant trois semaines avant de revenir, ce qui signifie qu'il peut lui aussi arriver d'un jour à l'autre.

— Et alors vous repartirez.»

Il ne répondit pas. Il la serra plus fort et Sophia, sans rien dire, ferma les yeux et essaya de retenir ce moment. Elle avait l'habitude de perdre ceux qu'elle aimait, se dit-elle. Elle savait qu'après le départ de Moray le soleil continuerait de se lever et de se coucher, et qu'elle-même se réveillerait, vivrait et dormirait selon le rythme de cet astre. Toutefois, cette perte, bien qu'annoncée, suscitait une tristesse différente, plus profonde.

Il remua sous elle. « Qu'est-ce que c'est ?

— Quoi donc ?

— Ceci. » Sa main passa sur la gorge de Sophia, puis plus bas, jusqu'à sentir le petit objet dur qui appuyait sur le tissu de sa robe. Ses doigts trouvèrent le cordon noué autour de son cou et glissèrent au-dessous pour sortir le collier artisanal. Elle avait levé la tête pour le regarder faire et vit son changement d'expression tandis qu'il examinait le petit caillou, noir et brillant. Elle avait trouvé un fil de cuir pour l'attacher et le portait sous son corsage, là où personne ne pourrait le voir.

Il semblait sur le point de dire quelque chose puis, réflexion faite, se contenta de lui demander sur un ton léger : « Cela fonctionne-t-il ?

— Peut-être bien », lui répondit Sophia en levant la main pour preuve. Cet après-midi est la première fois que je ne me suis pas piquée de toutes parts en travaillant sur mon ouvrage. »

Il lui saisit les doigts et les retourna comme pour les examiner, puis il plaqua sa propre main contre la sienne. Elle sentait la pression fraîche de la bague qu'il portait toujours à l'auriculaire de sa main droite – un lourd carré d'argent avec une pierre rouge au centre, sur un anneau d'argent large et simple. Elle avait appartenu à son père, lui avait-il dit un jour – un petit morceau de sa famille qu'il pouvait emporter avec lui en terre étrangère.

Elle aurait voulu avoir un moyen de lire dans ses pensées tandis que ses yeux gris fixaient si gravement leurs mains jointes. La lumière changeait tout autour d'eux pour laisser place à celle du soir, ils n'avaient plus beaucoup de temps avant de devoir rentrer pour le souper.

Il finit par lui demander : «Quand je serai reparti, que ferez-vous ? »

Elle tenta de répondre avec légèreté. «Je me jetterai dans les bras de Rory. »

La poitrine de Moray remuait de rire, mais il tourna son visage vers le sien. «Je suis sérieux. La comtesse voudra vous voir mariée, pour votre bien. Prendrez-vous un époux ?

— John…

— Le ferez-vous ? »

Elle le poussa d'un geste soudain, se libérant de lui pour pouvoir se redresser et s'asseoir dos à lui, l'empêchant de voir son visage. «Comment pouvez-vous me demander une telle chose ?

— Je crois que j'en ai le droit.» Sa voix était calme et la fit espérer que lui aussi envisageât avec regret la perspective de son départ.

La tête baissée, elle répondit : «Non. Quand vous serez parti, je n'épouserai personne d'autre.

— Pourquoi ? » Sa question était directe et Sophia savait qu'il ne changerait pas de sujet avant d'avoir obtenu une réponse sincère.

Ayant repris du sable dans sa main, elle le regardait s'échapper de sa paume, refusant d'être enfermé. «Parce que, répondit-elle, ma sœur m'a fait promettre que je ne donnerais jamais ma main à moins de donner aussi mon cœur. Et c'est vous qui l'avez.» Elle écarta les doigts, libérant le reste du sable et Moray, s'appuyant sur un coude, reprit la main de Sophia.

«Vous m'offrez plus que je ne le mérite, dit-il.

— Vous avez une mauvaise opinion de vous-même.

— Non, simplement réaliste.» Le regard toujours grave, il contempla leurs mains liées, puis se leva d'un bond et l'aida à en faire de même. «Venez. »

Elle voyait leurs ombres s'étirer de toute leur longueur sur le sable vers la mer et comprit que le soleil descendait encore plus bas à l'ouest, au-dessus de la ligne de collines lointaines. Il décorait d'or le ciel et les nuages, et l'éblouit dans un éclat de rayons mouvants lorsque Moray l'orienta vers lui, plaça sa main sur son bras et la reconduisit sur la plage.

Il ne l'emmena pas sur le chemin principal qui traversait le bois aux corbeaux, mais le long de la rive elle-même, avant de lui faire gravir la colline qui les séparait de Slains. De là, elle voyait le château au loin, ainsi que les jardins qui couraient rejoindre le pigeonnier courageusement agrippé au bord du ruisseau, entre les herbes et le jonc marin. Puis le sentier repartait vers le bas. Il les conduisit au pied du ruisseau et de son paisible bosquet de frênes, de châtaigniers et de sycomores, qui absorbait tout bruit à l'exception de leurs pas, du roucoulement des colombes des bois et du gargouillis de l'eau filant rejoindre la mer.

Alors qu'ils s'approchaient du petit pont surplombant le cours d'eau, Moray lui demanda, sans crier gare : « M'aimez-vous ? »

Elle s'arrêta de marcher. Il était fou, pensait-elle, complètement fou de poser une telle question là, dehors, mais en croisant son regard elle perdit la volonté de le lui dire. « Vous savez bien que oui.

— Alors, puisque je possède déjà votre cœur, permettez-moi d'avoir votre main. »

Elle le fixa et se dit qu'elle avait dû mal entendre.

« Sophia. » Avec une grande délicatesse, il rangea une mèche de ses cheveux derrière son oreille, comme s'il souhaitait mieux voir son visage. « Je vous demande si vous voulez m'épouser. »

Une femme saine d'esprit aurait la sagesse de lui dire qu'ils ne pouvaient pas se marier, que la comtesse et le comte ne le permettraient pas, que c'était un doux rêve et rien de plus… mais à cet instant, face à son reflet dans les yeux gris et déterminés plongés dans les siens, elle n'arrivait pas à se raisonner. Elle ravala le tourbillon d'émotions qui montait dans sa poitrine et répondit par un hochement de tête silencieux.

Elle n'oublierait jamais le sourire qui illumina alors les yeux de Moray. « Dans ce cas suivez-moi.

— Comment cela, *maintenant*? » Cela suffit à la libérer de l'enchantement. « Oh, John, vous savez bien que c'est impossible. L'évêque n'acceptera jamais de…

— Au diable l'évêque, l'interrompit-il sur un ton léger. Il n'a pas à se mêler de nos affaires.

— Et qui nous mariera si ce n'est pas l'évêque?

— Mon frère Robert est juriste et vous dirait qu'une promesse de mariage est aussi valable qu'un mariage à l'église. »

Elle connaissait cette tradition maritale écossaise nommée *handfast*. Elle y avait même assisté enfant, et elle se souvenait de l'explication de sa mère. Le sacrement du mariage était le seul qui pouvait se passer de prêtre car l'homme et la femme célébraient eux-mêmes et se liaient l'un à l'autre par les mots qu'ils s'échangeaient. Cette pratique n'était pas bien considérée, mais existait toujours – une tradition ancienne d'un âge révolu où les prêtres n'étaient pas si nombreux, surtout dans les endroits isolés et où l'union d'un homme et d'une femme était plus simple.

« Sophia. » Il lui tendit la main en disant : « Voulez-vous venir avec moi?

— Où cela?

— Le meilleur endroit est au-dessus de l'eau. »

Il s'arrêta au milieu du pont et la fit tourner pour qu'elle fût face à lui, tandis que, sous leurs pieds, l'eau dorée par le soleil glissait dans l'ombre de l'arche de bois et poursuivait sa route vers la mer sans leur prêter attention.

Ils étaient seuls. Il prit ses deux mains dans les siennes.

« Je vous prends pour épouse, déclara-t-il d'une voix douce. À présent, Sophia, dites-moi que vous souhaitez me prendre pour époux.

— Est-ce tout ?

— C'est tout. »

Elle leva les yeux vers lui. « Je vous prends pour époux. » Ensuite, parce que cela lui semblait inachevé d'une certaine manière, elle invoqua le nom du Père, du Fils et du Saint-Esprit.

« Je pensais que vous n'étiez pas croyante.

— Cela ne peut pas faire de mal de Lui demander Sa bénédiction.

— En effet. » Il serra brièvement les doigts de sa jeune épouse, comme s'il comprenait son besoin de rendre solennel, par tous les moyens, ce petit morceau de bonheur.

Sophia le regarda. « Alors nous sommes mariés ?

— Oui, nous le sommes. » Elle entendit la fierté, et une pointe de défi, dans ses mots. « Et vous pourrez dire cela à la comtesse quand elle essaiera de vous marier à un autre. » Son baiser fut intense, profond, et trop court. « C'est tout pour l'instant. Le reste devra attendre, sans quoi nous serons en retard à la table des Erroll. »

Alors comme cela, pensa Sophia, c'était fait. Des mains qui se touchent, quelques mots au-dessus de l'eau, un baiser, ce n'était pas grand-chose, et pourtant elle ressentait ce changement en elle avec une telle intensité qu'elle était sûre que le comte d'Erroll ou la comtesse le noteraient également. Mais la soirée s'écoula sans incident.

Au souper, Moray et Sophia s'assirent à leur place habituelle, l'un en face de l'autre, et se comportèrent comme si rien n'avait changé depuis le matin, bien que Sophia craignît que, dans son effort de ne pas fixer son mari pour ne pas trahir ses sentiments, elle se fût aventurée trop loin dans l'autre sens, lui adressant à peine un regard.

La seule personne à le remarquer fut Kirsty. Après le souper, dans le couloir, elle arrêta Sophia. « Vous êtes-vous disputés ?

— Pardon ?

— M. Moray et vous. Vous êtes restée silencieuse toute la durée du repas. Vous a-t-il contrariée, d'une façon ou d'une autre ?

— Oh non. Il n'a rien fait pour me contrarier. »

Peu convaincue, Kirsty observa attentivement le visage rougissant de Sophia. « Que se passe-t-il alors ? »

Sophia avait terriblement envie de le lui dire, de partager un peu de son bonheur avec Kirsty, mais sa peur de mettre Moray en danger lui liait la langue. Elle forma un sourire fatigué et invoqua son excuse habituelle : « J'ai juste très mal à la tête.

— Et ça ne m'étonne pas, à force de vous promener par tous les temps. Vous allez finir par attraper une méchante fièvre, la réprimanda Kirsty. Peu importe ce qu'en disent les poètes, il n'y a rien de romantique à mourir pour un homme. »

Sophia releva la tête. « Que savez-vous de mes promenades avec M. Moray ?

— C'est Rory le coupable. Il voit des choses parfois, même s'il n'en parle à personne à part moi, et très rarement. »

Parcourant le couloir des yeux pour s'assurer qu'elles étaient seules, Sophia demanda : « Et que vous a dit Rory ?

— Que M. Moray et vous étiez ce soir sur le pont près de la clairière, que vous vous teniez les mains et que vous discutiez d'un air grave. Voilà pourquoi je pensais que vous vous étiez ensuite querellés, car ce soir vous ne donniez pas l'impression d'avoir... » Elle s'interrompit, comme si elle venait d'avoir une révélation et, tandis qu'elle ouvrait de grands yeux, Sophia l'implora : « Kirsty, vous devez me promettre que vous ne révélerez jamais à personne ce que vous venez de dire. À personne.

— Vous l'avez épousé ! » Elle prononça ces mots dans un murmure à moitié ravi, à moitié accusateur. « Vous vous êtes fait la promesse de mariage !

— Oh Kirsty, je vous en prie.

— Je n'en parlerai à personne. Rory non plus. N'ayez crainte. Mais Sophia, chuchota-t-elle encore, qu'allez-vous faire ? »

Sophia n'en savait rien. Sur le pont, elle avait été prise au dépourvu et n'avait eu que très peu de temps pour envisager l'avenir.

Kirsty la regardait avec compassion, avec une pointe d'envie aussi. Soudain, souriant de toutes ses dents, elle lui prit la main. « Venez maintenant, j'ai quelque chose à vous offrir en cadeau de mariage.

— Kirsty…

— Venez, monsieur le comte et madame la comtesse retiennent votre M. Moray au petit salon. Personne ne vous cherchera. Et puis, de toute façon, vous avez très mal à la tête, rappela-t-elle à Sophia, non ? »

Les chambres des domestiques étaient situées à l'extrémité du château. La fenêtre de Kirsty donnait sur les écuries où, tous les soirs, elle voyait Rory soigner les chevaux et nettoyer les compartiments. Au-dessous de la fenêtre se trouvait une boîte toute simple d'où Kirsty sortit un morceau de beau tissu blanc. Quand elle le souleva, Sophia vit qu'il s'agissait d'une chemise de nuit, délicatement brodée de feuillages pâles et de fleurs entrelacés, et bordée de dentelle au niveau du cou et des manches.

« Je l'ai faite pour vous, annonça fièrement Kirsty, mais je pensais avoir plus de temps avant que la comtesse vous organise un mariage. Je ne savais pas que vous vous en arrangeriez un vous-même. »

Le tissu aux motifs floraux glissait comme de la soie entre les doigts de Sophia. « Kirsty, c'est magnifique, dit-elle, si touchée qu'elle sentait des larmes se former dans ses yeux. Quand donc avez-vous trouvé le temps, avec toutes vos tâches ?

— Eh bien, en fait, cela m'aide à me détendre le soir, répondit Kirsty gênée par cet éloge. J'en ai cousu une pour ma sœur quand elle s'est mariée, et vous êtes comme une deuxième sœur pour moi depuis votre arrivée, alors cela me semblait normal que vous en ayez une vous aussi. Je pense que vous ne pourrez pas la porter à Slains, mais une fois en France... » Elle marqua alors une pause, remarquant que Sophia avait baissé les yeux. « Il vous emmènera en France avec lui quand il repartira, n'est-ce pas ? »

Sophia repensa à ses mots sur le pont quand elle lui avait demandé s'ils étaient vraiment mariés : *Vous pourrez dire cela à la comtesse quand elle essaiera de vous marier à un autre.* Les yeux toujours baissés, elle dit à Kirsty : « Non. Il n'a pas l'intention de m'emmener avec lui.

— Mais pourquoi ? »

Elle ne le savait pas. Elle savait simplement que Moray ne prenait aucune décision à la légère, sans raison fondée. Elle releva la tête, s'efforçant de sourire. « Cela suffit qu'il m'ait prise pour épouse. »

Une phrase belle et courageuse, pensa-t-elle, mais qui ne lui remonta pas le moral, ni quand elle la prononça ni une heure plus tard, lorsque, seule et mélancolique dans sa chambre, elle l'invoqua à nouveau dans son esprit.

Le vent avait tourné et provenait à présent de la mer, refroidissant l'air si nettement que, bien que juin fût arrivé, les feux avaient été allumés. Elle quitta sa robe en frissonnant et s'approcha de la chaleur du petit âtre de la pièce. Là, elle laissa la jolie chemise de nuit glisser comme du satin le long de ses bras, de ses épaules, jusqu'à ce que l'ourlet lui caressât les pieds. Elle se plaça face au miroir et fixa son reflet, ne se voyant pas elle-même mais une jeune mariée incertaine, aux cheveux clairs et ondulés, aux yeux brillants et aux joues qui semblaient si rouges qu'elle leva les mains pour les couvrir.

Une voix s'éleva dans l'ombre. « Mon Dieu, s'exclama Moray, que vous êtes belle. »

Sophia laissa retomber ses mains et fit volte-face. Elle ne le distinguait pas clairement, juste sa silhouette, enfoncée dans l'obscurité du coin de sa chambre. Il était debout, dos au mur, au-delà de la lueur du feu de cheminée.

Sa voix calme n'aurait pas traversé les murs, elle le savait, et elle prit soin de garder la sienne aussi basse. «Depuis combien de temps êtes-vous ici?

— Ne soyez pas nerveuse. Ce n'est pas un crime de contempler sa femme se préparer pour se coucher.»

Son visage dut rougir encore davantage au cours du silence qui suivit, tandis qu'elle sentait les yeux de Moray posés sur elle.

«D'où vient ce vêtement?» demanda-t-il d'une voix lente et admirative.

Lissant des deux mains les doux plis de la chemise de nuit, elle répondit: «C'est un cadeau de mariage, de la part de Kirsty.

— Alors comme cela vous le lui avez dit.» Sa voix dégageait une légère surprise.

«Elle était déjà au courant. Rory nous a vus sur le petit pont.

— Eh bien, je ne doute pas qu'ils garderont le secret. Et ce sera bien pour vous de pouvoir vous confier à Kirsty.» *Quand je serai reparti.* Il ne prononça pas ces derniers mots, pourtant ils avaient sonné aussi clairement dans l'air que s'il les avait dits tout haut.

Sophia s'enveloppa de ses bras comme si elle ressentait un frisson soudain. «Ne voulez-vous pas venir dans la lumière? Je ne vous vois pas. C'est comme parler avec un fantôme.»

Elle entendit le léger souffle rieur lui indiquant qu'il souriait, mais il ne quitta pas son emplacement contre le mur. «Il y a deux ans, dit-il, quand le colonel Hooke est venu pour la première fois en Écosse pour négocier, il a tenu une réunion secrète avec le duc d'Hamilton à Holyroodhouse. Une entrevue audacieuse et dangereuse pour tous les deux si elle venait à être découverte. Hooke m'a raconté que la pièce où ils se sont entretenus était maintenue dans l'obscurité, par ordre du duc, ainsi, au cas où on lui demanderait plus tard s'il avait vu Hooke, il pourrait répondre en toute honnêteté par la négative.

— Et vous voulez donc que nous fassions de même ? lui demanda-t-elle amusée. Pour que je puisse dire sans troubler ma conscience que je ne vous ai jamais vu dans ma chambre si la comtesse m'interroge ?

— J'y pensais, simplement. » Son ton était jovial. « Vous n'êtes pas très douée pour le mensonge jeune fille.

— Je n'aurai pas besoin de mentir. Et vous m'avez déjà donné la permission de dire à la comtesse que nous étions mari et femme.

— Oui, en effet, mais uniquement si elle veut vous placer devant l'autel avec un autre homme. D'ici là, mieux vaut garder cela secret. » Elle l'entendit se mouvoir, et il entra alors dans la lumière, un sourire aux lèvres. « La nuit nous appartient. »

Alors elle ferma les yeux, bien qu'elle n'en eût pas l'intention, et se mit à trembler tandis qu'il s'approchait d'elle, ses mains puissantes devenant douces dans ses cheveux, sur son visage levé vers lui, sur ses épaules. Arrivées là, elles s'arrêtèrent puis se faufilèrent sous le col ourlé de dentelle. Moray pencha la tête, appuyant l'angle de sa mâchoire contre la joue de Sophia, sa bouche contre son oreille. Elle sentait son souffle chaud agiter ses cheveux. « Pourquoi tremblez-vous ? Avez-vous peur ? »

Afin d'éviter que sa voix ne la trahît, elle secoua simplement la tête.

« Je ne veux pas vous effrayer.

— Je ne vous crains pas, John. Je vous aime. »

Alors la bouche souriante de Moray lui parcourut la joue et, de nouveau, ses mains quittèrent ses épaules pour se glisser sous la chemise de nuit, et le tissu soyeux tomba à terre dans un murmure. Au moment où il la souleva, ses lèvres pressèrent les siennes avec une telle force que le monde derrière les yeux fermés de Sophia se mit à tourner, ne lui semblant plus noir mais rempli de lueurs d'émerveillement.

Contre ses lèvres, il souffla : « Et moi je vous aime encore plus. »

Les mots étaient désormais superflus.

Elle se réveilla pour entendre le rugissement de la mer en contrebas de ses fenêtres et le vent qui frappait les murs jusqu'à ce que l'air de la chambre, devenu glacial, vînt lui mordre la peau. Le feu faiblissait dans l'âtre, de petites langues d'une flamme mourante qui projetaient sans enthousiasme des ombres sur le plancher et procuraient tout juste assez de lumière pour s'orienter.

Elle frissonna au coup de tonnerre de l'orage qui sévissait, et s'apprêtait à se lever pour s'occuper du feu, mais Moray l'arrêta.

« Laissez, murmura-t-il dans son cou. Nous aurons assez chaud. » Alors son bras l'entoura, robuste et rassurant, et l'attira fermement vers l'abri de sa poitrine. Apaisée, elle tourna son visage contre l'oreiller et se rendormit.

Chapitre 14

Je caressai le morceau de papier sur lequel j'avais griffonné ces quelques lignes après le rêve que j'avais fait lors de ma dernière nuit en France. Cela me semblait remonter à une éternité et, en même temps, j'avais l'impression que c'était la veille.

Je m'étais demandé où cet épisode se placerait et je connaissais à présent la réponse.

Je savais, aussi, pourquoi cette nuit avait laissé un souvenir si fort qu'il avait voyagé à travers les siècles pour venir hanter mes rêves.

« Bonjour. » La voix de Graham était encore un peu endormie. Il portait son jean, ainsi qu'une chemise, mais celle-ci était ouverte et il avait les pieds et le torse nus. « Est-ce que tu as vu Angus ?

— Il s'est levé avec moi et je l'ai sorti. Il est en pleine forme. » L'épagneul, couché sous ma table de travail, ouvrit les deux yeux sans bouger de sa position douillette, puis replongea dans ses joyeuses rêveries.

« Tu aurais dû me réveiller moi aussi, fit Graham.

— J'ai pensé qu'un peu de repos ne te ferait pas de mal.

— Ah oui ? » Il éclata de rire et ses yeux gris croisèrent les miens, me faisant rougir. « Après mon effort physique

COMME LA MER EN HIVER

de la nuit dernière, c'est ça? Je ne suis pas si vieux que ça tu sais.» Et il me rejoignit pour me le prouver. Il appuya ses deux mains sur les accoudoirs de mon fauteuil et se pencha pour un baiser qui, une fois encore, me coupa le souffle. Et il le savait. Il s'écarta et sourit, rayonnant et décoiffé comme un petit garçon.

Graham se dirigea vers la cuisine. Les tasses que j'avais sorties la veille étaient encore intactes sur le comptoir, près de la bouilloire pleine. Nous n'avions finalement jamais bu de café. Cinq minutes après être rentrée à la maison, je me trouvais là où il se tenait à présent, dos au salon, à jacasser nerveusement comme une idiote, et tout à coup il s'était retrouvé derrière moi, ses bras m'enlaçant pour me retourner vers lui, et ensuite il m'avait embrassée. Et la suite avait été inoubliable. Je n'aurais pas été surprise du tout que le souvenir de ce que je venais de partager avec Graham me survive avec autant de force que les souvenirs de Sophia de sa nuit avec Moray.

Je contemplais son dos et sa façon de se mouvoir, lorsqu'il me demanda: «Est-ce que tu as beaucoup écrit?

— Oui. J'ai fini la scène.

— Est-ce que j'en fais partie?»

Je savais qu'il me posait cette question pour plaisanter, mais je lui répondis en toute franchise. «D'une certaine manière.»

Graham se tourna à moitié pour me regarder, un sourcil levé. «Ah oui? Et qui suis-je, alors?

— Disons que ce n'est pas toi, pas tout à fait, mais il te ressemble beaucoup.

— Qui ça?

— John Moray.

— Moray.» Il parut fouiller dans ses archives mentales. «C'était un soldat du régiment de Lee, en France. Il fut envoyé ici avec Hooke pour préparer les aristocrates écossais au retour du roi.

— Un soldat. » Graham sourit jusqu'aux oreilles et se remit à préparer le café. « Je ne m'en plaindrai pas.

— Il se trouve qu'il était officier. Lieutenant-colonel.

— Encore mieux.

— Son grand frère était le Lord d'Abercairney.

— Ah, ces Moray-là, fit Graham en hochant la tête. Originaires de Strathearn. Je ne sais pas grand-chose de leur famille, si ce n'est que l'un des lords suivants, James Moray, a été empêché de combattre à Culloden – un de ses serviteurs lui avait ébouillanté les pieds pour qu'il ne puisse pas prendre les armes aux côtés du prince « Bonnie » Charles –, mais en 1708 ce ne devait être qu'un bébé.

Je me demandai en silence si ce lord en question n'était pas ce « petit garçon d'un peu moins de dix-huit mois » dont avait parlé Moray le jour de sa première promenade avec Sophia.

« Il va falloir que je me renseigne sur cette famille, déclara Graham, pour voir à quel genre de personnage tu prêtes mes traits. John Moray, tu dis ?

— C'est ça.

— Et quel rôle joue-t-il dans ton livre ?

— Disons que… c'est en quelque sorte le héros. »

La bouilloire s'agitait, mais Graham l'ignora. Il se tourna de nouveau, les yeux pétillants. « Ah oui ? Je croyais que tu écrivais ton roman autour de Nathaniel Hooke.

— Hooke n'était pas beaucoup là. Il déambulait dans le pays, pour rencontrer les nobles. Moray, lui, est resté à Slains tout le mois de mai, et une partie du mois de juin.

— Je vois. » La bouilloire s'éteignit, dans un clic maussade, comme si elle pressentait qu'une fois de plus nous ne voudrions finalement pas de son eau chaude. Graham se tourna un peu plus pour se retrouver face à moi, s'appuyant contre le comptoir, les bras nonchalamment croisés sur sa chemise déboutonnée. « Et qu'est-ce qu'il fabriquait, ton John Moray, pendant son séjour à Slains ?

— Oh, des choses et d'autres. » Cette fois-ci je ne rougis pas, malgré son regard entendu.

« Y avait-il une femme dans tout ça ?

— Ça se pourrait.

— Dans ce cas… » Ses intentions étaient claires avant même qu'il ne s'écarte du comptoir, mais cela ne m'empêcha pas de rire quand il me souleva, aussi facilement que si j'avais été une plume, pour me serrer contre son torse chaud.

« Graham ! »

Son étreinte se renforça. « Il n'y a pas de *Graham* qui tienne, tu m'as dit que tu aimais que tes romans soient précis. » Il se dirigea vers la chambre. « Et mon père a bien dit, ajouta-t-il dans un sourire malicieux, que je devais t'aider de mon mieux dans tes recherches. »

Le téléphone sonnait.

À peine consciente, je roulai sur le lit, mon corps alourdi par l'enchevêtrement des draps et des couvertures. Je distinguai une empreinte sur l'oreiller où la tête de Graham avait reposé tout près de la mienne. Mais il était parti.

Je me souvenais vaguement de son départ. De lui m'embrassant et me rebordant, mais j'étais incapable de me rappeler ce qu'il avait dit. Et à présent je n'avais aucune idée de l'heure qu'il était, ni même du jour de la semaine. Il faisait presque nuit.

Le téléphone continuait de sonner dans la pièce principale, alors je me levai pour aller y répondre.

« Oh parfait. Tu es là, me dit mon père. J'ai essayé de t'appeler plus tôt mais tu n'étais pas chez toi. Où étais-tu ? »

J'étais contente qu'il ne soit pas dans la pièce pour voir ma tête quand je répondis : « Oh, j'étais juste allée faire un tour.

— Encore pour tes recherches ? »

C'était une bonne chose, là encore, qu'il ne puisse pas voir ma tête. « On peut dire ça comme ça.

— Bon, chérie, il est temps que nous ayons une petite discussion toi et moi. J'ai eu Ross McClelland au téléphone.

— Ah oui ? fis-je en me préparant pour les questions à venir.

— Il a trouvé des informations sur l'enterrement d'Anna Mary Paterson, en août 1706. À proximité de Kirkcudbright. Dans la campagne.

— Oh.

— Donc bon, je crois qu'il est temps que tu me dises où tu trouves tout ça.

— Je ne peux pas. »

Cela le déconcerta. « Et pourquoi ?

— Parce que tu vas me prendre pour une folle.

— Chérie. » J'entendais son ton sarcastique à l'autre bout du fil. « Tu te rappelles la première fois que tu as été publiée, quand je t'ai demandé d'où tu tirais tes histoires et que tu m'as répondu que tu entendais simplement les voix parler dans ta tête et qu'il te suffisait alors de noter ce qu'elles disaient ? »

Je m'en souvenais en effet.

« Eh bien, poursuivit-il, si je ne t'ai pas envoyée à l'asile à ce moment-là, qu'est-ce qui te fait croire que je…

— Cette fois c'est différent.

— Essaie donc.

— Papa, tu es ingénieur.

— Et qu'est-ce que ça veut dire ? Que je n'ai aucune ouverture d'esprit ?

— Ça signifie que tu ne crois pas à ce qui ne peut pas être prouvé.

— Essaie donc », répéta-t-il d'une voix patiente.

J'inspirai profondément et me lançai. Pour l'essentiel, j'injectai les informations que le Dr Weir avait recueillies pour moi, dans l'espoir que cela rendrait mon explication plus scientifique, mais le fond restait le même : « Et donc il semble que j'aie hérité de ses souvenirs, et que le fait que je sois ici à Slains les ait en quelque sorte fait remonter à la surface. »

Il y eut un silence. Puis il me dit: «Intéressant.

— Tu vois? Tu crois que je suis folle.

— J'ai dit ça?

— Tu n'as pas besoin de le dire. Je me souviens de ta réaction quand tante Ellen a annoncé qu'elle avait vu un fantôme.

— Un fantôme, c'est une chose. Là il s'agit d'ADN. Et tout est possible avec l'ADN. Sais-tu qu'on l'utilise maintenant, en généalogie, pour retracer certaines lignées? Si Ross McClelland et moi faisions analyser notre sang, les mêmes marqueurs apparaîtraient sur notre ADN, parce que nous descendons tous les deux du même homme.

— Du père de David John McClelland, dis-je en fronçant les sourcils.

— Tout à fait. Hugh. Il a eu deux fils, David John et William, mais il est mort quand ils étaient jeunes et les deux garçons se sont retrouvés en Irlande du Nord. J'imagine qu'ils ont été envoyés là-bas pour être élevés par leurs parents les plus proches. À cette époque, les presbytériens écossais s'étaient déjà installés en Ulster, mais ils aimaient toujours renvoyer leurs fils en Écosse pour trouver une épouse, et c'est sans doute la raison pour laquelle nos McClelland sont revenus à Kirkcudbright. William a trouvé sa femme et n'est jamais reparti pour l'Irlande. Et David a trouvé Sophia.»

Je ne répondis pas immédiatement – je ne voulais pas devoir me rappeler que Sophia n'avait pas fini avec Moray. Je m'étais tellement laissée emporter par leur histoire d'amour que je n'aimais pas imaginer d'autre issue pour eux qu'une fin heureuse.

«C'est dommage, reprit mon père en plaisantant à moitié, que tu n'aies pas plutôt hérité des souvenirs de David. J'adorerais découvrir des éléments sur ses années en Irlande, avant son mariage. La bible familiale ne commence qu'à ce moment-là.

— Tu ne me crois pas, n'est-ce pas ?

— Chérie, que je te croie ou non, ça ne change rien. Je n'ai moi-même aucune explication à te proposer, sur la façon dont tous ces noms et ces dates te sont venus à l'esprit, sortis de nulle part, alors je suppose que ta théorie de mémoire génétique est aussi plausible qu'une autre.

— Eh bien merci.

— Enfin, j'avais espéré que tu me parlerais d'un livre que tu avais trouvé et où tu avais puisé tout ça.

— Désolée de te décevoir.

— Tu ne m'as pas déçu. Tu m'as remis sur la trace de deux générations de Paterson. Et comme je te l'ai dit, je vais garder un esprit ouvert. »

Je connaissais assez bien mon père pour savoir qu'il tiendrait cette promesse et que, si je lui transmettais d'autres « souvenirs » de la vie de Sophia, il chercherait des preuves écrites. Toutefois, je décidai de ne pas encore lui dire que le mariage de Sophia avec notre McClelland n'était peut-être pas son premier ; que trois ans plus tôt, elle s'était peut-être unie à un jeune lieutenant-colonel qui servait le roi de France.

De toute façon, mon père n'aurait rien pu trouver pour l'attester, et quelque chose dans mon for intérieur voulait que je garde le secret de Sophia, comme elle-même l'avait gardé tant d'années plus tôt.

Alors j'obéis à mon instinct, bien que j'en reconnaisse l'irrationalité. J'avais déjà écrit la scène en question et, quand le livre serait publié, plus rien ne serait secret. Mais d'ici là, je me sentais responsable envers Moray et Sophia de protéger leur moment de bonheur, de les aider à le conserver juste un peu plus longtemps… Même si je savais que, tel le sable de la plage s'échappant entre les doigts de Sophia, il ne pouvait se prolonger.

X

C'était comme attendre le coup de hache du bourreau, pensait Sophia.

Cela faisait un jour seulement que le colonel Hooke était rentré sans encombre à Slains, l'air malade et épuisé par ses longues journées de voyage à cheval pour rendre visite aux aristocrates écossais. Et ce matin-là, peu après l'aube, la frégate française de M. de Ligondez, l'*Héroïne*, était réapparue toutes voiles dehors au large de la côte, ayant strictement suivi l'instruction qui lui avait été donnée de rester trois semaines en mer.

Sophia avait le cœur lourd, comme une pierre dans sa poitrine. Elle ne pouvait pas regarder Moray, assis à sa place habituelle de l'autre côté de la table, car elle ne voulait pas qu'il vît l'ampleur de son malheur. C'était aussi bien que tous les autres fussent si absorbés dans leur conversation, ainsi ne remarquèrent-ils pas son manque d'appétit pour tous les plats délicieux préparés par Mme Grant – des huîtres, du mouton, du gibier en sauce, un tourbillon de parfums qui lui aurait d'ordinaire mis l'eau à la bouche mais qui, ce jour-là, ne parvenait pas à titiller ses sens. Poussant sa viande autour de son assiette avec sa fourchette, elle écoutait le comte d'Erroll interroger Hooke sur ses rencontres avec les autres chefs de clans.

« Presque tous, disait Hooke, ont apposé leur signature au bas d'un document dans lequel ils assurent le roi Jacques de leur loyauté et s'engagent à mettre leur épée à son service. Ils exposent également leurs besoins en termes d'armement et d'assistance afin de le protéger au mieux lors de son arrivée en Écosse. Si vous le signez en votre nom et en celui de ceux qui vous ont donné la permission de le faire, je serai heureux de le remporter avec moi à Saint-Germain et de le donner au roi en main propre. »

Le comte était appuyé contre son dossier, ses yeux attentifs en pleine réflexion. « Qui n'a pas signé ?

— Je vous demande pardon ?

— Vous avez dit que *presque tous* avaient signé. Qui a préféré ne pas apposer son nom sur ce document ?

— Ah. » Hooke fit appel à sa mémoire. « Seulement deux personnes. Le duc de Gordon et le comte de Breadalbane, bien que tous les deux m'aient assuré de leur soutien. Le duc de Gordon a dit qu'il ne pouvait pas signer en bonne conscience un document qui appelle le retour du roi Jacques en Écosse et qui, par là, le met lui-même en danger. »

Le jeune comte lança un coup d'œil à Moray et rappela à Hooke, d'une voix calme et impassible : « J'en connais beaucoup dans ce pays qui prennent un aussi grand risque pour un moindre profit. »

Hooke hocha la tête. « Et j'en suis conscient. Je ne fais que vous répéter ce que m'a dit le duc de Gordon. Je pensais bien que lui et Breadalbane ne signeraient pas, plus par précaution que par préoccupation à l'égard du roi, quelle qu'elle soit. »

Le comte haussa les épaules. « Oui, disons que Breadalbane a réussi à garder sa tête et sa santé quatre-vingts ans, et je ne doute pas qu'il soit devenu trop prudent pour associer son nom à autre chose que sa correspondance.

— Vous avez peut-être raison. » Hooke jeta un regard en direction du comte. « Dois-je en déduire que vous partagez sa nature prudente ?

— Si c'était le cas, répondit-il, vous ne seriez pas là, et il n'y aurait pas non plus de bateau français amarré en contrebas de mon château. Pensez-vous honnêtement que, depuis le temps, personne n'a soufflé notre implication à la reine Anne ? Il est certain qu'elle est au courant, ou du moins qu'elle la soupçonne, et seule ma position nous permet de garder nos terres. Et pourtant, toutes ces années, ma mère et mon père, paix à son âme, et moi à présent, avons tout risqué pour aider notre roi par tous les moyens dont nous disposions. »

C'était vrai, pensa Sophia. Sans la comtesse et son fils, le roi Jacques aurait eu beaucoup plus de mal à envoyer ses agents de part et d'autre de l'Écosse pour lever la rébellion. À Slains, ils étaient hébergés et recevaient de l'aide. La comtesse avait même fait venir, pour le confort de Hooke, un vieux prêtre catholique encore en état de dire la messe. Depuis longtemps, Sophia s'inquiétait pour Moray, craignant ce qui lui arriverait s'il était pris. Jusqu'alors, elle n'avait pas envisagé les potentielles souffrances qu'endureraient le comte et sa mère s'ils étaient rendus coupables de haute trahison. Ils devraient payer, de bien plus que de leurs terres. Être bien né n'avait jamais préservé personne de la pendaison – cela ne rendait la chute que plus douloureuse.

Le comte annonça à Hooke : « Je vais lire votre document et, si j'en approuve les termes, je le signerai, à la fois en mon nom et en celui de ceux qui m'ont accordé leur confiance. » Ce point réglé, il se remit à manger, piquant un morceau de mouton rôti de la pointe de son couteau. D'un ton désinvolte, il ajouta : « J'avoue être surpris que vous ayez réussi à convaincre le duc d'Hamilton de signer. »

Hooke ne répondit pas tout de suite. Il ne laissa paraître qu'une très légère oscillation de son aplomb, mais cela suffit à Sophia pour le remarquer. Puis ses traits retrouvèrent leur confiance habituelle. « Lorsque j'ai mentionné ces deux lords n'ayant pas signé, je parlais de ceux qui avaient refusé de s'allier à notre cause bien que je les aie rencontrés et que j'aie discuté avec eux. Le duc d'Hamilton, malheureusement, ne se sentait pas assez bien pour s'entretenir avec moi.

— Et donc il n'a pas signé ? demanda le comte.

— Non.

— Je vois. Eh bien je n'en attendais pas plus de lui », déclara le comte en souriant. Il poignarda un autre morceau de mouton. « Ma mère vous a-t-elle informé que nous avions reçu une lettre de l'ami du duc, M. Hall ? »

Hooke leva un sourcil en direction de la comtesse. « Ah vraiment ?

— Je vous prie de bien vouloir m'excuser, dit-elle, elle nous est parvenue la nuit dernière, alors que vous dormiez, et avec l'arrivée ce matin de M. de Ligondez, cela m'était sorti de la tête. En effet, M. Hall m'a écrit pour me demander une faveur, à savoir que je vous dise qu'il va venir au nord, sur ordre du duc, pour renouveler sa négociation avec vous, et qu'il espère que vous ne partirez pas avant son arrivée et que vous ne conclurez rien avec nous autres, car il est certain que vous serez satisfait des propositions qu'il vous transmettra.

— Eh bien. » Les yeux de Hooke trahissaient son intérêt. Après avoir réfléchi un instant, il s'adressa à M. de Ligondez. « Bon, alors, serait-il possible pour vous de naviguer au large de la côte quelques jours encore ? »

Sophia se dit que cela devait être assez épuisant pour le capitaine de la frégate française de toujours revenir à Slains pour en être renvoyé. Elle ne lui en aurait pas voulu de maudire Hooke bien que, secrètement, cela ne l'aurait pas dérangée que le navire restât en mer un mois de plus. Quoi que fussent les pensées de Ligondez, il n'en laissa rien transparaître et, après un hochement de tête abrupt, annonça : « Très bien. » Il parlait anglais de façon lente et appliquée, comme s'il était obligé de réfléchir à chaque mot, même si Sophia supposait qu'il comprenait parfaitement la langue. Il suivait les conversations avec aisance – il riait aux plaisanteries du comte et ses yeux noirs brillaient d'admiration à chaque remarque avisée de la comtesse.

Et il semblait porter un grand respect à Moray, qui demanda à Hooke : « Vous ne pensez tout de même pas que le duc va vous donner satisfaction après vous avoir évité si longtemps ? »

Hooke répliqua, pour sa défense : « J'ai connu le duc d'Hamilton quand nous étions bien plus jeunes lui et moi et que nous partagions les appartements carcéraux de la tour de Londres. Je connais ses défauts, croyez-moi, mais je lui dois une certaine amitié. S'il me demande seulement de patienter quelques jours pour que je puisse entendre ses propositions, je peux bien faire cela.

— Peut-être le duc craint-il que votre plan rencontre le succès sans lui, Colonel, répondit le comte, car je pense que seule cette peur pourrait l'amener à prendre une telle décision que de vous envoyer M. Hall. »

Moray interprétait différemment les intentions du duc et s'exprima alors : « Et ne pensez-vous pas qu'il cherche peut-être seulement à nous retarder ?

— À quelle fin ? demanda Hooke.

— Comme l'a dit monsieur le comte, nous ne sommes pas en sécurité. Et beaucoup de ces hommes dont le nom est inscrit sur votre document paieraient un prix amer si ce même document se retrouvait entre les mains de la reine Anne. » Il croisa le regard de Hooke. « Mon frère William a signé pour vous, en tant que seigneur d'Abercairney, n'est-ce pas ?

— En effet.

— Dans ce cas vous m'excuserez, Colonel, de ne pas considérer votre amitié avec le duc plus importante que la vie de mon frère. Ou que la mienne. »

Il y eut un silence.

« Je comprends votre point de vue, finit par déclarer Hooke, mais je dois garder ma conscience. Nous attendrons M. Hall quelques jours de plus. »

Sophia se voyait accorder un sursis, mais son soulagement était modéré par le fait que ce fût temporaire, juste le temps d'enfiler quelques jours de plus comme des perles de verre le long du fil fragile des souvenirs, la seule joie qui lui resterait après le départ de son bien-aimé. Car, elle le savait, la hache finirait par tomber, et aucune grâce ne viendrait la soulager de sa douleur.

Il ne l'emmènerait pas avec lui.

Elle le lui avait demandé, dans un moment d'idiotie quand ils étaient allongés sur le lit la veille, conscients que le retour de Hooke signifiait que leur temps ensemble était compté. Elle le regardait, essayant de forcer sa mémoire à se rappeler son apparence, sa tête sur son oreiller, avec ses cheveux courts qui boucleraient s'il les laissait pousser, s'il ne les maintenait pas ras sous sa perruque. Elle connaissait à présent bien la sensation de ses cheveux noirs sous ses doigts, ainsi que la ligne puissante de sa joue, et comment ses cils reposaient paisiblement sur cette joue, comme ceux d'un petit garçon, quand il l'avait aimée et qu'il s'étendait près d'elle, respirant en rythme, comme s'il dormait.

Mais il ne dormait pas. Les yeux fermés, il lui demanda, sa voix n'étant qu'un murmure sur l'oreiller: «Qu'est-ce que vous regardez?

— Vous.

— Je pensais que vous m'aviez vu plus que ce qui est recommandable pour une jeune fille, ces derniers jours.» Il entrouvrit paresseusement les yeux, un sourire aux lèvres. «Craignez-vous d'oublier à quoi je ressemble?»

Elle ne pouvait pas lui répondre à la légère. Roulant sur le dos, elle se concentra sur une petite fissure qui s'était répandue sur le plafond, comme une déchirure pourrait se propager sur un tissu. «John? Pourquoi ne m'avez-vous jamais demandé de vous accompagner?

— Mon amie.

— Rien ne me retient ici, à Slains. Je viens d'arriver, et personne ne me regretterait tellement si je partais.

— Je ne peux pas vous emmener.»

Elle sentit qu'une fissure commençait à se répandre autour de son cœur, semblable à celle qui gâtait le plafond.

Moray tendit la main pour lui caresser les cheveux et tourner son visage vers lui. «Regardez-moi.» Quand elle y consentit, il lui expliqua d'une voix douce : «Je ne veux pas vous emmener en France ou en Flandre sur un terrain de guerre. Ce n'est pas une vie pour la femme que j'aime.» Son contact était chaud contre la peau de Sophia. «Avant la fin de l'année, le roi sera de retour en terre écossaise, et je serai avec lui; il récupérera sa couronne, et alors nous aurons la possibilité, vous et moi, de commencer une vie ensemble. Pas en France, dit-il, mais ici, chez nous, en Écosse. Attendrez-vous ce moment?»

Qu'aurait-elle pu faire d'autre que d'acquiescer et de le laisser l'embrasser? Quand elle était dans ses bras, il lui semblait que le monde était loin d'eux et que rien ne pouvait assombrir ce rêve.

Elle aurait donné beaucoup pour ressentir la même chose en cet instant.

La conversation à la table du souper était revenue à la guerre sur le continent, sur le fait qu'on venait d'apprendre que les forces françaises et espagnoles avaient remporté une victoire décisive à Almansa.

«C'était grâce au duc de Berwick», fit remarquer Hooke, admiratif.

C'était le demi-frère du jeune roi Jacques, que son père avait eu de sa maîtresse Arabella Churchill. Bien que sa condition de bâtard lui interdît toute prétention au trône, il était devenu, en vertu de son courage et de son intelligence, le meilleur défenseur de son petit frère et, ainsi, avait gagné l'affection et le respect de tous les Écossais.

Le comte d'Erroll hocha la tête. «J'imagine que vous savez que nos aristocrates souhaitent que le duc de Berwick prenne la tête des opérations pour nous ramener le roi Jacques?»

— C'est déjà connu à Saint-Germain, répondit Hooke, et plusieurs des chefs de clans que j'ai rencontrés ici l'ont à nouveau mentionné au cours de nos discussions.

— C'est le choix qui s'impose, il faut que le roi s'en rende compte, nota la comtesse.

— Et je ne doute pas que c'est lui que le roi choisira, si on le laisse prendre cette décision », dit Hooke.

Sophia savait que lorsque la comtesse souriait ainsi, c'était pour masquer ses réflexions aux yeux de ceux qu'elle souhaitait interroger. « Et qui donc prendrait cette décision à sa place ? »

Hooke haussa les épaules. « Le roi de France aura son mot à dire, si c'est lui qui fournit les armes, les navires et le financement pour notre réussite.

— Je vois. Et d'après vous, Colonel, le roi de France souhaite-t-il cette réussite ? » demanda la comtesse, souriant toujours.

Comme cela était déjà arrivé, Sophia vit les yeux gris de Moray fixés en silence sur la comtesse, avec grand respect. Puis, toujours en silence, son regard repartit vers l'Irlandais, en attente de sa réponse.

Hooke paraissait étonné. « Bien sûr que oui, Madame. Pourquoi ne la souhaiterait-il pas ?

— Parce que son objectif sera également atteint si l'Angleterre découvre que nous organisons le retour du roi, car alors les Anglais rapatrieront sans doute certaines de leurs troupes pour nous contrer, et il sera plus facile pour le roi de France de combattre sur le continent leurs forces affaiblies. Il n'a pas besoin de mener notre guerre. Il lui suffit de le suggérer. » Elle conclut sa remarque en piquant proprement sa fourchette dans un morceau de volaille, comme si elle venait d'analyser un détail insignifiant, le temps pluvieux par exemple, et non la politique étrangère de la France.

Le comte lança d'une voix amusée : « Mère.

— Il est temps qu'à cette table quelqu'un parle sans détour, dit-elle calmement pour sa défense. Vous oubliez que mon frère est le chancelier du jeune roi, et je suis bien placée pour savoir que certaines personnes à la cour du roi de France aimeraient voir échouer cette entreprise, pour des raisons diverses et variées. Cette fois-ci nous ne pouvons croire que M. Moray nous a été envoyé par hasard, sachant que sa capture aurait tout compromis. Nous ne pouvons que remercier Dieu que M. Moray ait l'intelligence de savoir quand on se sert de lui. » Fixant le visage de Hooke avec une patience toute maternelle, elle ajouta : « Tous les hommes n'ont pas cette sagesse. »

Le comte se pencha une fois de plus en avant comme s'il souhaitait s'exprimer, mais elle leva la main.

« Un instant, Charles. Avant de mettre votre nom sur ce document et de risquer votre tête et, *a fortiori*, la mienne, j'aimerais demander au colonel s'il est intimement convaincu que le roi de France respectera ses engagements et ramènera notre jeune roi sain et sauf sur nos côtes. »

Même M. de Ligondez se tourna vers Hooke, curieux de sa réponse. Le colonel réfléchit un moment et parut choisir ses mots avec soin. « Je ne peux rien vous promettre Madame. Je ne peux que vous dire ce que j'ai observé et ce que je ressens dans mon cœur. Le roi de France a élevé le jeune Jacques avec ses propres enfants et l'aime comme un fils. Je ne pense pas qu'il risquerait la vie du jeune roi pour une affaire de politique.

— Mais risquerait-il la nôtre ? demanda la comtesse.

— Je ne sais pas. » Une réponse honnête, pensa Sophia. Elle le voyait dans ses yeux qui ne cherchaient plus à charmer mais reflétaient les doutes de tous les autres autour de la table. « Je sais seulement que si nous ne saisissons pas ce moment, si nous n'essayons pas, il sera trop tard. Et une autre occasion ne se représentera peut-être pas. Je ne pense pas que votre Robert Bruce ait été certain de remporter la victoire quand il posa le pied sur le champ de bataille de Bannockburn, mais il s'est tout de même lancé. Comme nous le devons à notre tour. »

Il entendait par là que le chemin le plus sûr menait rarement à la victoire. Sophia avait elle-même réfléchi à cette question le jour où, pour la première fois, elle avait accepté l'invitation de Moray. Elle savait à ce moment-là qu'elle choisissait un chemin inconnu qui ne promettait pas la sécurité. Elle ne pouvait plus revenir en arrière.

Elle sentit une douce chaleur lui caresser le visage et sut qu'il la regardait. Levant le menton avec bravoure, elle croisa son regard calme et tira son courage de la flamme qui ne brûlait que pour elle.

Impossible de revenir en arrière, pensa-t-elle à nouveau, bien que, comme tous les autres à table qui choisiraient un chemin encore inexploré et suivraient le jeune roi Jacques, elle ne pût voir la route sinueuse ni comment elle s'achèverait.

M. Hall arriva deux jours plus tard.

Il resta un certain temps cloîtré avec le colonel Hooke puis s'apprêta à repartir, s'arrêtant juste assez longtemps pour présenter ses hommages à la comtesse qui lisait avec Sophia au salon.

« Vous restez souper avec nous, j'espère ? lui demanda-t-elle.

— Je vous prie de m'excuser, mais non. Je dois reprendre la route dès que possible. »

Les sourcils froncés, la comtesse reprit : « Dans ce cas, permettez au moins à ma cuisinière de vous emballer de quoi vous nourrir en chemin. Cela ne prendra pas plus de quelques minutes et le duc ne vous en voudra sûrement pas pour cela. » Elle appela Kirsty et, après avoir donné ses instructions, invita le prêtre à s'asseoir. « J'étais en train de lire à Mlle Paterson quelques pages de l'excellent reportage de M. Defoe sur l'ouragan qui a frappé l'Angleterre, il y a quelques années. Elle menait une vie bien protégée avant d'arriver chez nous et n'avait pas eu vent de tous ces récits. »

COMME LA MER EN HIVER

Il hocha la tête. « Oui. C'était la punition envoyée par Dieu sur un peuple pécheur ayant renvoyé son roi légitime et refusant de reconnaître son erreur. »

La comtesse le regarda et, levant les yeux, Sophia vit l'humour dans ceux de sa protectrice. « Mon bon M. Hall, vous ne pensez tout de même pas que Dieu enverrait un vent aussi terrible contre un pays à cause de ses péchés ! Doux Jésus, le monde entier serait alors si tourmenté par les vents qu'aucune maison ne résisterait, car aucun de nous n'est sans tache. Ce ne sont pas les Anglais qui ont vendu l'indépendance de l'Écosse, dans notre Parlement. » Elle sourit pour adoucir ce rappel de la façon dont avait voté le duc d'Hamilton. « Cela dit, si Dieu nous envoie bel et bien du vent, nous ne pouvons qu'espérer qu'Il le fera souffler dans les voiles du jeune roi Jacques afin de nous l'amener plus vite. » Tournant le livre dans sa main, elle le considéra un instant. « M. Defoe est un très bon écrivain. Avez-vous eu l'occasion de faire sa connaissance à Édimbourg ?

— Daniel Defoe ? Oui, je l'ai vu à quelques reprises, répondit M. Hall. Mais je vous avoue que je n'aime pas l'homme. Il est toujours prudent, sur ses gardes. Trop pour être honnête, selon moi. »

Elle comprit ce qu'il voulait dire et lui demanda avec intérêt : « Vous croyez qu'il s'agit d'un espion, n'est-ce pas ?

— J'ai entendu dire qu'il devait beaucoup au gouvernement de la reine Anne, à cause de ses dettes, et qu'on ne pouvait pas lui faire confiance. Et le duc partage mon opinion.

— Je n'en doute pas. » La comtesse ferma l'ouvrage et le posa près d'elle. « Peut-être le duc jugera-t-il bon de me prévenir s'il connaît d'autres espions de la reine, afin que je puisse prendre la précaution de ne pas les recevoir à Slains. »

Sophia retint un instant sa respiration, persuadée que M. Hall ne pouvait pas ne pas avoir deviné son opinion quant à son maître et à sa loyauté. Toutefois M. Hall sembla ne pas du tout se rendre compte de l'allusion. «Je lui demanderai de le faire», promit-il.

La comtesse sourit alors, comme si elle n'avait pas le cœur de se disputer avec un homme aussi gentil. «Ce serait aimable à vous.»

La conversation s'arrêta là, car Kirsty réapparut avec les bonnes victuailles empaquetées pour M. Hall – de la viande froide, des gâteaux et de la bière pour qu'il pût se rassasier pendant son voyage.

Elles sortirent dans la cour pour lui dire au revoir, tout comme le comte et le colonel Hooke – et même Moray, bien qu'il restât en retrait. Le chien, Hugo, s'étant pris d'affection pour ce dernier, se mit à tourner autour de lui et à aboyer comme pour lui demander de jouer, mais Moray se contenta de lui donner distraitement une petite tape. Après avoir regardé M. Hall disparaître à l'horizon sur le dos de son cheval, il se retourna et, avec quelques mots, prit congé en lançant un regard de côté à Sophia qui savait que c'était son signal pour qu'elle le suivît.

Hugo l'y aida. Il était encore à tourner en rond et la comtesse, prenant pitié de lui, s'exclama: «Pauvre Hugo. Chaque fois que le jeune Rory s'en va, il est tout désolé.»

Pas seulement Hugo, pensa Sophia. Kirsty, elle aussi, était bizarre depuis que Rory avait été envoyé, deux jours plus tôt, pour porter des messages à tous les lords au nom de qui le comte d'Erroll venait de signer le document de Hooke. Mais Kirsty, au moins, avait ses tâches pour l'occuper et Sophia à qui parler. Le chien, lui, était désœuvré.

«Et si je l'emmenais faire un tour? proposa Sophia, soudain inspirée. Cela lui ferait du bien et nous n'irions pas loin.»

La comtesse y consentit et, après être allée chercher la laisse d'Hugo à l'écurie, Sophia se mit en route avec le grand chien, veillant à sembler prendre une direction différente de celle de Moray. « Bon, dit-elle au chien, tu as intérêt à être sage sinon je vais avoir des ennuis. »

Mais Hugo, ravi d'avoir de la compagnie, paraissait tout à fait satisfait de la suivre quel que fût l'endroit où elle l'emmènerait et, quand ils arrivèrent enfin sur la plage, parmi les dunes, et qu'il découvrit Moray qui les attendait assis sur le sable, la joie d'Hugo explosa dans une effusion de bonds enthousiastes. Puis il se coucha et s'étira de tout son long dans un grognement de satisfaction, remuant pour être caressé.

« Pousse-toi un peu de là, grand imbécile, lança Moray, mais il gratta quand même sa poitrine massive. Je ne suis pas dupe. Tu me déchiquetterais membre après membre si quelqu'un t'en donnait l'ordre, sans verser de larme. »

Sophia s'assit près d'eux. « Hugo ne vous ferait jamais de mal, dit-elle. Il vous aime beaucoup.

— Il s'en fiche d'aimer ou pas. C'est un soldat, tout comme moi. Il obéit aux ordres. » Il regarda vers la mer, et Sophia ne lui demanda pas quels étaient ses ordres à lui. Elle savait que M. Hall parti, le colonel Hooke n'avait plus de raison de s'éterniser à Slains et que, quand la frégate française reviendrait, elle emporterait avec elle Hooke et Moray.

Mais il ne l'avait pas fait venir là pour lui dire ce qu'elle savait déjà, et elle connaissait assez ses différentes humeurs pour voir que quelque chose d'autre le préoccupait. « Que se passe-t-il, John ? Les propositions transmises par M. Hall vous inquiètent-elles ?

— Les propositions du duc d'Hamilton étaient un gâchis d'encre et de papier, et il le savait en les rédigeant. C'est *cela* qui m'inquiète.

— Croyez-vous toujours que sa seule intention était de vous retarder ?

— Oui, peut-être. Mais c'est plus ennuyeux que cela. Je ne doute pas que le duc ait été rallié à la cause de la cour de Londres, et qu'il cherche à nous manipuler comme un paquet de cartes – mais qu'a-t-il dans son jeu et quelles sont les règles, il me faut encore le découvrir. » La frustration apparaissait clairement sur son visage. « Il en sait déjà trop, mais il sait aussi que des choses lui échappent et je crains que cela le pousse à de nouvelles trahisons. Vous devez être prudente, Sophia. Si jamais il vient ici, surveillez vos paroles et ne laissez pas voir vos sentiments. Il ne doit jamais apprendre que nous nous sommes donnés l'un à l'autre. »

La force profonde et protectrice avec laquelle il pro-nonça ces mots lui réchauffa le cœur, bien que le contenu, plus glaçant que la brise marine, la gelât des pieds à la tête. Elle n'avait jamais pensé qu'au danger qui le menaçait, lui. Mais il avait raison. Si l'on apprenait qu'elle était la femme de Moray, elle deviendrait un pion de valeur aux yeux des hommes qui souhaitaient le capturer.

Il la regarda dans les yeux. « Je ne veux pas que vous souffriez à cause de moi.

— Je vous promets d'être prudente. »

L'air satisfait, il donna une autre petite tape au chien allongé près de lui et fit remarquer, sur un ton plus léger : « J'avais l'intention de vous recommander de ne pas vous éloigner de Slains, en mon absence, sans emmener cette bête avec vous, mais je me rends compte à présent qu'elle ne serait pas très utile. »

Elle ne put s'empêcher de sourire. « Vous disiez tout à l'heure que vous ne doutiez pas qu'il vous tuerait, si on lui en donnait l'ordre.

— C'est vrai, mais regardez-moi ça. » Il fit rouler le chien d'un côté puis de l'autre en guise de preuve. « Il est à peine conscient.

— C'est parce qu'il vous fait confiance, indiqua Sophia, et qu'il sait que je ne risque rien. Si j'étais vraiment en danger, il serait le premier à voler à mon secours.

— Pas le premier », rectifia Moray. Puis il détourna de nouveau les yeux vers l'horizon lointain. Sophia, silencieuse, regarda elle aussi dans cette direction et fut quelque peu apaisée par la vue des nuages filant dans le ciel, comme de petites volutes blanches dansant insouciantes au-dessus de l'eau, faisant la course tout en changeant de forme au gré de leurs envies. Tout à coup, l'un d'eux, qui paraissait moins agité que les autres, attira son attention et, tandis qu'il remuait, elle s'aperçut qu'il ne s'agissait pas d'un nuage.

« John…

— Oui. Je le vois aussi. »

Hugo remarqua le changement de ton de Moray et roula sur ses pattes, le museau levé pour tester le vent – ce même vent qui portait vers eux ces voiles blanches et gonflées.

« Venez, dit Moray en se levant et en tendant la main à Sophia. Nous ferions mieux de rentrer. »

Sa voix était sèche, pressante. Sophia, qui redoutait tant le moment de son départ, ne put s'empêcher d'être déçue par sa réaction froide à la vue du navire.

« J'avais espéré que vous ne seriez pas si content de voir M. de Ligondez de retour, lui dit-elle, blessée. Êtes-vous donc si impatient de repartir ? »

Il avait plissé les yeux vers le bateau lointain, mais il lui répondit avec une tendresse empreinte de patience. « Vous savez bien que ce n'est pas le cas. Mais ceci, indiqua-t-il en désignant de la tête les voiles qui se rapprochaient rapidement, n'est pas la frégate de M. de Ligondez. »

Le navire était encore trop loin pour permettre de distinguer son pavillon, mais elle faisait assez confiance à Moray pour se lever en vitesse et saisir la main qu'il lui offrait. Et elle le suivit, avec Hugo, le long du sentier qui remontait la colline au-dessus de la côte.

« Je me demande pourquoi votre capitaine Gordon ne descend pas de son bateau pour nous voir », dit le comte d'Erroll à sa mère qui, comme lui, se tenait à la fenêtre du salon, les mains dans le dos, les sourcils légèrement froncés tandis qu'elle observait désolée le navire qui était à présent amarré près de la rive.

« Je l'ignore », répondit la comtesse. Sa voix était calme. « Depuis combien de temps est-il apparu, maintenant ?

— Cela fait une heure, je pense.

— C'est tout à fait étrange. »

Sophia n'aimait pas la tension qui régnait dans la pièce. Le choix de Moray de se placer si près derrière son fauteuil n'arrangeait rien. Elle sentait son énergie inquiète bouillonner en lui, contenue avec peine par la force de sa volonté.

Le colonel Hooke avait renoncé à attendre debout et était à présent assis près de Sophia sur une chaise en bois, le visage encore marqué par la maladie qui l'avait tourmenté au cours de son voyage et qui, c'était certain, ne ferait qu'empirer lors de sa traversée à venir. Son humeur s'était altérée depuis son entrevue avec M. Hall. Il paraissait moins patient et cruellement déçu.

Ce nouveau retournement de situation, avec le navire du capitaine Gordon transportant tous ses canons et sa quarantaine de soldats, apparaissant de nulle part pour se retrouver entre Slains et le large de la mer du Nord, ne fit qu'achever Hooke, déjà nerveux.

« Dieu tout-puissant, s'exclama-t-il, ne pouvons-nous pas nous-mêmes envoyer une embarcation pour lui demander quelles sont ses intentions ? »

La comtesse se tourna vers lui, paraissant elle-même plus calme face à l'impatience de Hooke. « Nous le pourrions, mais je n'ai encore jamais eu de raison de douter de la loyauté du capitaine. S'il maintient son navire à l'écart, je suis sûre que ce n'est pas par hasard, et si nous commettions une erreur en nous approchant, nous risquerions de nous mettre encore plus en danger. »

Son fils acquiesça. « Nous serions plus sages d'attendre.

— Attendre ! répéta Hooke, avec un certain dégoût. Attendre quoi ? Que des soldats approchent par les terres et nous piègent ici comme des oiseaux dans un pigeonnier ? »

La voix de Moray retentit alors derrière Sophia, calme et posée : « Si nous nous retrouvons pris au piège, ce ne sera pas la faute de nos hôtes, dit-il, comme pour rappeler à Hooke ses bonnes manières. Ce ne sont pas eux qui nous ont retenus à Slains ces derniers jours, au-delà de ce qui était prévu. C'était, si je me souviens bien, votre décision, et vous feriez bien de le garder à l'esprit et de ne pas essayer d'en faire porter la responsabilité à ceux qui ne nous ont montré que de la gentillesse. »

C'était une de ses plus longues interventions en leur présence, et ils en parurent surpris. Mais son propos avait atteint son objectif et, calmé, Hooke déclara : « Vous avez raison. » La rage s'affaiblissant dans ses yeux, il se tourna vers le comte : « Je vous demande pardon. »

Le comte accepta ses excuses et lança un regard reconnaissant à Moray avant de se réorienter vers la grande fenêtre donnant sur la mer. Il observa un moment, puis Sophia le vit froncer les sourcils. « Que fait-il à présent ?

— Il s'en va », répondit sa mère qui regardait elle aussi.

Hooke se redressa sur sa chaise. « Comment ? » Il se leva et alla voir par lui-même. « Bon sang vous avez raison. Il déploie les voiles. »

Tous virent alors les voiles blanches se lever et se gonfler de vent. Ils observèrent le grand navire s'éloigner du rivage tandis que, sur le pont, les silhouettes des matelots travaillaient dur pour l'orienter dans la bonne direction. Sophia ne distinguait pas le bleu de la veste du capitaine Gordon parmi eux.

Ce fut Moray qui vit le second bateau le premier, apparaissant derrière le cap au sud. Il s'agissait d'une autre frégate, et la comtesse déclara : « Je parie que c'est le capitaine Hamilton, dont nous a parlé le capitaine Gordon lors de son dernier passage ici. »

Sophia se souvenait que Gordon avait averti que son jeune associé, qui naviguait très fréquemment dans son sillage, aurait vite des soupçons si des bateaux français étaient trop souvent aperçus près de Slains, ce qui pourrait créer des problèmes.

« Le capitaine Hamilton, continua la comtesse, n'a aucune bienveillance envers les jacobites. » Elle s'était détendue. « Cela explique pourquoi le capitaine Gordon n'a pas accosté. »

La seconde frégate dépassa le château. Elle arborait le pavillon de la nouvelle marine britannique unie et suivait rapidement Gordon – un navire plus petit, mais qui, pour Sophia, avait plus une allure de prédateur, et elle fut soulagée de le voir disparaître.

Le comte d'Erroll fut le premier à se détourner de la fenêtre. « Au moins, nous savons maintenant où se trouvent les frégates et nous aurons probablement quelques jours de répit avant leur retour. Cela facilitera la venue de M. de Ligondez. »

Ce qui réjouissait sans aucun doute les autres. Mais Sophia, debout devant la fenêtre, ne trouvait aucun réconfort dans cette information, et l'éclat du soleil sur l'eau lui faisait mal aux yeux.

Elle fut réveillée par une main lui secouant l'épaule.

« Sophia ! » La voix de la comtesse, tout près d'elle. « Sophia ! »

Elle ouvrit les yeux, désorientée un instant puis, se rappelant, elle lança un rapide coup d'œil à son côté mais Moray était parti et son oreiller ne gardait qu'une légère marque à l'endroit où sa tête avait reposé. Dans un effort, elle se redressa pour s'asseoir dans l'enchevêtrement de ses couvertures.

Le soleil ne s'était pas levé depuis longtemps et apparaissait bas derrière le rebord de la fenêtre, sa lueur encore pâle et teintée de toute la splendeur de l'aurore.

« Que se passe-t-il ?

— Le navire français est arrivé. »

Elle remarqua alors que, malgré l'heure matinale, la comtesse était très éveillée et déjà préparée et habillée. Sophia sortit de son lit et se dirigea lentement vers sa grande fenêtre. Elle aperçut les hauts mâts de l'*Héroïne* encore au large de la côte, mais s'approchant résolument.

« Habillez-vous et descendez, lui dit la comtesse. Nous prendrons un dernier repas ensemble et souhaiterons bonne chance au colonel Hooke et à M. Moray avant leur départ. »

Sophia hocha la tête et entendit la porte se fermer quand la comtesse sortit de sa chambre, mais elle semblait clouée sur place, le regard fixé sur les voiles du bateau français, comme si, quelque part, elle avait le pouvoir de ralentir sa course si elle essayait.

Elle était si concentrée qu'elle faillit rater le mouvement à l'extrémité de son champ de vision, tandis qu'une autre frégate apparaissait sombrement le long du littoral, telle l'ombre d'un requin. Il s'agissait du deuxième navire britannique qu'ils avaient vu la veille, celui du capitaine Hamilton.

M. de Ligondez l'avait vu lui aussi, et devait se douter qu'il ne serait pas bien accueilli par cet intercepteur qui fonçait sur lui. Les bateaux français au large des côtes écossaises étaient perçus comme des pirates qui, en cas de capture, promettaient des récompenses conséquentes pour un homme comme le capitaine Hamilton. Retenant sa respiration, Sophia regardait l'immense proue de l'*Héroïne* commencer à tourner, et ses voiles changer de forme et se balancer désespérément pour attraper le vent. *Allez*, intima-t-elle à la frégate, *allez !*

Mais le capitaine Hamilton se rapprochait. Quelques instants de plus et l'*Héroïne* serait sans aucun doute à portée de tirs. Les phalanges de Sophia pâlissaient tandis que ses doigts agrippaient le rebord de la fenêtre, comme si elle pouvait elle-même contrôler la barre du bateau français et la tourner plus vite.

Il semblait y avoir un regain d'activité à bord de l'*Héroïne*. Les drapeaux flottant en haut du mât principal et du mât secondaire furent descendus sur le pont, et d'autres couleurs furent hissées à leur place contre les voiles. Sophia reconnut le pavillon hollandais et l'ancien drapeau écossais bleu et blanc. Le signal, se rappela-t-elle soudain – le signal qui avait été arrangé entre M. de Ligondez et Gordon pour que les navires se reconnussent en cas de rencontre.

Sauf que le bateau qui s'approchait dangereusement de la frégate française n'avait pas pour commandant le capitaine Gordon.

Le capitaine Hamilton ne semblait pas remarquer le changement de pavillon et continuait de réduire l'écart entre son navire et l'*Héroïne.*

Ce fut alors que, quelque part au-dessus de l'eau, retentit un coup de canon.

Sophia sursauta. Elle ressentit l'impact de ce coup de feu dans sa poitrine et, impuissante, tourna les yeux vers l'*Héroïne* pour voir l'étendue des dégâts.

Elle fut soulagée en constatant que la frégate française naviguait aussi rapidement qu'avant, ne donnant pas l'impression d'avoir été touchée. Un troisième navire, encore plus grand, surgit alors de derrière le cap du nord, glissant doucement sur l'eau, ses grandes voiles gonflées par le vent du matin. Un nouveau coup de canon retentit et, cette fois, Sophia vit que c'était le troisième navire qui tirait – pas sur M. de Ligondez mais dans la mer, sans intention apparente de toucher quoi que ce fût.

Il s'agissait de la frégate du capitaine Gordon, mais elle ne comprit pas son but jusqu'à ce que le capitaine Hamilton commençât à tourner à contrecœur pour changer de cap.

Alors tout s'éclaira. La détonation, pensa-t-elle, avait été un appel pour qu'Hamilton cessât sa poursuite. Comment le capitaine Gordon l'expliquerait à son collègue, elle l'ignorait, mais elle ne doutait pas qu'il trouverait quelque excuse recevable.

Son navire voguait à présent tout près de la côte de Slains, assez près pour qu'elle l'aperçût debout, à tribord du grand mât. Puis il se retourna, comme pour donner un ordre à son équipage, et le navire passa dans une immense éclaboussure blanche avant de se diriger vers le sud, dans le sillage du capitaine Hamilton, tandis qu'au large les voiles blanches de l'*Héroïne* dansaient légèrement sur les vagues agitées.

« Ils vont nous entendre, John.

— Mais non. » Il la serrait dans ses bras, contre le mur du jardin, ses épaules la cachant complètement. Dans son dos et au-dessus d'eux, les branches lourdement chargées d'un lilas les enveloppaient, remplissant tout ce coin sombre d'un parfum sucré et enivrant.

Tout autour d'eux, la dernière lueur mourante du jour cédait à l'obscurité, et Sophia se trouvait incapable de quitter des yeux le visage de Moray, comme une femme qui, perdant la vue, contemple ce qu'elle aime le plus avant la tombée de la nuit éternelle. Et la nuit allait vite tomber, elle le savait. À l'abri des falaises en contrebas des murs du château, l'*Héroïne* était de retour, silencieuse sur les vagues. Quand il ferait assez sombre, le bateau viendrait emmener Hooke et Moray.

Elle ne voulait pas qu'il se souvînt d'elle en larmes. Elle se força à sourire. « Et si le colonel Hooke est en train de vous chercher ?

— Eh bien qu'il me cherche. Je dois m'occuper de mes affaires à moi avant notre départ de ce soir. » Il lui caressa les cheveux avec tendresse. « Vous pensiez que je quitterais ma bien-aimée sans un baiser d'adieu ? »

Elle secoua la tête et le laissa lever son visage vers le sien, et elle l'embrassa en retour avec toute la violence débordant de son âme, le désir silencieux qu'elle ne pouvait contenir, qui la submergeait comme la marée montante. Elle savait que ses lèvres tremblaient, mais lorsqu'il releva la tête, elle avait réussi à se calmer et essayait de se montrer courageuse.

Elle aurait pu s'épargner cet effort. Moray la contempla un moment en silence de son regard solennel, puis la serra contre sa poitrine, un bras autour de ses épaules et l'autre main enfouie dans sa chevelure, comme s'il cherchait à l'absorber en lui, à ne faire plus qu'un avec elle. Il baissa la tête et elle sentit son souffle chaud lui effleurer la joue. «Je vous reviendrai.»

Elle n'arrivait pas à parler mais hocha la tête, et la voix de Moray gagna encore en détermination.

«Croyez-moi. Même si le diable me barre la route, je vous reviendrai. Une fois que le roi Jacques aura récupéré sa couronne, je ne serai plus recherché et j'arrêterai de combattre. Nous aurons une maison, promit-il, et des enfants, et vous porterez au doigt une bague digne de ce nom pour montrer au monde que vous êtes mienne.» Il recula et écarta une boucle claire de la joue de Sophia, dans un geste de possession certaine. «Vous étiez mienne dès l'instant où j'ai posé les yeux sur vous.»

C'était vrai, mais elle ne faisait pas encore assez confiance à sa voix pour le lui dire. Elle ne pouvait que le laisser le lire dans ses yeux.

Il écarta un instant la main, puis la ramena pour déposer un petit objet rond et chaud dans la paume douce et ouverte de Sophia. «Vous feriez mieux de garder ceci, pour ne jamais en douter.»

Elle n'avait pas besoin de regarder pour savoir ce qu'il lui donnait, pourtant elle leva tout de même l'objet à la lumière déclinante – un lourd carré d'argent avec une pierre rouge au centre, sur un anneau d'argent large et simple. «Je ne peux accepter la bague de votre père.

— Mais oui.» Il referma les doigts de Sophia autour du bijou, insistant. «Je la récupérerai à mon retour et vous en donnerai une en or à la place. D'ici là, j'aimerais que vous la gardiez. Tout homme ayant connu mon père connaît aussi cette bague. Pendant mon absence, si avez besoin d'aide, quelle qu'elle soit, il vous suffira de montrer ceci à ma famille et elle s'assurera que l'on s'occupe de vous.» Voyant qu'elle hésitait encore, il poursuivit sur une note plus légère : «Vous pouvez la garder en sécurité pour moi, au moins. J'ai perdu plus de choses que je ne le saurais dire sur le champ de bataille.»

Elle serra la bague dans sa main, ne souhaitant pas penser aux dangers qu'il affronterait. «Quand devrez-vous rejoindre votre régiment?

— Dès que j'en recevrai l'ordre.» Il vit la peur dans les yeux de Sophia et ajouta : «Ne vous inquiétez pas, mon amie. Je suis resté en vie jusqu'à présent, et cela bien avant d'avoir votre joli visage comme raison de vivre. Je serai prudent.»

Ce ne serait pas le cas, cependant, elle le savait. Ce n'était pas dans sa nature. Au combat, il lutterait de toutes ses forces, sans précaution, car c'était ainsi qu'il était fait. *Certains hommes choisissent eux-mêmes la voie du danger*, lui avait un jour dit la comtesse.

Sophia savait qu'il cherchait seulement à alléger un peu le poids qui lui emplissait le cœur, alors elle fit mine de le croire, car elle ne voulait pas qu'il supportât, en plus des siennes, ses inquiétudes à elle. «M'écrirez-vous? demanda-t-elle.

—Je ne crois pas que ce serait raisonnable. De plus, ajouta-t-il pour lui remonter le moral, je serais proba-blement de retour le temps que ma première lettre ne vous parvienne ici. C'est pourquoi j'ai pensé vous laisser ceci.» Il sortit de sa veste une feuille de papier pliée et la lui tendit.

« Mes sœurs m'ont dit que les jeunes filles aimaient que l'homme qu'elles aiment leur écrive, afin de leur rappeler ses sentiments à leur égard. »

Ce cadeau la rendit silencieuse une seconde fois. Cette lettre était pour elle le bien le plus précieux qu'elle pût imaginer.

« Vous brûlerez ça, si on fouille le château, lui dit-il. Je ne veux pas que les hommes de la reine Anne me prennent pour un tendre. » Néanmoins, sous son expression sévère, elle sentait son sourire, et elle savait qu'il avait été touché par ses yeux brillants à la vue de la lettre.

Elle n'essaya pas de la lire. La lumière était bien trop faible et elle en aurait davantage besoin quand il serait parti, alors elle la garda pliée dans sa main, avec la bague qui portait encore la chaleur du doigt de Moray. Levant la tête, elle déclara : « Mais je n'ai rien à vous donner en échange.

— Alors vous pouvez me donner ceci. » Ses yeux reflétaient toute l'obscurité de la nuit tombante quand, penchant la tête une fois de plus, il trouva ses lèvres, là, dans le refuge du lilas parfumé contre le mur du jardin. Le mouvement de Moray libéra une pluie de pétales odorants qui aspergea doucement le visage, les cheveux et les mains de Sophia. Elle le remarqua à peine.

Quand il releva finalement la tête, il la contempla et sourit à moitié dans l'obscurité. « À présent vous ressemblez à une vraie mariée. »

Elle ne comprit d'abord pas puis, prenant peu à peu conscience des pétales de lilas, secoua la tête pour s'en débarrasser.

Il l'arrêta. « Non, c'est comme cela que je voudrais me souvenir de vous. »

Ils demeurèrent là, dans ce petit coin silencieux du jardin, et Sophia sentit le monde s'éloigner d'eux comme une vague se retire le long de la rive, jusqu'à ce que rien d'autre ne reste à part elle et Moray, leurs regards liés et ses mains puissantes sur elle, sans rien dire, car il n'y avait nul besoin de parler.

La nuit était venue.

Elle entendit quelqu'un ouvrir une porte et des pas retentir sur le gravier, puis le son dur, déplacé de la voix du colonel Hooke, appelant Moray.

Celui-ci ne répondit pas et elle essaya de nouveau de trouver un sourire à lui montrer et, rassemblant tout son courage, lui murmura : « Il vous faut y aller.

— Oui. » Il n'était pas dupe, pensa-t-elle, de sa tentative de bravoure, cependant il en parut touché. « Ce n'est que pour un temps. »

Sophia maintint son sourire. « Oui, je le sais. Ne vous en faites pas pour moi. J'ai depuis longtemps l'habitude d'être seule.

— Vous ne le serez pas. » Il parlait si bas que ses mots semblaient portés par la brise qui caressait le visage de Sophia. « Un jour vous m'avez dit que j'avais votre cœur.

— Oui.

— Et vous avez le mien. » Il lui prit la main et la posa tout contre sa poitrine pour qu'elle pût sentir la force de ses battements. « Il ne m'accompagnera pas, mon amie, de l'autre côté de la mer. Là où vous serez, il demeurera. Vous ne serez pas seule. » Ses doigts serrèrent plus fort la petite main de Sophia. « Et tant que je serai loin de vous, il me manquera une partie de moi.

— Alors revenez vite. » Elle n'avait pas l'intention que son murmure se brisât en prononçant ces mots, ni que des larmes jaillissent soudain dans ses yeux.

Hooke appela à nouveau, encore à une certaine distance d'eux, et elle essaya de s'écarter pour laisser partir Moray, mais celui-ci n'avait pas encore terminé ses adieux. Son baiser, cette fois, fut plus fougueux, brûlant de passion. Elle sentait la force de son regret et de son amour pour elle et, quand il eut fini, elle s'agrippa encore un instant à lui, haïssant de devoir quitter ses bras.

Elle s'était dit qu'elle ne le redemanderait pas, qu'elle n'ajouterait pas sa douleur à la sienne, pourtant les mots lui vinrent, incontrôlables. «J'aimerais tant partir avec vous.»

Il ne répondit pas mais resserra son étreinte.

La vue de Sophia se brouilla et, bien qu'elle sût qu'il ne changerait pas d'avis, elle se sentit obligée de lancer: «Vous m'avez dit un jour que je marcherais peut-être sur le pont d'un bateau.

— Oui, chuchota-t-il, et vous le ferez. Mais pas sur ce bateau-ci.» Il l'embrassa doucement sur les cheveux, pour la rassurer, mais cela lui brisa le cœur.

Les pas de Hooke se rapprochaient sur le gravier. Ils n'avaient plus de temps. Sophia, par instinct, libéra ses mains et retira de son cou le cordon qui retenait le petit caillou noir percé qu'elle avait trouvé sur la plage.

Elle ne savait pas si la pierre possédait vraiment le pouvoir de protéger de tout mal celui qui la portait, comme le disait la mère de Moray, mais si jamais c'était le cas, elle savait que son mari en aurait plus besoin qu'elle. Sans rien dire, elle le déposa dans sa grande main puis se sépara de lui en vitesse avant que les larmes ne la trahissent, et courut sans bruit, dans l'obscurité, vers la porte de service.

Derrière elle, elle entendit Hooke appeler Moray une troisième fois, plus fort, et un instant plus tard les pas de Moray résonnèrent dans l'allée du jardin. Elle l'entendit alors déclarer, d'une voix qui semblait plus dure que la sienne: «Je suis ici. Tout est prêt alors?»

Ce qui suivit, Sophia ne le perçut pas, car elle avait alors passé la porte et courait toujours, passant devant Mme Grant et Kirsty. Elle ne s'arrêta que lorsqu'elle eut atteint le réconfort de sa chambre.

De sa fenêtre, elle apercevait sur la mer la traînée de lumière de la lune et, s'élevant sombre sur cette piste argentée, les hauts mâts de l'*Héroïne* dont les voiles étaient à présent déployées pour prendre le vent.

Elle sentait la bague dure et chaude, serrée si fort dans sa paume qu'elle lui mordait la peau et la faisait souffrir, mais elle remerciait cette douleur car elle pouvait lui imputer toutes les larmes qui lui brouillaient la vue.

Pleurer ne lui apporterait rien, elle le savait. Elle avait pleuré le jour où son père, après l'avoir embrassée une dernière fois, était parti pour des rives inconnues, et elle avait pleuré encore plus le jour où sa mère avait suivi son exemple, et ses larmes ne leur avaient pas permis d'atteindre leur destination sains et saufs, et encore moins de lui revenir. Elle avait pleuré lors de cette nuit noire où sa sœur, enceinte, avait été emmenée dans les cris et la douleur, et les larmes de Sophia ne l'avaient pas laissée moins seule.

Alors ce soir elle ne pleurerait pas.

Elle savait que Moray devait partir, elle comprenait ses raisons. Et elle avait sa bague, sa lettre pour se rappeler son amour et, surtout, la promesse qu'il avait faite de lui revenir.

Cela aurait dû suffire, pensa-t-elle. Toutefois, lorsque toutes les voiles de la frégate furent gonflées de vent et tournées vers la France, et que le navire sombre se fut éloigné dans la mer déferlante, Sophia cligna des yeux et une petite larme traîtresse parvint à se faufiler à travers la barrière de ses cils et coula lentement le long de sa joue.

Puis une autre emprunta le même chemin. Et une autre encore.

Et elle avait raison. Cela n'aida pas. Bien qu'elle restât un long moment à sa fenêtre, regardant fixement jusqu'à ce que les voiles finissent par être avalées par les étoiles ; et bien que ses larmes, tout ce temps, coulassent en silence le long de son visage pour tomber comme une pluie amère parmi les pétales de lilas encore parsemés sur sa robe, cela ne fit aucune différence, au bout du compte.

Car il était parti, et elle se retrouvait seule.

Chapitre 15

*J*e n'avais jamais beaucoup jardiné. Ma mère oui, quand j'étais petite – mais étant enfant, je n'y avais pas prêté attention. Je pensais donc qu'il n'y avait rien à faire en hiver, toutefois je trouvai le Dr Weir courbé et affairé dans ses plates-bandes quand j'allai lui rendre visite dans l'après-midi.

« On ne vous a pas vue par ici ces derniers jours, dit-il. Vous étiez-vous absentée ?

— D'une certaine façon. J'étais à Slains, il y a trois cents ans. C'est d'ailleurs ce qui m'amène, parce que deux de mes personnages, pour l'instant, ont mentionné des espions.

— Ah oui ?

— Daniel Defoe, notamment.

— Ah. » Il se redressa. « Eh bien, je vais peut-être pouvoir vous aider avec ça. Attendez juste une minute que je vérifie les tuteurs du lilas d'Elsie, après le vent de cette nuit. »

Je le suivis avec intérêt vers l'arbuste aux branches nues, dominant les plates-bandes, près d'une fenêtre du pavillon. « C'est un lilas ?

— Oui. Je n'ai pas eu beaucoup de chance avec ce bon à rien. C'est censé devenir un arbre, mais il est têtu et refuse de pousser.»

L'écorce était douce sous mes doigts quand je le touchai. Dépourvu de feuilles, il mesurait la moitié de la taille de celui que je me rappelais dans le jardin de Slains, où Moray et Sophia s'étaient dit adieu. Mais même ainsi, il frôla une corde de tristesse dans mon esprit. «Je n'ai jamais aimé l'odeur du lilas, avouai-je. Je m'étais toujours demandé pourquoi, mais maintenant je crois détenir la réponse.

— Oh?» Le docteur se retourna. Derrière ses lunettes, ses yeux brillaient d'intérêt. «Et quelle est-elle?»

Alors je lui racontai la scène que je venais d'écrire.

«Ah, c'est très révélateur. L'odorat est un puissant déclencheur de souvenirs.

— Je sais.» Une bouffée de tabac de pipe pouvait me ramener directement dans mon enfance, dans le petit bureau de mon grand-père, où nous grignotions des biscuits en discutant de choses de grandes personnes. C'était là qu'il m'avait parlé pour la première fois de la pierre trouée et de son pouvoir de me protéger si j'avais un jour la chance d'en trouver une.

Le Dr Weir me demanda: «Qu'advient-il de lui, ce soldat dans votre roman?

— Je ne sais pas encore. Cela dit, je suppose qu'il n'est jamais rentré, parce que trois ans après son départ de Slains, la vraie Sophia était de retour à Kirkcudbright pour épouser mon ancêtre.»

Il haussa les épaules. «C'était une époque dangereuse. Il a probablement été tué sur le continent.

— Ne pensez-vous pas qu'il aurait pu mourir en 1708? Lors de la tentative d'invasion?

— Je ne crois pas que cet épisode ait fait des morts.» Il fronça légèrement les sourcils en essayant de se rappeler.

« Il faudrait que je relise mes livres, pour m'en assurer, mais il ne me semble pas me souvenir de victimes.

— Oh. Ça aurait été une bonne petite touche de romantisme pour mon intrigue, je le savais, mais tant pis. »

Le docteur se releva. « Bon, rentrons prendre une tasse de thé et parler de Daniel Defoe. »

Elsie Weir avait une opinion tranchée au sujet de l'auteur de classiques tels que *Robinson Crusoé* et *Moll Flanders* : « Un homme mauvais et sournois. »

Le docteur prit un biscuit dans l'assiette qu'elle lui tendait. « Elsie.

— C'est tout ce qu'il était, Douglas. Il t'est toi-même arrivé de le dire.

— Bon, peut-être. » Le docteur s'enfonça dans son fauteuil et posa proprement son biscuit sur la soucoupe de sa tasse. Les rideaux du salon étaient tirés pour laisser entrer un maximum de soleil, qui tombait avec une chaleur réconfortante sur mes épaules pendant que je choisissais moi-même un biscuit, assise près de la longue vitrine de livres.

« Daniel Defoe, commença le Dr Weir, faisait ce qui lui semblait juste. C'est ce qui motive la plupart des espions. »

Elsie s'assit près de moi, peu convaincue. « Il faisait ce qui, selon lui, lui sauverait la peau et lui remplirait les poches. »

Les yeux du docteur scintillèrent brièvement, comme si l'aversion obstinée de sa femme pour Defoe l'amusait en quelque sorte. « Elle refuse même de lire ses livres, me dit-il.

— Tout à fait, confirma Elsie d'une voix ferme.

— Bien que l'homme soit mort depuis trop longtemps pour bénéficier des redevances, fit remarquer son mari en souriant. Defoe était un fervent partisan du roi Guillaume et un ennemi des jacobites. Toutefois il commit l'erreur, au début du règne d'Anne, de publier un texte satirique qui ne plut pas à la reine, alors il fut arrêté.

Il était également insolvable, à l'époque, alors quand le ministre du gouvernement Robert Harley lui proposa une alternative à la prison et au pilori, il l'accepta aussitôt. Et, bien sûr, Harley était le chef des services secrets de la reine. »

J'avais déjà rencontré ce nom au gré de mes lectures.

« Harley, poursuivit le Dr Weir, vit rapidement les avantages d'avoir quelqu'un comme Defoe pour rédiger sa propagande. Et étant écrivain, Defoe était bien placé pour faire davantage pour le gouvernement. Harley l'envoya à Édimbourg pour travailler en secret pour la cause de l'Union et discréditer ses opposants. En guise de couverture, Defoe laissa croire qu'il écrivait un ouvrage sur l'Union et avait besoin d'aide pour ses recherches. Un peu comme ce que vous faites, ici à Cruden Bay. »

Et, comme moi, Defoe avait rencontré des gens qui, dans l'ensemble, étaient contents de prendre le temps de s'asseoir et de raconter à un écrivain ce qu'ils savaient.

« Ils ne pensaient pas qu'il s'agissait d'un espion, continua-t-il. Mais tout ce qu'ils lui disaient revenait aux oreilles de Harley, à Londres. Et Defoe était doué pour apprendre des choses, observer et manipuler. Ça ne fait aucun doute qu'il a joué un rôle dans le vote en faveur de l'Union.

— Un homme sournois, répéta Elsie en reposant sa tasse avec force.

— Y a-t-il des chances qu'il ait été à Slains ? demandai-je.

— Defoe ? » Le docteur fronça les sourcils. « Je ne pense pas, non. Il savait peut-être ce qu'il s'y tramait, et il avait certainement rencontré le comte d'Erroll, qui allait souvent à Édimbourg, mais je n'ai pas eu vent d'un séjour de Defoe à Slains. Toutefois il y avait d'autres espions. Et pas seulement en Écosse. Les Anglais s'intéressaient beaucoup à ce qu'il se passait à Saint-Germain. Ils disposaient de tout un réseau d'espions basés à Paris et à Versailles, les oreilles aux aguets. Et, quand ils le pouvaient, ils envoyaient même des gens à l'intérieur de Saint-Germain. Des jeunes femmes, en général, qui couchaient avec des courtisans et rapportaient ensuite les nouvelles qu'elles avaient réussi à intercepter.

— La méthode éprouvée», me souffla Elsie, de meilleure humeur à présent que nous ne parlions plus de Daniel Defoe.

Le Dr Weir réfléchissait. «Quant à Slains… Il va falloir que je me renseigne, pour voir si je ne peux pas trouver un espion ou deux susceptibles de s'être aventurés aussi au nord. »

Ce point réglé, nous nous mîmes à discuter d'autres sujets.

Je restai bien plus longtemps que j'en avais l'intention. Quand je les quittai, le jour avait laissé place au crépuscule. Les corbeaux se réunissaient à nouveau au-dessus de Castle Wood, d'immenses nuages d'oiseaux noirs tournoyant dans le ciel bleu nuit en croassant d'une voix rauque. J'accélérai le pas. En haut devant moi, j'apercevais les lumières chaleureuses du Kilmarnock Arms et, traversant la route, je tournai vivement sur la rue principale, les yeux rivés sur les silhouettes obscures des dunes qui s'approchaient, s'élevant de l'autre côté du ruisseau rapide. Il y avait du vent ce soir-là. J'entendais, un peu plus loin, le rugissement des vagues qui roulaient en avant pour venir se briser sur la plage avant de reculer, reprenant des forces pour se reformer et rouler de nouveau vers la rive dans un rythme infernal et incessant.

Cela avait un effet hypnotique. Lorsque j'entamai mon ascension du sentier obscur de Ward Hill, mes pas me guidaient automatiquement et mon esprit était rempli de rêves éveillés. Ils n'étaient pas tous plaisants. J'avais de nouveau l'impression que quelque chose veillait, sur ce sentier, qui ne me poursuivait pas mais qui m'attendait et, alors que j'essayais de toutes mes forces de lutter contre la panique qui s'était emparée de moi, je fis soudain un pas en avant dans le vide.

C'était comme descendre d'un trottoir sans s'y attendre. Ce n'était pas le vide à proprement parler, mais le sol était bien plus bas que ce que je pensais. Mon pied s'enfonça alors brutalement dans une profonde ornière sous les épaisses touffes d'herbe et se tordit, ce qui me fit perdre l'équilibre et je commençai à glisser.

Je n'avais pas le temps de réfléchir. Par pur instinct, j'attrapai tout ce qui était à ma portée pour arrêter ma descente. Le temps que je me rende compte que j'avais quitté le chemin et que je roulais à présent dangereusement en direction de la mer, ma chute fut abruptement stoppée par une sorte de clôture temporaire assez solide pour résister à mon poids. J'essayai de reprendre ma respiration. Une douleur persistante me brûlait la cheville comme du feu. Ayant à présent retrouvé mes esprits, je levai les yeux vers l'endroit d'où j'étais tombée. Quelle idiote, pensai-je. Le sentier se voyait clairement, malgré l'obscurité croissante. Je n'avais aucune excuse. À part…

Maintenant que j'y pensais, ce n'était pas la première fois que mon jugement me jouait un tour. Mais chaque fois que j'avais failli sortir du chemin, il y avait eu quelqu'un avec moi pour me réorienter dans la bonne direction. Ce soir-là, ce n'était pas le cas. J'étais seule, perdue dans mes pensées, sans autre guide que mon subconscient.

Distraite un instant de la douleur de ma cheville, je risquai un regard vers la pente raide jusqu'à la mer au-dessous de moi et me demandai quelle avait été la forme de la rive en 1708. Était-il possible que mes propres pas se souviennent d'un chemin différent, le long d'une bande de terre qui avait depuis disparu sous l'effet des forces érosives lentes mais déterminées du vent et de la mer?

Comme pour répondre à cette interrogation, le vent souffla plus froid et me rappela que j'étais tombée à cet endroit du chemin qui me mettait toujours mal à l'aise. Et lorsque j'aperçus au-dessus de moi une silhouette obscure marchant le long du même sentier, mon premier sentiment ne fut pas de soulagement, mais d'appréhension.

Je fus ravie de voir l'ombre s'allonger et prendre une forme plus familière, bien qu'un peu inattendue. Alors j'appelai aussi fort que possible.

«Bon Dieu!» lança Stuart Keith. Il descendit la colline avec le pas assuré d'une chèvre de montagne et, un instant plus tard, était accroupi près de moi. «Que s'est-il passé?

— Je suis tombée, répondis-je. Rien de grave, je me suis juste fait mal à la cheville. Mais j'ai besoin d'un peu d'aide.»

Il fronça les sourcils et me tâta la cheville. «Tu penses qu'elle est cassée?»

Je secouai la tête. «Elle est juste tordue. Peut-être foulée.

— Bon, tu ferais bien de laisser un médecin en décider.

— Ce n'est pas si grave. Honnêtement, fis-je en réponse à sa mine sceptique. Je me suis déjà cassé la cheville, je connais la sensation, et cette fois-ci ça n'a rien à voir. Si tu veux bien juste m'aider à me relever, demandai-je en lui tendant la main.

— Tu es sûre que tu peux y arriver? Parce que je pourrais te porter.

— Génial. Et alors on se retrouverait tous les deux dans le précipice. Je peux grimper, je t'assure.»

J'avais présumé de mes forces, il me porta presque le long du flanc de la colline et jusqu'au sentier. Puis, un bras autour de mes épaules, il soutint l'essentiel de mon poids tandis que je boitai le reste du chemin vers la maison.

«Nous y voilà», déclara Stuart, lui-même essoufflé de m'avoir ainsi soutenue. Il attendit que j'ouvre la porte, puis m'aida à entrer et m'installa dans un des fauteuils.

« Merci, dis-je du fond du cœur. Je ne sais pas ce que j'aurais fait sans toi.

— Eh oui – le sauveteur des demoiselles en détresse, c'est moi. » Il me lança un sourire, plus conscient de son charme que Graham. « Bon, garde cette cheville en l'air. Je vais chercher quelque chose à mettre dessus. »

Tout ce que j'avais dans le petit congélateur était un sachet d'assortiment de légumes, mais cela fit très bien l'affaire et soulagea ma cheville. Je m'enfonçai dans mon fauteuil et regardai Stuart. « Quand es-tu rentré au fait ?

— À l'instant. J'avais pensé attendre demain matin pour passer te voir. J'ai bien fait de changer d'avis. »

Le téléphone sonna.

« Reste assise, fit-il. Je m'en occupe. »

J'avais espéré qu'il se contenterait de m'apporter le téléphone, mais non ; étant Stuart, il répondit. Je priais pour que ce ne soit pas ma mère ou, pire encore, mon père, quand Stuart lança d'un ton charmeur : « Non, elle se repose. Attendez une minute. » Revenant vers moi, il me tendit l'appareil.

Je fermai les yeux, prête à tout. « Allô ? »

La voix de Jane était sarcastique. « Dois-je rappeler plus tard ?

— Non, bien sûr que non.

— Je ne faisais que me demander. Tu m'as l'air... occupée.

— Je...

— Tu n'as pas besoin de m'expliquer, m'interrompit-elle. Je suis ton agent, pas ta mère. »

En fait, j'aurais peut-être trouvé cela plus facile si ça avait été ma mère au téléphone, parce que ma mère, bien qu'elle ait ses opinions, restait toujours discrète, alors que Jane ne lâcherait jamais l'affaire tant qu'elle n'aurait pas obtenu tous les détails. Toutefois, elle me connaissait depuis assez longtemps pour ne pas tout de suite m'assaillir de questions. « Je ne te garderai pas longtemps, de toute façon. Je t'appelais juste pour t'inviter à dîner samedi. »

J'hésitai. Le samedi et le dimanche étaient les jours que je passais avec Graham, et je n'aimais pas les perdre. Mais j'appréciais également le temps que je passais en compagnie de Jane, d'Alan et de leur bébé, et, d'ici samedi, je serais sûrement en mesure de marcher. « Oui avec plaisir, répondis-je. Je serai ravie de venir.

— Parfait. Veux-tu que je vienne te chercher ou as-tu un chauffeur maintenant ? »

Je ne mordis pas à l'hameçon. « Je te le dirai.

— C'est un homme du coin, pas vrai ?

— Jane.

— D'accord, je ne m'en mêle pas. Je te laisse à ta soirée. » J'entendis le sourire conspirateur dans sa voix tandis qu'elle me souhaitait une bonne nuit avant de raccrocher.

Je soupirai et posai le combiné. Stuart ne le remarqua pas. Il se tenait près de la porte, sous le compteur électrique noir qu'il trafiquait. S'apercevant que je n'étais plus au téléphone, il se retourna et me fit un grand sourire. « Ne regarde pas. Tu n'as presque plus de temps avec ça. Je suis en train de t'arranger ça.

— Oui, bon, ton frère a déjà fait ça une fois et ton père va forcément finir par remarquer que je ne paie pas ce que je devrais. »

Les soupçons de son père ne semblaient pas l'inquiéter. Quelque chose d'autre en revanche avait éveillé son intérêt. « Graham est venu ici ? Quand ça ? »

J'avais fait une gaffe. « Oh, il y a un certain temps. Il m'aidait pour mon livre. » Ensuite, avant que Stuart n'ait la possibilité de me poser d'autres questions, je fis diversion en me penchant en avant pour regarder ma cheville.

Cela fonctionna. « Mon Dieu, regarde-moi ça ! » s'exclama-t-il.

Elle était tout enflée. Néanmoins, maintenant que je ne bougeais plus, la douleur s'était réduite à un battement régulier, plus facile à supporter.

Stuart fronça les sourcils. « Tu es sûre que tu ne veux pas la faire examiner ?

— Je la montrerai au Dr Weir demain, promis-je. Mais, crois-moi, ce n'est qu'une petite entorse, au pire. Il me suffit d'un peu d'aspirine et de repos. »

Son expression contrariée, décidai-je, n'était pas seulement due au fait que je refuse de voir un médecin. Il était fort probable qu'il soit venu me rendre visite avec une scène de séduction en tête. Mais même Stuart, en fin de compte, était trop galant pour tenter quoi que ce soit avec quelqu'un d'affaibli.

Il m'apporta un cachet d'aspirine et un verre d'eau, me réinstalla correctement dans mon fauteuil, le téléphone près de moi, puis sourit avec la confiance d'un commandant ayant perdu la bataille du jour mais espérant bien une victoire à la prochaine occasion. « Repose-toi bien alors, me dit-il. Je passerai te voir demain. »

J'avais toutes les intentions du monde de me reposer. Vraiment. Après le départ de Stuart, je m'enfonçai dans le fauteuil et essayai de fermer les yeux un moment, mais le vent se leva alors et vint cogner les fenêtres et se lamenter autour de la maison. Puis la plainte devint un léger murmure, comme des voix, et l'une d'elles se distingua pour m'avertir : « Sans quoi il sera trop tard. »

Je compris alors que mon repos était à oublier. Il me fut difficile de me lever et de me traîner jusqu'à ma table de travail, mais j'aurais eu encore plus de mal à rester dans mon fauteuil quand mes personnages appelaient.

Et je savais qu'à ce point de l'histoire, je n'étais pas la seule à souffrir.

XI

Kirsty posa le bol de bouillon devant Sophia. « Il faut vous nourrir. »

Sophia n'avait rien réussi à avaler au déjeuner. Elle était heureuse que la comtesse et son fils fussent partis pour Dunnottar et ne l'eussent pas vue ce matin-là, pâle et souffrante.

Elle en connaissait la raison. Elle en avait d'abord douté, mais août était arrivé et près de trois mois avaient passé depuis son mariage avec Moray, et il ne pouvait y avoir aucune autre cause à l'étrange nausée qui s'emparait d'elle chaque matin, la clouant au lit. Cela avait été le cas de sa sœur Anna, elle s'en souvenait très bien, lorsque le bébé avait commencé à grandir en elle.

Kirsty le savait elle aussi. Sa main fraîche caressa le front de Sophia. « Vous ne serez pas aussi malade jusqu'à la fin. Cela va passer. »

Sophia n'avait pas la force de croiser le regard compatissant de Kirsty. Elle détourna la tête. « Que vais-je faire ?

— Ne pouvez-vous pas en parler à Madame la comtesse ?

— J'ai promis de ne rien dire à personne.

— Dans quelques mois, il vous sera sans doute difficile de tenir cette promesse, déclara Kirsty, moqueuse.

— Dans quelques mois, je n'aurai sans doute pas à le faire. » Il ne faudrait probablement pas attendre aussi longtemps encore avant que le roi ne débarquât, ramenant Moray avec lui, et alors ils n'auraient plus besoin de cacher leur mariage.

Kirsty comprit et hocha la tête. « Espérons que vous avez raison. » Elle repassa sa main fraîche sur le front de Sophia et, soudain inspirée, déclara : « Je vais demander à ma sœur si elle connaît des potions susceptibles de vous soulager.

Sophia posa la main sur son ventre encore plat, dans un geste protecteur. «Des potions?» Elle se souvenait de l'atroce douleur d'Anna. De la femme diabolique, souriant en débouchant ses flacons. «Je refuse de prendre quoi que ce soit. Je ne veux pas faire de mal au bébé.» Au bébé de Moray, pensa-t-elle – né de son amour pour elle. Une partie de lui, en elle. Cela au moins la réconfortait.

«Le bébé ne craint rien», promit Kirsty. Elle ajouta en souriant: «Ma sœur a connu cela plus de fois que la plupart des femmes, et chaque fois ses bébés sont nés pleins de vie. Elle saura ce que vous devez faire. Elle vous aidera.»

Le plus tôt serait le mieux, pensa Sophia, au moment où une autre vague de nausée la frappait, la forçant à tourner la tête contre son oreiller, les yeux fermés.

Kirsty se leva. «Je vais lui envoyer un mot et voir si elle peut venir avant le retour de Madame la comtesse.»

Avant la tombée de la nuit, la sœur de Kirsty arriva et fut une présence apaisante grâce à ses yeux compréhensifs et à sa gentillesse. Elle avait apporté à Sophia des herbes séchées enveloppées dans un morceau de tissu, à faire infuser dans de l'eau chaude. «Cela calmera grandement la nausée et vous pourrez alors recommencer à manger un peu.»

Cela fonctionna.

Au point que, le lendemain matin, elle se sentait assez bien pour se lever, s'habiller et prendre place à table. Elle était toujours la seule occupante de la maison à part les domestiques; personne n'était là pour voir la façon dont elle se caressa le ventre avec une fierté nouvelle, d'un mouvement protecteur, avant de s'asseoir. Elle avait peu d'appétit mais mangea tout de même et, quand elle eut fini, s'installa dans un coin ensoleillé de la bibliothèque pour passer l'avant-midi à lire.

Assise à l'endroit où Moray avait si souvent cherché une échappatoire à son inactivité forcée à Slains, elle se sentait en quelque sorte en communion avec lui, passant son doigt sur les reliures en cuir onéreuses des livres qu'il aimait tant. Un ouvrage, en particulier, la reliait à lui, comme si la voix de Moray prononçait elle-même le texte. C'était un exemplaire plus récent, relié simplement, du livret de Dryden, *King Arthur, or the British Worthy*, l'opéra de Purcell. Les pages étaient si peu abîmées qu'elle se demandait si Moray et elle-même n'étaient pas les seuls à avoir jamais lu ces lignes. Elle était sûre qu'il les avait lues, parce que dans la lettre qu'il lui avait laissée – dans cette lettre simple, aux sentiments si forts et certains que tous les soirs, en les relisant, ils effaçaient toutes ses inquiétudes –, il citait quelques vers de l'ouvrage, et ceux-ci, écrits de la main téméraire de Moray, accompagnaient Sophia comme s'il les avait prononcés lui-même :

« Où que j'aille, mon Âme demeurera avec vous :
Ce n'est que mon Ombre qui s'éloigne de vous. »

Elle les relisait à présent, caressant la page du livre, comme si cela pouvait le rapprocher d'elle. Plus que quelques semaines, se disait-elle. Plus que quelques semaines – un mois, peut-être, et certainement le roi viendrait.

La maison ne parlait plus de rien d'autre. Les visiteurs continuaient d'aller et de venir, dans un état de grande excitation et, au cours de l'été, Slains avait parfois semblé aussi animé qu'une cour royale, la table du souper entourée de visages inconnus, des hommes ayant parcouru des kilomètres pour apporter au nord des messages secrets de la part d'aristocrates et d'Highlanders.

Les nobles n'osaient pas venir en personne. Un rassemblement de jacobites ne ferait qu'attirer l'attention de la reine Anne, et il était bien connu que la cour d'Angleterre avait les yeux rivés vers le nord, comme un chien de chasse ayant senti dans le vent une nouvelle odeur. Ce n'était pas une coïncidence, d'après la comtesse qui ne tentait rien pour masquer sa propre opinion quant au responsable. Elle avait conseillé à tous ceux qui passaient à Slains de ne rien révéler de leurs échanges et de leurs actions au duc d'Hamilton. «S'il souhaite être le loup dans la bergerie, avait-elle déclaré, nous ferions bien de continuer de lui laisser croire que nous sommes des moutons.»

Le comte avait souri à ces mots en disant: «Mère, vous êtes beaucoup de choses, mais aucun homme vous ayant rencontrée ne pourrait vous prendre pour une brebis.»

Sophia était d'accord avec lui. La comtesse, qui avait si souvent prouvé sa grande intelligence, avait cet été-là montré une force physique dont Sophia, malgré sa jeunesse, aurait été incapable. Elle dormait peu, se levant tôt pour s'atteler à l'organisation quotidienne de la venue du roi – accueillant de nombreux invités et répondant à son importante correspondance. Pas une nuit ne s'écoulait, semblait-il, sans que la lumière dans la chambre de la comtesse ne brûlât bien après l'extinction de toutes les autres. Et le rythme auquel elle se démenait – un rythme qui aurait épuisé un homme – n'avait apparemment fait qu'augmenter son impatience.

«Dieu du ciel! avait-elle explosé la semaine précédente, quand Sophia se tenait avec elle près de la fenêtre du salon. À quoi pensent-ils donc tous? Il faut qu'ils viennent, maintenant. Il le *faut*, sans quoi il sera trop tard.»

Pourtant, la mer derrière la fenêtre demeurait vide, portant atteinte au moral des deux femmes. Aucune voile à l'horizon pour apporter des nouvelles de Saint-Germain.

Par habitude, ce matin-là, Sophia s'était postée à la fenêtre de sa chambre à son réveil, le regard tourné vers l'est, pleine d'espoir, mais elle n'avait vu que le soleil sur l'eau, dur et brillant. Éblouie, elle avait détourné les yeux.

Aucune grande nouvelle n'arriverait aujourd'hui, pensa-t-elle, pas tant que la comtesse et son fils seraient chez le comte de Marischal à Dunnottar. C'était un jour de repos et de tranquillité. Sophia s'installa donc pour lire, laissant le soleil traverser la vitre et venir réchauffer l'arrière de sa tête, ses épaules, la faisant somnoler avant de l'emporter dans l'oubli du sommeil.

Elle fut réveillée par Kirsty qui lui secouait doucement le bras. « Sophia, il faut vous réveiller. »

Sophia força ses paupières lourdes à s'ouvrir. « Quelle heure est-il ?

— Midi passé. Vous avez de la visite. »

Sophia se redressa dans son fauteuil avec effort, consciente du ton pressant de Kirsty.

« Qui est-ce ?

— Ce n'est autre que monseigneur le duc d'Hamilton, venu directement d'Édimbourg en voiture à cheval. »

Perdue, son esprit raisonnant encore lentement après son sommeil, Sophia dit : « Mais il sera venu voir le comte et la comtesse, pas moi.

— Oui, et il les verra, Rory s'est mis en route pour aller les chercher à Dunnottar. Mais d'ici leur arrivée, vous êtes la seule dans cette maison à pouvoir le recevoir. Venez, je vais vous aider à vous habiller. »

Elle se prépara à la hâte et se regarda sceptique dans le miroir. Son visage était encore pâle après les nausées qu'elle venait de surmonter, et même elle voyait, dans ses propres yeux, qu'elle était nerveuse. Elle n'avait aucune envie d'être confrontée seule au duc d'Hamilton. *Il en sait déjà trop*, lui avait dit John, *mais il sait aussi que des choses lui échappent et je crains que cela le pousse à de nouvelles trahisons.*

La comtesse, fût-elle là, serait assez intelligente pour déceler toute fausseté dans ses propos. Elle ne se laisserait pas manipuler pour révéler à son insu des détails susceptibles d'affaiblir les chances du roi, ou de mettre en danger ceux qui servaient sa cause. En fait, si elle était là, elle serait même plus apte à manipuler le duc que l'inverse. Mais elle n'était pas là et Sophia savait qu'il lui faudrait être plus fine et maligne qu'elle ne l'avait jamais été. L'enjeu était trop grand. Et pas uniquement pour le roi et ses partisans.

Ce n'était pas à la vie du roi et à son avenir qu'elle pensait tandis que ses mains glissaient le long du corsage de sa robe, comme pour s'assurer que la minuscule existence qui battait en elle était en sécurité.

Remarquant ce mouvement, Kirsty la rassura : « Cela ne se voit pas. Le duc ne remarquera rien, ne vous en faites pas. »

Sophia laissa retomber ses mains le long de son corps.

« Mais *ça*, il le verra », lança Kirsty en désignant de la tête la lourde bague que Sophia portait à présent en permanence autour de son cou, sur une fine chaîne en argent qu'elle pouvait facilement dissimuler sous ses vêtements. La chaîne avait cependant glissé hors de sa robe et Kirsty fit remarquer : « Il serait plus prudent de ne pas la porter. »

Elle avait raison. D'après ce que Moray lui avait raconté de son enfance, Sophia savait que son père, qui lui avait donné cette bague, avait entretenu des relations étroites avec la famille du duc, et il était probable que ce dernier eût déjà vu le bijou. Elle ne pouvait risquer qu'il le reconnût, car il ne mettrait certainement pas longtemps à comprendre pourquoi elle l'avait en sa possession.

Il ne doit jamais apprendre que nous nous sommes donnés l'un à l'autre, l'avertit Moray dans sa mémoire, et elle retira la chaîne à contrecœur. « Tenez, dit-elle à Kirsty en lui donnant la bague.

— Je vais la garder précieusement. »

Sophia n'en doutait pas. Toutefois, elle aurait donné beaucoup pour sentir le réconfort de cette bague contre son cœur, pour lui donner du courage, tandis qu'elle descendait prudemment vers le salon afin d'accueillir le duc d'Hamilton.

« Monseigneur. » Était-ce bien sa voix, si calme et posée ? « Votre visite nous honore. »

Il était tel qu'elle se le rappelait – vêtu élégamment et coiffé d'une perruque noire bouclée à la dernière mode qui tombait derrière ses épaules. Mais elle avait l'impression que ses traits, bien que toujours fort beaux, s'étaient durcis par endroits, comme un masque intéressé qu'il portait dans un but bien précis. Ses yeux, langoureux, étaient également attentifs et vigilants. En l'espace d'un soupir à peine, ils l'avaient évaluée des pieds à la tête. Le duc s'inclina. Porta sa main à ses lèvres.

« Mademoiselle Paterson. Tout l'honneur est pour moi, je vous assure. » Son sourire, aussi charmeur que la fois précédente, cherchait à la mettre à l'aise. « Je dois dire que la vie à Slains semble vous réussir. Vous êtes encore plus charmante que dans mon souvenir.

— Vous êtes bien aimable. » Poliment, elle retira sa main et s'assit pour qu'il pût en faire de même. Elle trouvait cela plus facile que de le confronter debout.

« J'ai cru comprendre que la comtesse et son fils s'étaient absentés ? » Son ton était désinvolte, mais Sophia eut l'impression qu'il ménageait une pause insistante qu'elle était censée combler. Elle s'exécuta prudemment, d'une voix légère elle aussi.

« Ils devraient rentrer d'un moment à l'autre. » Puis, pour inverser la situation, elle lui demanda : « Vous resterez, j'espère, jusqu'à leur retour ? Je sais qu'ils seraient désolés de rentrer et d'apprendre qu'ils vous ont raté. Ils n'auraient sûrement pas quitté la maison s'ils avaient été au courant de votre venue. »

À présent, qu'il explique le motif de cette visite imprévue. Si ce que soupçonnait la comtesse était vrai, il était sans doute venu les espionner et se faire sa propre idée de ce qu'il se préparait à Slains. Si c'était le cas, pensa Sophia, il devait se considérer fort chanceux de trouver, à la place de la comtesse méfiante et du jeune comte percutant, une simple jeune fille, toute seule, constituant – dans son esprit – un agneau facilement manipulable.

« Oui, dit-il, je regrette de ne pas avoir annoncé ma venue, mais jusqu'à aujourd'hui je n'avais pas idée que mes affaires m'amèneraient aussi au nord. Je pensais simplement présenter mes hommages à madame la comtesse, je ne dérangerai pas la famille en séjournant ici. Je ne doute pas que le comte et sa mère aient reçu assez des visiteurs ces derniers temps. »

Cette fois, elle le vit de ses propres yeux – un éclair derrière son regard souriant, bref mais clairement identifiable, et elle sut alors qu'elle avait bien fait de le traiter avec méfiance. « Aucun invité aussi aimable que vous », fut sa façon de contourner le piège. Puis elle l'interrogea, comme l'aurait fait n'importe quelle jeune fille innocente, au sujet des nouvelles d'Édimbourg, des rumeurs à la cour d'Angleterre et des nouvelles tendances de la mode.

Leur conversation était une sorte de danse, aux pas complexes, mais au fur et à mesure Sophia en comprit le principe : quand avancer, quand tourner, et quand patienter, tout simplement. Il la menait d'une main compétente, ne posant pas de questions directes mais arrangeant ses propres déclarations de sorte qu'elle enchaînât avec quelques informations, mais elle gardait son esprit affûté et contrait toujours par une réponse qui, simple en apparence, ne donnait au duc aucune satisfaction.

Elle était certaine qu'il ne se rendait pas compte que c'était délibéré – le duc n'était pas le genre d'homme à attribuer ce type de capacité à une personne comme elle – néanmoins, tout au long de l'après-midi, son discours fut teinté d'une légère frustration.

Il ne partit pas pour autant, pas même après seize heures, quand on leur eut apporté les rafraîchissements habituels, du vin et de la bière, accompagnés de petits gâteaux à la place du pain coutumier en raison de la présence d'un visiteur. Sophia pensait que le duc, après cela, prendrait congé, mais il n'en fit rien. Il se contenta de s'enfoncer plus profondément dans son fauteuil et de parler avec plus d'éloquence, plus de charme, afin de rendre les pas de danse encore plus complexes.

Sophia répondit de son mieux, mais commençait à trouver l'exercice fatigant. Quand elle entendit enfin des voix et des bruits de pas dans le hall d'entrée, lui indiquant que la comtesse et son fils étaient de retour, son esprit était épuisé.

Elle fut soulagée lorsque la comtesse fit irruption au salon, aussi énergique que d'habitude. «Monseigneur, quelle bonne surprise.» En voyant son gentil sourire, on aurait pu croire à sa sincérité. «J'avoue que j'ai eu du mal à croire les serviteurs quand ils m'ont prévenue que vous étiez là. Attendez-vous depuis longtemps?

— On s'est bien occupé de moi», lui assura-t-il. Il s'était levé de son fauteuil pour la saluer et hocha à présent la tête en direction de Sophia. «Mademoiselle Paterson et moi avons passé le temps à converser.»

Le regard qu'adressa la comtesse à Sophia ne trahissait aucune inquiétude qu'elle devait pourtant ressentir au vu de cette révélation. «Alors je ne doute pas que vous l'avez trouvée d'une compagnie aussi agréable qu'elle l'est pour moi. Sa présence dans cette maison m'apporte tous les jours joie et distraction, d'autant plus que toutes mes filles sont à présent mariées et se sont donc éloignées d'ici. Resterez-vous pour la nuit?

— Eh bien…» Il fit mine de protester.

«Mais oui, bien sûr que oui. Il fait presque nuit, vous ne pouvez pas vous aventurer si tard sur la route.»

Le comte d'Erroll, franchissant à cet instant la porte du salon, était du même avis que sa mère. «Nous ne voulons même pas en entendre parler.» Il salua chaleureusement le duc, démontrant que ses talents d'acteur n'avaient rien à envier à ceux de sa mère. «Cela fait assez longtemps que vous n'étiez pas venu. Venez donc, je vais vous montrer les améliorations que nous avons apportées au château.»

Quand les deux hommes eurent quitté la pièce, la comtesse s'affaissa dans un fauteuil, révélant l'épuisement causé par son voyage de retour de Dunnottar. Se tournant vers Sophia, elle allait formuler une question, mais Sophia anticipa : « Il est arrivé juste après midi et je ne l'ai pas quitté pendant tout ce temps. Et comme vous le soupçonniez, il semblait déterminé à m'embrouiller pour que je lui révèle les secrets de cette maison. »

La comtesse s'adoucit. « Oh, ma chère.

— Je ne lui ai rien dit. » Elle était épuisée à présent. La nausée lui revenait, mais elle la combattit pendant qu'elle s'appuyait sur son fauteuil pour se lever et s'approcher de la comtesse. « J'ai été prudente.

— Oh, ma chère, répéta la comtesse, avec cette fois une note d'approbation chaleureuse dans la voix. Je suis navrée que vous vous soyez retrouvée seule ici pour supporter un tel fardeau.

— Ce n'était pas si terrible.

— C'est faux. Cela vous a épuisée. Vous êtes toute pâle.

— Une simple migraine.

— Allez vous reposer alors. Vous l'avez bien mérité. » Une fois de plus, Sophia sentit cette gentille caresse sur sa joue, si semblable au souvenir de la main aimante de sa mère. La comtesse sourit. « Vous vous êtes bien débrouillée, Sophia. Extrêmement bien. Allez vous reposer maintenant. Le comte et moi connaissons les intentions du duc. Nous l'avons bien en main, et je refuse catégoriquement que vous tombiez malade à cause d'un tel homme. » Sa brève étreinte fut réconfortante. « Montez donc rejoindre votre chambre. Je vais vous envoyer Kirsty. »

Sophia fut heureuse de regagner sa chambre et se souvint ensuite peu de la soirée qu'elle passa entre vagues de nausée et de sommeil. Toutefois, le matin venu, que ce fût grâce à la tisane de la sœur de Kirsty ou à un miracle, sa nausée avait disparu. Le duc aussi était parti, sa calèche sombre s'éloignant sur la route du nord avant que le soleil ne se fût entièrement levé, pas plus informé que lors de son arrivée à Slains.

«Elle n'est pas cassée.» Les mains du Dr Weir se déplaçaient de façon rassurante sur ma cheville enflée. «Si c'était le cas, vous auriez mal ici – il appuya doucement à l'endroit indiqué – et pas là. C'est juste une entorse.»

Il était assis près de ma cheminée, vêtu d'un chandail de pêcheur encore humide de pluie. Attrapant un rouleau de bandage élastique, il leva les yeux. «Stuart a dit que vous aviez chuté hors du sentier.»

Évidemment Stuart ne m'avait pas crue quand je lui avais promis de montrer au médecin ma cheville blessée, alors il avait organisé cette visite matinale à domicile. Je soupçonnais sa version de l'accident d'amplement développer son rôle de sauveteur, mais j'acquiesçai seulement.

Cette fois-ci le regard du docteur se fit curieux. «Ce chemin n'est pas étroit.

— Disons que je rêvassais un peu, ne prêtant pas vraiment attention, et je crois que je marchais là où je *pensais* que se trouvait le sentier.» Je croisai son regard. «Là où je me le rappelais.

— Je vois.» Il évalua cette hypothèse. «Comme c'est intéressant.» Réfléchissant en silence, il enveloppa fermement ma cheville du bandage, puis s'appuya sur son dossier avec l'expression d'un scientifique considérant un phénomène curieux. «C'est possible, bien sûr. Le flanc de la colline a dû beaucoup changer depuis cette époque, avec l'érosion du vent et des marées. Il est possible que l'ancien chemin soit tombé.

— Et je suis tombée avec.» Un sourire triste aux lèvres, je remuai ma cheville pour la tester.

«Eh oui, vous devrez faire bien attention à Slains alors, hein? Vous vous blesserez bien plus que la cheville si vous perdez pied là-haut.»

Je regardai derrière son épaule la fenêtre qui donnait sur ces murs rouges agrippés si férocement aux falaises rocheuses, dans l'ombre, maintenant que des nuages noirs avaient commencé à s'amasser au-dessus de la mer, bloquant les rayons du soleil. « Je n'envisage pas de m'y rendre ces prochains jours. »

Il marqua une pause, puis me demanda : « Quand vous êtes là-haut, à vous promener de pièce en pièce, quel effet cela vous fait-il ? »

C'était délicat à expliquer. « J'ai l'impression que tout le monde vient de quitter la pièce quand j'y entre. J'entends presque les bruits de pas, le bruissement des robes, mais je n'arrive jamais à entrevoir les occupants.

— Je pensais que vous voyiez peut-être des éclairs du passé, au milieu des ruines.

— Non. Les souvenirs ne se trouvent pas exactement à Slains. Ils sont enfermés dans mon subconscient et en sortent pendant que j'écris, bien que je ne sois pas sûre qu'il s'agisse véritablement de souvenirs avant d'avoir eu la preuve de leur réalité. » Je lui racontai alors comment son livre de l'*Old Scots Navy* avait prouvé la véracité de mes scènes avec le capitaine Gordon. « J'ai décidé de ne pas lire l'ouvrage du tout, je ne l'utilise que pour vérifier les détails une fois que j'ai écrit un chapitre. Mais tout n'est pas si facile à prouver. Par exemple, je viens de découvrir que mon héroïne est enceinte, et il faudrait que je trouve une mention de la naissance ou du baptême de l'enfant. Les registres de cette époque ne nous donnent pas toujours les informations que l'on cherche, et encore faut-il mettre la main dessus. Il y a beaucoup de gens dans notre arbre généalogique que mon père n'arrive pas à trouver, et pourtant il y travaille depuis des années.

— Mais vous êtes un peu avantagée dans le cas de Sophia Paterson, fit-il remarquer. Vous bénéficiez d'une fenêtre sur sa vie.

— C'est vrai. Je connais désormais la date de certains événements et l'endroit où ils ont eu lieu, et mon père a découvert des preuves pour ceux-là. »

La mention de mon père éveilla son intérêt. « Le lui avez-vous dit ?

— Comment j'ai eu les informations ? Oui. Je n'avais pas tellement le choix.

— Et que pense-t-il de tout ça ? »

Je n'étais pas certaine de la réponse à cette question. « Il m'a dit qu'il tâcherait de garder l'esprit ouvert. » Mon ton devint ironique. « Je crois qu'il aurait préféré que j'hérite des souvenirs du mari de Sophia, David McClelland. Il reste encore beaucoup de trous de ce côté de la famille qu'il aimerait combler. »

Le médecin m'examina attentivement une minute. « J'imagine qu'il est jaloux.

— Mon père ?

— Oui. Moi aussi d'ailleurs. Qui ne le serait pas ? La plupart des gens rêvent de voyager dans le temps. »

Il avait raison. Tant de romans avaient été écrits sur le sujet, et il existait tant de films dont les personnages voyageaient dans le futur, ou le passé, prouvant qu'il s'agissait d'un rêve répandu.

Un rêve que le docteur partageait, de toute évidence. « Quand j'imagine ce que ce serait d'avoir la mémoire d'un ancêtre, de voir ce qu'il a vu... Je vous ai dit, n'est-ce pas, que l'un de mes ancêtres était capitaine d'un navire ? Il s'est rendu en Chine, une fois, et au Japon. J'ai peut-être hérité de son amour de la mer, mais pas de ses souvenirs. » Ses yeux s'emplirent de mélancolie. « Et quels souvenirs à mon avis – des tempêtes en mer, naviguer autour du Cap, voir la Chine dans la gloire de son empire... qui ne le souhaiterait pas ? »

Je n'avais pas de réponse à sa question, mais elle me trotta dans la tête après son départ, tout comme son évocation de la mer et des hommes qui étaient allés chercher leur fortune sur ses vagues. Le vent se levait derrière ma fenêtre, et une bande de nuage blanc et bas

se refermait autour du château. Et dans mon imagination
– ou ma mémoire – cela commença à prendre la forme de
quelque chose d'autre.

XII

Le navire du capitaine Gordon ne s'était pas fait voir
le long de la côte depuis si longtemps que Sophia avait
commencé à se demander ce qu'il était arrivé avec lui.
De temps en temps, un visiteur rapportait au souper tous
les changements qui se produisaient en Écosse et en
Angleterre, suite à l'Union des nations, elle savait donc
que la marine écossaise en avait subi les effets et ne pouvait que supposer que le capitaine Gordon ne pouvait plus
naviguer conformément à sa trajectoire d'antan.

Elle fut donc surprise lorsqu'elle se réveilla un beau
matin de la fin octobre et qu'elle aperçut les mâts à présent familiers et les voiles de son navire, amarré au bas des
falaises.

Il n'avait pas changé. Il était aussi beau et aussi galant
que dans son souvenir. « Je vous jure, Madame, que
chaque fois que je viens à Slains, la jeune mademoiselle
Paterson est plus charmante. »

Il lui baisa chaleureusement la main et, bien que
Sophia n'accueillît pas ses attentions avec plaisir, elle
fut soulagée de voir que lui non plus, comme tous les
autres à part Kirsty, n'avait pas remarqué son état. Car
en vérité cela ne se voyait pas – elle était déjà à cinq mois
de grossesse et son ventre était encore plat, bien qu'il eût
commencé à se ramollir, et grâce au style ample de ses
robes, elle savait qu'il lui restait encore quelque temps
avant d'être découverte. Elle se sentait en bonne santé,
avec une énergie qui l'emplissait de l'intérieur et lui

faisait envisager le monde avec bonheur. C'était peut-être ce rayonnement, pensait-elle, qu'avait perçu le capitaine Gordon.

Il resta dîner et, quand le vin fut versé, il leva son verre pour porter un toast au jeune roi Jacques. «Que Dieu nous accorde sa venue prochaine.»

La comtesse but et reposa son verre, un sourire aux lèvres. «Si cela ne dépendait que de Dieu, je ne doute pas que le roi serait déjà là. Mais Dieu remet Ses affaires entre les mains des hommes, et c'est là que tout se complique.

— Que dit le duc de Perth, votre frère? Il est à Saint-Germain et bénéficie de la confiance du roi, n'est-ce pas? Quelle est selon lui la cause de leur retard?

— Il ne me dit pas grand-chose dans ses lettres, de peur qu'elles soient interceptées. Mais il est aussi impatient que nous. J'ai l'impression que le problème n'est pas à chercher du côté de Saint-Germain, mais de Versailles. Le roi de France tient la bourse de cette entreprise, après tout, et les navires ne peuvent pas mettre les voiles sans qu'il en ait donné l'ordre.

— Pour leur défense, déclara le capitaine Gordon, je dois admettre que les vents de ces derniers temps n'ont pas été très favorables. Le mois dernier, en nous éloignant de Yarmouth, une tempête nous a infligé de si graves dégâts que nous avons été forcés de faire demi-tour et, quelques semaines plus tard, en arrivant à Leith, les vents étaient si mauvais que nous avons dû attendre trois jours, après avoir jeté l'ancre, pour que les rameurs puissent amener ma barque jusqu'à la rive. Ce qui ne m'a pas dérangé, car j'avais épuisé toutes mes astuces pour ralentir la traversée.

— Et pourquoi souhaiter retarder votre arrivée? demanda le comte.

— Eh bien, pour faciliter les manœuvres de la flotte française près de nos côtes. J'avais espéré qu'ils auraient amené le jeune roi Jacques à l'heure qu'il est, car nous avons été arrêtés un long moment, afin d'obtenir nos fonctions au sein de cette nouvelle marine royale unie de Grande-Bretagne. Le capitaine Hamilton et moi avons tous les deux été reçus par le Conseil de la marine, début août, pour recevoir nos nouveaux commandements et le nouveau nom de nos frégates respectives, sachant que des navires anglais s'appelaient déjà le *Guillaume Royal* et la *Marie Royale*. Mon bateau se nomme désormais l'*Édimbourg* et celui du capitaine Hamilton, le *Glasgow*. Après cela nos deux frégates ont été inspectées afin de juger leur état pour le service, ce qui a pris du temps, puis toutes les deux ont été transportées dans une cale sèche pour être rééquipées. Pendant tout ce temps aucun navire n'était affecté au contrôle de la côte Nord, le roi aurait été bien inspiré de saisir cette opportunité. Toutefois, poursuivit-il en haussant les épaules, pour des raisons qui dépassent mon entendement, il ne l'a pas fait, et j'ai ensuite été assigné vers le Nord. La seule chose que je pouvais faire était de progresser aussi lentement que possible, au moyen de diverses mésaventures. Vous aurez sans nul doute entendu ce qui est arrivé à l'*Édimbourg* à Leith ? » Il regarda les visages curieux de son public. « Non ? Alors vous avez été privés d'une histoire amusante. Mon équipage s'est révolté. »

La comtesse haussa les sourcils de stupéfaction. « Votre équipage *à vous* ?

— Je sais. C'est difficile à concevoir, n'est-ce pas, quand on connaît l'affection que me portent ceux que je commande. » Son sourire laissait paraître une aimable suffisance. « Je peux vous assurer que ce n'est pas une chose facile à gérer. » Il trancha un morceau de bœuf qu'il piqua de la pointe de son couteau. « Plusieurs jours avant cet épisode, j'ai fait circuler la rumeur selon laquelle nous mettrions le cap vers les Caraïbes après Leith. Mes hommes, qui pour la plupart ont été forcés à entrer dans la marine, arrachés à leur maison contre leur gré, apprécient peu la perspective d'un passage aux Caraïbes, avec les dangers et les privations que cela implique. Le temps que nous atteignions la route de Leith, ils étaient fiévreux d'anxiété. Alors j'ai accosté et je suis resté quelque temps sur place sous prétexte que j'attendais que le Trésor contrôle mes anciens comptes et, évidemment, pendant mon absence, cent membres de mon équipage se sont échappés à bord de barques. » Il souriait de toutes ses dents. « Nous avons mis deux semaines à les retrouver et à les amadouer pour les faire remonter à bord. Et entre-temps, bien entendu, impossible de naviguer. »

La comtesse ne réussit pas tout à fait à lui lancer un regard désapprobateur. « J'espère au moins que vous ne les avez pas punis à leur retour.

— Mes hommes ? Non, tout a été pardonné et chacun a repris son poste, avec pour instruction de ne pas écouter les rumeurs stupides à l'avenir.

— Oh, Thomas », lança la comtesse, souriant à présent ouvertement.

Il haussa les épaules avec désinvolture. « Ce n'est pas une tactique que je réutiliserai, en tout cas. Je peux difficilement espérer pousser mon équipage à la révolte une seconde fois sans que cela me porte préjudice, et malgré tout l'amour que je porte à mon roi, je n'ai pas tellement envie de sacrifier ma réputation sur l'autel de son retour. » Mais il prononça ces mots d'un ton léger, et Sophia avait le sentiment que, malgré son apparence narcissique, le capitaine Gordon était prêt à sacrifier bien davantage si on le lui demandait. Il poursuivit : « Non, je devrai trouver d'autres moyens de maintenir libre pour lui la voie maritime. Cela ne devrait pas être si difficile. Je n'ai pas eu vent de bateaux nécessitant une escorte au nord, et aucun pirate n'a été vu sur cette côte depuis longtemps, alors nous n'avons pas de raison d'éterniser ce voyage, ni de rester près de la côte. Le temps me forcera sans doute à demeurer quelques semaines sur la terre ferme et les tempêtes ici, au nord, peuvent tellement endommager un navire que, le temps que nous atteignions l'Angleterre, l'*Édimbourg* aura probablement besoin de petites réparations. D'ailleurs, il est même possible que la frégate nécessite assez d'attention pour être placée dans une cale sèche, et quand elle en sortira retapée, je ne serais pas surpris du tout de me voir obligé d'aller passer quelques jours à Londres pour des affaires urgentes. Donc, avec un peu de chance, conclut-il, le roi pourrait trouver la voie libre jusqu'à Noël. »

Au bout de la table, le comte demanda, incrédule : « Pouvez-vous vraiment faire cela ?

— Je peux essayer.

— Vous devez être prudent, lui dit la comtesse.

— Je le suis.

— Vous êtes formidable. Et je ferai en sorte que le jeune roi Jacques le sache. »

Gordon lui lança un sourire et haussa les épaules. « Il pourra me récompenser quand il viendra, dit-il, en faisant de moi un amiral. »

À la fin du repas, il s'appuya sur son dossier et regarda son ventre, feignant la consternation. « Votre cuisinière essaie vraiment de me faire grossir chaque fois que je viens ici.

— Ce n'est pas la cuisinière, répliqua la comtesse, qui vous a resservi deux fois du pouding.

— Oui, c'est vrai. Quand bien même, je ferais mieux de faire un peu d'exercice, sans quoi je risque de faire couler mon bateau quand j'y rembarquerai. Je me demande, lança-t-il sur un ton désinvolte en regardant autour de la table, si votre charmante Mlle Paterson accepterait de se joindre à moi pour une promenade dans les jardins du château. »

Avec trois têtes tournées vers elle, Sophia ne pouvait envisager aucune manière élégante de refuser. Elle aurait pu invoquer une migraine, mais elle n'aurait pas été convaincante sachant qu'elle s'était comportée de façon normale toute la durée du dîner. En plus, la comtesse l'observait à présent avec un intérêt maternel. Sophia ne pouvait pas la décevoir en manquant de politesse envers son invité préféré, aussi accepta-t-elle.

Il faisait frais dans le jardin. Les murs bloquaient le vent mordant de la mer, mais l'air automnal était tout de même frisquet. Les fleurs qui n'étaient pas encore mortes avaient commencé à se faner, et tout respirait la nostalgie des beaux jours. Un oiseau téméraire, toutefois, seul près du grand mur, partageait sa mélodie avec courage.

Sophia ne s'était pas aventurée dans le jardin très souvent depuis le départ de Moray. Elle était venue quelques fois avec la comtesse pour se promener et admirer les fleurs colorées de l'été, et une fois avec Kirsty pour l'aider à ramasser des herbes. Mais elle avait toujours senti la présence désagréable de Billy Wick. Son abri en pierre et aux fenêtres sombres semblait accroupi comme un gros crapaud répugnant au pied des jardins, accolé aux grands arbres tordus qui bordaient la clairière, et elle ne pouvait le regarder sans ressentir un frisson de terreur, comme si quelque chose de diabolique l'observait, attendant le bon moment pour agir.

Billy Wick lui-même était bien visible ce jour-là, en train de travailler avec des cisailles au milieu des branches du lilas – cet arbre sous lequel elle s'était tenue avec Moray lors de leur dernière entrevue, quand il l'avait parsemée de pétales et embrassée…

« Je dois vous avouer, commença Gordon, que lorsque j'ai fait votre connaissance, je ne savais pas comment vous vous acclimateriez à Slains. Vous paraissiez trop réservée, et la comtesse est – il marqua une pause pour trouver le mot juste – une femme vigoureuse. »

Elle avait bien conscience qu'il entendait cela comme un compliment, mais elle ressentit tout de même le besoin de prendre la défense de sa protectrice. « C'est une femme dotée d'une grande intelligence et de beaucoup de grâce.

— Oui, en effet. Et de toute évidence, elle vous a enseigné comment lui ressembler. Vous avez changé, ces derniers mois. »

Elle ne pouvait lui révéler qu'elle avait changé davantage qu'il ne pouvait s'en douter, et que la comtesse n'y était pour rien, alors elle se contenta de lui répondre poliment : « Dans le bon sens, j'ose espérer.

— Tout à fait. » Il tourna la tête pour lui sourire. Il ne lui avait pas offert son bras, mais marchait à l'aise à ses côtés. « Vous me pardonnerez si je vous dis que vous sembliez encore une jeune fille à votre arrivée ici, et qu'en l'espace de ces quelques mois seulement, vous êtes devenue une femme. C'est une transformation éblouissante. »

Il la charmait de façon délibérée et aurait pu dire la même chose à toute fille qui lui plaisait, mais Sophia dut faire un effort pour s'empêcher de poser une main protectrice sur son ventre, comme si elle craignait qu'il pût découvrir son secret. « Vous me flattez, déclara-t-elle.

— Je ne dis que la vérité. »

Derrière l'épaule de Gordon, Billy Wick les observait dans un silence furtif, occupé avec ses cisailles. Et soudain elle ne put plus supporter de le voir tailler le lilas, de voir ses branches nues tomber sur le sol aride. Elle regarda Gordon. « Pourrions-nous emprunter une autre allée ? J'ai le soleil dans les yeux.

— Comme vous voudrez. » Il choisit l'allée qui traversait les rosiers, leurs fleurs pâles éparpillées sous les arbustes épineux. Il écarta un pan de sa veste et en sortit un petit paquet plat, semblant tout léger dans sa main. « Quand j'étais à Londres et que j'attendais que l'*Édimbourg* soit rééquipé, j'ai eu l'occasion de les apercevoir dans la vitrine d'une boutique. Ils m'ont fait penser à vous. »

Il allait lui tendre le paquet mais elle hésita. « Capitaine Gordon…

— Je vous en prie. » Il s'arrêta de marcher et lui lança son sourire le plus persuasif. « Ce n'est qu'une bricole. »

À contrecœur, Sophia prit le présent. L'emballage laissa place à une paire de gants délicats en cuir blanc, avec des nœuds brodés en fil d'or. Elle les regarda en silence, se remémorant la dernière visite de Gordon – quand elle s'était assise sur les gants de Moray pour les cacher, au salon.

« Il me semble vous avoir dit que vos mains méritaient une protection plus douce que les gants de M. Moray. »

Elle garda les jolis gants dans sa main encore un instant, puis les rendit à Gordon. « Je ne puis les accepter. Ce ne serait pas correct.

— Pourquoi donc ? » Il insistait, amusé. C'était un autre type de danse que celle dans laquelle l'avait menée l'astucieux duc d'Hamilton – les échanges étaient plus directs, mais elle ne pouvait là encore pas se permettre de faire de faux pas. Le capitaine Gordon était un homme dont le charme et la beauté lui avaient sans aucun doute permis de séduire plus d'une femme, et il cherchait clairement à ajouter Sophia à la liste de ses conquêtes. Elle pouvait prendre le parti de rester évasive et de gagner du temps, jusqu'au retour de Moray… mais elle savait que cela pèserait lourd sur sa conscience. Alors elle essaya, sans tout révéler, de lui faire comprendre.

« Vous êtes gentil, capitaine, et votre cadeau me touche beaucoup, mais j'ai l'impression que vous me l'avez offert dans une certaine perspective, et je ne voudrais pas vous insulter en acceptant une affection que je ne puis vous donner en retour. »

Il haussa légèrement un sourcil, comme si l'idée de se voir refusé ne lui avait jamais traversé l'esprit. Sophia pensa pendant une longue minute qu'elle l'avait offensé. Mais il finit par récupérer les gants et dit d'une voix lente : « Je vois. Peut-être avais-je tort de penser que vous aviez besoin de ces gants. Il semble que ceux de M. Moray vous aient bien été. »

Ses yeux la trahirent, lui confirmant ce qu'il pensait.

«Alors, reprit-il d'une voix douce, la comtesse est-elle au courant?»

Sophia secoua la tête. Le danger qu'il le fût désormais la frigorifia soudain, et elle le regarda, implorante. «Vous ne lui en direz rien?»

Il garda le silence pendant si longtemps qu'elle n'était pas sûre de la réponse qu'il lui donnerait. Puis il rangea calmement les gants délicatement brodés dans sa veste et la regarda avec toute la galanterie qui le caractérisait. «Vous avez ma parole», lui promit-il. Il lui offrit son bras et lui dit: «Rentrons à présent. Mon navire et mon équipage m'attendent, et j'ai l'impression que je me suis déjà trop attardé.»

C'était la réaction de la comtesse que Sophia appréhendait le plus, mais lorsque l'*Édimbourg* fut reparti vers le nord, elle se contenta de déclarer: «Le capitaine Gordon est un homme charmant.»

Elle avait la tête consciencieusement penchée sur son ouvrage et avait prononcé ces mots de manière presque distraite comme si elle ne voulait pas se laisser déconcentrer. Toutefois Sophia sentit la pause qui suivit, et elle savait qu'elle était censée répondre.

«Oui, tout à fait charmant, dit-elle simplement.

— Si j'étais plus jeune, je serais sans doute amoureuse de lui. Mais un homme comme lui ne convient pas à toutes les femmes.»

À ces mots, elle leva les yeux, et Sophia lut dans son sourire qu'elle comprenait, qu'elle lui pardonnait. Et bien qu'elles n'en parlassent jamais directement, Sophia était certaine que la comtesse savait plus ou moins ce qu'il s'était passé entre elle et le capitaine Gordon dans l'allée du jardin et que, quels qu'eussent été ses espoirs, elle y renoncerait sans regret et n'en parlerait plus.

Je n'avais pas besoin de consulter le livre de l'*Old Scots Navy* pour savoir que ce que j'avais écrit était véridique, mais je le fis quand même. Tout y était, comme je m'y attendais : le bateau du capitaine Gordon, le *Guillaume Royal* rebaptisé l'*Édimbourg*; sa traversée vers le nord en octobre et la révolte de certains de ces hommes à Leith.

Et ensuite, il semblait qu'il ait essayé de tenir sa promesse de faire tout ce qui était en son pouvoir pour s'assurer que son navire n'entraverait pas la venue éventuelle du roi Jacques et de ses alliés français.

« Le navire, écrivait-il dans un rapport, a beaucoup souffert du mauvais temps que nous avons rencontré au nord et nécessite des réparations. » Plus tard, ayant demandé que l'*Édimbourg* soit placé dans une cale sèche et ayant obtenu satisfaction, il écrivait en décembre à l'amirauté : « Toutes les cales sont présentement occupées et le chef des réparations n'est pas encore en mesure de déterminer quand un espace se libérera. » Et encore plus tard, en janvier, il rapportait que le navire avait été examiné par un spécialiste qui avait conclu que l'*Édimbourg* nécessitait un entretien général, voire une reconstruction partielle. « Ma présence sur place sera inutile un certain temps, concluait le capitaine Gordon, par conséquent je vous prie de bien vouloir communiquer à Son Altesse royale que je pourrai être excusé pour me rendre en ville… »

Malin, pensai-je en refermant l'ouvrage. Risqué, mais malin. Il avait gardé la mer libre au nord, pour son roi.

Néanmoins je soupçonnais que les occupants de Slains aient dû s'inquiéter davantage des dangers approchant par voie terrestre.

XIII

Novembre arriva, apportant une semaine fatigante de vent et de tempêtes, ainsi qu'un autre visiteur inattendu. Celui-ci arriva à cheval, poussé dans les écuries par une bourrasque de vent du nord et une pluie battante, sa cape trempée et pendant lourdement de part et d'autre des flancs fumants de sa monture. Pour Sophia, qui était venue voir la jument aux yeux doux et donner à Hugo des restes de repas de la veille, il semblait avoir été envoyé par une force surnaturelle. Il paraissait plus sombre que le diable et tout aussi grand.

Quand il descendit de son cheval, elle recula d'un pas, la main sur l'encolure du chien. Elle était étonnée qu'il n'eût pas encore grogné, ni même baissé les oreilles. Elle-même mesurait la distance qui la séparait de la porte et se demandait quelles étaient ses chances de passer près du visiteur sans qu'il s'en aperçût. Il se tenait dos à elle et, le voyant à côté du cheval, elle se rendit compte qu'il n'était pas aussi colossal qu'il lui avait semblé. En fait, il n'était probablement pas beaucoup plus grand qu'elle – c'était la cape, avec son immense capuche remontée pour lui protéger le visage qui l'avait trompée.

Bien moins méfiante à présent, elle le regarda s'occuper de son cheval. Il retira d'abord la lourde selle, puis prit de la paille propre pour frotter et sécher les flancs de l'animal haletant. Aucun personnage diabolique, pensa Sophia, ne prendrait si bien soin de sa monture. Elle regarda de nouveau Hugo qui se tenait calmement près d'elle et sentit ses craintes diminuer, puis celles-ci s'évanouirent tout à fait quand l'homme se retourna enfin, repoussant la capuche noire de sa cape pour révéler un visage fin et marqué aux traits plaisants, soigneusement bordé d'une barbe brune bien taillée qui, grisonnante par endroits, marquait la force de l'âge. Il ne portait pas de perruque

– ses cheveux, grisonnants eux aussi, étaient simplement attachés en arrière, sans préoccupation de mode.

« Je suis désolé, vous ai-je effrayée ? » Il avait une jolie voix et parlait avec la cadence d'un Highlander. « Pardonnez-moi, jeune fille. Je vous avais prise pour un palefrenier, là-bas dans l'ombre. Y en a-t-il un dans les parages ?

— Un palefrenier ? » Elle ne savait pas où se trouvait alors Rory. Elle regarda autour d'elle.

« Cela ne fait rien, j'ai juste besoin d'une couverture et d'un compartiment, et je peux m'en occuper moi-même. » Non loin de lui il en trouva un inoccupé et, lorsque Rory arriva peu après, le cheval était installé confortablement.

Rory le reconnut tout de suite. « Colonel Graeme !

— Oui, acquiesça l'homme, surpris. Je ne pensais pas que vous vous souviendriez de moi – cela doit bien faire deux ans que je ne suis pas venu ici. »

Le fait que Rory se fût rappelé de lui et se déplaçât à présent autour de cet homme avec un respect évident indiquait à Sophia que ce colonel Graeme n'était pas un invité ordinaire.

« Il va avoir besoin d'un repas chaud, dit-il à Rory en désignant son cheval, si vous en avez la possibilité. La chevauchée a été rude et la pluie ne nous a pas quittés un seul instant. »

Rory hocha la tête, mais son regard bref et silencieux semblait plus préoccupé par le colonel, lui-même trempé et certain d'en subir les conséquences s'il ne se séchait pas au plus vite. « Je vais m'occuper de lui, déclara Rory. Et Mlle Paterson peut vous accompagner au château.

— *Mademoiselle* Paterson ? » L'homme la dévisagea avec intérêt et Sophia ne put s'empêcher de sourire. Il l'avait prise pour une domestique, d'autant plus qu'elle était vêtue d'une de ses vieilles robes et avait les chaussures toutes boueuses. Elle ôta sa main de l'encolure du chien pour faire la révérence. « Mon colonel. Je serai ravie de vous amener au comte et à la comtesse d'Erroll. »

Il avait des yeux rieurs qui se plissaient aux coins, et son sourire transparaissait de sous sa barbe grisonnante. « Et moi, jeune fille, je serai ravi de vous suivre. »

Elle le guida vers l'entrée de service, traversant les écuries et les hangars jusqu'au couloir qui longeait la cour. Elle avait bien évalué sa taille – les épaules du colonel n'étaient pas tellement plus hautes que les siennes, et il était trapu, pourtant il dégageait une grande présence et une certaine force. Il marchait comme un soldat, non d'un pas arrogant mais assuré. Il lui faisait penser à Moray. Comme lui, le colonel Graeme portait, sous sa cape, un simple gilet de cuir au-dessus de hauts-de-chausses et de bottes, et la bandoulière de son épée était passée autour de son épaule avec l'aisance de quelqu'un qui en porte une depuis longtemps.

« Ma mémoire n'est plus ce qu'elle était, lui dit-il en lui lançant un regard de côté, mais ai-je raison de croire que vous n'étiez pas à Slains il y a deux ans ? Où vous cachiez-vous déjà avec les chevaux à l'époque ? »

Elle aimait ses yeux, son visage, son ton amical. « Non, je n'y étais pas. Je ne suis arrivée qu'au printemps dernier.

— Ah oui ? fit-il avec un intérêt plus grand. Était-ce avant ou après le séjour du colonel Hooke et de son compagnon ? »

Ils avaient à présent fait le tour de la cour et arrivaient à l'escalier qui menait au premier étage, et elle était contente de le précéder pour qu'il ne vît pas son visage pendant que sa voix feignait l'ignorance. Car bien qu'elle appréciât cet homme, elle ne pouvait pas pour autant oublier la prudence. « Le colonel Hooke, vous dites… » répéta-t-elle en secouant la tête. Je regrette, ce nom ne me dit rien.

— Cela n'a pas d'importance. »

Tandis qu'ils atteignaient le premier étage, le comte sortit de la bibliothèque et faillit les percuter.

«Colonel Graeme!» Semblant aussi surpris et ravi que Rory plus tôt, le comte serra chaleureusement la main du visiteur. «D'où sortez-vous donc?

— Je vous le dirai, Monsieur, quand vous m'aurez offert un petit verre.»

C'était la première fois que Sophia entendait un homme, à l'exception du duc d'Hamilton, être si familier avec le comte – le colonel avait dit «Monsieur» d'un ton si décontracté qu'il aurait très bien pu dire «mon gars». Mais à voir la façon dont le comte l'acceptait, elle devina que les deux hommes se connaissaient depuis longtemps, et son sentiment ne fit que se renforcer lorsque le comte, une main sur l'épaule du colonel, le conduisit au salon en annonçant: «Mère, regardez qui est là.»

La comtesse, s'avança vers lui, enchantée. «Je n'ai entendu personne à la porte.

— Je suis venu directement des écuries. Mlle Paterson a eu la gentillesse de me guider, bien que j'aie l'air d'un bandit et que nous n'ayons pas encore été présentés.»

La comtesse sourit. «Laissez-moi y remédier alors. Sophia, je vous présente le colonel Graeme. C'est bien un bandit, comme il l'avoue, mais un bandit que nous accueillons volontiers parmi nous.» Puis, se tournant vers le colonel: «Patrick, voici Mlle Paterson, notre parente, qui est venue habiter avec nous.

— Honoré.» Il ne s'inclina pas profondément au-dessus de sa main comme le voulait la coutume; il la serra simplement avec fermeté et honnêteté et pencha légèrement la tête, ce qui avait le même effet.

La comtesse reprit: «Mais venez donc vous asseoir près du feu, sans quoi vous allez attraper une mauvaise fièvre avec ces vêtements humides.

— Oh, je ne suis pas si mouillé. C'est ma cape qui a le plus souffert.» Il retira alors de ses épaules la cape noire trempée pour le prouver, et la comtesse la lui prit pour l'étendre sur le pare-feu.

« Quand bien même », dit-elle en posant la main sur le dossier d'un fauteuil près de la cheminée, dans un geste qui relevait à moitié de l'ordre et à moitié de l'invitation. Le colonel céda en haussant les épaules avec désinvolture, mais il attendit que la comtesse et Sophia s'assissent avant de prendre la place qui lui avait été assignée. Le comte lui tendit un verre à moitié rempli de whisky.

« Voilà votre remontant. Maintenant, dites-nous ce qui vous amène ici. Nous vous croyions en France.

— Et j'y étais. J'ai débarqué au nord d'ici il y a deux jours et suis venu à vous aussi vite que possible. J'apporte un message de votre frère », déclara-t-il en regardant la comtesse, puis très brièvement derrière elle en direction de Sophia.

La comtesse déclara : « Mlle Paterson fait partie de la famille et sait garder un secret.

— Oui, j'ai eu l'occasion de m'en rendre compte par moi-même. » Une fois de plus, ses yeux semblèrent rire. « Lorsque je lui ai demandé si elle avait croisé le colonel Hooke, elle m'a presque convaincu qu'il n'avait jamais mis les pieds à Slains. »

Sophia rougit. « Je n'étais pas sûre…

— Non, non, vous avez bien fait, jeune fille, dit-il. On n'est jamais trop prudent, par les temps qui courent. La faute était mienne d'oublier que vous ne saviez pas qui j'étais – je souhaitais seulement apprendre si vous aviez vu mon neveu, pour ensuite m'informer de son état, car bien que nous ayons tous les deux passé du temps en France récemment, nos chemins ne semblent pas vouloir se croiser. »

Sophia fronça les sourcils, confuse. « Vous êtes l'oncle du colonel Hooke ?

— Non jeune fille.

— Il parle de M. Moray », dit la comtesse. Puis elle répondit à la place de Sophia : « Votre neveu semblait en bonne forme lors de son séjour ici.

— Il était fâché contre moi, je crois, ajouta le comte. Sa tête étant mise à prix à une telle somme, je ne pouvais pas le laisser s'aventurer dehors comme il l'aurait souhaité, pour parcourir les Highlands, alors il a dû demeurer ici avec nous toute la durée du voyage de Hooke.

— Je vois. » Le colonel reporta son regard sur Sophia, lui donnant l'impression qu'il voyait plus de choses qu'elle ne l'aurait souhaité. Elle était soulagée d'avoir rougi un peu plus tôt, car ainsi personne ne pouvait imputer la coloration de ses joues à cette nouvelle discussion autour de Moray, ni à sa réaction au fait que le colonel Graeme ne fût autre que son oncle.

« Quoi qu'il en soit, reprit la comtesse, il ne s'est pas tellement plaint et a semblé réussir à s'occuper par d'autres moyens. Je l'ai trouvé très silencieux.

— Pas comme moi, vous voulez dire ? demanda le colonel en faisant un grand sourire. Oui, il est vrai que John garde ses pensées et ses sentiments pour lui, malgré leur profondeur. Il était déjà comme cela enfant, et ses années de soldat n'ont fait que renforcer cette habitude.

— Où combat son régiment actuellement ? demanda le comte. En Flandre ? »

Les yeux baissés, Sophia essayait de masquer son immense intérêt pour la réponse.

« Oui, mais John n'est pas parti avec les autres soldats. Hooke a tenu à ce qu'il reste non loin de lui, à Paris. Ces temps-ci, on ne laisse personne ayant une connaissance même légère des projets du jeune roi s'éloigner de Saint-Germain, par peur que la rumeur ne se répande.

— Ceux qui croient qu'elle ne flotte pas déjà dans l'air sont des idiots, répondit sèchement la comtesse. Bon sang, d'après ce qui nous est rapporté, il semble que la moitié des courtisans de Saint-Germain sont des espions de la reine Anne.

— Oui, c'est probable. Ce qui explique sans doute pourquoi votre frère a préféré vous transmettre son message par ce biais – il se tapota la tête – plutôt qu'en noircissant une feuille d'encre.

— Et quel est-il, ce message ? »

Au cours de ce dernier échange, Sophia n'avait écouté que d'une oreille distraite, si soulagée qu'elle était d'apprendre que Moray n'avait pas passé les derniers mois en danger sur le champ de bataille, mais en sécurité quelque part à Paris. S'il avait dû avoir le sentiment d'être à nouveau enfermé, au moins elle était certaine qu'il allait bien et, surtout, qu'il était toujours en vie. Face à cette nouvelle, aucune autre ne lui paraissait importante. Toutefois, elle sentait à présent monter une grande attente dans la pièce et prêta alors de nouveau attention à ce qu'allait dire le colonel – il s'agissait peut-être de ce qu'ils espéraient entendre depuis de nombreuses semaines.

En effet.

« On m'a envoyé vous annoncer la venue prochaine d'une frégate en partance de Dunkerque qui, quand elle arrivera, sera le signal que tout est prêt pour le début de l'invasion. »

La comtesse tapa dans ses mains comme une petite fille. « Oh, Patrick ! Quand ? Quand donc ?

— Votre frère estime que c'est à présent une question de jours et que vous devez vous tenir prêts. Ils enverront Charles Fleming comme messager. Connaissez-vous le jeune Fleming ?

— Oui, je me souviens de lui, répondit la comtesse.

— Un brave homme, ajouta le colonel Graeme. Il doit vous apporter les instructions du roi, qui suivra non loin dans son sillage. »

L'esprit de Sophia s'échappa de nouveau, laissant les autres poursuivre leur discussion animée. Elle tourna la tête vers la mer derrière la grande fenêtre et ne trouva, dans cette étendue d'eau infinie, rien qui pût contenir son bonheur croissant. *C'est à présent une question de jours…*

Les mots résonnaient comme une mélodie, se répétant en une ronde joyeuse qui noyait tous les autres bruits.

Elle n'avait pas remarqué que quelqu'un cherchait à attirer son attention jusqu'à ce qu'elle sentît un petit coup sur le côté. Elle sortit de sa rêverie et se retourna, prête à s'excuser, mais il n'y avait personne. Le comte, le colonel et la comtesse étaient toujours chacun dans leur fauteuil à converser avec animation. Elle sentit ce petit coup une deuxième fois, plus profondément dans son ventre, et elle se rendit compte de ce que c'était. Son enfant commençait à s'agiter.

Elle fut émerveillée par ce premier petit contact avec la vie qui se développait en elle. Bien qu'elle sût que le moment choisi par le bébé n'était qu'une coïncidence, car la sœur de Kirsty lui disait depuis plusieurs semaines qu'elle pouvait désormais s'y attendre à tout instant, Sophia ne pouvait s'empêcher de croire que c'était un bon présage, comme si l'enfant, lui aussi, se réjouissait d'apprendre que Moray leur reviendrait bientôt.

La comtesse se mit à rire en réaction à une remarque du colonel Graeme, et cet éclat rejoignit l'état d'esprit de Sophia qui s'esclaffa alors elle aussi.

Le colonel tourna alors vers elle son visage mince et bienveillant. « En voilà un joli son.

— Et que nous n'avons pas beaucoup entendu ces derniers temps, déclara la comtesse, reprenant sa respiration et regardant Sophia avec tendresse. Patrick, de toute évidence, nous devrions vous garder un peu avec nous, car comme vous le voyez, nous manquons cruellement d'amusement. »

Le colonel s'enfonça dans son fauteuil et sourit. « Je serai heureux de vous en fournir, lui assura-t-il, tant que durera le whisky. »

Sur le pas de ma porte, Jimmy tenait dans ses mains un bol fermé, comme un roi mage apportant un cadeau précieux. « J'ai parlé de votre chute à mes amis du St. Olaf, ma fille, et ils se sont dit que ça vous ferait peut-être du bien. »

Je m'écartai pour le laisser entrer. Je me sentais encore un peu sonnée, ayant émergé de mon roman comme d'un rêve au moment de ses coups à la porte, ne sachant pas très bien quelle heure il était. Il était évident qu'il s'était rendu lui-même au pub – ses yeux brillaient joyeusement et son haleine sentait le scotch, mais il ne devait pas être si tard que cela, sans quoi un gentilhomme tel que Jimmy Keith n'aurait même pas envisagé de passer me rendre visite.

« Vous devriez vous asseoir », me dit-il, désignant de la tête ma cheville bandée, et il se libéra une main pour m'aider à rejoindre le fauteuil le plus proche. Une odeur chaude et sucrée se dégageait du bol qu'il portait.

« Qu'est-ce que c'est, Jimmy ?

— Juste une petite douceur. Vous aurez besoin d'une fourchette et d'une cuillère », décida-t-il. Il alla les chercher, puis disposa le bol et les couverts sur la table près de moi et découvrit un énorme morceau de gâteau baignant dans une flaque de crème. « C'est du gâteau au caramel, et vous n'en goûterez jamais de meilleur que celui qu'ils font au St. Olaf. »

Dès la première bouchée, je dus convenir que ce dessert valait presque la peine de se tordre la cheville.

Jimmy haussa les épaules quand je le remerciai. « C'est rien du tout. J'avais l'intention de monter vous voir, dans tous les cas, pour vider votre compteur.

— Oh, ce n'est pas la peine, m'empressai-je de lui répondre. Il me reste encore des pièces. » Je ne souhaitais pas particulièrement créer des ennuis à l'un ou l'autre de ses fils, et j'étais presque certaine que, s'il examinait le compteur, il se rendrait compte que l'aiguille ne se trouvait pas là où elle était censée être. Je fus soulagée qu'il accepte cette réponse sans broncher et dirige son attention vers le poêle dans la cuisine.

«Et le charbon, ça va?» Il ouvrit la porte du poêle pour évaluer le feu.

«Oui, merci. Stuart l'a ravivé pour moi.

— Ah oui, je vois, fit-il, moqueur. Il est incapable de faire un feu digne de ce nom.» Il saisit le tisonnier pour pousser les charbons ici et là, jusqu'à ce que leur nouvelle position le satisfasse. «Attention, c'est rare de voir Stuie faire quelque chose pour une autre personne que lui. On peut dire que vous inspirez mon gars.»

J'étais contente d'avoir la bouche pleine et de pouvoir me contenter d'un marmonnement incompréhensible en guise de réponse, avant que le téléphone ne sonne et me sauve. J'allai répondre en boitillant.

C'était bon et chaud d'entendre la voix de Graham. «Bonsoir.

— Salut.» Rapprochant le combiné de mon oreille, je baissai la voix.

Derrière moi, Jimmy referma la porte du poêle en la claquant fortement et se leva. «Je vais aller vous chercher un peu plus de charbon, annonça-t-il, avant de passer devant moi en sifflotant.

— C'était mon père? demanda Graham.

— Oui.

— On s'occupe bien de toi alors.

— En effet. Il m'a apporté du gâteau au caramel.

— C'est gentil de sa part. Comment va ta cheville?

— Comment est-ce que tu es au courant?

— J'ai mes sources. Comment elle va?

— Pas mal. Le Dr Weir a dit qu'il ne fallait pas que je la sollicite trop ces prochains jours.

— Ah. J'avais une proposition à te faire, mais si tu es censée ne pas bouger…

341

— C'est juste une petite entorse, rien de bien terrible. »
Je me retournai pour m'assurer que j'étais toujours seule.
« Quel genre de proposition ?

— Eh bien, je pensais que... comme mon frère est à la
maison et s'occupe de mon père, et comme il est difficile
pour moi de venir te voir avec ces deux-là qui traînent en
permanence autour de la maison... Je pensais que ça te
plairait de venir à Aberdeen en fin de semaine. »

C'était mon tour de lancer un « Ah.

— Tu pourrais emporter ton ordinateur, comme ça tu
pourrais écrire. Il faut que je travaille un peu moi aussi,
j'ai des copies à corriger.

— Ce n'est pas ça, c'est juste que j'ai promis de dîner
avec Jane, mon agent, à Peterhead samedi. » Je ne précisai
pas que Jane l'avait implicitement invité lui aussi. Il était
hors de question pour moi ne serait-ce que d'envisager de
le soumettre si vite à l'examen approfondi de Jane. Elle
pouvait se montrer pire que mon père quand il s'agissait
de faire passer un interrogatoire à mes petits amis, et je ne
voulais pas que Graham soit analysé. Il m'était trop cher.

« Pas de problème, fit-il. Je pourrais venir te chercher
après le dîner. Nous aurions encore la moitié de l'après-
midi, la soirée et tout le dimanche.

Dit comme ça, et avec sa voix si proche de mon oreille,
je ne voyais aucune raison de refuser.

Jimmy, toujours sifflotant, revenait. Élevant la voix
pour adopter un ton plus normal, je lançai : « D'accord, je
t'appellerai demain pour voir comment nous organiser.

— *Moi* je t'appellerai », promit-il.

Je raccrochai de façon aussi naturelle que j'en étais
capable et fus donc prise au dépourvu lorsque Jimmy me
demanda : « C'était mon fils ? »

C'était une bonne chose qu'il soit en train de regarder
la hotte à charbon qu'il remplissait et pas mon visage. Il
ne me vit pas retenir ma respiration. La tête baissée, il

nota : « Il a bon cœur mon petit Stuart, mais il peut être un peu pesant. »

J'expirai et me détendis. « Ce n'était pas Stuart. » Puis, parce que cela me servirait, je poursuivis : « C'était Jane, mon agent. Vous vous souvenez de Jane ?

— Oui. C'est pas le genre de fille qu'un homme oublie.

— Je vais dîner avec elle samedi, à Peterhead. » Puis, d'un ton plus désinvolte, j'ajoutai : « D'ailleurs, je resterai peut-être passer la fin de semaine avec elle et sa famille.

Jimmy trouvait que c'était une bonne idée et me le fit savoir. « Vous pouvez pas vous cacher ici tout le temps. Vous allez devenir folle si vous sortez pas un peu. »

Je le regardai retourner le sac de charbon pour faire dégringoler les derniers morceaux dans la hotte, et je me demandais comment cela devait être pour lui, tout seul dans sa maison. Je me souvenais que Graham m'avait dit que son père était perdu depuis la mort de sa femme. Il avait beau avoir ses fils et son groupe d'amis au St. Olaf, ce n'était pas la même chose que d'avoir une femme auprès de lui en permanence.

Alors, quand il eut fini de s'occuper du charbon et s'apprêta à prendre congé, je lui demandai s'il voulait bien faire du thé, puis s'il avait le temps de rester en prendre une tasse, et nous passâmes les deux heures suivantes à bavarder, à rire et à faire des parties de gin-rami avec le paquet de cartes que j'utilisais pour jouer au solitaire.

Parce que, comme Jimmy l'avait dit à juste titre, c'était parfois mieux d'avoir de la compagnie que d'être tout seul.

XIV

Le colonel Graeme tint parole et demeura à Slains.

Sophia se disait qu'il restait autant parce qu'il souhaitait être là pour voir la frégate arriver et proclamer le début de l'invasion du roi que parce qu'il appréciait l'hospitalité de Slains, mais dans tous les cas elle trouvait sa compagnie fort plaisante. Elle en vint à envier Moray d'avoir un oncle aussi charmant, et aussi différent de son oncle John. Il parlait davantage que son neveu et était plus prompt à se réjouir des petites choses de la vie, mais il ressemblait assez à Moray pour que Sophia se sentît à l'aise avec lui, en terrain familier.

Il apportait de la gaieté à Slains, car comme son neveu il n'aimait pas l'inaction. Si son corps arrêtait de se mouvoir, alors son esprit prenait le relais et, tout aussi agité, réclamait un divertissement. Il les faisait jouer aux cartes presque tous les soirs, leur enseignant tous les nouveaux jeux à la mode à la cour du roi de France ainsi qu'à Saint-Germain. Et un après-midi pluvieux de la fin de la semaine, il entreprit d'initier Sophia aux échecs.

«Vous avez l'esprit qu'il faut. Ce n'est pas le cas de beaucoup de femmes», déclara-t-il.

Elle était flattée par sa confiance et aurait bien aimé la partager. Le cœur lourd de peur de le décevoir, elle l'observa placer les pièces sur l'échiquier en bois qu'il avait installé entre eux, sur la petite table de la bibliothèque. Il semblait y en avoir tant, des éléments en bois finement sculpté, peints en noir ou en blanc – les tours, les têtes de cheval et les fous encadrant deux pièces couronnées plus grandes que les autres.

«Je ne suis pas très chanceuse pour les jeux en général, prévint Sophia.

— Ce n'est pas un jeu de chance.» Il disposa huit plus petits éléments en rang devant les autres. Lui lançant un regard rassurant, il précisa : «C'est un jeu de stratégie. Une bataille, si je puis dire, entre mes hommes et les vôtres. Mon intelligence contre la vôtre.»

Elle sourit. «Alors vous êtes sûr de gagner.

— Vous ne pouvez pas entamer un combat, jeune fille, en pensant que vous allez le perdre. Je vais vous expliquer les règles.» Il était soldat, et il lui enseigna les déplacements d'une perspective de soldat, en commençant par les lignes avant. «Ces petits hommes ici, les pions, n'ont pas le droit de prendre de décision. Ils ne peuvent que mettre un pied devant l'autre, avançant tout droit vers l'ennemi, sauf lorsqu'ils attaquent. Dans ce cas ils suivent la trajectoire de leur épée, comme cela, en diagonale.» Il fit la démonstration en avançant un de ses pions contre un de Sophia. «Maintenant, les cavaliers, derrière eux, peuvent se déplacer plus vite parce qu'ils sont à cheval et sont aussi plus audacieux…»

Pièce par pièce, il lui révéla ainsi le rôle de tous les combattants et les plaça sur le champ de bataille, prêts à l'action. Il la guida tout au long de leur première partie, prenant le temps à chaque tour de lui expliquer toutes ses options, quelles actions elle pouvait entreprendre, mais sans pour autant la conseiller. Le choix lui appartenait, et soit il se reculait, l'air approbateur, soit il souriait gentiment et capturait la pièce qu'elle avait mise en danger.

Sophia essayait d'apprendre de chaque erreur et, bien que le colonel remportât la partie comme elle s'y attendait, elle ressentit une certaine satisfaction d'avoir mené contre lui un semblant de bataille. Et sa fierté ne fit qu'augmenter lorsque le colonel observa : «Vous vous êtes remarquablement débrouillée, jeune fille. N'avais-je pas dit que vous aviez l'esprit qu'il fallait?

— Ce jeu me plaît.

— Oui, c'est ce que j'ai cru voir.» Il lui sourit. «Si vous voulez, nous avons le temps de faire une deuxième partie avant le souper.»

Son habileté croissait de jour en jour.

« Elle va finir par vous battre, Colonel, fut l'opinion du comte un jour qu'il suivait distraitement la partie de son fauteuil, entre deux pages de son livre.

— Oui, vous avez peut-être raison. » Les mains jointes, le colonel Graeme examina l'échiquier en sifflotant entre ses dents. Il prit son temps. Quand il déplaça enfin une pièce, Sophia crut qu'il commettait une erreur car cela créait une faiblesse dans ses rangs qu'elle pourrait ensuite attaquer. Mais lorsqu'elle profita de cette ouverture, elle vit que c'était elle qui avait commis une erreur, car le colonel Graeme fit doucement glisser son fou sur le plateau en lui annonçant : « Échec. »

Elle ne l'avait pas vu venir et fixa, incrédule, le fou prêt à prendre son roi. Face à son expression stupéfaite, le colonel Graeme lui expliqua : « Il vous faut surveiller le champ de bataille dans son entier, jeune fille, et utiliser votre intelligence avant vos armes. Quand vous m'avez vu bouger ce cavalier, vous avez tout de suite pensé à la tour que j'avais laissée sans protection, n'est-ce pas ? Tout comme la plupart des soldats novices pensent que l'essentiel est de prendre du terrain, de courir contre l'ennemi et de le blesser là où ils le peuvent.

— Et n'est-ce pas cela l'essentiel, alors ? »

Il secoua la tête. « Pas toujours, non. À la guerre, comme aux échecs, il faut toujours défendre son roi. » Il souriait avec indulgence. « Aucune bataille ne peut être déclarée victorieuse si le roi est perdu. »

Sophia hocha la tête pour manifester qu'elle comprenait, son regard perplexe posé sur l'échiquier. Elle ne voyait aucun coup qu'elle pourrait faire pour mettre son roi hors de danger, et pourtant il y en avait forcément un puisque le colonel ne lui avait pas lancé « échec et mat », mais juste « échec ». Sa concentration obstinée ne se relâcha pas jusqu'à ce que la comtesse vînt les chercher.

Celle-ci avait le visage grave en annonçant à son fils : « Nous avons un autre visiteur, quelqu'un que je n'apprécie guère. Il nous arrive avec des lettres du comte de Marischal, mais quelque chose dans son allure m'incite à la méfiance. »

Le visiteur en question patientait tranquillement au salon – un homme qui semblait âgé de plus de soixante ans, malgré sa corpulence, son visage aux traits marqués et ses mains immenses qui parurent avaler celle du comte quand il le salua. Il était plus grand que ce dernier, ce qui le plaçait bien au-dessus du mètre quatre-vingts, il portait la tenue d'un Highlander, et son imposante stature aurait été intimidante si son visage ne reflétait pas la lassitude d'un homme accablé par la vie.

« Dieu tout-puissant ! s'exclama le colonel Graeme, entrant dans la pièce derrière Sophia. Capitaine Olgivie ! »

La comtesse se retourna. « Vous vous connaissez ?

— Oui, nous avons servi en France ensemble, expliqua le colonel Graeme en s'avançant pour saluer chaleureusement le visiteur. Nous nous connaissons depuis très longtemps. Diable, comment vas-tu ? »

Le capitaine Olgivie semblait tout aussi heureux de retrouver un camarade de bataille dans la maison et se redressa légèrement en répondant : « Assez bien, même si je suis désormais trop vieux pour me battre et dois trouver d'autres occupations. » D'après le ton de sa voix, Sophia devinait que le changement de mode de vie était difficile à accepter pour lui. « Et toi ? Je te croyais en Flandre.

— Oui, disons que j'ai obtenu une permission pour venir en Écosse, pour une affaire de famille, fut l'excuse tranquille du colonel. Mais j'y retournerai bientôt. »

Sur le côté, la comtesse assistait à ces retrouvailles imprévues avec un visage réservé qui ne laissait rien paraître de ce qu'elle pensait. Sophia ne comprenait pas ce qui dérangeait tant la comtesse chez Olgivie. Quand on le lui présenta, il la regarda avec bienveillance.

« Vous devez être fatigué, Capitaine, si vous arrivez de chez le comte de Marischal. J'insiste pour que vous demeuriez à Slains jusqu'à ce que vous soyez remis de votre voyage. »

Olgivie s'inclina profondément, avec beaucoup de reconnaissance. « C'est trop aimable à vous, Madame. »

Elle sourit. « De rien. Venez, je vais appeler un homme qui vous conduira à votre chambre. »

Lorsqu'il eut quitté la pièce, le sourire de la comtesse s'évanouit et elle se tourna vers le colonel Graeme, en attente. « Patrick, dites-moi tout ce que vous savez au sujet de cet homme.

— Il mérite votre confiance, lui répondit le colonel sans détour.

— Et pourquoi cela ?

— Parce qu'il a enduré plus que vous et moi, au service des Stuart. Il y a vingt ans, il combattit pour le vieux roi Jacques. Il faisait partie de ces courageux Highlanders qui chargèrent dans le défilé montagneux de Killiecrankie avec Dundee et rompirent les rangs anglais. Et lorsque le vent tourna de nouveau, il rejoignit ce groupe de Highlanders qui avaient choisi de suivre le vieux roi Jacques en exil. Ils étaient cent cinquante et sacrifièrent tout ce qu'ils avaient pour servir Jacques, ne survivant qu'avec un maigre salaire de soldat. Il est une île du Rhin encore appelée l'île des Écossais, parce qu'ils la chargèrent à la façon des Highlanders, de nuit, traversant à pied bras dessus, bras dessous, immergés jusqu'aux épaules, et qu'ils prirent cette île à une force plus puissante. Le roi de France les considère comme une légende, ainsi que tous à Saint-Germain. Toutefois, peu d'entre eux sont encore en vie. Quand j'ai fait la connaissance du capitaine Olgivie il y a dix ans, les cent cinquante s'étaient réduits à vingt. Aujourd'hui ils doivent être encore moins nombreux. »

Ce récit semblait avoir ému le jeune comte. «J'avais déjà entendu parler de ces Highlanders, mais je n'aurais jamais pensé que l'un d'entre eux viendrait un jour chercher refuge sous mon toit. » Il s'avança vers le colonel et lui dit : «Il est bien sûr le bienvenu.

— Oui, confirma la comtesse. Merci Patrick d'avoir apaisé mes craintes. »

Néanmoins Sophia remarqua qu'elle restait sur ses gardes, comme si certains doutes perduraient.

Il était évident que le colonel Graeme, lui, n'en avait aucun. Le lendemain matin, au moment où il s'assoyait en face de Sophia pour reprendre leur partie interrompue, la porte de la bibliothèque s'ouvrit et Olgivie, les voyant déjà là et bien occupés, s'excusa et fit mine de se retirer, mais le colonel Graeme ne voulut rien entendre. «Entrez et joignez-vous à nous, Capitaine.

— Si vous êtes sûrs que cela ne vous dérange pas.

— Absolument pas. De plus, la présence d'un spectateur pourrait même améliorer notre jeu. »

Sophia avait des doutes quant à une amélioration potentielle de son jeu ce matin-là, piégée comme elle était, son roi désespérément en échec. Pendant que le capitaine Olgivie s'installait dans un fauteuil près du feu, elle en profita pour étudier à nouveau la disposition des pièces sur le plateau de jeu, dans l'espoir de découvrir le coup qui mettrait son roi à l'abri.

Le colonel Graeme l'observait attentivement de l'autre côté de la table, sans chercher à cacher son amusement. «Il y a un moyen de sortir de cette mauvaise passe, l'informa-t-il.

— Ne voudriez-vous pas me dire de quoi il s'agit?» Elle savait toutefois qu'il ne le ferait pas. Il ne lui avait jamais indiqué comment déplacer ses pièces ni donné de conseils, néanmoins il l'aidait de temps en temps à aiguiser sa vision du jeu.

C'est ce qu'il fit alors. «Cela implique votre reine.

— Ma reine… » Elle l'examina, mais ne voyait toujours rien. Et puis, soudain, elle poussa un « Oh » et joua le coup nécessaire.

« Vous voyez ? » Le colonel Graeme souriait, fier d'elle. « À présent votre roi est hors de danger. Du moins pour le moment », ajouta-t-il en la taquinant.

Olgivie les regardait avec un intérêt relatif, mais Sophia savait qu'il ne résisterait pas longtemps à l'envie urgente de raconter quelque chose. Il les avait bien divertis au souper la veille, avec ses anecdotes, car son âge lui permettait d'avoir amassé une multitude d'histoires, et les raconter semblait le ravir. Et Sophia n'avait aucune objection à les écouter. Elle les trouvait fascinantes, remplies d'audace et d'aventure – bien qu'elle les eût aussi écoutées si elles avaient toutes été d'un ennui profond, car son cœur n'était pas dur au point de priver un homme tel qu'Olgivie, dont les jours de gloire et de grandeur étaient désormais derrière lui, du plaisir de les revivre à travers ses récits.

« Oui, lança Olgivie, s'enfonçant dans son dossier. La reine a souvent le pouvoir de sauver le roi. Notre jeune roi Jacques doit beaucoup à sa mère. Il ne serait tout simplement pas en vie à l'heure qu'il est si elle n'avait pas eu le courage de l'emmener en France. »

Le colonel Graeme semblait lui aussi sentir une histoire pointer et chercha à l'encourager. « En effet, vous devriez raconter tout cela à cette jeune fille. Elle ne devait être qu'un petit bébé, à l'époque. »

Olgivie se tourna vers Sophia et, voyant qu'elle était réceptive, commença : « Eh bien, le jeune roi – le prince de Galles, à ce moment-là – n'avait que six mois. C'était cette période de l'année, le début du mois de décembre, et tout était sauvage, venteux et froid. La situation du vieux roi était alors mauvaise. Il perdait peu à peu son emprise sur le royaume. La plupart de ses généraux, y compris Marlborough, l'avaient quitté pour aller rejoindre Guillaume d'Orange, et sa propre fille, Anne, venait elle aussi de s'enfuir secrètement. Cela l'avait beaucoup affecté. Un coup terrible, pour lui, que sa fille chérie le trahisse. Il perdit une bonne partie de sa bataille après cela et s'inquiétait peu de ce qui lui arrivait, mais il se préoccupait grandement du sort de la reine et du petit prince de Galles. Il pensait que le bébé ne serait pas en sécurité dans son pays, car les membres du Parti whig faisaient circuler la fausse rumeur que le petit Jacques n'était pas le vrai fils de la reine. Un mensonge diabolique, je me demande comment la reine pouvait le supporter, elle qui lui avait donné naissance dans une chambre remplie de témoins comme doivent le subir toutes les reines, je… » Il s'interrompit, submergé par une telle émotion qu'il était difficile pour lui de poursuivre sur ce même sujet.

Sophia le comprenait. Il ne savait pas comment Marie de Modène avait pu supporter de telles calomnies. Elle-même ne savait pas comment une femme, qui qu'elle fût, le pourrait. Porter un enfant et le mettre au monde, puis le voir refusé et rejeté par ces mêmes personnes qui l'avaient vu naître… c'était tout simplement impensable. Sophia résista à l'envie de poser une main sur son ventre et Olgivie, s'étant remis, reprit : « Mais le vieux roi avait décidé que la reine et le prince de Galles devraient quitter Londres et être emmenés en France. Seule une poignée de personnes étaient dans la confidence. »

La lumière du feu projetait des ombres sur son visage expressif tandis qu'il se penchait en avant pour les inclure, eux aussi, dans le secret. Il poursuivit son histoire avec autant de détails que s'il avait lui-même assisté à la scène : « Au souper, le soir où était prévue la fuite, la reine s'assit à table. Elle était calme. Elle joua si bien son rôle que personne ne soupçonna quoi que ce soit. Une fois qu'elle se fut retirée, elle alla ôter sa belle robe au profit d'une tenue simple et courante et enveloppa le prince comme un paquet, comme si elle était une domestique quelconque et le prince, un petit tas de vêtements à laver. On lui avait octroyé deux hommes de confiance pour l'escorter, et elle était aussi accompagnée de ses servantes. Par le biais de passages secrets, ils quittèrent tous en catimini le palais de Whitehall, pour rejoindre à la hâte la voiture qui les emmènerait jusqu'au fleuve. »

Sophia avait peine à ne pas retenir sa respiration en écoutant son récit.

« La nuit était si noire, racontait le capitaine Olgivie, qu'ils se voyaient à peine entre eux. Et la traversée de la Tamise sous un vent violent et une pluie battante était éprouvante. Mais quand ils atteignirent enfin l'autre rive, la voiture et les six hommes censés les attendre n'étaient pas là. La reine fut obligée de s'abriter du mauvais temps près du mur d'une église, dangereusement exposée, et de patienter jusqu'à ce que son escorte aille chercher la calèche. Ils faillirent être découverts. Ce fut l'œuvre de la Providence s'ils s'en tirèrent, tout comme plus tard, au cours de cette terrible nuit, lorsqu'ils manquèrent d'être arrêtés sur la route vers Gravesend. Ils échappèrent aussi à ce danger, mais de peu, et gagnèrent la côte sans autre encombre. Là, d'autres se joignirent à eux pour leur traversée vers la France. Là encore, ce fut un horrible voyage, mais la reine ne se plaignit de rien. Une femme remarquable. Et c'est grâce à son courage que nous avons aujourd'hui un roi, car s'ils étaient tous les deux restés en Angleterre, rien n'aurait pu les sauver. »

Le colonel Graeme, qui devait lui aussi se souvenir de cette période troublée, marquée par les trahisons, en convint. « C'est une histoire émouvante.

— Oui, elle me vient directement du comte de Lauzon. Il y était – il était un des deux hommes qui guidèrent la reine Marie cette nuit-là, hors de Whitehall, de l'autre côté du fleuve et jusqu'à Gravesend, et il l'accompagna également tout le long de son voyage vers la France. Il fut témoin de tout ce qui arriva et le garda verrouillé dans sa mémoire, jusqu'à ce qu'un soir je l'aide à le rouvrir à l'aide d'un peu de vin.» Le capitaine Olgivie sourit en se remémorant cette soirée. «Il me raconta d'autres histoires, également, mais peu que j'oserais rapporter à une jeune fille.» Il pensa toutefois à une anecdote qu'il ne considérait pas trop offensante et s'enfonça encore plus profondément dans son fauteuil pour la raconter.

Sophia écoutait à moitié et souriait lorsque le comportement scandaleux du comte de Lauzon s'y prêtait, mais son imagination avait été tellement frappée par la fuite de la reine Marie de l'Angleterre vers la France qu'elle y pensait encore plusieurs heures plus tard.

Elle resta un long moment debout devant la fenêtre du salon cet après-midi-là, les yeux rivés vers la mer, à se demander ce que la reine avait pu ressentir en étant jetée sur ces vagues brutales de l'hiver, sans savoir l'avenir qui attendait le petit garçon qu'elle portait dans ses bras, et hantée de craintes pour la sécurité de son mari sur la terre qu'elle quittait et ne reverrait peut-être jamais. Quelle profondeur de désespoir avait dû connaître la reine?

Elle n'eut pas conscience que quelqu'un était entré dans la pièce jusqu'à ce que le colonel Graeme s'exprimât, derrière elle, d'une voix calme. «Je ne serais pas surpris qu'il se mette à neiger avant la fin de la journée. Ces nuages me semblent remplis de flocons.»

Il s'avança et se plaça près d'elle, laissant son regard suivre le sien, sans rien dire, juste pour lui tenir compagnie.

Sophia observa un moment les gonflements gris qui s'élevaient et retombaient derrière la fenêtre puis, rompant ce silence confortable, elle déclara, sans se retourner: «Mon père a toujours aimé la mer.»

Il la regarda avec malice. «Et pas vous.

—Je ne lui fais pas confiance. C'est une vue très plaisante en été, mais son visage change radicalement en décembre, un visage que je n'aime pas contempler.»

Il acquiesça. « C'est vrai, aucune vue n'est aussi mélancolique que celle de la mer en hiver, car elle nous indique que nous arrivons vraiment à la fin de l'année et que tous ses jours sont passés, des jours de joie et de peine qui ne reviendront jamais plus. » Il se tourna vers elle et sourit. « Mais c'est la ronde des saisons, une ronde naturelle et obligatoire. Les champs doivent être laissés en jachère et les oiseaux doivent s'arrêter un moment de chanter ; les plantes doivent mourir et reposer en silence sous la neige, tout comme la mer en hiver doit montrer son visage de tempêtes, de mort et d'espoirs engloutis, ce visage qui vous déplaît tant. Ce n'est que l'ordre des choses, jeune fille, et quand vous aurez comme moi pris de l'âge, vous finirez peut-être même par l'apprécier.

— Apprécier l'hiver ?

— Oui. » Il n'avait pas bougé, et pourtant sa voix sonnait aux oreilles de Sophia comme une étreinte, un bras réconfortant autour de ses épaules. « Car si l'hiver n'existait pas, nous ne pourrions jamais espérer le printemps. Le printemps viendra. » Il marqua une pause puis, de ce même ton assuré, il ajouta : « Et lui aussi. »

Il parlait bien sûr du roi, raisonna Sophia. Toutefois, elle pensait avoir détecté une lueur fugitive dans ses yeux avant que ceux-ci ne se détournassent des siens, et à cet instant elle n'était pas sûre qu'il ne lui eût pas délibérément parlé de quelqu'un d'autre.

Ils n'évoquaient jamais Moray. Le colonel semblait se contenter de savoir que son neveu allait bien lors de son séjour à Slains. Il n'avait pas demandé de détails quant aux occupations du jeune homme, comme s'il considérait que cela ne le regardait pas. Ces deux hommes se ressemblaient beaucoup, pensait Sophia – liés par des règles d'honneur qui les empêchaient de se mêler des affaires privées des autres et leur faisait préserver les leurs.

C'était aussi bien, se disait-elle, qu'il ne connût pas ses pensées à ce moment-là. Elle songeait à la fuite désespérée de Marie de Modène, à la peur, à la foi et à l'espoir qui avaient dû pousser une telle reine à braver la mer en hiver avec son bébé. Et, désormais, ce petit garçon, élevé pour être roi, se tenait prêt à jeter ses propres chances, limitées, sur ces mêmes vagues froides et impitoyables qui semblaient déterminées à séparer les Stuart de leur destin royal. Elle essayait, comme le lui avait conseillé le colonel Graeme, de voir la promesse de la mer en hiver, mais elle n'y parvenait pas. L'eau déserte, d'un gris verdâtre, s'étendait au loin jusqu'à rejoindre les nuages noirs qui, déferlant vers la rive, n'annonçaient que des orages.

Depuis qu'elle était arrivée à Slains et qu'elle avait appris le projet d'invasion pour ramener le roi, Sophia n'avait jamais envisagé l'éventualité d'un échec. Jusqu'à cet instant.

De ma fenêtre, je voyais les vagues se briser contre le mur du port. Il y avait beaucoup de vent ce matin-là et les vagues arrivaient hautes et rapides. Elles éclaboussaient violemment tout sur leur passage, créant une brume qui ne laissait plus paraître que la courbe de la plage enneigée. Je ne la distinguais pas clairement. Au loin, la mer s'était parée d'une couleur plus profonde dans l'ombre des nuages noirs qui se regroupaient à présent pour bloquer les rayons du soleil. Il n'était pas difficile, face à cette vue, de ressentir ce qu'avait dû ressentir Sophia. Cette mer en hiver n'était pas si différente de celle que j'avais imaginée à travers ses souvenirs. À travers ses yeux.

Il n'était pas difficile non plus de sentir la présence du colonel Graeme près de mon épaule. Je les sentais partout autour de moi, à présent, ces gens qui vivaient à Slains cet hiver-là. Ils étaient sans cesse avec moi et j'avais de plus en plus de mal à m'en détacher. Ils me remmenaient immédiatement avec eux.

Ce matin en particulier. Je voulais faire une pause et dormir, ce dont j'avais cruellement besoin, mais je ne parvins qu'à me préparer une rôtie et une tasse de café; je n'avais même pas fini que déjà les voix me rappelaient, de plus en plus agitées.

J'aurais pu faire abstraction, mais le vent se lamentait à ma fenêtre et finit par entrer de force pour venir m'envelopper de froid en murmurant: «Vous n'avez pas le choix.»

Et il avait raison.

XV

Elle avait pensé passer une heure avec les chevaux, mais elle avait renoncé à cette idée en tombant sur Kirsty qui se tenait tout contre le mur de l'écurie en compagnie de Rory, leurs têtes penchées tout près l'une de l'autre, en pleine conversation sérieuse. Sophia n'aurait pour rien au monde interrompu un tel moment d'intimité, alors elle s'arrêta et tourna les talons avant qu'ils ne l'aperçussent. S'efforçant de ne pas faire de bruit pour ne pas déranger le couple, elle contourna de nouveau la salle de brassage du malt et la blanchisserie.

Il avait neigé, comme l'avait prédit le colonel Graeme, et les branches des arbres endormis étaient blanches de gel, et plus loin elle aperçut une mince volute de fumée s'échappant de la cheminée de la cabane au fond du jardin. Elle n'avait plus vu Billy Wick depuis la visite du capitaine Gordon plusieurs semaines auparavant, et ne souhaitait en aucune façon croiser son chemin ce jour-là. Aussi quel ne fut pas son désarroi quand elle distingua sa silhouette bossue et sombre se détachant devant un arbuste enneigé dont les branches crochues s'arquaient et tendaient vers les collines intérieures, comme si elles s'efforçaient d'échapper aux vents féroces qui soufflaient de la lugubre mer du Nord.

Sophia s'apprêtait elle aussi à s'enfuir et à poursuivre son chemin le long du mur de la blanchisserie, puis à tourner pour atteindre la cuisine, quand un autre mouvement dans le jardin la fit s'arrêter et observer plus attentivement. Billy Wick n'était pas seul. Un deuxième homme, bien plus grand et emmitouflé dans une épaisse couverture de laine jetée comme une cape autour de sa tête et de ses épaules, se tenait près du jardinier. Sophia n'avait aucun doute quant à son identité – la seule question, pensait-elle, était ce que pouvait bien avoir à faire le capitaine Olgivie avec Billy Wick.

Quoi que ce fût, cela leur prit quelques minutes ; entre-temps, les sourcils froncés de Sophia se crispèrent encore davantage lorsque les mains des deux hommes se mirent à bouger et qu'un objet inconnu passa de l'un à l'autre.

Ce ne fut que lorsque les deux hommes se séparèrent, disparaissant de son champ de vision, la laissant supposer que le capitaine Olgivie allait reprendre l'allée vers la maison et risquait de la surprendre à tout moment, que Sophia se remit en route. Ses pieds s'enfonçaient dans la neige jusqu'aux chevilles, mais ils avançaient d'un pas rapide et décidé, et les mains qui resserraient sa cape autour d'elle cherchaient à la réchauffer du frisson qu'elle ressentait à l'intérieur, aussi bien que du froid extérieur.

Elle trouva le colonel à la bibliothèque, comme elle l'avait espéré. Il sourit par-dessus son livre en la voyant arriver. « Vous êtes déjà de retour ? Je pensais que la défaite d'aujourd'hui vous aurait suffi. »

Ignorant l'échiquier, elle lui demanda : « Puis-je vous parler ? »

Il se redressa, comme s'il sentait son angoisse. « Oui, bien sûr.

— Pas ici », lui dit-elle, sachant qu'Olgivie serait bientôt de retour. Elle avait besoin d'un endroit privé, où ils ne risqueraient pas d'être interrompus.

Tandis qu'elle s'apprêtait à retirer sa cape épaisse, elle fut prise d'une soudaine inspiration : « Voudriez-vous venir vous promener avec moi ?

— Comment, maintenant ? Dehors ? »

Elle hocha la tête.

Levant les sourcils d'un air résigné, le colonel Graeme jeta un dernier regard en direction du feu de cheminée et referma son livre. « D'accord jeune fille. Allons nous promener. Où cela ? »

La neige n'était pas si profonde en haut de la falaise, là où le vent l'avait poussée dans les terres, formant des amas qui, après avoir fondu toute une journée au soleil, étaient à présent bas et mous. C'était la fin de l'après-midi et des ombres s'entremêlaient les unes aux autres sous les branches enneigées des arbres qui bordaient le ruisseau. Sophia trouvait que l'odeur de feu de bois s'échappant de la cheminée des maisons donnait un caractère accueillant à ce paysage froid, et la fumée qui tourbillonnait dans l'air au-dessus du bois paraissait refléter le brouillard de son propre souffle.

Ils marchèrent au milieu des maisons puis gravirent la colline venteuse adjacente, avant de redescendre sur la vaste plage. Le sable était ferme sous les pieds de Sophia, non plus doux et mouvant comme en été, et les dunes étaient saupoudrées de neige blanche, laissant apparaître quelques touffes d'herbes dorées courbées face au vent. Sur toute cette étendue de sable, ils étaient seuls. Personne pour les entendre. Cependant Sophia continuait d'avancer, ne cherchant cette fois plus l'isolement mais l'inspiration.

Toute la durée du trajet sur le sentier, elle avait cherché comment formuler au mieux au colonel qu'elle pensait que son ami, le capitaine, n'était peut-être pas ce qu'il laissait paraître. Elle savait qu'il n'était pas facile d'exprimer une telle idée, et elle ne l'aurait peut-être pas mentionné du tout si elle n'avait pas eu le sentiment profond que ce qui était en train de se produire s'était déjà produit auparavant. Elle décida d'attaquer par cet angle: «Un jour, lors de son séjour à Slains, votre neveu m'a raconté ses aventures en compagnie de Simon Fraser.»

Les yeux du colonel scrutèrent son visage, soudainement intéressés. «Ah oui? Que vous en a-t-il dit?

— Que le roi l'avait envoyé ici avec Simon Fraser pour se renseigner sur le nombre potentiel d'hommes prêts à se soulever en cas de rébellion, et pour rencontrer tous les aristocrates se trouvant à Édimbourg et dans les Highlands.

— C'est la reine, Marie, la mère du jeune roi Jacques, qui l'envoya, car elle a beaucoup d'estime pour lui. Vous a-t-il précisé cela?»

Elle secoua la tête.

«Cela ne m'étonne pas, il n'est pas du genre à se vanter, mais c'est la vérité. D'ailleurs, quand Fraser retourna en France sans John, la reine en fut si bouleversée qu'elle traita Fraser de meurtrier et fit de son mieux pour qu'il soit envoyé en prison. La reine Marie est une femme très loyale et n'oubliera pas ceux qu'elle apprécie.»

Elle ne savait pas que la reine appréciait Moray, et elle ressentit de la fierté, toutefois elle ne voulait pas être distraite de son objectif et aurait repris la parole si le colonel Graeme n'avait pas alors ajouté: «Néanmoins la reine avait tort quant au meurtre. Fraser avait simplement détalé comme un rat sans prévenir John, le forçant à devoir se cacher plusieurs mois avant de trouver un moyen sûr de regagner la France à son tour. J'étais déjà reparti, sans quoi j'aurais été là pour l'aider, car des rumeurs circulaient et il était en danger.»

De nouveau distraite par cette information, elle le regarda et répéta: «Vous étiez déjà parti?

— Oui », répondit-il. Puis, comme si c'était un fait bien connu, il ajouta : « J'étais venu moi aussi, envoyé avec Fraser tout comme John, sur ordre de Saint-Germain. Ne vous a-t-il pas dit que son oncle était avec lui ? » La réponse devait être évidente sur le visage de Sophia, car il déclara : « Non, il n'a pas dû vous le dire. C'est un homme qui parle peu, John. Quelqu'un de remarquable pour garder des secrets. » Il détourna les yeux, vers la mer agitée, ne voyant donc pas le changement d'expression de Sophia. « Vous a-t-il dit que Simon Fraser était un traître ?

— Oui.

— Un coup dur pour John, car il l'estimait beaucoup. Dès notre arrivée j'avais une drôle d'impression. Quelque chose n'allait pas chez Fraser. Mais John... » Il marqua une pause et haussa les épaules. « Eh bien, John était plus jeune et considérait Fraser comme un ami. Cela a été très dur pour lui.

— Tout homme, à mon avis, serait surpris par une telle trahison de la part d'un ami.

— Vous ne m'avez pas amené jusqu'ici pour parler de Fraser, jeune fille. Qu'est-ce qui vous préoccupe ? »

Elle inspira profondément. « Je soupçonne le capitaine Olgivie d'être un espion. »

Elle avait craint qu'il se mît à rire ou qu'il lui répondît avec colère. Il n'en fit rien et se contenta de lui demander : « Pourquoi donc ? »

Alors elle lui raconta ce qu'elle avait vu et ce qu'elle croyait avoir vu – le petit paquet qui était passé des mains du capitaine Olgivie à celles de Billy Wick. « Je pense qu'il s'agissait peut-être d'argent.

— Jeune fille. » Il lui lança un regard indulgent.

« Le jardinier est un homme maléfique dont les autres serviteurs ont une mauvaise opinion. Ce n'est pas un homme de confiance. Je ne vois pas de raison pour laquelle le capitaine Olgivie voudrait s'entretenir avec lui, si ce n'est pour apprendre ce qu'il se passe dans la maison et aux alentours. » Elle maintint les yeux baissés vers le sable et ajouta : « J'espère ne pas vous offenser, Colonel Graeme, si je vous dis que vous ressemblez beaucoup à M. Moray et que je ne souhaite pas vous voir souffrir, comme lui a souffert, à cause de quelqu'un qui ne mérite pas votre amitié. »

Il n'y eut aucun bruit pendant un moment à l'exception du mugissement des vagues se brisant sur la rive gelée. Puis le colonel demanda : « Vous inquiétez-vous pour moi, jeune fille ? »

Il paraissait aussi touché que Moray quand celui-ci avait fait une pareille découverte, tant de mois auparavant. Cet instant-là aussi, pensa Sophia, avait eu lieu là, sur cette plage, mais alors le vent était plus chaud et, sous un ciel plus bleu, la mer semblait un lieu d'espoir et de promesses.

« Ce n'est pas la peine, reprit gentiment le colonel Graeme. Et ne vous inquiétez pas d'Olgivie – il n'a rien à voir avec Simon Fraser et sert les rois Stuart depuis trop longtemps pour passer maintenant dans le camp des traîtres. »

Elle releva la tête et vit en le regardant qu'il ne prenait pas son avertissement en compte, mais la petite voix préoccupée en elle refusait de s'apaiser. « Quand bien même, serez-vous prudent ? »

— Oui jeune fille. Je ferai attention, puisque cela semble si important pour vous. » Toutefois il prononça ces mots de la même façon qu'un enfant turbulent promettrait d'être sage, et des petites rides au coin de ses yeux indiquaient qu'il ne prenait pas cela au sérieux. « Bon, était-ce la seule chose dont vous souhaitiez me parler ? »

D'après le ton de sa voix, elle eut la légère impression qu'il s'attendait à quelque chose d'autre, mais lorsqu'elle acquiesça il sembla satisfait.

« Dans ce cas, rentrons, car j'ai vu assez de neige pour aujourd'hui et j'entends l'appel du whisky près du feu. »

Bien qu'elle fût déçue de ne pas l'avoir convaincu à propos d'Olgivie, elle ne put s'empêcher de sourire. «Allez-y, lui dit-elle, je vais rester un peu pour me promener sur la plage.»

Il observa le sable sans grand enthousiasme. «Si vous avez envie de rester, je ferais mieux de rester moi aussi.

— Inutile, je ne risque rien. À une époque, je venais ici presque tous les jours.

— Ah oui?» Il semblait sourire, mais elle n'en était pas sûre. «Pourtant vous m'avez dit que vous n'aimiez pas la mer en hiver.

— Et vous m'avez répondu que si j'essayais, je pourrais peut-être découvrir ses vertus.

— C'est vrai.» Cette fois-ci le sourire était réel. «Je vais vous laisser essayer alors, mais veillez à ne pas demeurer trop longtemps dans le froid.»

Elle lui promit qu'elle serait raisonnable et le regarda s'éloigner sur le sable. De dos, il ressemblait tant à Moray qu'elle ressentit un pincement au cœur et détourna les yeux, puis le regarda à nouveau au travers d'un voile de larmes. Elle fut à moitié soulagée quand il disparut.

Elle monta sur les dunes et retrouva l'endroit où elle s'était si souvent retrouvée avec son bien-aimé, et bien que la terre fût à présent recouverte de neige, elle s'y assit, relevant les genoux sous sa cape, et tourna son regard vers la mer.

Elle n'était pas venue là depuis des semaines. Pendant l'été, elle s'y était souvent promenée, car c'était sur ce sable qu'elle ressentait le plus fortement ce lien qui l'unissait à Moray. Elle avait trouvé un certain réconfort à l'idée que chaque vague qui roulait sur la rive avait voyagé depuis la côte française afin de répandre son écume sur la plage pour elle, et retournerait lécher la terre où marchait Moray. Cette image, petite mais nette, l'avait soutenue tous ces jours durant où elle avait contemplé le vaste horizon à guetter l'approche d'une voile.

Toutefois aucune n'était arrivée, et quand son bébé avait commencé à la rendre malade, elle ne s'était plus sentie en état de s'aventurer si loin. Par ailleurs, l'enfant lui-même lui avait fourni un nouveau lien avec ce mari absent de ses bras, bien qu'emplissant son cœur, et elle n'avait plus ressenti ce grand besoin de déambuler parmi les souvenirs enfouis dans le sable des dunes.

Mais voilà qu'elle les retrouvait, ces souvenirs qui l'attendaient, et par habitude ses yeux s'étaient tournés vers l'horizon lointain où la mer rencontrait le ciel, cette fois avec plus d'appréhension que d'espoir, car elle craignait le sort réservé au navire émissaire envoyé de France s'il arrivait à Slains pendant qu'Olgivie y était.

Malgré l'incrédulité du colonel Graeme face à son avertissement et l'apparence inoffensive d'Olgivie lui-même, Sophia ne parvenait pas à faire taire sa méfiance, pas plus qu'elle ne pouvait s'empêcher d'entendre à nouveau dans sa tête les mots que lui avait un jour dits Moray, sur la plage : *Le diable sait comment charmer quand cela convient à ses intérêts...*

Ses doutes ne se fondaient pas uniquement sur ce qu'elle avait surpris ce matin-là entre Olgivie et Billy Wick. À présent qu'elle envisageait une trahison, elle était frappée par le fait que la comtesse gardât poliment ses distances, alors qu'Olgivie était à présent à Slains depuis plusieurs jours. Et les instincts de la comtesse étaient bien plus perspicaces que ceux de tous les autres occupants du château.

Sophia observait l'horizon froid, inquiète, et une fois de plus elle entendit une voix – pas celle de Moray mais celle du colonel, leur annonçant : *C'est à présent une question de jours.* Et alors que le soleil s'enfonçait plus profondément derrière un nuage, elle sut ce qu'elle devait faire.

Elle ne souhaitait pas décevoir le colonel, ni lui attirer des ennuis, mais s'il refusait de la croire et d'agir, quelqu'un d'autre devait le faire. Elle irait voir la comtesse, lui raconterait la scène à laquelle elle avait assisté et la laisserait gérer cette affaire comme bon lui semblerait.

Résolue, Sophia se leva et descendit des dunes pour repartir le long de la plage, imprimant ses pas dans la neige. Elle voyait les traces laissées par le colonel Graeme et celles, plus légères, d'un petit animal – un chien, sans doute – lui rappelant que Moray lui avait un jour recommandé de ne pas s'éloigner de Slains sans emmener le chien.

Elle ne pouvait que sourire en se rappelant son inquiétude, car la plage était si déserte, et la colline qu'elle commençait à gravir si nue, qu'elle ne voyait rien qui pût la mettre en danger. Elle avait parcouru ce chemin de nombreuses fois depuis le départ de Moray. Elle pouvait marcher les yeux fermés sans encombre.

Cependant, en arrivant à la moitié de la colline, elle sentit une soudaine angoisse le long de sa colonne qui la fit hésiter et se retourner.

Sur la courbe de la plage, les vagues roulaient en parfaite innocence. Les dunes étaient désertes et parsemées d'ombres. Rien ne bougeait à part l'eau et le vent qui fouettait les herbes. Elle se détendit. Ce n'était que son imagination qui lui avait fait entendre des fantômes quand il n'y en avait pas.

Elle sourit de sa bêtise et fit volte-face pour poursuivre son ascension… quand elle percuta Billy Wick.

Il lui semblait, dans son horreur, qu'il avait surgi de nulle part, lancé sur cette colline par un tour de magie noire pour lui bloquer la route. Il la laissa reculer d'un pas et ne chercha pas à l'agripper, mais son sourire était pire que tout contact physique. «Et où comptes-tu aller si vite, ma p'tite?»

Sophia savait qu'il se nourrirait de sa peur, alors elle tenta de la masquer, ne laissant plus apparaître comme indice que ses mains crispées sur sa robe. Le menton levé, elle lui ordonna d'une voix calme: «Laissez-moi passer.

— Chaque chose en son temps. »

Personne ne pouvait les voir, là où ils se trouvaient. Ni des maisons, ni même des hautes fenêtres de Slains. Et crier serait inutile. Personne ne l'entendrait.

Elle lutta contre sa panique croissante et essaya de réfléchir. Repartir vers la plage ne lui apporterait rien – elle ne pouvait qu'essayer de passer par la force et se mettre à courir. Il ne s'y attendrait peut-être pas. Il ne s'attendrait pas non plus à ce qu'elle le contournât du côté du sentier raide qui tendait vers la mer. Il pensait sans doute qu'elle tenterait de passer de l'autre côté, vers les terres, où la neige et les touffes d'herbes étaient douces aux pieds, plutôt que sur cette étroite bande de terre qui plongeait si traîtreusement vers les rochers noircis et la mer glaciale.

Elle inspira et tenta sa chance.

Elle avait vu juste. Son mouvement du côté de la mer le surprit et elle gagna une avance de quelques précieuses secondes. Elle aurait peut-être même pu s'échapper s'il n'avait pas réagi si vite, se retournant à la vitesse d'un serpent pour lui saisir le bras tandis qu'elle se précipitait en avant. L'élan de Sophia, coupé court par le geste soudain du jardinier, leur fit perdre l'équilibre à tous les deux et la jeune fille tomba violemment sur la terre gelée, si violemment qu'elle ressentit l'impact dans ses dents et vit des petites lumières tournoyer devant ses yeux.

Billy Wick tomba sur elle encore plus violemment et l'immobilisa. Son sourire avait disparu. Ils étaient maintenant allongés en travers du chemin et Sophia savait que, bien que le jardinier fût petit, il était costaud, et qu'elle serait peut-être incapable d'invoquer assez de force pour le repousser. «Eh bah, pourquoi tu veux t'enfuir p'tite? Je veux seulement ce que t'as donné à M'sieur Moray. »

Le regardant froidement elle lui lança: «Vous êtes fou. » Mais la peur avait à présent resserré son emprise sur elle et Billy Wick s'en rendait bien compte.

« Ouais, tu vas me le donner sans broncher, ma p'tite, sinon je vais être obligé de raconter au cap'taine Olgivie tout ce que t'as dit à M'sieur Moray dans mon jardin le soir où il est parti. C'était une scène très émouvante, au fait. » Ses yeux reflétaient la cruelle satisfaction d'un prédateur qui sait que sa proie ne peut plus s'échapper et veut s'amuser un peu avec elle. « J'ai failli pleurer, moi. Je suis sûr que le cap'taine Olgivie trouverait ça touchant lui aussi. Il me paie cher pour ce genre d'histoires, et les gens pour qui il travaille veulent depuis longtemps mettre la main sur ton Moray. »

Le vent glaçait le visage de Sophia et, dans ses oreilles bourdonnantes, elle entendait la voix de Moray répéter : *Il ne doit jamais apprendre que nous nous sommes donnés l'un à l'autre...*

Il parlait ce jour-là du duc, non d'Olgivie, mais elle savait que le danger était le même, car Billy Wick venait de lui confirmer qu'Olgivie était payé par la cour de la reine Anne. Si ces gens apprenaient qu'elle était l'épouse de Moray, ils l'utiliseraient de toutes les façons possibles pour forcer le soldat à se montrer. Sa propre vie lui importait peu – s'ils la menaçaient elle seule, elle le supporterait, pour lui. Mais elle n'était pas seule. Il y avait l'enfant. L'enfant de Moray.

Elle sentait les mains baladeuses de Wick sur son corps et elle remuait pour les éviter, les paupières serrées.

« Tu vois, dit-il, son haleine chaude et nauséabonde tout contre le visage de Sophia, t'as pas le choix. »

Il la recouvrit encore plus, s'appuyant contre elle de tout son poids. Et puis soudain, elle fut libérée. Une force violente avait soulevé le jardinier et l'avait écarté du corps de Sophia en un seul geste.

« Oh je crois que si », affirma la voix du colonel Graeme, aussi froide et menaçante que de la glace risquant de se briser à tout moment.

Ayant de la peine à y croire, Sophia ouvrit les yeux juste assez grand pour oser un regard. Elle vit le colonel debout derrière le jardinier, le visage non plus bienveillant mais d'un calme meurtrier, comme il devait l'être sur le champ de bataille. Il avait tordu le bras de Billy Wick dans son dos et avait placé le sien autour du cou du jardinier. Elle lut dans les yeux de Billy Wick la peur dont il se délectait d'ordinaire chez les autres, quand le colonel resserra brusquement son emprise et approcha ses lèvres près de l'oreille du jardinier pour le contredire : « Je crois bien qu'elle a le choix. »

Alors Sophia vit la main et le bras du colonel, dans un mouvement rapide, tourner et attraper la mâchoire de Wick et, d'après le bruit qui suivit et la façon dont le jardinier s'effondra, elle sut qu'il lui avait brisé la nuque. Le colonel Graeme repoussa le corps de Wick avec dédain. « Maintenant va au diable », lança-t-il au cadavre en le frappant de sa botte pour l'envoyer dévaler la pente raide de la colline vers les rochers et la mer.

Abasourdie, Sophia le regardait. Elle n'avait jamais vu d'homme commettre un meurtre. Pas ainsi. C'était, pensait-elle, la façon dont Moray devait lui-même se comporter sur le champ de bataille – lui aussi devait arborer ce visage calme, après avoir laissé de côté sa conscience, et ses yeux devaient, comme ceux de son oncle à présent, lancer des flammes qu'elle ne reconnaissait pas.

Elle le fixait, bouche bée, quand les traits du colonel changèrent à nouveau. Le soldat retrouva le visage que Sophia connaissait, et toute la fureur disparut de ses yeux tandis qu'il se penchait sur elle. « Êtes-vous blessée ? »

Elle n'arrivait pas à formuler de réponse, encore bouleversée par l'attaque de Wick, mais elle secoua lentement la tête. La douleur de ce petit geste la fit grimacer. Le colonel plaça délicatement la main sous sa tête, ses doigts chauds dans ses cheveux, puis la retira. Elle vit que sa paume était couverte de sang. Son sang à elle.

« Mon Dieu. » Il regarda autour de lui, réfléchissant à toute vitesse, puis se pencha de nouveau près d'elle. « Je vais vous demander d'être très courageuse, jeune fille. Nous devons vous ramener à la maison, et si je le pouvais je vous porterais, mais alors les gens que nous croiserons comprendraient que vous êtes blessée. Ils se poseraient des questions. Comprenez-vous ce que je vous dis ? » Afin de s'assurer qu'elle saisissait bien la situation, il reprit : « Personne n'a vu cela. Personne ne sait que Wick est mort. Et quand on retrouvera son corps, ce qui n'est même pas sûr, on pensera qu'il est tombé par accident. Et Olgivie, ajouta-t-il, le croira aussi. »

Il soutint un instant son regard, et elle comprit qu'il avait entendu la menace de Wick. Pour cela, au moins, ce moment de terreur n'avait pas été vain – Billy Wick avait fait ce qu'elle n'était pas parvenue à faire. Par ses propos, il avait donné au colonel Graeme la preuve qu'Olgivie, malgré ses années de bons et loyaux services, était devenu un traître et un espion.

Le capitaine Olgivie ne devait jamais apprendre ce qu'il s'était produit sur cette colline, sans quoi il saurait que lui-même avait été découvert. Levant les yeux vers le colonel Graeme, elle prit une profonde inspiration et retrouva sa voix pour lui dire : « Je peux marcher. »

Il l'aida à se relever et à se stabiliser sur ses pieds puis, de ses mains qui venaient de tuer un homme, il releva délicatement la douce capuche de la cape de Sophia pour cacher le sang dans ses cheveux. « C'est bien, dit-il avec un soupçon de fierté, en plaçant la main de la jeune fille sur son bras. Avancez lentement à présent et gardez la tête haute. Nous ne sommes pas loin. »

C'était un mensonge, et il le savait bien, car le chemin était loin d'être court, mais elle réussit à le parcourir, et Olgivie lui-même n'aurait pas su qu'elle était blessée s'il les avait vus monter le sentier menant à Slains. Elle ne l'apercevait nulle part, mais elle ne pouvait pas être certaine qu'il n'était pas en train de les observer par une des fenêtres du château, alors elle garda la tête haute comme le lui avait conseillé le colonel Graeme, bien que les battements dans son crâne la fissent souffrir et qu'elle craignît de s'évanouir à tout moment.

Elle était parcourue de frissons et tremblait de tous ses membres, mais le bras puissant du colonel sous sa main était un soutien précieux. Ils étaient à présent presque arrivés au grand perron.

« Comment saviez-vous ? lui demanda-t-elle, et il se retourna un sourcil levé.

— Quoi donc, que vous aviez besoin d'aide ? J'ai compris quand je suis revenu ici et que j'ai vu le jardinier sortir de l'enceinte du château. J'ai remarqué sa façon de noter que j'étais seul, et j'ai compris qu'il préparait un mauvais coup. Alors je suis revenu vous chercher.

— Merci » fut le seul mot qu'elle put prononcer tant la douleur était forte.

En guise de réponse, le colonel Graeme approcha sa main libre et, un bref instant, serra les doigts de Sophia qui reposaient sur son bras. Ils avaient à présent atteint l'entrée de la maison et ne pouvaient plus rien dire, car le capitaine Olgivie lui-même attendait au niveau de la porte pour les accueillir.

« Vous avez fait une petite promenade à ce que je vois.

— Oui, répondit le colonel Graeme d'une voix tranquille, mais je crains d'avoir épuisé cette demoiselle. J'ai peur que le froid lui ait donné la migraine. »

Elle se força à sourire et saisit la perche qu'il lui tendait. « Je vous assure, Colonel, que ce n'est pas quelque chose auquel un peu de repos ne saurait remédier.

— Ah, vous voyez ? dit Olgivie. Les jeunes filles d'aujourd'hui, Graeme, sont plus fortes que celles à qui nous avons jadis donné notre cœur.

— Oui, répondit le colonel, c'est bien vrai. » Il lança à Sophia un regard chaleureux. « Allez vous reposer alors.

Le capitaine Olgivie pourra sans doute vous remplacer pour une fois de l'autre côté de l'échiquier. » Il leva une nouvelle fois le sourcil pour défier son aîné et lui demanda sur un ton léger : « Seriez-vous tenté par une partie ? »

Et le capitaine Olgivie accepta, ignorant que les règles avaient changé.

Le colonel tapa sur l'épaule de son vieil ami en souriant. « Laissez-moi d'abord accompagner cette demoiselle à l'étage et trouver sa bonne pour lui demander de s'occuper de sa migraine. Ensuite je serai tout à vous. »

Le Dr Weir semblait content. « Bon, voilà qui est beaucoup mieux. » Il enroula de nouveau le bandage autour de ma cheville. « Je vois que vous avez suivi mon conseil de rester tranquille. »

Quelque chose dans sa façon de le dire me poussa à lui demander : « Vous ne pensiez pas que je le ferais ? »

Derrière ses lunettes rondes, ses yeux avisés brillèrent un bref instant. « Disons simplement que vous me semblez être plutôt le genre de jeune femme à n'en faire qu'à sa tête. »

Je souris, parce que personne n'avait aussi clairement pointé cet aspect de ma personnalité depuis mon enseignante de maternelle qui, dans le rapport de fin d'année, avait noté : « Carrie écoute les idées des autres enfants mais préfère les siennes. »

« Oui, enfin, je suis quand même de temps en temps les conseils qu'on me donne. Et en l'occurrence ça n'a pas été trop difficile de ne pas solliciter ma cheville. Le livre m'a tenue bien occupée.

— Tant mieux. Avez-vous encore besoin de précisions sur des espions ? Parce que j'ai fait quelques lectures et je vous en ai trouvé un beau spécimen. Vous vous souvenez que nous avions parlé de Harley ? »

Robert Harley, comte d'Oxford, un homme de pouvoir au sein du gouvernement de l'Angleterre et accessoirement le chef des services secrets de la reine Anne. J'acquiesçai.

«Je me renseignais sur Harley, reprit le Dr Weir, dans l'optique d'en apprendre un peu plus sur Defoe pour vous, et je suis tombé sur des lettres d'un autre agent qu'avait envoyé Harley en Écosse à l'époque, et qui séjourna même à Slains.»

Je ressentis l'étrange sensation qui s'emparait de moi au moment où mes personnages m'appelaient, aussi ne fus-je pas totalement surprise lorsque le Dr Weir m'annonça: «Il s'appelait Olgivie. Le capitaine Olgivie.» Il fourra la main dans sa poche et en sortit des feuilles de papier pliées. «J'ai recopié les lettres... enfin, des extraits. Il n'y a pas grand-chose. Mais tout de même, je pensais que ce nom pourrait se révéler utile.»

Je le remerciai. Je pris les pages qu'il me tendait et les dépliai pour lire ces lignes en silence. Olgivie commençait par un rapport de ses brèves entrevues avec les nobles du nord de l'Écosse et ce qu'il en avait appris, puis il évoquait Slains, où la comtesse d'Erroll l'avait reçu avec méfiance, mais où il y avait heureusement un certain colonel Graeme, à propos duquel il écrivait: «Lui et moi avons autrefois servi ensemble en France et avons longtemps été camarades de dortoir.»

Le Dr Weir, qui observait mon visage pendant que je lisais, me demanda: «Qu'y a-t-il?»

Je baissai les documents. «Avez-vous lu ces lignes?

— Oui.»

Un léger sourire aux lèvres, je me levai et me dirigeai vers le petit tas de pages récemment imprimées, à côté de mon ordinateur. Je sélectionnai les trois derniers chapitres que j'avais écrits et les lui présentai. «Dans ce cas, lui dis-je, il faut que vous jetiez un œil à celles-ci.»

Il s'exécuta. Quand il eut fini sa lecture, il me regarda interloqué.

«Je sais, fis-je. C'est ce que j'entends par preuves, cela dit. Quand j'ai écrit tout ça, je n'avais aucune idée qu'il existait un capitaine Olgivie ou un colonel Graeme. Certains personnages arrivent ainsi, parfois. Ils se pointent sans préavis. Pour tout autre roman j'aurais dit que mon subconscient les avait inventés afin de servir mon intrigue. Mais dans ce livre, j'ai l'impression de ne rien inventer du tout. Et voilà que vous m'apportez la preuve que ces deux hommes ont bien existé et qu'ils ont effectivement passé du temps à Slains.»

Il était encore en train d'assimiler ces informations. «Remarquable, finit-il par déclarer, avant de parcourir mes chapitres une seconde fois. C'est dommage que le capitaine Olgivie ne mentionne pas votre Sophia dans ses lettres à Harley.

— Je doute qu'il ait pensé qu'elle avait une quelconque importance.»

Ses yeux brillèrent d'une lueur complice tandis qu'il me rendait ma prose. «Dans ce cas, c'était une grave erreur de sa part.»

XVI

La comtesse et le colonel étaient tous les deux au chevet de Sophia lorsqu'elle se réveilla. Elle les entendait discuter.

«C'est la voie la plus sûre, disait le colonel Graeme. Vous ne pouvez pas vous permettre de l'avoir chez vous au moment de l'arrivée de Fleming.

— Non, ce serait catastrophique.» Dans la douce lumière du petit matin, aucune ride ne marquait le beau visage de la comtesse. Elle semblait jeune et déterminée. « Je suis d'accord qu'il faut l'éloigner d'ici. Mais Patrick, laissez quelqu'un d'autre s'en charger. Laissez mon fils assumer ce fardeau – il s'est proposé de le faire et nous ne voulons pas que vous vous mettiez en danger.

— La présence de votre fils sera plus importante ici, avec ce qui arrive. Et je doute que le capitaine Olgivie le suivrait comme il me suivrait moi. Nous sommes de vieux amis. » Sa voix était tranchante de cynisme amer. « Il a confiance en moi. »

La comtesse patienta un moment avant de lui dire : « Je suis désolée.

— Et moi donc. Autrefois, c'était le meilleur des hommes.

— Il doit avoir cruellement besoin d'argent. » Cela ressemblait bien à la comtesse, pensa Sophia, d'avoir assez de compassion pour chercher des excuses à un traître. Le colonel Graeme ne partageait pas sa générosité.

« Quand un homme traverse une période difficile, il doit faire appel à ses amis. Non les vendre à ses ennemis. »

La comtesse n'exprima pas son accord. Elle déclara simplement : « Prenez garde à ce qu'il ne vous vende pas vous aussi.

— Oh, ne vous inquiétez pas. Il n'en aura pas l'occasion. Je ne resterai pas une fois que je l'aurai mené à bon port. Vous êtes bien placée pour savoir, Madame, que je suis rusé comme un renard, et Édimbourg dispose d'assez de terriers pour me cacher. »

Dans son lit, Sophia était à présent tout à fait consciente. Elle se retourna sur son oreiller et ce mouvement attira l'attention de la comtesse et du colonel qui tournèrent tous les deux la tête. Elle crut lire un grand soulagement sur les deux visages.

« Et voilà, dit la comtesse, nous l'avons réveillée. Je vous avais prévenu que ce serait le cas. Comment vous sentez-vous ma chère ? »

Sophia avait encore mal à la tête, mais ses vertiges avaient cessé et, bien que son corps la fît souffrir par endroits et que ses membres lui semblassent courbaturés et contusionnés, elle ne pouvait se résoudre à se plaindre. « Je vais bien, merci. »

Une lueur d'admiration éclaira brièvement les yeux de la comtesse. « Vous êtes drôlement courageuse. » Elle donna à Sophia une petite tape sur le bras. « Je vais informer Kirsty que vous êtes réveillée pour qu'elle vous apporte votre bouillon matinal. »

Le fait qu'elle laissât le colonel Graeme dans la chambre sans chaperon était révélateur de son estime pour lui, bien que les bottes croisées sur le bord du lit, son corps mince fermement enraciné dans son fauteuil, Sophia doutât qu'aucune force n'eût eu la puissance de le faire bouger.

« La comtesse… vous lui avez dit ?

— Oui. Elle est au courant de tout. » Il souriait légèrement sous sa barbe. « Je crois que si je n'avais pas déjà envoyé le jardinier au diable, elle s'en serait elle-même chargée hier soir.

— Et le capitaine Olgivie ?

— J'ai réussi à le persuader de m'accompagner à Édimbourg. Je l'ai amené à croire qu'il y avait une affaire en cours de préparation là-bas qui méritait son intérêt, étant donné qu'il soutient le roi Jacques. C'était comme informer un loup de la présence d'un troupeau d'agneaux, prêts à lui servir de festin.

— Ainsi vous allez partir. » Ayant prononcé ces mots, elle ressentit une tristesse inexprimable. Elle ne voulait pas imaginer Slains sans cet homme qui était devenu pour elle un ami et un père.

Il ne lui répondit pas mais observa un moment son visage, en silence. Puis il se lança : « Sophia, il y a quelque chose que j'aimerais vous demander. » Il ne l'avait encore jamais appelée par son prénom, et elle sut alors que le sujet était grave. « Cela ne me regarde pas. Mais sur cette colline, quand Wick… » Il s'interrompit, comme s'il estimait que c'était indélicat de parler des intentions du jardinier, et dit simplement : « Il a mentionné mon neveu. Et vous. »

Elle croisa son regard et ne détourna pas les yeux. « Il a surpris une de nos conversations dans le jardin.

— Oui, c'est ce que j'avais cru comprendre. » Il marqua une pause pour chercher les mots justes. « Comme je l'ai dit, cela ne me regarde en aucune façon, mais je me demandais…

— Vous vous demandiez ce qu'avait entendu M. Wick ce soir-là qui intéresserait tant le capitaine Olgivie ? »

Apparemment soulagé par le franc-parler de Sophia, il acquiesça : « Oui, c'était à peu près cela. »

Sophia leva une main pour attraper la petite chaîne autour de son cou. Sortant lentement la bague de là où elle la cachait sous son corsage, elle la saisit pour la lui montrer. Toute parole était inutile, toute explication superflue. Il était clair d'après la réaction du colonel Graeme que la vue de la bague de Moray autour du cou de Sophia lui suffisait.

Il sourit. « Je dois avouer que je pensais bien que vous lui auriez plu. Nous ne sommes pas si différents que cela, John et moi, et si j'avais son âge j'aurais peut-être moi-même essayé de vous conquérir. Mais je suis content, jeune fille, de voir qu'il s'est comporté avec honneur. Allez-vous vous marier ?

— Nous avons déjà échangé la promesse des époux, peu avant son départ pour la France. » Elle referma la main autour de la bague et sentit sa chaleur. « La comtesse n'est pas au courant. John pensait qu'il valait mieux garder cela secret jusqu'à son retour. Néanmoins, précisa-t-elle pour que le colonel ne pensât pas qu'elle avait trahi le souhait de son mari, il m'a dit que je pouvais en parler à sa famille.

— J'espère bien. » Il feignait l'indignation en haussant légèrement un sourcil, bien que ses paroles et ses yeux fussent sérieux. « Vous verrez que nous sommes tous prêts à traverser un mur de feu afin de vous protéger pour John. Il vous suffit de demander. »

Moray lui en avait dit autant, mais elle était profondément touchée de l'entendre de la bouche de son oncle. « Vous l'avez déjà fait, Colonel, dit-elle doucement.

— Oui. Et je le referais encore, promit-il, même si vous ne portiez pas ce morceau d'argent autour de votre cou. »

Les larmes lui montèrent soudain aux yeux mais, comme il avait toujours loué son courage, elle ne voulait pas lui montrer de signe de faiblesse, alors elle baissa la tête et fit mine de se concentrer pour cacher à nouveau la bague de Moray afin que personne d'autre ne la vît. Toutefois, elle craignait que sa voix ne la trahît si elle essayait de faire comprendre au colonel à quel point il lui était devenu cher et combien il allait lui manquer après son départ.

Il semblait le savoir sans qu'elle eût besoin de le dire, car il se racla la gorge et se leva. « Bon, jeune fille, venez dire au revoir à votre oncle Patrick, avec un sourire si vous y parvenez. »

Elle y parvint et, bien que ce ne fût pas son sourire le plus convaincu, il fit l'affaire, car il prit la main de Sophia dans la sienne et la porta doucement à ses lèvres. « Je suis certain que nous nous reverrons bientôt.

— Je l'espère.

— L'espoir, lui dit-il, est rarement impliqué. C'est l'action qui fait agir le monde. Si vous ne devez retenir qu'une chose de ce que je vous ai appris du jeu d'échecs, retenez ceci : vous ne pouvez pas laisser vos hommes immobiles sur l'échiquier et espérer gagner. S'il veut traverser un champ de bataille, un soldat doit d'abord y pénétrer.

— Mais je ne suis pas un soldat, répliqua-t-elle, sa main encore dans celle du colonel.

— Ah non ? » Il se pencha pour lui donner un bref baiser affectueux sur le front, puis se redressa et lui dit : « Eh bien, même un petit pion a un rôle à jouer dans la défense de son roi. »

Elle ressentit de nouveau cette même émotion, ce désir de le remercier pour tout ce qu'il avait fait. « Colonel Graeme ?

— Oui jeune fille ? »

Mais les mots, cette fois encore, lui échappèrent. « Je vous en prie, soyez prudent.

— Oh, nul besoin de s'inquiéter. » Il lui rendit sa main, lui lançant un de ses sourires qui ressemblaient tant à ceux de son neveu. « J'ai passé bien des années dans l'armée entouré d'officiers, jeune fille, et j'ai appris à me méfier d'un couteau dans le dos. »

Arrivée dans l'embrasure de la porte, la comtesse s'exclama en riant : « Patrick ! En voilà une déclaration mal avisée. »

Il haussa les épaules, incorrigible. « C'est cette pensée mal avisée comme vous dites qui me préserve du diable, Madame. » Jetant un coup d'œil par la fenêtre, il nota la position du soleil au-dessus de la mer et ajouta : « Et si je souhaite continuer dans cette voie, je ferais mieux de filer. »

La mort dans l'âme, Sophia le regarda quitter la pièce et, après qu'il fut parti, elle garda un moment son visage tourné vers la porte pour que la comtesse ne pût voir ses yeux humides.

S'étant rassise dans son fauteuil près du lit, celle-ci déclara : « Le colonel Graeme est un homme formidable.

— Oui.

— Il me rappelle beaucoup son neveu, indiqua la comtesse avec légèreté. Pas vous ? »

Sophia hocha la tête, prudente. « Ils se ressemblent beaucoup en effet. »

Le silence s'installa, rompu seulement par le cliquetis de la fenêtre sous le vent et par la ruée constante des vagues sur les rochers en contrebas de la tour. Lorsque la comtesse reprit la parole, sa voix était douce et ses mots simples : « Est-il au courant ? »

Sophia tourna la tête sur son oreiller, sa confusion si apparente que la comtesse s'adoucit encore davantage et reposa sa question de façon encore plus claire : « M. Moray sait-il que vous portez son enfant ? »

Sophia eut l'impression que son cœur avait cessé de battre. Elle avait pris tant de précautions qu'il lui paraissait impossible que la comtesse eût deviné la vérité. Puis elle comprit : « Kirsty vous l'a dit. » Consternée, elle aurait de nouveau détourné les yeux si la comtesse n'avait pas alors posé une main sur la sienne.

« Ma chère enfant, non. Personne ne me l'a dit. Vous oubliez que je suis moi-même une mère. » Il y avait une pointe d'ironie dans sa voix. « Demandez à mes propres enfants ce qu'il se passait quand ils essayaient de me cacher quelque chose.

— Depuis quand savez-vous ? » Sophia était affaissée contre ses oreillers.

« Depuis quelques mois maintenant.

— Mais vous n'en avez rien dit.

— Non. Je vous faisais confiance pour me l'annoncer, le moment venu. »

Sophia baissa les yeux. « J'avais espéré, vous voyez, que John… qu'il…

— Il n'est pas au courant ? »

Elle secoua la tête, voulant lui expliquer mais ne sachant pas par où commencer.

La comtesse lui pressa la main pour la rassurer. « Ma chère, vous ne devez pas vous inquiéter. M. Moray est un homme honorable.

— Il est bien plus que cela. » Sophia releva la tête et inspira. « C'est mon mari. »

Tandis que la comtesse ouvrait de grands yeux surpris, Sophia sortit la lourde bague en argent une seconde fois et la leva en guise de preuve. Et une fois de plus elle eut l'impression que son cœur s'arrêtait pendant qu'elle attendait la réaction de la femme dont l'opinion était plus importante pour elle que celle de presque tous les autres.

Quelques instants s'écoulèrent, puis la comtesse déclara enfin : « Je vois qu'il y a encore des secrets qui peuvent m'échapper. » Elle scrutait le visage de Sophia comme si elle le découvrait pour la première fois. « Je n'aurais pas imaginé que vous puissiez envisager de vous marier sans m'en demander la permission. »

Se sentant coupable, Sophia essayait de penser à des excuses. Elle s'apprêtait à les présenter à la comtesse, mais celle-ci n'avait pas terminé. Avançant une main, elle repoussa les cheveux de Sophia de son front, d'un geste maternel. « Lorsque vous êtes arrivée à Slains, je savais que vous aviez souffert toutes ces années chez votre oncle. Voler son innocence à un enfant est une chose terrible. C'est pourquoi je suis heureuse de voir que, quoi qu'il ait pu vous faire, il n'a pas réussi à détruire votre âme, ni votre esprit d'indépendance. » Elle sourit. « Et si vous souhaitez défier vos sages aînés, vous pourriez faire bien pire qu'épouser M. Moray. Dans ma jeunesse, j'aurais moi-même pu jeter mon dévolu sur un tel homme. »

Ce fut au tour de Sophia d'ouvrir de grands yeux stupéfaits, ne sachant pas comment répondre. Elle s'attendait à être punie, et voilà qu'elle recevait la bénédiction de la comtesse.

« Toutefois, poursuivit celle-ci, il y a un temps pour l'indépendance, et un temps où il faut savoir la mettre de côté. » Son ton était bienveillant mais ferme. « Il n'est pas facile de mettre un enfant au monde. Vous êtes trop jeune, ma chère, pour porter seule ce fardeau. »

Sophia savait qu'il était inutile de discuter face à ces yeux déterminés. Elle n'était d'ailleurs pas d'humeur à le faire car, en vérité, savoir que la comtesse était à présent au courant de tout la soulageait plus qu'elle ne l'aurait pensé, toutes ses angoisses pour les mois à venir s'estompaient déjà comme si elles n'avaient jamais existé.

L'enfant en elle s'agita avec force, comme pour prouver qu'il n'avait pas souffert de l'attaque de Wick et, récupérant un peu de cette force pour elle-même, Sophia regarda la comtesse. « Tout ce que je souhaite, à présent, c'est protéger mon enfant de tout mal.

— Et vous y arriverez, promit la comtesse, mais pas toute seule. » Son expression indiquait clairement qu'elle avait longtemps réfléchi à la situation et savait déjà quoi faire. « Vous allez avoir besoin d'aide. »

Chapitre 16

$\mathcal{J}$ane reposa les pages sur la table et me lança un:
« Eh bien ? »

Levant les yeux de mon dessert, je lui demandai:
« Eh bien quoi ?

— Je suis intriguée maintenant. Que se passe-t-il ensuite ? »

J'admis ne pas en être encore certaine. « Mais bien sûr,
à cette époque, on ne pouvait pas avoir un bébé comme
ça toute seule, sans que personne le remarque. Et comme
la comtesse voudra garder le mariage de Sophia et Moray
secret, je pense qu'elle l'enverra quelque part, en lieu sûr.

— Et où donc ?

— Je ne sais pas. Je vais devoir y penser.

— Mais si le bébé est prévu pour… » Elle marqua une
courte pause pour compter les mois. « Pour mars, ça ne
signifiera-t-il pas alors que Sophia sera absente de Slains
au moment de l'invasion ?

— Je ne sais pas. » Je léchai le glaçage du gâteau sur ma
fourchette.

Elle secoua la tête. « Comment donc peux-tu écrire un
livre sans avoir de plan digne de ce nom ?

— J'ai toujours travaillé ainsi.

— Pas tout à fait ainsi, corrigea Jane en faisant glisser son pouce sur le côté des pages pour ordonner la pile. Je ne t'ai jamais vue écrire un livre aussi vite.

— Ça doit être l'air écossais. Je suis inspirée. »

Je veillai à garder une certaine légèreté de ton. Jane n'avait eu vent que de l'épisode des plans du château. Elle l'avait déjà imputé à mon travail acharné et je lui avais laissé croire que c'en était l'unique raison. C'était étrange, mais il m'était bien plus facile de parler de ce qui m'arrivait à quelqu'un que je connaissais à peine, comme le Dr Weir, qu'à quelqu'un dont je me sentais proche, comme Jane. Ou Graham. Peut-être était-ce plus important pour moi qu'ils ne me prennent pas pour une folle. De plus, je connaissais Jane depuis assez longtemps pour savoir qu'il n'y avait pas de place pour des phénomènes inexpliqués dans sa vie ordonnée.

« Si tu es si inspirée ici, tu devrais déménager en Écosse. Acheter une petite maison. Il y en a une à vendre à une rue d'ici. »

Alan, le mari de Jane, était en train de débarrasser la table où nous avions dîné, mais il sentit à ce moment-là le besoin d'intervenir : « Ce serait une mauvaise idée pour elle de s'installer à une rue d'ici, Janie.

— Et pourquoi ça ?

— Parce qu'il te serait très difficile de te faire invisible, je me trompe ? Tu irais sans arrêt la voir pour lui faire des réflexions du genre "Comment ça avance, ce livre ?" ou "Quand est-ce que tu l'auras fini ?"

— Ce n'est pas vrai. » Jane fit de son mieux pour paraître indignée.

« Par ailleurs, Carrie a besoin d'un peu d'intimité.

— Elle l'aurait sans problème.

— Ah vraiment ? » Alan lança à sa femme un regard en coin. « Tu veux qu'elle croie ça, après toutes les histoires que tu lui as faites ce matin ?

— Je lui ai juste dit qu'elle aurait dû nous laisser venir la chercher au lieu de prendre un taxi.

— C'est vrai que c'est drôlement loin. On met quoi, dix minutes ? fis-je en souriant.

— Là n'est pas la question, répliqua Jane.

— La question, reprit Alan, c'est que tu pensais qu'elle amènerait un homme. » Il ajouta, à mon intention : « C'est pour ça qu'elle a fait le gâteau. Elle ne s'en serait jamais donné la peine juste pour nous. »

Jane n'arrivait pas à prendre un air vraiment offensé avec Alan. « Si j'étais toi, je ne m'en attendrais pas à un autre de sitôt si c'est tous les remerciements que je reçois. » Changeant de position, elle lui lança la même sorte de regard méprisant qu'elle devait utiliser avec un éditeur agaçant. « En tout cas, la dernière fois que j'ai eue Carrie au téléphone, elle m'a dit qu'elle amènerait peut-être un homme.

— J'ai dit ça, moi ?

— Tu m'as dit que tu me tiendrais au courant. » Elle haussa les épaules comme si la formulation n'avait aucune importance. « C'est la même chose. Je voulais juste bien l'accueillir au cas où il viendrait. »

Son mari me regarda puis leva les yeux au ciel, et je souris. Jane rata cet échange silencieux car, au même moment, le petit Jack, à l'étage, se mit à gémir pour nous informer qu'il s'était réveillé de sa sieste. Quand il descendit dans les bras de sa mère, l'attention se tourna vers lui.

C'était un adorable bébé, vif et curieux de tout, ayant hérité des yeux bleus et des cheveux roux de Jane, ainsi que de sa nature joyeuse et intrépide. « Les bébés sont des êtres incroyables, me dit Jane. De si petites choses, et pourtant une fois qu'ils arrivent dans votre vie ils la bouleversent complètement. Ils prennent le dessus. »

Ce qui nous ramena à mon personnage, Sophia, et aux changements dans son existence à l'arrivée de son enfant.

«Je ne suis pas certaine d'écrire une scène sur la naissance en tant que telle, dis-je, n'en ayant moi-même jamais fait l'expérience.

— C'est sage de ta part, fit Jane avec ironie. En ce qui me concerne, je ne vois pas qui, l'ayant vécu, pourrait avoir envie d'en lire une description. » Serrant le petit Jack dans ses bras, elle précisa : «Le résultat final est pas mal, mais je n'ai pas besoin que tu me rappelles le procédé, merci. »

Toutefois, je réussis à la convaincre de m'en parler un peu, afin d'avoir une idée plus précise de l'accouchement au cas où j'en aurais besoin. Le temps que nous ayons terminé notre discussion, il était presque deux heures et temps pour moi de partir.

J'appelai un autre taxi, malgré les objections de Jane.

«Je peux te conduire», protesta-t-elle en me raccompagnant à la porte et en me regardant ranger les pages de mon livre dans ma mallette. Celle-ci était extrêmement grande car elle transportait mon ordinateur portable et quelques vêtements de rechange. Je savais que Jane l'avait sans doute remarqué, mais j'avais déjà pensé à une bonne explication.

C'était difficile de mentir à Jane ; elle avait des antennes si affûtées qu'elle ne ratait presque rien. J'avais toujours trouvé cela plus facile de ne pas trop transformer la vérité, aussi lui répondis-je :

«Mais je ne rentre pas à ma maison. Je vais à Aberdeen. Je dois faire quelques recherches pour le livre. Selon le temps que je mettrai à trouver ce qui m'intéresse, je resterai peut-être la nuit et reviendrai demain. »

Elle parut accepter cette explication. Elle attendit avec moi dans l'entrée jusqu'à l'arrivée du taxi, puis me dit : «Une minute, tu veux bien ?». Elle partit alors dans la cuisine et en revint avec une boîte en plastique. «Tiens, prends ça.

— Qu'est-ce que c'est ?

— Ce n'est pas pour toi. C'est pour lui.

— Pour qui ?

— Vas-y, tu vas rater ton taxi », m'avertit-elle en m'emmenant en courant jusqu'à la voiture qui patientait. Elle m'ouvrit la portière et, quand je fus installée sur la banquette arrière, me lança : « N'avais-tu pas dit qu'il venait d'Aberdeen ? »

Elle m'avait eue, mais je fis un dernier piteux effort. « Qui ça ?

— L'homme qui t'a emmenée en promenade sur la côte. Tu m'avais dit qu'il était professeur, à Aberdeen – professeur d'histoire, c'est bien ça ? » Son sourire était à la limite de la suffisance. Elle désigna la boîte de la tête. « Veille à ce qu'il mange son gâteau. »

Puis elle referma la portière avant que j'aie le temps de réagir et me fit un signe de la main, tandis que je réfléchissais à la grande carrière qu'elle aurait pu avoir si elle avait choisi de travailler comme détective. Aucun criminel n'aurait eu de chance de s'en sortir avec Jane.

Placée en bout de rangée, la maison victorienne avait été construite en granit, comme l'essentiel des bâtiments d'Aberdeen. Pas le granit rouge de Slains, mais un granit d'un brun-gris qui donnait à toutes les maisons le long de la rue de Graham un fort caractère de stabilité. Une haie de houx longeait la courte allée qui menait au perron. Sa porte peinte en bleu arborait un heurtoir en laiton poli qui ne portait pas la tête d'un lion mais celle du poète Robert Burns, toutefois je n'eus pas besoin de m'en servir. Dès l'instant où j'avais claqué la portière de la voiture derrière moi, Angus s'était mis à aboyer et, le temps que j'arrive en haut des marches, la porte s'était déjà ouverte.

Graham, l'air aussi rassurant que la maison en pierre elle-même, en jean et chandail noir usés, m'accueillit par un sourire. « Tu n'as pas eu de mal à trouver ?

— Aucun. »

Il me prit la mallette de la main et regarda d'un air interrogateur la boîte en plastique qui avait éveillé l'intérêt du chien.

« C'est du gâteau, dis-je. Pour toi.

— Pour moi ?

— Ne pose pas de questions. »

Il accepta sans broncher. Reculant pour me laisser entrer, il referma la porte derrière nous et se pencha pour me donner un baiser de bienvenue. Je fus soudain étrangement frappée par une chose : à quel point il m'avait manqué – le confort de sa présence, sa tranquillité. Et sa façon de me toucher.

Il n'avait acheté la maison que l'année précédente, m'informa-t-il, et certains endroits restaient encore à aménager. Les pièces du rez-de-chaussée, aux grandes fenêtres et aux splendides plafonds à corniches, étaient à moitié vides et dénudées de leur papier peint, en attente de peinture. Et à l'étage, seule une des chambres – la sienne – était terminée, dans des tons verts, apaisants et masculins. Les autres pièces du haut, à part la salle de bains, révélaient une certaine indécision de Graham. C'était presque comme s'il portait sa maison à la manière d'une nouvelle tenue nécessitant encore quelques ajustements – trop grande par endroits, étroite à d'autres. À l'exception de la cuisine, à l'arrière de la maison. Là, on reconnaissait bien Graham. Tout était à la bonne taille. Il l'avait réagencée, conservant son charme victorien tout en y introduisant la fonctionnalité moderne, et supprimant le mur arrière afin de le remplacer par une véranda qui permettait au soleil d'inonder le vaste plancher. Stuart avait indiqué que Graham cuisinait bien, et je pouvais moi-même l'imaginer en voyant cette pièce. Et la manière dont Angus se jeta en soupirant d'aise sur le sol chaud et baigné de soleil de la véranda avec ses meubles sans prétention – un grand canapé bas, ainsi qu'un fauteuil décoloré accompagné d'un repose-pieds et d'une pile de livres qui arrivait presque assez haut pour tenir lieu de petite table – m'indiqua qu'il s'agissait pour lui aussi d'un lieu agréable.

Je le comprenais sans problème. Si cela avait été ma maison, j'aurais moi-même eu des difficultés à quitter cet endroit, avec son soleil et sa vue sur le petit jardin bien tenu où une mangeoire à oiseaux en bois pendait d'une branche d'arbre nue. Je ressentais à la fois la chaleur de la cuisine et le confort de la compagnie de Graham, qui sifflotait et claquait les portes des placards tandis qu'il allumait la bouilloire et sortait tasses et ustensiles pour le thé.

Je trouvais toute l'installation si séduisante que j'en fus surprise ; surprise de voir avec quelle facilité mon esprit s'adaptait à l'idée d'habiter là, avec Graham. Je n'avais jamais vécu avec personne depuis que j'avais quitté la maison de mes parents. J'avais toujours aimé avoir mon espace à moi. Toutefois, à présent, à le regarder, j'étais frappée par l'évidence qu'il s'agissait d'une scène que je pourrais regarder encore et encore. Pour toujours.

C'était un sentiment inédit et je ne savais donc pas très bien quoi en penser. Cet hiver devenait de plus en plus une saison de premières pour moi.

« Il est bon, ce gâteau », observa Graham en le goûtant tandis qu'il attendait que l'eau chauffe. Tenant la boîte dans une main, il me tendit la fourchette. « Tu en veux un peu ?

— Non merci. J'en ai mangé deux morceaux ce midi.

— Et comment ça s'est passé, ton dîner ?

— Oh, c'était agréable. Comme toujours avec Jane. Nous avons beaucoup parlé du livre. »

Il jeta un coup d'œil vers ma mallette qu'il avait posée près du canapé. « Tu as apporté ton ordinateur ?

— Je pensais que tu ne me permettrais pas de venir autrement. » Lors de nos échanges téléphoniques, il m'avait rappelé plusieurs fois de ne pas l'oublier.

— Oui, eh bien, tu peux rire, mais tu me remercieras quand tu seras frappée par une soudaine inspiration au milieu de la nuit et que tu ressentiras le besoin d'écrire.

— Tu crois vraiment que je serai frappée par une soudaine inspiration ? »

S'appuyant sur le comptoir, son morceau de gâteau à la main, il me lança un sourire malicieux et me prévint : « En tout cas je ferai de mon mieux. »

La pièce était étrange. Je ne reconnus ni les fenêtres ni les murs à mon réveil, et il y avait peu de lumière pour distinguer quoi que ce soit. L'espace d'un instant, je restai allongée à cligner des yeux, troublée, jusqu'à ce que je sente la ferme chaleur contre mon dos ainsi que le rythme de la respiration de Graham, me rappelant où j'étais.

Je fermai les yeux, heureuse, ne souhaitant rien d'autre au monde que rester là, avec ses bras autour de moi et sa tête si près de la mienne sur l'oreiller que je sentais son souffle dans mes cheveux. J'avais la même impression que plus tôt quand, dans la cuisine, je l'avais regardé préparer le thé – le sentiment que je pourrais vivre cette scène encore et encore sans jamais m'en lasser.

Mais au moment même où cette douce pensée se glissait dans mon esprit encore endormi, une autre scène commença à s'agiter, à prendre forme et à me pousser à me réveiller. Je luttai, mais elle s'imposa de plus belle, et je finis par soupirer, résignée. Je soulevai doucement le bras de Graham et me glissai frissonnante hors du lit, puis m'habillai et descendis.

Il n'y avait cette fois pas de soleil dans la véranda de la cuisine. Au lieu de cela, la lune projetait des ombres sur le sol où j'avais laissé ma mallette. J'avais froid. Sur le portemanteau près de la porte qui menait au jardin, j'aperçus au milieu des vestes un grand polo de rugby bleu marine, rayé rouge et or, délavé ; il avait l'air chaud, alors je l'enfilai, relevant les manches au niveau de mes coudes.

Angus, sur le canapé, leva la tête et remua la queue en signe de bienvenue quand j'allai m'asseoir près de lui, puis il roula sur le dos, les quatre pattes en l'air, réclamant des caresses. Je m'exécutai mais sans lui prêter beaucoup d'attention. Angus parut comprendre que mon esprit ne se laisserait pas distraire, car il n'insista pas et roula à nouveau pour se blottir contre moi, enfouissant son museau et une de ses pattes dans les plis du polo de Graham. Il s'était déjà endormi quand je commençai à écrire.

XVII

Sophia remuait avec précaution sur le lit pour ne pas perturber le sommeil du bébé. La sensation de ce petit corps tout chaud blotti contre le sien lui procurait encore une joie inattendue, si nouvelle qu'elle lui serrait parfois le cœur et lui coupait le souffle d'émerveillement. Trois semaines s'étaient écoulées depuis la naissance, et pourtant, chaque fois que Sophia regardait sa fille, la beauté de son visage la rendait aveugle à tout autre chose. Et elle était vraiment belle, cette petite Anna, nommée en l'honneur de la sœur de Moray et de celle de Sophia. Le moment venu, elle serait baptisée en bonne et due forme, en tant qu'Anna Mary Moray, mais pour l'instant le bébé semblait se satisfaire d'Anna tout court, avec ses mains et ses pieds minuscules et parfaits, ses doux cheveux bruns et ses yeux qui changeaient déjà de couleur au profit de celle de la mer en hiver.

Chaque fois que Sophia croisait ces yeux, elle revoyait le colonel Graeme, devant la grande fenêtre du salon de Slains, lui déclarant qu'elle découvrirait avec le temps la promesse de la mer en hiver. Il avait peut-être raison car, aujourd'hui, dans les yeux de sa fille, elle voyait l'espoir d'une vie nouvelle surgissant des profondeurs de cette saison cruelle qui maintenait depuis si longtemps le monde dans un désespoir de froid et de gel, une vie qui annonçait la venue du printemps.

Car il était certain que le printemps les atteindrait plus tôt là où elles étaient. Elles se trouvaient bien au sud de Slains, la comtesse ayant pensé préférable de les envoyer là où le bébé pourrait naître en sécurité, à l'abri des regards importuns. Elle avait fait appel aux Malcolm, un couple obligeant qui avait souvent rendu service aux comtes d'Erroll et était loyal à la famille. Ils menaient une vie modeste, non loin de l'estuaire d'Édimbourg, ce large fleuve très fréquenté qui arrivait de la mer et, chaque jour, sur la route qui longeait la maison, Sophia entendait les calèches et les voyageurs à cheval qui se dirigeaient vers la ville royale ou en revenaient.

Son propre voyage vers le sud avait été pénible. Elle était descendue en calèche, accompagnée de Kirsty, les jours suivant Noël. Plusieurs fois, les roues s'étaient enfoncées dans de profondes ornières pleines de boue et il avait fallu plusieurs heures au cocher et au valet de pied pour les libérer. À un endroit ils avaient essayé de contourner l'obstacle et la calèche avait failli se retourner. Préoccupée par la sécurité du bébé, Sophia avait été soulagée de sentir la forte agitation dans son ventre qui semblait protester contre la brutalité d'un tel traitement. Elle avait été encore plus soulagée d'arriver à la maison des Malcolm et de découvrir qu'ils étaient tous les deux à la fois gentils, chaleureux et accueillants.

Ils ne lui avaient posé aucune question. Aux voisins, ils avaient expliqué qu'elle était une cousine du Nord dont le mari, réquisitionné par une affaire urgente, avait émis le souhait qu'elle vînt là afin d'être entourée par de la famille pour la naissance de l'enfant. Sophia ignorait si c'était ainsi que la comtesse leur avait décrit la situation, ou s'ils avaient eux-mêmes inventé cette histoire. Cela n'avait pas d'importance. Elle était en sécurité, ainsi qu'Anna, et lorsque Moray reviendrait, il les trouverait là à l'attendre.

Près d'elle, le bébé bâilla et, toujours endormi, se blottit encore plus contre sa mère à la recherche de réconfort, levant une main jusqu'à ce que les doigts minuscules atteignissent la bague en argent sur la chaîne autour du cou de Sophia et se refermassent sur le bijou dans un geste possessif. Anna aimait dormir ainsi, une main sur la bague et l'autre fermement agrippée aux cheveux de Sophia, comme pour maintenir ses deux parents près d'elle.

Sophia caressait doucement la tête de sa fille et la regardait sommeiller. Elle s'émerveillait toujours du fait que, bien que son amour pour Moray emplît son cœur comme auparavant, ce cœur eût grandi, en quelque sorte, et changé de forme pour abriter aussi ce nouvel amour – cet amour qu'elle n'avait encore jamais ressenti, pour quelqu'un dont elle se sentait plus proche que de quiconque jusque-là.

Elle ne savait pas combien de temps elle était restée ainsi, immobile, n'entendant rien d'autre que le bruit rapide et paisible de la respiration de Sophia. Mais soudain elle se rendit compte qu'un cheval s'était arrêté devant la porte d'entrée. Elle entendit la danse agitée de ses sabots, puis quelqu'un frappa et des voix s'élevèrent – M. Malcolm qui parlait avec excitation et un autre homme, qu'elle reconnut.

Sophia souleva délicatement Anna pour la coucher dans son berceau, s'habilla en vitesse et traversa la pièce afin de réveiller Kirsty. « Rory est là. »

Le regard dans les yeux encore somnolents de Kirsty était merveilleux à voir.

Sophia sut, dès qu'elle sortit et qu'elle aperçut le visage de Rory, qu'il leur apportait de bonnes nouvelles. M. Malcolm attachait déjà sa cape, son chapeau à la main, s'apprêtant à se mettre en chemin, sans doute pour exécuter les ordres qu'il venait de recevoir de la part du comte et de la comtesse, quoi qu'ils fussent. Et Mme Malcolm, rayonnante, tapa dans ses mains et se tourna vers Sophia. « Oh, comme je suis heureuse de voir ce jour arriver ! »

Sophia regarda Rory. « Cela a-t-il débuté, alors ?

— Oui. M. Fleming vient d'accoster à Slains, comme l'avait dit le colonel Graeme, apportant la nouvelle que le roi embarque à Dunkerque et sera bientôt en Écosse.

— Il est peut-être déjà en mer à l'heure où nous parlons, déclara M. Malcolm en enfonçant son chapeau sur sa perruque. Je dois lui trouver des guides qui puissent aller à la rencontre de ses navires et les accompagner le long de l'estuaire. »

L'estuaire. Le cœur de Sophia bondit d'excitation à l'idée que les navires passeraient si près.

Il était logique, bien sûr, que le jeune roi Jacques se rendît aussi vite que possible à Édimbourg pour revendiquer son trône, sachant qu'il ne rencontrerait qu'une faible opposition. D'après les discussions qu'elle écoutait depuis plusieurs mois, Sophia savait que les quelques troupes qui restaient dans la ville étaient mal équipées et se rangeraient probablement dans le camp du roi de leur propre initiative. Et dans le grand château de la ville gisait une récompense supplémentaire : l'« équivalent » – le prix de la nation, comme l'appelaient certains –, l'argent envoyé l'été précédent par les Anglais selon les termes de l'Union. L'ironie serait si douce si Jacques parvenait à refouler les Anglais hors d'Écosse en utilisant leur propre argent pour équiper ses forces écossaises.

Sophia savait aussi que d'autres réserves arriveraient de l'Angus, où une flotte de navires hollandais récemment échoués était remplie de canons, de poudre, d'armes légères et d'autres fortes sommes d'argent. Et l'armée anglaise, dont l'essentiel était encore occupé à combattre sur le continent, serait trop faible et pas assez préparée pour faire barrage. Le temps qu'elle se renforçât et qu'elle se mît en route vers le nord, il serait trop tard – Jacques VIII serait sur son trône à Édimbourg et l'Écosse aurait retrouvé la liberté.

M. Malcolm prit rapidement congé et dit à Rory: «Si vous transportez d'autres lettres destinées à des habitants de cette région, ma femme connaît bien tous nos voisins et saura vous donner les indications nécessaires.»

Rory le remercia. «Mais je n'ai d'autres lettres à remettre que la vôtre, ainsi qu'une pour Mme Milton ici présente.» Il fit un signe de tête à Sophia en prononçant le nom censé préserver son honneur et son identité le temps de son séjour chez les Malcolm.

Quand M. Malcolm, peu intéressé à ce moment précis par les affaires de son invitée, partit, Sophia, retenant ses espoirs, demanda à Rory: «Puis-je voir cette lettre?

— Oui. Elle vient de la comtesse.»

Bien sûr, elle ne pouvait pas provenir de Moray, il lui avait expliqué que ce ne serait pas prudent pour lui d'écrire, mais elle ressentit tout de même une légère déception en prenant la lettre dans sa main. Elle se calma en se disant que Moray serait maintenant bientôt de retour, comme il l'avait promis. Il n'y aurait plus de séparations.

Elle prit soudain conscience de la présence de Kirsty, silencieuse et malheureuse tandis que Rory, ayant rempli sa mission, s'apprêtait à repartir. Sophia le vit lancer un regard à la bonne et, dans cet unique échange, elle entrevit la force de son regret et de sa frustration. Car désormais, il servait à Slains mais le devoir de Kirsty était auprès de Sophia. Ils étaient séparés, aussi complètement qu'elle et Moray.

Elle appela Rory alors qu'il se retournait pour partir. «Une fois que j'aurai lu cette lettre, je souhaiterais répondre à la comtesse. Je vous prie d'attendre afin de l'emporter avec vous.»

Il fit volte-face, un peu lent à accepter ce cadeau inattendu.

« Si, comme vous l'avez dit, vous avez fait tout ce pour quoi vous aviez été envoyé, cela ne devrait pas causer de grand désagrément si je vous demande de retarder votre voyage de retour d'une petite heure, n'est-ce pas ? » Elle sentit une lueur d'espoir chez Kirsty, près d'elle, et vit un semblant de gratitude éclairer brièvement les traits impassibles du palefrenier.

« Non, lui répondit-il, en effet.

— Vous devez avoir faim. Kirsty, voulez-vous bien l'accompagner à la cuisine ? »

Kirsty rayonnait. « Oui Mme Milton. »

Se retrouvant seule, Mme Malcolm étant partie pour des préparatifs de son côté, Sophia s'assit pour lire sa lettre.

Elle était rédigée de l'écriture claire de la comtesse et avec soin au cas où elle tomberait entre des mains malveillantes. « Ma si chère Mme Milton, commençait-elle, Nous sommes si heureux d'apprendre que vous avez mis une fille au monde sans encombre. Je suis certaine qu'elle vous apporte une grande joie et que vous vous demanderez bientôt comment vous pouviez remplir vos journées sans elle. Quand cela vous sera possible, vous devrez absolument nous rendre visite avec elle à Slains, nous aimerions tant vous voir toutes les deux, bien que je ne vous conseille pas de vous aventurer vers le nord tant que notre climat ici ne se montre pas plus clément. J'ai reçu cette semaine une missive de la part de M. Perkins. »

M. Perkins était, savait Sophia, le nom de code qu'utilisait la comtesse pour parler de son frère, le duc de Perth, chancelier à la cour de Saint-Germain. Le duc de Perth écrivait régulièrement à sa sœur, faisant discrètement passer ses lettres outre-mer à l'aide de messagers variés, afin de les préserver des yeux indiscrets des agents de la reine Anne. Les nouvelles qu'il transmettait concernaient en général la Cour, mais cette fois elles semblaient plus personnelles. La comtesse disait en effet dans sa lettre : « Il écrit qu'il a eu l'occasion de croiser notre ami le colonel, avec qui il a fait une agréable partie d'échecs et qu'il a trouvé en très bonne forme et de bonne humeur. Et dans cette même maison, il a vu votre mari, M. Milton, qui lui aussi allait bien et l'a informé qu'il comptait se rendre sur la côte d'un jour à l'autre afin de trouver un moyen de regagner notre terre en compagnie de M. Johnstone. »

Sophia s'arrêta à la fin de cette phrase et lu ce passage une seconde fois afin de s'assurer d'avoir bien compris – car elle savait que « M. Johnstone » n'était autre que le roi.

C'était donc réel. Moray viendrait bel et bien, et bientôt. Sophia prit la plume pour rédiger sa réponse, mais elle ne put d'abord rien écrire car ses mains s'étaient mises à trembler de bonheur – un bonheur si fort et pur qu'elle ne souhaitait pas le contenir, mais le partager. Lorsque le tremblement cessa, elle s'efforça tout de même d'écrire lentement, sachant que Kirsty et Rory feraient bon usage des quelques instants supplémentaires qu'elle pourrait leur accorder. Bien plus d'une heure s'était écoulée lorsqu'elle remit la lettre au palefrenier et qu'il repartit vers le nord, vers Slains.

Les jours qui suivirent, Sophia surveilla de près les eaux de l'estuaire. Elle se réveillait chaque jour dans l'attente, les oreilles attentives aux bruits de roues et de sabots passant sur la route d'Édimbourg près de la maison. Le vent lui-même semblait différent, comme si la fumée d'un feu étrange voyageait sur ses courants, souvent humée mais jamais visible.

Le bébé s'agitait d'inquiétude dans son berceau et refusait tout réconfort, tandis que Sophia faisait les cent pas dans sa chambre, jusqu'à user ses pantoufles. Et toujours pas de nouvelles.

Puis vint la nuit où elle entendit un canon. Cinq coups, puis le silence. Rien de plus.

Quand le matin arriva, elle n'avait pas dormi.

« Que se passe-t-il ? » lui demanda Kirsty à son réveil.

Mais Sophia n'en avait aucune idée. Elle savait seulement qu'elle sentait quelque chose d'étrange dans l'air ce matin-là. « N'avez-vous pas entendu le canon ?

— Non.

— Cette nuit, sur le coup de minuit.

— Vous rêviez, lui dit Kirsty.

— Non. » Sophia cessa de tourner en rond et se plaça à la fenêtre pour contempler la brume grise qui se dispersait avec le lever du soleil, touchée par des bandes d'or et de rouge qui scintillaient comme le sang des rois. « Je ne crois pas avoir rêvé. »

Et elle avait raison. Car, le lendemain soir, M. Malcolm, qui s'était absenté quelques jours, revint tout agité.

« Allez me chercher du pain et des vêtements ! s'exclama-t-il. Je dois y aller. »

Surprise, son épouse lui demanda : « Pourquoi ? Que se passe-t-il ? Qu'est-ce que…

— Bon sang, femme, cessez de parler et hâtez-vous, sans quoi vous me verrez pendu avec tous les autres. »

Et après cet emportement, M. Malcolm s'effondra abattu sur la chaise la plus proche et se prit la tête des deux mains. Il n'avait pas pris la peine de retirer sa lourde cape, sur laquelle l'humidité salée des vents marins se condensait avant de dégouliner sur le plancher.

Inquiète et à présent silencieuse, Mme Malcolm lui apporta du vin et il commença son récit par bribes, d'une voix hésitante. Debout, Sophia l'écoutait, chaque mot se transformant en pierre pour venir pulvériser ses propres espérances.

Cela avait si bien débuté, disait-il. Deux jours plus tôt, le premier navire français, le *Proteus*, était entré dans l'estuaire et M. Malcolm l'avait rejoint deux lieues après l'embouchure et était monté à bord avec plusieurs guides. Là, le capitaine avait informé M. Malcolm qu'il y avait eu une tempête en mer et que le *Proteus* avait été séparé des autres bateaux de l'escadron du roi. Lui et son équipage s'attendaient à les retrouver devant eux dans l'estuaire. L'apparition du *Proteus* avait créé une grande excitation sur la rive et chez ceux qui avaient pris des bateaux de pêche pour les accueillir, mais bien qu'ils attendissent tout l'après-midi et toute la soirée, aucun autre navire n'était arrivé.

Alors, à l'aube, le *Proteus* avait fait demi-tour sur la marée descendante et regagné l'embouchure de l'estuaire, afin de voir s'il pourrait retrouver les autres navires français et orienter les guides vers eux.

Ce que le *Proteus* avait découvert bouleversait encore tant M. Malcolm qu'il lui fallut quelques instants pour se remettre avant de poursuivre son récit.

Les Français, disait-il, s'étaient regroupés la nuit précédente à l'entrée de l'estuaire et y avaient jeté l'ancre, ratant ainsi leur occasion d'accéder au fleuve par marée montante. À l'aube, la marée avait tourné et ils avaient dû patienter. «Et c'est là que les Anglais sont arrivés, dit-il. Près de trente voiles, et la moitié de ces embarcations étaient munies de cinquante canons ou plus.» Il secoua la tête.

Le *Proteus* n'avait pas été bien équipé pour le combat. Il avait été transformé en navire de transport, la majorité de ses canons ayant été enlevés afin de faire de la place pour les hommes et les provisions. Il n'avait pas pu faire grand-chose d'autre que de regarder la bataille.

M. Malcolm manifestait une admiration réticente envers la tactique du commandant français qui, bien que piégé, avait tourné ses bateaux vers les Anglais comme s'il avait l'intention d'attaquer. De son poste sur le *Proteus*, M. Malcolm avait vu les Français jeter tout ce qu'ils pouvaient par-dessus bord pour alléger les navires, puis changer rapidement de cap vers le nord quand les Anglais avaient répondu au défi en s'approchant de leur attirail de guerre.

Quelques bateaux français étaient restés en arrière, et l'un deux avait été si occupé par des combattants anglais qu'il avait livré bataille tout le jour et passé la nuit entouré de ses ennemis. Toutefois, le navire du roi Jacques, au moins, avait réussi à s'échapper.

Tout comme le *Proteus* qui, ayant fait descendre M. Malcolm dans une barque de pêche qui l'attendait, était reparti courageusement en mer, dans l'espoir d'attirer quelques Anglais à sa poursuite afin de donner au roi plus de temps pour trouver, au nord, un port où il serait en sécurité.

«Alors le roi est encore en vie», déclara Sophia. Cela lui permettait au moins de garder une lueur d'espérance. Si aucune bataille ne pouvait être qualifiée de victoire si le roi était tué, comme lui avait dit un jour le colonel Graeme, alors il ne pouvait certainement pas y avoir de vraie défaite tant que le roi vivait.

«En effet, répondit M. Malcolm, et que Dieu lui accorde d'accoster, car ma propre vie n'aura que peu de valeur tant qu'il n'y sera pas parvenu. À l'heure qu'il est, les soldats anglais recherchent encore ceux d'entre nous qui étions à bord du *Proteus* et, sur la route de Leith, ils détiennent prisonniers le capitaine et l'équipage d'un des navires. Et celui qui revendique le bateau comme récompense est le plus noir de tous, car il suivait autrefois le roi. Madame la comtesse d'Erroll aura le cœur brisé en apprenant son méfait, car il lui était cher.»

Sophia fronça les sourcils. « De qui parlez-vous, Monsieur?

— Eh bien, du capitaine anglais – car je ne le dirai plus écossais –, du voyou anglais qui a aujourd'hui trahi ses amis en retournant ses canons vers le navire français qui était assiégé depuis si longtemps et en le forçant à se rendre. Je parle bien, dit-il avant de cracher le nom, du capitaine Thomas Gordon.»

Elle recula comme s'il l'avait frappée. «Je ne le crois pas.

— Je ne le croirais pas non plus si je ne l'avais pas vu de mes propres yeux. » Son visage s'assombrit d'amertume. «J'ai vu aujourd'hui beaucoup de choses que j'aurais préféré ne jamais voir. Mais, comme vous dites, le roi est en vie. »

Sophia resserra ses bras autour de ses côtes et regretta de ne pas croire davantage en Dieu afin de prier pour que Moray, lui aussi, fût encore en vie. Cependant, même s'il l'était, elle savait qu'il était passé, au-delà de ses prières, dans des eaux bien plus dangereuses.

«Pourquoi cela a-t-il échoué?» Je posai cette question par curiosité et Graham, qui s'était installé sur l'autre canapé pour corriger des copies, leva les yeux.

«Pardon?

— L'invasion. Pourquoi ça n'a pas marché, à ton avis?

— Ah.» Il reposa sa copie et appuya la tête en arrière, pensif.

Je n'avais jamais pu écrire en présence d'une autre personne, jusqu'à ce matin-là. Cela me déconcentrait. Même mes parents avaient appris à ne pas entrer dans une pièce quand j'y travaillais. Mais ce matin-là, Graham était descendu tandis que j'étais plongée dans ma transe et s'était installé sans même que je le remarque. Ce n'était qu'après avoir avancé de trois pages et m'être rendu compte que je buvais une tasse de café fumante que je n'avais pas préparée, que j'avais détaché les yeux de mon écran pour le voir étalé sur le canapé d'en face, la tête penchée au-dessus de ses copies, sa propre tasse de café oubliée près de lui.

Et puis, ayant noté sa présence, je m'étais simplement remise à écrire, reprenant sans difficulté le flot ininterrompu de mon histoire. Je n'aurais jamais cru cela possible. Je me retrouvais à présent à la fin de la scène, à lui demander pourquoi la première tentative de rébellion du jeune roi Jacques avait échoué au printemps 1708.

« La réponse facile, commença-t-il, c'est qu'elle a raté parce que les Stuart n'ont jamais eu beaucoup de chance. Disons que, depuis Marie, reine des Écossais, leur histoire n'est pas très heureuse. Ils ne manquaient ni de beauté, ni de charme, mais pour une raison ou pour une autre, rien n'a jamais été facile pour eux.

— La plupart des historiens diraient qu'ils étaient les seuls à blâmer pour ça. »

Il me lança un regard de côté légèrement amusé. « Ne jamais faire confiance aux historiens. Surtout pas aux historiens protestants qui écrivent sur les rois catholiques. L'essentiel de l'histoire racontée n'est que celle du camp vainqueur, de toute façon, et ceux qui la relatent ont intérêt à dépeindre l'autre camp en noir. Non, les Stuart n'étaient pas si terribles. Prenons Jacques, par exemple – le vieux Jacques, le père du roi Jacques de ton livre. La plupart des ouvrages disant que c'était un mauvais roi, cruel et j'en passe, tirent toutes leurs informations d'un seul récit écrit par quelqu'un qui ne faisait que propager des rumeurs des années après les faits. Si tu lis ce qui a été écrit par ceux qui connaissaient réellement Jacques, qui ont assisté à ses actes, tu verras qu'ils ne disent que des choses positives de cet homme. Mais les historiens se contentaient des rumeurs et, une fois imprimées, eh bien, c'est accepté comme l'Évangile et ça devient une source pour les recherches des futurs historiens, ce qui fait que nous continuons de recopier erreurs et mensonges. » Graham haussa les épaules avant d'ajouter : « C'est pourquoi je dis à mes étudiants de toujours revenir aux documents originaux. De ne jamais faire confiance aux livres.

— Donc, selon toi, les Stuart ont juste souffert de malchance, dis-je pour le réorienter vers la question.

— C'est une réponse. Ainsi que de très mauvaises circonstances. »

Je fronçai les sourcils. « Mais les circonstances n'étaient pas si mauvaises en 1708. Je veux dire, avec les Anglais partis faire la guerre en Flandre et l'Union qui rendait les Écossais assez furieux pour avoir envie de se battre et…

— Dans ce sens oui, tu as raison. En effet, de toutes les rébellions jacobites, c'est celle de 1708 qui aurait dû aboutir. Les envahisseurs auraient tout de même dû affronter la flotte anglaise à un moment ou à un autre – il était impossible de faire partir une vingtaine de navires de Dunkerque sans éveiller les soupçons des Anglais – mais oui, tu as raison, ils sont parvenus à les éviter une bonne partie de la traversée et, une fois sur terre, ils n'auraient rencontré presque aucune résistance. De fait, ils ont quasiment mis la Banque d'Angleterre en faillite, tellement la panique était grande quand les gens ont appris l'arrivée du roi Jacques. Un jour de plus et le bordel aurait été tel que la reine Anne aurait peut-être été obligée de faire la paix avec son frère et de le choisir comme successeur, ne serait-ce que pour préserver sa couronne à elle. Mais je ne parlais pas de ce type de circonstances. Je parlais de leurs circonstances *spécifiques*. Tout d'abord, le jeune roi attrape la rougeole juste au moment où ils s'apprêtent à quitter Dunkerque. Ça les retarde un peu. Puis ils doivent faire face à une tempête en mer. Et ensuite ils ratent leur repère et finissent à des kilomètres du parcours qu'ils s'étaient fixé, se retrouvant près de la côte d'ici, ce qui fait qu'ils doivent faire demi-tour et perdent une journée pour rejoindre le point prévu. Puis, quand ils arrivent enfin à l'estuaire, ils n'entrent pas mais jettent l'ancre et attendent la nuit, permettant aux Anglais de les rattraper. L'histoire n'est vraiment qu'une série de "et si?". Et si le commandant français n'avait pas dévié de son parcours? Il aurait atteint l'estuaire une journée plus tôt, bien avant les navires anglais. Et si ce premier bateau qui s'est engagé dans l'estuaire, le… j'ai oublié son nom…

— Le *Proteus*?

— C'est ça, le *Proteus*. Quelle mémoire! Si ce navire n'était pas arrivé le premier? Les guides écossais sont tous montés à bord, par conséquent il ne restait plus personne pour orienter la frégate du roi quand elle est arrivée plus tard. Si les guides n'étaient pas déjà sur le *Proteus*, le commandant français aurait peut-être essayé de s'infiltrer plus loin dans l'estuaire cette première nuit quand la marée était favorable, au lieu de jeter l'ancre. Il aurait pu amener le roi et tous ses soldats près d'Édimbourg avant l'arrivée des Anglais le lendemain matin. Mais bon, attention, je ne suis pas certain que les guides auraient changé grand-chose.

— Pourquoi?

— Parce que je ne suis pas si sûr que le commandant français n'ait pas simplement fait ce qu'on lui avait demandé de faire. »

Je compris ce qu'il sous-entendait. « Tu veux dire que l'échec était *prévu*?

— Ça ne me surprendrait pas tellement. Depuis le début, les jacobites souhaitaient que ce soit le duc de Berwick qui mène l'invasion, mais le roi de France a désigné quelqu'un d'autre. Berwick lui-même était fou de rage, *a posteriori*. Il a écrit des choses haineuses à ce propos dans ses Mémoires, disant que lui aurait amené Jacques à bon port, et je n'en doute pas. Et tout le monde ne pensait pas que les navires français avaient dévié de trajectoire par accident. Ton colonel Hooke raconte qu'il n'arrivait pas à dormir cette nuit-là et qu'il est sorti sur le pont où il a vu qu'ils naviguaient près de Cruden Bay, bien plus au nord que là où ils auraient dû être. Quand il en a informé le commandant, celui-ci a fait mine d'être extrêmement surpris et lui a dit qu'il rectifiait immédiatement la trajectoire, mais plus tard Hooke s'est rendu compte qu'ils se dirigeaient de nouveau vers le nord et, quand il en a demandé la raison au timonier, ce dernier lui a indiqué que c'était l'ordre qu'il avait reçu. Alors le colonel a averti le roi qu'ils avaient été trahis.

— Je ne me souviens pas d'avoir lu ça.

— C'est dans le livre d'Oliphant, je crois. Son ouvrage sur les lords jacobites de Gask. Je rechercherai ce passage pour toi. »

Il n'y avait pas grand-chose en rapport avec Hooke que je n'avais pas lu, mais de toute façon, peu de documents avaient survécu. La majorité de ses écrits avaient disparu. Après l'échec de la rébellion, tous les camps avaient entrepris une grande opération d'étouffage de l'affaire à faire pâlir le Watergate, et la plupart des notes et autres écrits de Hooke avaient été saisis. Seuls deux petits volumes avaient échappé à la purge. Tout ce qu'il avait pu voir et savoir d'autre était perdu.

Mes yeux devaient paraître moins attentifs, car Graham sourit et se leva pour récupérer ma tasse vide. « Je vais refaire du café. Je n'ai pas l'impression que tu aies fini d'écrire pour aujourd'hui. »

Je me ressaisis. « Excuse-moi. Je ne suis pas obligée, tu sais, pas si tu veux faire autre chose. » Je le vis esquisser un sourire malicieux et me hâtai d'ajouter : « Ce que je voulais dire, c'est que…

— Je sais. » Il y avait de la tendresse dans ses yeux. « Écris ton livre, ne t'inquiète pas. J'ai encore vingt copies à corriger et je n'en viendrai pas à bout si tu me fais parler de l'invasion. Et puis, ce ne sont que mes idées. De simples théories. Je ne peux pas expliquer avec certitude pourquoi elle a échoué, pourquoi les Français ont fait les choix qu'ils ont faits. Personne ne le peut, admit-il. C'est déjà assez difficile de juger des motivations de gens qui vivent à notre époque, alors celles de personnes ayant vécu il y a trois cents ans… Elles ne peuvent pas revenir et nous les expliquer ? »

Il me tendit ma tasse de café et je le remerciai, m'estimant heureuse qu'il ait posé cette dernière question de façon rhétorique, sans s'attendre à ce que j'y réponde.

XVIII

À Leith, le port était un labyrinthe semé d'immenses navires et de petits bateaux, certains amarrés, d'autres se mouvant à des vitesses variées et dans diverses directions, de sorte que le rameur assis dans la barque en face de Sophia devait manœuvrer avec précaution et changer régulièrement de trajectoire. C'était le port d'Édimbourg, et il était toujours bondé, mais ce jour-là, la circulation était si dense qu'il semblait presque possible de traverser l'eau verte à pied, en passant de rame en rame, sous les cris de ceux qui, de leur embarcation, s'interpellaient d'une voix joviale rendue encore plus forte par la boisson.

Sophia resserra son capuchon autour de son visage et s'efforça de ne pas regarder, derrière le rameur, la coque estropiée du navire français amarré non loin de là, couverte de cicatrices d'une bataille féroce, ses voiles en lambeaux. Elle l'avait aperçu de la rive et cette vision l'avait alors affectée, mais c'était pire d'être aussi près et de voir les marques des coups de canon, le bois carbonisé, et de savoir que les hommes se tenant au niveau des trous actuels avaient sans doute été tués au moment des détonations.

En revanche, le navire dont ils s'approchaient ne portait aucune marque apparente. Il roulait sur l'eau, léthargique, comme le grand chat dont il portait le nom – le *Léopard* –, à la manière d'un fauve se reposant après une chasse. Cependant son ombre avait un côté prédateur quand elle recouvrit Sophia, et les restes de la coque française marmonnèrent un avertissement tandis que le rameur approchait la barque. Il tendit le bras pour attraper une échelle en cordes qui pendait et appela pour héler un membre d'équipage sur le pont.

« Voici une dame pour votre capitaine », annonça-t-il avec un rictus qui montrait clairement ce qu'il pensait être l'objet de la visite de Sophia.

Elle ne chercha pas à démentir – son esprit était si concentré qu'elle se moquait de ce que les autres pouvaient penser. Elle mit le pied sur le pont grinçant et supporta patiemment l'examen approfondi du matelot, lui rappelant seulement que le capitaine l'attendait.

Sur leur passage, elle sentit les regards fixés sur elle et entendit d'autres voix d'hommes l'appeler, rire et employer des termes grossiers et suggestifs, mais elle ne leur prêta pas plus d'attention qu'au navire lui-même, avec ses mâts immenses, les nœuds des cordages et l'odeur de toile humide des voiles au repos. Elle rêvait depuis si longtemps de poser le pied sur un navire et d'arpenter ses ponts, et voilà qu'elle y était et qu'aucun de ses sens n'en prenait note. Elle aurait tout aussi bien pu parcourir la rue d'un village, et les marches menant à la porte de la cabine du capitaine auraient tout aussi bien pu être celles d'une maison. Tout ce qui importait à Sophia était l'homme à l'intérieur et ce qu'elle était venue lui dire.

L'extrémité courbe de la cabine comportait une baie vitrée à battants à travers laquelle s'infiltrait la forte lumière de l'après-midi, réchauffant les murs lambrissés et éclairant le bord lisse du bureau auquel était assis le capitaine.

Il n'avait pas levé la tête quand le matelot avait frappé, il s'était contenté d'un abrupt « Entrez » tout en continuant d'étudier l'ensemble de documents étalés devant lui.

« Vous avez de la visite, Monsieur », déclara le matelot, avant de tousser et de se retirer discrètement.

Alors le capitaine leva la tête, les sourcils légèrement froncés, et, en apercevant Sophia, il s'immobilisa net, comme frappé par la foudre.

« Capitaine Gordon », le salua-t-elle posément.

Reprenant ses esprits, il se leva et s'approcha pour lui baiser la main, trop gentilhomme pour ne pas tenir compte des formalités même dans des circonstances aussi inattendues. Mais de toute évidence, l'apparition de Sophia l'avait surpris, et il n'essaya pas de le cacher. « Comment diable êtes-vous arrivée ici ?

— Ce n'était pas difficile », mentit-elle. Elle ne lui raconta pas les raisons qu'elle avait invoquées auprès de Mme Malcolm et de Kirsty pour se rendre en ville, ni son périple matinal dans une calèche de location, ni encore les difficultés qu'elle avait rencontrées pour négocier son passage dans les méandres du port débordant d'activité. « J'ai demandé quel navire était le vôtre et trouvé un rameur disposé à m'y amener.

— Je voulais dire, comment êtes-vous arrivée ici à Leith ? Pourquoi n'êtes-vous pas à Slains ? »

Elle retira sa main de la sienne. « La comtesse pensait qu'un changement d'air me ferait du bien. Je séjourne depuis quelques semaines chez des amis à elle, non loin d'ici.

— Ah oui ? De quels amis s'agit-il ? »

Autrefois Sophia le lui aurait dit, mais cette époque était révolue. « Je ne pense pas que leur nom vous dirait quoi que ce soit. »

Le capitaine Gordon la considéra un instant, puis déclara : « Venez, assoyons-nous. »

La cabine était un espace masculin, mais non dépourvu d'un certain luxe. Les chaises avaient été tapissées d'un élégant tissu rouge et, posé sur une table, un plateau d'argent brillait sous un étrange assortiment de petites tasses en porcelaine et de leurs soucoupes autour d'une théière. « Vous venez au bon moment, dit le capitaine.

Hier je n'aurais pas pu vous offrir grand-chose pour vous désaltérer, mais aujourd'hui mon cuisinier a fait quelques échanges avec un navire hollandais récemment arrivé des Indes orientales et forcé d'attendre ici au port. Et parmi ses bons produits se trouvait une boîte de thé, une boisson à laquelle il essaie de me convertir. » Soulevant la théière en porcelaine, il versa un liquide brun transparent dans l'une des tasses. « Je dois vous avouer que je préfère encore un bon whisky, mais apparemment le thé est la prochaine mode. Tenez, dit-il en lui tendant la tasse, je crois qu'il est encore chaud. »

Sophia prit la tasse et se tourna vers la baie vitrée, d'où elle voyait le navire français meurtri entre deux battants, comme un tableau encadré en l'honneur de la bataille remportée qui avait taché de sang cette même mer quelques jours plus tôt. La boisson était amère sur sa langue.

« Je suis étonnée de vous trouver sur un nouveau navire.

— Oui, l'*Édimbourg* n'a pas survécu à la rudesse de ma dernière traversée. Vous vous souviendrez que j'avais mes doutes quant à sa valeur. » Il sourit à la manière d'un homme faisant une plaisanterie d'initiés.

Ce sourire inspira à Sophia une poussée de colère qu'elle ne put contenir. « Je m'en souviens très bien, Capitaine. Dites-moi, pensez-vous toujours que le roi Jacques fera de vous un amiral quand il viendra ? » Elle lui lança cette question sur un ton de défi et pointa les fenêtres et la frégate française. « Pensez-vous qu'il vous récompensera pour cela ? »

Il ne répondit pas, ce qui ne fit qu'accroître sa fureur.

« Comment avez-vous pu ? Après tout ce que vous avez dit à la comtesse et au comte, comment avez-vous pu faire une chose pareille ? Comment avez-vous pu nous trahir à ce point ?

— C'était mon devoir, répondit-il d'une voix calme.

— Le devoir exige peut-être de vous de demeurer dans le camp anglais, voire éventuellement d'ouvrir le feu sur les Français, mais il n'excuse pas tout. Aucun navire anglais à part le vôtre n'a fait de prisonniers, et je ne crois pas que *cela* ait été accompli par devoir. »

Il la regardait avec des yeux impénétrables. «Non, finit-il par répondre. Cela ne relevait pas de mon devoir. »

Il se leva de sa chaise et expira profondément avant de se détourner et de se placer face à la fenêtre. Il garda le silence pendant quelques minutes, puis déclara: «Si quelqu'un me le demandait, je lui dirais que je tire plus de fierté de ce que j'ai fait ce jour-là que de tout ce que j'ai pu faire d'autre dans ma vie. »

La passion émanant de sa voix fit décliner la colère de Sophia. Toutefois, elle ne comprenait toujours pas.

Jusqu'à ce qu'il lui explique pourquoi.

Un homme occupant sa fonction, commença-t-il, avait peu de possibilités de tracer son propre parcours en cette période, mais il avait fait tout son possible. Il avait maintenu l'*Édimbourg* hors d'état de naviguer et était lui-même resté sur la terre ferme aussi longtemps qu'il en avait eu les moyens, dans l'espoir que le roi profiterait de ce laps de temps pour concrétiser son retour. Il n'en avait rien fait, et le capitaine Gordon avait fini par recevoir de nouveaux ordres. Il avait dû prendre le commandement d'un nouveau navire, le *Léopard*, et l'emmener au nord.

«Et même les capitaines, informa-t-il Sophia, doivent obéir aux ordres qui leur sont donnés. »

En arrivant à l'entrée de l'estuaire, il avait trouvé les frégates françaises déjà engagées et sous le feu ennemi. Il avait fait de son mieux pour maintenir le *Léopard* en retrait et était parvenu, grâce à des manœuvres volontairement maladroites aux yeux de son camp, à bloquer certains coups de feu des Anglais contre le *Proteus*, afin de lui permettre de s'échapper.

« Mais ils étaient condamnés, soupira-t-il en regardant le navire français dévasté. Il était impossible de sauver le *Salisbury*. C'était un navire anglais autrefois, le saviez-vous ? Les Français nous l'ont pris, il y a quelque temps. Il a connu sa part de guerre. Et quand le commandant français a tourné son escadron et est parti vers le nord, le *Salisbury* a fait office d'arrière-garde. »

Le navire avait fait ce qu'on lui avait demandé, protéger l'escadron qui battait en retraite afin que le roi pût s'échapper, mais cela lui avait coûté cher, ainsi qu'à son équipage courageux. Il ne faisait pas le poids.

Les frégates anglaises l'avaient rattrapé et, bien que deux autres navires français se fussent retournés pour tenter de l'aider, leurs efforts avaient été inutiles. La bataille avait fait rage tout cet après-midi-là et toute la soirée, jusqu'à ce que les autres bateaux français finissent par se retirer eux aussi, laissant seul le *Salisbury* en détresse affronter ses ennemis à la tombée de la nuit.

Dans l'obscurité du petit matin, il s'était rendu et cela avait bouleversé Gordon d'une manière qu'il ne pouvait expliquer, pas même à présent. Il avait alors décidé d'agir.

« Je me suis rendu compte que même si je ne pouvais sauver le *Salisbury,* je pouvais peut-être tout de même aider ses hommes. Mieux valait pour eux tomber entre mes mains qu'entre celles d'individus n'ayant aucune compassion pour les jacobites. »

Il avait motivé ses matelots les plus dignes de confiance et leur avait ordonné de mettre immédiatement une barque à l'eau, et ils avaient ramé de toutes leurs forces à travers la fumée et les décombres calcinés. Alors, passant devant les autres bateaux anglais, il avait grimpé à bord du *Salisbury* et l'avait revendiqué comme butin de guerre.

Le capitaine du navire français avait été vaillant dans la défaite. Malgré son extrême épuisement et ses vêtements tachés de sang, il avait fait preuve d'une politesse parfaite. « C'est gentil à vous d'y penser », avait-il dit lorsque

Gordon, après lui avoir indiqué qu'ils partageaient la même allégeance, lui avait offert son aide. « Il y a des lettres que j'aimerais envoyer en France, à Paris, si cela s'avérait envisageable par quelque moyen.

— J'y veillerai.

— Et une dernière chose. J'ai à bord de ce navire un noble passager, Lord Griffin…

— Griffin ! Est-il toujours en vie ?

— Il n'a été que légèrement blessé hier et est à présent soigné par notre chirurgien, mais je crains le sort qui lui sera sans doute réservé s'il est fait prisonnier par les Anglais. »

Les Anglais, avait convenu Gordon, ne seraient pas ravis de découvrir le vieux lord qui, autrefois, avait servi le roi Jacques père et qui, depuis ce jour, vivait à la cour de Saint-Germain. « Que diable leur est-il passé par la tête ? Pourquoi ont-ils envoyé Lord Griffin, à son âge ?

— Il s'est envoyé lui-même, avait été la réponse, accompagnée d'un haussement d'épaules. Il n'était pas au courant des intentions du jeune roi et ne les a apprises qu'au moment où nous allions prendre la mer, et il était alors si déterminé à participer à l'aventure qu'il a acheté un cheval et a immédiatement pris la route pour Dunkerque afin de s'assurer une place à bord de mon navire. C'est un… comment dites-vous ? Un sacré personnage. Je ne voudrais pas qu'il lui arrive quoi que ce soit.

— Où est-il ?

— Venez, suivez-moi. »

Ils avaient trouvé le vieil homme sous les ponts du bateau, calmement assis dans le chaos des morts et des blessés. Malgré sa tête bandée, il avait l'air en forme et même gai, comme s'il accueillait avec joie la perspective d'une nouvelle aventure. Il avait poliment écouté leurs plans, mais avait répondu à Gordon : « Oh, ne vous embêtez pas avec tout cela, mon garçon. Il ne m'arrivera rien.

— Monseigneur, si les Anglais prennent un aristocrate français, ils le traiteront correctement, mais s'ils mettent la main sur un aristocrate anglais comme vous, ils accuseront votre présence sur ce navire de trahison, rien de moins, et vous montreront peu de pitié. Ils auront votre tête. »

Les yeux de Lord Griffin reflétaient toute la patience des anciens s'adressant aux jeunes. « Je suis un vieillard, et je vous garantis que mes os me feront autant souffrir que je sois dans un palais ou en prison. Toutefois, si cela vous tranquillise, mon garçon, je viendrai avec vous. »

Il consentit à être transporté sur une civière, afin d'apparaître plus grièvement blessé qu'en réalité et de pouvoir être alité, à bord du *Léopard*, et confié aux soins du chirurgien. « Mon chirurgien, annonça Gordon à Lord Griffin et au capitaine du navire français, est un jacobite, comme moi, et vous aidera à rester cachés jusqu'à ce que nous puissions vous emmener dans un endroit plus sûr. »

Quelqu'un bouscula Gordon et celui-ci, en s'écartant, percuta un autre blessé allongé sur le sol, insensible, la respiration si faible qu'il n'y avait presque aucun mouvement des chiffons nauséabonds et gorgés de sang qui lui bandaient l'épaule.

Dans l'obscurité, le visage pâle du blessé était difficile à distinguer, mais ce que vit Gordon lui suffit. Il ne détourna pas les yeux et, la gorge serrée, demanda : « Qu'est-il arrivé à cet homme ?

— Il a été blessé en sauvant la vie d'un jeune garçon qui n'a pas eu le réflexe de se mettre à l'abri d'un boulet de canon. » Comme Gordon ne bougeait pas, Lord Griffin continua : « Le garçon s'en est sorti indemne. J'étais là, j'ai tout vu, bien que j'admette que c'est ce même coup de feu qui a fait tomber le toit sur ma tête, alors je ne me souviens pas de grand-chose d'autre. »

Il frotta sa tempe soigneusement bandée pendant que le capitaine du navire français regardait plus attentivement le blessé. «Je ne reconnais pas ce visage, dit-il, mais avec cet uniforme je dirais que c'est un officier des brigades irlandaises du roi. Nous avons plusieurs hommes comme celui-ci à bord du *Salisbury*.

— Mes compatriotes, déclara Lord Griffin, ne seront probablement pas ravis non plus de découvrir ces hommes-là.

— Non, en effet.» Le capitaine Gordon fronça un peu plus les sourcils. Il demanda à ce qu'on apportât une autre civière. «Je vais emmener cet homme aussi.

— Mais, protesta le capitaine du *Salisbury*, cela attirera sûrement trop l'attention si vous transportez deux hommes aussi blessés dans votre petite barque!»

La voix de Gordon se fit glaçante. «Je vous rappelle, Monsieur, que cette "petite barque" obéit à mes ordres, comme doit à présent aussi le faire votre navire, et je vous saurai gré de ne pas remettre en question mon commandement.»

Il n'y eut plus de discussions à ce sujet jusqu'à ce que les deux civières eussent été descendues dans sa barque pour être transportées vers le *Léopard*. Les rameurs de Gordon étaient tous silencieux, concentrés sur leur devoir. Ils partageaient la même allégeance que leur capitaine et celui-ci n'avait aucune crainte qu'ils parlassent de ce qu'ils avaient vu ou entendu. Les blessés dans l'embarcation auraient tout aussi bien pu être invisibles.

La couverture sur la civière de l'officier encore inconscient commença à glisser et Gordon tendit le bras pour la relever et la coincer fermement sous le bras indemne du militaire. Il se retourna et vit que Lord Griffin, allongé, le regardait.

«Vous le connaissez.» Ce n'était pas une question.

«Oui, répondit Gordon.

— Sa voix révélait le sang écossais dans ses veines.» Les yeux âgés étaient curieux. «Et j'imagine qu'un homme capable de se battre si férocement pour défendre son roi l'a déjà fait une fois ou deux.

— Oui. Et cela lui a valu de voir sa tête mise à prix pour une somme qui rendrait riche le soldat anglais qui viendrait à le capturer. »

Lord Griffin hocha la tête. « Ah. Alors c'est une bonne chose que vous ayez retrouvé votre ami avant eux. »

Gordon se tourna de nouveau pour examiner le visage de Moray. « Il ne me compte pas parmi ses amis.

— Mais vous l'admirez. »

Gordon réfléchit un instant à la question. « Il est cher à quelqu'un qui m'est cher, et cela nous lie l'un à l'autre, que cela nous plaise ou non. »

Cela étant dit, il fut soulagé quelques minutes plus tard à bord du *Léopard*, lorsque son chirurgien l'assura que Moray n'était pas grièvement blessé. Sous les lampes qui se balançaient, le médecin se pencha pour montrer les blessures. « Vous voyez l'endroit où quelque chose de tranchant lui a transpercé l'épaule. Pas une épée, mais quelque chose de plus râpeux, comme un morceau de bois éclaté. C'est cela qui a causé l'hémorragie, mais elle s'est à présent presque arrêtée et devrait guérir aussi bien que cette plaie sur son côté. Deux cicatrices de plus qu'il remarquera à peine, à son réveil. »

Lord Griffin, qui avait refusé le hamac proposé par le chirurgien et était assis dans un fauteuil contre le mur incliné, jeta un coup d'œil et observa : « J'ai l'impression qu'on essaie régulièrement de tuer ce garçon. »

Comme Gordon, il avait vu les autres cicatrices que portait Moray sur les bras et le torse, signes de ses années sur les champs de bataille où il n'avait été épargné ni par les coups de feu, ni par les coups de lames. Autour de son cou, il portait un cordon en cuir auquel était attaché un petit caillou, noir et poli, dont personne ne comprenait l'utilité. Lord Griffin supposa qu'il s'agissait d'une sorte de porte-bonheur. « Les soldats sont des gens superstitieux.

— Eh bien, dit le médecin, il va devoir s'en passer un moment, le temps que je bande son épaule. » Mais son geste fut brusquement stoppé par une main autour de son poignet.

Une voix rauque, à peine reconnaissable, lança : « Laissez ça. »

Moray entrouvrit lentement les yeux, conscient comme un homme qui se réveille. Il prit note de l'endroit où il se trouvait, mais ne desserra pas son emprise jusqu'à ce que le médecin lui dît : « Vous avez été blessé. Je dois bander la plaie, Monsieur, et cette pierre m'en empêche. »

Un instant s'écoula, puis la main de Moray relâcha le poignet du chirurgien et se déplaça vers le caillou. Il fit glisser le cordon au-dessus de sa tête avec précaution puis récupéra la pierre dans sa paume et ferma ses doigts autour dans un geste possessif. Le regard fixé vers l'homme penché sur lui, il observa : « Votre accent est anglais.

— Oui Monsieur. »

Gordon fut seul à voir la main du bras gauche blessé de Moray remuer contre sa cuisse comme s'il espérait y trouver encore son épée. « Sur quel bateau nous trouvons-nous ? »

Lord Griffin répondit : « Vous n'avez pas à vous inquiéter mon garçon. Nous sommes à bord du *Léopard*, et en sécurité entre amis. »

Le son de la voix de Lord Griffin surprit clairement Moray et il se tourna vivement dans sa direction, mais Gordon se tenait entre eux deux. Le navire tanguait, les lanternes se balançaient et, au milieu des faisceaux d'ombre et de lumière, Moray croisa le regard de Gordon dans un défi silencieux mais bien réel. « Entre amis. » Il ne semblait pas convaincu.

« Oui, lui dit Gordon, du moins pour le moment. Mais je ne pourrai pas vous garder caché ici très longtemps. » Il s'adressa au médecin : « Pensez-vous que son état lui permettra de partir avant la tombée de la nuit ? »

L'expression de Moray se teinta de méfiance. « Partir où ?

— Je souhaiterais profiter des célébrations de victoire d'aujourd'hui. Elles vont augmenter la confusion de ces eaux, expliqua Gordon. Avec autant de navires et autant d'hommes ivres, il devrait être possible de vous faire monter tous les deux à bord du bateau de pêche qui vous remmènera en France.

— Et qu'en est-il des hommes qui vous ont vu prendre à bord deux prisonniers du *Salisbury* ce matin ? demanda Lord Griffin. Croiront-ils que nous nous sommes tout simplement volatilisés ? »

Son ton était sarcastique et son expression montrait clairement que, bien qu'il admirât l'idée, il avait des doutes quant à ses chances de réussite.

« Mes hommes m'ont vu emmener à bord deux prisonniers blessés, fut la réponse de Gordon. Ils me verront, demain, célébrer des obsèques chrétiennes appropriées en mer pour ces mêmes prisonniers que, malheureusement, notre médecin n'a pas pu sauver. Nous coudrons un linceul autour de caisses, et personne ne soupçonnera qu'il ne s'agit pas de cadavres. Ils seront satisfaits, et vous aurez tous les deux échappé aux Anglais.

— Non, pas tous les deux. » Lord Griffin secouait la tête. « Vous ne pouvez pas vous permettre de nous tuer tous les deux, mon garçon, ils n'y croiront pas. Et, de plus, qu'est-ce que cela dirait des compétences de votre pauvre chirurgien ? » Un sourire aux lèvres, il s'appuya contre son dossier, les bras croisés. « Non, faites partir ce jeune homme, et moi-même je me tiendrai demain à son enterrement pour le pleurer, et je confirmerai votre histoire. »

Moray se redressa sur la table, sous les protestations du chirurgien qui n'avait pas encore fini de lui bander l'épaule. « Monseigneur, si seul l'un de nous doit s'échapper, j'insiste…

— Oh, économisez votre souffle, mon garçon. Vous êtes jeune, vous avez la vie devant vous alors que la mienne touche à sa fin. » Puis il se tourna vers Gordon : « Je vous l'ai dit, je n'ai rien à craindre si je suis pris. Je connais la reine Anne depuis qu'elle est au berceau, j'étais membre de la garde de son père. Elle ne permettra pas qu'on me fasse du mal. » Il sourit à nouveau. « De plus, la perspective d'une chambre à la tour de Londres d'où j'aurais une belle vue sur la ville pour les dernières années de mon existence ne m'est pas si désagréable que cela. » Il marqua une pause avant de reprendre, ses mots alourdis par le poids des souvenirs. « Cela fait si longtemps que je ne suis plus chez moi. »

Moray s'était entêté contre l'idée que Lord Griffin restât, mais l'Anglais n'avait pas cédé et, finalement, l'affaire n'avait été close qu'après que Gordon eut explosé : « Bon Dieu, mon gars, je vais finir par te dénoncer moi-même et réclamer la rançon si tu n'arrêtes pas. » Puis, se calmant, il avait rappelé à Moray : « Vous m'avez dit un jour que ce n'était pas le rôle d'un soldat de demander qui avait donné l'ordre, qu'il devait se contenter de l'exécuter. Ne pouvez-vous donc pas suivre celui-ci ? » À voix basse, il avait ajouté : « Pour elle, au moins. »

Comme des combattants se retrouvant à égalité, les deux hommes s'étaient affrontés du regard en silence. Lentement, Moray avait levé la main et replacé le petit caillou noir sur son cordon autour de son cou, comme si c'était la seule armure dont il avait besoin. Et il avait brièvement hoché la tête.

Sophia fixait le capitaine Gordon qui, toujours dos à elle, se tenait contre la baie vitrée de la cabine du *Léopard*. Elle n'avait pas dit un mot durant tout son récit, si submergée qu'elle était par ses propres émotions.

« Nous avons réussi à le faire partir, déclara Gordon. Avec les flots de rhum qui coulaient sur nos ponts cette nuit-là, mes hommes n'étaient pas en état de remarquer autre chose que leur propre débauche. Il doit à présent avoir bien entamé la traversée. »

Sophia savait que rien qu'elle ne pût dire ne serait approprié, pourtant elle ressentait le besoin de le remercier. «Capitaine Gordon...» Mais elle fléchit quand il se retourna et demanda simplement: «Avez-vous encore Lord Griffin sous votre protection?

— Non. Il a été emmené par les soldats ce matin même. Je ne peux que prier qu'il ait eu raison de croire que la reine serait clémente à son égard.»

Voyant à présent son visage, elle avait honte d'avoir cru qu'un tel homme eût pu être un traître. «Capitaine Gordon, reprit-elle, j'espère que vous me pardonnerez d'avoir...»

Il leva une main pour couper court à ses excuses. «C'est oublié.» Jetant un dernier coup d'œil aux décombres du *Salisbury* de l'autre côté du port, il déclara: «En tout cas, vous aviez raison sur un point.» Son regard revint croiser le sien, résolu. «Tout ce que j'ai fait cette nuit-là ne l'était pas par devoir. Mais pour vous.»

Elle resta un instant silencieuse face à cette confession. Il était dur d'apprendre qu'un homme pouvait tenir à elle au point de risquer sa carrière, et même sa vie, tout en sachant qu'elle ne pouvait pas répondre à son affection. D'une petite voix, Sophia lui dit: «Je suis vraiment navrée.» Et tous les deux savaient qu'elle parlait de bien plus que de ses accusations infondées.

Le capitaine Gordon, en éternel gentilhomme, la rassura par ces mots: «Vous n'avez aucune raison de l'être.» Il marqua une pause puis, sur un ton plus léger, il lança: «En vérité, j'admire votre courage d'être venue ici me défier. Je ne doute pas que vous auriez trouvé les moyens de faire tout le voyage depuis Slains, s'il avait fallu.»

Elle esquissa un sourire. «Peut-être bien.

— Mais je suis heureux que vous ne vous trouviez pas au nord à l'heure actuelle.» Il traversa la cabine pour leur servir à tous les deux un verre de vin rouge. «Et pas uniquement parce que cela m'a permis d'avoir le plaisir de votre visite, mais parce que je crains que les Anglais n'exigent le prix fort pour ce qui s'est produit ici. »

Elle but, essayant de faire passer le goût amer du thé. « Le roi s'est échappé, indiqua-t-elle, il est possible que ses navires l'emmènent au nord pour essayer de trouver une meilleure zone d'accostage.

— Peut-être. » Il semblait moins optimiste que Sophia. « Mais s'il échoue, cela annoncera l'arrivée d'une période cruelle, et ce sera bien mieux pour vous de ne pas être à Slains. »

———

À moitié endormi, Graham tourna la tête vers moi sur l'oreiller. « Lord qui ?

— Lord Griffin. Il était à bord du *Salisbury*, je crois. Un vieil homme, anglais, qui avait passé du temps à Saint-Germain…

— Ah, celui-là. » Il roula davantage sur le côté, m'enveloppant la taille de son bras, un poids devenu familier. J'aimais cette sensation, tout comme j'aimais les vibrations de sa voix contre ma nuque. « Qu'est-ce que tu voulais savoir ?

— Qu'est-ce qui lui est arrivé après avoir été arrêté par les Anglais ? A-t-il été jugé pour trahison ?

— Oui, et déclaré coupable.

— Il a été décapité alors ? » En ces temps-là, la peine pour trahison était inévitable. Je ne savais pas pourquoi ce petit événement me perturbait tant – j'avais lu le rapport d'innombrables exécutions au cours de mes recherches pour mes romans, et je savais qu'il ne s'agissait qu'une conséquence des guerres et des intrigues royales parmi tant d'autres. Toutefois je n'arrivais pas à chasser de ma tête ce vieil homme adossé à la coque du *Léopard*, disant qu'il resterait, qu'il ne lui arriverait rien, que la reine Anne ne permettrait jamais que…

« Non, répondit Graham, interrompant le flot de mes pensées. Il n'a pas été tué. Certains ministres de la reine Anne ont plaidé en faveur de sa décapitation, mais elle n'a rien voulu entendre. Bon, elle l'a emprisonné, mais elle lui a laissé sa tête, et au bout du compte il est simplement mort de vieillesse. »

Cela me rassura en quelque sorte. J'espérais qu'il ait eu la possibilité de voir Londres de sa fenêtre, comme il l'avait souhaité. Je savais en revanche que le roi Jacques, lui, n'avait jamais vu ses espoirs comblés. Ses navires avaient été poursuivis le long de la côte du nord, jusqu'à ce que les intempéries finissent par les faire renoncer et repartir au large, vers la France. Et ceux qui, sur la rive, avaient attendu sa venue pendant si longtemps, avaient dû affronter la période cruelle qu'avait annoncée le capitaine Gordon.

« D'autres personnes ont-elles été tuées pour leur rôle dans la rébellion ? demandai-je.

— Pas que je sache. » Sa voix n'était à présent plus qu'un murmure et, si je le connaissais moins bien, je l'aurais à moitié soupçonné de feindre délibérément l'ignorance, dans l'espoir que j'arrêterais de lui poser des questions.

« Pourtant, les Anglais ont retrouvé les jacobites et les ont mis en prison.

— En effet, oui. La plupart des nobles et des bourgeois jacobites ont été emmenés enchaînés à Londres et forcés de parader pour la foule. »

Je gardai un moment le silence, imaginant la scène. Puis je lui demandai encore : « Est-ce que le comte d'Erroll était parmi eux ? »

Graham acquiesça, la voix basse, confuse. « On a prétendu qu'il s'est tellement énervé en captivité qu'il a lancé une bouteille au comte de Marischal et a failli lui trancher la tête.

— J'imagine que le comte de Marischal l'avait mérité.

— Tu défends les tiens, hein ? »

Je n'avais aucun moyen d'expliquer que je connaissais le personnage du comte d'Erroll mieux que n'importe quel historien – que, pour moi, ce n'était pas un nom dans un livre, mais un homme en chair et en os, bien vivant dans ma mémoire. Comme tous les autres. Je me souvenais de leur visage. De leur voix.

Je me perdis quelques instants dans mes pensées. Puis je tentai : « Que leur est-il arrivé une fois à Londres ? Je veux dire, je sais qu'ils ont fini par être libérés, mais comment ? »

Aucune réponse ne me parvint cette fois, à l'exception du bruit profond de sa respiration. Il s'était endormi. Je restai allongée encore un moment, à réfléchir dans le noir, le bras de Graham m'entourant comme pour me protéger, mais cette question refusait de me laisser en paix, et il n'y avait qu'une façon pour moi d'obtenir une réponse satisfaisante.

XIX

Ces jours-là elle n'était pas souvent dehors. Bien que deux mois se fussent écoulés et que le printemps eût adouci les brises marines, elle demeurait à l'intérieur avec Mme Malcolm, Kirsty et le bébé, et ne quittait la maison que rarement, lorsque sa propre agitation la rongeait et qu'elle sentait qu'elle devait respirer l'air extérieur pour ne pas devenir folle. Et même alors, elle restait aussi loin que possible de la route principale, n'oubliant jamais que c'était encore une période dangereuse.

M. Malcolm n'avait toujours pas donné de nouvelles et elles ne savaient pas comment il s'en était sorti. Au début, il avait semblé que chaque jour plus d'hommes étaient emmenés et emprisonnés et, d'après la seule lettre que la comtesse avait réussi à lui faire parvenir, Sophia savait que la situation n'était pas meilleure au Nord. Le seul réconfort de cette missive était une nouvelle que la comtesse avait reçue du duc de Perth, son frère, depuis la cour de Saint-Germain : « M. Perkins, avait-elle écrit à Sophia, me dit qu'il a récemment rendu visite à votre mari M. Milton et qu'il l'a trouvé bien remis de ses maux et impatient d'être de nouveau sur pied. »

Pour son plus grand soulagement, Moray était parvenu à traverser la Manche sans encombre et récupérait de ses blessures. Cette information l'aidait à gérer l'incertitude qui l'entourait, tout comme la vue de la petite Anna dormant dans son berceau, minuscule, vulnérable et confiante, donnait chaque matin à Sophia la détermination et la force d'esprit d'agir avec précaution, afin que son enfant ne risquât rien.

De fait, elle ne serait même pas sortie sur la route ce jour-là si la bonne de Mme Malcolm n'était pas tombée malade, ce qui poussait quelqu'un d'autre à se rendre au marché si elles voulaient pouvoir se nourrir les jours suivants. Kirsty s'était proposée, mais comme elle était encore en convalescence de cette même maladie et demeurait affaiblie, Sophia n'avait pas voulu en entendre parler. Ni de l'offre de Mme Malcolm d'aller en ville, sachant qu'elle avait déjà été accostée deux fois par des soldats à la recherche de son mari.

« Je vais y aller », avait annoncé Sophia. Elle s'était mise en route avant l'aube et, un certain temps seule sur la route, elle s'était sentie plus libre d'apprécier pleinement la fraîcheur du vent sur son visage et la propagation de couleurs du soleil levant. Il était encore tôt quand elle parvint à la périphérie de la ville en train de se réveiller et que des maisons commencèrent à s'élever autour d'elle. Il n'y avait encore que très peu de mouvement sur la route.

Alors, quand elle entendit le bruit de sabots et de roues s'approcher derrière elle, elle se tourna instinctivement, sans penser à se cacher, simplement curieuse de voir qui pouvait donc bien passer à cette heure. Il s'agissait de toute évidence d'un personnage important, car la voiture elle-même semblait coûteuse et le cocher, richement vêtu, conduisait des chevaux à la robe noire et soyeuse et à l'air si dédaigneux qu'ils ne tournèrent même pas la tête lorsqu'ils arrivèrent au niveau de Sophia.

À l'intérieur de la calèche, une voix retentit soudain et ordonna au cocher de s'arrêter. Dans un tourbillon de poussière et de sabots dansants, les chevaux s'arrêtèrent et, à la fenêtre de la voiture, un visage connu de Sophia apparut.

« Qui vois-je, Mademoiselle Paterson ! s'exclama M. Hall tout étonné. Que faites-vous donc ici ? Montez, ma chère, montez ; vous ne devriez pas parcourir seule ces rues. »

En quittant la maison, elle s'était inquiétée qu'on pût la reconnaître en tant que Mme Milton qui logeait chez M. Malcolm, et qu'on l'interrogeât à son sujet. Le fait qu'elle pût être reconnue sous sa réelle identité ne lui avait même pas traversé l'esprit. C'était une complication qu'elle n'avait pas prévue et qu'elle ne savait pas très bien comment gérer, mais n'ayant aucun moyen de refuser l'offre du prêtre sans susciter sa suspicion, elle n'eut d'autre choix que d'accepter la main qu'il lui tendait et de le laisser l'aider à grimper dans la calèche.

Une fois à l'intérieur, elle découvrit qu'ils n'étaient pas seuls.

« Voici un plaisir tout à fait inattendu », observa le duc d'Hamilton de sa voix douce. Vêtu de velours bleu marine et coiffé d'une nouvelle perruque coûteuse qui lui tombait en boucles noires sur les épaules, il dévisagea Sophia de la banquette d'en face.

La luxueuse voiture lui sembla soudain trop étroite et, baissant la tête pour lutter contre son sentiment de malaise, elle le salua : « Monseigneur.

— Où allez-vous vous promener ce matin ?

— Nulle part en particulier. Je pensais peut-être faire un tour au marché. »

Elle sentit ses yeux sur elle pendant la pause qui suivit, avant qu'il ne dît à M. Hall : « Au marché, alors ». Ce dernier, à son tour, transmit l'ordre au cocher.

Le duc s'étonna avec nonchalance : « J'ignorais que la comtesse était à Édimbourg. »

Sophia, consciente d'avoir perdu l'habitude de la danse verbale du duc, s'y engagea avec précaution. « Madame la comtesse est à Slains, Monseigneur.

— Vous n'êtes pas ici toute seule, j'imagine ?

— Je suis avec des amis. » Avant qu'il eût le temps de l'interroger davantage, elle releva les yeux en totale innocence et déclara : « Je ne puis vous dire à quel point je suis soulagée de voir que vous allez bien, Monseigneur. Nous avons entendu dire que vous aviez été pris par les Anglais et craignions le pire. »

Elle remarqua son hésitation et eut la certitude qu'il ne serait pas capable de résister à l'envie de se grandir par le récit de ses aventures. Elle avait raison.

Il acquiesça avec courtoisie. « Votre préoccupation me touche, ma chère. En vérité, j'estimais que c'était un honneur d'être arrêté, et j'ai regretté de ne pas avoir pu être enchaîné avec mes compatriotes pour la belle cause du roi. »

Sophia savait qu'il n'en pensait pas un mot. Elle savait qu'il avait veillé à se trouver sur ses terres du Lancashire au moment où le jeune roi Jacques avait essayé d'accoster en Écosse. De la propre plume de la comtesse, Sophia avait appris comment un messager avait informé le duc de l'arrivée du roi, à temps pour qu'il pût repartir et prendre part à l'aventure. Mais lui, prétendant sournoisement que son retour risquerait d'alarmer les Anglais, était demeuré dans le Lancashire, se préparant soit à prendre le parti du roi Jacques, en cas de succès de l'invasion, soit à clamer son manque d'implication dans cette entreprise, si les Anglais l'emportaient.

Sophia avait au moins éprouvé une certaine satisfaction en apprenant que les Anglais l'avaient emprisonné lui aussi, malgré tout. Bien qu'il semblât avoir réussi, grâce à son hypocrisie habituelle, à orchestrer sa propre libération. Combien de vies, se demandait-elle, avait-il été content de vendre afin de payer le prix de la sienne?

Lorsqu'il eut fini de raconter de façon théâtrale son arrestation et son périple à Londres, elle ne put s'empêcher de lui demander: «Avez-vous vu les autres aristocrates, là-bas? Comment cela se passe-t-il pour eux?»

Il la regarda, vaguement surpris. «Ma chère, n'êtes-vous donc pas au courant? Ils ont tous été libérés. À l'exception bien sûr des bourgeois du Stirlingshire, mais je n'ai rien pu faire pour eux – voyez-vous, ils avaient pris les armes et s'étaient soulevés, et il était impossible de persuader les Anglais de les laisser partir sans procès, mais je pense qu'ils s'en tireront assez bien.»

Se penchant en avant, M. Hall expliqua à Sophia: «Le duc a gentiment pris sur lui de se faire l'avocat de la libération de ses co-prisonniers, mais les Anglais n'ont pas accepté tous ses arguments.»

Sophia reçut cette nouvelle avec un mélange de reconnaissance et de profonde méfiance. Malgré sa joie de savoir le comte d'Erroll et les autres hors de danger, elle ne pouvait s'empêcher de penser que le duc n'aurait pas fait une telle chose par simple grandeur d'âme. Et son propre instinct lui disait toujours qu'il n'était pas de leur côté.

La calèche s'arrêta en cliquetant sur les pavés d'une rue bondée, au milieu des gens qui s'affairaient en tous sens, des éclats de voix et des odeurs très diverses qui se

mêlaient dans l'air. « Nous sommes arrivés au marché »,
annonça le duc.

Dans sa hâte de quitter cet espace luxueux et étroit
et de s'éloigner du regard insistant du duc, Sophia se
pencha si brusquement en avant que la chaîne autour
de son cou jaillit hors de son corsage. La bague en argent
brilla un instant à la lumière avant qu'elle la rattrapât vite
dans sa main pour la remettre à l'abri.

Elle n'avait pas été assez rapide.

Quand elle lança un regard au duc, elle sut qu'il l'avait
vue. Bien que son visage eût sans doute paru inchangé
à d'autres yeux, Sophia remarqua la subtile différence
dans son expression, entendit l'intérêt renouvelé de sa
voix lorsqu'il observa : « Je dois m'occuper de quelques
affaires, mais je renverrai mon cocher ici même afin que,
quand vous aurez fini, vous puissiez retourner en toute
sécurité là où vous séjournez avec vos… amis. » L'accent
placé sur ce dernier mot était très léger, mais elle le perçut
nettement et son sang se glaça.

Elle tâcha de conserver une mine enjouée et une voix
normale. « C'est très gentil à vous, Monseigneur, mais
j'attends quelqu'un et serai bien accompagnée, alors ce
sera inutile. »

Le regard du duc était à présent dur, fixé sur elle.
« Ma chère Mademoiselle Paterson, j'insiste. Je ne peux
supporter l'idée de vous savoir, même accompagnée,
dans ces rues sans une escorte digne de ce nom. Tenez,
M. Hall va se promener avec vous et veiller à ce qu'il ne
vous arrive rien. »

Il l'avait piégée, et il le savait. Elle le voyait à son sourire
tandis qu'il regardait M. Hall descendre et aider Sophia
à poser le pied sur la rue pavée. Les yeux du duc dans
l'obscurité de la calèche étaient identiques à ceux d'une
créature prédatrice ayant attrapé sa proie et pouvant se
permettre de patienter avant de revenir la dévorer. « Pour
vous servir, Mademoiselle Paterson », dit-il et, avec un

léger hochement de tête, il donna à son cocher l'ordre de poursuivre sa route.

« Eh bien, dit M. Hall en se tournant vers elle en attente tandis que la voiture noire s'éloignait au milieu de la foule croissante. Que souhaitiez-vous acheter en particulier ? »

Malgré les efforts de Sophia pour les contrôler, ses pensées se précipitaient dans tous les sens, et elle mit une demi-minute à répondre. Le marché était encerclé de hauts édifices dont les étages les plus élevés projetaient des ombres sur les pavés irréguliers et rendaient encore plus exigu l'espace déjà étroit. Et au-delà de leurs toits, elle apercevait les contours austères du château d'Édimbourg, en haut de sa colline, comme une sentinelle semblant surveiller tout ce qu'il surplombait. Elle ne vit tout d'abord aucune échappatoire.

Puis son regard se posa sur un petit étalage non loin d'elle, installé près d'une fente étroite entre les bâtiments, et elle présenta à M. Hall un sourire forcé. « J'aimerais voir ces rubans de plus près.

— Comme vous voudrez. »

Elle avait toujours eu de l'estime pour le prêtre et, de ce fait, avait un peu honte de ce qu'elle s'apprêtait à faire, mais elle n'avait tout simplement pas le choix. Elle ne pouvait pas prendre le risque de rester là jusqu'au retour du duc, ne connaissant pas ses intentions.

Elle pensait aux derniers mots que lui avait adressés Moray à propos du duc : « *Vous devez être prudente. Il ne doit jamais apprendre que nous nous sommes donnés l'un à l'autre.* »

Trop tard, pensait-elle. Trop tard.

La réaction du duc à la vue rapide de la bague de Moray laissait peu de place au doute : il l'avait reconnue et savait trop bien à qui elle appartenait.

Mais Sophia ne le laisserait pas apprendre l'existence de son enfant.

Elle avait à présent atteint l'étalage où les bobines de ruban, de dentelle et de soie étaient toutes joyeusement exposées. Sophia prit un instant pour les examiner, puis, dans ce qui apparut comme un incident, elle se cogna contre trois bobines du ruban qui dégringolèrent de l'éta- lage, faisant dégouliner leurs traînées de couleurs sur les pavés et créant la confusion aux pieds des passants.

«Oh! s'exclama-t-elle, affichant une mine consternée et implorant le pardon du commerçant.

— Ce n'est rien, lui assura M. Hall, se penchant pour aider le vendeur à récupérer tous les rouleaux emmêlés. Ne vous inquiétez pas, nous allons vite arranger cela.»

Sophia attendit l'espace de deux autres respirations tremblantes puis, quand elle vit que tout le monde autour d'elle était empêtré dans le désordre qu'elle avait créé, elle tourna les talons, se faufila dans l'espace ombragé entre les maisons et se mit à courir aussi vite que possible. La ruelle était très étroite et sentait les ordures mais, à son plus grand soulagement, elle la mena dans une rue très en pente qui semblait déserte et, à partir de là, elle progressa de voie sinueuse en ruelle exiguë jusqu'à finalement arriver au cimetière d'une église entouré d'un grand mur de pierre. Elle s'y abrita, se recroquevillant afin de se faire aussi petite que possible derrière les pierres tombales, parmi les ombres.

Elle n'osa pas entreprendre le chemin du retour de jour, car elle savait qu'une fois qu'elle aurait quitté les limites de la ville, elle se retrouverait exposée et vulnérable. Ayant été prévenu qu'elle s'était enfuie, le duc la rechercherait sans doute sur la route avant tous les autres. Il valait donc mieux attendre la tombée de la nuit et espérer que, d'ici là, il abandonnerait les recherches.

Ce fut le plus long après-midi et la plus longue soirée de toute sa vie. Elle avait mal à la tête et la faim lui labourait les entrailles comme des griffes aiguisées, la soif lui brûlait la gorge et chaque bruit de pas sur la route hors du petit cimetière faisait s'emballer son cœur de panique.

Toutefois, petit à petit, l'obscurité s'intensifia et les bruits dans la rue se raréfièrent. Elle inspira profondément pour se donner du courage, remua ses membres engourdis et se remit prudemment en route.

A posteriori, elle ne se souviendrait pas grand-chose de son périple sur la route, si ce n'était qu'il faisait noir, et qu'il était long, peuplé de terreur et de lugubres visions de son imagination. Quand elle arriva enfin à la maison des Malcolm, elle était presque à bout de forces.

Son entrée causa une grande agitation dans la demeure. Kirsty et leur hôtesse l'assaillirent de questions inquiètes, mais elle écarta tout cela et refusa de s'asseoir malgré leur insistance. Luttant pour reprendre sa respiration, elle fixa son regard sur Kirsty. « Quelqu'un est-il venu ici ?

— Non, répondit Kirsty avec appréhension. Que s'est-il passé ?

— Nous devons partir. » Sophia se tourna alors vers Mme Malcolm. « Pouvez-vous nous trouver des chevaux, ou une calèche, à cette heure tardive ?

— Je peux au moins essayer.

— Et Anna… » Lançant un regard inquiet en direction de la porte fermée de la chambre à coucher, Sophia dit à Kirsty : « Nous devons bien la couvrir, la nuit est fraîche.

— Sophia, insista Kirsty, d'un ton plus ferme. Que s'est-il passé ? »

Mais elle ne pouvait pas répondre à cette question en présence de Mme Malcolm sans révéler plus d'informations que ce que lui ordonnait la prudence. Elle se contenta d'un : « Nous ne sommes plus en sécurité ici.

— Mais…

— Nous ne sommes plus en sécurité », répéta Sophia, implorant des yeux son amie de se taire.

Il était préférable que Mme Malcolm ne connût pas leur destination, car alors personne ne pourrait la forcer à divulguer ces informations. Sophia elle-même ignorait comment Kirsty et elle parviendraient à supporter le rude voyage jusqu'à Slains avec le bébé – elle savait seulement qu'il le fallait, pour Anna.

Elles devaient retourner à Slains, chez la comtesse. Elle seule, pensait Sophia, saurait quoi faire.

———

Il s'était mis à neiger.

Ce n'était plus que le dernier souffle de l'hiver avant qu'il accepte de céder au printemps, mais le vent était coupant comme de la glace à travers mon manteau, jusqu'à ce que Graham se place devant moi, bloquant les courants d'air tandis qu'il repliait les revers de mon manteau avec le soin de quelqu'un habillant un petit enfant pour le protéger du froid. Ses yeux pétillèrent légèrement quand ils se posèrent sur les rayures de son vieux polo de rugby.

« Il vaudrait mieux que mon frère ne te voie pas avec ça. »

Je n'y avais pas pensé. « Tu es sûr que ça ne te dérange pas que je te le pique ?

— Tu en as fait meilleur usage en fin de semaine que moi toutes ces années. Et puis cette couleur te va très bien. » Au moment où un autre tourbillon de flocons vint souffler entre nous, il se rapprocha encore davantage et me serra contre lui, installant confortablement son menton près de ma tempe.

C'était étrange d'être si ouvertement tendres en public, là sur le quai de la station d'autobus. J'avais l'habitude de garder nos sentiments secrets, mais à Aberdeen j'avais enfin pu goûter à ce que pourrait être notre relation au grand jour. À ce qu'elle serait. Et cela me plaisait.

Graham sentit mon subtil changement d'humeur et pencha la tête pour me demander : « Qu'est-ce qu'il y a ?

— Rien. C'est juste que... j'ai vraiment passé une belle fin de semaine.

— Tu n'es pas obligée de repartir. »

C'était un peu comme être tentée par le diable dans le désert, pensai-je. Mais je résistai. « Tout le monde s'attend à ce que je rentre aujourd'hui, c'est ce que j'avais annoncé, et je ne veux pas inquiéter ton père. » Me reculant assez pour lever la tête, afin de voir son visage, je fis remarquer : « Ce n'est pas comme si tu pouvais l'appeler et lui dire où je suis ? »

Graham fit un grand sourire. « Mon père n'est pas puritain à ce point-là.

— Quand bien même. » Je jetai un coup d'œil vers l'horloge du quai. « L'autobus a du retard.

— Ne t'inquiète pas.

— Tu n'es pas obligé d'attendre, tu sais. Je veux dire, c'est très noble de ta part de rester avec moi sous la neige, mais…

— Et de qui est-ce la faute ? Tu aurais dû me laisser te reconduire en voiture.

— Tu aurais dû me laisser prendre un taxi, dis-je. J'en ai les moyens.

— Oui, je sais bien. Mais aucun Écossais digne de ce nom ne laisserait sa dame gaspiller trente livres pour prendre un taxi quand l'autobus peut l'emmener au même endroit pour cinq. »

Il ne faisait que plaisanter, bien sûr, et prendre l'autobus avait été autant son idée que la mienne – les voyages en autobus avaient un côté anonyme rassurant, et j'aimais observer les autres passagers. Toutefois je trouvais amusant son choix de mots. « Alors comme ça je suis ta dame ?

— Oui. » Je sentis l'étreinte de ses bras se resserrer et il m'adressa un regard empli de tendresse. « Tu étais mienne dès l'instant où j'ai posé les yeux sur toi. »

Il était difficile de ne pas ressentir l'effet de ces mots, bien que j'aie moi-même écrit quelque chose de semblable, dans la scène où Moray et Sophia se disaient adieu. « Tu as lu mon livre.

— Non. » Il me regarda d'un air interrogateur. « Pourquoi?

— Eh bien, parce que ce que tu viens de dire… mon héros dit presque la même chose.

— Ton héros… oh, mince, fit Graham. J'allais oublier. » Il tâta la poche intérieure de son manteau et en sortit une enveloppe allongée. « Voici ce que j'ai trouvé sur les Moray pour l'instant. Ce n'est pas grand-chose, juste leur ascendance, avec les naissances, les morts et les mariages, si ça peut t'être utile.

— Merci, lui dis-je en la prenant.

— Je ne suis pas sûr de toujours vouloir être John Moray, se plaignit-il à moitié. Il…

— Non, fis-je. Ne me dis rien. »

À contrecœur, je me penchai pour ranger l'enveloppe dans ma mallette faisant cliquer le rabat en le refermant. Je ne voulais pas entendre ce qui était arrivé à Moray, même si je savais que j'apprendrais la vérité avec le temps, et sans doute plus vite que je ne le souhaitais.

XX

L'été arriva et resplendit brièvement avant de se faner comme les feuilles qui se contorsionnaient sur les arbres avant de tomber et de mourir, laissant le monde affronter les vents glaciaux et amers de l'hiver, jusqu'à ce que le printemps ressortît discrètement, réticent, pour réchauffer de nouveau l'atmosphère et se transformer en jours d'été qui, à leur tour, s'étioleraient. Et pendant tout ce temps, aucun vent d'une nouvelle tentative de Saint-Germain pour faire traverser le roi.

Toutefois, le duc de Perth envoyait chaque mois, sans faute, une lettre à sa sœur pour la rassurer sur le fait que leurs plans n'étaient pas réduits à de simples discussions. Les messagers continuaient d'aller et venir entre les aristocrates écossais et le roi de France à Versailles. Quant au roi Jacques, il semblait plus déterminé que jamais à se maintenir prêt à la guerre, ayant récemment déclaré son intention de mener lui-même une attaque sur les champs de bataille flandrins. « Même si, avait écrit le duc de Perth dans sa dernière lettre fin août, certains pensent qu'il est possible que la paix arrive avant qu'il en ait l'occasion. »

Sophia aurait volontiers accueilli la paix. La déception du jeune roi avait moins d'importance pour elle que le fait que Moray fût de retour en Flandre pour combattre avec son régiment. Chaque jour que durait la guerre, elle craignait pour sa vie.

Tout le réconfort qui lui restait lui venait dans ses rêves, lorsqu'elle entendait de nouveau sa voix, qu'elle le sentait près d'elle. Deux semaines plus tôt, elle s'était même réveillée au milieu de la nuit, convaincue qu'il était allongé à ses côtés. Elle avait senti la chaleur de son corps. Elle l'avait sentie même quand la lune s'était dégagée de l'emprise des nuages pour verser sa lumière sur les draps et lui montrer qu'il n'y avait personne.

Au matin, Kirsty, voyant que Sophia avait mal dormi, avait annoncé : « Vous avez besoin d'une heure avec votre petite Anna. » Cet après-midi-là, Sophia s'était donc rendue chez la sœur de Kirsty pour retrouver son salon résonnant de rires d'enfants, les boucles brunes d'Anna se mêlant si bien aux autres petites têtes dansantes que personne, en les observant, n'aurait eu de raison de penser qu'elle n'était pas issue de la même famille.

D'ailleurs Anna elle-même n'en avait aucune idée, ayant été placée dans leur maison quelques jours à peine après qu'elle et Sophia furent rentrées à Slains, plus d'un an auparavant. Telle avait été la solution de la comtesse, et jusque-là cela avait permis à Anna d'être en sécurité – personne n'avait encore découvert qu'il s'agissait de la fille de Moray, et personne ne le découvrirait tant que veillerait la sœur de Kirsty. « C'est l'avantage de mener une vie aussi isolée, avait-elle dit à Sophia dans un sourire. Mes voisins ont tellement l'habitude de me voir mettre au monde un nouveau bébé tous les ans que personne ne penserait à se demander si c'est bien mon enfant.

— Oui, mais votre mari…

— Ferait tout ce que demanderait la comtesse, et avec joie. » Posant la main sur le bras de Sophia, elle avait ajouté : « Vous n'avez pas à vous inquiéter. Nous la protégerons chez nous, je vous le promets, jusqu'au retour de votre mari. »

Et la sœur de Kirsty tenait sa promesse. La petite Anna grandissait ainsi dans la joie et les éclats de rire, et voyait souvent Sophia bien que, par précaution, on ne lui eût pas enseigné à l'appeler « maman ». Sophia savait qu'elles auraient le temps de rattraper cela plus tard. Et même si elle aurait donné beaucoup pour avoir chaque jour sa fille auprès d'elle, elle estimait que ses propres besoins passaient après ceux d'Anna et était extrêmement reconnaissante qu'on prît si bien soin d'elle.

Elle se reconnaissait peu dans les traits d'Anna, ni dans sa personnalité – les yeux, les cheveux, l'énergie étaient ceux de Moray, et Sophia éprouvait de la joie chaque fois qu'elle regardait sa fille et voyait la nature de son mari reproduite avec une telle perfection.

Cette brève visite lui avait immédiatement remonté le moral, comme l'avait souhaité Kirsty.

À présent, assise à son endroit habituel parmi les dunes, elle regardait les enfants jouer avec la sœur de Kirsty sur la plage léchée par les vagues, et ses sombres pensées s'évaporaient comme des ombres chassées par la clarté du soleil automnal et le son du rire d'Anna. La petite fille jouait gaiement avec Hugo, le grand chien, qui avait mis de côté sa férocité de façade pour montrer sa vraie gentillesse, la gueule doucement refermée autour du bâton qu'Anna lui avait tendu.

Sophia était si concentrée sur ce semblant de lutte acharnée qu'elle entendit à peine le bruissement des jupes de Kirsty quand celle-ci gravit la dune pour la rejoindre. «Ce n'est pas un combat égal, observa Kirsty. Le chien est trop fort pour elle.»

Sophia sourit, sans détourner les yeux de l'affrontement. «Mais elle va le vaincre, malgré tout.

— Oui, je n'en doute pas. Je ne doute pas qu'elle puisse accomplir tout ce qu'elle veut, dit Kirsty, depuis que j'ai vu de mes propres yeux comment elle avait fait galoper mon Rory à quatre pattes tout autour de la maison pour jouer aux chevaux, alors qu'il m'avait juré qu'il n'avait ni le temps, ni le goût pour les enfants.

— Peut-être a-t-il changé d'avis et souhaite-t-il fonder sa propre famille et se lancer dans cette vie que, vous, vous désirez tant.

— Rory? Jamais.

— Jamais n'existe pas», déclara Sophia, au moment où un cri de joie soudain lui fit de nouveau tourner la tête vers le rivage où Anna avait réussi à récupérer le bâton de la gueule du chien et s'était mise à courir. Elle marchait d'un pas confiant depuis qu'elle avait dix mois et, à présent, courait même avec facilité sur ses pieds minuscules qui touchaient le sable brillant avec une telle légèreté qu'ils ne laissaient aucune empreinte. Sophia repensait à Moray marchant pieds nus sur cette plage, ressemblant lui-même à un petit enfant, et quelque chose qu'il lui avait dit ce jour-là paraissait de circonstance, alors elle le répéta pour Kirsty, d'une petite voix: «On ne peut jamais savoir où ce monde nous emmènera.»

Le sable était frais sous ses paumes. Elle en saisit une poignée, le laissant s'échapper distraitement entre ses doigts tandis que ses yeux, par habitude, scrutaient l'horizon à la recherche d'une voile. Mais il n'y avait rien d'autre à voir, dans toute cette vaste étendue bleue, que les légères rides blanches le long des vagues qui venaient se briser contre les rochers délimitant l'extrémité de la plage.

Kirsty la regardait, compatissant en silence. « Peut-être y aura-t-il des nouvelles de France aujourd'hui. La comtesse a reçu une lettre.

— Ah oui ? Quand cela ?

— Au moment où je sortais.

— Sans doute un autre message du duc d'Hamilton », dit Sophia d'une voix sèche. Le duc écrivait souvent à la comtesse depuis le printemps. Il avait d'abord exprimé sa grande inquiétude quant au bien-être de Sophia après que M. Hall l'eut perdue au marché, et il se demandait s'il pourrait éventuellement connaître l'adresse de son logement à Édimbourg pour pouvoir lui rendre visite et s'assurer qu'elle allait bien. À la lecture de cette première missive, la comtesse avait observé : « Il sera sûrement déçu de découvrir que vous êtes de retour parmi nous à Slains, car bien que son influence soit grande, il n'osera pas nous défier dans notre propre maison. Le pire qu'il puisse faire à présent, c'est patienter, observer et espérer que nous trahirons les intentions du roi. »

Avait suivi une multitude de lettres du duc, professant une amitié de longue date, remplie de sentiments loyaux à l'égard du roi, et chacune mettait la comtesse hors d'elle pendant au moins une heure.

« Celle-ci ne vient pas d'Édimbourg, précisa Kirsty. C'est un pêcheur qui l'a apportée, le même homme qui, le mois dernier, a apporté la lettre du duc de Perth, de Saint-Germain. En tout cas la comtesse avait l'air très contente de la recevoir.

— Voilà une bonne chose. La comtesse aime recevoir des lettres de son frère. Cela va la mettre de bonne humeur. »

Cette idée réjouissait Sophia, et elle continua à tamiser le sable dans ses mains tout en observant la sœur de Kirsty et les enfants. Hugo avait à présent repris le bâton et le jeu avait été relancé dans des éclats de rire qui s'élevaient au-dessus du rythme des vagues. Le jeu se transforma petit à petit en course-poursuite et Kirsty, elle-même trop énergique pour rester assise très longtemps, descendit les dunes en courant pour rejoindre les enfants. Sophia, se retrouvant seule, ne pouvait penser qu'à la joie dans son cœur en cet instant. Elle leva le visage vers le soleil et ferma les yeux.

Lorsqu'elle les rouvrit, ce fut pour découvrir la comtesse, descendant le chemin pour les rejoindre. Celle-ci sortait si rarement jusqu'à la plage que Sophia n'arrivait pas à se rappeler la dernière fois que cela s'était produit, toutefois cela ne la perturba pas jusqu'à ce que la comtesse atteignît le pied de la colline et marquât un arrêt, étonnamment immobile dans l'herbe caressée par la brise. Puis Sophia la vit prendre une grande inspiration, redresser les épaules et poursuivre son chemin comme si l'étendue de sable entre elles s'était allongée et était difficile à traverser.

Quand elle parvint à la dune où était assise Sophia, la comtesse n'entreprit pas de la gravir mais resta à plusieurs pas de sa protégée, les yeux levés vers elle. Son visage était semblable à celui des femmes qui, bien des années auparavant, étaient venues lui annoncer que sa mère et son père ne rentreraient pas à la maison.

En elle un grand vide se forma pour absorber tout autre sentiment. Cependant, comme elle refusait d'entendre la réponse à sa question, elle garda le silence.

« Oh, ma chère, commença doucement la comtesse. J'apporte de mauvaises nouvelles au sujet de M. Moray. »

Sophia savait ce qu'elles seraient et savait qu'elle était censée épargner à sa protectrice la douleur de l'annonce, mais dans l'état d'engourdissement qui s'était emparé d'elle, les mots lui paraissaient tout à fait hors de portée. Elle enfonça les doigts dans le sable et tenta de se concentrer sur cette sensation tandis que la comtesse poursuivait lentement, comme si elle-même en ressentait la souffrance.

« Il a été tué. »

Sophia ne répondit pas.

« Je suis tellement navrée », dit la comtesse.

Sophia avait le soleil dans les yeux. Cela semblait si étrange que le soleil pût encore briller. « Comment ?

— Il y a eu une bataille, reprit la comtesse, dans un endroit du nom de Malplaquet. Une terrible bataille, d'après ce que me rapporte mon frère dans sa lettre.

— Malplaquet. » Ce n'était pas réel, pensait-elle. Un endroit lointain, un nom qui ne lui disait rien et avait un goût étrange sur sa langue. Pas réel.

Elle entendait la comtesse parler mais ne comprenait pas ses mots. Elle n'essayait même pas. Toujours assise, elle continuait de tamiser du sable et d'observer la ligne de rencontre entre la mer et le ciel, là où il lui semblait pouvoir à tout moment apercevoir le premier battement d'une voile blanche approchant à vive allure. Mais les vagues poursuivaient leur mouvement de va-et-vient et, imperturbables, les mouettes au-dessus de la mer se laissaient porter par le vent, tournaient et lançaient des cris perçants qui se perdaient parmi les rires des enfants jouant au bord de l'eau.

Puis le rire d'Anna s'éleva au-dessus des autres et, à cet instant précis, quelque chose déchira Sophia de l'intérieur. Elle lutta ; lutta contre la pression débordante de ses larmes jusqu'à ce que ses lèvres commençassent à trembler sous l'effort, mais c'était inutile. Sa vue se brouilla au point de ne plus distinguer l'horizon, ni la comtesse qui s'était rapprochée par compassion. Elle ne put pas plus empêcher sa première petite larme de s'échapper que les derniers grains de sable qui glissaient entre ses doigts, refusant d'être emprisonnés.

Alors elle céda au chagrin.

Je ne voulais pas regarder. Je ne le voulais pas, mais je savais que je n'avais pas le choix. L'enveloppe se trouvait toujours là où je l'avais posée, au coin de mon bureau, aussi loin que possible de moi. Elle n'avait pas bougé de toute la journée, depuis mon retour d'Aberdeen.

Graham me manquait après notre fin de semaine passée ensemble, et je n'avais pas quitté son polo de rugby. La longue manche me glissa sur la main au moment où je tendais le bras. Je remontai les plis au niveau des coudes, saisis l'enveloppe et sortis les documents d'un geste déterminé, comme si j'arrachais un pansement.

En fait, il ne s'agissait pas d'un tableau d'ascendance, comme l'avait dit Graham. Un tableau d'ascendance aurait commencé avec un nom et remonté en arrière uniquement en ligne directe. Ce que Graham avait trouvé était plus utile, selon moi. C'était ce que mon père appellerait un « tableau des descendants », commençant avec le premier ancêtre connu et établissant sa descendance, comme les gravures des rois et reines d'Angleterre que l'on trouvait au début des livres d'histoire, montrant la vaste toile des relations familiales, les enfants issus de chaque union, qui avait épousé qui, et quand chacun était mort.

Les Moray d'Abercairney avaient eu une grande famille et il avait fallu plusieurs pages pour retracer leur lignée jusqu'à la naissance de John. Il était facile à trouver, dans la section qui nommait son frère aîné – le 12e Lord – ses sœurs Amelia et Anna, et deux autres frères. Je me limitai à son seul nom.

Ce qui était écrit était douloureusement bref. Uniquement l'année et la note : *Mort de blessures…*

La bataille n'était pas précisée, mais à présent, je ne remettais plus en question les souvenirs qui me revenaient – je savais sans l'ombre d'un doute que Moray était tombé à Malplaquet. Ce nom ne disait peut-être rien à Sophia, mais moi, je le connaissais bien. Je me rappelais encore la vive description que Churchill faisait de cette bataille dans la biographie en plusieurs volumes de son propre ancêtre, le duc de Marlborough. Je ne me souvenais pas du nombre exact d'hommes tués ce jour-là, mais je savais que l'Europe entière avait été choquée et écœurée par ce massacre. Marlborough lui-même, un guerrier expérimenté, avait été si profondément affecté par la tuerie de Malplaquet que, selon Churchill, elle l'avait à jamais changé. Il avait fallu attendre cent ans pour que ce nombre de victimes soit de nouveau atteint sur un champ de bataille.

John Moray n'avait été qu'un mort de plus parmi des milliers, et Sophia qu'une épouse de plus devenue veuve. Six mois plus tôt, j'aurais sans doute lu ces documents en notant les faits avec le détachement d'un chercheur, sans plus y penser. Mais cela m'était impossible aujourd'hui. Je repliai les documents et les reposai sur le côté avec précaution. L'écran vierge de mon ordinateur attendait que j'y inscrive les mots suivants, mais je ne pouvais pas non plus faire cela, pas encore. Alors j'allai me préparer du café.

La nuit avait cédé au petit jour, et le soleil hivernal se levait à contrecœur. Par la fenêtre, je voyais la lumière terne et grise s'étendre comme de la brume au-dessus du paysage détrempé, ainsi que les lignes blanches et mouvantes qui délimitaient les vagues sur la plage déserte.

Dans mon esprit, j'apercevais presque la silhouette solitaire de Sophia debout sur le rivage, ses cheveux clairs cachés par son châle, ses yeux affligés toujours tournés vers la mer.

Même lorsque la bouilloire siffla et me fit détourner le regard de la fenêtre, je continuais de voir ces yeux et savais qu'ils ne me laisseraient jamais en paix tant que je n'aurais pas terminé l'histoire de Sophia.

XXI

Sophia faisait face à son pâle reflet dans le miroir tandis que Kirsty choisissait parmi les nouvelles robes qui avaient récemment été livrées sur indication de la comtesse. Il y en avait trois, du plus beau tissu qui fût, et même une femme telle que la comtesse avait dû ressentir leur coût. Celle-ci avait déjà tellement dépensé pour l'aventure du roi que les dettes de la famille risquaient de ruiner la noble maison s'il tardait à venir. Mais elle n'avait rien voulu entendre des protestations de Sophia. «J'ai beaucoup de retard dans l'approvisionnement de votre garde-robe, avait-elle déclaré. J'aurais dû le faire dès votre arrivée. Bien qu'elle puisse briller dans la simplicité d'une huître, une perle révèle mieux sa beauté dans un écrin de velours. » Elle avait alors souri et touché la joue de Sophia avec une tendresse toute maternelle. «Et j'aimerais que le monde voie, ma chère, comme vous pouvez resplendir. »

La robe que choisit finalement Kirsty était d'un gris tourterelle très doux, un vêtement délicat en soie qui glissait légèrement sur un jupon bordé de dentelle argentée. Des volants entouraient délicatement l'ourlet et le décolleté rond, ainsi que les manches longues, boutonnées au niveau des coudes. Un écrin de velours, en effet, pensa Sophia – mais en se regardant dans le miroir, elle était loin de se voir comme une perle.

Ces deux derniers mois l'avaient amaigrie, lui donnant l'air d'avoir les yeux enfoncés, et l'avaient rendue blême. Elle ne pouvait pas porter de véritables vêtements de deuil, ni pleurer sa perte en public, toutefois celle-ci était si clairement inscrite sur son visage que même ceux qui n'étaient au courant de rien voyaient bien qu'un triste événement avait frappé Mlle Paterson.

Cela avait, à certains égards, joué à son avantage. Quand la rumeur de son départ s'était répandue, beaucoup avaient pensé que c'était parce qu'elle était tombée malade et avait été forcée de chercher un climat plus clément que celui du Nord-Est sauvage.

« Vous allez tout de même rester jusqu'à Noël, n'est-ce pas ? » l'avait implorée Kirsty, mais Sophia avait répondu qu'elle ne le pouvait pas.

« Mieux vaut partir avant l'arrivée de la neige », avait été son explication. Plus facile que d'avouer qu'elle ne pouvait supporter la perspective d'une fête si pleine d'espoir et de joie quand les deux lui avaient été arrachés.

« Quoi qu'il en soit, avait-elle fait observer à Kirsty, vous aurez de quoi occuper votre temps, je pense, maintenant que Rory fait enfin preuve de raison. »

Kirsty avait rougi.

« Quand allez-vous vous marier ? Est-ce décidé ?

— Au printemps. Le comte a donné à Rory la permission de reprendre une maison près de la clairière. C'est petit et il va falloir la restaurer, mais Rory pense que ce sera prêt d'ici là.

— Alors vous aurez votre maison au bout du compte, avait dit Sophia, souriant malgré la peine qu'elle ressentait à l'idée de devoir quitter son amie la plus chère. Je suis si heureuse pour vous, vraiment. »

Kirsty, elle aussi, avait eu des difficultés à ne pas se laisser submerger par l'émotion.

« J'aimerais tant que vous puissiez assister au mariage.

— J'en entendrai parler, lui avait assuré Sophia. Je ne doute pas que la comtesse m'écrira souvent. Et puis, avait-elle promis, j'enverrai le plus beau cadeau que je trouverai à Kirkcudbright. »

Kirsty, mettant un instant sa propre tristesse de côté, l'avait regardée fixement. « Êtes-vous donc toujours décidée à retourner là-bas, après toutes les souffrances que vous y avez endurées ?

— Je n'ai pas souffert à Kirkcudbright. » Elle n'avait au départ pas envisagé de se rendre à l'ouest, mais lorsque la comtesse avait commencé à chercher parmi ses amis et ses parents un endroit susceptible de convenir, l'affaire avait été prise en main par la grande-duchesse de Gordon qui, bien que jacobite, était connue et très respectée par les presbytériens de l'Ouest. Le logement idéal avait été trouvé, au sein d'un foyer compatissant, et Sophia avait presque trouvé juste que la boucle de sa vie fût bouclée là où elle avait commencé. Elle avait des souvenirs de cette ville et de son port, où son père et elle se promenaient autrefois et où il la portait pour qu'elle vît mieux les bateaux. Elle l'avait expliqué à Kirsty : « Toute souffrance que j'aie pu connaître était chez mon oncle, au nord de la ville, pas à Kirkcudbright.

— Mais c'est si loin. »

Cette pensée planait à présent entre elles tandis que Kirsty passa derrière Sophia dans le miroir et fit remarquer, d'un ton qui se voulait enjoué : « J'espère que les bonnes qui voyageront avec vous seront capables de gérer tous ces boutons.

— Y aura-t-il des bonnes ?

— Oui. La comtesse vous a arrangé une escorte appropriée, alors, en vous voyant, les gens penseront que c'est la reine elle-même qui passe. Voilà », dit-elle en attachant le dernier bouton. À cet instant, elles semblèrent toutes les deux frappées par le fait que c'était la dernière fois qu'elles se tenaient ainsi ensemble dans la chambre de Sophia, où si souvent elles avaient ri, bavardé et partagé leurs confidences. Se détournant du miroir, Kirsty baissa la tête et annonça : « Il faut que je prépare vos vêtements, on va bientôt venir les chercher. »

Les anciennes robes paraissaient ternes en comparaison des nouvelles, néanmoins Kirsty les sortit avec soin et lissa les plis du tissu. Ses doigts glissèrent avec tendresse sur celle que Sophia avait le plus souvent portée, une robe simple et raccommodée à bien des reprises qui, autrefois d'un violet profond, était à présent lavande. En la regardant, Sophia repensa à toutes les fois où elle avait porté cette robe et à tous les souvenirs qu'elle lui évoquait. Elle l'avait portée lors de sa première promenade à cheval avec Moray, quand il lui avait prêté ses gants, le jour où elle avait pour la première fois vu ce sourire qui était désormais gravé dans son esprit et ne la quitterait jamais.

«Aimeriez-vous garder celle-ci? demanda-t-elle, et Kirsty leva les yeux, surprise.

— Je croyais que c'était votre préférée.

— Dans ce cas, qui mieux que mon amie la plus chère pour la garder? Peut-être vous aidera-t-elle à vous souvenir de moi, quand je serai partie.»

Kirsty se mordit la lèvre et, d'une voix tremblante, lui promit: «Je n'aurai pas besoin de cela. Chaque fois que je la regarderai…» Elle se tut, submergée par l'émotion, et, les yeux baissés, elle plaça la robe sur le côté et dit simplement: «Merci. Je la conserverai précieusement.»

Sophia clignait vivement des yeux, luttant pour garder son calme. «Une dernière chose», déclara-t-elle. Elle tendit le bras et sortit du bas de la pile de vêtements la chemise de nuit bordée de dentelle, aux broderies délicates de fleurs et de feuillages entrelacés.

«Je ne prendrai pas ceci, lança Kirsty d'une voix ferme. C'était un cadeau.

— Je sais.» Sophia passa la main sur le corsage, sentit sa douceur et se remémora cette même sensation sur sa peau; elle se remémora le regard de Moray sur elle quand elle l'avait portée lors de leur nuit de noces. «Ce n'est pas pour vous que je la laisse, dit doucement Sophia. C'est pour Anna.»

Alors, ne pouvant soutenir directement le regard de Kirsty, elle baissa la tête et lissa la ravissante chemise de nuit, puis commença à la plier, les mains légèrement tremblantes. «Je n'ai rien d'autre à lui laisser qui soit à moi. Je nourris l'espoir qu'elle n'apprendra jamais la vérité, qu'elle croira toujours que votre sœur est sa mère, mais nous ne pouvons pas savoir… » Sa voix lui échappa un instant; elle lutta pour la récupérer et poursuivit, plus calme: « Nous ne pouvons pas savoir ce que nous réserve l'avenir. Et si jamais elle découvre qui elle est en réalité, je refuse qu'elle puisse penser qu'elle n'est pas le fruit d'un grand amour, ou que je ne la chérissais pas.

— Sophia…

— Et sinon, quand elle aura atteint l'âge de se marier, vous pourrez la lui donner, tout comme vous me l'avez donnée, et cela seul lui suffira pour l'apprécier. » Soigneusement pliée, la chemise de nuit semblait minuscule dans les mains de Sophia. Elle la tendit à Kirsty. « S'il vous plaît. »

Un moment passa. Puis Kirsty s'approcha lentement. « Pour Anna, alors. » Et tandis que ses doigts se refermaient sur le vêtement, quelque chose sembla se briser en elle, comme si elle avait trop longtemps gardé le silence. « Comment pouvez-vous supporter de partir, sans qu'elle sache qui vous êtes ?

— Parce que je l'aime. » C'était aussi simple que cela. « Et que je ne veux pas gâcher son bonheur. Elle est élevée chez votre sœur, elle considère les enfants comme ses frères et sœurs, et le mari de votre sœur est le seul père qu'elle ait connu. » Cela était plus douloureux que le reste, car Sophia avait l'impression qu'on avait arraché à Moray non seulement sa vie, mais aussi ses droits, connaître sa fille et qu'elle se souvînt de lui. Mais au fond d'elle-même, elle savait que cela n'avait que peu d'importance, tout comme sa propre douleur, seul comptait l'avenir de leur enfant. « Ici, elle a une famille et elle est heureuse. Que pourrais-je lui offrir qui égalerait cela ?

— Je ne doute pas que la famille de M. Moray, si elle était au courant de l'existence d'Anna, lui donnerait bien des choses. »

Sophia avait envisagé cette possibilité. Elle avait pensé à la bague de Moray et à ce qu'il lui avait dit – qu'il lui suffisait de demander et sa famille s'empresserait de l'aider. Et elle avait repensé au colonel Graeme et à sa promesse : tout parent de Moray serait prêt à traverser un mur de feu afin de la protéger. Nul doute que cette promesse s'étendrait aussi à l'enfant de Moray – surtout à une fille qui lui ressemblait tant. Toutefois, Sophia avait finalement choisi de ne pas se révéler, ni de demander d'aide d'Abercairney. Au sein de la famille de Moray, Anna aurait sans doute bénéficié d'une plus haute condition sociale, mais elle ne voulait pas l'enlever à la seule famille qu'elle ait connue, expliqua-t-elle à Kirsty, pour la faire vivre avec des étrangers.

« Ce serait la famille de son père, et donc la sienne. »

Sophia répondit calmement : « Cela ne signifie pas qu'elle serait bien traitée. N'oubliez pas que moi aussi, j'ai été élevée par ma famille. »

Ce rappel fit tomber sur elles un autre silence.

« De plus, reprit Sophia, se forçant à un peu de gaieté, je serai moins inquiète si je la sais ici. Si jamais il arrivait quelque chose à votre sœur, la comtesse et vous entoureriez Anna d'affection et prendriez soin d'elle comme si elle était votre propre enfant.

— Oui, répondit Kirsty, clignant vivement des yeux, vous pouvez en être certaine.

— Ce serait égoïste de ma part de l'arracher à cela pour la placer face à un avenir qui, au mieux, serait incertain, avec une mère et pas de père.

— Mais vous êtes jeune, comme moi, tenta Kirsty. Vous allez peut-être rencontrer un autre homme, et vous marier, et alors Anna…

— Non. » La voix de Sophia était douce, mais assurée. Elle sentait la chaleur inébranlable de la bague de Moray contre sa peau, au-dessus de son cœur, et ajouta : « Non, je ne trouverai jamais d'autre homme que je souhaite épouser. »

Kirsty ne voulait pas que son amie perde espoir. « Un jour vous m'avez dit que jamais n'existait pas. »

Sophia s'en souvenait. Mais le jour où elle avait dit cela lui paraissait si lointain, et à présent elle savait que ce n'était pas la vérité ; que certaines choses ne pouvaient jamais être réparées une fois détruites. Le navire de Moray ne viendrait jamais et jamais plus elle ne se réveillerait contre lui, jamais plus il ne prononcerait son prénom, et rien ne pourrait lui ramener la vie qu'il lui avait promise. Tout était fini. Cependant, elle se força à sourire à Kirsty, refusant que cet adieu à son amie fût plus triste que nécessaire.

Et il y avait d'autres adieux à venir.

Une heure plus tard, à la bibliothèque, elle attendait le plus dur de tous. Ce jour-là, il n'y avait pas de soleil pour répandre sa chaleur sur le revêtement des fauteuils et égayer la pièce. La vitre de la fenêtre était parsemée des résidus de la pluie glaciale qui, toute la nuit, avait été projetée par un vent du nord-est, et bien que cette pluie eût cessé, le vent gémissait toujours et mesurait sa force à celle des murs, son souffle si froid que le petit feu ne pouvait pas faire grand-chose pour le contrer.

Devant la cheminée, l'échiquier en bois et ses petites armées sculptées attendaient patiemment sur leur table, mais leur vue ne faisait que rappeler à Sophia qu'ils n'avaient toujours pas eu de nouvelles du colonel Graeme et qu'ils ne savaient donc pas s'il faisait partie des victimes de Malplaquet. Son sourire vif lui traversa la mémoire et elle se détourna du jeu d'échecs, passant la main le long des reliures en cuir de l'étagère la plus proche, cherchant par habitude le livre qu'elle avait consulté plus que tout autre au cours des années écoulées – le livret de l'opéra *King Arthur,* de Dryden. Ses pages montraient à présent les marques d'une lecture fréquente – l'ouvrage était toujours parvenu à la rapprocher de Moray, malgré les kilomètres qui les séparaient.

C'était encore le cas. En le prenant, elle ressentit le même lien qu'auparavant et, lorsqu'elle choisit une page au hasard et lut quelques lignes, celles-ci lui parlèrent avec autant de force et de certitude qu'elles l'avaient toujours fait, bien qu'il ne s'agît cette fois pas d'amour mais de défaite, un thème en accord avec son humeur :

« Enroulons nos drapeaux et faisons taire nos tambours ;
Partons sans attendre et quittons cette côte fatale. »

Elle entendit s'ouvrir doucement la porte derrière elle, puis se refermer, et le bruissement lent et caractéristique de la robe sur le plancher qui annonçait l'arrivée de la comtesse. Sophia, les yeux toujours baissés vers le lire ouvert, observa : « J'ai si souvent lu ce livret que je devrais en connaître les répliques aussi bien que n'importe lequel de ses chanteurs, pourtant j'y découvre encore des vers qui me surprennent. »

S'approchant, la comtesse lui demanda : « De quel opéra s'agit-il ? » Elle lut le titre et haussa légèrement les sourcils. « Je vous soupçonne, ma chère, d'être la seule personne dans cette maison à avoir ne serait-ce qu'essayé de lire cette œuvre. Si elle vous plaît, emportez-la avec vous, comme un cadeau de ma part. »

S'il s'était agi de n'importe quel autre livre, Sophia aurait protesté, mais elle souhaitait tellement avoir celui-ci qu'elle se contenta de refermer ses doigts autour de la reliure et de remercier sa protectrice.

« Il n'y a vraiment pas de quoi. Il faut que vous en emportiez plusieurs, d'ailleurs, maintenant que j'y pense. » La comtesse passa les étagères en revue, un nouvel objectif en tête. « La duchesse de Gordon m'assure qu'elle vous a placée chez la meilleure famille de tout Kirkcudbright, mais malgré cela, ma chère, ces gens restent des cameroniens, la branche la plus fervente du presbytérianisme, et j'imagine que les plaisirs tels que la lecture ne font pas partie de leur quotidien. Vous devez prendre des livres d'ici, sans quoi vous vous retrouverez sans rien d'autre à lire que des publications religieuses des plus arides.» Elle choisit quelques ouvrages, les descendit et les empila près de l'échiquier. «Je vais les faire ajouter à votre malle.

— Vous êtes trop bonne.

— Vous imaginiez-vous que je vous laisserais partir si loin sans rien?» Baissant elle-même les yeux, la comtesse entreprit d'arranger les bords des livres, comme si ce petit geste revêtait une grande importance. «Je présume que vous êtes toujours décidée à vous en aller? Je ne veux pas que vous pensiez que vous ne pouvez plus changer d'avis. Il est encore temps.»

Sophia essaya de sourire. «Je doute que les domestiques qui ont œuvré ces derniers jours à préparer mon départ seraient ravis si je changeais d'avis.

— Personne ici ne souhaite vous voir partir. Les domestiques seraient enchantés que vous restiez à Slains.» Elle croisa le regard de Sophia. «Et moi aussi.

— J'aimerais bien.» Sophia sentit la tristesse lui serrer le cœur. «Mais cette maison contient trop de souvenirs, de lui.

— Je comprends.» La comtesse semblait toujours si forte qu'il était parfois facile d'oublier qu'elle-même avait perdu son mari et savait ce que c'était que de vivre avec des souvenirs. «Il arrivera peut-être un jour où ils vous apporteront du réconfort.» Elle regardait le visage baissé de Sophia avec des yeux remplis de gentillesse. «Cela devient plus facile, avec le temps.»

Sophia le savait. L'expérience de la perte de ses parents et de sa sœur lui avait appris que la lame de son chagrin serait polie par les années, cependant elle savait aussi que la perte de Moray avait entaillé son cœur plus profondément que tous les autres deuils réunis. Depuis sa mort, elle se sentait plus seule que jamais, et elle-même aurait sans doute le temps de vieillir et de mourir avant qu'assez d'années s'écoulassent pour atténuer la douleur qui l'habitait.

Des bruits de pas retentirent dans le couloir; on frappa doucement à la porte.

« Vous sentez-vous assez forte pour faire cela ? » demanda la comtesse. Sophia se mordit la lèvre et secoua la tête avant de répondre : « Mais il le faut.

— Ma chère, vous n'y êtes pas obligée si cela vous cause une trop grande souffrance. L'enfant n'a pas encore deux ans et elle ne se souviendra probablement pas. »

C'était, pensa Sophia, le même argument qu'elle avait avancé à Moray quand il lui avait parlé de son jeune neveu, dont il n'avait jamais eu l'occasion de faire connaissance. Elle comprenait sa réponse, à présent. Délibérément, elle leva la tête et, d'une voix calme, déclara : « Moi, je me souviendrai d'*elle*. »

La comtesse l'examina un moment, préoccupée, puis hocha la tête et alla ouvrir la porte à la sœur de Kirsty qui tenait Anna par la main.

La petite fille était élégamment habillée, comme pour aller à la messe, avec des rubans dans les cheveux. Elle ne s'aventura pas loin dans la pièce, préférant rester agrippée aux jupes de la sœur de Kirsty, qui regarda Sophia, confuse. « Elle n'a pas bien dormi cette nuit, elle était gênée par ses dents. J'ai peur qu'elle ne soit pas de très bonne humeur aujourd'hui. »

Sophia lui adressa un bref sourire compréhensif. « Aucune de nous n'est aussi gaie qu'elle devrait l'être.

— Je peux la laisser seule avec vous un moment, si vous le souhaitez, mais…

— Ce n'est pas la peine. » Sophia secoua la tête. « L'essentiel, c'est que je la voie. Venez donc vous asseoir avec moi. »

Elles s'installèrent là où Sophia s'était si souvent assise avec le colonel Graeme près du feu, les pièces d'échecs soigneusement alignées sur le plateau de jeu entre elles. Anna semblait les trouver fascinantes. La sœur de Kirsty voulait empêcher la petite fille de les toucher, mais la comtesse, restée debout à côté de la cheminée, affirma que l'enfant ne pouvait rien faire de mal. « Ces hommes sont en bois, ils sont solides. »

Pas comme les vrais soldats, pensa Sophia dans un élan soudain de peine. Moray ne verrait jamais le visage de sa fille, ni ces jolis traits minuscules former sa propre expression tandis qu'Anna, avec l'air concentré de son père, soulevait tour à tour fous et cavaliers de l'échiquier et les remuait de ses petites mains.

Sophia l'observait en silence. Elle avait passé les jours précédents à imaginer cet adieu, à répéter ce qu'elle souhaitait dire et faire, mais à présent que le moment était venu, les mots semblaient déplacés. Comment dire à un enfant qui ignorait que vous étiez sa mère que vous l'aimiez, et que la laisser était la décision à la fois la plus courageuse et la plus terrible de toute votre vie, et qu'elle vous manquerait plus qu'elle ne pourrait jamais l'imaginer ?

Et puis, se demandait Sophia, à quoi bon ? Son propre cœur savait que la comtesse avait raison, que l'esprit d'Anna était encore trop jeune pour enregistrer ce souvenir ; qu'aussi sûrement que le vent et les vagues transformeraient le rivage, les jours passeraient et remodèleraient l'esprit d'Anna jusqu'à lui faire oublier Sophia.

Ce qui était somme toute préférable, décida-t-elle, se mordant la lèvre pour arrêter son tremblement soudain.

Elle tendit la main pour caresser les doux cheveux de sa fille et toussa légèrement pour s'éclaircir la voix. « Tu as de si jolies boucles, dit-elle à Anna. Veux-tu bien m'en donner une ? »

Elle ne doutait pas de la réponse ; Anna avait toujours partagé aisément. Et comme elle s'y attendait, l'enfant hocha la tête sans hésiter et se rapprocha de Sophia. Celle-ci choisit une mèche au-dessous de la masse de boucles et la coupa délicatement à l'aide de ses ciseaux de couture. « Voilà », dit-elle, prête à se redresser, mais la petite fille leva à son tour la main pour enrouler ses doigts minuscules dans la chevelure de Sophia, pour l'imiter.

Et ce petit contact, si inattendu, poussa Sophia à fermer les yeux pour contrer sa douleur. L'espace de ce bref instant, elle ressentit la même chose que lorsque Anna était nouveau-née et qu'elle était couchée dans son lit chez Mme Malcolm, émerveillée par sa fille endormie tout contre elle et par la sensation de ces doigts de bébé agrippés à la fois à ses cheveux et à la bague de Moray... et soudain elle ne put plus supporter l'idée de ce qu'elle devait pourtant faire.

C'était injuste. Injuste. Elle voulait récupérer Anna, pour elle seule et personne d'autre. Et elle aurait vendu son âme à n'importe quel prix pour remonter le temps et rendre cela possible, mais le temps ne se remontait pas. Et tandis que la souffrance déchirait ses entrailles comme un couteau, elle entendit la voix de sa fille s'élever : « Maman ? » Et la lame s'enfonça encore plus profondément car Sophia savait que ce mot ne lui était pas destiné.

Elle inspira et avala sa salive. Lorsqu'elle rouvrit les yeux, seul leur éclat humide trahissait son moment de faiblesse.

Anna lança une seconde fois à la sœur de Kirsty, « Maman ? », et celle-ci demanda, la voix curieusement voilée : « Tu veux que Mlle Paterson te donne une mèche de ses cheveux, en souvenir ?

— Mes boucles ne sont pas aussi jolies que les tiennes », déclara Sophia, mais Anna tirait avec insistance et fermeté, alors Sophia leva les ciseaux vers sa propre chevelure et en coupa une mèche à l'endroit où l'enfant avait si souvent agrippé ses petits doigts pendant son sommeil.

« Oui, dit la sœur de Kirsty quand la petite fille se retourna pour montrer son trophée, c'est un bien joli cadeau que tu voudras garder précieusement. Laisse-moi emprunter ce ruban. Nous allons le couper en deux, ainsi vous pourrez toutes les deux attacher votre mèche de cheveux, pour mieux la conserver. » Par-dessus la tête d'Anna, ses yeux cherchèrent ceux de Sophia. « Je vous en enverrai davantage. »

Les doigts de Sophia tremblaient, ce qui les empêchait d'attacher le ruban, alors elle le plia avec la boucle dans son mouchoir. « Celle-ci me suffira. »

Les yeux de l'autre femme étaient empreints de compassion. « S'il y a quoi que ce soit que…

— Protégez-la, c'est tout. »

Alors la sœur de Kirsty hocha la tête, comme incapable de parler. Dans la pièce silencieuse, les deux femmes, ainsi que la comtesse, se tournèrent vers Anna qui, dans son insouciance enfantine, s'était remise à jouer avec les pièces d'échecs.

Dans un sourire presque convaincant, Sophia lui demanda : « Quelle est celle qui te plaît le plus, Anna ? Quelle est ta préférée ? »

Elle s'attendait à ce que la petite fille choisît un cavalier – les têtes de cheval avaient captivé son intérêt plus que toutes les autres – ou une tour, mais l'enfant, après réflexion, choisit une pièce différente et la lui montra dans sa paume ouverte : un simple pion renversé.

Sophia repensa alors au jour où le colonel Graeme lui avait appris à jouer, quand il lui avait expliqué le rôle des pions : « Ces petits hommes ici, ils n'ont pas le droit de prendre de décision. Ils ne peuvent que mettre un pied devant l'autre… »

Baissant les yeux, elle vit les pièces d'échecs éparpillées n'importe comment sur le plateau de jeu, allongées sur le côté comme des soldats tombés sur le champ de bataille, mais elle remarqua qu'au milieu, une pièce se tenait encore debout : le roi noir.

Elle regarda de nouveau le pion d'Anna et cligna des yeux pour retenir ses larmes, mais elle réussit à maintenir son sourire. « Oui, moi aussi, c'est mon préféré. »

Alors, ne tenant pas compte de la bienséance, elle se pencha pour enrouler ses bras autour d'Anna une dernière fois et la serrer contre son cœur, se créant un dernier souvenir de son odeur, de son toucher, de la douceur de ses boucles contre sa joue, pour avoir au moins cela pour se tenir compagnie au cours des douloureuses années à venir. Puis, rapidement – car la petite fille, désorientée, commençait à s'écarter –, Sophia lui embrassa le haut de la tête et relâcha son étreinte. «Va, ma chérie, tu peux y aller.»

Anna resta immobile un moment de plus, les yeux levés, comme si elle soupçonnait qu'il se passait quelque chose d'important. Son visage solennel et ses yeux vigilants ressemblaient tant à ceux de Moray à cet instant que Sophia ressentit un cruel sursaut de mémoire, comme une main tirant sur son cœur et l'arrêtant en plein battement. Tremblante, elle inspira profondément et son cœur reprit son rythme normal.

Comme toute chose était destinée à le faire.

Anna la regardait toujours en silence et Sophia essaya de lui sourire à nouveau, mais elle n'y parvint pas. Elle n'arriva pas non plus à parler d'une voix plus forte qu'un murmure. «Va, ordonna-t-elle doucement à l'enfant. Va rejoindre ta mère.»

Elle ne pleura pas. Pas à ce moment-là. Pas même lorsque la petite fille fut emmenée hors de la pièce et tourna la tête pour lui adresser un dernier regard qui hanterait à jamais les rêves de Sophia. Elle ne pleura pas. Elle se leva simplement et alla se poster devant la fenêtre où le vent froid de la mer fouettait les vitres et gémissait encore de ne pouvoir entrer, tandis que la pluie de la nuit précédente s'agrippait fermement aux carreaux, comme des larmes gelées.

La comtesse ne dit rien et resta près de la cheminée.

«Cet endroit détiendra mon cœur pour toujours, déclara Sophia. Je ne peux pas le quitter car la plus grande partie de mon être reste là où se trouve Anna.

— Ce serait le cas quelle que soit la façon dont vous vous sépareriez d'elle, dit la comtesse. J'ai dit au revoir à mes propres filles, l'une après l'autre. » Sa voix était douce et pleine de sagesse. «Et maintenant à vous. »

À ces mots, Sophia se retourna et vit la tristesse dans le sourire de la comtessee.

Celle-ci poursuivit: «Je peux vous assurer qu'il n'est jamais facile de dire adieu à un enfant. »

Sous ce regard bienveillant, Sophia sentit son menton se remettre à trembler et, tandis que la pièce devenait floue, elle se laissa tomber dans les bras de la comtesse.

«Ma chère. » La comtesse la serra et lui caressa les cheveux comme si elle était aussi petite qu'Anna et avait un plus grand besoin de réconfort. «Je vous promets que vous survivrez à cette épreuve. Je vous assure, mon propre cœur est à présent si éparpillé dans le pays que je m'émerveille qu'il ait chaque jour la force de battre. Pourtant il y arrive, dit-elle et, prenant une inspiration, elle se recula juste assez pour lever une main et essuyer les larmes de Sophia. Il y arrive. Et ce sera aussi le cas du vôtre.

— Comment pouvez-vous en être aussi sûre?

— Parce que c'est un cœur et que c'est son rôle. » Les yeux humides elle aussi, la comtesse dégagea les cheveux de la joue de Sophia. «Mais laissez-en la partie que vous voulez avec nous à Slains, et j'en prendrai soin. Et que Dieu m'accorde de voir le jour où ce cœur vous rappellera à la maison. »

Chapitre 17

«Non, *non*, s'exclama Jane. Tu ne peux tout simplement *pas* finir le livre comme ça. C'est bien trop triste.»

Pour renforcer l'impact de ses mots, elle fit claquer les dernières pages du manuscrit sur la table en bois sombre de notre banquette du Kilmarnock Arms et nos assiettes s'en entrechoquèrent.

«Mais c'est ainsi que ça s'est vraiment passé.

—Je m'en fiche.» Il était impossible de stopper Jane une fois qu'elle était lancée, et j'étais soulagée que nous soyons seules au restaurant cet après-midi-là. Il y avait eu du monde à l'heure du dîner, comme nous étions samedi, mais à présent les tables avaient été désertées et il ne restait plus que nous. Notre serveuse s'était retirée au bar, un peu plus loin, mais même celui-ci semblait calme ; l'essentiel des habitants de Cruden Bay étaient dehors ce jour-là. Le fond de l'air était frais, mais le soleil brillait avec enthousiasme, pour ce que cela valait, de sorte que de ma banquette près de la fenêtre donnant sur la rue, j'avais l'impression d'être au printemps.

«C'est déjà assez cruel, fit Jane, que tu aies dû tuer le mari de cette pauvre fille – et je ne suis pas près de te pardonner ça non plus – mais que tu la fasses quitter son enfant. » Elle secoua la tête, incrédule.

« Mais Jane…

— Ça ne se fait pas. Une mère ne ferait jamais une chose pareille.

— Oh, je ne sais pas. » Je croyais comprendre les raisons de Sophia, bien que je ne sois pas mère, mais mes explications tombèrent dans l'oreille d'un sourd. Jane n'était pas d'humeur à les écouter.

« Quoi qu'il en soit, dit-elle, c'est bien trop triste. Tu vas devoir me changer ça.

— Mais je ne peux pas !

— Bien sûr que si. Ramène Moray de France, de Flandre ou que sais-je.

— Mais il n'a pas survécu. » Je tendis les documents que m'avait fournis Graham. « Tu vois ? C'est écrit noir sur blanc, là, page trois. *John Moray, mort de blessures.* »

Elle me prit les papiers des mains et les parcourut, sceptique.

« Ils sont tous là, lui assurai-je. Regarde, il y a Moray, et ses sœurs, et le frère de sa mère Patrick Graeme. Je ne peux pas changer ce qui est arrivé aux personnages réels, Jane. Je ne peux pas changer l'histoire.

— Peut-être, mais Sophia, elle, ne fait pas partie de l'histoire, affirma Jane. Elle n'est pas réelle, ce n'est qu'un personnage issu de ton imagination. Tu peux forcément trouver un moyen de lui accorder une fin heureuse. » Ferme, elle repoussa les documents vers moi sur la table. « Tu peux au moins essayer. Il te reste encore plusieurs semaines avant la date de remise du manuscrit. En parlant de ça, poursuivit-elle, changeant de sujet tandis qu'elle soulevait sa tasse de café, que veux-tu que je dise à l'éditeur quand il me demandera sur quoi tu travailleras ensuite ? Je sais que tu pensais à quelque part en Italie, mais je ne me souviens plus très bien. »

Mon café à moi s'était depuis longtemps refroidi dans sa tasse, mais je le portai tout de même à mes lèvres afin d'avoir une excuse pour ne pas regarder Jane dans les yeux. «En fait, dis-je, je pense peut-être rester un peu en Écosse.

— Ah oui?» Toutes ses antennes étaient dressées, je le sentais.

«J'ai cette nouvelle idée de roman autour d'un des rois d'Écosse précédents, Jacques Ier. Il régnait au début du quinzième siècle et a eu une vie fascinante, remplie d'aventures, avant d'être assassiné de façon merveilleusement traîtresse – il y a un long poème victorien à ce propos, *La Tragédie du roi*. Toujours est-il que j'envisageais de raconter toute son histoire à travers les yeux de sa femme...

— A-t-elle été assassinée elle aussi? demanda Jane d'un ton moqueur.

— Non.

— Je suis heureuse de l'entendre. J'avais peur que ça devienne la nouvelle tendance de tes romans, tuer tous les personnages sympathiques.» Elle me lança un regard d'appréciation au-dessus de sa tasse. «Ça m'a l'air d'être une histoire intéressante, cela dit, qui plaira aux éditeurs. L'Écosse, c'est vendeur.

— Oui, c'est ce que tu m'avais dit en effet.

— Et je serais bien sûr ravie que tu habites ici. Partant du principe que tu resterais à Cruden Bay.» Elle glissa ces mots avec la décontraction d'un vieux pêcheur attachant un appât sur un hameçon.

«Ma maison me plaît.

— Oui, je sais. Je pensais juste que tes recherches seraient peut-être facilitées si tu t'installais près d'une université disposant d'une bibliothèque digne de ce nom.» Le hameçon se rapprochait. «Comme celle d'Aberdeen.»

Je ne mordis pas. Je m'apprêtais d'ailleurs à faire une remarque évasive quand un petit coup à la fenêtre derrière mon épaule m'interrompit. Sur le trottoir, Stuart me fit un grand sourire accompagné d'un clin d'œil avant de faire signe qu'il allait nous rejoindre.

Jane haussa un sourcil. « Un ami à toi ?

— Le fils de mon logeur.

— Ah vraiment ? » Son expression indiquait clairement la conclusion hâtive à laquelle elle était parvenue, et le diable en moi ne se pressa pas pour la contredire. Surtout parce que Stuart, à son arrivée au restaurant, n'était pas seul. Derrière lui, Graham retira sa veste et croisa mon regard avec un petit sourire chaleureux, restant dans l'ombre de son frère tandis que je faisais les présentations.

Stuart se glissa à côté de moi et posa le bras le long de la fenêtre dans un geste possessif. « Je crois que nous nous sommes déjà parlé au téléphone, dit-il à Jane, avant de me regarder et de préciser : Le soir où tu t'es fait mal à la cheville, tu te rappelles ?

— C'était vous ? » Jane pensait l'avoir à présent épinglé de façon certaine et regarda à peine Graham quand il s'installa en silence en face d'elle.

Il savait ce que je faisais. Je lisais le léger amusement dans ses yeux tandis qu'il assimilait la situation – Stuart se penchant contre moi, Jane se positionnant afin de mieux pouvoir m'examiner de l'autre côté. Il étendit une jambe jusqu'à ce que son pied touche le mien et ne le bougea plus, un contact mineur, mais le seul qui comptait pour moi.

« Alors, lança Stuart, qu'est-ce que vous faites de beau ?

— Jane était en train de me dire qu'elle déteste la fin de mon livre. »

Jane regarda Stuart. « Est-ce que vous l'avez lu ?

— Non, pas encore. C'est ça ? » Il tourna les pages pour les orienter dans son sens de lecture. « Je ne savais pas que tu l'avais terminé.

— Elle ne l'a *pas* terminé», le contredit Jane, et je sus qu'il valait mieux ne pas discuter. «C'est trop triste. Vous allez devoir m'aider à la convaincre qu'il faut une fin heureuse.

— Je peux essayer.» Il sourit de toutes ses dents et se rapprocha encore plus de moi au moment où la serveuse, remarquant l'arrivée de nouveaux clients, vint débarrasser nos assiettes et demander si elle pouvait nous apporter autre chose.

Les deux frères commandèrent chacun une pinte, moi un autre café, mais Jane leva une main. «Oh non, je ne peux pas. Je dois rentrer. J'ai promis à Alan que je serais à la maison avant trois heures. Mon mari», expliqua-t-elle à Stuart. Elle rassembla ses affaires, puis se leva et déclara: «Je suis contente de faire enfin votre connaissance.

— Moi de même.

— Et celle de votre frère. Graham, c'est bien ça?» Se penchant pour lui serrer la main au-dessus de la table, elle lui demanda: «Le gâteau vous a plu?»

Je n'avais pas vu cela venir et retins ma respiration, mais Graham ne se laissa pas déconcerter et répondit sans hésiter, les yeux un peu rieurs: «Oui, beaucoup.

— Tant mieux.» Elle se tourna pour me frapper de plein fouet de son sourire triomphant. «Je t'appellerai plus tard, Carrie.»

Je ne doutais pas qu'elle tiendrait parole.

«Elle est sympathique», commenta Stuart après son départ. Il était apparemment passé à côté de sa référence au gâteau, ou bien il l'avait reléguée dans les détails sans importance puisqu'il ne s'agissait pas de lui. Il tambourina distraitement des doigts sur ma pile de feuilles. «Pourquoi est-ce qu'elle voulait que je te convainque de rendre ta fin plus heureuse? C'est si triste que ça?

— J'ai tué le héros.

— Ah.

— Quant à l'héroïne, je lui ai fait abandonner son unique enfant et s'éloigner.

— Oui, bon, ce n'est pas très gai en effet. » Il avala une grande gorgée de bière et reprit : « Alors laisse la vie sauve au héros.

— Je ne peux pas. C'est un homme qui a vraiment existé, il est mort quand il est mort, je ne peux pas changer ça.

— Alors arrête le livre avant sa mort. »

Une réponse simple. Et qui aurait résolu beaucoup de problèmes, j'en convenais. Mais la vie était rarement simple.

Je fus de nouveau frappée par cette constatation une heure plus tard lorsque nous quittâmes tous les trois le Kilmarnock Arms et redescendîmes vers le port. Stuart n'était pas saoul, pas tout à fait, mais les pintes l'avaient rendu joyeux et détendu et, alors que nous marchions, il passa un bras autour de mes épaules et je ne savais pas comment m'en débarrasser sans être désagréable. Cela ne semblait pas déranger Graham, qui se tenait à moins d'un pas derrière nous. Il ne protesta pas non plus quand Stuart annonça qu'il me raccompagnait jusqu'à ma maison.

« Vas-y, fit Graham. Je vais aller voir Papa. » Il me serra brièvement le bras, pour me rassurer. « À tout à l'heure. »

Stuart continua de me parler gaiement tandis que nous gravissions ensemble avec peine le sentier boueux et, quand j'eus introduit ma clé dans la porte de la maison, il vint se placer juste derrière moi pour poursuivre son anecdote, tapant des pieds par terre pour éliminer l'eau de ses chaussures. « Et alors je lui ai dit, j'ai dit… »

Il s'interrompit si abruptement que je me retournai.

Il se tenait toujours dans l'embrasure de la porte, les yeux rivés sur la table où je travaillais. Enfin, sur la chaise à côté, et plus exactement sur la chemise posée sur son dossier : un polo de rugby usé, bleu marine, rayé rouge et or.

Il tourna son regard vers moi. Je fus soulagée de ne pas y lire de réelle déception, plutôt une constatation et une triste acceptation. «Ce n'est pas moi, hein? me demanda-t-il. Ça n'a jamais été moi.»

Je lui répondis en toute honnêteté. «Je suis désolée.

— Non, ça ne fait rien», dit-il en levant une main. Il tourna les talons, prêt à partir. «Si tu veux bien m'excuser, je vais aller casser la gueule de mon frère.

— Stuart.

— Ne t'inquiète pas, je laisserai ses organes vitaux en état de fonctionner.

— Stuart.»

Il s'éloigna d'un pas puis s'arrêta. Il se retourna, bon perdant. «En fait, le pire c'est que je n'ai pas d'argument à t'offrir. Même *moi*, je sais que tu as choisi le meilleur de nous deux.»

Alors il sourit et laissa la porte se refermer derrière lui, et je l'entendis repartir sur le sentier.

«Je ne te l'ai pas dit?» me demanda Graham. Il réfléchissait à son coup suivant, les yeux rivés sur l'échiquier que j'avais trouvé au fond d'un placard de la maison. Il n'était pas tout à fait aussi élégant que celui sur lequel avaient joué mes personnages dans la bibliothèque de Slains – toutes les pièces n'avaient pas survécu et nous utilisions des bonbons pour un de mes fous et une de ses tours –, mais, placé sur la petite table ronde entre les fauteuils près de ma cheminée, il en donnait une assez proche reproduction.

Je regardai Graham. «Il va s'en remettre, alors?

— Stuie? Oui. Ce soir il est parti à Peterhead pour te trouver une remplaçante. Il s'en remettra.»

Il avait déplacé son cheval et je fus obligée de réfléchir un instant à ma riposte. J'étais loin d'être la meilleure joueuse d'échecs au monde, et j'essayai de m'éclaircir l'esprit, dans l'espoir que quelque souvenir enfoui – les enseignements du colonel Graeme, par exemple – guide ma main.

Graham attendait. « J'ai réfléchi à ton problème avec le livre.

— Ah oui ?

— Tu dis qu'après la mort de Moray, sa veuve doit aussi laisser leur enfant ?

— C'est ça.

— Il n'existe aucun moyen pour qu'elle le garde ? Quand Papa a perdu Maman, la seule chose qui lui permettait de ne pas sombrer était le fait que nous soyons là, Stuart et moi. Être en deuil, c'est comme marcher en eau profonde – si on à rien à quoi s'accrocher, on perd espoir. On part à la dérive. »

J'étais d'accord. « Mais pour mon héroïne, ce n'est pas si facile. » Je lui expliquai la situation en jouant.

Il n'était pas convaincu. « J'emmènerais quand même l'enfant.

— Bon, tu es un homme. Les hommes raisonnent différemment. Et ça n'était pas facile pour une femme d'élever seule un enfant au début du dix-huitième siècle. »

Il réfléchit à cela tout en étudiant l'échiquier, puis il déplaça sa reine pour prendre mon fou-bonbon qu'il mangea, toujours perdu dans ses pensées.

« Dis-moi, qu'est-ce que tu comptes faire quand mon pion arrivera de l'autre côté et que je te demanderai de me rendre mon fou ? » lui demandai-je.

Graham me lança un regard malicieux et, la bouche pleine, m'annonça : « Ton pion n'y arrivera jamais. Échec. »

Il avait bien joué et, à première vue, je ne distinguais aucune façon de mettre mon roi hors de danger, mais il ne m'avait pas dit « échec et mat », alors je savais qu'il me restait de l'espoir, qu'il y avait forcément un moyen…

« Ce qu'il faut faire, dit-il, c'est lui donner quelqu'un d'autre. »

Je mis quelques secondes à me rendre compte que Graham pensait toujours à mon livre, à comment rendre la fin heureuse.

«Donne-lui quelqu'un d'autre, répéta-t-il. Un autre homme.

— Elle ne veut pas d'un autre homme.»

En le disant, je *savais* que c'était la vérité. Et pourtant, quelques mois plus tard, Sophia avait accepté d'épouser mon ancêtre. Je ne pouvais m'empêcher de me demander pourquoi.

Finalement, la clé de mon problème avec la fin ne se trouvait peut-être pas à Slains. Ma vision s'éclaira. Je fis un déplacement mineur sur l'échiquier et un pion s'avança pour protéger mon roi et dégager la route de mon autre fou. «Échec et mat.»

Graham se pencha en avant et inspecta rapidement les pièces. «Comment diable as-tu fait ça?»

Pour être honnête, je n'en savais rien. Néanmoins, j'étais sûre d'une chose: comme Sophia, je devrais me rendre à Kirkcudbright, car c'est là qu'attendait la fin de mon histoire.

Chapitre 18

Il n'y avait pas de gare à Kirkcudbright, alors je pris le train jusqu'à Dumfries, qui n'était pas loin. Je ne savais pas à quoi je m'attendais quand je descendis sur le quai. Une révélation, je présume – une sorte de jaillissement de souvenirs à présent que je me trouvais près de là où Sophia était née et avait grandi. Mais je n'expérimentai rien de tel. La jolie petite gare avec sa voie et son quai courbés et le soleil miroitant à travers le plafond de verre qui s'étendait au-dessus de moi ne m'inspirèrent rien de particulier.

Le temps était au dégel et la brise était presque douce sur mon visage tandis que je reculais pour laisser une dame passer devant moi, sa valise à roulettes grondant sur le sol de briques, déterminée.

« Carrie ! »

Je déplaçai le poids de ma propre valise et regardai autour de moi. Je n'avais jamais rencontré Ross McClelland, mais au fil du temps, je m'en étais formé une image mentale, faisant de lui une version plus âgée de mon père, quelqu'un que je reconnaîtrais, puisque nous provenions de la même lignée. L'homme qui s'avança pour me saluer ne ressemblait en rien à celui que j'avais imaginé. Il était grand et corpulent, avec un visage rougeâtre entouré de cheveux épais et ondulés et d'une barbe qui, bien que grise, laissait encore paraître des poils noirs sur les bords. Je ne l'aurais jamais pris pour un membre de ma famille.

Toutefois, lui m'avait reconnue.

« Eh oui, ma femme achète tous vos livres, expliqua-t-il. Vous êtes semblable à votre photo sur la jaquette. C'est tout ce que vous avez apporté ?

— Oui. Comment va votre épouse ? lui demandai-je au moment où il prenait ma valise et m'emmenait vers le stationnement.

— Un peu mieux. C'est sa goutte, vous voyez. Elle a des crises si terribles ces derniers temps qu'il lui est difficile de bouger, mais ce matin elle est sortie de son lit et sa sœur est venue lui tenir compagnie, donc ça va. »

Je n'avais pas accepté l'invitation de Ross. Il m'avait proposé de loger chez lui quand je lui avais téléphoné le dimanche précédent, mais je savais que sa femme n'allait pas bien et qu'ils n'avaient pas besoin de la charge supplémentaire d'une pensionnaire – surtout de quelqu'un qui veillerait la nuit pour écrire, errant d'une pièce à l'autre pendant que toute la maisonnée dormait, et qui se lèverait tard le matin. Alors j'avais réservé une chambre d'hôtel et, bien que Ross ait protesté, j'avais senti qu'il était soulagé.

Tout comme je sentais à présent, à la façon dont il bavardait en mettant ma valise dans le coffre de la voiture et en s'assurant que j'étais bien attachée, qu'il était heureux d'avoir l'occasion de quitter ses tâches d'infirmier l'espace d'une journée et de passer un peu de temps avec quelqu'un qui partageait son amour de la généalogie.

Il m'avait promis de me faire visiter, et c'est ce qu'il fit. Le trajet entre Dumfries et Kirkcudbright était agréable. Nous traversâmes une campagne où alternaient collines verdoyantes et forêts sombres et où, par endroits, les arbres se voûtaient au-dessus de nos têtes pour transformer la route en une sorte de tunnel. Nous croisâmes des moutons, ainsi que des bovins de Galloway, curieusement rayés noir et blanc et, lorsque nous fîmes notre première escale au niveau d'un petit cimetière de campagne, nous fûmes accueillis par de joyeux chants d'oiseaux.

« Nous y voilà, déclara Ross avant de désigner une petite pierre tombale penchée. Votre Anna Mary Paterson. »

Je m'agenouillai pour regarder de plus près. La pierre était profondément incrustée de lichen, et les années avaient effacé les mots au point de les rendre à peine lisibles.

« C'était un coup de chance que je trouve ça. On ne rencontre pas beaucoup de pierres aussi anciennes, et elles sont souvent illisibles. »

Il avait raison, pourtant, j'avais l'impression que j'aurais pu moi-même trouver cette tombe, si j'avais essayé. Le cimetière agitait légèrement ma mémoire. En me relevant, je regardai de l'autre côté des champs et aperçus, près des arbres lointains, un endroit obscur qui me fit frissonner comme si j'avais quitté le soleil pour l'ombre. « Y avait-il une maison autrefois, là-bas ? »

Ross ne put pas me renseigner, mais j'étais sûre que si j'avais un jour la chance de tomber sur un vieux plan de cette région, je trouverais une maison à cet endroit même – la maison de John Drummond. Il était logique, après tout, que le temps ait également récupéré ces pierres et n'ait laissé aucune trace de toutes les horreurs qui s'y étaient produites.

Je touchai doucement la pierre tombale de la sœur de Sophia et ressentis que je pourrais à présent tourner la page.

Notre arrêt suivant était également un champ. « Vous voyez là-bas ? demanda Ross en désignant un endroit plat au bord de la rivière. Notre ancêtre commun, le vieux Hugh MacLellan, y avait une ferme. C'est là que ses fils sont nés et là qu'il est mort, avant qu'ils soient tous les deux envoyés en Irlande pour vivre avec les Écossais de l'Ulster. »

Je connaissais cette histoire. David John McClelland – quand et pourquoi avaient-ils changé l'orthographe du nom, nous l'ignorions – était parti en Irlande avec son frère William, et nous avions perdu leur trace jusqu'à ce qu'ils reviennent se marier en Écosse. William avait été le premier à trouver son épouse et, au grand désespoir sans doute des Écossais émigrés en Irlande, était ensuite resté à Kirkcudbright. Pas longtemps, toutefois. Il était mort jeune, ne laissant derrière lui qu'un fils pour poursuivre la branche de la famille dont était issu Ross.

« Voudriez-vous voir la maison où vivait William, à son retour d'Irlande ? »

Ce n'était pas ma branche de l'arbre généalogique, mais Ross paraissait si enthousiaste à l'idée de me la montrer que j'acquiesçai, et nous reprîmes donc la voiture pour parcourir la courte distance qui nous séparait de la ville de Kirkcudbright.

C'était l'un des endroits les plus charmants que j'aie vus. Les maisons y étaient construites épaule contre épaule et peintes en jaune pastel et gris, rose et bleu – certaines blanchies à la chaux, d'autres laissant paraître la pierre rouge ou noire d'origine, avec leurs fenêtres soigneusement peintes, leurs grilles soignées en fer et leurs cheminées accompagnées de leur petite rangée de tuyaux.

La rue principale était inhabituelle de par sa forme en L et, bien que j'y aperçoive quelques boutiques et autres établissements commerciaux, elle semblait essentiellement résidentielle. Nous passâmes devant l'ancienne cabine de péage avec sa haute tour pointue, tournâmes l'angle où la rue étroite le devenait encore davantage du fait de toutes les voitures garées d'un bout à l'autre. Ross trouva une place au milieu d'elles et nous sortîmes du véhicule.

La maison en question était en pierre, un bâtiment carré collé à ses voisins, avec une porte peinte en vert clair et des fenêtres ouvertes à l'air doux du printemps.

Ross l'observa. «Bon, je ne peux pas en être certain, attention, mais d'après des lettres que j'ai trouvées et qui décrivaient l'emplacement de sa maison, je pense que c'est là qu'il habitait. C'est dommage que vous ne soyez pas venue l'année dernière, je vous aurais emmenée à l'intérieur – c'était alors un gîte touristique. Mais elle a depuis été rachetée par un type de Glasgow. Un artiste. Beaucoup d'artistes vivent dans le coin désormais.»

Je m'arrêtai. Un coup de vent me traversa et quelque chose remua en moi. Assez pour me faire sortir mon appareil photo et prendre quelques clichés de la rue, de la porte, des fenêtres... celle du fond en particulier. «Je suppose que David McClelland est lui aussi passé par ici, à une époque, dis-je à Ross.

— Oui, c'est possible.»

C'était un peu plus que cela, pensai-je. Et, au moment où Ross reprit notre visite des environs, je regrettai de ne pas avoir osé frapper à cette porte verte et demander à cet artiste de Glasgow de bien vouloir me montrer les pièces de réception, ainsi que celle à l'angle dont la fenêtre semblait me faire un clin d'œil complice.

Je passai une nuit agitée.

J'avais voulu inviter Ross à souper, pour le remercier de ce tour en voiture, mais il avait décliné mon offre. «Non, non, vous n'avez aucun besoin de me remercier. Et puis la sœur de ma femme doit être en train de guetter mon retour à l'heure qu'il est, ça fait très longtemps que je suis parti. Mais c'était un plaisir, ma chère, de faire votre connaissance.»

Notre poignée de main s'était facilement transformée en étreinte.

«Oh, avait-il lancé, s'écartant afin de fouiller ses poches, j'ai failli oublier. Je voulais vous donner un catalogue.

— Un catalogue ?

— Oui, pour la vente aux enchères. J'en ai envoyé un à votre père la semaine dernière, mais je me disais que vous aimeriez peut-être aussi avoir le vôtre. Il s'agit des McClelland de New York. Tom et Clare.

— Ah, d'accord. » Tom était un cousin éloigné de mon père et descendait, comme nous, de Sophia et David. Je ne sais par quel phénomène, c'était ce côté-là de la famille qui avait hérité de la plupart des souvenirs historiques – notre bible familiale étant la seule exception notable – et Tom et sa femme avaient pris l'habitude de se défaire de ces objets en toute insouciance pour aider à financer leur train de vie somptueux – ce qui faisait enrager mon père car nous ne le découvrions souvent qu'après la vente.

L'enchère aurait lieu le vendredi suivant. J'avais souri. « Je suis étonnée que Tom et Clare aient encore des choses à vendre. Je pensais qu'ils auraient tout liquidé depuis le temps.

— Oh, il n'y a pas grand-chose cette fois-ci. Rien qu'une table ou deux et quelques bijoux. Mais bon, je me suis dit que votre père et vous aimeriez au moins voir les photos. »

Je l'avais remercié avant de ranger le catalogue dans mon sac.

Après le souper, j'étais sortie me promener et étais restée une heure assise sur un banc derrière l'église des frères franciscains près du port. Ce n'était pas le genre de port que j'avais imaginé, après tout ce que j'avais lu dans les livres d'histoire. Des siècles plus tôt, le grand patriote écossais William Wallace était censé avoir embarqué de là après son échec à Falkirk, fuyant vers la sécurité du continent, et son ennemi juré, le roi Édouard Ier d'Angleterre, avait un jour amarré sa flotte d'une soixantaine de navires à Kirkcudbright. Dans mon esprit, je voyais plutôt un port comme ceux des villes côtières, mais il n'en était rien. Ce n'était rien de plus que le fleuve lui-même, le fleuve Dee, avec un mur où amarrer des bateaux. À marée basse, ces bateaux se retrouveraient dans la boue, et toute embarcation plus grande devrait attendre au milieu du fleuve profond, à l'ancre.

Quoi qu'il en soit, en l'observant, je n'avais pas eu de mal à me représenter des navires y circulant, arrivant de la mer pour s'abriter et décharger leurs cargaisons. La ville avait dû changer depuis cette époque. La centrale électrique à ma droite et le pont voûté par-dessus le fleuve courbé n'existaient alors pas mais, après avoir fait abstraction de ces éléments, j'avais eu l'impression de contempler ce que Sophia aurait pu voir en s'assoyant à cet endroit sous les arbres trois cents ans plus tôt, tournée vers le fleuve Dee. De l'autre côté, la rive était calme et paisible, avec ses collines vertes s'élevant en douceur à travers le vert plus marqué des bois, au-dessus d'une ferme blanche et d'un petit bateau navigant sur la marée.

J'avais eu des doutes quant à l'église derrière moi – Ross m'avait indiqué qu'elle avait été reconstruite au dix-huitième siècle et n'était donc pas l'édifice d'origine –, en revanche j'étais certaine que Sophia avait dû connaître le château qui se dressait un peu plus haut. Comme Slains, il avait subi l'humiliation de se voir retirer son toit, et était donc tombé en ruine. Quand bien même, la demeure semblait avoir extrêmement bien résisté.

Ross me l'avait fait visiter, et nous nous étions ensuite promenés autour des murs – sur des sentiers de gravier bien entretenus bordés de carrés de pelouse parfaitement tondue et de plates-bandes de fleurs. Là, il m'avait montré les gravures des armoiries au-dessus de la porte d'entrée principale. Je n'y avais cependant pas prêté grande atten-tion, à part au fait que les armes étaient celles du lord et de sa deuxième épouse, avec laquelle il avait apparem-ment été très heureux. Ce qui m'avait amenée à réfléchir sur les deuxièmes mariages, le cœur de mon problème.

J'avais besoin que ma Sophia se remarie comme elle l'avait fait, en réalité, mais je ne voyais pas comment elle pourrait être heureuse avec un autre que John. Ma crainte était qu'en me mettant à écrire, je découvre qu'elle n'avait *pas* été heureuse – qu'elle n'avait épousé mon ancêtre que par sécurité, ou pour quitter Kirkcudbright, ou pour une autre raison pratique. Et une fois que j'aurais écrit la scène, je serais coincée. Je ne pouvais pas changer ce qu'il s'était réellement passé, pas même pour satisfaire mon agent.

Cela sonnerait faux.

Voilà la raison pour laquelle je faisais à présent les cent pas dans ma chambre, incapable de me concentrer assez pour simplement m'asseoir et écrire.

Je n'avais jamais connu de blocage d'écrivain en tant que tel mais, parfois, quand j'approchais d'une scène que je n'avais pas envie d'écrire malgré sa nécessité pour l'histoire, j'avais du mal à m'y atteler. Former le couple de Sophia et David McClelland serait, à certains égards, plus difficile encore que de tuer Moray. Mon subconscient sentait cela et se dérobait, trouvant toutes les excuses possibles pour ne pas se mettre à la tâche.

Une partie de moi avait juste envie de débrancher mon ordinateur, d'aller au lit et d'oublier tout cela, et je l'aurais peut-être fait si la voix de Sophia n'avait pas alors commencé à résonner dans ma tête, ses mots faibles mais insistants.

C'étaient des mots qu'elle avait déjà prononcés, lors de sa dernière conversation avec Kirsty avant son départ de Slains. Et même si, à ce moment-là, elle parlait de son enfance, j'étais convaincue qu'à présent, dans cette chambre d'hôtel, ses mots avaient un sens plus vaste. Je les sentais comme une petite tape sur mon épaule, m'encourageant à continuer.

Je n'ai pas souffert à Kirkcudbright, me rappelait-elle.

Que pouvais-je faire d'autre que de la prendre au mot?

XXII

Après le premier mois, Sophia avait cessé d'essayer de garder la notion des jours, ils se ressemblaient tous tellement – tous remplis de prières, de travail tranquille et de conversations austères. Seuls les dimanches se distinguaient des autres jours ; elle les trouvait éreintants à son arrivée chez les presbytériens : il fallait se lever tôt pour prier, puis aller à la messe à dix heures, puis repasser brièvement à la maison pour manger un maigre repas de pain et d'œufs avant de retourner à l'église à deux heures et y rester tout l'après-midi pour écouter les sermons. Ensuite, elle était trop fatiguée pour profiter du souper ou pour participer pleinement à tous les chants et les prières du soir auxquels elle devait assister avant de pouvoir monter se coucher.

La comtesse d'Erroll, bien que pieuse, avait maintenu la tradition dominicale des véritables épiscopaliens – une messe le matin suivie d'un repas à midi qui faisait gémir la table et laissait les convives somnolents et ravis de passer le reste de la journée à paresser joyeusement.

C'était le dimanche que Sophia était le plus nostalgique de sa vie à Slains et, bien que les occupants de la maison où elle habitait désormais – les Kerr – fussent très gentils pour elle, et très accueillants, elle se sentit particulièrement triste un de ces jours-là. Elle essaya de n'en rien laisser paraître, mais ses sentiments devaient se deviner sur son visage tandis qu'elle partageait le repas froid de midi de la famille, car Mme Kerr l'observait depuis un moment et finit par déclarer : « Sophia, je crains que vous ne nous trouviez très ennuyeux après avoir vécu dans le Nord. On m'a dit que la maison du comte d'Erroll et de sa mère était pleine de vie. »

Sophia aimait bien Mme Kerr, une femme aux traits doux, d'une dizaine d'années plus jeune que son mari. M. Kerr, un homme aux manières et au tempérament plaisants, avait toutefois un air maussade qui n'avait pas encore tout à fait gagné son épouse, car elle était plus encline à sourire. Contrairement à la mère de son mari, Mme Kerr mère qui, si elle faisait parfois preuve d'un grand esprit, offrait tout de même un visage désapprobateur au monde en général.

Celle-ci déclara, sans lever les yeux : « J'imagine que Mlle Paterson, comme toute femme convenable, doit savourer la quiétude après avoir subi la compagnie des habitants de Slains.

— Mère, l'interrompit son fils.

— Laissez-moi m'exprimer, mon fils. Vous savez très bien ce que je pense de toutes ces idioties de retour du roi, et vous connaissez mon opinion au sujet de ceux qui nourrissent cet espoir, vous inclus, lui dit-elle en lui lançant un regard de côté pour le remettre à sa place. Écoutez-moi bien, il a beau nous promettre aujourd'hui qu'il n'interférera pas avec notre religion, vous verrez que son discours changera dès l'instant où il posera le pied en Écosse. C'est un papiste, et on ne peut pas faire confiance à un papiste. »

M. Kerr fit remarquer qu'il ferait plus aisément confiance à un papiste qu'à un Anglais.

« À vos risques et périls », répondit sa mère. Puis elle se tourna vers Sophia : « Quelle est votre opinion, Mademoiselle Paterson ? »

Sophia habitait là depuis trois mois et avait appris qu'il valait mieux contourner le piège. « Je crains de ne pas avoir rencontré beaucoup de papistes. Et aucun Anglais. »

Mme Kerr mère ne put contenir un petit mouvement de bouche qui, l'espace d'un instant, brisa l'austérité de son expression. « Ah, eh bien alors vous avez eu de la chance. » Elle étudia Sophia avec un intérêt renouvelé. « Dites-moi, comment se fait-il que vous vous soyez retrouvée à Slains ? La duchesse de Gordon nous a dit que votre famille venait d'ici et que vous aviez été élevée non loin de Kirkcudbright. Qu'est-ce qui vous a fait vous éloigner de votre terre ?

— Je suis une parente de la comtesse d'Erroll. » Elle l'affirma avec fierté et, malgré son état d'épuisement, se redressa un peu sur sa chaise. « Je m'y suis rendue à son invitation.

— Je vois. Et qu'est-ce qui vous a fait revenir ? »

De nouveau, elle ressentit ce coup au cœur qui lui était à présent si familier qu'elle avait appris à respirer malgré la douleur. Elle prononça le mensonge habituel sur un ton léger : « Je considérais que j'étais restée assez longtemps dans le Nord. »

Mme Kerr hocha la tête. « Il me semble me rappeler que la duchesse de Gordon avait en effet dit que vous souhaitiez revenir là où vous aviez grandi. »

La jeune Mme Kerr réfléchissait. « La duchesse n'est-elle pas papiste ?

— La duchesse de Gordon, répondit fermement sa belle-mère, est une femme remarquable qui au fond, j'en suis convaincue, est presbytérienne. »

Sophia avait beaucoup entendu parler de la duchesse depuis son arrivée. Elle se souvenait aussi que le colonel Hooke avait souvent évoqué sa correspondance avec la duchesse. Malgré sa foi catholique, celle-ci avait gagné la confiance et l'estime des grands chefs de clans des comtés de l'Ouest, ces presbytériens fervents qui avaient été tout aussi offusqués par l'Union que les jacobites, et qui avaient cherché à joindre leurs forces dans une lutte pour la préservation de la Couronne écossaise contre les Anglais. De sa demeure d'Édimbourg, elle servait d'intermédiaire, consciente qu'elle était surveillée de près par les agents de la reine Anne et par les espions moins visibles du duc d'Hamilton.

Sophia avait appris que les presbytériens se méfiaient tout autant de ce dernier que les jacobites, car c'était lui qui les avait empêchés de se soulever contre l'Union au moment où cette protestation aurait eu le plus de chances de réussite. On lui avait aussi révélé que le duc avait un jour envoyé un émissaire privé dire aux chefs des clans de l'Ouest qu'il serait préférable pour eux de lui donner la Couronne, à lui plutôt qu'à Jacques, car lui seul était en mesure de préserver leurs intérêts. Cependant ils avaient refusé d'entreprendre une telle trahison et en avaient gagné l'hostilité féroce du duc.

M. Kerr, au bout de la table, découpait la viande pour le plat suivant quand la jeune Mme Kerr changea de sujet.

« Avez-vous vu la veuve McClelland à l'église ? Elle n'était plus en tenue de deuil. »

Son mari haussa les épaules. « Oui, eh bien cela va bientôt faire un an.

— À mon avis, cela est plutôt lié à l'arrivée du frère de son mari, qui *lui* n'était pas à l'église ce matin », répliqua sa femme.

M. Kerr fit remarquer qu'il ne reconnaîtrait pas cet homme s'il le voyait. « De plus, on m'a dit qu'il n'allait pas bien. »

Sophia savait que M. Kerr essayait d'éviter que la conversation ne se réduisît à des commérages, mais ses efforts étaient inutiles. Son épouse avait dans les yeux cette petite flamme d'intérêt que l'on observait chez les gens quand ils commentaient les actions d'autrui.

« J'ai pourtant entendu qu'il se portait assez bien pour dire à Mme Robinson de se mêler de ses affaires.

— Ah oui ? Quand donc ? demanda Mme Kerr mère.

— Il y a deux jours, ou peut-être trois, je n'en suis pas certaine. Toujours est-il qu'on m'a dit que Mme Robinson était allée voir la veuve McClelland, pour la prévenir que loger un homme chez elle, parent ou non, alimentait les commérages.

— Ah oui ? » La vieille dame renifla. « C'était sans doute de la jalousie, car je n'ai pas souvenir que Mme Robinson ait jamais logé un homme chez elle autre que son mari, et celui-ci n'avait rien d'intéressant. »

Sophia sourit intérieurement quand M. Kerr lança un « Mère ! » Cette dernière lui fit signe de se taire et poursuivit : « Alors M. McClelland… quel est son prénom ?

— David, je crois, répondit sa bru.

— Alors, comme ça, David McClelland n'était pas ravi des conseils de cette vieille femme ?

— Absolument pas. » Et la jeune Mme Kerr sourit à son tour. « J'ai cru comprendre qu'il ne possédait ni le physique agréable, ni le naturel posé de son frère. Il a répliqué à Mme Robinson que ceux qui voyaient le péché chez sa belle-sœur devaient eux-mêmes avoir le cœur rongé par le péché. »

La bouche de sa belle-mère tressauta. « Il a dit cela ?

— Tout à fait. Puis il lui a suggéré de prendre congé.

— Ce n'est pas cela qui lui attirera des amis, fut l'observation de l'austère Mme Kerr. Quoi qu'il en soit, je dois dire que cela me le rend plutôt sympathique. Je préfère en effet quelqu'un qui défend l'honneur d'une femme plutôt que quelqu'un qui cherche à le tacher. Néanmoins, si vous en avez l'occasion cet après-midi, il serait peut-être de bon ton que vous disiez plus gentiment à la jeune veuve McClelland de préserver les apparences, car il n'est pas avisé de sa part de quitter si vite le deuil. Une épouse doit pleurer son mari comme il faut. »

Sophia ressentit un autre coup de poignard près du cœur. La nourriture qui restait dans son assiette avait perdu tout attrait et tout goût. M. Kerr le remarqua.

« Eh bien, Mademoiselle Paterson, êtes-vous souffrante ? »

Elle leva la main pour se couvrir les yeux. « J'ai affreusement mal à la tête. Pardonnez-moi. » Contente d'avoir la possibilité de quitter la table, elle monta dans sa chambre.

On ne l'obligea pas à se rendre à l'église cet après-midi-là. Elle entendit les autres partir tandis qu'elle était allongée sur son lit, les yeux secs, à pleurer de la seule façon qui lui était autorisée, en silence et en privé. Mais cela aussi fut interrompu par des petits coups à sa porte.

Sophia lança, maussade : « Entrez. »

La bonne qui entra était, bien que jeune, aussi différente de Kirsty que possible – timide, les yeux baissés, ne souhaitant pas qu'on lui adressât la parole. Il était inenvisageable dans cette maison de tisser des liens d'amitié avec les domestiques, ils restaient entre eux. Sophia regrettait le rire de Kirsty, ainsi que leurs promenades, leurs conversations et leurs confidences. Kirsty aurait su lui remonter le moral, elle aurait ouvert les rideaux en grand pour laisser entrer le soleil, mais la bonne en question se contenta de rester dans l'embrasure de la porte et d'annoncer : « Je vous prie de bien vouloir m'excuser, Mademoiselle, mais il y a quelqu'un qui souhaite vous voir. »

Sophia ne se retourna même pas. « Présentez-lui mes excuses. Je ne me sens pas bien. » C'était sans doute une voisine indiscrète qui avait remarqué son absence à l'église et souhaitait en connaître la raison. Elle avait reçu sa part de visiteurs ces derniers mois, tous curieux de voir arriver parmi eux cette jeune étrangère qui avait vécu avec des jacobites. Comme la jeune veuve McClelland, Sophia avait dû écouter de nombreux conseils quant à la meilleure façon de se comporter, et elle les avait endurés en se forçant à sourire. Mais aujourd'hui elle ne s'en sentait pas la force.

Toutefois, la bonne ne se retira pas. « C'est ce que je lui ai dit, Mademoiselle, mais il semble convaincu que vous serez contente de le voir. Il dit que vous êtes parents. »

Sophia se retourna sur son lit à ces mots, car elle ne voyait vraiment pas qui… « Vous a-t-il précisé son nom ?

— Non Mademoiselle. »

Les sourcils froncés, elle se leva et lissa les plis de sa robe. En descendant les escaliers, elle entendit quelqu'un bouger dans le salon, les pas lents d'un homme chaussé de bottes. La bonne avait veillé à laisser la porte menant à l'entrée grande ouverte, n'oubliant pas qu'il n'y avait personne dans la maison pour servir de chaperon, mais comme le visiteur s'était avancé jusqu'à la cheminée, Sophia ne le vit pas avant d'être elle-même entrée au salon.

Il lui tournait le dos, la tête légèrement penchée pour examiner de plus près les tableaux miniatures accrochés au mur, sa posture si semblable à celle de Moray que son souvenir la tirailla de nouveau. Puis elle reprit ses esprits et le reconnut : elle poussa un cri de joie et, au moment où le colonel Graeme se retourna, elle ne réfléchit pas à ce qui était convenable ou non et se précipita dans ses bras.

Il n'y avait nul besoin de parler, de mettre des mots sur le chagrin ou la compassion. Cela passa entre eux en silence, tandis qu'elle appuyait sa tête contre son épaule. « Je craignais que vous ayez été tué, murmura-t-elle.

— Jeune fille. » Ces mots étaient rauques, comme s'il était profondément touché par son inquiétude. « Ne vous avais-je pas dit que je serais prudent ? » Il l'étreignit un moment, puis s'écarta pour pouvoir la regarder. « La bonne m'a dit que vous étiez souffrante. »

Sophia se retourna vers la porte où se tenait la domestique, silencieuse. Sachant que tout ce qui se passerait dans cette pièce serait rapporté aux Kerr, la jeune femme contint ses émotions et, d'une voix posée, déclara : « Tout va bien, vous pouvez disposer. C'est mon oncle, il arrive du Perthshire. »

La bonne hocha la tête et se retira, et Sophia se tourna de nouveau vers le colonel Graeme, qui souriait.

« Joli, dit-il, même si vous auriez pu penser à lui demander de m'apporter un petit verre de whisky avant de la laisser partir. La route a été longue et difficile du Perthshire jusqu'ici.

— Arrivez-vous vraiment de là-bas ? »

Il secoua la tête. « J'ai pris le bateau de Brest et j'ai accosté au port de Kirkcudbright samedi dernier.

— Vous êtes là depuis une semaine ? » Elle avait du mal à y croire.

« J'aurais voulu vous voir plus tôt, mais je suis tombé malade à bord du navire, et les symptômes persistaient, je ne souhaitais pas vous les transmettre. Et puis, dans tous les cas, j'ai eu un mal fou à vous trouver seule. C'était une chance inespérée de voir les autres se rendre à l'église sans vous, alors je me suis dit que le moment était venu de vous rendre une petite visite. »

Elle avait du mal à assimiler le fait qu'il était bel et bien là. Elle s'assit et lui fit signe d'en faire de même, avant de lui dire : « J'ai reçu une lettre de la comtesse il y a trois jours seulement, et elle ne mentionnait pas votre venue.

— Ah, eh bien, dit-il en s'installant sur le fauteuil près de celui de Sophia, elle n'était probablement pas au courant. Peu de gens savent que je suis en Écosse.

— Mais comment alors saviez-vous que je n'étais plus à Slains, mais à Kirkcudbright ? »

Il s'exprimait comme elle à voix basse, pour que leurs propos ne quittassent pas la pièce. « Jeune fille, ce n'est pas la comtesse qui m'a dit où je pourrais vous trouver. C'est la reine elle-même, à Saint-Germain.

— La reine ? » Elle secoua la tête, désorientée. « Mais…

— Il semblerait qu'un petit oiseau lui ait dit que vous étiez la douce de John et, comme il a toujours bénéficié de sa faveur, elle a manifesté un intérêt tout particulier quant à votre bien-être. C'est elle qui vous a amenée ici.

— Non. » Cela semblait trop incroyable. « C'est la duchesse de Gordon qui m'a trouvé cette maison.

— Oui. Et qui la duchesse de Gordon écoute-t-elle ? » Il l'observait avec patience. « Quand vous vous êtes décidée à quitter Slains, la comtesse a écrit à son frère et celui-ci en a touché un mot à la reine, et c'est elle qui a alors demandé à la comtesse de vous trouver une demeure appropriée ici. » Il la laissa assimiler ces informations, puis poursuivit : « Alors quand a commencé à se répandre la rumeur selon laquelle le roi envisageait de m'envoyer moi aussi à Kirkcudbright, la reine s'est empressée de me dire où vous vous trouviez. »

Elle se sentit de nouveau perdue. « Le roi vous a envoyé ici ?

— En effet. » À ces mots, il s'appuya contre le dossier de son fauteuil, mais ne haussa pas la voix pour autant. « L'ordre venait directement de lui.

— À quelles fins ?

— Je suis ici pour protéger un espion.

— Un espion. » Ce mot ne lui plaisait pas. « Comme le capitaine Olgivie ?

— Non jeune fille. Cet homme risque sa vie pour notre cause et a droit à ma protection, et je dirais même qu'il en a besoin, car même si les presbytériens affirment se ranger du côté du roi Jacques, ils ne se montreraient pas très bienveillants à l'égard d'un presbytérien comme eux qui, devenu jacobite, évolue parmi eux en tant qu'espion. »

Sophia repensa à l'expression dans les yeux de Mme Kerr mère quand elle avait parlé du roi Jacques et savait que beaucoup d'autres partageaient son point de vue. « Alors on vous envoie pour assurer sa sécurité ?

— Oui, tant qu'il sera ici, avant qu'il ne parte pour l'Irlande, pour l'Ulster, car c'est là-bas que le roi Jacques souhaite avoir des yeux et des oreilles, ainsi qu'une voix susceptible de rallier des hommes à sa cause. Ma présence n'y sera pas nécessaire. Toutefois nous devons attendre un certain temps avant qu'il se lance dans la traversée, car la maladie qui m'a frappé sur le navire venant de France l'a frappé encore plus fort, et il n'est pas encore en condition de voyager. »

Quelque chose rejaillit dans la mémoire de Sophia – quelque chose qu'avait dit M. Kerr lors du repas de midi, à propos d'un homme venu récemment habiter à Kirkcudbright, et qui était souffrant. «Votre espion, demanda-t-elle au colonel, curieuse, ne s'appellerait-il pas McClelland?»

Elle comprit à sa réaction que c'était le cas. «Et comment diable connaissez-vous ce nom?

— Les gens de cette maison s'intéressent à leurs voisins. Et votre M. McClelland, en choisissant de s'installer chez sa belle-sœur, leur donne matière à parler. On m'a dit qu'il avait très bien défendu l'honneur de son hôtesse, malgré de sa maladie.»

Le colonel fit un demi-sourire. «Oui, cela ne m'étonne pas. Elle a gentiment accepté de l'accueillir malgré le fait qu'elle ne l'ait jamais rencontré auparavant et qu'elle ait à peine de quoi nourrir et habiller son fils et elle-même. Qui a donc attaqué son honneur?

— Une femme âgée aux opinions rigides.

— Bon, dans ce cas il a dû mesurer ses mots. Mais malade ou pas, je ne doute pas qu'il croiserait le fer avec un homme qui oserait dire du mal de cette dame.» Il lui lança un regard de côté, évaluant sa réaction. «Vous n'avez pas encore fait sa connaissance.

— Non.

— Alors permettez-moi de vous parler un peu de David McClelland. Il est originaire de Kirkcudbright, ou des environs. Mais quand ils étaient petits, lui et son frère, leur père tomba malade et en mourut, et ils furent envoyés en Irlande, où ils avaient de la famille. Le frère de David, étant plus âgé, devint l'apprenti d'un tonnelier et finit par le devenir lui aussi, après quoi il revint ici, il y a plusieurs années déjà. Mais l'âme de David n'était pas faite du même bois et rêvait d'aventure, alors il s'engagea auprès du régiment royal irlandais et partit combattre en Flandre. Pour le camp adverse du nôtre, vous l'aurez compris. Je l'ai moi-même probablement affronté une fois ou deux sur un champ de bataille. »

Sophia s'était assombrie et regardait ses doigts entrelacés, pensive. Elle demanda d'une voix calme : « Était-il à Malplaquet ?

— Oui. » Elle sentit ses yeux sur son visage baissé. « Mais aucun homme ayant combattu à Malplaquet n'en est ressorti indemne, et cette terrible journée a transformé David McClelland plus que la plupart des autres soldats. »

Elle hocha légèrement la tête. Elle avait entendu de nombreux récits de cette bataille les mois précédents, et beaucoup d'entre eux avaient été largement commentés chez les Kerr, aussi savait-elle que cela avait été une rencontre incroyablement sanglante et brutale, poussant l'horreur au-delà de ce que même le soldat le plus expérimenté et le plus endurci pouvait se représenter. Bien qu'elle pût éprouver un certain ressentiment à l'idée que David McClelland eût combattu dans l'autre camp, contre Moray, elle avait conscience que tout homme ayant survécu à cette journée méritait de la compassion.

Le colonel Graeme reprit : « Il a été trop grièvement blessé lors de la bataille pour continuer avec son régiment et, après cela, il est venu se mettre au service du roi Jacques et l'a depuis servi avec une loyauté que nul n'oserait remettre en question. »

Néanmoins, elle gardait à l'esprit les trahisons qui les avaient touchés, lui et Moray. « Êtes-vous bien certain qu'il mérite votre confiance ?

— Oui jeune fille. Absolument sûr. » Il l'observait toujours. « J'aimerais que vous le rencontriez. Voulez-vous venir avec moi ?

— Comment cela, maintenant ? » Elle jeta instinctivement un coup d'œil vers la porte ouverte. « Ce ne serait pas très sage de ma part de quitter la maison quand tout le monde croit que j'ai la migraine. »

Ses yeux se plissèrent de malice et il répliqua : « Ce ne serait pas la première fois que vous feriez quelque chose de pas très sage, et vous avez toujours survécu. Venez, nous avons encore deux heures devant nous avant que vos hôtes ne rentrent de l'église, et vous pouvez dire aux domestiques que vous avez envie d'aller vous promener en compagnie de votre oncle, ce qui n'est rien d'autre que la vérité. » Elle connaissait ce regard, celui qui la mettait au défi, sachant qu'elle accepterait de le relever. « Ma mère disait toujours qu'une promenade en plein air était la meilleure façon de remédier à un mal de tête. Dites-leur cela.

— D'accord. C'est ce que je leur dirai. » Elle leva le menton, prête à le suivre, et il hocha la tête.

« C'est bien, jeune fille. »

Dehors, elle releva l'ample capuche de sa cape afin de ne laisser voir que son visage, bien qu'il n'y eût personne dans la rue principale pour les observer. Tout le monde était à l'église, et notamment, sans doute, la veuve McClelland.

« David McClelland n'a-t-il pas d'autres parents à Kirkcudbright ? demanda Sophia.

— Non, plus aucun. Ni en Irlande, car toute sa famille là-bas est décédée.

— Il est tout seul, alors. » Elle savait ce qu'il devait ressentir. Cela avait dû être dur de revenir dans ce lieu après avoir été grièvement blessé à la guerre, d'y être malade et entouré d'étrangers.

Le colonel lut dans ses pensées. « Vous avez beaucoup de choses en commun, tous les deux. Cela va vous faire du bien de vous rencontrer », dit-il simplement.

Ils avaient atteint le tournant de la rue principale où la vieille croix du marché se dressait solitaire au milieu de la place vide.

« Peut-être ne souhaitera-t-il pas recevoir de visiteur », dit Sophia.

Le colonel Graeme semblait toutefois certain qu'il accueillerait avec joie cette distraction. « Ce n'est pas un homme qui peut rester si longtemps alité. Cela l'exaspère au plus haut point. Et j'ai beau être un homme tout à fait fascinant, je pense qu'il a déjà assez supporté ma compagnie ces dernières semaines. »

Elle sourit à ces mots puis retomba dans ses pensées sérieuses. « Est-il remis de ses blessures ? »

Le colonel haussa les épaules. « Il boitera toute sa vie, car il a failli perdre une jambe. Et il a été touché par une balle au-dessous du cœur, ce qui a tellement affaibli ses poumons que la maladie à laquelle nous avons été confrontés sur le bateau l'a frappé mauvaisement. Mais dans l'ensemble, il a eu beaucoup de chance. Tant d'hommes n'ont pas survécu dans ces bois de Malplaquet. » À ces mots, il laissa le silence retomber entre eux.

Ils n'eurent plus longtemps à marcher avant d'arriver à la maison – un bâtiment carré, en pierre, collé à ses voisins, les fenêtres ouvertes à l'air doux du printemps.

« Il dort peut-être », prévint le colonel au moment où ils entraient, alors Sophia resta derrière lui tandis qu'il frappait à la porte menant au salon. Il y eut une brève réponse qu'elle entendit à peine, puis le colonel ouvrit la porte en grand, lui faisant signe d'entrer.

La pièce était sombre, les rideaux tirés seulement à moitié comme si la lumière du jour n'y était pas la bienvenue.

L'homme qu'ils étaient venus voir se tenait debout, près de la fenêtre, dos à eux, de sorte que Sophia ne voyait que sa silhouette carrée, ses épaules et ses cheveux bruns attachés en arrière au-dessus du col de sa chemise. Il ne portait pas de veston, seulement des hauts-de-chausses et des bottes, et dans cette chemise blanche, pâle et immobile, il semblait être un fantôme, le seul élément clair de cette pièce obscure.

Il parla de nouveau, sans se retourner, sa voix rendue rauque par la maladie. « L'avez-vous vue ? Allait-elle bien ?

— Désormais oui », répondit le colonel d'une voix douce et, reculant, il se retira dans l'entrée et ferma la porte derrière lui.

Sophia était incapable de bouger de là où elle se trouvait. Elle n'arrivait pas à y croire.

Alors il se retourna, et le fantôme disparut au profit d'un homme bien vivant. Un homme dont les yeux assombris s'illuminèrent d'émotion tandis qu'il quittait la fenêtre. Deux enjambées plus tard, il l'avait prise dans ses bras, son étreinte aussi douce que lors de leur nuit de noces, aussi fougueuse que lors de leurs adieux.

Elle n'arrivait ni à bouger ni à parler, pas même lorsqu'il prit son visage entre ses deux mains. Il essuya les larmes de Sophia, la respiration rendue irrégulière par l'intensité de son émotion et, d'une voix qu'elle ne pensait plus jamais entendre, il lui murmura: « Je vous avais dit que je vous reviendrais. »

Puis il posa ses lèvres sur les siennes et il s'ensuivit un long moment de doux silence.

XXIII

Le village de Malplaquet se trouvait à la frontière entre la France et la Flandre, encadré de forêts profondes au nord et au sud. Le 11 septembre, au matin de la bataille, les Français étaient postés dans ces bois et attendaient les premières lueurs du jour et l'assaut des forces alliées venues en grand nombre – les Anglais, les Allemands et les Hollandais qui combattaient à présent avec le duc de Marlborough.

L'aube arriva et apporta avec elle un épais brouillard qui, roulant des champs vers les bois, transforma en spectres les hommes accroupis là, les soldats qui patientaient, épuisés par des rations dérisoires et le manque de sommeil. Les armées alliées utilisèrent ce brouillard pour masquer leurs mouvements ; quand il se dissipa, ils commencèrent à tirer et, peu de temps après, ils donnèrent le signal et initièrent la bataille en tant que telle, s'élançant vers le bois.

Moray avait l'impression que les alliés étaient quatre fois plus nombreux qu'eux. L'air était lourd de fumée, de hurlements et de coups de canon, l'artillerie avait enflammé la lisière du bois, et des hommes des deux camps tombaient sous la fureur des balles et des épées étincelantes.

Lui-même chuta à midi. La lame lui transperçant la jambe arriva en premier et le fit tomber à genoux, de sorte qu'il ne put rien faire contre le coup de fusil qui vint lui déchirer la chair près du cœur et le fit s'écrouler dans les feuilles et la boue, au milieu des morts et des mourants. Il ne pouvait pas bouger. La douleur dans sa poitrine était si dévorante qu'il ne respirait que difficilement et, bien qu'il sommât ses bras de trouver la force de le soulever, de le traîner même, ils refusaient de répondre.

Il entendait les bruits de lutte passer devant lui, le laissant en arrière – les affrontements des hommes et des épées, les cris rauques, les pas se précipitant, les branches se brisant et, plus loin, le tonnerre qui secouait le sol forestier tandis que les innombrables chevaux et leurs cavaliers toutes lames dehors progressaient vers le champ de bataille derrière la forêt.

Et quelque temps plus tard le silence se fit, un silence qui n'en était pas tout à fait un, et qui était plus horrible que n'importe quel bruit de guerre. Dans l'obscurité du bois dévasté où de la fumée ondulait encore dans les broussailles piétinées, se mélangeant aux odeurs de feu et de sang, il percevait les gémissements et les prières angoissées des mourants. Certains hommes priaient pour vivre et d'autres pour mourir, dans des langues aussi variées que leurs uniformes – Hollandais, Allemands, Écossais, Français et Anglais, tous enchevêtrés, car tous les hommes se ressemblaient quand ils agonisaient.

À sa gauche gisait un garçon qui était mort avant de tomber et était libéré de la peur et de la souffrance, mais à la droite de Moray, un soldat aux couleurs du régiment royal irlandais essayait sans succès de rouler sur le côté, son visage gris tout transpirant de cet effort.

Moray lui souffla : « Reste immobile. »

Ces mots lui brûlèrent la poitrine, mais il parvint à trouver la force de tourner la tête pour croiser le regard perdu de l'étranger.

« Tu dois rester immobile, répéta-t-il, sans quoi tu vas te vider de ton sang et personne ne viendra nous secourir avant un moment. »

Il vit les yeux du soldat se calmer et retrouver un semblant de raison. Un homme de son âge, et un soldat comme lui, bien qu'ils fussent ennemis. C'était une ironie du sort, pensa Moray en regardant leurs deux uniformes, qu'ils se fussent affrontés peu auparavant – sa propre brigade était elle aussi irlandaise, mais elle servait le roi de France et le roi Jacques, non la reine Anne.

L'étranger reposa la tête en arrière dans un soupir. « C'était inutile d'essayer, de toute façon. Je ne sens plus du tout mes jambes. Sont-elles encore là ? »

Impassible, Moray tourna le regard vers la terre couverte de sang près des bottes de son voisin et répondit : « Oui. »

L'homme ferma un instant les paupières, à cause de la douleur ou par soulagement, puis les rouvrit, comme déterminé à ne pas sombrer. « Tu es écossais, comme moi. Pourquoi combats-tu pour la France ? »

Il y eut une pause. Moray n'avait pas envie de parler, mais lui-même sentait l'attrait fatal de la somnolence, et il savait que discuter l'aiderait à rester conscient. L'aiderait à rester en vie. « Je combats pour Jacques, répondit-il.

— Pour Jacques.

— Oui.

— Je n'avais encore jamais rencontré de jacobite. Je croyais que vous aviez tous des cornes. » Son sourire était léger, comme si cela lui faisait mal, et il toussa. « D'où viens-tu alors en Écosse ?

— Du Perthshire.

— Je vis désormais dans l'Ulster, mais je suis né en Écosse, près de Kirkcudbright dans les comtés de l'Ouest. »

Une brise frôla Moray comme le souvenir d'une caresse. « Ma femme vient elle aussi des comtés de l'Ouest », dit-il. Il n'avait encore parlé à personne de son mariage, mais d'après le coup d'œil qu'il avait lancé aux blessures de cet homme, il savait qu'il ne prenait pas de risques en se confiant à lui.

Le soldat lui demanda, surpris : « Est-elle presbytérienne ? »

Moray n'était pas certain de la façon dont Sophia elle-même aurait répondu à cette question, elle qui soutenait ne pas avoir la foi et qui, pourtant, priait quand personne ne la regardait, alors il dit simplement : « Elle est ma femme.

— Moi je ne suis pas marié. » Il sombrait à nouveau. Il se secoua et poursuivit : « Mon frère l'était. Il était tonnelier à Kirkcudbright, et sa veuve et son fils habitent toujours là-bas, mais lui est mort avant l'été. Il était le seul parent qui me restait. Si je meurs ici, il n'y aura personne pour me pleurer.

— Il y aura votre neveu.

— Je ne l'ai jamais vu. Ni lui, ni sa mère. » Et son sourire cette fois était assez triste pour que Moray ressentît un élan de compassion pour cet homme, assez pour qu'il continuât de le faire parler dans l'espoir que cela au moins apaiserait un peu sa souffrance.

Ainsi les deux hommes restèrent allongés là l'après-midi et la soirée, maintenant la mort à distance en se racontant des histoires de leur enfance, de leur vie de soldat et, même si Moray écoutait plus qu'il ne parlait, il jouait tout de même son rôle. Mais il le savait, c'était inutile.

À la tombée de la nuit, il ne restait plus que lui pour affronter l'obscurité et les hurlements qui marquaient le massacre et le pillage des blessés par les soldats encore en vie. Immobile comme un mort, il sentait le froid prendre possession de lui tandis qu'il luttait contre le délire. Parfois il pensait être vraiment mort et inspirait alors plus profondément pour que la douleur vînt le contredire. Et une fois il ferma les yeux et, l'espace de cet instant, il se retrouva à Slains, au chaud dans les bras de Sophia, sous les couvertures. C'était si réel qu'il la sentait respirer, mais quand il voulut la serrer contre lui, le froid l'arracha à sa rêverie et il se réveilla en frissonnant.

Quelqu'un venait.

Il entendait le mouvement furtif de jambes marchant dans les sous-bois. Instantanément, il ferma les yeux et se força à respirer aussi silencieusement que possible. Les pas le dépassèrent. S'arrêtèrent. Revinrent en arrière.

Puis quelqu'un s'agenouilla et plaça la main sur sa gorge.

Une voix lança : « Cet homme est encore vivant ! »

Une voix qu'il reconnaissait, accompagnée d'une lumière si vive que Moray crut qu'il était mort. Il ouvrit les yeux prudemment. La forêt était toujours obscure, mais une lampe brillait près de lui, et alors il distingua clairement l'homme penché sur lui, les yeux assombris par l'inquiétude.

Le jeune roi avait le visage pâle et épuisé, et son bras avait été bandé, mais la douleur qu'exprimaient ses traits n'était pas pour lui-même. Il se pencha plus près.

« Colonel Moray, m'entendez-vous ? »

Ce n'était qu'un rêve, pensa Moray, alors il répondit:
« Oui, Votre Majesté. »

Et, un sourire aux lèvres, il s'endormit.

Il eut conscience d'être transporté, puis de se retrouver
dans un environnement lumineux plus doux et de goûter
quelque chose d'amer. Il sentit des mains délicates nettoyer ses blessures, puis des mains bien moins délicates les
bander, tandis que la douleur le faisait flotter.

Il se réveilla au son d'une voix. Mais il ne fut plus si
sûr d'être réellement réveillé lorsqu'il entendit les voix
en question.

« Oui, j'y veillerai Votre Majesté » disait le colonel Graeme.

« S'il devait mourir, ma mère ne me le pardonnerait pas
de sitôt.

— Il ne mourra pas. Il est à moitié Graeme, et nous
ne sommes pas des hommes qu'on tue facilement.» Le
colonel marqua une pause, puis ajouta : « Votre bras
saigne.

— Au diable mon bras! N'avez-vous pas vu le champ
de bataille? La forêt? Qu'est-ce que mon bras comparé
à cela? Comparé à ce que cet homme a enduré pour ma
famille?»

Très doucement, le colonel affirma : « Il l'endurerait de
nouveau, et plus encore, Votre Majesté.

— Je ne le lui permettrai pas. Ni à lui, ni à personne.
Aucune couronne ne vaut ce à quoi j'ai assisté à Malplaquet.
Qu'est-ce qu'une couronne? » Ses mots étaient durs. « Un
morceau de métal incrusté d'une pierre, et de quel droit
devrais-je ordonner à un homme de donner sa vie pour
me permettre de la porter?

— Du droit que Dieu vous a accordé lorsqu'Il vous a fait
roi, répondit le colonel d'un ton calme et posé. Il n'existe
aucun Écossais digne de ce nom qui ne ferait pas tout ce
que vous demanderiez, pour la simple et bonne raison
que vous êtes notre roi, et que nous vous aimons pour

cela. Et pas nous uniquement. On m'a rapporté que les soldats avaient aussi bu à votre santé dans les campements anglais avant la bataille, et qu'ils avaient été aussi fiers de votre conduite sur le champ de bataille que nous-mêmes. Vous avez mené la charge une dizaine de fois et je peux vous promettre, Votre Majesté, qu'aucun de vos hommes ne dirait que vous n'avez pas mérité le droit de porter cette couronne. »

Il y eut un moment de silence. Puis des bruits, comme si les deux hommes s'étaient approchés du lit.

« S'il survit, il ne pourra plus combattre, observa le roi.

— Il trouvera un autre moyen de vous servir. »

Moray n'en entendit pas plus, car les ténèbres l'absorbaient de nouveau. Lorsqu'il refit surface, la douleur dans sa poitrine était insupportable. Il dut serrer les dents pour ne pas crier.

« Tiens mon garçon », lui dit le colonel Graeme, auprès de lui. Moray sentit un gobelet appuyé contre ses lèvres. Il but. Le brandy lui brûla les entrailles mais l'aida à oublier l'effort qu'il devait fournir pour respirer. Il reposa la tête et regarda autour de lui. Il ne savait pas où il avait été emmené – l'endroit ressemblait à une maison privée meublée simplement, avec des murs et des sols nus, des rideaux en dentelle blanche qui laissaient entrer la lumière du jour. Le colonel Graeme était assis sur une chaise en bois, les pieds posés sur le lit. Le regard désorienté de Moray se posa sur la veste rouge jetée sur le dossier de cette chaise, et il inhala assez d'air pour parler. « Pas à moi.

— Qu'y a-t-il ? » Son oncle tourna la tête, vit la veste et se retourna avec un hochement de tête apaisant. « Ah oui, je pense bien que ce n'est pas à toi, mon garçon. Nous l'avons prise au soldat qui gisait à côté de toi et l'avons utilisée comme couverture quand nous t'avons sorti des bois. Tu étais froid comme la glace et ce pauvre soldat n'en avait plus besoin. »

Il connaissait cette veste. Il en connaissait chaque bouton, à force de l'avoir regardée si longtemps. « C'était – il inspira pour forcer les mots à sortir – un Écossais. McClelland.

— Qui se battait pour le mauvais camp, d'après sa veste. C'est celle du régiment royal irlandais. » Le colonel Graeme leva de nouveau son verre de brandy, le regard entendu. « Tu t'es mis à discuter, hein ? Bon, c'est parfois ce qui arrive, même si je suis assez surpris qu'il ait eu la présence d'esprit de bavarder. As-tu vu ses jambes ? » Baissant les yeux, il lut la réponse dans ceux de son neveu. « De quoi avez-vous parlé ?

— De la vie. Sa vie. Il venait de – Dieu tout-puissant, comme il était douloureux de parler – Kirkcudbright.

— Ah oui ? » Le ton du colonel laissait entendre un certain intérêt tandis qu'il étudiait le visage de Moray. « La dernière fois que je suis allé à Slains, j'y ai rencontré une jeune femme qui venait des environs de Kirkcudbright. Une fille tout à fait charmante. Tu as peut-être fait sa connaissance ? »

Seuls les yeux de Moray remuèrent, se fixant en silence sur le visage de son oncle tandis que celui-ci poursuivait : « J'ai entrepris de lui apprendre à jouer aux échecs, pendant mon séjour. Elle se débrouillait assez bien, sa seule faiblesse étant de vouloir préserver ses soldats aussi bien que son roi. Elle n'aimait pas les voir tomber. » Il souriait en se remémorant ces parties au coin du feu. Il offrit une deuxième fois du brandy à Moray en lui disant : « Si j'avais une femme comme celle-là, penser à elle me pousserait à me battre pour rester parmi les vivants. »

Moray voulait répondre, mais il sombrait une nouvelle fois et, bien qu'il luttât pour ne pas fermer les yeux, il ne put pas s'en empêcher.

Lorsqu'il les rouvrit, il crut d'abord qu'il revoyait en rêve cette première journée, car son oncle et le roi étaient tous les deux présents, en grande conversation près de la fenêtre, dos à lui.

« Oui, il va beaucoup mieux à présent, Votre Majesté, disait le colonel Graeme en hochant la tête. Je suis convaincu que le plus dur est derrière lui. »

Le roi était content de l'apprendre et manifesta son soulagement. « Je vais partir dans l'heure pour Saint-Germain et suis ravi d'avoir de bonnes nouvelles à transmettre à ma mère. »

La voix de Moray était plus faible qu'il l'aurait souhaité, mais ils l'entendirent tout de même lorsqu'il appela. « Votre Majesté. »

Le jeune roi se retourna et Moray eut la confirmation qu'il s'agissait bien de lui. « Eh bien, Colonel Moray, dit-il en traversant la pièce jusqu'au lit, avez-vous besoin de quelque chose ? »

Parler lui était encore pénible, mais il brava la douleur. « Seulement de mon épée.

— Vous n'allez pas en avoir besoin avant un moment. »

Le colonel Graeme s'approcha alors à son tour pour lui expliquer la situation avec plus de franchise. « Mon garçon, tu as été grièvement blessé à la jambe et n'en retrouveras jamais le plein usage. Tu ne seras plus soldat. »

Moray le savait. Bien que son esprit résistât encore tant bien que mal à cette vérité, son corps ne pouvait pas la cacher. « Il y a d'autres façons de servir. » Il grimaça en roulant légèrement sur le côté pour fixer le roi. « Je n'ai pas encore perdu mes yeux et mes oreilles, et ils seront vôtres si vous jugez bon de m'envoyer là où je pourrai les rendre utiles. »

Le roi baissa les yeux vers Moray. Son visage juvénile s'opposait à la grande sagesse dans ses yeux. « Je vous remercie pour votre offre, Colonel, mais tant que je ne serai pas moi-même rentré en Écosse, je ne puis pas vous permettre d'y retourner avec une telle somme promise contre votre tête.

— Je ne parle pas de l'Écosse. » Moray grimaça de nouveau et dut attendre un moment que la vive douleur se calmât dans sa poitrine, avant de pouvoir poursuivre. « L'homme tombé près de moi était un Écossais de l'Ulster. Nous avons discuté. Je me souviens de toutes les histoires qu'il m'a racontées, de tous les détails de sa vie. Il n'a pas de famille. » Il fixa son regard sur le roi. « Je pourrais devenir cet homme pour un temps. Évoluer parmi les Écossais en Ulster. Vous renseigner sur leurs idées et leurs projets. »

Il vit que le roi était intéressé par cette proposition. Les Irlandais étaient importants pour sa cause, et savoir ce que pensaient les protestants irlandais serait précieux. « Vous feriez cela ? demanda le roi.

— Oui. Si cela peut vous aider à rentrer plus vite en Écosse. »

Le colonel Graeme intervint. « Réfléchis bien, mon garçon. Réfléchis, car il ne s'agit pas là d'une décision à prendre à la légère. Si tu prends cette route, alors personne ne doit savoir que tu as survécu. Jusqu'au retour du roi, mon garçon, toute ta famille et tous ceux qui t'aiment devront croire que John Moray a péri dans ce bois infernal, et c'est ce qui sera dit à ta mère, à tes frères et à tes sœurs. » Ses yeux gris prenant un air grave, il ajouta : « Et à ton amie. »

L'emprise de la douleur se resserra encore un peu plus autour de lui, et cette fois cela ne venait pas uniquement de ses blessures mais d'un endroit plus profond dans sa poitrine, rendant chaque respiration brûlante. « C'est pour elle que je ferais cela. Pour que nous puissions un jour être réunis. »

Le roi le regarda avec compassion. « Je ne savais pas que vous aviez une amie. »

Remarquant que Moray luttait contre les ténèbres et n'était pas en mesure de répondre, le colonel Graeme le regarda et demanda la permission à ses yeux remplis de souffrance avant de se tourner vers le roi et de déclarer : « Il a une épouse. »

La lumière de la pièce avait changé au fil de la ronde du soleil de l'après-midi, n'atteignant plus le lit sur lequel ils étaient allongés. Sophia toucha le caillou noir qui reposait contre la gorge de Moray.

« Vous m'avez protégé. Penser à vous m'a protégé et m'a permis de survivre, ces derniers mois, tout comme me l'avait dit mon oncle. »

Elle ne voulait pas penser aux mois écoulés. Elle se blottit tout contre lui. « Votre oncle a aussi dit que c'était grâce à la reine que j'avais été amenée ici, à Kirkcudbright.

— En effet. La reine Marie est une grande romantique. D'après ce que j'ai compris, quand elle a su que j'avais une femme, elle s'est dit qu'il était normal que je vous aie avec moi quand j'irais en Irlande, même si j'avoue que je vois aussi mon oncle à l'œuvre dans tout cela. Il trouvait que c'était très dur de ma part de vous laisser si longtemps seule. »

Sophia ferma un instant les yeux, décidant de la meilleure façon de le lui annoncer. « Je n'étais pas seule. »

Ce n'était pas facile de parler d'Anna, mais elle le fit, et il l'écouta en silence et la serra dans ses bras tandis qu'elle pleurait. Et quand elle eut terminé, il garda le silence encore un moment, regardant la petite mèche d'Anna attachée par un ruban, toute douce dans sa grande main sèche.

« Pouvez-vous me pardonner ? » demanda Sophia.

Moray referma la main sur la boucle et entoura Sophia de ses bras, l'étreignant si fort que rien au monde n'aurait pu les séparer. « C'est moi qui devrais vous demander cela. » Sa voix était rauque dans les cheveux de sa bien-aimée. « Vous n'avez rien fait qui doive être pardonné. » Il l'embrassa alors avec une infinie tendresse. Puis il desserra son étreinte et rouvrit la main pour contempler cette mèche brune, si semblable à ses cheveux à lui.

Sophia l'observait et sentait la lutte qui s'opérait dans son cœur tandis que la raison cherchait à surmonter la peine de savoir que sa propre fille ne connaîtrait peut-être jamais le visage de son père, qu'elle devrait vivre si loin de lui. Si loin de sa protection.

«Nous pourrions la faire venir, dit Sophia. Maintenant que vous êtes de retour, en vie, elle pourrait habiter avec nous…

— Non.» Il prononça ce mot d'une voix calme, mais elle savait à quel point cela lui coûtait. «Non, vous avez bien fait de la laisser là où elle était. Il y aura encore du danger, en Irlande.» À regret, il referma la main sur la petite boucle de cheveux, puis convoqua un sourire et caressa la joue de Sophia. «Je n'ai pas non plus le droit de vous emmener avec moi, mais il semble que je sois devenu égoïste et que je ne puisse plus me résigner à vivre loin de vous.»

Elle était bien au chaud, allongée entre ses bras. «Vous n'aurez plus à le faire.

— Eh bien, il le faudra les premiers temps, concéda-t-il, sans quoi les gens irréprochables chez qui vous logez risqueraient de s'en offusquer.»

Elle les avait totalement oubliés ; les Kerr seraient bientôt de retour de l'église et découvriraient son absence. «Mais John…»

Il prit son visage entre ses mains et interrompit sa protestation par un baiser. «Patientez encore quelques jours, après quoi je serai assez en forme pour venir vous rendre visite et vous courtiser en public.» Dans ses yeux, elle voyait une étincelle de taquinerie retrouvée. «Accepterez-vous de m'épouser une seconde fois, ou avez-vous eu le temps d'évaluer la folie de votre choix ?»

Ce fut elle, cette fois, qui l'embrassa pour qu'il n'eût pas de doute quant à sa réponse. Elle sentit son sourire contre ses lèvres et, à cet instant, elle crut enfin comprendre ce que le colonel Graeme lui avait dit le jour où ils avaient contemplé ensemble la mer en hiver, derrière la grande fenêtre du salon de Slains. Elle savait désormais qu'il avait raison – même si les champs devaient être laissés en jachère et que les oiseaux devaient s'arrêter un moment de chanter, même si les plantes devaient mourir et reposer en silence sous la neige, tandis que tout ce temps la mer froide montrait son visage de tempêtes, de mort et d'espoirs engloutis… un courant plus chaud agissait, invisible sous les vagues, pour, le moment venu, ramener le printemps.

Peut-être le roi viendrait-il, peut-être pas. Cela lui importait peu à présent qu'elle avait retrouvé Moray. Il avait promis qu'il lui reviendrait et il avait tenu parole. Il lui avait promis qu'un jour elle voguerait sur un bateau, et elle savait qu'elle le ferait, et qu'il serait à ses côtés. Et où que ce navire les emmenât, loin de l'Écosse et loin de Slains, elle serait liée à ces deux endroits par ses souvenirs.

Dans ses rêves, elle verrait les murs rouge sombre du château, dressés si fièrement sur les falaises, et elle entendrait les rugissements de la mer en contrebas de sa chambre dans la tour, ainsi que la voix enjouée de Kirsty l'appelant le matin pour la réveiller. Elle sentirait la chaleur des rayons du soleil traverser les fenêtres de la petite salle de couture où elle s'était si souvent assise avec la comtesse, ainsi que la chaleur des chevaux somnolant tandis qu'Hugo montait fidèlement la garde près de la porte de l'écurie.

Slains lui-même garderait leurs souvenirs. Là, ils avaient laissé leur empreinte, une empreinte assez profonde pour qu'un jour Anna, en se promenant sur la plage, pût entendre l'écho de leurs rires dans les dunes, porté par le vent, et s'interroger au sujet de ces amants qui avaient laissé de tels fantômes derrière eux. Elle ne saurait pas grand-chose d'eux, à part qu'ils avaient été heureux. Et en vérité, pensait Sophia, il n'y aurait rien d'autre à savoir.

Quoi qu'il pût leur arriver, elle savait qu'aucune force ne pourrait leur enlever ce bonheur. Car ils avaient vécu leur hiver, et le printemps était enfin arrivé.

———

Chapitre 19

Il faisait froid mais, à l'abri des dunes, il n'y avait pas de vent, et je restai une heure à contempler le lever du soleil. C'était magnifique – la première lueur d'or fendit les sombres nuages au-dessus de l'eau, à l'est, puis gonfla petit à petit jusqu'à ce que le ciel prenne feu et flamboie de mille éclats. Un moment à couper le souffle.

De cet endroit sur la plage, je ne voyais pas les murs de Slains, mais je les imaginais sans difficulté. Dans ma tête, je dotai le château d'un toit et lui redonnai vie. J'aperçus un couple qui flânait dans les allées du jardin, ainsi que la comtesse qui descendait les marches du perron pour accueillir les visiteurs qui venaient d'arriver après une rude chevauchée, apportant de France la nouvelle pleine d'espoir.

Et si je tournais la tête, je voyais le spectre d'une voile sur l'horizon gris, comme si souvent j'en avais vu dans mon enfance, d'une rive différente. Et je comprenais désormais pourquoi j'avais vu ces voiles, et pourquoi, encore aujourd'hui, je sentais l'étrange attraction de la mer qui m'attrapait comme une main tendue et me faisait revenir à elle quand je m'en étais trop longtemps éloignée.

Mon père avait raison : j'avais la mer dans le sang, et c'était dû aux pensées de Sophia, à ses souvenirs, à tout ce qu'elle m'avait transmis à travers le temps. Je sentais le lien qui nous unissait tandis que, assise dans le sable, je regardais le lever de soleil s'estomper au profit de la lumière matinale au-dessus de la mer qui paraissait à présent quitter son visage d'hiver, les longues vagues roulant en avant pour danser plus légèrement sur le sable.

Je ressentais parfois une certaine tristesse quand j'arrivais à la fin d'un livre et devais dire adieu aux personnages. Mais je ne trouvais pas de tristesse dans la fin de cette histoire-là, et je savais que Jane non plus, qu'elle en serait satisfaite comme moi je l'étais. Et ce sentiment de plaisir m'accompagna quand, finissant par céder à la demande de mon corps à moitié gelé, je me levai et me mis lentement en route sur la plage et sur le sentier de la colline pour rejoindre ma maison.

J'eus cette même impression d'accueil que la veille, quand j'étais rentrée de Kirkcudbright, quand je passai la porte et trouvai le poêle qui crépitait chaudement et mes papiers éparpillés sur la table où j'avais passé la nuit à écrire. Même si je savais que j'allais bientôt emménager à Aberdeen chez Graham – chez *nous*, m'avait-il corrigée –, je m'étais arrangée avec Jimmy pour que nous puissions loger à la petite maison quand nous viendrions la fin de semaine. Je m'étais attachée à cet endroit et, même si je serais allée n'importe où avec Graham, tout comme Sophia avait suivi Moray, je trouvais rassurante l'idée de ne pas avoir à perdre ma vue de Slains et de la mer.

Graham semblait comprendre ce que je ressentais, bien qu'il n'en connaisse pas la raison et ne la connaîtrait peut-être jamais. Je n'avais pas encore décidé si je lui dirais ce qui m'était arrivé dans ce lieu, car j'étais certaine que, si je le lui avouais, il se contenterait de rire, de m'embrasser et de me traiter de petite folle.

Il serait déjà assez difficile d'apprendre à mon père que nous n'étions peut-être pas des McClelland, tout compte fait, mais des Moray. Il était trop tôt pour appeler au Canada, il serait encore profondément endormi, mais je devrais bien me résoudre à le faire. Il lirait cette histoire dans mon livre à sa sortie et aurait des soupçons et, même si ce n'était pas quelque chose que j'étais en mesure de prouver, je le connaissais assez bien pour savoir qu'une fois qu'il envisagerait cette possibilité, il ferait de son mieux pour trouver ses propres preuves. Mon père avait toujours aimé relever des défis. Il examinerait les registres du régiment royal irlandais et pisterait les descendants de la lignée masculine des Moray d'Abercairney afin de comparer leur ADN au sien.

J'esquissai un sourire en remplissant la bouilloire pour mon café du matin, pensant qu'au moins mon père découvrirait peut-être de nouveaux parents un peu moins excentriques que ceux que nous avions – à l'exception de Ross McClelland, bien sûr. Je garderai Ross, quoi qu'il advienne.

La veille, il m'avait accompagnée à la gare, m'offrant comme cadeau de départ du caramel mou fait maison. Me le rappelant, je fouillai dans ma valise qui se trouvait toujours là où je l'avais posée près de la porte quand j'étais rentrée. Je dénichai le sac contenant le caramel et, alors que je le sortais, le petit catalogue de vente aux enchères que m'avait donné Ross apparut. Je n'avais pas encore eu l'occasion de le consulter, pour voir quels objets de famille nos McClelland de New York vendraient cette fois-ci. Rien de si terrible, de toute évidence, sans quoi mon père m'aurait appelée pour s'en plaindre.

En attendant que l'eau bouille, je mordis dans le caramel et tournai les pages du catalogue. Il n'y avait pas grand-chose. Une table et un miroir, deux portraits miniatures de McClelland d'une branche de la famille différente de la nôtre, ainsi que quelques bijoux : des bagues, un collier de perles roses, une broche…

Je m'arrêtai et sentis un frisson me parcourir la colonne, comme si un vent soudain avait frappé entre mes omoplates et soulevé mes cheveux le long de ma nuque. Oubliant à la fois la bouilloire et le caramel, je m'approchai du comptoir pour m'y appuyer et regardai plus attentivement la photographie de la broche.

C'était un bijou simple – un carré d'argent petit mais épais avec une pierre rouge au centre.

Non, pensai-je. Impossible. Pourtant c'était bien là. Sous l'image, une brève description de l'objet indiquait qu'il s'agissait, d'après le bijoutier qui l'avait estimé, d'une ancienne bague transformée en broche, probablement vers la fin de l'époque géorgienne. Je passai le doigt sur les contours de la bague de Moray, et repensai à toutes les fois que je l'avais vue dans mon esprit pendant que j'écrivais, toutes les fois que j'avais presque senti son poids contre ma propre poitrine, toutes les fois que je m'étais demandé ce qu'il en était advenu.

Maintenant je le savais.

Sophia l'avait conservée, et les années l'avaient fait voyager dans la famille jusqu'à ce que plus personne ne se rappelle ses origines, ni qui l'avait portée, ni ce qu'elle signifiait. Elle aurait pu tout simplement sortir de notre famille et être vendue à des étrangers si je n'étais pas venue à Slains.

Mais j'étais venue. La mer, le rivage, les murs du château m'avaient appelée, et j'étais venue.

Je touchai la photographie de la broche d'une main légèrement tremblante, car la bague de Moray, elle aussi, avait une voix – une voix basse mais insistante qui m'appelait de l'autre côté de l'océan et, quand je l'entendis, tout doute sur ce que je devais faire s'évanouit en moi.

Graham était encore en train de lire quand j'allai me coucher. Il avait allumé un des petits radiateurs électriques pour tenter de réchauffer un peu la pièce, mais celui-ci ne faisait pas le poids face aux vents orageux de la mer qui soufflaient en bourrasques, si fort que j'avais craint toute la soirée que les lignes téléphoniques soient coupées et de rater mon appel en provenance de New York. Mais j'avais heureusement pu être au rendez-vous.

Graham leva le nez de son livre quand j'entrai dans la chambre. « Tu l'as eue ? »

Il devina la réponse à mon sourire quand je me glissai frissonnante sous les couvertures. « Oui. » Je ne pris pas la peine de lui révéler combien je l'avais payée, car cela n'avait pas d'importance. Je savais dès l'instant où je m'étais organisée pour participer à la vente en enchérissant par téléphone que je ne m'arrêterais pas avant d'avoir obtenu la broche. La bague. Et finalement peu de gens avaient enchéri pour ce bijou, seules deux personnes en plus de moi, et elles n'avaient pas ma motivation personnelle. Pour elles, il ne s'agissait de rien d'autre que d'une broche ancienne, mais pour moi, c'était un morceau de Moray et de Sophia que je pouvais tenir dans ma main et conserver pour toujours avec moi, pour me souvenir de leur histoire.

« Qu'est-ce que tu lis ? demandai-je à Graham, et il tourna la couverture de l'ouvrage pour me montrer.

— Les pièces de Dryden. Celle que tu avais notée, répondit-il. Celle de Merlin. Où as-tu déniché ça ?

— C'est le Dr Weir qui m'a prêté ce recueil. » J'étais allée prendre le thé chez lui deux jours plus tôt et avais aperçu le livre de Dryden sur une de ses étagères. C'était un volume moderne, pas un ancien, mais je lui avais quand même posé des questions à son propos et il avait compris de quelle pièce je voulais parler.

« La pièce *King Arthur* a été renommée, avait-il précisé. *Merlin, or the British Enchanter.* »

Pourquoi Dryden avait-il changé le titre du livret d'Arthur pour Merlin, je n'en avais pas la moindre idée, mais c'était bien la même pièce. J'avais lu les répliques avec la même impression de chaleur que je ressentais lorsque je rouvrais un de mes romans préférés.

«J'en suis presque à la fin, déclara Graham. Le roi Arthur vient de retrouver son Emmeline.» Il cita alors une phrase, d'une voix douce: "Enfin, enfin, je vous ai dans mes bras; bien que nos étoiles malveillantes aient lutté durement et nous aient longtemps gardés éloignés l'un de l'autre." On dirait toi et moi», commenta-t-il et, reposant l'ouvrage, il éteignit sa lampe de chevet, roulant sur le côté pendant que je me blottissais tout contre lui dans le noir.

Cette citation me faisait plutôt penser à quelqu'un d'autre. Je souris. «Nous n'avons pas eu d'étoiles malveillantes.

— Bon, peut-être pas, en effet. Juste Stuie.»

Il sombrait dans le sommeil, je l'entendais dans sa voix. Il s'endormait toujours aussi facilement qu'un grand chat paresseux, il lui suffisait de fermer les yeux et, quelques secondes plus tard, Morphée l'avait emmené, tandis que mon esprit à moi continuait de ronronner de pensées et d'images variées.

Je sentais son souffle lent dans mon cou, son corps lourd et chaud derrière moi comme un bouclier pour bloquer la tempête féroce qui, encore à cette heure tardive, secouait la maison et menaçait d'entrer par les fenêtres. Je réfléchissais à des choses et d'autres quand j'entendis le clic. Au départ, je ne compris pas d'où cela venait, jusqu'à ce que je voie mourir la lueur du radiateur électrique. «Oh non. Il y a une coupure d'électricité. L'orage...

— Ce n'est pas la tempête, dit Graham. Juste le compteur. L'aiguille était basse cet après-midi, et j'ai oublié de m'en occuper.

— Eh bien je vais aller arranger ça.»

Toutefois Graham me serra plus fort contre lui. « Laisse, murmura-t-il contre mon épaule. Nous aurons assez chaud. »

Mes yeux se fermèrent et je commençai moi aussi à m'endormir. Jusqu'à ce que je prenne conscience de ce qu'il avait dit.

J'étais de nouveau éveillée, les yeux grands ouverts. « Graham ? »

Mais il dormait déjà profondément et ne m'entendit pas.

C'était peut-être une simple coïncidence, pensai-je, qu'il ait utilisé par deux fois les mots précis que j'avais écrits dans mon livre, les mots que Moray avait un jour glissés à Sophia. Et Moray ne lui ressemblait que parce que je l'avais fait lui ressembler… C'était *moi* qui avais fait en sorte que Moray ressemble à Graham, n'est-ce pas ? Cela ne se pouvait pas que Moray ait en réalité eu les yeux de la couleur de la mer en hiver, les mêmes que ceux de Graham et que ceux de sa mère…

La famille de ma mère est très ancienne, ici, m'avait-il dit un jour.

Mon esprit fut traversé par l'image d'une petite fille aux cheveux bruns bouclés qui, il y a très longtemps, courait sur la plage, les bras tendus. Une petite fille qui avait grandi là et qui, vraisemblablement, s'était mariée et avait elle-même eu des enfants. Quelqu'un avait-il un jour retracé l'arbre généalogique de Graham ? Et si moi-même je m'y attelais, y découvrirais-je la famille d'un pêcheur ayant habité dans une maison juste au nord de la Bullers of Buchan ?

Cela semblait tout aussi impossible, s'apparentant trop à un roman pour être vrai. Quand bien même, je voyais distinctement cette petite fille en train de jouer le long du rivage. Le vent vint tourbillonner à la fenêtre avec une voix qui m'était familière et, à nouveau, j'entendis Sophia dire, comme lors de ma première nuit à la maison, que cet endroit détiendrait son cœur pour toujours. Et je distinguai la réponse de la comtesse : « Maïs laissez-en la partie que vous voulez avec nous à Slains, et j'en prendrai soin. Et que Dieu m'accorde de voir le jour où ce cœur vous rappellera à la maison. »

Allongée dans l'obscurité, mes pensées rythmées par la respiration régulière de Graham, je sentis presque ce minuscule fragment du cœur de Sophia rejoindre le mien pour le compléter. Derrière moi, Graham remua comme s'il l'avait senti, lui aussi. Alors son bras m'entoura, robuste et rassurant, et m'attira fermement vers l'abri de sa poitrine. Apaisée, je tournai mon visage contre l'oreiller et me rendormis.

À propos des personnages

Tout travail de fiction historique repose sur des personnes ayant vraiment existé. À quelques rares exceptions près – la petite Anna, les domestiques de Slains et Sophia –, les personnages de l'histoire du dix-huitième siècle sont réels, et leurs actions sont contraintes par les limites de ce qu'il s'est véritablement passé.

Ce qui ne veut pas dire que découvrir ce qu'il s'est véritablement passé en 1708 ait été chose facile. Tous les camps, pour des raisons qui leur étaient propres, ont essayé tant bien que mal de dissimuler la vérité, et même les écrits d'individus ayant vécu ces événements ne sont pas fiables. Je suis redevable à John S. Gibson, dont l'ouvrage historique concis, expliquant les événements autour de l'invasion, *Playing the Scottish Card: the Franco-Jacobite Invasion of 1708*, m'a donné envie d'écrire au sujet de cette période, ainsi qu'à Nathaniel Hooke et son récit de l'incident, merveilleusement détaillé, publié en 1760 sous le titre de *The Secret History of Colonel Hooke's Negotiations in Scotland, in Favour of the Pretender*. J'ai eu la chance de trouver un exemplaire original du récit de Hooke, qui non seulement est devenu l'un des trésors de ma bibliothèque, mais s'est aussi révélé extrêmement précieux pour organiser les déplacements de mes personnages.

J'ai essayé, chaque fois que cela m'était possible, de rechercher les meilleures preuves de la véracité des événements – les lettres et les transcriptions de l'époque. Si la discussion entre deux personnes avait été rapportée par écrit quelque part, je respectais leurs propos réels dans mon livre. Si le navire du capitaine Gordon était à Leith un jour donné, je respectais cela également. J'ai suivi cette règle même avec les personnages secondaires : les visites de M. Hall (dans *Playing the Scottish Card*, Gibson indique que « M. Hall » était le nom de code d'un certain Père Carnegy) à Slains au nom du duc d'Hamilton sont factuelles, tout comme le rôle joué par M. Malcolm dans l'invasion et le fait qu'il se soit caché après l'échec de celle-ci.

Cela dit, j'ai tout de même pris quelques libertés. Malgré toutes mes recherches sur John Moray, je n'ai pas eu confirmation qu'il ait combattu à Malplaquet. Mais comme la seule référence à sa mort que j'aie trouvée correspond à la date de cette bataille, et comme cela servait mon intrigue de l'avoir là-bas, je l'ai placé sur le champ de bataille où, dans les bois, le régiment royal irlandais a bien été confronté au régiment irlandais qui luttait aux côtés de Jacques et de la France.

Et même si c'est un fait avéré que le capitaine Gordon ait capturé le *Salisbury* lors de l'invasion, et qu'il ait été le seul capitaine britannique à revendiquer un navire français comme butin de guerre, il est presque certain, là encore, que Gordon était jacobite. Et comme personne sauf lui-même ne connaît la raison exacte de cette capture, je lui ai donné une excuse qui semblait correspondre à l'homme tel que j'avais appris à le connaître.

Sa loyauté jacobite perdura le restant de sa vie. Lorsque la reine Anne mourut en 1714 et qu'on fit venir pour lui succéder sur le trône britannique le premier roi issu de la maison de Hanovre, George Ier, Gordon refusa de prêter serment d'allégeance et fut par conséquent démis de ses fonctions. Il accepta rapidement un commandement dans la marine russe du tsar Pierre le Grand, au sein de laquelle il se distingua et fut élevé au rang d'amiral et de gouverneur de Kronstadt. Tout au long de sa carrière en Russie, il continua à promouvoir la cause jacobite et maintint une correspondance avec le roi Jacques et ses partisans. Quand il mourut en 1741, riche et respecté, sa nécrologie indiqua qu'il avait toujours été «un véritable ami pour ses compatriotes».

Le duc d'Hamilton n'eut pas cette chance. En 1711, son ambition commençait à porter ses fruits – il avait été fait pair du royaume de Grande-Bretagne par la reine Anne et venait d'être nommé ambassadeur en France. Mais avant de pouvoir se rendre à Paris pour prendre ses fonctions, son différend de longue date avec un rival, Lord Mohun, éclata en un duel. Les deux hommes se retrouvèrent à l'aube à Hyde Park, à Londres, un matin de novembre. Tous les deux sortirent leur épée et, au cours du combat qui suivit, tous les deux périrent. Cet incident provoqua un certain scandale à l'époque, et les détails de ce qu'il se produisit réellement et pourquoi font encore débat aujourd'hui. Comme de son vivant, mort, ce personnage brave toute tentative d'analyse facile.

Quant à l'oncle de Moray, le colonel Patrick Graeme, il n'est pas compliqué de retracer le début de sa vie en Écosse, quand il servait en tant que capitaine dans la garde d'Édimbourg, avant que sa conscience ne le fasse prendre les armes pour le vieux roi Jacques et suivre son fils en exil en France. Mais je n'ai toujours pas découvert la vie qu'il mena après l'échec de l'invasion de 1708. Cependant, comme je suis sûre que sa nature avait dû le maintenir proche de l'action, je nourris l'espoir de tomber un jour sur une lettre ou un document qui éclairerait ses aventures à cette époque, avant sa mort en août 1720.

Des éclaircissements seraient aussi les bienvenus quant à la vie d'Anne Drummond, comtesse d'Erroll, qui devient invisible au cours des années suivant 1708 – ce qui n'est pas évident pour une femme si énergique et déterminée.

Son fils Charles, treizième comte d'Erroll, continua de lutter pour les droits de ses compatriotes après l'instauration de l'Union à laquelle il s'était si farouchement opposé. Bien que son titre de grand connétable d'Écosse requière de sa part de participer au couronnement de George Ier, il refusa d'assister à la cérémonie. Il mourut peu de temps après, en 1717, à l'âge de quarante ans, sans épouse et sans enfant. Il était le dernier représentant mâle de sa lignée. Son titre passa à sa sœur Mary qui, comme toutes les comtesses d'Erroll, était une femme dotée d'un grand courage et une fervente partisane de la cause des Stuart.

Nathaniel Hooke, qui avait consacré tant de temps et d'efforts à l'organisation de l'invasion de 1708, fut profondément déçu par son échec et émit de vives critiques au sujet du commandant français qui l'avait menée. Même s'il eut une longue et belle carrière dans la diplomatie en France, il revint à ses souvenirs de 1708 à la fin de sa vie et, avec l'aide d'un de ses neveux, entreprit de compiler les différents documents et journaux de bord qu'il avait écrits tout au long de cette aventure. Il mourut en 1738, avant d'avoir fini, et quand son fils tenta de vendre les documents deux ans plus tard, ceux-ci furent confisqués par la justice française. Ils furent probablement détruits et l'histoire les perdit à tout jamais. Toutefois, deux paquets de documents rédigés de la main du neveu de Hooke avaient échappé à l'attention de l'agent français chargé de la perquisition qui, heureusement pour nous, n'avait aucune idée qu'ils contenaient le propre récit du colonel de ses négociations pour le projet d'invasion.

L'histoire est faite de ces petits hasards inattendus.

Et personne ne fut victime de plus de hasards que le jeune Jacques Stuart – Jacques VIII d'Écosse et III d'Angleterre de par sa naissance. Il y a des raisons de croire que sa demi-sœur Anne pensait sérieusement à nommer Jacques comme héritier et, au cours des dernières années de son règne, il semble y avoir eu beaucoup de négociations en coulisse. Au milieu de tout cela, la guerre de Succession d'Espagne prit fin avec le traité d'Utrecht qui, notamment, exigeait que Louis XIV renvoie Jacques de France. Jacques partit de bonne grâce, déplaçant sa Cour en Lorraine où il accorda rapidement à tous ses serviteurs protestants la liberté de pratiquer leur propre foi, ce qu'il n'avait pas pu faire quand sa Cour était contrainte par les lois françaises.

Cependant Jacques lui-même était toujours catholique et, lorsque la reine Anne mourut en 1714, ce fut le prétendant protestant, George Ier, qui obtint la couronne.

La riposte prit la forme d'un autre soulèvement jacobite en 1715, et bien que cette fois Jacques parvienne à accoster en Écosse sans encombre, juste au nord de Slains, à Peterhead, l'occasion dorée de 1708 était passée. Les presbytériens de l'Ouest qui, sept ans plus tôt, étaient fin prêts à soutenir le jeune roi, s'opposèrent alors à lui. La rébellion échoua. Jacques se retira en Lorraine, mais Louis XIV était mort entre-temps et, sans le vieux roi pour le soutenir et le consoler, Jacques trouva ses voisins français peu accueillants, alors il déplaça de nouveau sa Cour, d'abord à Avignon, et finalement à Rome.

Deux autres tentatives pour récupérer son trône, impliquant l'aide des Suédois et des Espagnols, furent de nouveau infructueuses, et même le mariage de Jacques en 1719 avec la princesse Maria Clementina de Pologne ne fut pas une réussite. Au bout de six ans, elle le quitta et se retira au couvent, après lui avoir néanmoins donné deux fils. L'aîné, Charles Édouard, devint ce prince « Bonnie » dont le beau visage et la personnalité aimable pousseraient les jacobites écossais à reprendre les armes à ses côtés vingt-cinq ans plus tard… mais il s'agit là d'une autre histoire, trop triste à raconter.

Je préfère de loin imaginer Jacques VIII d'Écosse et III d'Angleterre à Rome pour ses vieux jours, somnolent peut-être à moitié sous le soleil d'un chaud après-midi italien et rêvant de la côte nord de l'Écosse et des murs rouges et fiers de Slains tels qu'il les avait un jour vus de la mer, et de la couronne qui, à cet instant, avait dû lui sembler si proche.

Remerciements

*L*orsque je mène mes recherches, comme la plupart des écrivains, je dépends de la gentillesse d'inconnus et, à Cruden Bay, j'ai été gâtée de gentillesse. Tant de personnes, des commerçants aux gens que je croisais dans la rue, m'ont aidée et donné des conseils amicaux que même si je me souvenais de leurs noms, je n'aurais sans doute pas la place d'en dresser toute la liste !

Je suis particulièrement reconnaissante à Joyce, Stuart et Alison Warrander de l'hôtel St. Olaf, où je logeais, pour s'être assurés que ma chambre (la numéro 4) avait vue à la fois sur Slains et sur la mer, afin que je puisse imaginer ce que voyait Carrie. Les Warrander et leur équipe ont été incroyablement sympathiques, tout comme les clients réguliers du bar de l'hôtel, qui répondaient à mes questions avec enthousiasme et m'ont même suggéré le lieu parfait pour placer la maison de Carrie.

Je remercie également tous les chauffeurs d'Elaine's Taxis qui m'ont emmenée d'un endroit à l'autre, et à Elaine elle-même qui a bien pris soin de moi et a même un jour éteint le compteur pour m'aider à traquer certains de mes cadres d'action insaisissables.

Je suis aussi reconnaissante au propriétaire et aux employés du Kilmarnock Arms, ainsi qu'à l'historienne locale et consœur écrivaine Margaret Aitken, à son mari et à sa fille, qui ont eu la gentillesse de me recevoir pour le thé et de partager avec moi leur connaissance de l'histoire de la région.

Je suis redevable à Brenda Murray et à Rhoda Buchan de la bibliothèque de Cruden Bay qui, pour moi, ont recherché des articles et des livres et ont trouvé des informations sur lesquelles je n'aurais pas pu mettre la main sans leur aide.

J'ai essayé de rendre toute cette gentillesse en ne commettant pas d'erreur factuelle, de date ou de lieu. J'espère avoir réussi et que vous me pardonnerez si jamais je me suis trompée quelque part.

Enfin, je me dois de remercier Jane, pour ses années d'encouragement, ainsi que sa famille, pour m'avoir accueillie à Glendoick.

EXTRAIT DE

Les Brumes du Caire

DE ROSIE THOMAS

Chapitre 1

1891

Plus tard, lorsqu'elle n'aurait plus que ses souvenirs pour seul réconfort, elle finirait par chérir cette image: le vieil Honolulu tel qu'il était à l'époque, tel qu'il ne serait jamais plus. Aux yeux d'un visiteur de passage, il devait faire l'effet d'un jardin luxuriant peuplé de fantasques hybrides: un palais au cachet florentin à l'ombre des banians et des arbres à pluie; des rues poussiéreuses parsemées de boutiques aux devantures en bois, comme autant de vignettes de l'Ouest américain; de hauts clochers de style Nouvelle-Angleterre qui surplombaient palmeraies et cocoteraies. Aux yeux d'un visiteur de passage, il devait paraître tout à la fois exotique et familier; mais la petite Rachel, du haut de ses cinq ans, y voyait son terrain de jeu, et son chez-elle.

Certains souvenirs étaient plus prégnants que d'autres, elle n'aurait pu expliquer pourquoi: le poids et la sensation d'un *hapa'umi*, une pièce de cinq cents, au fond de sa poche; la saveur d'une limonade tahitienne bien fraîche un jour de grande chaleur; le bruissement des frondes de palmiers semblable au chant de sauterelles haut perchées tandis qu'elle jouait avec ses frères dans les rizières et les étangs de Waikiki.

Elle se souvenait des baignades réprouvées par sa mère dans les larges canaux du parc de Kapi'olani; elle sentait encore le fond couvert de mousse et les pierres glissantes sous ses pieds. Elle se rappelait les tramways que sa sœur et elle empruntaient pour remonter King Street – toutes deux se serraient au milieu des autres passagers aux bras chargés de calmars, de cochons, de poulets ou de linge à porter à la blanchisserie chinoise… Mules et chevaux se soulageaient sans vergogne tout en tirant le véhicule dans leur sillage ; Rachel écarquillait les yeux à la vue de leurs excréments, plus longs que son bras, et gloussait lorsque les roues du tramway les écrasaient.

Mais surtout, surtout, elle se souvenait du jour d'arrivée du bateau à vapeur, parce qu'il annonçait le retour de son père.

« C'est aujourd'hui que le bateau arrive ?

— Non. » La mère de Rachel lui tendit une racine de taro cuite.

« Tiens, épluche-moi ça. »

Rachel retira la peau tendre et violacée avec dextérité, prenant garde à ne pas abîmer la tige, et lança un regard plein d'espoir à sa mère. « C'est demain qu'il arrive ? »

Dorothy Kalama, une femme qui, dans ses meilleurs jours, affichait une mine austère, gratifia sa fille d'un regard exaspéré. « Qu'est-ce que j'en sais, moi ? Je fais le guet au sommet de Koko Head, c'est ça que tu crois ? » Elle se saisit d'un pilon en pierre et se mit à écraser une rondelle de taro épluchée pour en faire une pâte épaisse et onctueuse, puis haussa les épaules. « Si ça se trouve, il sera pas là avant une semaine de toute façon.

— Oh non, Mama. » Une lettre de Papa, postée à Samoa, leur était parvenue tout juste cinq semaines auparavant, les informant qu'il prendrait la route du retour un mois plus tard. « Trois mille six cent quatre-vingt-cinq kilomètres entre Samoa et Honolulu », annonça-t-elle.

Sa mère la contempla d'un œil sceptique. « Tu sais combien ça fait, un kilomètre ? »

Rachel réfléchit un instant, son visage rond et joufflu perdu dans ses pensées, puis écarta les bras aussi loin qu'ils le lui permettaient. Dorothy se mit à rire, mais avant qu'elle ne puisse ajouter quoi que ce soit, des cris de garçons retentirent à l'extérieur.

« Je te déteste ! Va-t'en !

— *Toi* va-t'en ! »

Les frères de Rachel, Benjamin et James – mais tout le monde l'appelait Kimo, sauf Mama aux yeux de qui seuls les prénoms chrétiens trouvaient grâce –, grimpèrent les marches qui menaient à la maison et y pénétrèrent en se chamaillant. La demeure en bois, modestement meublée, se composait presque uniquement d'une vaste pièce ouverte : d'un côté, le salon et la salle à manger ; de l'autre, la cuisinière, l'évier et les placards, et un minuscule corridor qui conduisait aux trois petites chambres. Les garçons, tout occupés qu'ils étaient à se décocher des coups de poing, dérapèrent sur un grand tapis en feuilles de pandanus et Kimo se retrouva un instant les quatre fers en l'air, les jambes écartées comme les deux branches d'un os du bonheur.

« Grosse brute ! lança Ben à Kimo.

— Gros bébé ! » rétorqua Kimo à Ben.

Dorothy s'empara à pleines mains des épluchures de taro et les lança en direction de ses fils. Un instant plus tard, les garçons recrachaient les pelures violettes et couvertes de salive tandis que Dorothy les observait, les mains sur les hanches, une expression de sévérité fusant de ses yeux bruns.

« Mais qu'est-ce qui vous prend ! Vous disputer le jour du Seigneur ! Allez tout de suite vous frotter le visage et vous préparer pour l'église, sinon gare à vous !

— C'est Kimo qui a commencé !

— Dieu n'en a rien à faire, de qui a commencé ! Tout ce qui l'intéresse c'est de savoir que quelqu'un fait du grabuge le jour qui Lui est consacré !

— Mais, Mama… »

Dorothy ramassa une nouvelle poignée d'épluchures de taro et, comme sous l'effet de la magie d'un *kahuna*, les garçons disparurent dans leur chambre sans un autre mot de travers.

«J'ai terminé, Mama.» Rachel tendit les racines de taro pelées à sa mère qui les considéra d'un air satisfait. «Eh bien, dit Dorothy, les traits adoucis, tu as fait du beau travail.» Elle coupa le taro en petits morceaux, en fit de la pâte à l'aide du pilon et y ajouta juste ce qu'il fallait d'eau. «Tu veux mélanger?» demanda-t-elle à Rachel, qui s'empressa de plonger les mains dans la pâte moelleuse et de la pétrir – avec l'assistance de sa mère –, jusqu'à ce que le taro se change, comme par miracle, en un délicieux *poi*.

«Mama, ces chaussures sont trop petites!» Sarah, de deux ans l'aînée de Rachel, s'engouffra dans la pièce vêtue d'une robe de coton blanche et de bas noirs. La démarche faussement boiteuse, elle désignait ses bottines à boutons en cuir noir. «Je ne sens plus mes orteils.» Elle aperçut les doigts de Rachel englués dans le *poi* et son visage se tordit en une grimace machinale. «C'est plein de grumeaux.»

Dorothy la fusilla du regard. «C'est ta tête qui est pleine de grumeaux. Rachel s'en est très bien sortie, pas vrai?» Elle ébouriffa la longue chevelure noire de Rachel, qui esquissa un sourire et décocha à sa sœur un regard sans équivoque: *et toc!* Dorothy se retourna vers Sarah. «Pas de sandales à l'église. Faudra que tu te résignes à voir tes orteils tomber. Et va chercher ton chapeau!» Son boitillement miraculeusement guéri, Sarah détala, non sans adresser une dernière grimace à sa petite sœur, qui s'appliquait à lécher avec délectation le *poi* sur ses doigts.

Huit cents mètres séparaient l'église de la maison, un trajet rallongé par l'obligation de porter des chaussures, et Dorothy ne manquait jamais une occasion de rappeler à ses enfants la chance qu'ils avaient d'assister au culte dans une église si belle et si moderne – elle avait été inaugurée à peine trois ans plus tôt. Ses clochers jumeaux en bois – «Rien de mieux pour trouver Dieu», avait déclaré le roi une fois la construction achevée – s'élançaient tels d'immenses javelots au-delà des toits des maisons voisines. Les flèches se reflétaient dans les eaux d'un ruisseau tout proche, le Nu'uanu, et pouvaient sembler, aux yeux des plus fervents fidèles, pointer non seulement vers le paradis, mais également dans une attitude de défiance, en direction de l'enfer, comme pour braver Satan sur son propre terrain.

Tandis que Dorothy se joignait au chœur de l'assemblée pour chanter *Rock of Ages*, ses enfants fréquentaient, plus ou moins assidûment, l'école du dimanche. Dans sa classe de maternelle, Rachel dessinait des scènes de la Bible avec des crayons de couleur et écoutait attentivement son professeur, M. MacReedy, un vétéran de la guerre de Sécession aux cheveux argentés et à la démarche traînante, vestige d'une salve de mitraille tirée dans son pied droit.

«À la quatrième veille de la nuit, déclama M. MacReedy, citant un extrait de l'Évangile selon Matthieu, Jésus alla vers eux, marchant sur la mer. Quand les disciples le virent marcher sur la mer, ils...»

Le professeur aperçut la main de Rachel qui s'agitait dans les airs. «Oui, Rachel?»

D'un ton sérieux, Rachel s'enquit: «Quelle mer?»

Le professeur cligna des yeux. «Pardon?

— Sur quelle mer a-t-il marché?

— Eh bien... C'est-à-dire que...» Il scruta la page, contrarié. «Ce n'est pas précisé.

— Est-ce que c'était le Pacifique?

— Non, pas à ma connaissance.

— L'Atlantique alors?»

— Peu importe, mon enfant. Ce qui compte, c'est qu'il ait *marché* sur la mer, pas de savoir sur *quelle* mer.— Oh. » Rachel était déçue. «Je me demandais, c'est tout. »

M. MacReedy reprit sa leçon. Il expliqua aux enfants que Jésus avait invité Pierre à marcher sur l'eau avec lui, qu'il s'était ensuite rendu dans une nouvelle contrée, puis il poursuivit: «Les gens de ce lieu, ayant reconnu Jésus, envoyèrent des messagers dans tous les environs, et on lui amena tous les malades. Ils le prièrent de leur permettre seulement de toucher le bord de son vêtement. Et tous ceux qui le touchèrent furent guéris.

«Jésus, étant parti de là, se retira dans le territoire de Tyr et de Sidon. Et voici, une femme cananéenne, qui venait de ces... »

La main de Rachel se dressa une nouvelle fois.

Le professeur soupira. «Oui, Rachel? lâcha-t-il, exaspéré.

— C'est où, Tyr? Et Sidon?»

M. MacReedy ôta ses lunettes.

«C'étaient des villes. Quelque part en Terre sainte. Et avant que tu ne poses la question, Canaan est l'ancien nom de la Palestine, ou d'une partie en tout cas. Ça te va, ça, comme réponse, petite?»

Rachel acquiesça. Le professeur rechaussa ses lunettes et poursuivit le récit du périple du Christ. «Jésus quitta ces lieux, et vint près de la mer de Galilée... »

M. MacReedy s'interrompit, regarda Rachel par-dessus sa monture et dit: «J'en déduis, si cette question intéresse l'un d'entre vous, qu'il s'agit de la mer sur laquelle Jésus a marché. »

Après l'église vint le moment de la journée que préférait Rachel, lorsque Mama s'arrêtait à la Love's Bakery sur l'avenue Nu'uanu pour y acheter un pain au lait cuit le matin même. Love's était le temple des friandises, le lieu sacré du sucre et de la levure: quatre-quarts, gâteaux aux graines de carvi, petits pains briochés, gâteaux fourrés, biscuits salés et autres douceurs. Parfois, c'était la propriétaire, Fanny Love, qui accueillait les clients; d'autres fois, c'était son fils aîné, James, qui ne manquait jamais d'offrir à la dérobée un biscuit ou une tranche de gâteau aux noix à Rachel, sourire et clin d'œil à l'appui, et d'annoncer: «Tu es notre vingt-huitième cliente de la journée, voici ta récompense!»

Il arrivait que Mama achète un pain de la veille plutôt qu'un pain frais, ou bien, comme ce jour-là, qu'elle tente de négocier une réduction de quelques cents sur les restes de gâteaux du Nouvel An. Malgré son jeune âge, Rachel comprenait que l'argent était souvent source de tracas pour sa famille, et bien qu'elle ne manquât presque jamais de rien, elle savait que Mama ne ménageait aucun effort pour faire durer l'argent laissé par Papa; surtout maintenant, huit mois après sa dernière visite.

Ce soir-là, comme tous les soirs, Mama se tint au chevet de Rachel et s'assura qu'elle disait bien ses prières. Rachel n'omettait jamais d'en ajouter une de son cru: elle demandait à Dieu de faire en sorte que Papa traverse l'océan sans encombre, et qu'il fasse vite.

Des romans qui vous transportent, des livres qui racontent des histoires, de belles histoires de femmes. Des livres qui rendent heureuse !

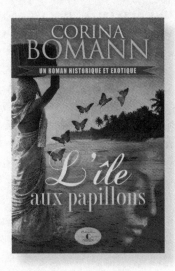

Alors que son couple éclate, Diana Wagenbach part en Angleterre pour régler la succession de sa tante bien-aimée. Avant de mourir, celle-ci l'a priée de dévoiler au grand jour un secret de famille trop longtemps gardé. Les traces du passé enfouies dans la demeure familiale conduisent Diana au Sri Lanka, la terre de ses ancêtres. Elle y découvre une prophétie semblant avoir changé le destin de sa famille, et elle lève le voile sur l'histoire d'un amour interdit, plus fort que la mort. Diana se retrouve face à sa propre destinée…

Découvrez l'île aux papillons dans ce magnifique roman dont l'intrigue se déroule sur trois époques et sur deux continents.

Des romans qui vous transportent, des livres qui
racontent des histoires, de belles histoires de femmes.
Des livres qui rendent heureuse !

Au cœur de la chaîne des Blue Mountains, en Virginie, la petite
ville de Big Stone Gap abrite les personnages excentriques les
plus charmants de l'État. Ave Maria Mulligan, une pharmacienne
de trente-cinq ans, y mène une vie agréable avec de bons amis
et de nombreux passe-temps jusqu'au jour fatidique de 1978 où
elle découvre qu'elle n'est pas celle qu'elle avait toujours cru être.
Instantanément, sa vie change !

Débordant d'humour et de sages notions sur la vie rurale, ce livre
est un petit bijou avec un cœur immense !

En vente partout où l'on vend des livres et sur
www.saint-jeanediteur.com

MARQUIS

Québec, Canada

Achevé d'imprimer le 31 mars 2015